HEYNE <

DAS BUCH:

Der Legende nach erschuf das Volk der Grennach einst sechs magische Herzen – mächtige Kleinodien, deren Zauberkraft den Frieden der Welt sicherten. Als sich in der geheimnisumwobenen Provinz Nebelhort plötzlich eine dunkle Macht regt, konzentrieren sich alle Hoffnungen auf eine alte Prophezeiung der Grennach. Eines Tages, so lautet sie, werden zwei Schwestern die harmonische Ordnung zwischen weißer und schwarzer Magie wiederherstellen – wenn es ihnen gelingt, die magischen Herzen zu vereinigen. Doch drei der Herzen sind verschollen und noch wissen die beiden Auserwählten, Anida und ihre ungleiche Schwester Adina, nichts voneinander. Als die Schwarze Hexe ihr Schreckensreich immer weiter ausdehnt, beginnt ein Wettlauf gegen die Zeit ...

Anidas Prophezeiung ist der erste Band der märchenhaften *Anida*-Trilogie.

DIE AUTORIN:

Susanne Gerdom, 1958 geboren, arbeitete nach einer Buchhändlerlehre viele Jahre als Schauspielerin und Regisseurin, bevor sie sich dem Schreiben von Fantasy- und Science-Fiction-Werken widmete. Die Autorin lebt in Düsseldorf.

SUSANNE GERDOM

Anidas Prophezeiung

Roman

Originalausgabe

WILHELM HEYNE VERLAG
MÜNCHEN

HEYNE SCIENCE FICTION & FANTASY
Band 06/9241

Umwelthinweis:
Dieses Buch wurde auf chlor- und säurefreiem Papier gedruckt.

Originalausgabe 08/2003
Redaktion: Lothar Strüh

Der Wilhelm Heyne Verlag ist ein Verlag
der Ullstein Heyne List GmbH & Co. KG.
www.heyne.de
Printed in Germany 2003
Umschlagbild:
Hans-Werner Sahm/Galeria Andreas S.L., Spanien
www.sahm-gallery.de
Umschlaggestaltung: Nele Schütz Design, München
Satz: Schaber Satz- und Datentechnik, Wels
Druck und Bindung: Ebner & Spiegel, Ulm

ISBN 3-453-87065-4

~ 1 ~

Simon! Herr Simon!« Mit schrillen Rufen lief der langbeinige Junge über den Hof und scheuchte dabei eine Schar von Hühnern auf, die sich friedlich gesonnt hatten und nun laut gackernd das Weite suchten.

Der hochgewachsene Mann in der staubig-schwarzen Kleidung eines Kämpen drehte sich gemächlich um und stützte sich auf sein Übungsschwert. Sein Haar von der Farbe dunklen Zimts trug er straff im Nacken zusammengebunden, damit es ihm nicht ins Gesicht fiel, was seinem scharf geschnittenen Gesicht trotz seiner augenscheinlichen Jugend einen strengen, beinahe asketischen Zug verlieh.

»Albuin, du lässt wieder einmal jede Zucht vermissen«, tadelte er mild. »Was habe ich dir über die Tugenden eines Ritters beigebracht?«

Der gerügte Knabe fuhr sich mit einer nicht allzu sauberen Hand durch das strohfarbene Haar und schlug beschämt die Augen nieder. »Verzeiht, Herr Simon«, nuschelte er und zeichnete mit seinen schmutzigen Zehen verlegene Linien in den Staub. »Aber ich wollte Euch doch nur erzählen …« Sein Gesicht leuchtete auf. Er begann, aufgeregt von einem Fuß auf den anderen zu hopsen. »Ich darf meinen Vater zum Hof des Roten Tetrarchen begleiten«, verkündete er mit heller Trompetenstimme. »Ich ganz allein, ohne die beiden blöden Gänse!«

Der hünenhafte Recke brummte und legte dem Knaben eine Hand auf den Nacken, um ihn leicht durchzuschütteln. »Es zeugt nicht gerade von Anstand und Sitte, wenn du deine Schwestern Amali und Anida als ›blöde Gänse‹ bezeichnest, Albuin. Du wirst bald ein Jüngling sein, der seinem Vater zur Seite steht, und deshalb nimmt der Lord dich auch mit auf seine Reise. Du sollst von mir lernen, dich höfisch zu benehmen, aber wenn ich dich so ansehe …« Er schüttelte mit finsterem Blick den Kopf. Der Junge blickte ängstlich zu ihm auf. »Geh jetzt und wasch dich. Wie ich sehe und rieche«, er rümpfte die Nase, »hast du dich wieder in den Stallungen herumgetrieben. Was gab es denn Interessantes?«

»Die dicke Freida hat einen Haufen Ferkel geworfen«, antwortete der Junge eifrig. Er wollte sich in eine detaillierte Beschreibung des Vorganges stürzen, aber der junge Ritter unterbrach ihn.

»Geh jetzt, säubere dich, Albuin. Ich erwarte dich in einer halben Stunde hier zum Unterricht. Lauf schon.«

Er sah dem Knaben nach, wie er über den Hof stob, und lächelte schwach. Dann hob er sein hölzernes Schwert und führte es durch eine gemessene, tänzerisch anmutende Bewegungsfolge. Seine Schritte brachten ihn in den Schatten der hoch aufragenden Buche, die in der Mitte des ummauerten Hofes stand. Dort beendete er die Übung mit einer schnellen Drehung und ließ das Schwert sinken. Er schüttelte sich den Schweiß aus den grünlichen Augen und lehnte das Schwert an den glatten Baumstamm.

»Also gut, komm da jetzt runter, Ida«, rief er leise. Er wischte sich über den Nacken, fuhr mit den gespreizten Fingern durch den zerzausten Zopf und band den Lederriemen neu, der ihn zusammenhielt. In dem dichten dunkelgrünen Laub über ihm rauschte es sanft, als hätte ein leiser Windstoss die Äste bewegt, dann war es wieder ruhig. »Ida«, wiederholte Simon geduldig. »Ich weiß genau, dass du da oben bist.

Komm runter, ich verrate dein Versteck auch niemandem. Versprochen.«

»Ritterehrenwort?«, erklang es aus dem Wipfel des Baumes.

»Großes Ritterehrenwort«, antwortete der junge Kämpe. Er blickte aus zusammengekniffenen Augen in das dichte Gewirr aus Blättern und Zweigen, ohne die Besitzerin der Stimme ausmachen zu können. Wieder rauschte und raschelte es, und die dünneren Äste der Buche gerieten in Bewegung. Kurz darauf hörte er ein Plumpsen. Ein hoch aufgeschossenes, mageres Mädchen ließ sich von einem der untersten Äste fallen. Geschmeidig wie eine Katze fiel sie auf die Füße und klopfte sich die Hände ab.

»Dein Vater sieht es gar nicht gerne, wenn du in den Bäumen herumkletterst«, bemerkte Simon und hockte sich auf eine der knorrigen Wurzeln, die sich in den trockenen Boden gruben. Das Mädchen rümpfte eine spitze Nase und erwiderte nichts. Aus rauchfarbenen Augen schoss ein vernichtender Blick auf den jungen Kämpen, ehe sie die Augen niederschlug und beinahe verlegen eine zottelige Haarsträhne um ihren Finger drehte.

»Es ist doch egal, was ich mache. Mein Vater sieht *mich* nicht gerne«, sagte sie in erstaunlich erwachsenem Ton. Simon unterdrückte ein Lächeln und klopfte neben sich auf die Wurzel. Das Kind hockte sich neben ihn und begann, seine aufgelösten Zöpfe neu zu flechten. Simon betrachtete sie mit in die Hand gestütztem Kinn. Die jüngste Tochter des Lords von Sendra war ein bemerkenswert unansehnliches Mädchen: überdurchschnittlich groß für ihre neun Lenze überragte sie sogar ihren zwei Jahre älteren Bruder um beinahe einen halben Kopf. Dabei war sie so dünn wie ein Grashalm und strahlte wenig Anmut und Grazie aus. Simon seufzte unhörbar. Was für ein Unterschied zu ihrer älteren Schwester Amali, die jetzt schon eine ausgesprochene Schönheit war. Aber wo diese ein sanftes Wesen, veilchenblaue Augen und weich gelocktes honigblondes Haar ihr Eigen nannte, schien Anida aus nichts als spitzen Ellbogen und einer ebensolchen Zunge zu bestehen und war noch dazu mit dem scheckigen dreifarbigen Haar gezeichnet, das vom Gesinde und den Dorfleuten verstohlen und mit abergläubisch gekreuzten Fingern »Hexenhaar« genannt wurde.

»Du trägst wieder Kleider deines Bruders«, tadelte Simon. »Du weißt, dass dir das verboten wurde.«

Sie zuckte mit den Schultern und zog die Nase hoch. »Hast du schon mal versucht, in Röcken auf einen Baum zu steigen?«

Simon lachte auf und tarnte es als missbilligendes Husten. »Du bist eine verdammte Plage«, sagte er aus tiefster Seele. »Ich bin wirklich froh, dass ich nicht deine Tante bin und dir Anstand beibringen muss!«

Das Mädchen zog eine Grimasse. »Anstand und Sticken.« Ihre Stimme klang angewidert. »Ich würde viel lieber von Euch im Kampf unterrichtet, edler Ritter.«

Simon schüttelte amüsiert den Kopf. »Das könnte Euch so passen, holde Prinzessin. Was glaubst du, was dein Vater mir erzählen würde.« Er erhob sich und hielt ihr seine Hand hin. »Komm, Ida. Wahrscheinlich sucht die Herrin schon nach dir.«

»Du verrätst ihr nicht, wo du mich gefunden hast?« Ein flehender Blick aus plötzlich goldgrünen Augen traf den jungen Mann. Er runzelte die Stirn, und ein hochmütiger Ausdruck flog über seine kantigen Züge. Er verschwand so schnell, wie er gekommen war und machte einem nachsichtigen Lächeln Platz.

»Natürlich werde ich das nicht tun. Ich habe dir schließlich mein Ehrenwort gegeben. Nun geh schon ins Haus, Anida. Ich habe noch anderes zu tun, als Kindermädchen für ein verzogenes Gör wie dich zu spielen.«

Ida schnaufte beleidigt und stakste mit hocherhobenem Kopf davon.

Tante Ysabet schalt sie gründlich aus, die Hände in die rundlichen Hüften gestemmt, und schickte die verstockt dreinblickende Ida zur Strafe auf die Kammer, die sie sich mit ihrer Schwester teilte. »Warte nur, bis ich das deinem Vater erzählt habe«, schimpfte die Tante hinter ihr her, als sie die Treppe zu den Schlafgemächern hinaufschlüpfte. Ida verdrehte die Augen, die vor hilflosem Zorn beinahe schwarz erschienen, und schnitt eine fürchterliche Grimasse, die ihr eine tüchtige Maulschelle eingetragen hätte, wenn ihre Tante sie bemerkt hätte. Ida warf sich auf ihr Bett und drückte die Fäuste gegen die Augen. »Ich hasse euch alle«, flüsterte sie in ihr Kissen. Durch das Fenster schallte die tiefe Stimme des Lord-Kämpen, der ihren Bruder Albuin erbarmungslos über den staubigen Hof scheuchte. Das Mädchen hockte sich in die Fensternische und starrte hinaus. Der blonde Schopf ihres Bruders war schon jetzt dunkel vor Schweiß, und er mühte sich ungeschickt mit dem hölzernen Schwert ab, während der riesenhafte Ritter ihm mit steigender Ungeduld seine Anweisungen zurief. Ida verfolgte vom Fenster aus die Unterrichtsstunde und biss sich vor Missvergnügen auf ihren Zeigefingerknöchel, als Albuin ungeschickt über seine eigenen Füße stolperte und seine glitschigen Finger von dem lederumwickelten Schwertgriff abglitten.

»Jetzt parieren«, kommentierte sie selbstvergessen. »Du hast *zwei* Arme, du Trottel, jetzt fass doch gescheit zu! Ach, süßer Iovve! Albi, du bist doch wirklich *zu* dusslig.«

Albuin rappelte sich aus dem Staub auf und begann sich mit schriller Stimme zu rechtfertigen. Simon schnitt ihm barsch das Wort ab. Ida hörte ihn brüllen: »Wenn du sowieso nicht auf das hörst, was ich dir sage, brauche ich mir auch keine Fransen an die Zunge zu reden. Geh mir bloß aus dem Gesicht, für heute habe ich genug von deinem Anblick, Bursche!« Er wandte sich schroff um und schritt zur Pumpe, um sich zu waschen. Albuin stand noch einen Moment lang mit hängendem Kopf und baumelnden Armen da, dann fuhr er herum und rannte ins Haus.

Ida schüttelte das Haupt wie eine weise alte Frau und seufzte. Ihr spitzes Gesicht war gleichzeitig bekümmert und schadenfroh. Sie wandte ihre Aufmerksamkeit dem Ritter zu, der sich seines durchgeschwitzten Wamses entledigt hatte und nun das kühle Wasser aus der Pumpe über seinen Kopf laufen ließ. Sie stützte das Kinn in die Fäuste, ihre Augen bekamen einen weichen Bernsteinschimmer, und das harte kleine Gesicht wurde sanft.

Ein Klopfen riss sie aus ihren Träumen. Ihre Schwester Amali, die älteste der drei Geschwister, trat ins Zimmer. Sie sah Ida mit einer Mischung aus Mitleid und Missbilligung an und stellte ein zugedecktes Tablett auf den kleinen Tisch in der Ecke.

»Tante Ysa meint, du wärest bestimmt hungrig.« Sie hockte sich auf ihr Bett. Ida blieb in ihrer Fensternische sitzen und sah sie reglos an. Amali zupfte irritiert ihr hübsches blaues Mieder zurecht und runzelte die weiße Stirn. »Was starrst du mich so an? Habe ich einen Fleck auf der Nase?«

»Nein«, entgegnete Ida knurrig. »Du siehst so geleckt aus wie immer.« Sie sprang auf und deckte das Tablett ab. »Hm, Krapfen!« Sie leckte sich voller Vorfreude die Lippen und stopfte sich einen der kleinen Ballen ganz in den Mund.

»Schling nicht so«, rügte Amali und ging zum Fenster, um hinauszusehen. Sie erblickte Simon, der sein nasses Haar ausschüttelte, und seufzte sehnsüchtig.

»Vergiss es«, sagte Ida grob und biss in einen Apfel.

»Du interessierst ihn nicht. Er turtelt im Moment mit der roten Maie.«

Amali fuhr herum, blutrot im Gesicht. »Du vorlautes kleines Biest! Was bildest du dir eigentlich ein ...« Sie schnappte empört nach Luft. Ida betrachtete sie aus zusammengekniffenen Augen. »Was meinst du damit: er mit der roten Maie?«, siegte Amalis Neugier über ihre Empörung.

Ida nickte befriedigt. Sie biss ein riesiges Stück von dem Apfel ab und stopfte sich so erfolgreich den Mund. Während sie gemächlich kaute, ergötzte sie sich an dem Anblick ihrer ungeduldig einer Antwort harrenden Schwester.

»Nun sag schon«, drängte Amali. »Was hat Ritter Simon deiner Meinung nach mit unserer Küchenmagd zu schaffen?«

Ida grinste und schluckte den letzten Bissen herunter. Bedauernd blickte sie auf den leeren Teller und pickte ein paar Krümel mit dem Zeigefinger auf. Amali vergaß, dass sie eine beinahe erwachsene Dame war, und schüttelte sie grob. »Jetzt spuck's schon aus«, fauchte sie. »Du kleine Giftkröte, wenn du meinst, du könntest mich hier so ...«

»Amali«, rief die ungeduldige Stimme von Tante Ysabet nach ihr. »Was treibst du so lange? Lass deine Schwester bitte alleine, sie hat Stubenarrest!«

»Warte nur!«, formten Amalis rosige Lippen drohend. Sie nahm das Tablett auf und stolzierte aus der Kammer.

Ida grinste und drehte ihr eine lange Nase. »Doch poussiert er mit der roten Maie, bäh! Und du bist viel zu mager für seinen Geschmack!« Sie kehrte zu ihrem Platz am Fenster zurück, um auf den Hof hinunterzublicken, der bis auf ein paar leise glucksende Hühner, die vergnügt ein Staubbad nahmen, verlassen unter der nachmittäglichen Sonne lag.

Das Leben auf dem großen Hof des Lords von Sendra ging seinen gemächlichen Gang. Aurika, die Mutter seiner drei Kinder, war vor acht Jahren an einem Lungenfieber gestorben. Seitdem sorgte die verwitwete Schwester des Lords für die Geschwister. Lady Aurika war eine der jüngeren Töchter des Hierarchen gewesen, aber dieser Umstand besagte nicht viel. Lord Joris war nur einer der vielen Lords, die einem der Tetrarchen des Reiches dienten, und damit nicht viel mehr als ein wohlhabender Gutsbesitzer mit einem unbedeutenden Adelstitel. Dass er sich den Luxus eines eigenen ritterlichen Lord-Kämpen des Ordens vom Herzen der Welt leistete, hatte am Hof des Roten Tetrarchen für einige Erheiterung und teilweise bösartigen Spott gesorgt. Aber stur, wie Joris war, scherte er sich nicht darum. Sein Sohn und Erbe sollte eine standesgemäße Erziehung bekommen und seine beiden Töchter einen möglichst hochgestellten Ehemann, das allein war ihm wichtig.

Joris ächzte leise und suchte für seinen mächtigen Körper eine bequemere Sitzhaltung in dem geschnitzten Eichenstuhl. Heute war Gerichtstag, und der Lord von Sendra durfte sich damit beschäftigen, die Streitereien der ihm untergebenen Bauern und Handwerker zu schlichten, eine Aufgabe, die seinem ungeduldigen und aufbrausenden Temperament beinahe so zuwider war wie seiner jüngsten Tochter die Beschäftigung mit Nadel und Faden. Vor ihm spulte Feddo der Hinker sein altgewohntes Lamento darüber ab, dass die Dorfkinder ihm »seinen« Fluss leer fischten. Joris faltete die großen Hände vor dem Bauch und nickte in Abständen, ohne dem Alten auch nur die mindeste Aufmerksamkeit zu schenken. Sein breites, wettergegerbtes Gesicht mit der kräftigen Nase und der tiefen Falte zwischen den buschigen Brauen zeigte dennoch nichts als wohlwollende Aufmerksamkeit, eine Fähigkeit, die er sich in langen, ermüdenden Sitzungen während der Gerichtstage und der endlosen Lordversammlungen erworben hatte. Es war zum Ersticken heiß in der großen Gemeindehalle. Joris' Gedanken schweiften unaufhaltsam ab, während Feddo begann, ins Detail zu gehen. Haubenbarsche und Schleien kämpften um die Aufmerksamkeit des Lords und verloren kläglich.

Er hätte sich gewünscht, dass Albuin ihn zu diesem Gerichtstag begleitete, aber der Junge war wieder einmal unauffindbar gewesen. Joris seufzte leise und verlagerte sein schmerzendes Gesäß auf dem harten Sitz. Er wurde langsam alt, das wurde ihm zu seinem Bedauern in letzter Zeit immer öfter bewusst. Es hatte ihm auch früher schon Unbehagen bereitet, wenn er längere Zeit still an einem Fleck sitzen musste, aber seit einigen Monaten quälte ihn zudem auch noch sein Rücken. Er lockerte unauffällig seinen beengenden Gürtel und seufzte wieder. Der Lord von Sendra war sein Leben lang ein breit gebauter, stattlicher Mann gewesen, aber mit den Jahren und dem zunehmenden Grau in seinem dunkelblonden Haar hatte er deutlich an Gewicht zugelegt. Inzwischen waren es nicht mehr allein Muskeln, die sein dunkelbraunes Wams auspolsterten.

Feddo der Hinker war jetzt wie immer bei den alten Zeiten angelangt, wo die Jugend noch Respekt vor dem Alter gezeigt hatte, ganz anders als die frechen Burschen von heute … Joris nickte und machte zustimmende Geräusche.

Er müsste bald einmal mit seinem Sohn und Erben reden. Es war gut und schön, die Erziehung des Jungen dem Lord-Kämpen zu überlassen – wie sonst hätte er den jungen Ritter auch beschäftigen sollen. Die Tage der Fehden zwischen den Lords des Hierarchen waren schon seit den Zeiten seines Großvaters vorbei. Aber Albuin war kein Kämpfer, leider nicht. Er war ein stiller, verschlossener Knabe, der sich viel lieber mit einem alten Buch in seinem Zimmer vergrub oder den Spinnen zusah, wie sie im alten Obstgarten ihre Netze spannen, als beispielsweise mit seinem Vater auf die Jagd zu gehen. Joris seufzte wieder, was den alten Feddo fälschlicherweise ermutigte, sich noch heftiger über die Jugend von heute zu ereifern. Joris blickte fasziniert auf die Speicheltröpfchen, die von Feddos Lippen sprühten, und ließ seine sorgenvollen Gedanken wieder zu seinen Kindern wandern.

Der Junge war jetzt alt genug, um in seine Aufgaben als zukünftiger Lord von Sendra eingewiesen zu werden. Er würde ein ernstes Wort mit seinem Erzieher wechseln müssen. Joris blinzelte unbehaglich. Der junge Lord-Kämpe hatte etwas an sich, was ihn unangenehm berührte. Simon zeigte immer formvollendete Höflichkeit und Aufmerksamkeit, wenn sein Herr mit ihm sprach, aber unter der beflissenen Oberfläche schien eine herablassende Erheiterung, eine subtile Arroganz zu schlummern. Joris runzelte die Stirn. Der Lord-Kämpe war ganz offensichtlich viel zu ehrgeizig, um als Erzieher eines Knaben zufrieden sein zu können. Joris war ein schlichter, gradliniger Mann, sicherlich keine Geistesgröße, aber nicht gar so einfältig, wie er auf den ersten Blick erscheinen mochte. Etwas an der kühlen, hochmütigen Art seines Kämpen stieß ihn ab, ohne dass er hätte sagen können, was genau es war. Er wünschte sich nicht zum ersten Mal, dass seine geliebte Aurika noch am Leben wäre. Sie war so klug wie schön gewesen, und im Gespräch mit ihr hatte sein schwerfälliger Kopf so manches Mal die nötige Klarheit bekommen, um verzwickte Probleme lösen zu können.

Und Amali, sein Augapfel, das Glück seines nahenden Alters? Amali war inzwischen zu einer wahren Schönheit erblüht, darin ganz und gar das Ebenbild der toten Aurika, aber was ihre geistigen Fähigkeiten betraf … nun ja, die hatte anscheinend vollständig seine Jüngste geerbt, die störrische kleine Ida.

Joris schmunzelte verhalten. »Klein« war allerdings nicht ganz die passende Beschreibung für seine Tochter. Das magere, unansehnliche Kind war zu einem hoch aufgeschossenen, mageren und immer noch unansehnlichen jungen Mädchen herangewachsen. Es würde schwer werden, einen guten Gatten für sie zu finden, um so mehr, als Ida über eine überaus scharfe Zunge verfügte, von der sie gerne und ausgiebig Gebrauch zu machen pflegte. Intelligent, widerborstig, eigensinnig und mit einem unbarmherzig scharfen Blick für die Schwächen ihrer Mitmenschen gesegnet, würde sie wahrhaftig keine liebenswürdige, anschmiegsame Gefährtin für einen Mann abgeben. Nun gut, noch war sie zu jung, als dass er sich ernsthaft mit ihrer Verheiratung hätte beschäftigen müssen. Und vielleicht geschah ja das Wunder, das sie in eine fügsame und sanftmütige junge Frau verwandeln würde.

Joris prustete bei diesem Gedanken. Der alte Feddo verstummte mit verdutzt offen stehendem Mund. Der Lord richtete sich trotz seines protestierenden Rückens im Sitz auf und machte sich an die undankbare Aufgabe, den alten Fischer zu besänftigen und wieder einmal für ein halbes Jahr mit dem erhebenden Gefühl nach Hause zu schicken, Recht bekommen zu haben.

Albuin hockte mit baumelnden Beinen auf der hüfthohen Mauer, die den Obstgarten von der Weide abtrennte. Aus zusammengekniffenen Augen blickte er über die weite Grasfläche, auf der friedlich die Pferde des Gutes weideten. Neben ihm lag vergessen ein Buch mit verschlissenem Einband, dessen vergilbte Blätter sich leicht im lauen Wind bewegten. Leise Schritte näherten sich aus dem Garten, und Albuin schrak heftig aus seinen Gedanken, als seine Schwester sich neben ihm auf die Mauer schwang und eine Hand voll Frühäpfel zwischen sie legte.

Sie saßen eine ganze Weile in einträchtigem Schweigen kauend nebeneinander. Albuin starrte wieder in die Ferne, und Ida musterte ihn unter zusamengezogenen Brauen. »Was ist los, Albi?«, fragte sie endlich. »Hast du wieder Prügel von Simon bezogen?«

Der blonde Jüngling schnaubte abfällig. »*Herr* Simon«, betonte er die förmliche Anrede, um seiner Schwester unter die Nase zu reiben, dass er ihre saloppe Anrede des Lord-Kämpen missbilligte, »Herr Simon hat heute ausnahmsweise darauf verzichtet, mich mit seinen Schwertkünsten zu demütigen. Stattdessen durfte ich unserem Vater dabei zusehen, wie er sich mit dem Gutsverwalter herumstritt und dabei beinahe vom Schlagfluss getroffen wurde.« Er biss sich auf die Unterlippe und wandte Ida ein zutiefst unglückliches Gesicht zu, das den spöttischen Ton seiner Worte Lügen strafte.

»Ida, ich bin einfach nicht dazu geeignet, Vaters Aufgaben zu übernehmen. Ich fühle mich schrecklich, wenn ich mit diesen sturen Bauern reden muss, und ich hasse alles, was mit Jagd, Schwertern und der Verwaltung eines Hofes zu tun hat! Ich gehe viel lieber zu Magister Ugo in die Lehre und erlerne von ihm das Graue Handwerk.« Er verstummte, erschreckt über seine eigenen Worte. Ida starrte ihn an, ihre wechselhaften Augen waren von einem dunklen Rauchton. Das Licht der späten Nachmittagssonne färbte die roten und blonden Stellen in ihrem Haar leuchtend rot und verlieh den schwarzen Strähnen einen rötlichen Schimmer.

Albuin seufzte und hob die Schultern. »Sag Vater nichts davon«, bat er leise. »Du weißt, wie er darüber denkt.« Ida nickte stumm. Sie griff ungeschickt nach seiner Hand und drückte sie voller Mitgefühl.

Magister Ugo war ein Bruder des Grauen Ordens, der vor einigen Jahren im Dorf aufgetaucht war und sich trotz des offenen Misstrauens, das die Bauern ihm entgegenbrachten, dort niedergelassen hatte. Niemand wusste, weshalb er nach Sendra gekommen war und was ihn hier hielt, aber man gewöhnte sich schließlich an seine Gegenwart. Da Sendra seit dem Tod der alten Jenny keine Dorfhexe mehr hatte, und der Magister bei aller Zurückgezogenheit durchaus bereitwillig zu Hilfe eilte, wenn magische Fähigkeiten gefragt waren, hatten die Dorfbewohner ihn schließlich widerwillig akzeptiert und waren inzwischen sogar nicht wenig stolz darauf, dass ein echter Grauer Magier als Dorfhexer in ihrer Mitte weilte.

Lord Joris hatte ihn zuerst davonjagen wollen. Er misstraute dem Zaubervolk, obwohl eine seiner Schwestern eine Weiße Hexe war. Aber dann siegte wie so oft seine ihm eigene Gutmütigkeit, die er so gerne hinter einem bärbeißigen Wesen verbarg. Solange sich die Bauern nicht über den Magister beschwerten, hatte er knurrig zu Ysabet gesagt, habe er wohl kaum eine Veranlassung, ihn von seinem Land zu weisen.

»Ich finde ihn ganz schön unheimlich«, sagte Ida gedankenverloren. »Er sieht dir bis auf den Grund des Herzens mit seinen grässlichen Augen.« Sie schüttelte sich. Magie und Zauberei jagten ihr heftige Angst ein. Albuin sah sie mit einem schwachen Lächeln an.

»Du bist wirklich seltsam, Ida. Du würdest einen angreifenden Stier mit bloßen Händen aufhalten, ohne nur einen Gedanken daran zu verschwenden, deswegen Angst zu verspüren. Aber wenn jemand einen einfachen Wasserzauber macht, fällst du vor Schreck beinahe in Ohnmacht.« Er vollführte eine schnelle Geste mit seinen dünnen Fingern. Eine winzige Wolke erschien über dem Kopf seiner Schwester und ließ einen Schauer von staubkorngroßen Regentropfen auf ihren scheckigen Scheitel niederfallen. Sie schrie auf und sprang von der Mauer. Aduin zog ein schuldbewusstes Gesicht und winkte wieder. Das Wölkchen zerplatzte in einen feuchten Nebel und verschwand, einen winzigen Regenbogen hinterlassend.

»Komm schon, Ida. Es tut mir Leid, wirklich. Ich wollte dich nicht ärgern.« Er hielt dem am Boden hockenden Mädchen die Hand hin. Sie ergriff sie zögernd, um sich von ihm wieder auf die Mauer ziehen zu lassen.

»Du bist ein Ekel, Albi.« Sie nahm einen der übrig gebliebenen Äpfel und grub wütend ihre Zähne hinein. Albuin sah sie scheinbar zerknirscht unter niedergeschlagenen Lidern her an, aber seine hellen Augen funkelten boshaft dabei. Beide schwiegen eine Weile, bis die Verstimmung zwischen ihnen verflogen war wie der magische Regenschauer.

»Du würdest sicher einen viel besseren Lord abgeben als ich«, bemerkte Albuin. »Du hast Spass an all dem; daran, Leute herumzukommandieren und mit dem Schwert zu fuchteln und so was alles. Was meinst du, wollen wir Vater nicht fragen, ob er dich als Erbin einsetzt?« Sein Ton erschien spasshaft, aber die Bitterkeit darunter war nur schlecht verborgen.

Ida grinste und stieß ihm mit ihrem spitzen Ellbogen in die Seite. »Großartige Idee, Albi. Du gehst und sagst es ihm, und ich helfe dir hinterher, deine Knochen wieder in der richtigen Reihenfolge zusammenzusetzen.« Beide kicherten. Albuin legte einen Arm um Idas Hüfte und lehnte sich an sie.

»Schade, dass das nicht geht«, murmelte er.

Brütende Hitze lag über dem Flussufer. Über dem sich träge kräuselnden Wasser tanzten silbrige Schwärme von Mücken, und winzige Wasserläufer huschten im Zickzack über die Oberfläche hinweg. Das leise Glucksen des langsam fließenden Gewässers und das gelegentliche läutende Rufen einer Rohrstelze waren die einzigen Laute, die die Stille durchbrachen. Im Schatten der alten Silberweide, deren Zweige tief über das Flussufer hingen, lagen die Geschwister im tiefen Gras und dösten vor sich hin. Amali hatte ihren Rock geschürzt und ließ die Füße in das lauwarme Wasser baumeln. Ida lag auf dem Bauch, kaute auf einem Grashalm und blinzelte zu einer langsam an ihnen vorübertreibenden Schilfinsel hinüber, auf der sich eine friedliche Schar von gelbbrüstigen Flusstauben sonnte.

Albuin hatte in seinem Buch gelesen, das ihm nun auf die Brust gesunken war. Er hatte den Mund leicht geöffnet und schlief fest, das von der Sonne gebleichte Haar hing ihm wirr und feucht in die Stirn.

»Sag schon, Mali.« Ida drehte sich träge auf die Seite und spuckte den zerkauten Grashalm aus. »Was gibt es Neues von deinem Zukünftigen? Hat er dir nicht endlich mal wieder ein Geschenk vorbeigeschickt?«

Amali gluckste und wurde rot. Seit zwei Monaten war sie Eiliko, dem ältesten Sohn des Lords von Dikar-En versprochen, und ihre Schwester zog sie gerne damit auf, dass der junge Mann sie schüchtern und formvollendet umwarb.

»Heute früh kam ein Bote hiermit.« Mit verschämtem Stolz zog Amali ein goldenes Band aus ihrem Mieder und ließ es vor Idas Nase baumeln. Die Jüngere griff danach und begutachtete es eingehend.

»Hübsch«, gab sie neidlos zu. Sie drehte sich wieder auf den Rücken und gähnte ungeniert. »Ich dachte, du bist in Simon verschossen«, murmelte sie undeutlich und streckte sich. Amali schwieg und steckte das Band, das sie sorgfältig aufgerollt hatte, wieder ein. »Na?« Ida ließ nicht locker.

Amali zog eine Schnute. »Das geht dich eigentlich gar nichts an«, wies sie die Jüngere zurecht. Dann stützte sie das runde Kinn in die Hand und starrte auf den Fluss hinaus. »Vater wäre nie damit einverstanden, dass ich einen Mann heirate, der weder Land noch einen Titel besitzt.« Sie seufzte. »Eigentlich schade, ich finde ihn nämlich ganz süß …«

Ida betrachtete sie interessiert. »Er ist jedenfalls ganz schön hinter dir her. Ihm fallen jedes Mal fast die Augen aus dem Kopf, wenn er dich sieht.«

Amali errötete wieder. »Ja?« Sie gab sich uninteressiert. »Mag sein. Ich habe nicht darauf geachtet.«

Ida grinste und hob spöttisch die Brauen. Aber ihr spitzer Kommentar blieb der Älteren erspart, denn mit einem erschreckten Grunzen erwachte nun ihr Bruder aus seinem Schlummer. Er rieb sich die Augen und reckte sich ächzend. Dann hob er das Buch auf, das von seiner Brust gerutscht war, und klappte es energisch zu. »Ich muss zum Unterricht, ich bin sicher schon wieder zu spät dran«, schimpfte er. »Warum habt ihr mich nicht geweckt?«

Die beiden Mädchen störten sich nicht an seinem Unmut. Sie sahen ihm nach, wie er über die Wiese rannte, und ließen sich dann wieder ins Gras sinken. »Tante Ysabet sucht uns bestimmt auch schon«, murmelte Amali schläfrig. »Sollten wir nicht ebenfalls zurückgehen?«

Ida brummte nur: »Sie schimpft ohnedies. Also können wir auch genauso gut noch hier bleiben«, und schloss die Augen.

Simon, der Lord-Kämpe von Sendra, absolvierte trotz der spätsommerlichen Schwüle sein Kampftraining auf dem sonnenglühenden Hof. Das Wasser lief ihm in Strömen über das Gesicht und die nur mit einem ärmellosen Leinenkoller bekleideten Schultern. Er beendete eine Übungsfolge und verschnaufte einen Moment im Schatten der Buche.

»Warum tust du das eigentlich, Simon?«, fragte Ida, die im Schatten unter dem Baum hockte und ihm interessiert zugesehen hatte. »Ich verstehe, dass Albi regelmäßig seine Übungen machen muss, damit er sich nicht irgendwann im Kampf den eigenen Fuß abhackt. Aber du bist doch kein Lehrling mehr.«

Simon wischte sich den Schweiß von Gesicht und Armen. Er ließ sich neben Ida ins Gras fallen und langte nach dem Krug mit kühlem Wasser, der neben ihren langen Beinen stand. »Ich bin ein Ritter des Ordens vom Herzen der Welt«, sagte er seltsam steif. »Unser Kodex schreibt uns vor, unseren Körper und unseren Geist geschmeidig zu halten und regelmäßig die Übungen zu absolvieren, die unser Hochmeister uns durchzuführen auferlegt hat.«

Ida schüttelte ungeduldig den Kopf. »Du kümmerst dich doch sonst wenig um die Regeln.«

Simons Augenbrauen schossen in die Höhe, und er sah das halbwüchsige Mädchen verdutzt an. »Wie meinst du das?«, fragte er vorsichtig und kratzte sich verlegen die breite Brust.

»Du hast Albuin alles über den Kodex deines Ordens beigebracht, alles über Ehre und Keuschheit und Zucht und was sonst noch dazugehört, ein Ritter zu sein. Aber ich habe bisher nicht bemerkt, dass du selbst dich allzu streng daran hältst – finde ich auch ganz in Ordnung«, fügte sie schnell hinzu, als sie die sich verfinsternde Miene des jungen Mannes wahrnahm. »Ich glaube nicht, dass ein normaler Mensch das alles ständig einhalten kann, ehrlich.«

Simon nahm einen großen Zug aus dem Wasserkrug, um seine Verlegenheit zu verbergen, und wischte sich dann mit einem angefeuchteten Tuch über den sonnenverbrannten Nacken. Ida entließ ihn nicht aus ihrem scharfen Blick. Ihre Augen waren im grüngesprenkelten Schatten der Buche von einem leuchtenden Goldton.

»Du hast Recht«, gab er schließlich zu. Er verzog die Lippen. Ida betrachtete fasziniert und ein wenig erschrocken, wie diese Regung seines fein geschwungenen Mundes seinem asketischen Gesicht einen heftigen und zügellosen Ausdruck verlieh. »Das Training ist mir wichtig.« Sein Gesicht hatte sich wieder geglättet, und der unzufriedene, beinahe gierige Blick war verschwunden. Er sah sie mit einem Zwinkern an, und sie lächelte zurück. Simon lehnte sich an den glatten Baumstamm und faltete die großen Hände vor den Knien.

»Siehst du, Prinzessin, ich bin nicht der Sohn eines Lords, so wie dein Bruder. Mein Vater war ein Schmied unten in Korlebek.« Er lächelte versonnen und blickte in die Baumkrone. »Er war ein guter Schmied, bestimmt der beste in der ganzen Gemeinde. Aber ich wollte immer etwas – nun ja – etwas mehr sein als ein Schmied oder ein Bauer oder ein Wirt. Ich habe schon als Junge davon geträumt, ein Ritter zu werden und tapfere, ruhmreiche Taten zu vollbringen. Du kannst dir nicht vorstellen, wie stolz ich darauf war, als der Orden mich aufnahm und ausbildete.« Ida sah ihn reglos an. Er schien vergessen zu haben, dass sie ihm lauschte, und zu sich selbst zu sprechen. Sie wartete darauf, dass er fortfuhr, und als er es tat, wandte er sich wieder an sie. Er grinste sie an und langte nach seinem schmucklosen Schwert, das er an den Baumstamm gelehnt hatte.

»Aber der eigentliche Grund dafür, dass ich meine Übungen nicht vernachlässige, ist ein anderer.« Er stand auf und blickte aus seiner imposanten Höhe auf sie herab. Sie hob fragend das Gesicht, und er grinste noch breiter. »Mein Vater«, erklärte er und schwang spielerisch die Waffe durch die Luft. »Er war, kurz bevor er starb, so fettleibig, dass er nicht mehr ohne fremde Hilfe vom Bett aufstehen konnte. Ich habe schlicht und einfach Angst, dass ich genauso in die Breite gehe, wenn ich jemals mit meinem Training aufhören sollte.« Lachend wandte er sich ab und kehrte zu seinen Übungen zurück. Ida gluckste und setzte sich bequemer hin, um ihm weiter dabei zuzusehen.

~ 2 ~

Der Herbst hatte begonnen die Bäume zu entkleiden. Ein ungestümer, kalter Wind wirbelte das trockene Laub über den großen Hof von Sendra, als Ylenia, die älteste Schwester des Lords, angereist kam, um ihre Nichten und ihren Neffen kennen zu lernen. Joris empfing sie mit gemischten Gefühlen. Die Geschwister hatten sich seit Jahren nicht gesehen, weil Ylenia ihr Ordenshaus im Norden des Reiches, am Fuße der Ewigkeitsberge, nur selten verließ.

»Warum kommt sie jetzt auf einmal auf die Idee, uns zu besuchen?«, hatte er sich bei Ysabet beklagt, die sich ganz unverhohlen darauf freute, ihre Schwester endlich einmal wieder zu sehen. »Am Ende will sie noch den Winter über hier bleiben! Sie macht doch nicht nach all den Jahren plötzlich eine Vergnügungsreise, noch dazu in dieser Jahreszeit. Irgendetwas bezweckt sie doch damit!«

»Gib Ruhe, Joris«, lächelte Ysabet und glättete ihre Schürze mit den roten Händen. »Du hast dich nie gut mit ihr verstanden, das weiß ich wohl. Aber du kannst ihr kaum verwehren, die Kinder ihres Bruders endlich einmal zu sehen. Vor allem, weil sie bisher noch nicht geprüft wurden ...« Sie verschluckte, was sie weiter hatte sagen wollen, und sah besorgt, wie das raue Gesicht ihres Bruders sich zornig rötete.

»Sie wird meinen Kindern keine Flausen in den Kopf setzen. Albuin macht mir jetzt schon Probleme genug mit seiner Spinnerei. Wenn sie es wagt, ihn darin zu unterstützen, werfe ich sie hinaus – auch wenn draußen der Schnee meterhoch liegen sollte!«

Ysabet legte ihm besänftigend die Hand auf den massigen Arm. »Joris, ich bitte dich, sei vernünftig. Die Kinder sind längst in dem Alter, wo sie geprüft werden müssen. Gerade Ida …«

Joris schnaubte und schüttelte ihre Hand ab. »Dummes Zeug, Aberglauben und Weibergeschwätz! Anida ist genauso wenig eine Hexe wie – wie – wie ich!«, schloss er triumphierend. »Und jetzt Schluss damit. Ich werde unsere Schwester schon nicht ungebührlich behandeln, wenn sie sich zu benehmen weiß.« Er ließ sich in den Lehnsessel am Kamin fallen und schlug die Fäuste auf die zerschlissenen Lehnen. »Geh, such mir den Jungen. Ich will ihm ins Gewissen reden, ehe seine Tante ihn in die Finger bekommt.«

Ylenia traf nur wenige Tage nach diesem wohl recht einseitig verlaufenen Gespräch zwischen Joris und seinem Sohn ein. Albuin hatte sich danach mürrisch und noch schweigsamer als sonst in seiner Kammer vergraben und sich sogar geweigert, zu den gemeinsamen Mahlzeiten in die Halle zu kommen. Der Lord, der gemeinhin wenig Geduld zeigte, wenn es darum ging, eines seiner Kinder aus dem Schmollwinkel herauszuholen, hatte seinem Kämpen barsch befohlen, den Jungen zur Vernunft zu bringen, aber selbst das geduldige Zureden des jungen Ritters war von keinerlei Erfolg gekrönt gewesen.

»Lasst ihn doch einfach in Ruhe«, hatte sich altklug die Jüngste eingemischt. »Er regt sich schon wieder ab, spätestens, wenn Tante Ylenia da ist.«

Ida sollte mit ihrer Vorhersage Recht behalten. Als die Oberste Hexe des Weißen Ordens auf ihrem prachtvollen Grauschimmel und völlig ohne Gefolge in den Hof einritt, hing Albuin oben am Fenster und drückte sich die Nase platt. Die rundliche Ysabet kam aus dem Haus gelaufen, ein dickes Wolltuch nachlässig um die Schultern geschlungen, und fiel ihrer Schwester um den Hals, kaum, dass diese von ihrer Stute gestiegen war. Ihr auf den Fersen folgten die beiden Mädchen und etwas später der brummig dreinblickende Hausherr. Ylenia küsste ihre Schwester herzlich auf die Wangen, reichte Joris mit einem Zwinkern die Hand und blickte dann lange und prüfend auf Anida und Amali. Ida starrte sie aus riesengroß aufgerissenen Augen fasziniert an, zum ersten Mal in ihrem Leben sprachlos. Die Oberste Weiße Hexe bot einen wahrhaft imponierenden Anblick. Hoch gewachsen und schlank wie eine Gerte stand sie neben ihrem Bruder, den sie um Haupteslänge überragte, und musterte die Kinder aus tief liegenden topasfarbenen Augen. Die unordentlich geflochtene Haarmähne, die ihr altersloses Gesicht umrahmte, war dreifarbig wie das Haar ihrer jüngsten Nichte; aber wo Idas Haar rot, blond und schwarz war, war das ihrer Tante weiß, schwarz und von einem schimmernden Silberton, der in dem fahlen Licht des Herbsttages von innen zu leuchten schein. Endlich hatte sie ihre Inspektion beendet und streckte den beiden Mädchen mit einem Lächeln, das ihr Gesicht in unzählige Falten zerspringen ließ, beide Hände hin. Amali zierte sich, aber Ida griff ohne zu zögern zu und erwiderte den festen Druck der schmalen, kräftigen Hand.

»Du bist Amali, und du musst Anida sein«, sagte die Hexe freundlich mit einer Stimme, die wie eine ferne dunkle Glocke klang. Ida nickte, immer noch um Worte verlegen. Amali kicherte albern. Ylenia ließ die beiden los und wandte sich mit fragender Miene an ihren Bruder: »Wo ist der Junge?«

»Hier bin ich, Tante Ylenia«, erklang es mit einem atemlosen Kieksen dicht neben ihrer Schulter. Albuin stand da, die Hände auf dem Rücken verschränkt, und warf seiner Familie einen finster herausfordernden Blick zu. ›Wagt es nur, eine dumme Bemerkung zu machen‹, schien er zu sagen. Ida grinste und verkniff sich jeden Kommentar, während Ylenia den Jungen genauso eingehend musterte wie zuvor ihre Nichten.

»Ich freue mich, euch kennen zu lernen«, sagte sie schließlich und drehte sich schwungvoll um, dass ihre helle, schlichte Tunika unter dem dunklen Wollumhang aufblitzte. »Komm, Bruder, lass uns hineingehen.« Sie legte Joris eine Hand auf den Arm und lächelte ihn liebevoll an, während sie ihn sanft auf die Tür zuschob. »Du bist schwer geworden, mein Guter. Ysabet, du gibst wohl nicht richtig auf ihn Acht.«

Der Protest der beiden Erwachsenen verklang, als sie das Haus betraten. Die Kinder blickten sich stumm und freudig erregt an. Dieser Besuch versprach wirklich interessant zu werden.

Ysabet hatte dafür gesorgt, dass zur Feier des Tages ein wahres Festmahl aufgefahren wurde. Die sich unter den feinsten Speisen biegende Tafel erweichte sogar des Hausherrn grimmige Miene, und so war der Abend der Ankunft Ylenias von seltener Harmonie, da noch nicht einmal die Kinder sich wie sonst zankten, sondern gebannt den Erwachsenen lauschten, die schmunzelnd alte Erinnerungen austauschten.

Ritter Simon saß schweigend am Ende der Tafel, hatte sich eine üppige Auswahl der erlesensten Bissen auf seinen Teller geladen und sprach eifrig und ohne im Mindesten der Mäßigung zu gedenken, die die Regeln seines Ordens ihm auferlegten, dem guten roten Wein zu. Sein ausdrucksloser Blick glitt immer wieder zu Lord Joris und seinen Schwestern hinüber. Ida, die ihn zwischendurch einmal unauffällig beobachtete, sah einen winzigen gelben Funken des Neides unter seinen schweren Lidern glimmen.

»Ah, nun wundert es mich nicht, dass du derart füllig geworden bist, Bruder«, seufzte Ylenia nach geraumer Zeit und lächelte zu ihrer Schwester hinüber, die mit ihrem erhitzten Gesicht und den temperamentvoll blitzenden Augen um Jahre jünger und fröhlicher erschien, als die Kinder an ihrer gestrengen Tante Ysabet sonst gewohnt waren. »Du bist wirklich eine Gastgeberin, die den Hierarchen selbst bewirten könnte, Sabet. Ich habe wohl seit Jahren nicht mehr so gut gespeist.«

Ysabet errötete und freute sich wie ein junges Mädchen über das herzliche Lob. »Es ist schön, wenn jemand es endlich einmal zu schätzen weiß«, erwiderte sie mit einem vernichtenden Seitenblick auf ihre Familie. »Ich höre hier nur äußerst selten ein Lob, Ylen.« Joris und seine Kinder sanken etwas tiefer in die Sitze und blickten beschämt auf ihre Teller nieder. Es stimmte, die Kochkünste Ysabets wurden im Allgemeinen als selbstverständlich hingenommen, und es wurde eher noch daran herumgemäkelt, wenn einmal nicht das Lieblingsessen auf dem Tisch stand.

Ylenia erlöste sie aus ihrer peinlichen Lage. Sie schob ihren Sessel zurück und erhob sich zu ihrer imponierenden Länge. »Ich möchte mich jetzt zurückziehen, Joris. Es war ein langer Ritt, und ich muss noch meine Rituale durchführen. Morgen würde ich mich dann gerne mit den Kindern unterhalten.«

»Süßer Iovve ...«, wollte der massige Mann auffahren, aber ein gebieterischer Blick aus ihren Augen ließ ihn verstummen. »Gut, Ylenia, wie du wünschst«, sagte er lammfromm. »Fühle dich unter meinem Dach wie zu Hause.«

»Danke, Joris«, erwiderte die Hexe hoheitsvoll. Sie nickte den anderen freundlich zu und schritt zur Tür.

Die Geschwister versammelten sich weisungsgemäß am nächsten Vormittag vor der Tür zur Kammer ihrer Tante. Albuin klopfte mutig an, und dann harrten sie erwartungsvoll der Erlaubnis, eintreten zu dürfen.

Ylenia hatte sich den Lehnstuhl ans Fenster gezogen und saß darin, ein schweres Buch auf dem Schoß, und auf dem Tischchen neben ihr flackerte ein Talglicht neben einer großen kristallenen Schale, die mit einer klaren, ölig schimmernden Flüssigkeit gefüllt war. Die Mädchen knicksten, und Albuin verbeugte sich mit allem höfischen Schliff, den Simon ihn gelehrt hatte. Ylenia ließ das Buch zuklappen und blickte die Geschwister an. Ida erwiderte die Musterung neugierig. Sie ließ ihre Blicke ungeniert über die hochgewachsene Gestalt ihrer Tante wandern. Die Hexe hatte ihre Reitkleidung gegen ein weich fallendes, helles Gewand getauscht, das in der Taille von einem kostbar bestickten silbernen Gürtel gehalten wurde. Die weiten Ärmel fielen über die schmalen Hände und ließen nur die obersten Glieder der langen Finger frei. An einer dünnen Silberkette um Ylenias Nacken baumelte ein kunstvoll verschlungenes, mit klaren Steinen und schimmernden Perlen besetztes Schmuckstück auf ihre Brust herab. Die Hexe bemerkte, wie Idas Blick voller Neugier über den Anhänger wanderte.

»Das ist wunderschön«, sagte Ida verlegen. »Ist das eine Arbeit der Grennach?«

Ylenia griff nach dem Schmuckstück und tastete über die kostbaren Steine, die in filigrane Windungen feinsten Silberdrahtes gefasst waren. »Richtig«, erwiderte sie mit leiser Überraschung. »Das ist eine uralte Nachbildung eines der mächtigsten Gegenstände der Weißen Magie. Ich werde dir davon erzählen, wenn es dich interessiert. Aber zuerst sollten wir uns um die Angelegenheit kümmern, um derentwillen ich zu euch gekommen bin.«

Sie legte das Buch fort und winkte Amali zu sich, die zaudernd gehorchte. »Hab keine Angst, Kind. Es wird dir nichts geschehen, wenn du nur tust, was ich dir sage.« Die Stimme der Hexe war sanft und beruhigend. Amalis ängstliche Miene glättete sich unter den leisen Worten. »Setz dich her zu mir«, gebot Ylenia und wies auf den gepolsterten Schemel zu ihren Füßen. Sie legte mit einer liebevollen Geste eine Hand auf den Scheitel des jungen Mädchens und neigte sich zu ihr hinab. »Gib mir nun deine Hände, sei ohne Furcht«, hauchte sie. Amali sah in die Augen der Hexe und überließ ihre rundlichen Hände vertrauensvoll dem sanften Griff Ylenias. Beide saßen eine Weile regungslos da, dann seufzte die Frau leise. Ihr Blick, der so fern gewesen war wie die nächtlichen Sterne, kehrte zurück zum Gesicht des Mädchens. Sie lächelte Amali an und strich ihr sacht über die runde Wange.

»Du hast die Kräfte der Erde«, sagte sie freundlich. »Sie sind zwar nur schwach, aber du wirst immer eine glückliche Hand mit allem haben, was wächst und blüht. Und wenn du dich von einer Heilerin unterrichten lässt, wirst du vielleicht auch darin Geschick erlangen. Freue dich, Kind, das sind nützliche Fähigkeiten für die Ehefrau eines Lords und die Herrin über sein Gesinde.« Amali errötete vor Freude und begann, ihrer Tante zu danken. Ylenia schüttelte leise tadelnd den Kopf. »Danke nicht mir, ich habe dir diese Kräfte nicht gegeben. Nutze sie gut, denn damit dankst du den Schöpfern.«

Sie wandte sich Albuin zu, der mit weit aufgerissenen Augen den Vorgang beobachtet hatte und nun versuchte, sich einen unbeteiligten Anschein zu geben. »Du weißt etwas mehr über Magie als deine Schwester, nicht wahr?« Sie wartete seine Antwort nicht ab, sondern hielt ihm gleich auffordernd ihre Hände entgegen. Albuin kniete auf dem Schemel nieder und senkte den Kopf. »Sieh mich an, Junge«, befahl Ylenia scharf. Er riss den Kopf hoch, und sie fing seinen Blick ein. Seine Augenlider flatterten. Er versuchte, ihr auszuweichen, aber das bernsteinfarbene Aufblitzen in ihren Augen ließ seinen Widerstand erlahmen. Sein Gesicht erschlaffte, und er sah mit einem Mal geradezu dümmlich drein.

»Ah, ja«, flüsterte Ylenia nach einer langen Weile. »Das ist bedauerlich.« Sie ließ seine Hände los, um sich über die Augen zu fahren. »Wer ist dein Lehrer?«, fragte sie tonlos.

Albuins Gesicht wurde ausdruckslos. »Ritter Simon«, erwiderte er.

Ylenia hob das Kinn und schoss unter halb gesenkten Lidern einen funkelnden Blick auf ihn. »Unterschätze mich nicht, junger Dachs. Deine Kräfte sind den meinen bei weitem nicht gewachsen und werden es wahrscheinlich niemals sein. Du hast den falschen Weg eingeschlagen.« Ihre vorher so sanfte Stimme klang nun hart und kalt. »Antworte! Wer ist dein Lehrer?«

»Magister Ugo«, flüsterte der Junge. In seinen hellen Augen blitzte hilfloser Zorn. Seine Lippen pressten sich hart zusammen, und er wandte sich ab. Ylenias Hand schoss vor und packte seine Schulter.

»Ich habe dir nicht erlaubt zu gehen. Welchem Orden gehört der Magister an? Sprich!«

Albuins Augen waren voller Hass, als sie seine Lippen und seine Zunge zwang, sich gegen seinen Willen zu bewegen. »Er gehört zur Grauen Bruderschaft,« stöhnte er gedemütigt und riss sich heftig los. »Er besitzt mehr Macht als jeder andere Magier auf der Welt, und ich bin stolz darauf, sein Schüler zu sein!« Schluchzend stürmte er hinaus.

Ylenia verbarg das Gesicht in den Händen. Die beiden Mädchen, die das Geschehen schreckerstarrt beobachtet hatten, klammerten sich ängstlich aneinander. Ylenia ließ ihre Hände matt in den Schoß sinken. »Ihr müsst mich entschuldigen. Es ist sonst nicht meine Art, mich so unbeherrscht zu verhalten. Aber es trifft mich sehr hart, eines der Kinder meines Bruders derart an einen anderen Orden zu verlieren – noch dazu an die Grauen ...« Sie verstummte und starrte blicklos aus dem Fenster. »Ich hatte so sehr gehofft ...« Sie schüttelte ungeduldig den Kopf. »Dumme alte Frau«, schalt sie sich und lächelte Ida zu. »Komm her zu mir, meine Kleine. Du erinnerst mich so sehr an mich, wie ich in deinem Alter war. Gib mir deine Hände, Liebes.«

Ida näherte sich angstvoll und ließ sich auf dem Schemel zu Füßen der Hexe nieder. Ylenia blickte an ihr vorbei und nickte Amali zu. »Geh du ruhig, Kind, du musst nicht hier warten. Ich will mich noch etwas mit deiner Schwester unterhalten, wenn ich sie geprüft habe.« Amali knickste wieder und verließ sichtlich erleichtert das Gemach.

»Warum ängstigst du dich, Anida?«, fragte Ylenia behutsam. »Ist es, weil ich deinen Bruder so unsanft behandelt habe? Das tut mir Leid, bitte glaube mir. Er hat mir starken Widerstand entgegengesetzt, mit dem ich nicht gerechnet hatte. Sei du nur ohne Furcht, ich werde dir ganz sicher nicht wehtun.« Ihre Augen funkelten vor Freude. »Wenn ich dich ansehe, brauche ich kaum besondere Fähigkeiten, um dich zu prüfen. Es ist wohl genauso, wie ich es mir zu erhoffen gewagt hatte.« Sie erklärte ihre Worte nicht, sondern hielt Ida nur mit einem aufmunternden Lächeln die Hände hin.

Ida legte gehorsam ihre zitternden Finger in die kühlen Hände ihrer Tante. Sie schlossen sich behutsam über den kleineren Händen des Mädchens. Ida hob mutig die Augen, um Ylenias Blick zu begegnen. Die Pupillen der Hexe waren groß und schwarz und schienen die Welt zu umfassen. Tante und Nichte verharrten eine unmessbare Zeit reglos, Hände und Blicke ineinander verschränkt. Dann ließ ein tiefer Atemzug den schlanken Körper Ylenias erbeben. Sie blinzelte langsam. Tiefe Verwirrung malte sich in ihre Züge. Sie löste ihren Griff um Idas Hände und legte einen Zeigefinger auf die Stelle zwischen den Brauen des Mädchens. So verharrte sie einige Atemzüge lang, ehe sie die Hand sinken ließ und ihre Augen schloss. Ida wagte nicht, sich zu rühren, und wartete still darauf, dass ihre Tante ihr Verhalten erklären möge.

»Ich verstehe das nicht«, murmelte Ylenia. Sie öffnete die Augen, aus denen jede Freude verschwunden war, und blickte auf Ida wie auf ein seltsames, kleines Tier, das ihr eine Liebkosung mit Bissen vergolten hatte.

»Was verstehst du nicht, Tante?«, wagte Ida zu fragen. Ylenia schüttelte abwehrend den Kopf und griff nach der Kristallschale, die auf dem Tisch stand. Sie hielt sie Ida hin, die automatisch danach griff, und gebot ihr, hineinzublicken. Ida folgte und senkte den Kopf über die schwere Schale. Die ölige, vielfarbige Flüssigkeit darin spiegelte verzerrt ihr Gesicht wider. Das Spiegelbild schien sich auf seltsame Weise ständig zu verändern.

»Halte nicht fest«, wisperte Ylenias Stimme in ihr Ohr. »Lass deine Gedanken treiben, egal, was du erblickst. Denk immer daran: Dir kann nichts geschehen.«

Ida starrte in die Schale und sah ihr Gesicht und das ihrer Tante nebeneinander. Beide schienen gegenläufig älter und jünger zu werden. Fasziniert beobachtete Ida, wie ihr eigenes mageres Gesicht zu dem einer ernsten jungen Frau wurde, während das ihrer Tante sich glättete und verjüngte, und wie sie und Ylenia sich schließlich glichen wie Zwillingsschwestern. Beide sahen sie ernst und eindringlich an, beinahe so, als wollten sie ihr eine stumme Botschaft übermitteln. Eine von ihnen hob ihre Hand. Ida erblickte einen schmalen Ring an ihrem Finger, der in einem seltsamen, fahlen Licht schimmerte. Die Lippen ihres Ebenbildes bewegten sich, und Ida beugte sich tiefer über die Schale, um die Worte zu verstehen. »… Ringe …«, wisperte eine Stimme, und dann glaubte sie, laut und deutlich das Wort »Herz« zu vernehmen. Die Flüssigkeit begann träge Wellen zu werfen. Das Bild darin verzerrte sich und wurde schließlich völlig unkenntlich. Ida blinzelte und wollte ihre brennenden Augen von dem Übelkeit erregenden Wabern und Schwappen in der Schale abwenden, aber sie bemerkte voller Schrecken, dass sie vollkommen unfähig war, auch nur ein Glied zu rühren. Sie spürte entfernt den harten Griff Ylenias auf ihrer Schulter und hörte sie mit scharfer Stimme etwas rufen, aber es war, als würde diese Schulter jemand anderem gehören und sie selbst aus weiter Entfernung nur sehen, wie eine Hand sie drückte. Die seltsame Flüssigkeit wirbelte immer schneller herum und öffnete sich wie ein Trichter, um Ida einzusaugen. Sie fiel mit einem lautlosen Schrei und tauchte kopfüber hinein in das wirbelnde, lautlos brausende, ölige Meer.

Es riss sie heftig herum, benahm ihr Atem und Orientierung und ließ sie sich vor Übelkeit krümmen. Sie wollte sich erbrechen, aber ihr Körper, wiewohl in dem allumfassenden Strudel gefangen, schien immer noch nicht wirklich zu ihr zu gehören.

»Hilf mir«, schrie sie lautlos. »Tante Ylenia, hilf mir!« Der Wirbel wurde immer schneller, riss sie erbarmungslos mit sich. Es war tintenschwarz um sie herum, nur ein seltsamer, widerlich fäulnishaft aufglimmender Schimmer schien am Rande ihres Blickfeldes zu erscheinen und wieder zu verschwinden. Dann erlosch auch diese Erscheinung, und sie fiel eine Ewigkeit lang in lichtloser Schwärze tiefer und tiefer, wirbelnd und taumelnd, gezerrt von den unbarmherzigen

Wellen, bis ein schmerzhaft harter Aufprall ihr alle Luft aus den Lungen presste und sie gnädigerweise ohnmächtig werden ließ.

Als sie aus der Bewusstlosigkeit erwachte, lag ihr schmerzender Kopf im Schoß einer Frau. Eine sanfte Hand strich über ihre Stirn. Ihr war sterbensübel, und sobald sie versuchte, den Kopf zu heben, begann sich das Zimmer um sie zu drehen. Sie stöhnte auf und sank wieder zurück. Kräftige Hände hoben sie behutsam auf und trugen sie auf ein weiches Lager. Ida öffnete die Augen einen Spalt breit und sah die zerbrochene Kristallschale, deren Scherben in einer ölig schwarzen Lache auf dem Boden schwammen.

Sie wollte etwas fragen, aber als sie den Mund öffnete, würgte sie wieder die vorherige Übelkeit. Sie übergab sich heftig und schmerzhaft, bis nur noch die bittere Galle kam. Ihre Tante wischte ihr das Gesicht mit einem feuchten Tuch und gab ihr zu trinken. Das Wasser schmeckte ebenfalls so bitter, dass es ihr alle Eingeweide zusammenzog, aber danach verflog das grässliche Unwohlsein.

»Mein armes Kind«, sagte Ylenia beinahe hilflos. »Ich verstehe nicht, wie das geschehen konnte. Kannst du mir verzeihen?« Sie streichelte über Idas Hand, die schlaff auf dem Laken ruhte. Ida wandte den Kopf, der inzwischen auf die doppelte Größe angeschwollen zu sein schien, und richtete mühsam ihren verschwimmenden Blick auf die Hexe.

»Wieso …« Sie bemühte sich, ihre wie kleine Fische nach allen Seiten davonschießenden Gedanken auf eine Frage zu konzentrieren. »Was … was ist geschehen?«

Ylenia rieb über Idas kalte Finger und schwieg. »Ich weiß es nicht«, sagte sie schließlich beschämt. »Man sagt von mir, ich sei eine der mächtigsten Hexen dieser

Zeit, aber dennoch weiß ich nicht, warum das passiert ist. Du gibst mir das größte Rätsel auf, das mir je ein lebendes oder totes Wesen aufgegeben hat.« Sie versuchte ein Lächeln, und Ida blinzelte erschöpft zur Antwort. »Schlaf jetzt, Kind«, sagte Ylenia und legte ihre kühle Hand über Idas Augen. »Schlaf dich gesund.«

Idas Schlummer war tief und traumlos, und sie erwachte zuerst ohne Erinnerung an das, was geschehen war. Sie blinzelte verwirrt in das morgendliche Licht, das eine blasse Herbstsonne durch das Fenster schickte, und fragte sich, wieso sie nicht in ihrem eigenen Bett lag. Sie wollte sich aufrichten, als ihr Name an ihr Ohr klang, im Tonfall äußerster Erregung von ihrem Vater ausgesprochen. Eilig schloss sie wieder die Augen und spitzte die Ohren, um zu erkunden, worum es in dem Streitgespräch ging, das sich offensichtlich mit ihr beschäftigte.

Joris' aufgebrachte Stimme näherte sich der Zimmertür, hin und wieder unterbrochen von einer leiseren, beruhigend klingenden Frauenstimme. Die Tür öffnete sich, und der Lord dämpfte sein polterndes Organ, als er seine scheinbar fest schlafende Tochter erblickte. Er näherte sich auf leisen Sohlen dem Bett und ließ sich auf seine Kante sinken. Ida spürte die sachte Berührung seiner großen Hand und bemühte sich, weiter ruhig und tief zu atmen.

»Ylenia, wie konntest du nur?« Die tiefe Stimme des Lords war brüchig, wie Ida sie noch nie zuvor gehört hatte. »Was hast du meiner Kleinen angetan?«

»Bitte, Joris, mach dich nicht lächerlich«, erwiderte die Hexe leise und scharf. »Wie du siehst, ist ihr nichts geschehen. Ich habe ihren Schlaf überwacht, um sicherzugehen, dass nichts Böses zurückgeblieben ist, und sie hat die ganze Nacht selig geschlafen wie ein

Säugling. Sie wird sich wahrscheinlich noch nicht einmal erinnern, was gestern passiert ist.«

»Und was *ist* gestern passiert?« Die Stimme des Mannes klang jetzt genauso leise und scharf wie die seiner Schwester. Er erhob sich von der Bettkante. Ida hörte, wie seine schweren Schritte das Zimmer durchquerten. Als sie es wagte, unter ihren Lidern herzublinzeln, sah sie ihn neben Ylenia am Fenster stehen. Die Hexe stand vor den Scherben der Kristallschale, die auf einem dunklen Tuch auf dem Tisch lagen und in der blassen Sonne funkelten, und blickte reglos darauf nieder. Ida schauderte unwillkürlich, als nach und nach die Erinnerung an ihr gestriges Erlebnis zurückkehrte.

»Ich habe deine Kinder der Prüfung unterzogen, wie es meine Aufgabe ist«, begann Ylenia ruhig. »Deine Älteste hat nur geringe magische Fähigkeiten, jede einfache Dorfhexe hat mehr davon aufzuweisen.«

Joris brummte zufrieden. »Aber dein Sohn …«, fuhr Ylenia fort. Joris hatte wohl eine heftige Bewegung gemacht, denn sie setzte eilig hinzu: »Reg dich nicht gleich wieder auf, Bruder. Was hast du erwartet? Albuin hat starke, noch unentwickelte Kräfte, und er hat sich offensichtlich damit in die Hände eines Grauen Magiers gegeben. Das ist keine Entwicklung, die ich begrüße, aber ich kann es nicht mehr ändern. Dein Sohn ist schon zu weit in die Graue Kunst eingedrungen, als dass ich ihn noch für den Weißen Orden gewinnen könnte.«

»Das fehlte auch noch!«, knurrte der Lord wütend. »Mein Erbe wird kein verfluchter Hexenmeister sein, wenn ich es irgendwie verhindern kann!«

Ylenia schwieg eine Weile nach diesen Worten. »Ich denke nicht, dass du es verhindern könntest, Bruder«, sagte sie schließlich müde. »Das liegt nicht mehr in unserer Macht, es ist ausschließlich eine Entscheidung Albuins. Wie alt ist er? Fünfzehn? Ich habe den Fehler begangen, zu lange mit meiner Reise zu euch zu warten, Joris. Albuin hätte sicher der Schüler werden können, auf den ich schon so lange hoffe. Aber ich wollte mir ersparen, die weite Reise zwei Mal machen zu müssen, und weil ich absolut sicher war, dass Anida diejenige sein würde, die deine vollen Kräfte geerbt hat, habe ich mich nur darauf konzentriert, wann sie im rechten Alter ist, geprüft zu werden. Ich wollte sie sofort mit mir nehmen ...«

»Meine Kräfte!« Es klang wie ein Fluch. »Fängst du wieder damit an, Hexe? Ich bin keiner von euch, ich war es nie, und ich werde es sicherlich nicht zulassen, dass eines meiner Kinder zu dieser Iovveverfluchten Hexerei verführt wird. Wie oft haben wir uns schon darüber gestritten?«

»Ach, Jor, du alter Dickkopf«, seufzte Ylenia liebevoll. Ein langes Schweigen folgte. Ida riskierte wieder einen Blick und sah voller Erstaunen, dass die beiden Geschwister einträchtig in der tiefen Fensternische saßen. Ylenia hatte den Kopf ihres Bruders an ihre Schulter gezogen und streichelte zärtlich über sein ergrauendes Haar. Joris' massige Schultern bebten wie im Krampf. Ida erkannte voller Unglauben, dass ihr grober, bärbeißiger, dickfelliger Vater weinte wie ein kleines Kind.

»Joris, warum sträubst du dich nur derart dagegen? Du weißt genau, dass deine magischen Fähigkeiten den meinen wahrscheinlich noch überlegen wären, wenn du sie nur hättest ausbilden lassen. Du wolltest dein Erbe nie annehmen. Aber du hast es an deine Kinder weitergegeben – zumindest ...«

»Was ist nun mit Ida?« Joris klang heiser und angestrengt.

»Sie scheint auch nicht den winzigsten Keim einer magischen Befähigung in sich zu tragen«, erwiderte

Ylenia. »Das ist mir vollkommen unverständlich. Sie hat mit ihrem Haar und ihren Augen alle Anzeichen einer machtvollen Begabung, und da sie deine Tochter ist, müsste sie zumindest einen Schatten deiner Kräfte in sich tragen, so wie es auch Amali tut. Aber da ist nichts, absolut nichts. Ich kann es mir nicht erklären, außer …«

»Außer?«, fragte Joris beinahe drohend.

»Ich habe sie die Schale befragen lassen. Ich wollte sehen, wieso die Weissagung mich derart täuschen konnte.«

»Die Weissagung«, stöhnte Joris. »Nicht auch noch dieser faule Zauber, Ylen, ich bitte dich! Mutter war damals schon lange nicht mehr bei klarem Verstand, das weißt du doch!«

»Sie mag dem Wahnsinn nahe gewesen sein, bevor sie verschwand, das ist wohl richtig«, erwiderte Ylenia heftig. »Aber dennoch waren ihre Deutungen der Prophezeiungen, so dunkel und unklar sie auf den ersten Blick auch erscheinen mochten, doch immer wieder mehr als zutreffend. Sie hat gesagt, dass eines deiner Kinder die mächtigste und weiseste Hexe sein würde, die unsere Welt jemals gesehen hat, und dass ihre Kräfte in dunkler Zeit dazu beitragen werden, das Herz der Welt zu erhellen und uns aus Not und Nacht zu führen. Verstehst du, was das für uns alle bedeutet, Bruder?«

Joris schnaubte ungläubig. Ida wagte kaum, sich zu rühren. Was sie hier zu hören bekam, erschütterte alles, was sie sicher zu wissen geglaubt hatte. Ihr nüchterner, rechtschaffener Vater hätte ein mächtiger Hexer sein können, wenn er es nur gewollt hätte, und Albuin, ihr eigener Bruder, würde die Welt retten, denn dass nur er es sein konnte, von dem die Prophezeiung sprach, war doch so deutlich wie das Laken vor ihren Augen!

»Albuin ist für meinen Weg verloren«, sagte Ylenia gerade. »Ich traue dem Grauen Orden nicht. Sie gehen zu leichtfertig um mit den Gaben, die die Schöpfer uns verliehen haben.« Sie seufzte. »Aber wenn er es denn sein soll, der das Herz der Welt wieder findet – gut, dann soll es so sein.«

»Was ist nun mit Ida?«, beharrte der hartnäckige Joris. »Was ist gestern geschehen?«

»Sie ist in die Schale gezogen worden. Irgendetwas hat versucht, sie in eine andere Ebene unserer Realität zu entführen. Eine der Welten neben unserer Welt, wenn du es so willst. Ich erkenne nicht, wie das geschehen konnte. Ida müsste dafür eigentlich zuerst eine Verbindung hergestellt haben zu dieser anderen Welt, oder etwas von ihr hätte zuvor dorthin gebracht werden müssen, damit sie davon angezogen wird. Ich habe nie zuvor erlebt, dass ein magieblindes Geschöpf einen solchen Vorgang anregen konnte.«

Ida hatte genug. Wenn sie sich noch mehr davon anhören musste, würde sie wahrscheinlich für den Rest ihres Lebens keinen ruhigen Schlaf mehr finden. Sie gähnte lautstark und rekelte sich. Die beiden Erwachsenen unterbrachen sofort ihr Gespräch und eilten an das Bett. Zwei besorgte Gesichter beugten sich über sie.

»Wie geht es dir, meine Kleine?«, fragte Joris zärtlich und streichelte ganz gegen seine Gewohnheit über Idas Wange. Ida starrte ihn an wie einen Fremden. Joris' breites Gesicht verzog sich besorgt, und er griff nach ihren Händen. »Kleines, erkennst du mich denn nicht?«, fragte er angstvoll.

Ida musste lachen. »Aber Vater, wieso sollte ich dich nicht erkennen?«

Er atmete erleichtert auf. »Geht es dir gut, Ida?«

Sie setzte sich auf und gähnte herzhaft. »Es geht mir wunderbar. Aber warum bin ich nicht in meinem Zimmer?«

»Erinnerst du dich an gestern?«, mischte sich Ylenia ein, die schweigend neben dem Bett gestanden hatte. Ihre tief liegenden Augen bohrten sich in Idas, und das Mädchen überkam das unangenehme Gefühl, dass ihre Tante genau wusste, dass sie gelauscht hatte.

»Verschwommen«, gab sie widerstrebend zu. »Ich könnte darauf verzichten, Tante Ylenia. Erklärst du mir, was war?«

Die große Hexe nickte unbehaglich. »Aber zuerst solltest du frühstücken, Kind, du musst hungrig sein.« Ida wollte verneinen, aber ihr Magen begann wie auf sein Stichwort heftig zu knurren. Sie erkannte überrascht, dass sie tatsächlich einen Bärenhunger hatte. »Komm zu mir, wenn du gegessen hast, Anida. Ich werde mich bis dahin ein wenig hinlegen, ich bin etwas müde.«

Ida blickte in das faltendurchzogene Antlitz ihrer Tante und erinnerte sich an ihre Worte, dass sie die ganze Nacht über sie gewacht hatte. Ylenia sah wirklich erschöpft aus.

»Ich komme später«, sagte sie entschieden. »Du schläfst dich erst einmal aus, Tante.«

Schwester und Bruder wechselten einen kurzen Blick. Ida sah die stille Erheiterung in ihren Augen darüber, dass das junge Mädchen in einem so bestimmten Ton zu ihr gesprochen hatte.

»Gut, Anida, ich werde tun, was du sagst«, gab Ylenia lächelnd nach. »Aber heute Nachmittag möchte ich dich dann sehen.« Sie schob Vater und Tochter zur Tür hinaus und legte noch einmal kurz ihren Handrücken an Joris' Wange. Er blickte seine Schwester stumm und verständnisvoll an und nickte wortlos. Ida blickte zwischen beiden hin und her und wünschte sich zum ersten Mal in ihrem Leben, mehr über die Familie ihres Vaters zu wissen, als sie bisher darüber erfahren hatte. Vielleicht würde es sich als lohnend erweisen, sich in der nächsten Zeit von Tante Ysabet in den gehassten häuslichen Tugenden unterrichten zu lassen und sie dabei auszufragen.

Ida hatte genug Zeit, über das Gehörte nachzugrübeln und nach und nach auch die Erinnerungen an den vergangenen Tag wiederkehren zu sehen. Ylenia rief sie erst am späten Nachmittag zu sich, als es draußen bereits begann dämmrig zu werden und im Haus die Kerzen und Talglichter entzündet wurden. Ida trat leise in das Gemach ihrer Tante und sah sie wie am vorherigen Tag reglos in dem Lehnstuhl am Fenster sitzen. Das Licht der Lampe spiegelte sich mit dem stillen Gesicht der Weißen Hexe in der Scheibe. Sie erschien dem Mädchen wie eine in Stein gemeißelte Figur, mit Augen wie tiefe Teiche, in denen kein Funke das darin wohnende Leben anzeigte.

»Tante Ylenia?«, sprach Ida sie furchtsam an, als ein zaghaftes Räuspern keine Reaktion bewirkte. Das stille Gesicht wandte sich ihr zu, immer noch maskenhaft starr und kalt, und die Augen blickten fremd und aus weiter Ferne auf das Mädchen nieder. Dann belebte sich die Miene der Hexe. Ein Lächeln kräuselte ihren schönen Mund.

»Anida«, sagte sie warm und hielt Ida ihre Hände hin. Ida ergriff sie und erwiderte den herzlichen Druck. Sie ließ sich von Ylenia auf den Schemel zu ihren Füßen niederziehen und lehnte sich vertrauensvoll an ihre Knie. Sie blickte zu ihrer Tante auf und wartete auf die Erlaubnis, ihr all ihre Fragen stellen zu dürfen.

Ylenia verbarg ihre Hände in den weiten Ärmeln ihres Gewandes und neigte grübelnd den Kopf. Aus ihrem unordentlich aufgesteckten Haar hatten sich einige schwarze und weiße Strähnen gelöst und hingen ihr nun in weichen Kringeln in die Stirn. Ida durchforschte ihr Gesicht wie eine fremde Landschaft, ihre

Augen wanderten geruhsam über die hohen Wangenknochen, die dunklen, strengen Brauen über den Augen, die im weichen Schein des Talglichtes von einem intensiven Bernsteinton waren, die schmale Nase hinab zu dem breiten, schön geschwungenen Mund mit den vollen Lippen und über das willensstarke Kinn. Sie erkannte beinahe verwundert, dass ihre Tante eine schöne Frau war. Nicht im höfischen Sinne – diesem Ideal entsprach weit eher ihre Schwester Amali mit ihrem weichen, runden Gesicht und den großen naiven Augen –, sondern in einem anderen, weit umfassenderen Sinne. Ida hatte noch nie zuvor darüber nachgedacht, was Schönheit eigentlich bedeutete, und vor allem, wer wohl bestimmen mochte, was als schön zu gelten hatte. Sie nahm sich vor, sich damit einmal gründlicher zu befassen.

Die Augen ihrer Tante ruhten mit stiller Erheiterung auf ihr, und Ida errötete leicht. »Und, glaubst du, dass du mich wieder erkennen wirst, wenn wir uns morgen beim Frühstück sehen?«, neckte Ylenia sie. Ida wurde noch etwas roter im Gesicht. Ylenia streichelte ihre Wange und umfasste dann wie Halt suchend das Schmuckstück auf ihrer Brust. »Was hast du heute Morgen alles mitgehört?«, fragte sie nüchtern und ohne Vorwurf.

Ida biss sich auf die Lippe und schlug die Augen nieder. »Alles, glaube ich«, murmelte sie beschämt.

»Gut, das erspart es mir, es noch einmal durchkauen zu müssen. Anida, ich wollte nicht, dass dir etwas Derartiges widerfährt, wie du gestern durch meine Schuld erdulden musstest. Ich hoffe, du verzeihst mir.« Ylenias Augen richteten sich mit großer Eindringlichkeit auf das Gesicht ihrer Nichte. Sie umklammerte das Schmuckstück auf ihrer Brust noch etwas fester. Ida nickte befangen. »Was hast du erlebt, kannst du es mir beschreiben?« Ida starrte auf die schlanken Finger ihrer Tante, die unruhig den verschlungenen Linien des Silberdrahtes folgten, und berichtete stockend, woran sie sich erinnerte. Ylenia hörte schweigend zu und nickte, als Ida die Erscheinung der beiden Gesichter beschrieb.

»Das habe ich auch gesehen«, bestätigte sie. »Aber kurz darauf habe ich den Kontakt mit deinem Geist verloren. Was geschah dann?« Ida runzelte die Stirn vor Konzentration und bemühte sich, ihrer Tante den quälenden Fall durch den schwarzen Strudel zu beschreiben.

»... dann gab es einen Knall, und ich wurde hier im Zimmer wieder wach«, endete sie und sah Ylenia um Erklärung bittend an.

»Ich habe die Schale zerstört«, sagte Ylenia mit einem Zucken ihrer Lippen. »Ein geringer Preis, wenn ich bedenke, dass ich dich sonst hätte verlieren können. Du wärest möglicherweise ganz herübergezogen worden, Kind, und ich weiß nicht, ob ich dich hätte zurückholen können.«

Ida zog die dunklen Brauen zusammen, was ihrem mageren Gesicht den finsteren, störrischen Zug verlieh, den ihre Tante Ysabet so sehr hasste. »Wo wäre ich hingelangt?«, fragte sie fasziniert. »In ein fremdes Land, weit fort von hier?«

Ylenia seufzte und löste ihre Finger von dem Schmuckstück. Die Perlen schimmerten sanft im Licht der Talglampe, und die geschliffenen Steine warfen kleine, blitzende Reflexe auf Idas emporgewandtes Gesicht.

»Nein, sicher nicht«, antwortete sie widerwillig. »Kind, das ist eigentlich nichts, worüber ich mit Nichteingeweihten sprechen darf. Du hast keinerlei magische Begabung, Liebes. Ich wollte dich nach diesem Winter mit mir nehmen, um dich auszubilden. Ich hatte sogar gehofft, du wärest befähigt, einmal meine

Nachfolgerin zu werden.« Sie lächelte matt. »Nun, ich werde weiter warten müssen. Es ist nur schade, dass die weißen Fähigkeiten unserer Familie mit mir sterben werden. Dein Vater wollte sie niemals anerkennen, und dein Bruder hat sich der Grauen Bruderschaft zugewandt – daran kann ich nun nichts mehr ändern.«

»Aber hätte er denn überhaupt mit dir gehen können?«, unterbrach Ida, die ihr gebannt gelauscht hatte. »Er ist doch ein Junge.«

»Es ist schon lange nicht mehr so, dass wir nur Mädchen ausbilden«, erwiderte Ylenia geduldig. »Genauso, wie auch die Graue Bruderschaft inzwischen für Frauen offen ist. Es ist mehr die Frage, welchen Weg ein Mensch mit magischer Begabung einschlägt. Die Grauen waren immer der Meinung, dass die strenge Zucht und die Einschränkungen, die die Weiße Schwesternschaft sich auferlegt, nicht wirklich notwendig sind, um die Kräfte der Magie zu beherrschen und zu verhindern, dass Schlechtes daraus entstehen kann.« Sie hob die Schultern. »Ich weiß nicht, ob sie Unrecht und wir Recht haben, oder ob es gar umgekehrt ist. Vielleicht sind beide Betrachtungsweisen berechtigt. Aber ich kann nicht derart leichtfertig mit meinen Kräften umgehen, wie es die Grauen oft tun. Ich habe gelernt, dass jede Handlung Auswirkungen auf alles andere hat und dass es gut abzuwägen gilt, was eine Hexe tut und was sie besser unterlässt.«

Sie lächelte und streichelte über Idas scheckiges Haar. »Aber das ist keine Frage, über die du dir den Kopf zerbrechen musst, meine Kleine. Du bist unbelastet von all dem, freue dich. Es ist manchmal ein schweres Erbe, ein allzu schweres …« Ihr umschatteter Blick wanderte in die Ferne. Ida wagte kaum zu atmen, von so fremder und strenger Schönheit erschien ihr die Hexe plötzlich wieder. Ylenia beugte sich zu ihr herab und umarmte sie. »Wir hätten uns sicher gut verstanden, du und ich, meine Kleine. Aber du wirst mir immer willkommen sein, wenn du mich einfach nur besuchen willst. Ich würde mich darüber freuen, Anida.«

Ida nickte heftig und verlegen. »Wenn Vater es erlaubt«, sagte sie leise. »Ich weiß noch nicht, was er mit mir vorhat. Er wird mich sicher verheiraten wollen, wenn ich etwas älter bin.« Sie machte ein spöttisches Geräusch. »Nicht, dass das ein einfaches Unterfangen wird«, setzte sie trocken hinzu. »Ich bin nicht gerade das Beispiel einer fügsamen Schönheit. Er wird mir eine ordentliche Aussteuer mitgeben müssen, damit sich jemand für mich erwärmt.«

Ylenia presste die Lippen zusammen und sah ein wenig erbost aus. »Was möchtest du?«, fragte sie knapp.

Ida blickte sie verdutzt an. »Wie meinst du das?«

»Wie stellst du dir dein Leben vor? Möchtest du an jemanden verheiratet werden, dem du erst einmal mit einer reichen Aussteuer schmackhaft gemacht werden musstest? Oder ist es dir lieber, deiner Schwester und ihrem Mann den Haushalt zu führen und auf ihre Kinder aufzupassen, wie es sich für eine unverheiratete Verwandte geziemt?« Ylenias Stimme hatte einen scharfen Klang unter der samtweichen Oberfläche. Idas Mund klappte auf, aber es kam kein Ton heraus.

»Süßer Iovve«, sagte sie schließlich verblüfft.

Ylenia nickte grimmig. »Denk darüber nach, Anida. Noch hast du Zeit dazu. Du bist doch ein kluges Mädchen, also benutze deinen Verstand auch!«

Ida schwindelte es. Sie erhob sich unsicher und bat stockend, sich zurückziehen zu dürfen.

»Vertraue deinem Verstand«, hielt Ylenias Stimme sie noch einmal zurück, »auch, wenn das, was dabei herauskommt, deinem Vater vielleicht nicht gefallen wird, Anida. Und vergiss nicht, ich bin immer für dich da. Gute Nacht, mein Kind.«

Ida murmelte einen Gruß und stolperte hinaus. Ylenia wandte sich mit einem leisen Seufzen ab und starrte blicklos in das stetige Licht der Talglampe. Ihre Hand glitt wieder unwillkürlich zu dem Schmuckstück auf ihrer Brust und umfasste es fest, ihre Lippen bewegten sich zu einem stummen Segen.

~ 3 ~

Auch als Ylenia schon lange wieder fort war, trug Ida immer noch die Zweifel mit sich herum, die ihre Tante ihr ins Herz gepflanzt hatte. Sie hatte niemals in Frage gestellt, dass ihr Leben so verlaufen würde wie das aller Frauen, die sie kannte und jeden Tag um sich herum sah: verheiratet, mit Kindern oder Enkelkindern, die sich an ihre Röcke klammerten; oder unverheiratet, verwitwet wie Tante Ysabet, die ihrem Bruder den Haushalt führte und seine Kinder beaufsichtigte. Oder – und hier begann ihre Vorstellungskraft zu erlahmen: So wie Tante Ylenia, die eine Hexe des Weißen Ordens war und ohne einen Mann und Kinder zufrieden zu sein schien.

Und dann war da auch noch die alte Dorfhexe, die gestorben war, als Ida noch ein kleines Mädchen war: Sie sollte angeblich zur Grünen Gilde gehört haben, was dem Vernehmen nach eine Vereinigung war, der nur unverheiratete Frauen angehörten, die, wie man sich erzählte, den Männern abgeschworen hatten und geheimnisvolle, seltsame Rituale und Gebräuche miteinander teilten. Angeblich waren sie sogar in der Lage, Kinder zu bekommen, ohne dass sie dafür zuvor bei einem Mann gelegen hatten.

Anida hatte vielerlei solcher Schauergeschichten über diese verdächtige Grüne Gilde gehört, aber ebensowenig darüber nachgedacht, wie sie über die Märchen nachdachte, die ihre Tante ihr erzählt hatte, als sie noch ein kleines Ding gewesen war. Jetzt allerdings bekamen diese Gerüchte und Erzählungen einen ganz anderen Wert. Sollte es das wirklich geben: eine Gruppe, die anders zu leben wagte als alle anderen Frauen im Land? Sie bedauerte, Ylenia nicht nach ihnen gefragt zu haben. An wen sollte sie sich jetzt wenden? Ihre vorsichtigen Versuche, Tante Ysabet Informationen über die geheimnisvolle Grüne Gilde zu entlocken, endeten in einer endlosen Aufzählung der Schandtaten und Ungeheuerlichkeiten, die diese »liederlichen Frauenzimmer«, wie die Tante sie bezeichnete, zu begehen pflegten.

Ida stellte ihre Bemühungen vorerst ein, von den Erwachsenen eine vernünftige Auskunft zu erhalten. Sie würde schon herausfinden, was sie wissen wollte. Eines zumindest hatte sie bei ihrem Grübeln erkannt: Die Heirat mit einem der jüngeren Söhne eines mit ihrem Vater befreundeten Landadligen, der sie wohl oder übel wegen ihrer Mitgift in Kauf nehmen würde, kam nicht in Frage. Genauso wenig empfand sie großes Vergnügen bei dem Gedanken, den Rest ihres Lebens als Bedienstete ihrer eigenen Schwester zu verbringen. Allein der Gedanke daran langweilte sie zu Tränen. Lieber, als sich zu Tode zu ärgern oder zu langweilen, würde sie eines dieser »liederlichen Frauenzimmer« werden. Das klang doch zumindest nach einem interessanten Leben.

Amalis Hochzeit, die für den Sommer geplant war, rückte nun immer näher. Eigentümlicherweise schien die junge Braut selbst inzwischen einiges von ihrem Enthusiasmus verloren zu haben.

Ida hockte mit hochgezogenen Knien in der Fensternische von Albuins Kammer und sah zu, wie er sich mit der Beschwörung eines Feuerwesens abmühte. Er hielt die Finger seiner linken Hand weit gespreizt und streute mit der Rechten einige rötliche Körner in die

Flamme einer Kerze. Dazu murmelte er die Worte, die Magister Ugo ihn gelehrt hatte, und vollführte sodann eine komplizierte Geste über der hoch aufflammenden Kerze. Es gab einen kleinen Knall, und die Kerze erlosch. Eine dünne bläuliche Rauchfahne zerfaserte in dem Luftzug, der vom Fenster herkam, und es roch ganz zart nach Honig. Das war ein enttäuschendes Resultat, fand Ida, aber sie hütete sich, das laut zu äußern. Es wäre nicht das erste Mal, dass sie von ihrem gereizten Bruder des Raumes verwiesen worden wäre.

Albuin unterdrückte ein Fluchen und begann das Ritual zähneknirschend von vorne. Erneut zog er mit einem rußigen Span einen Kreis um die Kerze, brachte sie mit einem Fingerschnippen zum Brennen – ein Kunststück, das Ida aufrichtig bewunderte – und blickte noch einmal auf die Formel, die er sich auf einem Wachstäfelchen notiert hatte. Dann schüttelte er seufzend seine lahm gewordene linke Hand aus und spreizte ergeben wieder die Finger.

Ida verkniff sich ein Lachen und stützte das Kinn in die Hand. Sie blickte etwas gelangweilt zum Fenster hinaus – immerhin sah sie ihrem Bruder jetzt zum fünften Mal bei seinen langwierigen Verrichtungen zu, und es hatte bisher noch kein einziges Mal geklappt – und sah Amali durch den dämmrigen Garten huschen. Die Bewegung hatte etwas Verstohlenes, weshalb Ida sich neugierig vorbeugte und ihre Nase an die dicke, blasendurchzogene Fensterscheibe drückte. Amali hatte ihre Röcke geschürzt, um sie vor dem von einem kleinen Regenschauer nassen Gras zu schützen. Jetzt blieb sie stehen und blickte sich hastig um. Als sie sicher zu sein schien, dass sie weder beobachtet noch verfolgt wurde, setzte sie ihren Weg fort. Ida beobachtete, wie ihre Schwester sich einen Weg durch die niedrigen Johannisbeersträucher bahnte, wobei sie ständig mit ihren Kleidern darin hängenblieb und sie ungeduldig freizerren musste, und dann zu der überwucherten kleinen Laube in der entferntesten Ecke des Gartens hinüberging. Sie schlüpfte hinein und schloss die Tür hinter sich.

Ida fragte sich verdutzt, was Amali wohl in der feuchten, nicht allzu sauberen Gartenlaube anstellen mochte, als ein seltsames Explosionsgeräusch und der Aufschrei ihres Bruders sie ablenkte. Sie wandte sich um und sah Albuin, der mit angesengten Augenbrauen über den Tisch gebeugt dastand und leise Freudenschreie ausstieß.

»Sieh nur, Ida«, frohlockte er. »Es hat funktioniert, ich habe es geschafft!« Ida rutschte von der Fensterbank und eilte zu ihm. Auf dem Tisch hockte ein äußerst verwirrt aussehendes, etwa handgroßes Wesen mit heller Haut und fast durchsichtigen rötlichen Flügeln und kratzte mit seinen winzigen Fingernägeln an dem rußigen Kreis herum, in den es eingesperrt war.

»Süßer Iovve!«, flüsterte Ida mit weit aufgerissenen Augen. »Das ist eine junge Feuerelfe, Albi. Wie hast du das gemacht?« Albuin strahlte vor Stolz. Die kleine Elfe sah zu ihnen auf.

»Bitte, ich möchte gerne hier hinaus«, sagte sie mit feiner, hoher Stimme. »Ich war gerade beim Abendessen, und meine Mutti wird sich wundern, wo ich geblieben bin. Könnt ihr mich wieder zurückschicken, bitte?« Ida und Albuin sahen sich sprachlos an und brachen dann in hilfloses Gelächter aus. Die Elfe sah sie mit gerunzelter Stirn an. Ihr dreieckiges, zartes Gesicht mit den riesigen flammenfarbenen Augen und dem zerzausten, brennend roten Haar wandte sich von einem der über sie gebeugten Gesichter zum anderen, und sie blinzelte verwirrt.

»Bitte?«, wiederholte sie. »Ich verspreche auch, dass ich hier nichts in Brand setze. Ich möchte nur wieder nach Hause.« Albuin leckte seinen Zeigefinger an und löschte ein Stück von der Rußlinie aus. Die Elfe trat einen vorsichtigen Schritt darüber und seufzte erleichtert.

»Ich heiße Fiamma Feuerdorn«, stellte sie sich gesittet vor. »Und meine Mutti macht sich jetzt bestimmt große Sorgen. Im letzten Winter ist mein Onkel beschworen worden, und er kam ganz gelöscht wieder zurück. Es hat bis zum Sommer gedauert, bis er wieder fliegen konnte.«

Ida und Albuin nannten ihre Namen und verzichteten wohlweislich darauf, der Elfe die Hand zu schütteln.

Fiamma breitete ihre Flügel aus, von denen kleine Funken herabfielen, und sah sich neugierig um. »Schön habt ihr es hier. Ein bisschen kühl, aber schön, wirklich. Viel trockenes Holz.« Sie stampfte sachkundig mit dem zierlichen nackten Fuß auf den Tisch und hinterließ einen winzigen Brandfleck. »Eiche«, sagte sie anerkennend. »Darf ich jetzt bitte nach Hause?«

Albuin kratzte sich am Kopf. »Ich weiß nicht genau, wie ich dich wieder zurückbringen kann«, gab er beschämt zu. »Das habe ich noch nicht gelernt. Eigentlich hätte ich dich alleine gar nicht beschwören dürfen.« Er warf seiner Schwester einen beinahe flehenden Blick zu.

Ida schüttelte den Kopf. »Weißt du, wo du wohnst?«, fragte sie die kleine Feuerelfe. Fiamma stützte die Hände in die Hüften. Ihr weites, wadenlanges Kleid bestand aus feuerfestem Stoff, stellte Ida fasziniert fest.

»Natürlich weiß ich das«, antwortete sie beleidigt. »Direkt neben dem Rotdorn, der den Brennharts gehört. Gegenüber wohnen die Feuerbuschs. Funke Feuerbusch ist meine beste Freundin.«

Ida und Albuin sahen sich hilflos an. »Komm mit zum Fenster«, schlug Ida schließlich vor. »Vielleicht erkennst du ja was wieder.«

Fiamma nickte und ließ ihre Flügel aufflammen. Sie flatterte damit wie ein seltsamer Schmetterling und ließ sich zum Fenster hinübergleiten. Dort landete sie auf der steinernen Fensterbank und blickte in den Garten hinaus. Ihr kleines Gesicht war ernst und konzentriert. Dann leuchtete es auf, und sie zog lächelnd die schmale Nase kraus.

»Aber ja«, sagte sie vergnügt. »Da hinten wohnt ja meine Oma!« Sie deutete mit ihrem winzigen Zeigefinger hinaus. Albuin und Ida starrten auf den Busch mit Feuerbohnen, auf den sie zeigte, und waren zum zweiten Mal sprachlos.

Fiamma klatschte vor Freude in die Hände. »Ich gehe meine Oma besuchen, das ist feurig! Dann kann ich morgen die Schule schwänzen und stattdessen mit Omas Leuchtkäfern spielen!« Sie drehte eine kleine Pirouette und stieg in die Luft. Albuin öffnete eilig das Fenster, und die Elfe schwirrte hinaus. »Danke, Albuin, danke, Ida«, rief sie von draußen. »Ich komme euch bestimmt mal wieder besuchen!«

Die beiden Geschwister sahen der leuchtenden Spur nach, die Fiamma durch den dunklen Garten zog, und beobachteten, wie sie in dem Busch verschwand. Beide schwiegen gedankenverloren.

»Das war aufregend, Albi«, sagte Ida nach einer Weile. »Aber du solltest künftig besser vorher wissen, wie du so einen Gast wieder loswirst. Was, wenn es ein erwachsenes Feuerwesen gewesen wäre? Das hätte ganz schön brenzlig werden können!«

»Wir haben Feuerelfen im Garten«, staunte Albuin, mit den Gedanken offenbar ganz woanders. »Das habe ich nicht gewusst, du?« Sie sahen sich an und brachen in Gelächter aus.

Erst, als Ida in ihrem Bett lag, fiel ihr wieder ihre Schwester und ihr seltsames Verhalten ein. »Das finde ich heraus«, schwor sie sich, während sie einschlummerte. »Ich bin wirklich neugierig, was Amali in der Laube zu suchen hatte!«

In den nächsten Tagen behielt Ida ihre große Schwester unauffällig im Auge. »Hinterherschnüffeln« nannte Albuin es geringschätzig, aber Ida wusste, dass er beinahe vor Neugierde platzte. »Erzähl schon«, drängte er sie, als sie nach dem Abendessen auf dem Mäuerchen vom Obstgarten saßen. »Was gibt es Neues?«

Ida ließ ihn zappeln. »Tante Ysabet kocht dieses Jahr Rhabarber ein. Sie ist das ewige Apfelmus leid, hat sie gesagt.« Albuin knuffte sie heftig in die Seite. »Mensch!« Ida rieb sich die Hüfte. »Das tut doch weh, du Grobian!«

Der blonde Junge funkelte sie wütend an. »Du machst mich rasend, Ida! Du weißt genau, was ich meine!«

Ida rümpfte die Nase. »Du fragst doch nur, weil du Mali eins auswischen willst. Du bist immer noch sauer auf sie, weil sie dich bei Vater angeschwärzt hat, gib es zu.«

Das war im Winter geschehen. Albuin hatte sich wegen seines Umgangs mit Magister Ugo wieder einmal mit seinem Vater gezankt. Nur dieses Mal hatte der von einem bösen Zipperlein geplagte Lord außergewöhnlich heftig reagiert und krebsrot vor Wut seinen Sohn auf seine Kammer geschickt, bis er bereit sei, sich bei ihm zu entschuldigen.

»Darauf kannst du warten, bis du schwarz wirst!«, hatte Albuin nicht minder jähzornig ausgerufen und war aus dem Zimmer und die Treppe zu den Schlafkammern hinaufgestürmt. Die Tür knallte lautstark hinter ihm zu, und Lord Joris brüllte ihm wie ein Stier hinterher, er möge sich endlich seinem Alter gemäß benehmen.

Amali hatte die Auseinandersetzung mit großen Augen beobachtet und war dann hinter Albuin hergeschlichen. Sie hatte an seine Zimmertür geklopft, und als er nicht antwortete, war sie eingetreten, um zu entdecken, dass das Fenster offen stand und ihr Bruder über das Spalier hinausgeklettert war. Dem dummen Mädchen war daraufhin nichts Besseres eingefallen, als die Treppe hinunterzustürmen und die unerhörte Nachricht lautstark zu verkünden. Als Albuin sich spät am Abend wieder durch das Fenster hereinstahl, fand er seinen wutschnaubenden Vater vor, der ihn für den Rest der Woche bei Wasser und Brot in der Kammer einsperrte. Amali hatte sich zwar hinterher – wenn auch etwas schnippisch – bei ihrem Bruder entschuldigt, aber Ida wusste um Albuins nachtragendes Wesen. Er hatte den Vorfall nicht vergessen und wartete seitdem geduldig auf die Gelegenheit, es ihr heimzuzahlen.

»Jetzt rück schon raus damit!« Albuin griff nach Idas Handgelenk und verdrehte es. »Was stellt sie an, los, komm! Du weißt es doch, du raffinierte kleine Kröte. Spuck's schon aus!«

Ida kniff die Lippen zusammen und machte sich frei. Ihr Bruder mochte ja der Ältere sein, aber sie war größer und trotz ihrer Magerkeit auch durchaus stärker als er – ein Umstand, der ihn nicht gerade zu erheitern pflegte, wenn sie ihn daran erinnerte.

»Sie geht heute Abend sicher wieder in die Laube. Gestern hat sie stundenlang dort ausgefegt. Ich dachte, ich würde noch mehr zu sehen bekommen, aber sie hat wirklich nur saubergemacht. Deshalb glaube ich, dass heute in der Laube etwas vor sich gehen wird.«

Albuin starrte sie aus zusammengekniffenen Augen an. »Was glaubst du, was sie dort tut?«

Ida verdrehte ungeduldig die Augen. »Sie hat ein Stelldichein, das ist doch wohl klar. Vielleicht hat ihr Verlobter ihr ein Treffen schmackhaft gemacht. Wahrscheinlich hat Eiliko keine Lust mehr, bis zu ihrer Vermählung zu warten.«

Albuin starrte sie immer noch an. »Vielleicht hast du Recht.« Er klang nicht überzeugt.

»Sollen wir uns nachher dort auf die Lauer legen, was meinst du? Wir könnten sie überraschen, und wenn sie uns nicht irgendetwas schenken, drohen wir damit, dass wir sie verraten!« Ida strahlte über beide Ohren.

Albuin zuckte desinteressiert die Achseln. »Das ist kindisch, Ida. Nein, ich habe wahrlich Besseres zu tun.« Er rutschte von der Mauer und stolzierte zum Haus zurück. Ida starrte ihm sprachlos hinterher.

»Kindisch, pah! Dir werd ich noch mal was erzählen, du – du Zauberkünstler!«

»Seid gegrüßt, Prinzessin«, erklang es hinter ihr.

Sie fuhr wie ertappt herum und lächelte erleichtert. »Hallo, edler Ritter. Seid Ihr wieder auf dem Weg, eine Heldentat zu vollbringen?«

Simon legte seine Hand auf die Brust und vollführte eine schwungvolle Verbeugung. Sein kantiges Gesicht erschien ihr ungewohnt sanft in dem rötlichen Licht der untergehenden Sonne. »Gibt es irgendwelche Drachen, die Euch ärgern, meine Dame? Euer allergetreuester Diener wird eilen, Euch von ihnen zu befreien.«

Er kam an ihre Seite und nahm ihre Hand, um sie zart auf die Fingerspitzen zu küssen. Ida entzog sie ihm hastig. »Was fällt Euch ein, edler Ritter? Geht, befreit die Welt von Ungeheuern. Und außerdem, was würde die schöne Gwennis dazu sagen, wenn sie Euch hier mit mir sähe?«, setzte sie boshaft hinzu.

Der junge Ritter zuckte nur kurz mit den Lidern und bewahrte ansonsten eine gleichmütige Miene. »Die schöne Gwennis? Wie kommst du denn darauf, Prinzessin?«, fragte er unschuldig.

»Oh, ist sie etwa nicht mehr deine Favoritin, Simon?«, neckte Ida. »Sollte mir da wahrhaftig etwas entgangen sein? Armes Ding, wer hat sie in deiner Gunst ausgestochen? Etwa unsere Köchin?«

Simon wurde wirklich und wahrhaftig rot im Gesicht, stellte sie interessiert fest. Hatte ihre Neckerei etwa einen wunden Punkt berührt? Sicher war es nicht die Köchin, Corina war doppelt so alt wie der junge Mann und beinahe dreimal so dick. Aber vielleicht hatte die neue Zofe, die seit dem Ende des Winters ihrer Tante aufwartete, sein Auge auf sich gezogen. Hübsch war sie ja, wenn auch etwas pummelig. Aber Männer schienen es ja zu mögen, wenn eine Frau nicht zu mager war.

»Entschuldige mich, Ida«, sagte Simon jetzt hastig. »Ich muss noch etwas erledigen.« Er beugte sich zu ihr herüber und hauchte ihr einen Kuss auf die Wange, ehe er davoneilte. Ida legte die Hand auf ihr glühendes Gesicht und sah ihm verdutzt nach. Was mochte nur in ihn gefahren sein, so seltsam benahm er sich doch sonst nicht!

Langsam schwand das letzte Licht aus dem Garten und ließ Gras, Bäume und Büsche in einem nebelhaften, ungewissen Grau zurück. Kleine Funken stoben durch die feuchte Luft. Ida, die ihren Beobachtungsposten unter einem der Holunderbüsche bezogen hatte, blickte ihnen nach und fragte sich, ob sie gerade Familie Feuerdorn beim Besuch ihrer Oma beobachtete oder ob es sich doch wieder nur um ordinäre Glühwürmchen handelte.

Es raschelte in den Büschen. Eine helle Gestalt huschte dicht an Ida vorbei. Das Mädchen schüttelte verächtlich den Kopf. Das war typisch für ihre Schwester: Ein geheimes nächtliches Treffen vorbereiten und dann in ihrem gelben Kleid erscheinen, damit sie auch ja jeder sehen konnte, der nicht gerade stockblind war.

Die Tür zur Laube knarrte. Jetzt wurde es spannend: Woher würde der Galan kommen? Ida schob einen Zweig, der ihr in die Stirn hing, beiseite und strengte ihre Augen und Ohren an. Laub rauschte leise. Die ersten Grillen begannen zu zirpen, und ganz in der Ferne, unten im Dorf, schlug ein Hund an. Die tanzenden Funken versammelten sich nach und nach um den Feuerbohnenbusch. Hinten am Haus ging eine Tür. Ida kroch etwas tiefer unter den Busch und grub aufgeregt ihre Hände in die würzig riechende, feuchte Erde. Leise Schritte näherten sich, und jemand ging so dicht an ihrem Versteck vorbei, dass sein Mantel ihre Wange streifte. Ida schob sich behutsam unter dem Busch hervor, als die Gestalt sich der Laube näherte, und bemühte sich, etwas zu erkennen. Aber wer auch immer da die Laube betrat und die Tür hinter sich schloss, war klüger als ihre Schwester: Ida konnte gerade erkennen, dass es ein hoch gewachsener, schwarz gekleideter Mensch war, mehr nicht.

Sie verließ ihr Versteck und schlich sich an die Laube an, in der Hoffnung, einen Blick hineinwerfen zu können. Aber zu ihrer Enttäuschung hatte das Pärchen klugerweise darauf verzichtet, ein Licht zu entfachen, das sie hätte verraten können. So sehr sich Ida auch anstrengte und ihr Auge an die breiten Ritzen zwischen den Balken presste, sie konnte in dem finsteren Inneren nichts ausmachen. Ihren Ohren erging es nicht viel besser: Außer leisem Rascheln und Flüstern und ab und zu dem gedämpften Kichern Amalis war nichts Interessantes zu vernehmen. Ida knirschte ergrimmt mit den Zähnen. Dafür hatte sie wahrhaftig nicht den ganzen Abend in der Gesellschaft von Spinnen und Käfern in dem iovveverfluchten Fliederbusch herumgehockt!

Sie wandte sich enttäuscht von der Laube ab und erstarrte. Vom Haus her näherten sich Lichter und kamen auf sie zu. Ihre Träger bewegten sich langsam und waren offensichtlich bemüht, wenig Lärm zu machen. Ida zerbiss ein Stöhnen zwischen den Zähnen. Albuin hatte einen Weg gefunden, sich an seiner Schwester zu rächen: Er hatte ihrem Vater von dem geheimnisvollen Treffen erzählt!

Ida fuhr herum und pochte leise an die Tür der Laube. »Amali, ihr seid in Gefahr! Vater ist unterwegs, er wird euch entdecken. Schnell!«

Drinnen ertönte ein leiser Aufschrei und etwas polterte zu Boden. »Ida, du kleines Biest!«, hörte sie Amali ausrufen. Kleider raschelten, und Stimmen flüsterten miteinander.

»Macht schnell!« Ida trat vor Aufregung von einem Fuß auf den anderen. »Ihr müsst fort, Eiliko. Wenn sie nur Amali und mich finden, können sie nichts tun. Beeilt Euch doch!«

Die Tür schwang auf, und eine männliche Gestalt trat hindurch. Eine Hand legte sich kurz und fest auf ihre Schulter. »Danke, Prinzessin. Ich schulde dir was«, flüsterte er, dann raschelte es im Fliedergebüsch, und der Mann war fort. Amali trat aus der Tür, als Ida noch wie erstarrt hinter ihm herblickte, und gab ihr einen festen Knuff.

»Warum hast du das getan?« Sie kniff Ida in den Arm. »Das werde ich dir heimzahlen, du hässliches, eifersüchtiges …«

»Ach, halt doch den Mund! Überleg dir lieber, was du Vater erzählst. Ich verschwinde nämlich jetzt.« Ida fuhr auf dem Absatz herum und drückte sich in die Büsche. Hinter ihr erklangen laute, aufgebrachte Stimmen.

»Ins Haus mit dir, kleines Fräulein! Nein, fang jetzt nicht an zu heulen, das wird dir auch nicht helfen. Ich will wissen, was du hier treibst, mitten in der Nacht und in diesem schamlosen Aufzug. Wenn dein Bruder nicht so vernünftig gewesen wäre …«

Joris' wütender Bass verklang in der Nacht. Ida warf sich bäuchlings auf das immer noch sonnenwarme Gras und drückte ihr Gesicht hinein. Wie hatte er das nur tun können! Es war ungeheuerlich, ganz und gar unritterlich und schrecklich niedrig und gemein. Sie richtete sich auf und wischte Erde und Tränen von ihrem Gesicht. Wenn ihr Vater jemals die Wahrheit erfuhr, würde ein Unglück geschehen, so viel war sicher. Ob Amali in der Lage sein würde, ihren Mund zu halten? So wie Ida ihre Schwester kannte, reichte wahrscheinlich schon die Androhung, dass ihr künftig der Nachtisch gestrichen werden würde, damit sie ihren Liebhaber verriet. Sie musste ihn warnen, er musste von hier verschwinden, noch in dieser Nacht.

Ida huschte zum Haus hinüber. Im Zimmer ihres Vaters brannte Licht, dort fand sicher gerade das Verhör statt. Ida blickte grimmig auf das erleuchtete Fenster. Um über die Treppe zu den Schlafkammern zu gelangen, musste sie an diesem Zimmer vorüber. Die Gefahr, dabei entdeckt zu werden, schien ihr zu groß.

Sie bog um die Hausecke und blickte an dem Spalier empor. Es wäre nicht das erste Mal, dass sie auf diesem Weg das Haus betrat oder verließ, allerdings pflegte sie diese Kletterpartie normalerweise nicht ausgerechnet in einem Kleid zu absolvieren. Seufzend schürzte sie Rock und Unterrock und knotete sie hoch. Die Zipfel verstaute sie in ihrem Rockbund, den sie sicherheitshalber noch etwas enger schnürte. Dann holte sie tief Luft und machte sich an den Aufstieg. Das Spalier knarrte bedenklich unter ihrem Gewicht. Sie sandte stille Stoßgebete zu den Schöpfern, dass das alte Holz sie wenigstens dieses eine Mal noch bis zu ihrem Ziel tragen möge.

Einige schweißtreibende Minuten später ertasteten ihre Finger das raue Fenstersims. Erleichtert ausatmend schwang sie sich hinauf. Das Fenster war geschlossen und die dicken Vorhänge vorgezogen. Sie trommelte leise mit den Fingern gegen das Glas. Die Geräusche, die sie von drinnen vernahm, hörten auf. Einige Sekunden lang herrschte Stille. Sie klopfte wieder, nun etwas ungeduldiger, und hörte, wie sich Schritte näherten. Der Vorhang wurde beiseite geschoben, und das Fenster schwang auf. Sie schlüpfte in die Stube und klopfte sich nachlässig die schmutzigen Hände ab, ehe sie ihre Röcke wieder züchtig auf ihre Waden herabließ.

Simon stand ihr gegenüber, die Hände reglos an den Seiten baumelnd, und sah sie mit einem undeutbaren Gesichtsausdruck an. In der Kammer herrschte einige Unordnung: Auf dem Bett lagen allerlei Kleidungsstücke herum, der Kasten stand offen, und mitten in der Stube lag ein halb gepackter Reisesack.

»Sehr klug von Euch, edler Ritter,« bemerkte Ida spöttisch, mit einem flüchtigen Blick das Zimmer musternd. »Ich sehe, Ihr habt niemanden nötig, um Euch zum Aufbruch zu raten.«

Simon fuhr sich mit den Händen durchs Gesicht. »Setz dich irgendwohin, Prinzessin«, sagte er dumpf. »Entschuldige, wenn ich weiterpacke. Habe ich dir eigentlich schon gedankt?« Ida schob einige Hemden beiseite und hockte sich auf die Bettkante. Simon faltete sorgfältig ein Paar dunkler Hosen zusammen und legte sie in den Reisesack.

»Ja, Simon, das hast du«, sagte sie nachdenklich. Ihre Augen wanderten durch das mit bescheidenem Luxus behaglich eingerichtete Zimmer. Der junge Ritter hatte es in den Jahren, die er in Lord Joris' Diensten gestanden hatte, zu erstaunlichem Wohlstand gebracht, wenn man die strengen Regeln seines Ordens bedachte, der seinen Rittern jeden Luxus strikt untersagte. Aber dass Simon dem Wohlleben durchaus nicht abgeneigt war, wusste sie genauso gut wie alle anderen Angehörigen von Joris' Hausstand.

»Eigentlich bin ich schuld daran, dass man euch entdeckt hat«, gestand sie. »Ich habe den Fehler begangen, es Albuin zu erzählen, und er hat Vater auf euch gehetzt. Ich bin sicher, dass er es sich überlegt hätte, wenn er gewusst hätte, dass du es bist, der sich dort mit Amali trifft. Aber wir waren sicher, es wäre Eiliko ...« Sie verstummte, als ein kühl amüsierter Blick aus hellen Augen sie traf.

»Du bist manchmal doch nicht ganz so klug, wie du denkst, Prinzessin.« Simon stopfte eine Hand voll feiner Wäsche in den Sack und setzte sich dann neben sie. Sie sah ihn fragend und ein wenig verletzt an. Er griff nach ihrer Hand und betrachtete sie, als sähe er sie zum ersten Mal. Ohne den Blick von ihren schmalen Fingern zu wenden, fuhr er leise fort: »Dein Bruder war sich sehr wohl bewusst, dass ich es sein würde, den man dort findet. Er weiß von mir und Amali, seit er uns im Winter einmal in meiner Kammer überrascht hat.«

Ida schnappte sprachlos nach Luft. Albuin, dieser verschlagene, hinterlistige kleine Zauberlehrling, na dem würde sie die Meinung sagen ... »Aber wieso denn bloß?«, fragte sie kläglich. »Ich dachte, ihr versteht euch so gut!«

Simon zuckte mit den breiten Schultern und begann, seine Hemden zusammenzulegen. »Ich wurde ihm lästig. Ich bestand darauf, seine Unterweisung weiter durchzuführen, obwohl er seine Zeit lieber mit diesem Grauen Magister verbringen wollte. Aber immerhin werde ich für seine Erziehung von deinem Vater entlohnt – sehr gut entlohnt. Und einen kleinen Rest von Ehre und ritterlicher Auffassung habe ich immerhin noch bewahrt, auch wenn du das vielleicht nicht glauben magst, Prinzessin.«

Ida blickte in die kühlen grünlichen Augen und seufzte. »Was, wenn du sie heiraten würdest?«, fragte sie hoffnungsvoll.

Simon lachte bitter auf. »Glaubst du wirklich, dein Vater, der edle Lord von Sendra, würde seine Tochter einem namenlosen Habenichts wie mir zur Frau geben? Prinzessin, wirklich, du enttäuschst mich!«

Ida schüttelte ungeduldig den Kopf. »Das meinte ich doch nicht, Simon. Ich dachte, du könntest mit ihr fliehen, und ihr würdet dann heimlich heiraten. Sicher hast du genug gespart, um euch irgendwo ein Häuschen kaufen zu können, wo ihr dann lebt und glücklich seid …« Sie begann sich für den Gedanken zu erwärmen. Das romantische Liebespaar, die Flucht, die Heirat nur mit ihr selbst als Zeugin, das versteckte Leben in einer rosenberankten Kate, bis schließlich ihr vor Kummer gebrechlich gewordener Vater von seinem Krankenlager nach der verschwundenen Lieblingstochter verlangen würde. Ida würde sie und Simon zu ihm führen, damit er ihnen vergeben konnte. Natürlich hätte Amali bis dahin ein oder zwei süße Kinder, die den wunderbar genesenen Großvater zu Freudentränen rührten …

Ida seufzte vor Wonne. Dann wurde sie sich der verächtlichen Miene bewusst, mit der Simon seine letzten Habseligkeiten in den Reisesack warf und ihn zuschnürte. Ihr wurde es eiskalt ums Herz. »Du liebst sie gar nicht«, erkannte sie mit blitzartiger Ernüchterung. »Es ging dir nicht um Amali, sondern nur um ein weich gepolstertes Nest. Du wolltest erreichen, dass Vater dich als Eidam annimmt. Hast du gehofft, dass du sie rechtzeitig vor ihrer Vermählung schwängern würdest, damit Vater nicht anders kann, als dich zu akzeptieren?«

Sie verstummte erschrocken, als er zu ihr herumfuhr, unverhüllten Hass in seinem gut aussehenden dunklen Gesicht. Sie hatte es anscheinend nur zu gut getroffen.

»Du!«, zischte er und packte sie grob bei den Schultern. »Du verwöhntes, eingebildetes Balg, du und deine hochnäsigen Geschwister! Hast du auch nur einmal in deinem unnützen Leben darüber nachgedacht, was du wärst ohne deinen noblen Vater und seinen großartigen Titel? Enkelin des Hierarchen, pah!« Sein vor Hass und Neid verzerrtes Gesicht war dicht vor ihren schreckgeweiteten Augen. Seine großen Hände hielten ihre Schultern in einem schmerzhaften Griff.

»Bitte, Simon, du tust mir weh.« Sie zwang sich zu einem besänftigenden Ton, denn vor dem glosenden Zorn in seinen Augen wurde ihr angst und bange.

Er grub seine kräftigen Finger nur noch tiefer in ihre Schultern. »Wie ihr euch alle einbildet, mich herumkommandieren zu dürfen, nur weil euer Vater mich bezahlt. Ritter, dass ich nicht lache!« Er tat es, mit zurückgeworfenem Kopf. Die böse Bitterkeit in seiner Stimme schmerzte Ida noch mehr als der Griff seiner Hände. »Bezahlter Aufpasser und kleiner Schulmeister, das ist es, was ich bin. Einem dummen Jungen höfische Manieren beibringen, damit er seinem hochwohlgeborenen Vater keine Schande bereitet. Schönes, edles Rittertum, fürwahr!« Er brach ab und wandte sich heftig um.

Das Mädchen taumelte, plötzlich freigelassen, und rieb sich die Schlüsselbeine. Das gibt ekelhafte blaue Flecke, wie soll ich die nur Tante Ysa erklären?, dachte sie verloren. Der junge Ritter stand da, das Gesicht in den Händen vergraben.

»Simon«, begann Ida zaghaft. »Simon, ich habe nie darüber nachgedacht. Ich wollte nicht – hochmütig zu Euch sein, wirklich nicht. Ich habe nicht gewusst, wie demütigend das alles hier für Euch ist. Aber bitte, glaubt mir, keiner hier sieht Euch mit Geringschätzung an, das bildet Ihr Euch wirklich nur ein.« Simon ließ die Hände sinken und stand schweigend da, das Gesicht abgewandt. »Ich gehe dann jetzt«, murmelte Ida, den Tränen nahe. »Ich wünsche Euch alles Gute, Herr Simon. Es tut mir Leid, dass alles so ... so hässlich ...« Ihre Stimme versagte, und sie wandte sich hastig zur Tür.

»Prinzessin«, sagte Simon heiser. »Prinzessin, bitte, verzeih mir. Ich wollte nicht – du warst mir immer eine gute Freundin, ich wollte dich nicht beleidigen. Ich weiß nicht, was über mich gekommen ist. Bitte, sag mir, dass du mir vergibst.«

Ida wandte sich zögernd um und blickte in das bekümmerte Gesicht des jungen Mannes. Wie ehrlich mag er das jetzt wohl meinen?, flüsterte ein boshaftes Stimmchen in ihrem Kopf, aber sie brachte es zum Schweigen.

»Bitte, Ida«, flehte der Ritter und streckte seine Hand aus. »Sei gut. Du weißt, dass ich es nicht so gemeint habe. Du warst nie hochnäsig oder eingebildet mir gegenüber. Im Gegenteil ...« Seine grünlichen Augen bettelten, und Ida seufzte. Sie legte ihre Hand in seine riesige Pranke und nickte wortlos. Er strahlte auf. »Vergeben?«

»Und vergessen«, flüsterte sie. Er nahm sie voller Überschwang in die Arme und drückte einen Kuss mitten auf ihren erstaunten Mund.

»Ach, Prinzessin, ich bin so ein kurzsichtiger Esel«, murmelte er zärtlich und strich ihr das zerzauste Haar aus der Stirn. »Ich hätte Geduld haben sollen und noch ein oder zwei Jahre warten, bis du alt genug für mich bist. Aber deine Schwester hat mir derart den Kopf verdreht ...« Sein Mund näherte sich wieder ihrem Gesicht, und Ida schob ihn heftig fort.

»Geh jetzt, Simon, bitte. Ich glaube nicht, dass Amali lange durchhält, Vater kann jeden Moment die Wahrheit erfahren. Er schlägt dich tot, du weißt doch, wie jähzornig er ist!«

Simon atmete tief und hoffnungslos aus und nickte dann resigniert. Er nahm seinen Mantel vom Haken an der Tür, warf ihn sich um die Schulter und griff nach seinem Reisesack. Ida öffnete vorsichtig die Tür und spähte hinaus. »Der Weg ist frei«, hauchte sie. »Ich gehe voran, Simon.«

Ohne behelligt zu werden, gelangten sie zu den Ställen, wo Simons knochiger alter Rappe neben den prachtvollen Pferden des Gutes in seiner Box stand. Simon holte sein Zaumzeug und begann das Pferd zu satteln.

»Warte auf mich«, befahl Ida sehr bestimmt und huschte davon. Als sie wiederkehrte, hockte Simon auf einem Strohballen und blickte ausgesprochen trübsinnig drein. »Hier, das wirst du brauchen.« Ida drückte ihm einen eingewickelten Packen in die Hand. Simon starrte verdutzt darauf nieder. »Proviant«, erklärte das Mädchen. »Und ein Schlauch von Vaters bestem Wein.« Sie errötete, als Simon ihr überschwenglich dankte. Er befestigte den Packen an seinem Sattel und griff nach den Zügeln des Pferdes, um es aus dem Stall zu führen. Ida schritt schweigend neben ihm her zum Hoftor. Draußen schwang sich Simon in den Sattel und beugte sich noch einmal zu ihr nieder.

»Willst du auf mich warten?«, fragte er eindringlich. Seine Augen unter den schweren Lidern durchforschten ihr Gesicht. Ida blinzelte überwältigt. Dann nestelte sie an ihrem Ausschnitt herum und zog eine fein gearbeitete silberne Kette hervor, die um ihren schmalen Nacken hing. Ida öffnete mit zittrigen Fingern ihren Verschluss und drückte Simon die Halskette in die Hand.

»Sie gehörte einmal meiner Mutter«, sagte sie verlegen. »Wenn du es wirklich ernst meinst, nimm sie als ein Pfand, Simon. Ich werde auf dich warten.« Er schloss schweigend seine Faust um die Kette und neigte sich über den Hals seines Pferdes, um sie noch einmal zu küssen.

»Ich komme zurück, sobald du alt genug bist, dass ich um deine Hand anhalten kann«, schwor er.

Und sobald genug Gras über die andere Sache gewachsen ist, bemerkte das zynische Stimmchen hinter Idas Stirn. Sie nickte nur schweigend und hob ihre Hand zum Gruß. Er warf ihr eine Kusshand zu und trieb sein Pferd an. »Leb wohl, Prinzessin«, rief er leise und ritt davon, ohne sich noch einmal umzusehen. Ida stand da, zitternd in der kühlen Nachtluft, und lauschte dem Klang der sich entfernenden Hufschläge. In ihren Wimpern hingen Tränen, die sie entschlossen fortblinzelte.

»Auf Wiedersehen, edler Ritter«, sagte sie traurig. Dann wandte sich sich ab und schloss leise das Hoftor hinter sich.

~ 4 ~

Ysabet, die Schwester des Lords von Sendra, hielt durchaus nichts davon, die Hände in den Schoß zu legen und die Bediensteten alle Arbeit tun zu lassen.

»Das mag ja in Ordnung sein für Stadtleute und Hofvolk«, pflegte sie zu dozieren, während ihre großen, roten Hände unablässig damit beschäftigt waren, Kartoffeln zu schälen, Wäsche zusammenzulegen oder Unkraut zu jäten. »Aber wir hier auf dem Lande sind uns nicht zu fein, mit anzupacken. Auf solch einem Hof gibt es wahrlich genug für jeden zu tun, da kann man sich nicht vornehm zurücklehnen und darauf warten, dass jemand einem die Arbeit abnimmt.«

Die Geschwister hatten diesen Vortrag zu hören bekommen, seit sie alt genug waren, ihren eigenen Beitrag zur Hof- oder Hausarbeit zu leisten. Tante Ysabet duldete absolut keine Drückebergerei. Also hockte Ida an diesem Nachmittag ergeben im Johannisbeergebüsch und pflückte mit rot gefärbten, klebrigen Fingern ganze Körbe voll reifer Beerenbüschel.

Amali hat es gut, dachte sie und leckte sich die Finger ab. Sie lehnte sich auf die Ellbogen zurück und blickte in den nahezu weißen, dunstig verschleierten Himmel hinauf. Hoch oben zog ein Vogel seine Kreise. Ida kniff die Augen zusammen, um zu erkennen, was es sein mochte. Vor einigen Tagen war ein Habicht über Tante Ysabets Hühnerhof hergefallen und mit einem der jüngeren Hühnchen entkommen, bevor die durch das panische Gegacker alarmierten Knechte endlich mit Knüppeln herbeigelaufen kamen.

Ihre Schwester hatte im Frühjahr bereits ihr zweites Kind bekommen, dabei war das erste, ein Mädchen, noch nicht einmal entwöhnt. Ida legte sich ins Gras und schloss die Augen. Zwei schreiende, fordernde Säuglinge, die ihre Mutter und die Amme keine Nacht schlafen ließen … nun, vielleicht war sie doch nicht gar so schlecht dran mit Tante Ysabet und ihren Johannisbeeren. Zumindest nachts pflegten sie Ida in Ruhe zu lassen.

Eine kleine Schweißperle lief kitzelnd über ihren Hals und rann in ihren Ausschnitt. Ida wischte sich über das feuchte Gesicht und versuchte vergeblich, ihre widerspenstigen Haare aus der Stirn zu pusten. Der schwere Zopf in ihrem Nacken war bei diesen Temperaturen wahrlich kein Vergnügen. Sie stellte sich nicht zum ersten Mal vor, wie sie ihn kurzerhand abschnitt. Aber Tante Ysabet würde der Schlag treffen und ihren Vater mit Sicherheit auch.

Ein weiches Sirren schlug an ihr Ohr. Sie wandte träge den Kopf, ohne die Augen zu öffen. Das trockene Gras, das ihre Nase kitzelte, roch verbrannt. »Hallo, Fiamma«, murmelte sie schläfrig. »Warm genug für dich heute?« Sie blinzelte durch die Wimpern. In einem Kreis versengten Grases hockte mit angezogenen Knien die Feuerelfe und biss mit wonnevoll verzogenem Gesicht in eine Johannisbeere, die sie zierlich zwischen den Fingern hielt. Sie leckte sich die Mundwinkel mit einer winzigen roten Zunge und nickte ernsthaft.

»Sehr angenehm, diese Temperatur.« Sie schluckte den Rest der Beere. Dann spuckte sie damenhaft einen Kern aus und wischte die Finger am Gras ab. Es zischte leise, und ein kleiner Schwelbrand entstand, den sie energisch mit ihrem nackten Fuß austrat.

»Ich verstehe nicht, wieso ihr nicht ständig alles um euch herum in Brand setzt«, staunte Ida und stützte ihre Wange in die Hand.

»Alles eine Frage der Willenskraft.« Fiamma wackelte mit den Zehen. »Ich übe allerdings noch, wie du siehst.« Sie breitete ihre fast durchsichtigen Flügel aus und seufzte wohlig. »Hast du schon eine Antwort?«, fragte sie nach einer Weile schläfrigen Schweigens.

Ida tastete nach ihrer Schürzentasche und lächelte, als sie das Papier darin knistern hörte. »Ja, gestern kam ein Brief.«

Fiamma schrie spitz und erfreut auf. »Das ist doch einfach flamme, Ida, wie kannst du denn nur so ruhig daliegen und tun, als wäre nichts? Zeig, ich will ihn sehen!«

Ida runzelte die Stirn und fischte den Brief heraus. »Fass ihn aber ja nicht an! Ich habe keine Lust, ein Aschehäufchen mit mir herumzutragen.«

»Pah«, erwiderte die Feuerelfe spitz. »Tu nicht so, als würde ich dir ständig deine Korrespondenz einäschern, du armseliger Glühwurm!« Ida gluckste und faltete das Papier auseinander. Sie legte es ins Gras, und die Elfe entflammte ihre Flügel, um sich darüber in die Luft zu heben. »Ah, das ist ja feurig«, sagte sie aus tiefstem Herzen. »Du freust dich sicher schrecklich, nicht, Ida?«

Das Mädchen zog die Beine an und legte ihren Kopf auf die Knie. »Ich weiß nicht«, sagte sie langsam. »Ich habe wirklich darauf gehofft, aber jetzt, wo es soweit ist, bekomme ich doch ein wenig kalte Füße. Mein Vater wird es nicht verstehen.«

Fiamma nickte altklug. »Mein Vater würde wahrscheinlich auch ziemlich aschig, wenn ich so etwas täte. Aber wir nehmen das alles nicht so – so schrecklich ernst wie ihr Menschen.« Sie schüttelte sich. »Wenn ich einen Elf heiraten sollte, den ich nicht einmal kenne – oh, ich würde ihn ansengen, das sage ich dir!« Ihre Augen sprühten Funken vor Empörung. Ida musste lachen, und die Elfe stimmte ein.

Das letzte Gespräch mit Lord Joris war wirklich sehr unerfreulich verlaufen, und wenn sie über Fiammas Fähigkeiten verfügt hätte, hätte sie ihren Vater sicherlich mehr als nur ein bisschen angesengt. Ida zog die Brauen zusammen, als sie daran zurückdachte.

»Was soll das heißen, du willst Reinald nicht heiraten?«, hatte Joris gebrüllt. Er hatte vor ihr gestanden, den ergrauten Kopf grimmig zwischen die bulligen Schultern gezogen und erregt die Fäuste geballt.

»Bitte, Vater«, hatte Ida besänftigend gesagt. »Reg dich nicht so schrecklich auf, du weißt, dass es dir nicht bekommt. Ich habe es dir doch schon einmal erklärt: Ich bin verlobt, schon seit zwei Jahren.«

»Ach Papperlapapp«, hatte der Lord gebrüllt. Sein Gesicht war dunkelrot vor Zorn. »Du willst mir doch jetzt nicht schon wieder mit diesem windigen Ritter kommen, mein Fräulein! Wo ist er denn, dein Verlobter, he? Warum hat er noch nicht bei mir um deine Hand angehalten, wie es sich gehört, was? Das sollte er auch wagen, nach all dem, was er hier verbrochen hat!«

Ida hatte die Lippen zusammengepresst und nichts darauf zu erwidern gewusst. Natürlich würde Simon nicht plötzlich angeritten kommen und um ihre Hand anhalten, das wusste sie ebenso gut wie ihr Vater. Aber ganz im Geheimen, sogar vor sich selbst meist gut verborgen, nährte sie immer noch ein winziges Flämmchen der Hoffnung, das sich selbst in solchen Momenten weigerte, ganz zu verlöschen.

»Aber, meine Kleine, sei doch vernünftig«, hatte Joris sanfter hinzugesetzt, als er ihr unglückliches Gesicht sah. »Reinald ist ein sehr ordentlicher junger Mann, ich kenne seinen Vater gut. Du wirst mit ihm eine recht anständige Partie machen, Kind. Glaube mir, es ist nicht einfach für mich gewesen, das zu arrangieren.«

Ida nickte halbherzig. Es leuchtete ihr vollkommen ein, dass es wenige heiratswillige Kandidaten geben würde, die sich um eine derart groß gewachsene, nicht sonderlich hübsche Frau schlagen würden. Joris hatte ihr eine ansehnliche Mitgift ausgesetzt, das gab wahrscheinlich den Ausschlag für Reinalds Zustimmung, beziehungsweise die seines Vaters. Sicherlich war der Jüngling genauso wenig zu der Angelegenheit befragt worden wie sie selbst.

Sie hatte den Streit nicht weitergeführt, weil es ohnehin zwecklos war. Lord Joris würde auf dieser Vermählung bestehen, das war ihr nur zu klar. Und weil sie das wusste, hatte sie sich an ihre Tante Ylenia gewandt, mit der Bitte, ihr zu helfen. Sie tastete nach dem Brief, den sie wieder in ihrer Schürzentasche verstaut hatte, und seufzte. Es blieb ihr keine andere Wahl, als den Rat ihrer Tante zu befolgen, aber für ihre Familie wäre dieser Schritt kaum zu verzeihen, so viel zumindest war sicher.

»Was sagt Albi dazu?«, fragte Fiamma, die aus Idas Mienenspiel erkannt hatte, worum sich ihre Gedanken drehten. Ida machte ein unbestimmtes Geräusch und rupfte einen Grashalm aus, den sie sich zwischen die Lippen steckte. Fiamma flatterte auf und blieb über Idas Gesicht in der Luft stehen. Ida blinzelte zu ihr hoch und kaute verbissen auf dem Halm herum. Als die Feuerelfe auf ihre riesige Freundin herabblickte, zeigte sie Neugierde und gleichzeitig Besorgnis.

»Sag bloß, er weiß es auch nicht?« Fiamma schlug die Hände zusammen. Winzige Funken sprühten auf Idas scheckiges Haar nieder und erloschen.

»Nein, ich habe es nicht gewagt.« Ida spuckte den zerkauten Halm aus. »Ich bin nicht sicher, ob er es nicht Vater erzählt, bloß, weil er sich wegen irgendeiner Lappalie über mich ärgert.«

»Du nimmst ihm immer noch übel, dass er deinen Ritter verraten hat.« Fiamma landete auf dem Korb mit Idas Ernte und wühlte wählerisch in den roten Früchten herum. Ida nahm sich eine Hand voll Beeren und fing an, sie von ihren winzigen Stielen zu zupfen und in den Mund zu stecken.

»Nein, ich trage es ihm nicht nach«, sagte sie nachdenklich und zerdrückte die Beeren mit der Zunge. »Aber ich habe dadurch etwas begriffen, was mir vorher nicht so klar war: Albuin kann sehr rücksichtslos sein, wenn er glaubt, dass ihm jemand im Weg steht. Und er ist so unnahbar geworden in den letzten Jahren. Du weißt, dass ich ihn wirklich lieb habe, aber ich bin ganz und gar nicht sicher ...« Sie zögerte.

Fiamma verzog ernsthaft das kleine Gesicht. »Du weißt nicht, ob er deine schwesterlichen Gefühle mit gleicher brüderlicher Zuneigung erwidert«, vollendete sie Idas Satz. Ida musste über die Formulierung lächeln, aber sie nickte.

»Er gibt sich sehr kühl und sehr erwachsen, und er vermittelt mir ständig das Gefühl, jung und dumm und ›nur ein Mädchen‹ zu sein. Das hat er vorher nie getan.« Sie hob die Schultern. »Es ist mir egal«, sagte sie nicht ganz wahrheitsgemäß. »Aber ich vertraue ihm nicht mehr so bedingungslos wie früher.« Sie hob den Kopf und lauschte. »Tante Ysa ruft.« Ida verdrehte die Augen. »Ich wette, sie hat wieder irgendwelche widerliche Küchenarbeit, die danach schreit, von mir erledigt zu werden.« Sie blies die Backen auf und hob den Korb auf die Hüfte. »Leistest du mir dabei noch ein wenig Gesellschaft, Fiamma? Dann ist das Kartoffelschälen nicht ganz so langweilig.«

Die Elfe kicherte und schwang sich auf den Korb. »Deine Tante mag es nicht, wenn ich im Haus bin. Sie hat immer Angst, ich würde überall Brandflecken machen.«

»Tust du ja auch.« Ida warf einen schrägen Blick auf den leicht geschwärzten Rand des Weidenkorbes.

»Er ist allerhöchstens ein wenig angekohlt«, verteidigte sich Fiamma. »Kein Wunder, wenn du ihn die ganze Zeit in der sengenden Sonne stehen lässt!«

Die lachenden Mädchen wurden von der dumpfen Dunkelheit des Kücheneingangs verschluckt und überließen den Obstgarten wieder seiner vorherigen Stille, die nur hin und wieder von dem tiefen Summen einer träge vorbeitorkelnden Hummel und dem leisen Sirren der Grashüpfer gestört wurde. Kein Hauch bewegte die Blätter der Kirschbäume, selbst die Vögel schwiegen ermattet. Eine Vorahnung von Gewitter lag in der drückenden Schwüle der Luft.

Die Nacht brachte keine Erleichterung. Ida saß schlaflos in ihrem Fenster und blickte in den Garten hinaus. Funken tanzten durch die Luft, und der leise Ruf eines Käuzchens wechselte sich ab mit dem monotonen Zirpen der Grillen. Sie drehte den Brief zwischen den Fingern. Inzwischen hatte sie ihn so oft gelesen, dass sie kein Licht mehr brauchte, um sich seinen Inhalt vor Augen zu führen.

Am dritten Tag des Roten Mondes werde ich Sendra erreichen. Wir können uns zur Mittagsstunde am Dorfbrunnen treffen, das ist dir wahrscheinlich angenehmer, als wenn ich zu dir auf den Hof komme. Du wirst mich schon erkennen, allzu viele Fremde tauchen ja sicher nicht im Dorf auf.

Die schwungvolle Unterschrift lautete: *Dorkas von Tel'krias, Tochter von Selina.*

Gerade neigte sich der zweite Tag im Roten Mond seinem Ende zu. Ida wusste, dass sie in dieser Nacht nur schwer Schlaf finden würde, und das nicht alleine wegen der drückenden Gewitterluft. Sie musste noch einen Vorwand ersinnen, der sie morgen ins Dorf führte; einen Vorwand, der ihrer Tante einleuchtete und ihr genügend Zeit ließ, mit Dorkas von Tel'krias zu sprechen. Oder sollte sie sich einfach davonschleichen? Warum eigentlich nicht, plante sie doch, ihrer Familie noch einen weit größeren Schmerz zuzufügen.

Ida lehnte den Kopf an das warme Holz des Fensterrahmens und starrte hinauf in die Schwärze des Nachthimmels. Kein Stern unterbrach die endlose Dunkelheit, selbst der Mond war hinter einer unsichtbaren Wolkendecke verschwunden. Käuzchen und Grillen schwiegen, es war, als hielte die gesamte Natur den Atem an in Erwartung des ersten Donnerschlags. Ida glaubte, ein leises Grollen in der Ferne zu hören, aber das konnte genauso gut Einbildung sein. »Geh zu Bett, dummes Ding«, schalt sie sich stumm. »Du brauchst morgen einen klaren Kopf!«

Trotz dieser wahren Erkenntnis lag sie noch lange in der stockfinsteren, heißen Kammer, den schweißfeuchten Kopf auf dem mit Steinen gefüllten Kopfkissen, und wälzte sich unglücklich und zu aufgeregt, um Schlaf zu finden, von einer Seite auf die andere. Als in der Morgendämmerung der ersehnte Regen kam, sanft und gänzlich ohne dramatische Ankündigung, saß sie schon wieder in ihrer Fensternische und strich ruhelos den Brief zwischen ihren Fingern glatt.

Am späten Vormittag schlich sie sich davon, als ihre Tante gerade eine der Mägde ausschalt, die in ihrem Ungeschick eine ganze Kanne mit frisch gemolkener Milch umgestoßen und komplett verschüttet hatte. Ida lief über den aufgeweichten Pfad, dass Wasser und Schlamm nur so aufspritzten. Es hatte den ganzen Morgen geregnet, und nun standen große Pfützen in den Furchen, die die Wagen in den staubigen Boden gezogen hatten. Ida hatte ihre Schuhe ausgezogen und in den Bund ihres Rockes gesteckt und den Rock etwas geschürzt, um die Säume vor der Nässe zu schützen.

Mit schlammbedeckten Füßen und schwarzgesprenkelten Waden gelangte sie endlich auf den Dorfplatz. Ihre Wangen waren gerötet, und der Atem ging ihr schneller vom Lauf und von der Aufregung. Sie knotete ungeduldig das aufgelöste Haarband neu und sah sich nach der Fremden um, die hier auf sie warten wollte.

Auf der Bank, die rund um den Stamm der alten Ulme neben dem Dorfbrunnen gezimmert war, saß eine Gestalt in heller Kleidung. Sie lehnte entspannt an der rissigen Rinde des Baumes, hatte die Beine in den weiten Hosen lässig von sich gestreckt und die Arme vor der Brust gekreuzt. Ihr Blick wanderte gemächlich über die schwatzenden Frauen am Brunnen und blieb schließlich auf Ida hängen, die auf einem Bein balancierend dabei war, sich hastig den schlimmsten Dreck vom Fuß zu kratzen.

»Anida?«, rief die Fremde sie leise mit einer weichen, ungewöhnlich tiefen Stimme an. Ida ließ ihren Fuß los, stand reglos da und blickte die Fremde an.

»Dorkas.« Es war eine Feststellung, keine Frage. Die Frau nickte und klopfte einladend neben sich auf die Bank. Ida hockte sich befangen neben sie und versuchte vergeblich, sie nicht allzu aufdringlich anzustarren.

Dorkas hatte ein grobknochiges Gesicht mit von der Sonne dunkel gegerbter Haut wie eine der Bäuerinnen aus dem Dorf. Ihre kräftigen Hände waren schwielig und derb und die Gestalt untersetzt. Statt der üblichen Kleidung aus Rock, Mieder und Schürze steckten die stämmigen Beine der Frau in einer hellen, weit fallenden Hose, die ungemein bequem aussah. Darüber fiel ein locker geschnittenes Übergewand, das an den Seiten geschlitzt war und ihr bis zum halben Oberschenkel reichte. Sie hatte die Ärmel aufgekrempelt, dass ihre erstaunlich muskulösen Unterarme zu bewundern waren, und der Halsausschnitt des Gewandes war aufgeschnürt und ließ einen sonnenverbrannten Ansatz der Brust sehen. In dem dunklen Gesicht standen bemerkenswert helle, faltenumkränzte Augen unter dichten Brauen. Die starke, ein wenig schiefe Nase und eine helle Narbe, die über ihren linken Wangenknochen bis zum Ohr verlief, schienen Ida viel eher zu einem Mann zu passen, während der breite Mund im Gegensatz zu den eher groben Zügen weich und empfindsam wirkte und zu einem freundlichen Lächeln verzogen war.

Die Frau ließ Idas Musterung geduldig über sich ergehen. Ida blinzelte verlegen und griff unwillkürlich nach ihrem schweren Zopf. Das Lächeln der Fremden wurde breiter, und sie fuhr sich zur Antwort mit ihren stumpfen Fingern durch das kurz geschnittene dunkle Haar. Es war sogar kürzer, als die meisten Männer es zu tragen pflegten, und von ersten weißen Fäden durchzogen. In ihrem linken Ohrläppchen blitzte ein dünner silberner Reif mit einem winzigen grünen Stein daran.

»Also, da bin ich«, eröffnete Dorkas das Gespräch, als Ida keine Anstalten machte, ihrerseits etwas zu sagen. Ihre Augen verschwanden fast in einem Nest aus Fältchen, als sie das Mädchen ansah. »Du schaust drein, als würde ich dich jeden Moment beißen. Möchtest du hier mit mir sprechen, oder sollen wir uns lieber einen weniger öffentlichen Platz suchen?«

Ida räusperte sich verlegen. Die Frauen am Brunnen hatten schon einige Male auffällig zu ihnen hergesehen und steckten nun die Köpfe zusammen. »Vielleicht wäre es gut, wenn wir woanders hingingen. Aber ich weiß nicht, wo …«

»Ah, überlass das der alten Dorkas«, unterbrach die Frau sie und erhob sich in einer geschmeidigen Bewegung. »Ich bin nicht zum ersten Mal hier. In fast jedem

Dorf gibt es einen Platz, wo eine wie ich willkommen ist. Komm mit.«

Ida blickte stirnrunzelnd auf sie nieder, und die kleinere Frau blinzelte lächelnd zu ihr auf. »Du bist wirklich erstaunlich groß, meine Liebe. Wächst du noch?« Ida verneinte errötend. Ihre Körpergröße war ihr äußerst unangenehm, und sie wurde oft genug deswegen gehänselt. Sie schritt schweigend auf ihren langen Beinen neben Dorkas her und beobachtete sie aus den Augenwinkeln. Die Bewegungen der stämmigen Frau waren kraftvoll und gleichzeitig fließend und sprachen von Körperbeherrschung und trainierter Muskulatur. Was mochte wohl ihre Profession sein? Sie schien unbewaffnet zu sein, aber die Narbe in ihrem Gesicht sah nicht aus, als wäre sie ein zufälliger Kratzer, sondern weit eher wie von einem Messer oder etwas ähnlichem verursacht.

Vor dem Haus der Hebamme blieb Dorkas stehen und klopfte kurz und kräftig an die Tür. »Herein, nur herein«, erscholl von drinnen die hohe, junge Stimme Marisas, der Hebamme und Heilerin des Dorfes.

Dorkas schob die Tür auf und betrat den niedrigen Hausflur. Ida, die ihr folgte, musste ein wenig den Kopf einziehen, als sie durch die Tür trat. Bei ihrem letzten Besuch bei Marisa, der ein Jahr zurücklag, war das noch nicht nötig gewesen.

»Ah, da seid ihr endlich«, empfing die alte Hebamme sie lebhaft. »Der Tee ist fertig, und ich habe euch Pfannkuchen gebacken. Die magst du doch, meine Kleine? Setzt euch, setzt euch!«

»Aber was für eine Frage, Marisa«, erwiderte Dorkas. »Du weißt, wie sehr ich deine Pfannkuchen vermisst habe.« Sie setzte sich an den Tisch, der mitten in der unordentlichen Küche stand, und winkte Ida, ebenfalls Platz zu nehmen. Marisa werkelte geschäftig an ihrem Herd herum. Es roch wunderbar nach den frischen Pfannkuchen und dem süßen Sirup, den die alte Frau darüber goss.

»Hier, Kinder, esst, solange sie noch heiß sind«, sagte sie und stellte ihnen beiden einen Teller mit einem hohen Stapel der zart gebräunten, dünnen Kuchen hin. Sie schöpfte duftenden Kräutertee in irdene Becher und stellte Honig zum Süßen auf den Tisch. Dann zog sie sich selbst einen Stuhl heran und sah den beiden wohlwollend beim Essen zu.

Ida war nicht mit dem Herzen bei dem Schmaus, obwohl sie hungrig war und die Pfannkuchen die besten, die sie je probiert hatte. Sie rollte sich stirnrunzelnd einen der dünnen Kuchen zusammen und biss hinein, dass ihr der goldbraune Sirup von den Fingern tropfte. Dorkas und Marisa tauschten Neuigkeiten über Leute aus, die Ida nicht kannte. Dorkas berichtete kauend von dem Schwur, den eine gewisse Letta endlich abgelegt habe, nachdem sie zehn Jahre darum herumgeschlichen sei wie eine Katze um einen Fischteich, in dem es Hechte gab. Marisa gab ihr typisches Lachen von sich, eine Mischung aus Kichern und Glucksen, das ungemein ansteckend war. Ida ertappte sich, dass sie lächelte, obwohl sie weder diese Letta kannte, noch begriff, um was für eine Art von Schwur es sich handeln mochte.

»So, die kleine Letta. Hat sie nicht versucht, noch am Vorabend auszubüxen oder ihre Schwurschwestern davon zu überzeugen, sie abzulehnen?«

Dorkas schnaubte amüsiert. »Und ob sie das hat, Marisa. Erne, ihre erste Schwurschwester, hat sie vorsichtshalber in ihre Kammer eingesperrt und mit Pippa, der anderen, die ganze Nacht Wache geschoben.« Ihre Stimme versagte. Sie wurde von einem stummen Lachanfall geschüttelt. Marisa schnappte hilflos nach Luft und hielt sich die Seiten. »Am Morgen haben sie sie dann rechts und links untergenommen – du erinnerst dich an den

Griff, den Lale uns damals beigebracht hat, und der es absolut unmöglich macht, auch nur einen Finger zu rühren? – und zum Schwurstein geschleift. Ich schwöre dir, Lettas Füße haben bis zum Schluss der Zeremonie nicht ein einziges Mal den Boden berührt!«

Die beiden Frauen schrien vor Lachen. Ida sah beinahe peinlich berührt von einer zur anderen. Noch nie hatte sie erlebt, dass erwachsene Frauen sich derart würdelos benahmen.

»Oh, ich sterbe«, ächzte Marisa und wischte sich die Augen. »Kind, ich habe nicht mehr so gelacht, seit Mutter Guda …«

»… mit dem Tisch umgefallen ist«, ergänzte Dorkas und schnaubte wieder.

Marisa kicherte und schenkte allen Tee nach. »Und? Wie geht es Letta jetzt?«

»Sie tiriliert den ganzen Tag wie ein Vögelchen und strahlt wie die Sonne. Sie hat noch am selben Tag die neuen Mädchen allesamt unter ihre Fittiche genommen und ist so glücklich, dass es schon fast peinlich ist. Ich weiß nicht, wieso sie den Schwur so lange vor sich hergeschoben hat.«

Marisa atmete den aromatischen Dampf aus ihrem Becher ein und schmunzelte. »Es fällt nicht allen so leicht wie dir, Dorkas. Letta hat eine anständige Erziehung genossen, das kann ein arger Hemmschuh sein, wie du weißt.« Sie wandte sich mit einer entschuldigenden Geste zu Ida. »Entschuldige, Ida, aber ich habe meine kleine Dorkas sehr lange nicht gesehen, und noch länger war ich nicht mehr zu Hause in Tel'krias. Ich dürstete nach Neuigkeiten von meinen Schwestern, das verstehst du doch sicher.« Ihre sanften dunklen Augen baten um Vergebung, und Ida streichelte voller Zuneigung über die weiche Hand der alten Hebamme.

»Ich wusste nicht, dass du auch zur Grünen Gilde gehörst«, sagte sie und sah Marisa mit neuem Respekt an. Marisa und Dorkas wechselten einen schnellen Blick, der Ida nicht entging.

»Es ist nicht ratsam, das herumzuerzählen«, sagte Marisa zögernd. »Ich habe mich entschieden, das Mutterhaus zu verlassen und in Sendra zu bleiben, weil hier keine Heilerin außer mir lebte. Aber viele Männer – und auch Frauen – haben immer noch Bedenken, sich einer Gildenfrau anzuvertrauen. Unser Ruf ist zu zweifelhaft, und deshalb verzichten viele meiner Schwestern, die sich entschieden haben, nicht im Mutterhaus zu leben, lieber darauf, sich öffentlich dazu zu bekennen.« Sie seufzte und tauschte wieder einen beinahe bedrückt zu nennenden Blick mit der grimmig dreinschauenden Dorkas. »Ich weiß, dass du es missbilligst, Liebes. Aber ich konnte nicht anders handeln, es war damals noch schwerer, als es heute ist. Die jungen Dinger, die heute zu uns stoßen, werden es wahrscheinlich leichter haben als wir ...«

»Was nicht dein Verdienst ist«, unterbrach Dorkas schroff. Marisa hob die Schultern und erwiderte nichts. Ida begriff, dass dies ein alter Streit zwischen den beiden Frauen war. Sie nahm einen Schluck Tee und überdachte das, was sie gehört hatte. Auch die beiden älteren Frauen schwiegen einige Minuten lang, aber es lag kein Groll in der Luft. Dorkas nippte an ihrem Tee und blickte Ida nachdenklich an, Marisa hatte sich zurückgelehnt und schien ihren Erinnerungen nachzuhängen.

»Deine Tante hat mir gesagt, dass du von deiner Familie fort und dich der Gilde anschließen willst?«, eröffnete Dorkas schließlich unvermittelt das Gespräch. Sie hatte ihre dunklen Brauen zusammengezogen und blickte Ida scharf und ein wenig misstrauisch an. Auch der Ton ihrer Stimme war alles andere als freundlich zu nennen. Ida zuckte ein wenig zusammen. Marisa regte sich leise, als hätte sie sich erschreckt.

»Ja, das heißt …«, stammelte Ida. Dorkas Miene wurde noch etwas finsterer.

»Das heißt?«, stieß sie schroff nach. »Du bist dir nicht sicher, oder, Kind? Du weißt nicht viel über die Gilde. Du glaubst, dass wir jedes Mädchen aufnehmen, dem zu Hause irgendwas nicht mehr in den Kram passt. Was denkst du, was du uns dafür zurückgeben kannst, wenn wir dich aufnehmen, dich ernähren, dich kleiden, dich ausbilden und dir Schutz bieten? Denk gut nach, was du antwortest. Auf solche verzogenen Gören wie dich haben wir nämlich gerade gewartet …«

»Dorkas!«, murmelte die Hebamme mahnend. Die jüngere Frau warf ihr einen grimmigen Blick zu. Marisa sank wieder in ihren Stuhl zurück. Ihre dunklen Augen ruhten beinahe mitleidig auf Idas rot überhauchtem Gesicht.

»Ich mag verzogen sein, obwohl ich selbst das nicht glaube«, antwortete Ida leise und den Tränen nahe. »Und es stimmt sicher, dass ich so gut wie nichts über die Gilde weiß. Ich besitze nicht die Fähigkeiten, um den Weißen Schwestern beizutreten – ehrlich gesagt, wäre das auch niemals mein Wunsch gewesen –, und ich verspüre keinerlei Neigung, diesen Mann zu heiraten, den mein Vater für mich ausgesucht hat, oder mein Leben als unverheiratete Verwandte im Haus meines Schwagers zu beenden. Ich weiß nicht, ob ich euch in irgendeiner Weise nützlich sein kann, aber ich kann versprechen, dass ich mich anstrengen werde. Ich bin kräftig, ich kann arbeiten, dafür hat meine Tante Ysabet gesorgt, und ich scheue nicht davor zurück, auch schwere und schmutzige Arbeiten zu verrichten. Wenn ich mir damit bei euch eine Schlafstelle und mein Essen verdienen kann, dann will ich es gerne tun.«

Dorkas unbarmherzige Miene wurde um keinen

Deut weicher. »Du könntest dich jederzeit als Dienstmagd verdingen, wenn du ernst meinst, was du gerade gesagt hast. Warum solltest du dich ausgerechnet der Gilde anschließen wollen? Jeder Herr hier in Sendra wäre froh über eine tüchtige Dienerin wie dich.«

Ida schwieg und starrte auf ihre Hände hinab, die sie so fest ineinander verschränkt hatte, dass die Knöchel weiß hervortraten. »Wenn das wirklich die einzigen Möglichkeiten sind, die einem Mädchen bleiben – zu heiraten und irgendeines Herren Dienstmagd zu sein –, dann wünschte ich, Marisa hätte mich niemals auf die Welt geholt!«, sagte sie leise und heftig. Sie hob den Kopf und sah Dorkas aus glühenden Augen an, die vor unterdrücktem Zorn den Ton von geschmolzenem Gold angenommen hatten. Dorkas bemühte sich weiter um ihre gestrenge Miene, aber ein winziger Kringel in ihren Mundwinkeln verriet sie.

»Ach, lass gut sein und hör auf, das arme Kind zu quälen«, schalt Marisa gutmütig. »Komm, Kleines, lass dich nicht ärgern. Iss lieber deinen Teller leer, du wirst es brauchen.« Sie stand auf und holte den Teekessel, der an einem Haken über dem Feuer hing. Dorkas senkte amüsiert die Augenlider und lehnte sich entspannt zurück. Ihre groben Hände ruhten auf ihren Schenkeln, und sie musterte Ida immer noch unverwandt, aber mit einem sanfteren Blick als zuvor.

»Wie alt bist du?«, fragte sie.

»Fünfzehn, ich werde sechzehn im Sandmond.«

Dorkas nickte und rieb nachdenklich mit dem Daumen über die Narbe auf ihrer Wange. »Was meinst du, Marisa?«

Die Hebamme hatte die Teebecher aufgefüllt und hängte nun den Kessel wieder fort. Sie wischte sich die Hände an ihrer Schürze trocken und sah Ida mit schief gelegtem Kopf prüfend an. Ida erwiderte den Blick mit einer gehörigen Prise Trotz und wurde mit einem warmen Lächeln belohnt.

»Sie ist ein gutes Mädchen, wenn auch starrsinnig und mit einem frechen Mundwerk gesegnet.« Marisa gluckste. »Sie wird gut ins Haus passen, Dorkas. Sehr gut wird sie ins Haus passen.«

Die beiden älteren Frauen brachen in Gelächter aus. Ida wand sich rot vor Scham und Zorn in ihrem Sitz. Sie fühlte sich ausgelacht und überlegte, ob sie einfach gehen sollte. Dorkas legte ihr eine schwere Hand auf die Schulter und schüttelte sie leicht. Ihre Augen hatten sich spöttisch verengt.

»Friede, Ida. Ich bekomme ja Angst, dass du mir an die Gurgel springst, wenn du so dreinschaust.« Sie wechselte einen verständnisinnigen Blick mit Marisa. »Musst du noch Sachen von zu Hause holen, oder bist du reisefertig?«

Ida riss die Augen auf. »Aber – aber –«, stotterte sie. Marisa lachte leise und löffelte Honig in ihren Becher.

»Aber ich muss doch zuerst mit ihnen reden. Mein Vater ... Tante Ysabet ... Ich kann doch nicht einfach so Knall auf Fall mit dir gehen!«

Dorkas seufzte und stützte das Kinn in die Hand. »Glaubst du, dein Vater wird dir ohne Umstände die Erlaubnis geben, mit einer Gildenfrau nach Nortenne zu gehen?«, fragte sie gelassen. Idas Kiefer klappte herunter.

»Nein«, krächzte sie schließlich. »Nein, natürlich nicht. Er wird toben und schreien und mich auf mein Zimmer schicken – ach du meine Güte!« Ihr Blick glitt unglücklich von Dorkas' Katzenlächeln zu Marisas mitfühlendem Gesicht.

»Das ist der erste Preis, den du zahlen musst, wenn du zu uns gehören willst«, sagte Dorkas nicht unfreundlich. »Die erste Bindung, die gelöst wird, die erste von vielen. Wenn du das nicht fertig bringst, bist du daheim besser aufgehoben, Kleine. Geh nun nach Hause. Ich reise morgen im Morgengrauen ab, mit dir oder ohne dich. Und denk daran, nicht jede Neue bekommt den Luxus einer Eskorte zum Mutterhaus. Die meisten müssen alleine dorthin finden.« Sie erhob sich und reckte ihre stämmigen Glieder. »Ich würde mich jetzt gerne etwas hinlegen, Marisa. Ist deine Gastkammer frei?«

Marisa ging mit der Gildenfrau hinaus und ließ Ida zerschmettert am Tisch zurück. Sie starrte auf die altersdunkle Tischplatte mit all ihren Kerben und Schrunden. In ihrem Kopf wirbelten die Gedanken durcheinander wie Herbstlaub in einem Sturm. Sie hörte in ihrer tiefen Versunkenheit nicht, wie Marisa wieder die Küche betrat, und schrak deshalb heftig zusammen, als die alte Frau ihr tröstend eine Hand auf die Schulter legte.

»Geh heim, Kind«, murmelte sie sanft. »Schlaf noch einmal darüber, und tu dann morgen, was du für richtig hältst. Vergiss nicht, es gibt immer mehr als nur einen Weg zum Ziel.«

Tante Ysabet schalt sie heftig aus, weil sie sich davongemacht hatte. Ida stand mit hängenden Armen vor ihr und sah so verzagt und unglücklich drein, dass der Wortschwall der Tante zu versiegen begann und der Zorn in ihrem runden Gesicht einem besorgten Ausdruck Platz machte. Sie legte Ida eine mollige Hand auf die Stirn und schüttelte den Kopf.

»Was hast du nur, Ida? Fühlst du dich schlecht? Fieber hast du keines, aber man weiß ja nie … Am besten ist, du legst dich in dein Bett.«

»Nein, es ist nichts, Tante Ysa«, wehrte das Mädchen hastig ab. »Ich bin ganz gesund, wirklich. Ach, Tante …« Sie brach in hilflose Tränen aus.

»Sofort ins Bett mit dir«, befahl Ysabet energisch und

schob sie zur Treppe. »Ich koche Tee und mache dir einen Brustwickel. Ach, ihr Kinder, immer brütet ihr irgendetwas aus …«

Ihr sanftes Schelten verklang auf dem Weg zur Küche. Ida wischte sich übers Gesicht und schniefte jämmerlich. Dorkas hatte sicher Recht: Ihr Platz war hier und nirgends sonst. Was würden die Frauen der Gilde wohl zu einem Mädchen sagen, das bei dem bloßen Gedanken, ohne Abschied von zu Hause fortzugehen, in lautes Geheul ausbrach?

Als Tante Ysabet, die dankenswerterweise vorerst auf den Brustwickel verzichtet hatte, ihr den Tee ans Bett brachte, hatte Ida sich wieder einigermaßen gefangen. Sie nahm den Becher entgegen und nippte an dem bitteren Gebräu.

»Zieh nicht solch ein Gesicht«, schalt die Tante und setzte sich zu ihr auf die Bettkante. »Das hier wird dir gut tun, also trink es jetzt schnell aus.« Sie zog die Bettdecke glatt und strich Ida dann fast verlegen über den Kopf. »Du bist so erwachsen geworden. Ich vergesse immer wieder, dass deine Mutter nur wenig älter war als du, als sie und Joris geheiratet haben.«

Ida schluckte den abscheulich bitteren Bodensatz aus dem Becher, schüttelte sich heftig und gab ihn ihrer Tante zurück. Dann lehnte sie ihren Kopf an die weiche Schulter und legte unbeholfen einen Arm um ihre rundliche Taille. »Tante Ysa, ich habe dir nie gesagt, wie lieb ich dich habe«, flüsterte Ida und drückte sie fest an sich.

Ysabet erwiderte verwundert die ungewohnte Zärtlichkeit. »Du bist wirklich ein seltsames Kind«, sagte sie beinahe vorwurfsvoll. »Ich weiß es doch, jetzt hör schon auf. Du wirst mir doch nicht etwa ernsthaft krank werden?«

»Nein, nein, es geht mir gut«, widersprach Ida und zwang sich zu einem Lächeln.

»Na!«, erwiderte Ysabet misstrauisch. »Ruf mich, wenn du etwas brauchst. Ich bin in der Küche.«

Sie schloss die Tür leise hinter sich. Ida wartete, bis ihre Schritte auf der Treppe verklangen. Dann schlüpfte sie aus dem Bett und schwang sich aus dem Fenster. Das Spalier hielt ihr Gewicht wunderbarerweise immer noch aus, obwohl es so laut knarrte, dass Ida befürchtete, das ganze Haus würde dadurch alarmiert. Sie huschte durch den dämmerigen Garten und hockte sich neben das dichte Feuerbohnengebüsch. »Fiamma, bist du da?«, rief sie leise und scharf. »Ich muss mit dir reden!« Nichts regte sich, kein Funke stob auf, keine dünne, klare Stimme antwortete ihr. Fiamma schien nicht bei ihrer Großmutter zu sein. Ida hockte da in der duftenden Dämmerung und stützte das Gesicht in die Hände. Sie musste einfach mit jemandem sprechen, aber wem außer ihrer winzigen Freundin konnte sie sich anzuvertrauen wagen?

Das rückwärtige Gartentor knarrte, und sie fuhr auf. Ein schlanker, schmalgliedriger Jüngling schritt auf dem überwucherten Pfad auf das Haus zu, ohne sie zu bemerken.

»Albi«, rief sie ihn leise an. Ohne ein Zeichen der Überraschung drehte er sich um und kam auf sie zu.

»Was kniest du hier im Gebüsch?«, fragte er mit leisem Spott. »Hast du was verloren?«

Ida zog ihn zu sich herunter und musterte sein ernsthaftes Gesicht voller Zuneigung. Ihr Bruder war immer noch kleiner als sie und wirkte schmächtig neben ihr. Auf seiner Lippe spross der erste helle Bartflaum, und sein schmales Gesicht hatte im letzten Jahr den letzten Rest von Kindlichkeit verloren. Er war zu einem gut aussehenden, wenn auch etwas hochmütig dreinblickenden jungen Mann herangewachsen, der sich seinen Studien bei dem Grauen Magister mit einer Ernsthaftigkeit widmete, die sogar seinen Vater immer häufiger zum Verstummen brachte, wenn die beiden sich wieder einmal darüber auseinander setzten.

»Albi, ich gehe fort«, platzte Ida wider besseres Wissen heraus.

Albuin zog eine Braue hoch. »Wie meinst du das?«, fragte er mit leiser Skepsis. »Wohin willst du gehen?«

»Fort. Ich habe jemanden kennen gelernt, der mich mitnimmt nach ...« Ihre Stimme verklang zögernd, während ihre Gedanken rasten. Sollte sie wahrhaftig Albuin die Wahrheit anvertrauen, so wie sie es früher bedenkenlos mit ihren geheimsten Gedanken getan hatte? Ihr Bruder sah sie reglos und ein wenig herablassend an. Ida biss sich auf die Lippe.

»Du brennst doch nicht etwa mit einem Geliebten durch, kleine Schwester?«, fragte er mit spöttischer Zuneigung. »Das hätte ich dir wirklich nicht zugetraut, Respekt.« Er grinste und kniff ein Auge zu, was ihm einen erstaunlich verwegenen Ausdruck verlieh. Ida musste lachen. »Wer ist es denn, kenne ich den Glücklichen? Vater wird ja der Schlag treffen, wenn er es erfährt.« Seine Stimme klang seltsam befriedigt.

»Ich möchte nicht ... Bitte, Albi, sag Vater nichts davon. Sag ihm nur, dass es mir gut geht und dass ich ihm schreiben werde, wenn ich in – wenn ich dort angekommen bin. Willst du das für mich tun?« Ihre Augen hingen flehend an seinem Gesicht.

Er sah sie an, als betrachtete er eine vollkommen Fremde. Dann lockerte sich seine strenge Miene, und er lächelte. »Aber sicher, kleine Schwester, sicher werde ich das tun. Aber sieh zu, dass du einen ordentlichen Vorsprung bekommst, er wird sicher wie ein Wilder hinter dir herjagen, wenn er begreift, dass du ausgerissen bist.« Er lachte sein boshaftes Lachen. »Endlich wird er mal auf ein anderes Schäfchen seiner wertvollen Herde wütend sein, nicht auf mich.« Ida sah ihn entrüstet an. Albuin stand auf und klopfte sich die schmutzigen Knie ab. Er blickte mit zusammengekniffenen Augen auf seine Schwester herab und spitzte nachdenklich die Lippen. »Ich wünsche dir viel Glück, Ida, wohin du auch gehen magst. Weißt du, dass ich dich ein wenig beneide?« Ohne ein weiteres Wort des Abschieds drehte er sich um und ging zum Haus. Ida starrte ihm sprachlos nach. Sie wurde wahrhaftig schon lange nicht mehr schlau aus ihrem Bruder.

~ 5 ~

Lange vor der ersten Morgendämmerung hatte Ida ihr schmales Bündel gepackt und sich aus ihrer Kammer geschlichen. Die Treppe knarrte leise unter ihren Füßen, und die Haustür schien sich noch ein wenig schwerer als sonst in ihren Angeln zu bewegen, als wollte sie sie an ihrem Fortgang hindern. Ida schob sie lautlos hinter sich zu und lief zu den Ställen hinüber, um Kastanie, ihre alte rote Stute, zu holen. Sie hatte darüber nachgedacht, eines der jüngeren, schnelleren Pferde ihres Vaters zu nehmen, aber sich dann doch für das knochige, geduldige Tier ihrer ersten Reitversuche entschieden. Kastanie würde bald ohnehin nur noch das Gnadenbrot erhalten, es war also nicht gar so ein schwerer Diebstahl, den sie ihrer Liste der Verfehlungen hinzufügen würde.

Ihre Augenlider waren schwer und müde, als sie sich außerhalb des Hofes in den Sattel schwang. Es war nun die zweite Nacht, die sie so gut wie ohne Schlaf geblieben war, und bei dem langsamen Schritt, den sie die Stute einschlagen ließ, nickte sie einige Male ein. Das geduldige Tier fand seinen Weg zum Dorf so gut wie alleine und blieb erst an der Tränke auf dem Dorfplatz stehen, um zu saufen.

Ida schrak auf und rutschte aus dem Sattel. Sie ließ ihre geschürzten Röcke hinab und ging zu Marisas kleiner Kate hinüber, hinter deren Küchenfenster schon Licht brannte. Sie klopfte zaghaft an, und wenig später öffnete die alte Hebamme die Tür. Ihr Gesicht leuchtete auf, als sie Idas ansichtig wurde. Sie rief über ihre Schulter ins Haus: »Die kleine Ida ist da, Dorkas. Ich hatte doch Recht!« Sie wandte sich lebhaft dem Mädchen zu und hielt ihr die Tür weit auf. »Komm herein, komm herein. Oh, das ist schön!«

Ida zog gewohnheitsmäßig den Kopf ein und trat in die dämmrige Stube. Das Herdfeuer prasselte, und es roch appetitanregend nach frischem Brot. Ida lief trotz ihrer Aufregung das Wasser im Mund zusammen.

Auf der Bank neben dem Herd hockte Dorkas und zog gerade ihre halbhohen, weichen Stiefel an. Sie blickte von unten herauf in Idas Gesicht und blinzelte spöttisch. »So, du hast dich also entschieden, mitzukommen.« Sie schnürte die Stiefel zu und richtete sich auf. »Ich muss zugeben, ich habe dich unterschätzt. Hast du gefrühstückt?«

Ida verneinte und wurde sofort von Marisa zum Tisch geschoben, wo schon eine deftige Scheibe dunklen Brotes mit Butter und Käse und ein großer Becher Milch auf sie warteten. Dorkas setzte sich ihr gegenüber und schob sich den letzten Bissen ihres Frühstücks in den Mund. »Wie du siehst, hat Marisa fest mit dir gerechnet«, sagte sie kauend und wies mit dem Kinn auf das Holzbrett vor Ida.

Die alte Hebamme kicherte und schob ihre Hände unter die Schürze. »Ich kenne doch meine Kinder«, sagte sie mit einem gewissen Stolz. Ida blickte erstaunt auf. Marisas dunkle Augen ruhten voller Zuneigung auf ihr. »Es ist eine gute Entscheidung, Ida. Du wirst dort glücklich sein, glaube mir.«

Dorkas schnaubte und wischte mit der flachen Hand die Krümel vom Tisch. »Bist du fertig? Ich möchte ein ordentliches Stück von hier fort sein, ehe deine Familie auf die Idee kommt, dir nachzusetzen. Du hast doch bestimmt eine Nachricht hinterlassen, oder sollte ich dich etwa schon wieder unterschätzt haben?«

Ida schlug verlegen die Augen nieder. »Ich habe meinem Bruder gesagt, dass ich durchbrenne. Aber er weiß nicht, mit wem und wohin …«

Dorkas lachte trocken auf. »Das dürfte allerdings ein unüberwindbares Hindernis für eine Verfolgung darstellen, da bin ich aber beruhigt«, erwiderte sie spöttisch. »Also sollten wir zusehen, dass wir in den Sattel kommen. Marisa, Liebes, ich gebe dir Bescheid, wenn wir angekommen sind.« Sie drückte der alten Frau einen Kuss auf die Wange und winkte Ida auffordernd zu.

Erst, als sie eine gute Strecke vom Dorf entfernt waren, richtete Dorkas erstmals wieder das Wort an das Mädchen. Ida hatte starr auf die Ohren ihrer Stute gesehen und die gelegentlichen Blicke ihrer älteren Begleiterin nicht zu erwidern gewagt, weil sie befürchtete, beim kleinsten Schimmer von Mitleid oder Spott – sie wollte sich nicht ausmalen, was davon wohl schlimmer wäre – in Tränen auszubrechen und um ihre Umkehr zu betteln.

»He, Kleine, schau nicht so trübselig drein«, sagte Dorkas erstaunlich sanft. »Du warst noch nie alleine von zu Hause fort, hm?«

Ida hob den Kopf und blinzelte. »Ja, das stimmt«, sagte sie zögernd. »Ich habe ein wenig Angst davor.« Sie biss die Zähne zusammen, ärgerlich darüber, dass ihr dieses Geständnis herausgerutscht war.

Dorkas lächelte sie an. »Du wirst dich daran gewöhnen, Ida. Es gewöhnen sich alle daran. Na ja, fast alle. Die anderen kehren mit eingezogenen Schwänzen nach Hause zurück.« Sie lachte herzlich, und Ida wurde es übel. Darüber hatte sie noch gar nicht nachgedacht. Was, wenn ihr das Leben bei diesen Frauen so wenig zusagte, dass sie nicht dort bleiben wollte? Zurück nach Hause. Mit eingezogenem Schweif zurück nach Hause.

»Wie – wie ist es in – da, wo du herkommst? In dem – Mutterhaus?«, fragte sie laut und verzweifelt.

Dorkas ließ ihren Grauen langsamer laufen und lehnte sich auf den Sattelknauf.

»Tel'krias«, sagte sie versonnen. »Es ist – zu Hause. Das einzige Zuhause, zu dem ich immer zurückkehren möchte.« Ihr grobes Gesicht wurde beinahe weich.

»Tel'krias? Was bedeutet dieser Name? Ich dachte, es wäre die Stadt, aus der du stammst.«

Dorkas lachte, leise und tief. »Nein, ich bin ein ganz gewöhnliches Bauernkind aus dem Norden von Beleam. Tel'krias ist ein Wort aus der Grennach-Sprache. Es ist nicht ganz einfach zu übersetzen.« Sie überlegte. »Was weißt du von den Grennach?«

Ida hob die Schultern. »Nicht viel. Ich habe noch nie einen von ihnen zu Gesicht bekommen, aber ich kenne einige ihrer Arbeiten. Schmuck, schöne Gegenstände. Was man eben so kennt.«

»Das ist allerdings nicht viel. Aber wir werden heute oder morgen noch eine Expertin treffen für alles, was die Grennach angeht. Sie wird dir sicherlich auch eine gute Übersetzung von Tel'krias geben können, eine bessere als ich. Es heißt so viel wie ›Nest der Mütter‹, aber die Bedeutung ist eine etwas andere, als der Begriff zuerst annehmen lässt.« Sie grinste breit, und die Narbe auf ihrer Wange kräuselte sich. »Ich jedenfalls fühle mich in dem Nest wohl, auch ohne eine Mutter zu sein. Aber bei den Grennach ist sowieso alles ganz anders.«

Ida war erfolgreich von ihrem beginnenden Heimweh abgelenkt. Sie drängte Dorkas, mehr von der Gilde und dem Leben im Gildenhaus zu erzählen, und die stämmige Frau tat ihr den Gefallen.

»He, das reicht jetzt«, sagte sie irgendwann. »Ich habe ja schon ganz ausgefranste Lippen, Ida. Du wirst das alles doch selbst sehen, in ein paar Tagen sind wir da.«

Ida nickte und ließ ihre Stute wieder ein wenig zurückfallen. Das alte Mädchen hielt sich wacker, hatte die Ohren vergnügt gespitzt und schien den Ausflug sogar zu genießen. Ida tätschelte geistesabwesend ihren Hals und sortierte das, was sie von Dorkas erfahren hatte.

Das Gildenhaus in Nortenne bestand jetzt seit beinahe siebzig Jahren, hatte die ältere Frau ihr berichtet. Nortenne war die größte Hafenstadt des Reiches, kaum kleiner als die Residenzstadt selbst. Ida schüttelte sich unwillkürlich ein wenig. Die einzige große Stadt, die sie kannte, war Weidenau im benachbarten Beleam. Dorthin hatte ihr Vater sie und ihre Geschwister zweimal mitgenommen, als Jahrmarkt war, und sie hatte es bei aller Faszination auch ein wenig schrecklich gefunden. So viele Menschen auf einem Fleck, der ohrenbetäubende Lärm, das unglaubliche Tempo, in dem alles vor sich zu gehen schien, das alles war so ganz anders als das gemächliche Leben in Sendra und seinen beschaulichen Dörfern.

Nortenne musste noch zehnmal größer sein als Weidenau. Und Tel'krias war im Laufe der Jahre zu einem kleinen Stadtviertel herangewachsen, mit Gasthäusern und Handwerksbetrieben, Krämerläden, Druckereien, Mietställen und Garküchen. Dort lebten durchaus auch Männer, hatte Dorkas ihr erklärt. Aber die Häuser, Geschäfte und Betriebe waren allesamt im Besitz von Frauen, etwas, was auch in einer großen Stadt wie Nortenne keineswegs üblich zu sein schien. Das Gildenhaus selbst lag im Zentrum dieses Stadtviertels, und dorthin würde Dorkas sie bringen.

»Was hältst du von einer Pause?«, brach Dorkas spät am Nachmittag ihr Schweigen. »Ich könnte etwas zu essen vertragen, du auch?« Ida stimmte aus vollem Herzen zu. Mit steifen Gliedern ließ sie sich vom Pferderücken rutschen. Ihre Knie gaben beinahe unter ihr nach, und sie griff Halt suchend nach dem Sattel. Dorkas fing sie auf und hielt sie fest.

»Du bist nicht an lange Ritte gewöhnt, Kind, das habe ich nicht bedacht. Warum hast du nicht früher um eine Pause gebeten?« Ida sah in das dunkle, freundlich besorgte Gesicht der Frau und schlug verlegen die Augen nieder. Dorkas seufzte ein wenig ungeduldig und klopfte Ida rügend auf die Wange.

»Ich verlange nicht von dir, dass du an einem Tag das schaffst, was eine alte Nomadin wie ich in Wochen und Monaten im Sattel gelernt hat. Du wirst es vielleicht auch einmal können, vielleicht aber auch nicht.« Mit einem Geschick, das lange Übung verriet, versorgte sie zuerst die Pferde und begann dann, ihre Packtaschen auszuräumen. Während sie eine kalte Mahlzeit aus Brot, Käse und geräuchertem Schinken bereitete, sprach sie weiter, ohne Ida anzusehen, die mit schmerzverzerrter Miene vergebens nach einer Sitzposition fahndete, die ihr weniger Qualen bereitete.

»Im Grunde ist es Pech für dich, dass ich die erste Gildenfrau bin, die du kennen gelernt hast.« Dorkas hielt einen Augenblick lang nachdenklich inne und fuhr dann fort: »Nein, das stimmt natürlich nicht. Du kennst Marisa. Glaubst du, dass sie es einen ganzen Tag im Sattel aushalten würde, ohne zu protestieren?« Ida musste lachen. Dorkas sah kurz von dem Schinken auf, von dem sie mit einem gefährlich scharf aussehenden Messer dünne Scheiben säbelte, und lachte.

»Siehst du? Es gibt so viele verschiedene Gildenfrauen, wie es verschiedene Frauen überhaupt gibt. Ich bin eine, die sich für ein Leben im Sattel entschieden hat, weil ich das schon immer am liebsten wollte: reisen, unterwegs sein, möglichst wenig Wände um mich herum ...« Ihre Stimme wurde leiser, und sie verstummte. Das Messer schwebte regungslos über dem angeschnittenen Schinken. Ida sah ihren gedankenverlorenen Blick, und einen Moment lang glaubte sie, das junge Bauernmädchen zu erkennen, das von zu Hause fort und zur Gilde gegangen war, damit sie endlich das tun konnte, wofür sie geboren war.

Dorkas schüttelte leicht den Kopf und ging wieder an die Arbeit. »Andere haben sich für ein anderes Leben entschieden«, setzte sie munter hinzu. »Manche sind Handwerkerinnen und Händlerinnen, oder sie kochen für die anderen Frauen im Mutterhaus, oder sie kümmern sich um die Ausbildung der Mädchen und Frauen, die zu uns kommen – alles, was du dir nur denken kannst. Irgendwo dazwischen wirst du auch deinen Platz finden, Ida.« Sie legte noch einen Kanten Brot und den Wasserschlauch auf das Tuch, das sie auf dem Gras ausgebreitet hatte, und hieß Ida, zuzugreifen.

»Gibt es auch Kämpferinnen bei euch?«, fragte Ida kauend. Dorkas zog die Brauen hoch und sah sie beinahe verdutzt an.

»Wie meinst du das?«, fragte sie.

»Ich meine, kann ich bei euch lernen, mit einem Schwert oder mit dem Bogen umzugehen? Zu kämpfen wie ein –« Sie wurde ein wenig rot. »Wie ein Ritter«, vollendete sie tapfer und biss schnell in einen Apfel, um ihre tiefe Verlegenheit zu verbergen. Dorkas schmunzelte und schälte eine Hand voll Nüsse.

»Wenn du das möchtest«, sagte sie endlich und klopfte sich die Hände ab. »Es sind nicht viele, die sich dafür interessieren, aber es ist nicht so, dass sie nicht gebraucht würden.« Ihre Finger glitten unwillkürlich über die Narbe in ihrem Gesicht. »Viele vornehme Damen finden es ganz besonders schick, sich von einer Gildenfrau als Eskorte und Leibwächterin begleiten zu lassen, wenn sie eine Reise unternehmen.«

Ida schnitt eine Grimasse. Dorkas lachte und stand auf. »Brauchst du noch eine Pause oder können wir weiter?« Ida sprang wortlos auf und half ihr, alles einzupacken. Dorkas musterte sie mit ironischer Anerkennung, sagte aber nichts.

Wenig später saßen sie wieder im Sattel. Ida biss die Zähne zusammen, um ein Stöhnen zu unterdrücken. In dieser Nacht würde sie auf dem Bauch schlafen müssen, so viel stand fest.

Sie übernachteten in einem Gasthaus, das nahe der Grenze zu Seeland lag. Dorkas erklärte ihr ein wenig knurrig, das sei einzig wegen ihr, sie selbst zöge das Schlafen im Freien allem anderen vor. Ida protestierte, aber Dorkas schnitt ihre Worte mit einer barschen Handbewegung ab.

»Wir müssen dafür sorgen, dass du morgen noch reiten kannst, und dafür brauche ich jetzt heißes Wasser. Außerdem wirst du dich nur noch zerschlagener fühlen, wenn du eine Nacht auf dem blanken Boden schlafen musstest. Du bist schließlich nicht daran gewöhnt, du zartes Pflänzchen.«

Der Ton war neckend und durchaus freundlich, aber Ida wurde unangenehm an die Vorwürfe Simons erinnert. War sie denn wirklich so verzogen und verzärtelt? Als sie schließlich auf dem Strohsack lag, war sie Dorkas dankbar für ihre Entscheidung. Die ältere Frau hatte einen Kräuterabsud für ihre wund gerittenen Schenkel bereitet, und danach noch eine scharf riechende Salbe aufgetragen.

»Das dürfte das Schlimmste verhindern«, sagte sie nüchtern. »Wir müssen wirklich zusehen, dass du eine anständige Hose zum Reiten bekommst. Dumm, dass ich dafür nicht vorgesorgt habe. Nun gut, bis Tel'krias muss es jetzt eben so gehen.«

Sie brachen in aller Frühe wieder auf. Ida war überrascht, wie wenig zerschlagen sie sich fühlte. Sicher, sie war ein wenig steif, aber die Schmerzen, die sie gegen Abend geplagt hatten, waren spurlos verschwunden.

Dorkas achtete an diesem Tag darauf, dass sie häufiger pausierten. »Wir haben gestern eine ordentliche

Strecke hinter uns gebracht. Ich denke, die Gefahr, dass dein Vater uns noch einholt, ist nicht mehr ganz so groß.«

Ida erschrak. Darüber hatte sie gar nicht mehr nachgedacht, aber das erklärte das erbarmungslose Tempo, das Dorkas am gestrigen Tage vorgelegt hatte.

Die Landschaft, durch die sie ritten, wurde zunehmend flacher, je weiter sie das hügelige Sendra hinter sich ließen. Unzählige Wasserläufe durchzogen das Gelände, kopfweidenbestandene Auen wechselten sich ab mit lichten Birkengehölzen, deren helles Laub schon die ersten herbstlichen Färbungen zu zeigen begann.

Dorkas sprach nicht viel, aber Ida fühlte sich in ihrer Gesellschaft wohl. Bei ihrer letzten Rast hatte die Gildenfrau ihr ein wenig von sich erzählt. Dorkas hatte als Botin und Kurier zwischen der Weißen Schwesternschaft und der Gilde eng mit Idas Tante Ylenia zu tun und schien sie sehr gut zu kennen. Diesem Umstand hatte Ida wohl auch diese unübliche Reisebegleitung zum Gildenhaus zu verdanken, obwohl Dorkas das nicht aussprach.

Sie ritten schweigend durch die grünen Auen von Seeland, überquerten murmelnde kleine Bäche und sahen und hörten nichts als die Silberreiher in den feuchten Niederungen, den endlosen blassblauen Himmel über sich und das sanfte Wehen des Windes, das hin und wieder von dem vereinzelten Schrei einer Seemöwe unterbrochen wurde.

»Wo werden wir übernachten?«, fragte Ida, als der Tag sich dem Ende zuneigte.

Dorkas schrak aus ihren Gedanken auf. »Es gibt ein Sicheres Haus etwa eine halbe Stunde von hier«, sagte sie geistesabwesend. »Wir werden dort auf jemanden warten.« Sie verstummte wieder, und Ida wartete vergeblich auf eine Erklärung dieser Worte.

»Was ist ein Sicheres Haus?«, fragte sie endlich.

»Ein Gasthaus, das – nun ja, wie soll ich es dir erklären?« Dorkas schmunzelte. »Deine Tante wäre wahrscheinlich nicht allzu erbaut, wenn sie wüsste, dass ich mit dir dort übernachten werde. Aber die Wirtin ist eine alte Freundin von mir.« Sie sah die Ungeduld in Idas Miene und schüttelte amüsiert den Kopf. »›Sicheres Haus‹ bezeichnet einen Ort, an dem sich Schmuggler und anderes lichtscheues Gesindel ohne die Gefahr, verraten zu werden, treffen können. Früher waren das auch fast die einzigen Gasthäuser, die Gildenfrauen als Gäste geduldet haben. Wir sind nicht überall willkommen, wie du weißt.« Sie lachte über Idas aufgeregt glänzende Augen. »Aber ich sehe schon, du wirst dich nicht scheuen, dort zu übernachten. Das brauchst du auch nicht, wir werden dort so sicher sein wie in Tel'krias.«

»Und wen werden wir dort treffen?«, fragte Ida gespannt weiter. Dorkas antwortete nicht, und Ida begann sich auszumalen, wie die Gildenfrau in der dunkelsten Ecke einer verkommenen Spelunke den Kopf mit einem lichtscheuen Subjekt zusammensteckte, das ihr eine wichtige Nachricht für das Gildenhaus verkaufen wollte, die ihm auf geheimnisvollen Wegen in die schmierigen Hände gefallen war. Die Realität nach diesen ausufernden Phantasien entpuppte sich dann als erwartungsgemäß enttäuschend.

Das Gasthaus »Zur Silberweide« war ein schmuckes, zweigeschossiges Gebäude mit tiefgezogenem Strohdach und einem blitzsauber gefegten Hof. Vor der grün gestrichenen Tür stand die Namen gebende Weide, und ein rankender Rosenbusch mit betäubend duftenden Blüten hieß die Reisenden willkommen.

Dorkas, die sich anscheinend hier sehr daheim fühlte, brachte die Pferde zum Stall hinüber und überließ sie dort der Obhut eines mürrisch dreinblickenden Stallburschen. Sie erteilte dem Knaben einige Anweisungen, die er stumm entgegennahm, und schob dann Ida auf die Tür des Schankraumes zu.

»Dorkas«, rief die rundliche Frau hinter der Theke. »Wie schön, dass du dich endlich wieder einmal sehen lässt! Ich dachte schon, du hättest mich vollkommen vergessen.« Sie wischte ihre Hände an der Schürze ab und reichte sie der Gildenfrau zu einer herzlichen Begrüßung. Dorkas hauchte ihr einen Kuss auf die Wange und schob Ida vor.

»Das ist Anida, ich bringe sie zum Mutterhaus.« Ida ergriff die Hand der kleinen Frau und ließ ihre eingehende Musterung geduldig über sich ergehen. Die hellblauen Augen der Wirtin blitzten vergnügt auf.

»Ich freue mich, dich kennen zu lernen, Anida. Ich bin Matelda. Dorkas und ich sind alte Freundinnen.« Sie wandte sich lebhaft zu Dorkas um und nahm sie beim Ellbogen. »Ihr seid sicher hungrig und müde, wie ich dich und dein Reisetempo kenne.« Ein mitfühlendes Zwinkern traf Ida. Ida blinzelte zurück und folgte den beiden Frauen in den hinteren Teil des großen, hellen Schankraumes. Der rötliche Ziegelboden war mit getrockneten Binsen und Blüten bestreut, die unter ihren Füßen leise knisterten und einen wohltuend aromatischen Duft verströmten. An der hinteren Wand des Raumes brannte ein Feuer, und an den blankgescheuerten Tischen standen Holzbänke und Schemel. Ida und Dorkas waren die einzigen Gäste, und wie Ida mit halbem Ohr hörte, fragte Dorkas gerade, wie Mateldas Geschäft ging. Die adrette Wirtin strich mit einer resignierten Geste über den weiß gescheuerten Tisch, an den sie ihre Freundin gebracht hatte.

»Nicht gut zur Zeit«, gab sie zu. Dorkas winkte ihr ungeduldig, sich zu ihnen zu setzen.

Matelda zögerte kurz und ließ sich dann lachend auf die Bank sinken. »Soll ich nicht erst für euer Abendessen sorgen?«

»Das kann noch warten. Wir verhungern dir schon nicht, Telda. Was gibt es Neues?«

Die Wirtin fuhr sich gedankenvoll mit den Fingern über den weizenblonden Scheitel. »Nachdem sich die Grenzen zum Nebelhort geschlossen hatten, war hier allerlei los. Du weißt schon, all die netten Boote, die nachts den Fluss hochkamen …« Sie warf einen winzigen Seitenblick zu Ida, die betont dümmlich dreinblickte. Dorkas sah amüsiert zu ihr hin.

»Ja, ich weiß, was du meinst. Schließlich bin ich hin und wieder auf einem dieser ›netten Boote‹ mitgefahren. Und was hat sich jetzt geändert?«

Matelda hob die Schultern. »Aus irgendeinem Grund sichert die Garde des Hierarchen seit einigen Wochen verstärkt den Nebelfluss und die Küste. Es kommt so gut wie keiner mehr durch. Mir gehen langsam die Vorräte zur Neige – du weißt schon.« Wieder ein Blick zu Ida. Dorkas runzelte die Stirn und fuhr sich nachdenklich mit dem Daumen über ihre Narbe.

»Die Garde des Hierarchen? Bist du da ganz sicher? Nicht die Soldaten des Gelben Tetrarchen?«

Matelda sah sie empört an. »Entschuldige, Dorkas, aber ich bin doch nicht vollständig verblödet! Ich kann sehr wohl die einen noch von den anderen unterscheiden!« Dorkas legte besänftigend eine ihrer kräftigen Hände auf den Unterarm der anderen Frau. Dann lächelte sie und gab ihr einen zärtlichen Klaps.

»Bring uns doch erst mal was zu essen, Telda. Und einen ordentlichen Schluck zu trinken, falls deine Vorräte das noch zulassen. Ich denke, wir beide reden besser nach dem Essen weiter.« Matelda nickte und stand auf. »Sag, Telda«, hielt Dorkas sie auf. »Ist Mellis schon angekommen?«

Matelda schüttelte den Kopf. »Erwartest du sie?«

Dorkas nickte unzufrieden. »Wir waren hier verabredet. Sie ist in Ylenias Auftrag unterwegs, und ich muss unbedingt mit ihr sprechen, ehe ich in die Berge zurückkehre.«

Matelda verschwand in ihrer Küche, und Dorkas brütete vor sich hin. Ida fühlte sich reichlich überflüssig. Müßig sah sie sich im Schankraum um und versuchte, sich vorzustellen, wie es hier zugegangen sein mochte, wenn die ›netten Boote‹ nachts hier vorbeigekommen waren. Was für eine Fracht mochten sie wohl mit sich getragen haben? Und was waren das für Vorräte, die Matelda zur Neige gingen?

»So, da ist euer Essen«, sagte Matelda fröhlich und lud das Tablett auf dem Tisch ab. Sie stellte einen großen Becher mit Tee vor Ida und schob Dorkas mit einem Augenzwinkern einen Krug und zwei Becher hin. Auf der Platte, die sie mitten auf den Tisch stellte, thronte ein Berg von goldgelbem Rührei, umringt von dampfenden gebratenen Kartoffelscheiben mit gebräunten Zwiebeln.

»Lasst es euch schmecken«, sagte die Wirtin zufrieden, als sie den begeisterten Ausruf Idas vernahm. Ida ließ sich nicht zweimal bitten und belud ihren Teller mit dem verführerisch duftenden Essen. Matelda setzte sich neben Dorkas und schenkte sich und ihrer Freundin schweigend von der klaren grünlichen Flüssigkeit aus dem Krug ein. Dorkas griff nach ihrem Becher, roch daran und trank einen vorsichtigen kleinen Schluck. Dann verdrehte sie genüsslich die Augen und drückte der errötenden Matelda einen Kuss in die Handfläche. »Der ist aus deinem privaten Vorrat, du Schatz. Das hättest du nicht tun müssen.«

Matelda legte ihr zärtlich die Hand auf die Wange. »Du kommst so selten hierher, Liebe. Das muss ich doch irgendwie feiern.«

Ida, aus vollen Backen kauend, ließ neugierig ihre Augen zwischen den beiden Frauen hin- und herwandern. Sie blickten sich stumm und voller Zuneigung an und hatten ihre Hände ineinander verschränkt.

»Iss lieber, ehe alles kalt wird«, sagte Matelda schließlich.

Dorkas griff nach dem Besteck und setzte mit einem Blick auf den bereits stark dezimierten Berg Rührei trocken hinzu: »Oder ehe Ida alles alleine aufgefressen hat.«

Ida riss die Augen auf und schob hastig ihren Teller von sich fort. Sie hatte gerade überlegt, noch einmal zuzulangen, aber sie wollte wahrhaftig nicht gefräßig wirken.

Matelda gluckste und tätschelte Idas Hand. »Lass dich nicht ärgern, Kind. Nimm dir ruhig nach, ich habe noch eine große Portion in der Pfanne. Ich weiß doch, wie hungrig es macht, von Dorkas durch die Landschaft gehetzt zu werden.«

Ida lächelte die kleine Wirtin dankbar an und griff doch noch einmal nach ihrem Teller. Dorkas hieb nun ebenfalls nach Kräften ein und sprach dabei eifrig dem klaren Getränk aus dem Krug zu. Matelda hatte sie verlassen, um sich um einige grobschlächtige Kerle zu kümmern, die mit mistbedeckten Stiefeln durch den Raum getrampelt kamen und ungehobelt nach der Bedienung riefen.

»Was waren das für Boote, die jetzt nicht mehr kommen? Und was ist mit der Grenze zum Nebelhort?«

Dorkas schob ihren säuberlich mit einer Brotrinde ausgewischten Teller beiseite und seufzte zufrieden. Dann zog sie sich den Krug heran und schenkte sich erneut nach.

»Du kennst doch sicher die Geschichte des Reiches?«, fragte sie zurück. Ida stöhnte nur. Dorkas trank und lehnte sich entspannt mit dem Becher in der Hand an die Wand zurück. »Der Nebelhort ist die verlorene Provinz, die alte Provinz des Hierarchen. Du weißt, aus welchen Provinzen das Reich besteht?«

»Witbarre im Norden, Sendrassa im Osten, Beleam im Westen und Seeland mit der Residenz des Hierarchen im Süden«, zählte Ida ungeduldig auf. »Das weiß doch jedes Kind, Dorkas.«

Dorkas unterdrückte ein Schmunzeln und trank einen großzügigen Schluck. »Siehst du? Vier Provinzen, vier Tetrarchen. Der Nebelhort war vor Jahrhunderten, zur Zeit des Dritten Hierarchen, die Domäne des Herrschers. Von der Schwarzen Zitadelle aus wurde das Reich regiert. Damals existierte der Schwarze Orden noch, der später geächtet und verboten wurde. Der Hierarch hatte einen Berater und engen Vertrauten, der der Großmeister dieses Ordens war …«

»… und dieser mächtige Hexer riss die Macht an sich, als der Hierarch alt und krank wurde. Der Sohn des Hierarchen musste mit seiner Familie nach Seeland zum Grünen Tetrarchen fliehen und bekämpfte von dort aus die Truppen des Schwarzen Ordens. Entschuldige, Dorkas, ich kenne die Geschichte.« Ida bemühte sich sehr, nicht allzu unhöflich zu erscheinen, aber ihre Stimme verriet ihren Unmut. Dorkas lachte auf.

»Also gut, deine Eltern haben offensichtlich dafür gesorgt, dass du dich in der Historie des Reiches auskennst«, sagte sie spöttisch. »Dann weißt du auch, dass lange Zeit die Grenzen zum Nebelhort gesperrt waren – wenn auch nicht gar so undurchdringlich, wie die Hierarchen hofften. Es hat während der ganzen Zeit einen regen verbotenen Handelsaustausch mit den Bewohnern der verlorenen Provinz gegeben.«

Sie schwieg und reckte gähnend die Arme. Matelda, die endlich ihre wenigen Gäste vor die Tür gesetzt hatte, ließ sich neben der stämmigen Gildenfrau nieder, die ihr mit selbstverständlicher Geste den Arm um die Schulter legte.

»Du musst müde sein, Kind, willst du dich nicht schlafen legen?«, fragte die Wirtin. »Ich habe dir ein Zimmer zurechtgemacht. Wenn du dort die Treppe hinaufgehst, ist es das dritte Zimmer auf der linken Seite.«

Sie legte ihren Kopf an Dorkas Schulter und blinzelte lächelnd zu ihr auf. Dorkas neigte sich zu ihr und küsste sie sanft auf den Mund. Ida fielen beinahe die Augen aus dem Kopf, und sie wandte peinlich berührt den Blick ab.

»Geh zu Bett, Ida«, sagte Dorkas mild. Ida hob den Blick und begegnete den spöttischen grauen Augen. Sie schob sich linkisch aus der Bank, wünschte den beiden Frauen eine gute Nacht und stolperte auf bleischweren Beinen die Treppe hinauf. Hinter sich hörte sie die leisen Stimmen der Frauen verklingen. Sie schloss die Tür der Kammer und fiel nach einer Katzenwäsche mit dem Wasser aus einer großen Tonschüssel auf das niedrige Bett. Durch das kleine Fenster fiel helles Mondlicht, und ein Käuzchen ließ seinen melancholischen Ruf hören.

Ida verschränkte die Arme hinter dem Kopf und starrte an die weiß gekalkte Zimmerdecke. Sie fühlte sich sehr weit von zu Hause entfernt. Die Frauen, die unten in der leeren Gaststube miteinander redeten, waren ihr fremder als die Landschaft, durch die sie den ganzen Tag geritten war. Wirre Bilder gaukelten durch ihr schlaftrunkenes Hirn: Graue Reiher, die majestätisch durch die feuchten Wiesen stakten, Weiden, deren silbergrüne Blätter im Wind flirrten, weicher Nebel, der dicht über den grünen Auen hing, und zwei Frauen, die sich küssten und bei den Händen hielten wie ein Liebespaar …

Sie schlief ein und träumte von schweigenden Booten, die einen schwarzen Fluss hinauffuhren. Im ersten der Boote erkannte sie den blonden Schopf von Albuin, der sein ernsthaftes schmales Gesicht einem hünenhaften, düster gekleideten Mann zuwandte. Überrascht und ein wenig erschreckt erkannte sie das hagere Gesicht mit den kalten grünlichen Augen.

Sie lief neben den Booten her durch hohes, rauschendes Schilf. Graureiher stiegen auf, und eine Unke läutete. Ihre Füße sanken tief in den sumpfigen Grund ein. Sie sah hilflos zu, wie die Boote schweigend an ihr vorüberzogen und im dichten Dunst verschwanden, der über dem schwarzen Wasser hing.

»Simon, warte doch! Albi, ich bin es, so wartet doch auf mich!« Ihre Stimme klang kläglich gedämpft. Der zähe Morast hielt ihre Füße erbarmungslos fest, und sie hob verzweifelt die Hände, während auch das letzte Boot zu einem Schemen wurde und verschwand.

»Simon«, schrie sie und erwachte mit einem Ruck. Sie brauchte einen Moment, um sich zu orientieren. Ihr heftiger Atem war das einzige Geräusch, das in der stillen Kammer zu hören war. Unter ihrer Tür schimmerte kein Licht mehr hindurch, und auch das leise Murmeln der Frauen war verstummt. Das Mädchen setzte sich auf und schob das schweißfeuchte Haar aus dem Gesicht. Sie stellte die nackten Füße auf den kühlen Holzboden und zog sich die Decke um die Schultern. Die seltsam beklemmenden Bilder ihres Traumes verblassten allmählich. Ida stand auf und blickte in den Hof des Gasthauses. In dem tiefschwarzen Schatten, den die Weide im Mondlicht warf, schien sich etwas zu regen. Ein leiser Hauch zog durch den Fensterspalt und brachte einen kühlen, herbstlichen Geruch mit sich. Ida zog die Decke fröstelnd etwas enger um den Leib und strengte ihre Augen an. Da, eine Silhouette huschte durch eine Pfütze Mondlicht und verschmolz mit dem Schatten des Hauses. Sie schien seltsam klein für einen Menschen, und ihre Gestalt hatte etwas Eigentümliches. Ida wartete mit schweren Lidern darauf, dass sie wieder auftauchte, aber der Hof lag still und schweigend da, als hätte sich niemals etwas in ihm bewegt. »Wahrscheinlich träume ich noch«, murmelte Ida und ging wieder zu Bett.

Strahlender Sonnenschein und der Duft von frisch gebackenem Brot weckte sie am Morgen. Sie reckte sich wohlig und gähnte, dass ihre Kiefer knackten.

»Guten Morgen, Ida«, begrüßte die Wirtin sie munter. Sie deckte den Tisch, an dem sie abends gesessen hatten. »Setz dich ruhig schon nieder. Dorkas wird gleich kommen, sie braucht morgens immer etwas länger.« Matelda zwinkerte und verschwand wieder in der Küche.

Ida ging zur Tür und trat hinaus auf den Hof. Das Traumbild der vergangenen Nacht kam ihr wieder in den Sinn. Sie warf einen scharfen Blick auf die Stelle, wo sie den Schatten zu sehen gemeint hatte. Dort waren verwischte Spuren im Staub, aber die konnten genauso gut von einem Hund oder einem anderen Tier stammen.

»Gut geschlafen?«, fragte jemand. Sie schreckte zusammen und fuhr herum. Dorkas lehnte am Türrahmen und blinzelte in das helle Morgenlicht. Ihre kurzen Haare standen feucht und zerzaust von der morgendlichen Toilette vom Kopf ab, der schmale Reif blitzte in ihrem Ohrläppchen, und der grüne Stein, der daran hing, funkelte in der Sonne. Die Gildenfrau sah entspannt und sehr zufrieden aus, wie eine satte, glückliche Katze.

»Danke, sehr gut. Ich dachte nur, ich hätte in der Nacht jemanden über den Hof schleichen sehen ...« Dorkas knurrte uninteressiert. Von drinnen rief Matelda zum Frühstück.

Ida nutzte den Vormittag dazu, durch die Gegend zu stromern und sich ein wenig umzusehen. Eine Zeitlang saß sie am Flussufer und blickte auf das grüne, schnell fließende Wasser. Die Szenerie hatte keinerlei Ähnlichkeit mit ihrem Traum der vergangenen Nacht, aber dennoch konnte sie sich nicht davon lösen. Sie warf müßig trockene Weidenblätter und kleine Zweige in die Wellen und sah ihnen nach, wie sie den Fluss hinuntertrieben. Silberne Fischrücken blitzten unter der Oberfläche auf, und Schwärme von Mücken tanzten dicht darüber hin. Ida seufzte leise und machte sich auf den Rückweg zur »Silberweide«.

An der Tür zur Gaststube stolperte sie beinahe über ein Kind, das in ihrem Weg stand und die warme Sonne zu genießen schien. »Entschuldige, Kleines«, sagte sie verlegen und griff an ihm vorbei nach dem Türknauf. Ein dunkles, dreieckiges Gesicht wandte sich ihr zu. Sie blickte in ein Paar riesiger dunkelgrüner Augen, die sie voller Erheiterung musterten. »Süßer Iovve!«, entfuhr es Ida. »Es tut mir Leid, wirklich. Ich habe nicht gut hingesehen.«

Die winzige Frau berührte kurz ihre Hand und lächelte. »Macht nichts«, erwiderte sie mit erstaunlich tiefer Stimme. »Ich bin daran gewöhnt, dass ihr Riesen mich für ein Kind haltet.« Sie musterte Ida gründlich von den Füßen bis zu den Haaren, wozu sie ihren Kopf weit in den Nacken legen musste. »Du bist allerdings besonders groß geraten, das muss ich zugeben«, sagte sie anerkennend. Ida musste lachen, und die Frau stimmte herzlich ein. Sie fuhr sich mit schmalen Fingern durch die fuchsrote Mähne aus dickem Haar und streckte dann ihre Hand aus. Ida ergriff sie und schüttelte sie vorsichtig.

»Mellis ist mein Name«, stellte die Frau sich vor. »Du musst Ida sein, Dorkas hat mir schon von dir erzählt.« Ida staunte. Mellis lachte wieder und entblößte dabei etliche gefährlich spitz aussehende Zähne. »Komm rein, Dorkas wartet schon auf dich. Wir wollen mit dir unsere Weiterreise besprechen.«

Sie drehte sich um und wandte ihr den Rücken zu, und Ida stellten sich kribbelnd die Haare auf den Armen auf, als sie erschreckt begriff, dass Mellis unmöglich eine menschliche Frau sein konnte. Aus den dunkelgrünen Pluderhosen, die ihre kurzen Beine bedeckten und die Ida auf den ersten Blick für einen Rock gehalten hatte, ragte durch eine eigens dafür vorgesehene Öffnung ein dicht behaarter, langer Schweif in der selben Fuchsfarbe wie die Kopfbehaarung der Frau.

Dorkas sah ihren Gesichtsausdruck und lachte schallend los. Mellis sah sich irritiert um und blickte dann fragend die Gildenfrau an. »Was hast du, Dorkas?«, fragte sie mild. Die stämmige Frau schüttelte nur den Kopf.

»Ida«, keuchte sie und hob in einer hilflosen Geste die Hände. »Wenn ich mir ihr verdattertes Gesicht so ansehe, dann weiß ich, dass sie noch nie in ihrem Leben eine Grennach gesehen hat.« Ida riss die Augen auf und plumpste auf die Holzbank neben Dorkas. Mellis zog sich ihr gegenüber auf einen Schemel und schnalzte missbilligend mit der Zunge.

»Nun zieh die Ärmste nicht damit auf«, mahnte sie. »Es gibt wahrhaftig mehr Menschen, die noch nie eine von uns gesehen haben als solche, die uns kennen. Wir sind nicht sehr reisefreudig, das weißt du doch.« Sie tätschelte beruhigend Idas Hand. »Keine Sorge, Ida, ich beiße dich nicht.« Ihre grünen Augen funkelten humorvoll. Ida wagte ein vorsichtiges Lächeln und wurde mit einem zustimmenden Zwinkern belohnt.

»Ich habe dich heute Nacht gesehen«, erkannte Ida blitzartig. Der seltsame Schatten, der so verstohlen über den Hof gehuscht war, das musste Mellis gewesen sein.

»Das kann stimmen. Ich bin heute Nacht angekommen und wollte niemanden wecken, deshalb habe ich im Stall geschlafen.« Sie strich sich eine Haarsträhne hinter das Ohr. Ida betrachtete fasziniert das spitze, behaarte Ohr der Frau. Auch an ihrem Ohrläppchen hing ein dünner Silberreif mit einem grünen Stein.

Dorkas legte ihre kräftigen Hände auf den Tisch und sah Ida prüfend an. Ida erwiderte den Blick der hellen Augen mit aller Festigkeit. Irgendetwas war geschehen, das spürte sie.

»Ida, du musst alleine weiterreiten«, eröffnete Dorkas unvermittelt das Gespräch. »Mellis hat meine Pläne mit einer unerwarteten Nachricht geändert.« Ida schnitt eine erschreckte Grimasse. Dorkas lächelte kurz und schüttelte ein wenig unwirsch den Kopf.

»Du brauchst dich nicht zu sorgen. Ich gebe dir eine genaue Wegbeschreibung mit. Nortenne ist von hier aus nicht schwierig zu finden. Du wirst, wenn du ein normales Tempo einhältst, morgen Abend schon im Mutterhaus schlafen.« Sie feuchtete ihren Finger mit einem Rest aus der Teetasse an und zeichnete einige Linien auf die Tischplatte. Dann tippte sie auf einen Punkt und erläuterte: »Hier ist die ›Silberweide‹. Du reitest den Fluss entlang, bis er sich teilt. Folge dem linken Flussarm nach Süden, er führt dich direkt nach Nortenne. Den Weg zum Gildenhaus kann dir dort jeder weisen.«

Ida nickte zweifelnd. »Und du?«, fragte sie traurig. »Wohin gehst du?« Dorkas und die Grennach-Frau wechselten einen schnellen Blick.

»Wir werden den Nebelfluss hinunter zur Grenze reiten. Mellis hat dort etwas zu erledigen«, erwiderte Dorkas. »Danach werden wir dir nach Tel'krias folgen. Wir sehen uns dort wieder, Kleine, das verspreche ich dir.«

Ida schluckte. »Kann ich nicht mit euch kommen?«, fragte sie hoffnungsvoll. »Wenn du danach doch sowieso nach Nortenne reitest ...« Sie sah Dorkas bittend an. Die Gildenfrau zog unwillig die Brauen zusammen.

»Traust du dich nicht, alleine weiterzureisen?«, knurrte sie. »Für so kleinmütig hätte ich dich allerdings wirklich nicht gehalten.«

»Nein, das ist es nicht«, sagte Ida hastig. »Ich würde einfach gerne mit dir zur Grenze reiten. Ich war noch nie so weit im Westen, dass ich den Nebelhort hätte sehen können. Bitte, Dorkas!« Dorkas sah fragend die Grennach an. Mellis hob die Schultern und lächelte schwach.

»Ach, verdammt. Meinetwegen, komm mit, Ida. Aber du wirst deinen Mund halten über das, was dir vor Augen und Ohren kommt, hast du verstanden?« Ida nickte nur, sprachlos vor Freude.

»Wann wollen wir aufbrechen?«, fragte Mellis nüchtern.

»Morgen in aller Frühe. Ich habe keine Lust, an dieser Grenze zu übernachten. Wir reiten hin, erledigen, was zu erledigen ist, und sehen dann zu, dass wir ein ordentliches Stück Strecke zwischen uns und den Nebelhort bringen.«

Ida war erstaunt über die Besorgnis, die in Dorkas Worten mitschwang. »Ist es – wird es gefährlich werden?«, fragte sie aufgeregt. Dorkas musterte finster ihre blitzenden Augen und geröteten Wangen.

»Siehst du?«, wandte sie sich mit gespieltem Grimm an Mellis. »Das habe ich gemeint. Dieses junge Gemüse frisst uns noch ohne Salz zum Frühstück, wenn wir nicht sehr gut Acht geben.«

»In aller Frühe! Warum sagt sie ›in aller Frühe‹, wenn sie ›mitten in der Nacht‹ meint?« Ida meckerte vor sich hin – allerdings leise, damit Dorkas, die gerade ihren Grauen sattelte, sie nicht hörte. Mellis, die damit beschäftigt war, ihre unwillig mit dem Kopf schüttelnde

Eselin mit einem mürben Apfel aus dem Stall zu locken, lachte gedämpft auf und wandte sich wieder ihrem Reittier zu.

»Komm schon, Yole. Lass dich nicht immer so lange bitten«, flehte sie das zottelige kleine Tier an. »Ich weiß, dass du lieber hier bleiben würdest, aber ich brauche dich nun mal.« Die Eselin prustete zur Antwort und nahm ihr den Apfel von der Hand. Dann trottete sie friedlich zur Stalltür hinaus und ließ sich eine Decke auf den stämmigen Rücken binden.

»Reitest du ohne Sattel?«, fragte Ida neugierig.

Mellis hob einen prall gefüllten Rucksack vom Boden auf und antwortete vergnügt: »Hast du schon einmal versucht, eine Bergeselin zu satteln? Außerdem kann ich mit so einem Ding ohnehin nicht reiten. Mein Schweif klemmt sich immer daran fest.«

Ida sah zu, wie sie den Rucksack schulterte, und bot ihr an: »Soll ich ihn dir abnehmen? Ich kann ihn noch an Kastanies Sattel festschnallen.«

Mellis dankte ihr überrascht und wandte sich zu Dorkas um, die gerade herzlich Abschied von der Wirtin nahm. Matelda hatte es sich nicht nehmen lassen, ihren scheidenden Freundinnen einen Imbiss zu bereiten und ihnen auch noch ein liebevoll gepacktes Proviantbündel mit auf den Weg zu geben.

»Also los«, sagte Dorkas und schwang sich in den Sattel. Ida und Mellis verabschiedeten sich von Matelda und folgten der Gildenfrau vom Hof. Erste zaghafte Strahlen der aufgehenden Sonne bahnten sich ihren Weg durch den Nebel, der die Landschaft rundum in ein stilles weißes Tuch hüllte. Der Hufschlag ihrer Reittiere klang seltsam gedämpft und war der einzige Laut, der neben dem leisen Glucksen des fließenden Wassers, dem sie folgten, die Stille des frühen Tages störte. Sie ritten eine ganze Weile schweigend nach Norden. Kastanie trabte munter neben Dorkas'

Grauschimmel her, und die zottelige Eselin Yole gab sich alle Mühe, den beiden hochbeinigen Pferden zu folgen. Der Nebel hob sich nur sehr zögernd, je weiter der Tag fortschritt.

Gegen Mittag rasteten sie kurz am Fuße eines mit Haselnußsträuchern bewachsenen Hügels. Ida kletterte den sanften Hang hinauf, um nach Nüssen zu suchen, aber sie fand sie noch grün und unreif. Stattdessen kehrte sie mit zwei Händen voller Brombeeren zurück, die sie zwischen den Nusssträuchern gefunden hatte. Dorkas und Mellis ließen sich die Beeren schmecken, dann mahnte Dorkas zum Aufbruch.

»Wir sind kurz vor der Grenze«, betonte Mellis. »Seid ruhig, ich bitte euch. Ich nehme zwar nicht an, dass wir einer Patrouille in die Arme laufen werden, das wäre ein dummer Zufall, aber wir wollen lieber nicht unvorsichtig sein.«

Sie bestiegen ihre Tiere und folgten Mellis, die nun vorausritt. Der Nebel schien wieder dichter zu werden, stellte Ida fest. Die Sonne war bald nur noch als fahlgelber Fleck am Himmel zu erkennen. Nach einer schweigsamen halben Stunde ließ Mellis sie anhalten.

»Da vorne«, hauchte sie und deutete mit ihrem Zeigefinger in den Nebel. Ida strengte ihre Augen an, aber sie konnte nicht erkennen, was Mellis ihnen zeigen wollte. Als die beiden anderen Frauen abstiegen, tat sie es ihnen nach. Die Pferde blieben folgsam am Platz stehen und begannen zu grasen, nur die Eselin wollte der Grennach folgen. Mellis wies sie mit einigen scharfen Worten zurecht. Yole schlug beleidigt mit ihrem Quastenschwanz, aber sie gehorchte.

Sie schritten nebeneinander den Pfad entlang und näherten sich einer grauweißen, undurchdringlichen Nebelbank. Mellis blieb davor stehen und sah Dorkas an. Dorkas nickte und bedeutete Ida, zurückzubleiben. Sie zog einen langen Dolch aus der Scheide, die sie um ihr Bein geschnallt trug, und gab Mellis stumm ein Zeichen. Die Grennach griff in ihren Ausschnitt, holte eine Kette mit einem seltsam geformten Anhänger hervor und ballte ihre Faust darum. Dann trat sie entschlossen vor und verschwand in dem dichten Nebel. Dorkas blieb mit unbehaglicher Miene zurück, den Dolch in ihrer Hand.

Die Minuten dehnten sich wie zäher Honig. Hinter ihnen schnaubte gedämpft eines der Pferde, aber sonst blieb alles still. Dann endlich erschien ein undeutlicher Schemen in dem Nebel und verdichtete sich zu der Gestalt der kleinen Grennach. »Wir können gehen«, sagte sie knapp und erschöpft.

Dorkas gehorchte stumm und fragte erst, als sie ihre Tiere bestiegen und etliche Meter zwischen sich und die Nebelwand gebracht hatten: »Und, was hast du erreicht?«

»Nichts«, erwiderte Mellis. »Es war keine Nachricht da. Und es schien auch niemand in der Nähe gewesen zu sein.«

»Das wird Catriona nicht gefallen«, murmelte Dorkas.

»Wir mussten damit rechnen«, sagte Mellis. »Leja arbeitet auf sehr unsicherem Grund. Hoffentlich ist sie nicht von den Protektoren erwischt worden.«

Ida sah fragend von einer zur anderen. Beide Frauen brüteten stumm vor sich hin und schienen die Anwesenheit des Mädchens vergessen zu haben. »War dort drüben die Grenze?«, wagte Ida schließlich zu fragen.

Dorkas antwortete nicht, aber Mellis wandte sich ein wenig überrascht zu ihr um. »Ja, hast du sie nicht gesehen?«

»Wen gesehen?«, fragte Ida genauso überrascht zurück.

Mellis blinzelte verwirrt. Ihre seltsam geschlitzten Pupillen verengten sich zu einem winzigen Spalt und weiteten sich dann voller Erheiterung. »Verzeih, Ida, ich habe ganz vergessen, wie es wirkt, wenn man zum ersten Mal davorsteht. Du erinnerst dich an die Nebelbank, an der ihr auf mich gewartet habt?« Ida starrte sie an, ohne zu antworten. Wollte diese seltsame kleine Frau sie auf den Arm nehmen?

Mellis gluckste leise und berührte mit einem ihrer spitzen Finger Idas Arm. »Noch einmal Verzeihung, Kind. Ich habe zu viel Zeit mit den Männchen meines Nestes verbracht. Ihre kindliche Art zu kommunizieren hat anscheinend auf mich abgefärbt. Natürlich erinnerst du dich an die Nebelbank. Nun, sie war die Grenze.«

»Ach«, sagte Ida ungläubig.

Dorkas wandte sich um und legte warnend einen Finger auf die Lippen. Sie ritten in schnellem Tempo schweigend und aufmerksam weiter. Ida musste ein Kichern unterdrücken, als sie sah, wie die Grennach buchstäblich ihre Ohren spitzte. Mit jedem Meter, den sie hinter sich brachten, brach der Nebel weiter auf. Und dann, so plötzlich, als zöge jemand einen Vorhang beiseite, ritten sie durch die letzten zarten, dahintreibenden Fetzen hindurch und fanden sich inmitten sonnenbeschienener Wiesen wieder.

In der Abenddämmerung erreichten sie das Ufer des Weidenflusses. Dorkas begann wortlos ein Lager aufzuschlagen, während Mellis die Tiere versorgte und Ida Holz für ein Feuer sammelte. Wenig später saßen sie zusammen, während über dem kleinen Feuer der Wasserkessel summte. Dorkas goss Tee auf, und sie wärmten ihre Finger an den heißen Bechern.

»Du hast dich gut gehalten, Kleines«, sagte Dorkas. Ida wurde rot. Die Gildenfrau war sparsam mit Lob, deshalb freute das Mädchen sich um so mehr darüber.

Dorkas reckte sich und gähnte herzhaft. Sie legte sich zurück und zog die Decke über ihr Gesicht.

»Diese Nebelwand – wieso ist das die Grenze?«, fragte Ida.

Mellis kämmte mit den krallenähnlichen Fingernägeln durch ihren buschigen Schweif und machte sich daran, die Kletten herauszuklauben, die sich in den Haaren verfangen hatten. »Seit dem Krieg gegen den Schwarzen Orden markiert diese Nebelwand die Grenze zu der verlorenen Provinz«, erklärte sie beiläufig. »Zu manchen Zeiten ist sie zwar undurchsichtig, aber durchlässig. Dann wieder kann kein Lebewesen sie passieren. Niemand weiß, womit das zusammenhängt. Man hatte erwartet, dass mit dem Erlöschen des Schwarzen Ordens auch die Nebelwand wieder verschwinden würde, aber das war nicht der Fall. Es muss ein sehr mächtiger alter Zauber sein, der sie dort hält. Die Weiße Schwesternschaft beschäftigt sich schon seit Generationen damit, ohne der Lösung näher zu kommen.«

Sie blickte auf und lächelte Ida mit ihren spitzen weißen Zähnen an. »Allerdings ist es meinem Volk gelungen, einen der alten Talismane nachzubilden, mit dem ein solcher Zauber beschworen werden kann.« Sie nestelte den Anhänger hervor, der um ihren schmalen Hals hing, und hielt ihn Ida entgegen. Ida nahm ihn vorsichtig in die Hand und betrachtete ihn. Er ähnelte dem Schmuckstück, das Tante Ylenia gehörte, nur, dass dieser Anhänger hier mit geschliffenen Steinen in Blautönen von unterschiedlicher Intensität besetzt war. Sie erwähnte ihre Beobachtung, und Mellis nickte.

»Es ist die Nachbildung eines der verloren gegangenen Herzen«, sagte sie und stocherte mit einem Ast in der langsam verglimmenden Glut des Feuers. »Es gab einmal fünf von ihnen und eines, das es niemals hätte geben dürfen.« Sie wickelte sich in ihre Decke. »Soll ich dir die Geschichte erzählen, wie unsere Männchen sie den Kindern im Nest erzählen?« Mellis beugte sich ein wenig vor. Ihre leise Stimme wurde noch dunkler und gedämpfter, während die Nacht herniedersank und das leise Rauschen des Flusses ihre Worte untermalte.

»Einst, als sie noch über den Rücken der Welt schritten, schufen die Baumwesen das Volk der Kletterer«, hob sie geheimnisvoll raunend an. »Die Kletterer lebten auf ihren mächtigen Schultern, und sie vermehrten sich und priesen die Baumwesen, die sie geschaffen hatten. Doch dann drangen Fremde in die Berge ein und begannen damit, die Baumwesen zu töten, um aus ihren toten Leibern ihre Behausungen und allerlei alltägliches Gerät zu zimmern. Die Kletterer sahen dem Treiben hilflos zu, denn die Fremden waren riesenhaft von Gestalt, wenn auch nicht ganz so riesig wie die Baumwesen.

›Warum wehrt ihr euch nicht gegen das Treiben der Fremden?‹, fragten die Kletterer. ›Ihr seid so viel größer und mächtiger als sie. Zerschmettert sie und vertreibt sie von hier.‹

Doch die Baumwesen wussten nicht, was Hass und Tod bedeuteten, denn sie existierten ewig, wenn sie nicht getötet wurden. Sie waren hilflos den Fremden ausgeliefert, und schließlich ergaben sie sich in ihr Schicksal. Sie nahmen Abschied von den Kletterern und trieben ihre Wurzeln tief in den Boden, in der Hoffnung, so dem Töten zu entgehen. Dann zogen sie ihren Geist zurück in das Herz, das tief in ihrer Brust verborgen war, und verstummten für immer.

Die Kletterer trauerten lange, lange um die Baumwesen. Und schließlich, in der Hoffnung, ihre Schöpfer und Freunde wieder erwecken zu können, schufen sie die fünf Herzen: Das Herz der Welt – das größte und mächtigste von ihnen –, das Herz des Feuers, das des Wassers, das der Luft und zuletzt das ihnen teuerste: das Herz der Erde, das sie als Einziges heute noch hüten.

Doch zu ihrer Enttäuschung konnten die Baumwesen selbst durch die vereinte Kraft der zaubermächtigen Herzen nicht erweckt werden. Die Kletterer weinten wie an dem Tag, als ihre Schöpfer sich von ihnen zurückgezogen hatten, und nahmen schweren Herzens endgültig Abschied von den Baumwesen. Aber eine Frau ertrug den Gedanken nicht, für immer von den Schöpfern getrennt zu sein. Sie verließ ihr Volk und ging fort, weiter, als je eine von ihnen fortgegangen war. Ihre Familie und ihre Freundinnen trauerten um sie, als sie nicht wiederkehrte, und schlossen sie in ihre Gedanken wie die von ihnen gegangenen Baumwesen.

Sie lernten, sich mit den fremden Riesen abzufinden, und einige von ihnen schlossen sogar vorsichtige Bekanntschaft mit einigen der Fremden. Sie erkannten, dass die Fremden nicht böse waren, sondern gedankenlos; blind und fühllos gegenüber allen Lebewesen, die nicht ihrem eigenen Volk angehörten. Doch einige wenige von ihnen waren in der Lage, zu erkennen, welches Leid sie verursacht hatten. Sie waren die Ersten, die Freundschaft schlossen mit den Kletterern. Sie bereuten zutiefst, als sie erkannten, was ihr Volk den Baumwesen angetan hatte, und sie gelobten, alles zu tun, um ihre schrecklichen Taten zu sühnen. Sie kehrten voller Trauer zu ihrem eigenen Volk zurück, berichteten, was sie erfahren hatten, und beschworen die anderen, alles zu tun, um den Kletterern zu helfen.

Die Kletterer fassten Hoffnung, dass ihren beiden Völkern vereint gelingen möge, woran die Kletterer alleine gescheitert waren. Sie lehrten die Fremden alles, was sie über die Schöpfung und die Schöpfer wussten, und sie lehrten sie sogar ihre Magie. Die Fremden zeigten sich gelehrig und höchst eifrig, das wieder gutzumachen, was sie in ihrer Blindheit angerichtet hatten.

Doch dann kehrte die Frau zu ihnen zurück, die Jahrhunderte zuvor fortgegangen war. Sie hatte in der

Fremde das sechste Herz geschaffen und war nun zurückgekommen, um es gegen die Fremden zu wenden. Es war das Schwarze Herz, das Herz des Todes.« Ida sah voller Erstaunen die hellen Tränen, die der Grennach über die Wangen liefen.

»Das Herz des Todes kam mit furchtbarem schwarzem Feuer über die Fremden. Sie starben alle unter schrecklichsten Qualen, bis auf ein Mädchen und einen Jungen, die in den Wurzeln des ältesten Baumwesens Schutz gesucht hatten. Doch etwas von dem Feuer hatte sie beide erfasst, ehe sie sich dort verstecken konnten, und von da an waren sie und alle ihre Nachkommen schwach und sterblich. Als die Schreie der Sterbenden nach einer Ewigkeit endlich verstummt waren, krochen die Kinder aus ihrem Versteck und flohen.

Die Kletterer-Frau, die das Schreckliche entfesselt hatte, triumphierte. Doch ihre Freundinnen und Geschwister wandten sich mit Grauen von ihr ab. Sie verbannten sie mitsamt dem Schwarzen Herzen für alle Zeiten aus ihrer Heimat. Die Frau verfluchte sie und ging zurück, woher sie gekommen war. Und die Kletterer machten sich an die mühevolle und traurige Arbeit, die verkohlten Leichen ihrer ehemaligen Feinde und späteren Freunde zu beerdigen. Von der Zeit an waren sie alleine in den Bergen.« Mellis schwieg. Ida griff impulsiv nach ihren schmalen Händen.

»Stimmt diese Geschichte?«, fragte sie mit zitternder Stimme.

»Stimmen alte Legenden?«, fragte Mellis zurück. »Es ist die älteste Geschichte, die mein Volk sich erzählt. Wer weiß, was daran wahr gewesen ist. Wahr allerdings ist die Existenz der fünf Herzen. Drei von ihnen gingen in den Jahrhunderten verloren, das letzte während des Krieges gegen den Nebelhort. Der Orden vom Herzen der Welt hat sich der Suche nach ihnen verschrieben, aber sie fanden keines davon. Die Weiße

Schwesternschaft sucht auf geistigen Wegen nach ihnen, aber auch sie waren bisher erfolglos. Und mein Volk, die ›Kletterer‹«, sie lächelte, »wir bemühen uns seither, die Schmuckstücke wieder zu schaffen. Unsere besten Silberschmiedinnen arbeiten daran, aber auch wir haben wenig Glück.«

»Die beiden Herzen, die nicht verlorengegangen sind. Wo sind sie?«

»Eines, das Herz der Erde, wird im Großen Nest gehütet. Und das Herz aus Feuer bewachen seit langer Zeit die Feuerelfen.«

»Hättet ihr endlich die Güte, mit dem Schwatzen aufzuhören und euch hinzulegen?«, unterbrach Dorkas' unwirsche Stimme ihr gedämpftes Gespräch. »Ich versuche schon seit Stunden, zu schlafen, falls euch das entgangen sein sollte.«

»Du übertreibst wieder einmal maßlos, meine Gute«, erwiderte Mellis freundlich, aber sie rollte sich folgsam in ihre Decke. Ida tat es ihr nach.

»Du erzählst mir morgen mehr davon?«, bat sie flüsternd. Mellis nickte und schloss die Augen. Ida legte sich auf den Rücken und blickte in den sternklaren Himmel. Was hatte ihre Tante ihr über die Schöpfer erzählt? Sie bemühte sich, es in Einklang mit der Sage zu bringen, die Mellis ihr erzählt hatte. Die Schöpfer waren Wesen, die sich jeder menschlichen Beschreibung entzogen. Sie hatten die Welt und alles, was auf ihr lebte, geschaffen und waren dann zu den Sternen weitergezogen. Welche der beiden Geschichten mochte nun stimmen? Die der Grennach oder die der Menschen? Oder gab es gar eine Wahrheit, die jenseits dieser beiden Mythen lag?

Ida seufzte leise. Eine schmale Hand tastete nach ihr, und die dunkle Stimme der Grennach hauchte: »Schlaf, Kind. Wir haben morgen noch einen langen Ritt vor uns.«

~ 6 ~

Es war einer dieser grauen, nieseligen Tage, an denen ich es wirklich bedauerte, keinen Platz zu haben, an den ich hätte flüchten können, um ein heißes Bad zu nehmen und mich in meinem eigenen weichen, warmen Bett zusammenzurollen. Stattdessen stand ich an einer zugigen Straßenecke, hatte die klammen Hände in den Taschen meiner zerschlissenen Lederjacke vergraben und fror erbärmlich in den für diese Jahreszeit viel zu dünnen Hosen. Fast wünschte ich mir, von den Roten aufgesammelt zu werden und die nächsten Tage wegen Herumstreunens im Bau verbringen zu müssen – aber nur fast.

Kleine kalte Füße kratzten über mein Schlüsselbein. Eine zarte rosafarbene Nase rümpfte sich zitternd aus dem Kragen meines Pullovers, und schwarze Augen spähten aufmerksam in den Nieselregen hinaus. Ich tippte zärtlich auf die neugierige Nase. »Bleib bloß drinnen, Chloe. Das ist kein Wetter für dich.« Der braunweiß gefleckte Kopf zog sich zurück, nicht ohne ein missbilligendes Fiepen von sich gegeben zu haben. Natürlich gab sie mir wieder mal die Schuld an der ungemütlichen Nässe, die immer dichter vom bleigrauen Himmel sprühte. Ich spürte, wie die Kleine sich den Weg hinab zu meinem Hosenbund bahnte, wo sie es sich in meinem ausgeleierten Pullover gemütlich machte. Seufzend streichelte ich über die warme Beule, die sie über meinem leeren Magen verursachte, und entschied, einen Abstecher zum Shuttlebahnhof zu machen. Weniger als hier konnte dort auch nicht los sein.

»Eddy«, rief jemand hinter mir her. Ich ging etwas langsamer weiter und hörte, wie sich platschende Schritte eilig näherten. »Eddy, warte doch!« Jetzt hatte ich die Stimme erkannt, sie gehörte Dix, dem Kapper. Missmutig blieb ich stehen und wandte mich um, während es nass in meinen Kragen tropfte.

»Hi, Eddy«, japste er und schüttelte den Fuß aus, mit dem er gerade durch eine tiefe Pfütze getrampelt war. »Gehst du zum Bahnhof?«

»Yep«, erwiderte ich mürrisch und stiefelte wieder los. Dix trottete auf krummen Beinen neben mir her und sah aus seinen Dackelaugen treuherzig zu mir auf.

»Hast du was dagegen, wenn ich mitkomme?« Er grinste, wobei er sein äußerst lückenhaftes Gebiss enthüllte, und bot mir einen Kokaugummi an. Ich lehnte ab. Kokau ist okay, wenn man sich ein wenig entspannen will, und kostet weit weniger als eine Flasche Synalc. Aber ich hatte vor, heute noch ein paar Galacx zu machen, weil ich nicht scharf darauf war, schon wieder mit leerem Magen eine Nacht im Freien zu verbringen, und für diese Unternehmung brauchte ich nun mal einen halbwegs klaren Kopf.

Dix schob sich den Streifen in den Mund und suchte eine Weile lang stumm nach einer noch halbwegs intakten Kaufläche. »Wo pennst du heute Nacht?«, fragte er, als wir den Platz des Galaktischen Friedens überquerten. Ich antwortete nicht gleich, weil ich Ausschau nach den Roten hielt. Hier lagen sie oft auf der Lauer, um NonHabs wie Dix und mich aufzusammeln, ehe wir das unübersichtliche Gelände des Shuttlebahnhofs erreichten, wo es so viele Schlupflöcher wie Ratten gab – und ich kannte sie alle, die Schlupflöcher und die zwei- und vierbeinigen Ratten. Ich lebte jetzt schon seit meinem elften Jahr so: ohne Wohnung, ohne festen Job, ohne Einkommen und fast ohne Freunde. Es gab hunderte wie mich in der Hauptstadt. Wir waren ein steter Dorn im Auge der ehrsamen Bürger, die nichts lieber gesehen hätten, als dass die Roten eine Strahlenkanone nehmen und uns alle mitsamt den Ratten zu Staub zerblasen würden.

»He, sag schon, Eddy. Pennst du auch am Recyx? Einauge sagt, da wär's schön warm, weil die Öfen wieder alle arbeiten.« Er machte einen kleinen Hüpfer. Ich musste wider Willen grinsen. Dix war eine geschwätzige kleine Kröte, aber irgendwie war er bei aller Lästigkeit ganz nett. Wenn ich überhaupt jemanden von den NonHabs als Freund bezeichnete, dann wahrscheinlich diesen krummen kleinen Penner. Außerdem sorgte er immer gratis für meine Stoppelfrisur und ihre Färbung – in dieser Woche war es ein schreiendes Grellrot – ein Service, der alle anderen, die ihn beanspruchten, zwei oder drei Galacx oder den Gegenwert dazu an Synalc kostete.

»Ich wollte eigentlich heute Nacht ins Tri gehen. Ich brauch dringend mal wieder 'ne Dusche und was Heißes in den Magen.«

Dix zog eine Grimasse. Das Tri genoss keinen besonders guten Ruf auf der Straße, weil die Schwestern vom Heiligen Triangel etwas zu eifrig darauf bedacht waren, ihre Übernachtungsgäste zur Ewigen Dreiheit zu bekehren. Mich störte das wenig. Nach der bemerkenswerten Fürsorge, die ich bei den Kathromani-Nonnen genossen hatte, deren Heim für Waisen mich nach dem Tod meiner Großmutter für ein paar Jahre aufgenommen hatte, konnten die ›Dreieckigen Schwestern‹ mich nicht mehr besonders schrecken.

Am Haupteingang des Shuttlebahnhofs lungerte die übliche Dreiergruppe von Roten herum und glotzte schläfrig in die Gegend. Aus einigen schmerzhaften Erfahrungen in der Vergangenheit wusste ich allerdings, dass dieser Eindruck übel täuschen konnte. Sollten Dix und ich versuchen, an ihnen vorbei in den Bahnhof zu gelangen, würden wir schneller eine Ladung aus ihren Lähmern verpasst bekommen, als ein Schneeball auf der Sonne seine Existenz beendet hätte.

Dix zupfte mich am Ärmel. »Gehen wir über eine Laderampe rein?« Ich nickte ungeduldig. Heute war nicht der Tag, an dem ich den kleinen Schwätzer gut ertragen konnte, das war mir schon klar. Ich würde im Gedränge zwischen den Shuttlesteigen versuchen, ihn loszuwerden.

Chloe regte sich über meinem Magen. Sie war wach und sicher ebenso hungrig wie ich. Unsere letzte schwesterlich geteilte Mahlzeit lag nun schon mehr als zwölf Stunden zurück und war nicht allzu reichhaltig gewesen. Trotzdem hätte ich eines meiner Augen dafür gegeben, noch so ein altbackenes Brötchen in meinen Magen zu bekommen.

Die Gepäckrampe war zwar auch bewacht, aber vom Bahnhofspersonal, nicht von der städtischen Sicherheitstruppe in ihren dunkelroten Uniformen. Ich marschierte auf den fetten Frachtarbeiter zu, der am offenen Tor lehnte und gelangweilt auf einem Kokau herumknatschte.

»Was willste?«, quetschte er undeutlich an dem Gummi vorbei und spießte mich dabei mit seinen kleinen Augen auf. Ich grinste ihn an und kitzelte ihn unter dem untersten seiner Kinne. Gut, dass ich nicht gefrühstückt hatte, sonst wäre mir sicher bei seinem Gestank alles mögliche wieder hochkommen. Ich versuchte, durch den Mund zu atmen und die intensive Geruchsmischung aus altem Schweiß und billigem Synalc zu ignorieren, und drückte mich auffordernd an seinen wabbeligen Bauch. Er grinste breit und erfreut und begann, meine Brüste zu betatschen. Ich machte

Dix verzweifelt hinter seinem Rücken Zeichen. Der krummbeinige kleine Kerl zischte mit Raketenantrieb an uns vorbei und hinein in den Bahnhof. Der fette Frachtarbeiter riss die Augen auf und zog so hastig seine Pfoten aus meinem Pullover, als hätte Chloe ihn gebissen.

»He, stehen geblieben, du Ratte«, brüllte er und wuchtete seine Massen hinter Dix her. Ich stopfte lässig meine Hände in die Hosentaschen und marschierte gemütlich durch das Tor hinein. Der Fettwanst hatte keine Chance, Dix zu erwischen – schon allein, weil er in keines der Löcher, in die Dix sich auf seiner Flucht zwängen würde, auch nur mit dem Arm hineinpasste.

Auf der Frachtrampe herrschte wenig Betrieb, und ich machte, dass ich in den öffentlichen Teil des Bahnhofs kam. Einige Minuten lang schlenderte ich durch das Gewühl, besah mir die ankommenden und abfliegenden Passagiere und hielt alle meine Antennen draußen, für den Fall, dass eine Patrouille der Roten mir zu nahe kommen sollte.

Endlich lehnte ich mich an einer Erfolg versprechenden Ecke zwischen Cyberimbiss und Zeitungskiosk an die Wand und begann mir mein Opfer auszusuchen. Ich hatte mich gerade für einen geschniegelten jungen Mann mit dem wichtigtuerischen Aussehen und dem gedeckten violetten Anzug eines unbedeutenden Kleriker-Bürokraten entschieden, der am Imbiss erst nach längerem, umständlichem Wühlen seine Brieftasche gefunden hatte, als jemand mir auf die Schulter tippte. Ich wandte mich langsam und fluchtbereit auf die Seite und blickte in Dix' feuchte Hundeaugen.

»Idiot«, zischte ich entnervt. »Ich dachte schon, es wären die Roten.«

»Die klopfen nicht erst an«, erwiderte der kleine Kerl nüchtern und durchaus logisch. Ich musste grinsen. Dann wandte ich meine Aufmerksamkeit wieder dem

Burschen zu, der gerade mit spitzen Zähnen von seinem Sojaburger abbiss, und deutete mit dem Kinn auf ihn. Dix sah ihn sich fachmännisch an und nickte dann. »Wo?«, fragte er.

»Ich dachte an die unübersichtliche Ecke hinter dem Kiosk. Du oder ich?«

»Du«, sagte er bestimmt. »Ich bin heute schon genug gerannt.« Ich nickte und stieß mich von der Wand ab, um meinen neuen Posten zu beziehen. Ohne mich umzublicken, wusste ich, dass Dix mir mit einigen Schritten Abstand folgte. Er stellte sich dicht neben dem Burschen in dem violetten Anzug auf und tat so, als würde er bei dem Mechnokellner ein SynAle bestellen. Dabei behielt er unser Opfer unauffällig im Auge. Der Mann hatte inzwischen seinen Imbiss beendet, wischte sich geziert mit einem Taschentuch den Mund und die fettigen Finger ab und nahm die Tasche auf, die er zwischen seine Beine geklemmt hatte. Er warf den Teller weg, samt den Resten, die er nicht gegessen hatte – das Zeug schmeckt wie Pappe, egal, wie viel Mühe die sich damit auch geben – und kam um die Ecke gestiefelt, genau auf mich zu. Ich lehnte mich etwas vor, und als er auf meiner Höhe war, rempelte Dix ihn an und brachte ihn zum Straucheln. Er prallte gegen mich. Ich umklammerte ihn und brachte ihn dadurch nur noch mehr aus dem Gleichgewicht. Wir gingen beide zu Boden, und Dix bremste ab und kam zurück, um uns aufzuhelfen. Er entschuldigte sich wortreich, klopfte den Burschen ab, hob seine Tasche auf, machte einen Riesenwirbel, und in der Zeit konnte ich in aller Gemütsruhe die Taschen seines Anzugs ausräumen. Während Dix noch an dem Dummkopf herumfummelte, machte ich mich gemächlichen Schrittes aus dem Staub.

Anscheinend hatte uns niemand beobachtet. Ich schlenderte weiter und behielt meine Umgebung im

Auge. Hinter mir erklangen weder Rufe noch schnelle Schritte, also schienen wir wahrhaftig Glück gehabt zu haben. Ich stopfte meine Beute in die Innentasche meiner Lederjacke und zog den Verschluss zu. Schließlich war man hier am Bahnhof nie wirklich sicher vor Taschendieben.

Dix stieß am Transittunnel zu mir und grinste mich atemlos an. »Hat es sich gelohnt?« Sein mageres, hässliches Gesicht leuchtete vor Freude über unseren Erfolg.

Ich grinste zurück und hob die Schultern. »Keine Ahnung, Kleiner. Aber es würde mich wundern, wenn nicht für uns beide ein Schlafplatz im Tri dabei herausspringen würde.«

Er schnitt eine wortlose Grimasse. »Dann los, lass uns zu Kerns Höhle gehen. Da können wir teilen.«

Ich nickte zustimmend. Kerns Höhle war ein Umschlagplatz für alles, was sich versilbern ließ. Dort würden wir höchstwahrscheinlich sogar Interessenten für den Creditchip finden, der mit Sicherheit in der Brieftasche des Tölpels gesteckt hatte. Mir würde er nichts nützen, weil meine Daumenabdrücke nun mal nicht dazu passten, aber wenn jemand das geeignete Werkzeug und ein wenig Geschick beim Manipulieren eines CreditComps besaß, war so ein Chip fast so gut wie Bargeld.

Wir passierten ungehindert den Osteingang. Die dort postierten Roten interessierten sich wie immer wenig dafür, wer den Bahnhof verließ. Dix stolperte auf seinen krummen Beinen neben mir her und redete unaufhörlich. Ich machte ab und zu ein zustimmendes Geräusch und dachte darüber nach, mir endlich ein Paar etwas neuerer Schuhe zuzulegen. Meine jetzigen wurden nämlich seit geraumer Zeit ausschließlich durch gute Wünsche und festgebackenen Schmutz zusammengehalten.

Kerns Höhle hieß eigentlich »Zum Ewigen Raumkoller« und war eine nicht gerade einladend aussehende Kaschemme in der Nähe des Shuttlebahnhofs. Kern, die Besitzerin des Lokals, war eine der wenigen Wirtinnen, die uns NonHabs nicht sofort rauswarfen, wenn wir einen Fuß über ihre Schwelle zu setzen wagten. Sie vertrat den Standpunkt, dass jeder Galacent zählt, und solange jemand sein Synalc bezahlen konnte, war er ihr so willkommen wie der Administrator persönlich. Nicht, dass sich der Administrator jemals in einen Laden wie Kerns Höhle verirrt hätte – und selbst wenn, wäre er von Kern sicherlich auch nicht freundlicher empfangen worden, als sie ihre Stammgäste zu behandeln pflegte.

Als wir in den düsteren, verräucherten Raum traten, übertönte gerade ihre unverwechselbare, heisere Bassstimme den Lärm, den ihre Gäste veranstalteten: »Jemmy, wenn du nicht augenblicklich deinen fetten Arsch in Bewegung setzt, kannst du dir deinen nächsten Lohn vom Amt auszahlen lassen! Tisch sieben, zack-zack!«

Ich drängte mich durch in die Ecke, die von der Tür aus am schlechtesten einzusehen war. Eine der Nischen war frei, und ich zwängte mich hinter den schmierigen Tisch. Dix quetschte sich zu mir auf die Bank und wischte sich erwartungsvoll über die tropfende Nase. Ich winkte der dicken Jemmy zu und orderte pantomimisch zwei SynAle, öffnete den Verschluss meiner Jacke und lehnte mich entspannt zurück.

Dix platzte beinahe vor Ungeduld. »Nun zeig doch schon«, drängelte er.

Ich klopfte ihm auf die schmutzigen Finger, die sich begehrlich meinem Ausschnitt näherten – nicht, dass *ich* es gewesen wäre, für die er sich interessiert hätte –, und murmelte: »Nicht so eilig, mein Junge. Erst einmal ein Schluck Ale, dann wird geteilt.« Jemmy wogte heran, wischte nachlässig mit einem schmuddeligen Lappen über die Tischplatte, was mit Sicherheit nur dafür sorgte, dass unzählige neue Bakterienkulturen es sich darauf gemütlich machen konnten, und knallte uns zwei schlecht eingeschenkte Krüge hin. Ihr phlegmatisches rundes Gesicht schwenkte langsam von Dix zu mir. Ich sah die langsamen Denkprozesse hinter ihrer breiten Stirn geradezu vorbeischleichen. Ich griff zu meinem Krug, trank einen großen Schluck daraus und sagte: »Wir bestellen gleich noch was zu essen, Schätzchen. Was gibt es denn heute?«

Diese komplizierte Aufgabe lenkte sie wie beabsichtigt von der momentan noch etwas heiklen Frage unserer Zahlungsfähigkeit ab. Sie legte die Stirn in Falten und begann mit leiernder Stimme aufzuzählen: »Bohneneintopf ... Spiegeleier und Synschinken ... Korellianische Spaghetti mit ... Korellianische Spaghetti mit ...«

»Ich nehme den Eintopf«, sagte ich eilig, ehe Jemmy sich endgültig das Hirn verstauchte. »Und du, Dix?«

»Spaghetti«, bestellte er. »Und noch ein Ale.« Jemmy bekam glasige Augen und schwang ihre breiten Hüften erstaunlich schnell herum, um unsere umfangreiche Bestellung bei Kern abzuliefern, solange sie sie noch im Kopf hatte.

Ich sah ihr staunend nach. »Wieso behält Kern diese Schwachsinnige bloß?«

Dix feixte. »Dreimal darfst du raten«, sagte er anzüglich. »Komm jetzt, Eddy, sei nicht so gemein. Leg endlich das Zeug auf den Tisch.«

Ich ließ ihn noch zappeln, bis wir unser Essen hatten – erstaunlicherweise hatte Jemmy es geschafft, jedem von uns die richtige Bestellung vor die Nase zu stellen. Ich lockte Chloe mit einem Löffel voller Bohnen, den ich kurzerhand auf den Tisch kippte, aus meinem Pullover. Nicht gerade ihr Leibgericht, aber wenn sie Hunger hatte, war sie mir sehr ähnlich: Hauptsache, es füllte den Magen. Feinschmeckerei sparten wir beide uns für bessere Tage auf.

Dix hielt eine Gabel voll dunkelvioletter Nudeln, von denen eine senfgelbe Sauce tropfte, über seinem Teller in der Schwebe und starrte mich beschwörend an.

»Also gut«, gab ich nach und fischte die Brieftasche aus meiner Jacke. Dix stopfte die Spaghetti in seinen Mund und grabschte mit der anderen Hand nach unserem Beutestück, aber Chloe fühlte sich angesprochen und biss ihn beiläufig in den Daumen, ehe sie sich wieder ihren Bohnen widmete.

»Blödes Vieh!«, murmelte er, aber nur leise, und steckte den blutenden Daumen in den Mund. Er wusste zu genau, dass ich es gar nicht leiden konnte, wenn jemand an Chloe herummeckerte.

Ich schob meinen halb geleerten Teller zur Seite und breitete den Inhalt der Brieftasche auf dem Tisch aus. Im Hauptfach fand sich eine befriedigende Anzahl von Galacx, die ich sofort in zwei ordentliche Häufchen teilte – nicht ganz so viel, wie ich erwartet hatte, für ein Paar Schuhe würde es wohl wieder nicht reichen. Aber mein Schlafplatz im Tri ging klar. Dann räumte ich die Seitenfächer aus. Dix hatte in einem atemberaubenden Tempo den größten Teil seiner Spaghetti in sich hineingestopft und schob nun seinen Anteil Galacx in die Hosentasche.

»Was hast du?«, fragte er und blickte auf die IdentiCard in meiner Hand. »Du machst ein Gesicht, als hättest du eine Dauerkarte für die Spiele gewonnen.«

»Und gleich wieder verloren«, murmelte ich und drehte den Ausweis in meinen Fingern. »Dix, wir haben einen Sonderkurier der Kaiserin beklaut.«

Sein Mund klappte auf. »*Mierda*«, stöhnte er. »Eddy, das ist doch hoffentlich nur wieder einer deiner faulen

Witze?« Ich schob ihm den CreditChip rüber und widmete mich den anderen Gegenständen, die in der Tasche gewesen waren. Dix wurde kreidebleich. »Verdammt, Eddy, so was kann auch nur uns passieren. Wer kann denn ahnen, dass ein kaiserlicher Sonderkurier aussieht wie ein kleiner Beamter …«

»… und sich derart leicht ausnehmen lässt!«, vollendete ich grimmig seinen Satz. »Jetzt haben wir nicht nur die Roten am Hals, alter Junge. Wahrscheinlich kämmt inzwischen schon die planetare Sicherheit die Clouds nach uns durch.«

Dix wollte voller Panik aufspringen, aber ich drückte ihn auf die Bank zurück. »Mach jetzt bloß kein Aufsehen! Hier müssen sie uns erst einmal finden. Gut, dass wir nicht zuerst in die Clouds zurückgegangen sind. Komm, Dix, reg dich ab. Wir brauchen jetzt vor allem einen klaren Kopf!«

»Wir müssen das Zeug loswerden!« Dix' hässliches kleines Gesicht hatte wieder etwas Farbe bekommen und war jetzt von einem grünlichen Grau, das ganz wunderbar mit dem Rest der kalten Nudeln auf seinem Teller harmonierte. »Am besten schmeißen wir das alles in den nächsten Recycler!«

»Denk doch mal nach! Die haben unsere Beschreibungen, Dix. Wir sind nicht gerade ein unauffälliges Paar, weißt du?«

Er sank in sich zusammen. »Was machen wir bloß?«, jammerte er. »Eddy, wir sind geliefert. Sie werden uns für den Rest unseres Lebens in ein Lager stecken!« Seine Augen flehten mich an, eine Lösung aus dem Ärmel zu schütteln.

Ich hielt Chloe geistesabwesend eine gefleckte rote Bohne hin und sah zu, wie sie sie gesittet zwischen ihre Pfoten nahm und verspeiste. Dann schob ich die Datenrollen wieder in die Tasche zurück und warf Dix den Creditchip zu. Er fing ihn auf und blinzelte verdutzt. Ich hielt Chloe die Hand hin, und sie kletterte an meinem Arm empor und auf meine Schulter, von wo sie vergnügt mit ihren schwarzen Knopfaugen hinunterzwinkerte.

»Verkauf den Chip, Dix. Wir werden jeden Galacent brauchen, den wir kriegen können. Wir treffen uns heute Abend …« Ich zögerte. Das Tri konnte ich mir abschminken, die Roten würden alle bekannten Non-Hab-Schlafplätze überwachen. »Am Salzmarkt«, entschied ich. Da herrschte abends ein derart starkes Getriebe, dass selbst eine Hundertschaft der Sicherheit das Gelände nicht vollständig hätte abriegeln können. »Bei Serinas Bude, ab 26 Uhr. Bis dahin kriechst du am besten bei Mutter Gans unter und schneidest all ihren Mädchen und Jungs gratis die Haare. Hast du kapiert, Dix?«

Er nickte schwach und umklammerte den Chip. »Und du?«, fragte er jämmerlich. »Was tust du?«

Ich stand auf und machte meine Jacke zu. »Ich besuche den Geier.« Dix schnappte nach Luft und verdrehte die Augen, als wollte er in Ohnmacht fallen. Ich grinste und klopfte ihm unsanft auf den struppigen Kopf. »Sieh zu, dass du einen guten Preis für den Chip bekommst, sonst lasse ich nachher Chloe ein bisschen an dir herumnagen.« Dix nickte nur stumm und starrte mir bedrückt nach, als ich mich durch die dicht besetzten Tische nach draußen schob.

Es regnete schon wieder. Entweder war die Klimakontrolle mal wieder abgestürzt, oder irgendein Bürohengst hatte beschlossen, dass Cairon City dringend einer Reinigung bedurfte. Nicht, dass dafür ein bisschen – oder auch viel – Wasser vom Himmel ausgereicht hätte. Eine Batterie Strahlenkanonen würde in der Angelegenheit wesentlich effektivere Dienste leisten. Ich klappte den Kragen meiner Jacke hoch und zog den Kopf zwischen die Schultern. Chloe klammerte sich auf dem brüchigen Leder fest und schniefte unbehaglich.

»Komm doch rein, Dummerchen«, schimpfte ich und zog den Reißverschluss wieder ein Stück auf. Sie verschwand mit dem Kopf zuerst in meiner Jacke, und ihr langer rosiger Schweif streichelte noch einmal an meiner Wange entlang, ehe auch er in den Tiefen meines Pullovers verschwand.

El Buitre, der Geier, war so etwas wie der inoffizielle Amtsbruder des Administrators, und es war schwieriger, bei ihm einen Termin zu bekommen als bei seinem ehrenwerten Kollegen. Er residierte am Rand der Clouds in einem heruntergekommenen Gebäude, das früher einmal ein nobles Hotel gewesen war. Damals hatte Cairon City noch einen echten Raumhafen besessen, nicht nur so einen armseligen Shuttlebahnhof, aber das war vor dem Krieg mit den Zern gewesen, also etliche Jahre vor meiner Geburt. Dementsprechend alt sah der »Galaktische Hof« inzwischen auch aus: Die protzige Fassade bröckelte, und die Empfangshalle starrte vor Schmutz.

Ich stieß die schwere Eingangstür auf, stieg über einen Haufen Schutt und Unrat hinweg, marschierte über einen zerfetzten, ehemals roten Läufer und betätigte die altmodische Klingel an der Rezeption. Nichts rührte sich, aber ich wusste, dass meine Ankunft nicht unbemerkt geblieben war. Neugierig blickte ich zur Decke hoch und entdeckte wie erwartet zwischen zerfallendem Stuck und Spinnweben das blinkende Auge einer hochmodernen Spionanlage. Wahrscheinlich konnten sie ungebetene Gäste, deren Gesicht ihnen nicht gefiel, damit auch direkt abservieren, ohne dass sie sich dafür vom Mittagessen erheben mussten.

»Ja?«, knurrte eine Stimme direkt neben mir. Ich zuckte zusammen, überrascht, keine sich nähernden Schritte gehört zu haben, und ärgerlich über mich selbst. Wenn ich weiter so unvorsichtig war, musste ich mir um meinen nächsten Schlafplatz wirklich keine Gedanken mehr machen. Ich starrte den vierschrötigen blonden Kerl, der so lautlos erschienen war, herablassend an, was mir insofern leicht fiel, als ich einen guten Kopf größer war als er, und verlangte mit aller Selbstverständlichkeit, die ich nur in meine Stimme zu legen fähig war, seinen Chef zu sehen.

»Ach ja?«, grinste der Gorilla und kratzte sich ausgiebig am Hintern. Seine unmodisch enge Jacke spannte über den muskelbepackten Schultern. Ich konnte sehen, wie sich der Umriss eines Lähmers in einem Schulterhalfter abzeichnete. »Und warum sollte der *jefe* dich sehen wollen?«

»Das geht dich kaum etwas an«, erwiderte ich hochmütig. »Sag ihm nur, ich hätte etwas gefunden, was ihn sicher interessieren wird.«

Er hielt mir schweigend und immer noch grinsend seine Pranke vor die Nase. Ich unterdrückte den Impuls, hineinzuspucken, und zog stattdessen eine Augenbraue hoch. Das hatte ich im Heim geübt, weil es da außer Gebeten und Küchenarbeit wenig zu tun gegeben hatte und weil ich so meinem Gesicht einen ungeheuer arroganten Ausdruck verleihen konnte. Nun, genau den wollte ich jetzt auch erzielen.

Der blonde Gorilla hörte auf zu grinsen und sah mich finster an. »Hör zu, *muchacha*, du bewegst jetzt besser freiwillig deinen Arsch hier raus, oder muss ich dir dabei behilflich sein?« Er ließ angeberisch seine Muskeln spielen.

Ich hob die Braue noch ein wenig höher. »Du wirst Ärger mit deinem Chef kriegen, wenn du mich nicht zu ihm bringst. Das, was ich ihm anzubieten habe, ist sehr wertvolle Ware!« Ich beugte mich ein wenig vor, so dass das Kameraauge mich gut im Blick hatte und ließ den Blonden kurz die IdentiCard des Kuriers sehen. Er starrte verständnislos darauf nieder und griff nach meiner Schulter, um mich zur Tür hinauszubefördern.

»Bring sie rauf, Hans«, erklang eine Stimme aus dem Comsystem. Der Gorilla zögerte und zuckte dann mit den Achseln.

»Sofort, *jefe*«, antwortete er mürrisch. Ohne mich loszulassen, wechselte er kurz den Griff auf meiner Schulter und drehte mich zum Lift. Er schien genauso kräftig zu sein, wie er aussah. Wahrscheinlich wäre es ihm ein Leichtes gewesen, mich mit einer Hand durch das nächste Fenster zu werfen, wenn man es ihm befohlen hätte.

Wir fuhren schweigend in einem alten, klappernden und ratternden Lift bis ins oberste Stockwerk hinauf. Der Gorilla stemmte die klemmende Lifttür auf und wies mir stumm den Weg. Ich trat in den Gang hinaus und bemühte mich, mir meine Überraschung nicht allzu deutlich anmerken zu lassen. Der Boden war mit einem königsblauen, lebenden regulanischen Teppich bedeckt, an den dezent beleuchteten cremefarbenen Wänden hingen einige der teuersten und berühmtesten Gemälde, die in den letzten fünf oder sechs Jahren aus Museen des Kaiserreiches verschwunden waren, und die Türen, an denen ich vorbeikam, waren mit kostbaren Intarsien aus Gold und rigelianischem Elfenbein verziert. El Buitre war allem Anschein nach ein Mann mit viel Geld und einem pompösen Geschmack.

Wir hielten vor der Tür am Ende des Korridors. Der Gorilla klopfte leise an, obwohl die Kamera über der Tür unsere Ankunft längst gemeldet haben durfte. »Herein«, erklang es gedämpft von drinnen. Er öffnete die Tür und bedeutete mir, einzutreten.

Auch dieses Zimmer, falls diese Bezeichnung einem Raum mit derartigen Ausmaßen überhaupt angemessen sein konnte, war mit dem leicht federnden lebenden Teppich bewachsen, diesmal in der Farbe von teurem altem Bordeaux. Auf einem der unzähligen Sofas, die überall im Raum verstreut standen, lagerte eine schlanke, in einen schwarz-goldenen Morgenrock gekleidete Gestalt und nippte aus einem überdimensionierten Cognacschwenker, den sie zwischen überaus langen, dürren Fingern hielt.

El Buitre war angeblich ein illegitimer Spross eines Angehörigen des terranischen Hochadels und seiner stocellitischen Mätresse – ein unbestätigtes Gerücht, das allerdings einiges für sich zu haben schien, wenn man sich den Mann ansah. Er hatte die charakteristische bleiche Haut und die scharfen Gesichtszüge eines Stocelliten, allerdings durch sein terranisches Erbe etwas gemildert. Dennoch sprang die riesige Nase vor wie der Schnabel eines Geiers – keine Frage, wie er an seinen Spitznamen gekommen war. Auch der überschlanke Körperbau deutete auf die nicht menschliche Abstammung hin, allerdings waren die dunklen, ironischen Augen in dem blassen Gesicht und die dichten schwarzen Haare wiederum eindeutig terranisch: Stocelliten waren gewöhnlich unbehaart und helläugig.

Ich bemühte mich, den Mann nicht allzu neugierig anzustarren, was mir nicht leicht fiel. Eine unbedeutende NonHab aus den Clouds stand schließlich nicht jeden Tag dem ungekrönten Herrscher des dunkleren Teils ihrer Welt gegenüber.

»Nimm Platz«, sagte der Geier freundlich. »Möchtest du eine Erfrischung?« Ich verneinte und versank in den weichen Polstern eines niedrigen Diwans. Stühle schien es in diesem Raum nicht zu geben. »Aber einen Kaffee darf ich dir doch anbieten?« Er wartete meine Antwort nicht ab, sondern schenkte mir aus einer goldenen Kanne ein. Ich nahm die hauchdünne Porzellantasse dankend entgegen und wusste genau, dass ich mich entweder von oben bis unten mit Kaffee bekleckern oder die Tasse zerschmeißen würde. Ich hielt mich entschieden zu selten in einer solch luxuriösen Umgebung auf, um nicht mit Recht zu befürchten, dass ich mich bis auf die Knochen blamieren würde.

El Buitre sank zurück in die Kissen und wärmte sein Glas zwischen den Fingern. Er atmete genüsslich den Duft des Getränkes ein und sah mich währenddessen unverwandt an.

»Also, Eddy, was hast du Schönes für mich?« Ich zuckte zusammen, und etwas von dem heißen Kaffee landete auf meinem Bein. Ich hatte es ja geahnt. Woher wusste der Kerl bloß meinen Namen? Ich sah sein schmales Lächeln und riss mich zusammen. Wortlos schob ich die IdentiCard über den niedrigen Tisch, der zwischen uns stand. Der Geier sah reglos darauf nieder und nahm sie dann behutsam zwischen seine dürren Finger, um sie nah an die Augen zu führen.

»Interessant.« Seine Stimme klang äußerst gelangweilt. Er warf mir die Card zu und widmete sich wieder seinem Cognac.

»Das ist noch nicht alles.« Ich führte meine Tasse zum Mund. Meine Hand war nicht die ruhigste, wie ich besorgt feststellen musste. »Ich habe seine komplette Brieftasche mit dem kaiserlichen Siegel und einigen verschlüsselten Botschaften, die für den Administrator bestimmt sind.«

Er rührte sich nicht, aber seine Augen schossen einen eisigen Blitz auf mich ab, der mich frieren machte. »Hast du ihn umgelegt?«, fragte er sachlich.

Ich schüttelte hastig den Kopf. »Nein, äh –«, mir fiel sein Name nicht ein, verflucht.

Er lächelte zynisch. »El Buitre«, sagte er mild. »Nenn mich ruhig so, wie mich alle nennen, Adina.« Ich ließ beinahe die leere Tasse fallen und stellte sie eilig auf dem Tischchen ab. Niemand in den Clouds kannte meinen richtigen Namen. Seit dem Tod meiner Großmutter hatte mich niemand mehr so genannt. Bei den Nonnen hatte ich hauptsächlich auf »Du da«, »Komm her«, »Ab ins Bett«, »Wisch das auf« und »Kleine Pestbeule« gehört.

Der Geier zwinkerte mir zu und freute sich offensichtlich über meine Verwirrung. »Also lebt er noch und hat somit deine Beschreibung längst an die Behörden gegeben. Richtig?« Ich nickte stumm. Er trank seinen Cognac aus und stellte das Glas fort. »Es zeugt nicht gerade von Intelligenz, einen kaiserlichen Kurier auszurauben, meine Liebe.« Er setzte sich auf. Ich hatte nicht bemerkt, dass er geklingelt hätte, aber die Tür öffnete sich. Ein zweiter Gorilla trat ein und blieb schweigend neben der Tür stehen.

»Nassif, bring mir mein Terminal«, befahl El Buitre, ohne sich umzuwenden. »Und richte Moritz aus, dass ich pünktlich zu speisen wünsche.« Der Gorilla neigte den Kopf und verschwand wieder. Ich rutschte unbehaglich zwischen den weichen Polstern des Diwans herum und begann mich zu fragen, ob ich nicht einen Fehler begangen hatte. Der hagere Mann ließ mich nicht aus den Augen. Sein Blick war nachdenklich und überaus berechnend.

»Gib mir die Brieftasche«, forderte er mich auf. Ich zögerte. Was sollte ihn davon abhalten, mir das Ding abzunehmen und mich dann von seinen Leibwächtern auf die Straße setzen zu lassen, direkt in die Hände der Sicherheitstruppen des Administrators? Dann schimpfte ich mich eine Idiotin. Was sollte ihn davon abhalten, mich ohne viele Umstände umzulegen und mir dann die Brieftasche abzunehmen? Ich sah seinem Gesicht an, dass er meinen Gedankengang nachvollzogen – oder vorweggenommen – hatte, denn seine dunklen Augen funkelten amüsiert. Ich seufzte, griff in meine Jacke und warf ihm die Tasche in den Schoß.

Er neigte spöttisch dankend den Kopf und wies einladend auf die Kaffeekanne. Dann räumte er die Brieftasche aus und begutachtete ihren Inhalt. Ich nippte an dem bitteren Getränk und machte mein Testament. Nur zu dumm, dass ich wahrscheinlich keine Gelegenheit mehr bekommen würde, Dix zu warnen. Immerhin, der Kleine war gerissen genug, auf sich selbst aufzupassen. Und wenn ich nicht zu unserem Treffen erschien, war das wohl Warnung genug.

Die Tür schwang lautlos auf, und der dunkle Nassif kam über den weichen Teppich, ein Terminal in seinen behaarten Händen. Er stellte es vor seinem Herrn auf den Tisch und wartete. »Danke, Nassif«, sagte El Buitre geistesabwesend. Der Gorilla nickte und ging. Der Geier schob eine der Datenrollen in den Eingabeschacht des Terminals und wartete. Ich versuchte, einen Blick auf den Bildschirm zu werfen, aber ich saß ungünstig. Der hagere Mann warf mir einen flüchtigen Blick zu, und ich ließ mich wieder zurücksinken.

»Ah, ja«, murmelte er. In seiner bleichen Wange begann ein Muskel zu zucken. Ich hatte genug nackte Gier in anderen Gesichtern gesehen, um sie jetzt auch in verhüllter Form zu erkennen. Anscheinend war mein Fang sogar noch wertvoller, als ich vermutet hatte. Nur zu bedauerlich, dass weder Dix noch ich jemals davon profitieren würden.

Er wechselte die Datenrolle aus und schob eine der anderen in den Schacht. Wahrscheinlich verfügte er über sämtliche Decodierungsprogramme, die auch der Administrator besaß. Seine Augen klebten an dem Bildschirm, und ich sah die Galac-Zeichen in seinen Pupillen Tango tanzen. Endlich hob er den Blick und starrte mich durchdringend an. Jetzt, dachte ich. Jetzt ruft er seine Gorillas und lässt mich durch den Abfallkonverter hinausbefördern.

El Buitre schaltete das Terminal aus und fuhr sich mit der Hand durch das Haar. »Also gut, Eddy. Was verlangst du dafür?« Ich starrte ihn sprachlos an. Er zupfte nachdenklich an seiner Nase. »Aber vergiss nicht, meine Liebe, du könntest hiermit nichts anfangen. Also sei nicht zu gierig.«

Ich räusperte mich. »Ich, das heißt wir …«

Seine Augenbrauen schossen in die Höhe. »Dieser Dix?«, fragte er.

Ich nickte. »Wir werden jetzt von den Roten und der planetaren Sicherheit gesucht. Ich brauche ausreichend Galacx, damit wir lange genug untertauchen können. Andere Kleider, eventuell eine chirurgische Veränderung. Und zwei Tickets für ein Shuttle, das uns hier rausbringt.« Ich leckte mir über die trocken gewordenen Lippen. Bescheiden war meine Forderung wirklich nicht zu nennen. Hoffentlich hatte ich meinen Kredit nicht zu stark überzogen.

Der Geier sah mich reglos an, den Kopf in die Hände gestützt. Ich erwiderte seinen Blick so fest, wie es mir möglich war. Endlich hob sich seine Brust in einem langen Atemzug, und er senkte zustimmend die Lider. »Einverstanden. Allerdings dürfte es schwierig werden, euch durch die Kontrollen zu schmuggeln, wenn ihr den Planeten verlassen wollt. Dafür muss ich zuerst einige Leute – nun ja – bearbeiten, und das braucht Zeit. Wo kannst du bis dahin untertauchen?«

Ich hob ratlos die Schultern. Die Clouds waren für uns nicht mehr sicher, die Roten würden die Gelegenheit nutzen, um gründlichste Razzien durchzuführen. Sie warteten ja förmlich auf derartige Anlässe, um das Viertel wieder einmal räumen zu können. Die Lager würden innerhalb weniger Wochen aus den Nähten platzen, bis sich die Situation endlich wieder normalisierte.

»Mir wird schon etwas einfallen«, sagte ich mit erheblich mehr Zuversicht in der Stimme, als ich wirklich empfand. El Buitre nickte. Über sein Gesicht glitt ein winziges, hinterlistiges Lächeln, das mir ausgesprochen missfiel.

»Ich werde dir Bescheid geben, sobald alles vorbereitet ist. Keine Sorge, ich werde dich zu finden wissen.« Er betätigte den Rufknopf, und mein erster Gorilla-Bekannter trat durch die Tür.

»Bring unseren Gast durch den Keller raus, Hans«, befahl El Buitre und wandte sich wieder seinem Terminal zu. Ich war offensichtlich entlassen. Der Gorilla hielt mir wortlos die Tür auf, und ich drückte mich an ihm vorbei in den Korridor.

Der Lift brachte uns in das Untergeschoss des Gebäudes, das sich erwartungsgemäß düster, schmutzig und voller Schutt und jahrzehntealtem Gerümpel präsentierte. Ich stolperte hinter Hans her, der eine Taschenlampe hervorgezaubert hatte und mir mit sicherem Tritt über den unebenen Grund vorauseilte. Wir durchquerten einige modrig riechende Gewölbe und erreichten schließlich den Fuß einer steilen, nicht besonders Vertrauen erweckend aussehenden Holztreppe. Hans blieb stehen. »Hier rauf«, sagte er knapp und wandte sich ab.

»He, wo komme ich da raus?«, rief ich ihm nach. Er antwortete nicht. Ich sah hilflos zu, wie sich der letzte Schimmer seiner Lampe mit ihm entfernte. Kurz darauf stand ich in absolut lichtloser Finsternis und ertastete mir fluchend den Weg zur Treppe. Der Aufstieg glich einem Alptraum. Das alte Holz knirschte und ächzte, und die schmale, steile Treppe bebte und zitterte unter meinen Füßen, dass ich befürchtete, mitsamt den morschen Stufen in die schwarze Tiefe zu stürzen. Ewigkeiten später gelangte ich schwitzend und keuchend an das Ende meines Aufstiegs. Meine Hände strichen über eine gemauerte Fläche, und einige Sekunden lang glaubte ich, in einer Sackgasse gelandet zu sein. Dann glitten meine feuchten Finger über einen Holzrahmen. Voller Erleichterung ertastete ich eine niedrige Tür und den rostigen Riegel, der sie verschloss.

Ich packte fest zu, in der Erwartung, dass der Riegel sich meinen Bemühungen widersetzen würde, aber er glitt erstaunlich leicht und lautlos beiseite. Offensichtlich wurde dieser Ausgang regelmäßig benutzt. Ich schob die Tür auf und blickte hinaus. Vor mir lag eine unbeschreiblich schmutzige und heruntergekommene Gasse, in der sich außer einem struppigen, halb verhungerten Hund, der den Abfall durchschnüffelte, keine lebende Seele aufzuhalten schien. Also zwängte ich mich durch die niedrige Luke und drückte sie wieder zu. Innen fiel mit einem metallischen Klang der Riegel vor, und als ich probeweise an der Tür rüttelte, war sie wieder fest verschlossen.

Ich klopfte meine staubigen Hände an meiner Hose ab und richtete mich auf. Wenn ich mich nicht sehr irrte, war dies die Gasse, die hinter dem ehemaligen Hotel entlang zu den Clouds führte. Dort würde ich mich jetzt besser nicht blicken lassen, aber bis zu meinem verabredeten Treffen mit Dix blieben mir noch einige Stunden, die ich irgendwie totschlagen musste. Nach außen hin unbekümmert, aber höchst wachsam, schlenderte ich durch die Gasse und überquerte die schwach belebte Einkaufsstraße, in die sie mündete. Am besten blieb ich bis zum Abend einfach in Bewegung, das sollte meine Chancen verbessern, den Suchtrupps, die mit Sicherheit unterwegs waren, aus dem Weg zu gehen.

Ich kannte die Stadt wie meine Hosentasche, was mir die Sache erleichterte. An einem der vielen Imbissstände, die die schäbige Zweite Avenida säumten, kaufte ich einen doppelten Käseburger mit extra viel Salat und teilte ihn mir mit Chloe. Als ich die Serviette in den Abfallkonverter warf, beschlich mich zum ersten Mal das Gefühl, dass mich jemand beobachtete. Ich erstand noch eine Dose CoceUp und riss sie gleich auf, während ich unauffällig meine Umgebung musterte. Es schien sich auf den ersten Blick niemand besonders für mich zu interessieren, aber das kitzlige Gefühl in meinem Nacken, auf das ich mich bisher immer recht gut hatte verlassen können, blieb.

Ich schlenderte, die Dose in der Hand, gemächlich eine der Treppen zum Strand hinunter. Chloe war wieder auf meine Schulter geklettert und hielt ihre zitternde Nase in die frische Brise, die vom Meer herwehte. Die Luft war angenehm salzig und roch ein wenig nach Tang. Hoch über uns fiel lautlos und von der tief stehenden Sonne hell angestrahlt ein Shuttle aus dem blassblauen Himmel und glitt auf den Shuttlebahnhof zu. Der rote Sand war feucht und klebte schwer an meinen durchgelaufenen Sohlen. Ich hockte mich auf einen der kleinen Stege, die ins Wasser hinausgingen, und zog umständlich die Schuhe aus, was mir erneut Gelegenheit gab, mich völlig absichtslos umzusehen.

Niemand war in meiner Nähe, aber oben auf der Promenade stand eine bullige Gestalt und schien mich anzustarren. Ich konnte das Gesicht nicht erkennen, weil es vollständig im Schatten einer Hutkrempe lag, aber ich glaubte dennoch zu wissen, um wen es sich handelte: Nassif, den dunkleren der beiden Gorillas aus dem Hotel. Ich fluchte lautlos und stopfte meine Schuhe hinten in meinen Hosenbund. Dann krempelte ich mir die Hosenbeine hoch, trank mein CoceUp aus und warf die Dose im hohen Bogen fort. Der Geier hatte also beschlossen, mich beschatten zu lassen, aus welchen Gründen auch immer. Das Einzige, was mich die Nerven behalten ließ, war der Umstand, dass sein Gorilla es nicht allzu geschickt anstellte – anscheinend war es ihm egal, ob ich ihn bemerkte.

Durch den feuchten Sand stapfte ich weiter bis zu der Energiemauer, die den öffentlichen Teil des Strandes vom Privatbesitz des Administrators abtrennte. Dort stand ich eine Weile und sah hinaus aufs Wasser. Im Sommer wäre ich mit Chloe eine Runde schwimmen gegangen, aber dafür war es heute wirklich zu ungemütlich.

Ich kletterte wieder zur Promenade hinauf und stieg in meine widerlich klammen Schuhe. Der Gorilla war fort, aber ich traute dem ersten Augenschein nicht. Von hier aus gab es keine große Auswahl, wohin ich mich wenden konnte. Ich war relativ sicher, dass dieser Nassif unten an der Ecke auf mich warten würde, wo sich die Narn-Dealer mit ihren Kunden zu treffen pflegten.

Ich pfiff zufrieden vor mich hin und blickte mich gründlich um. Die Sonne ging gerade in einer verschwenderischen Symphonie von Farben über dem Meer unter. Wer jetzt noch auf der Promenade war, statt sich in einem der teuren Strandrestaurants den Bauch vollzuschlagen, glotzte unter Ohs und Ahs zum Horizont. Ich spuckte in die Hände und schwang mich über die Umzäunung in den Hinterhof des »Weißen Barracudas«, der einer der angesagtesten der noblen Fressschuppen von Cairon City war. Hier speiste der Administrator persönlich zweimal in der Woche, und ich betete, dass nicht ausgerechnet heute einer dieser Abende war. Es wäre wohl äußerst ungeschickt von mir, ausgerechnet seiner Leibgarde in die erwartungsvoll ausgebreiteten Arme zu laufen.

Ich drückte mich durch den Kücheneingang und schaffte es, unbemerkt hinter dem Rücken eines aufgebracht auf seinen Gehilfen einfluchenden Koches in den Gang zwischen Küche und Nebeneingang zu schlüpfen. Dort lauschte ich einen Moment lang, ob sich draußen irgendwas tat, und drückte die Tür auf. Sekunden später spazierte ich die Vierte lang und beglückwünschte mich selber zu meiner Gerissenheit. Sollte der Gorilla doch Wurzeln schlagen, da, wo er auf mich wartete. Vielleicht geriet er sogar in eine der regelmäßig stattfindenden Razzien, die die Roten dort veranstalteten, und durfte die Nacht im Bau verbringen.

In mich hineinkichernd bog ich um die Ecke, und die nächsten Stunden drückte ich mich als Zuschauerin bei einem Laserhockeyspiel herum, das mitten auf der eigens dafür gesperrten Allee der Glorreichen Zweiten Dynastie stattfand. Zwar waren bei solchen Gelegenheiten immer auch reichlich Rote unterwegs, aber die hatten alle Hände voll zu tun, Schlägereien zwischen den Anhängern der drei Mannschaften zu verhindern und Taschendieben auf die Finger zu klopfen. Ich behielt sie im Auge und bemühte mich, immer in Bewegung zu bleiben.

Kurz bevor die letzte Spielrunde ihrem Ende entgegenging, war es endlich an der Zeit, mich auf den Weg zu meiner Verabredung zu machen. Ich schob mich durch die Menge, die die Spieler anfeuerte, und tauchte in das Dunkel der kleinen Gassen rund um den Salzmarkt ein. Meine Schritte hallten laut auf dem feuchten Pflaster. Es hatte wieder zu regnen begonnen, und ich bemerkte erst kurz vor meinem Ziel, dass das Echo, das sie begleitete, gar keines war. Anscheinend war mein Verfolger gewitzter, als ich ihm zugetraut hatte.

Ich versuchte gar nicht erst, ihn hier abzuschütteln, dazu würde das Gedränge auf dem Markt mir sehr viel bessere Gelegenheit bieten. Ich beschleunigte nur meine Schritte und hielt die Ohren offen. Mein Schatten hielt meine Geschwindigkeit, blieb aber immer knapp außerhalb meiner Sicht.

Der Salzmarkt war ein riesiges Areal aus engen Budengassen, in denen sich Tag und Nacht dicht an dicht Kauf- und Schaulustige von überallher drängten. Der

Markt war die eigentliche Attraktion dieser Stadt. Kaum ein Tourist, der hier Station machte, verzichtete darauf, wenigstens einmal darüber zu schlendern und sich nach Strich und Faden ausnehmen zu lassen. Wenn es überhaupt einen Ort auf diesem Planeten gab, an dem jemand sich vor der Sicherheit und den Roten verstecken konnte, dann war es hier.

Ich machte mir weiter keine Gedanken über meinen Verfolger – wenn er es in diesem Gedränge schaffte, mir auf den Fersen zu bleiben, würde mir auch der Versuch, ihn abzuschütteln, wenig nützen. Ich holte tief Luft, warnte Chloe, sich gut festzuhalten und warf mich todesmutig in das Gewühl der engen Gassen. Noch nicht einmal das ungemütlich nasse Wetter schien die Leute davon abhalten zu können, sich hier großartig zu amüsieren. Nur wenige der Budengassen waren mit einem teuren Schirmfeld überdacht, und von den Schirmen und Planen, mit denen die meisten Händler sich und ihre Waren schützten, tropfte es mir unangenehm in den Kragen. Ich drängte mich durch die Gasse mit den Schmuckständen, weil die Kauflustigen dort meist ihre Nasen an den Vitrinen platt drückten und deshalb der Gang etwas mehr Luft und weniger dicht gepacktes Fleisch enthielt als in den meisten anderen Gassen.

Im Vorbeigehen winkte ich der kleinen, verwachsenen Tallis zu, einer wahren Künstlerin auf ihrem Gebiet. Sie verkaufte wunderschöne und erstaunlich preiswerte Schmuckstücke aus Silberdraht und Steinen und machte damit einen ganz beachtlichen Umsatz, bewohnte aber dennoch nur ein abbruchreifes Haus in den Clouds. Ich kannte sie schon so lange, wie ich in den Clouds lebte, und war auch schon oft bei ihr zu Hause gewesen, um mit ihr Kaffee zu trinken und ein Schwätzchen zu halten.

»Eddy, ich muss unbedingt mit dir sprechen«, rief sie mir über die blütenbewachsenen Köpfe eines berianischen Pärchens hinweg zu, die sich mit zischenden Stimmen über den Kauf einer rötlich funkelnden Schlangenbrosche berieten.

»Jetzt nicht, Tallis. Ich bin verabredet«, erwiderte ich ohne anzuhalten und deutete unbestimmt auf das Zentrum des Marktes.

»Bei mir zu Hause, morgen Mittag?«, hörte ich ihre hohe Stimme hinter mir herrufen.

»Geht in Ordnung«, brüllte ich und schob mich rücksichtslos durch eine kichernde Traube von facettenäugigen Touristinnen aus dem Rigel-System.

Serinas Stand war so umlagert wie immer. Kein Wunder, sie verkaufte den anerkannt besten Gondrach von ganz Cairon, und das wollte etwas heißen, wo fast jeder auf diesem Planeten dieses Zeug in seinem Keller hatte. Gondrachs wuchsen so gut wie überall, wenn sie nur genug Feuchtigkeit bekamen, aber eigentümlicherweise ließen sie sich nicht auf anderen Welten ansiedeln. Die verschiedenen Spezialitäten, die aus diesen hässlichen, schrumpeligen Pilzen hergestellt wurden, waren überall im Kaiserreich überaus begehrt. Getrockneter Gondrach war ein mild aphrodisierendes Gewürz, das wie eine scharf-aromatische Curry-Mischung roch, eingelegte Gondrachs dagegen schmeckten eher mild und nussähnlich und waren sehr reich an Eiweiß, und der dunkelbraune, dickflüssige Gondrach-Met schmeckte auf undefinierbare Weise fruchtig, hatte eine angenehme Schärfe und sorgte je nach Art der Herstellung und Menge des Konsums für alle Schattierungen zwischen leichter Anregung und handfestem Rausch, dem aber niemals ein schwerer Kopf folgte. Der Geheimtipp unter Kennern war eine Kombination aller drei Gondrach-Erzeugnisse, was dem Vernehmen nach für schöne bunte Träume sorgte. Leider hatte sich mir noch nie die Gelegenheit geboten, das einmal selbst auszuprobieren. Der Erwerb von Gondrach, in welcher Form auch immer, lag weit außerhalb meiner finanziellen Möglichkeiten.

Ich begrüßte Serina. Sie unterbrach kurz ihr temperamentvolles Verkaufsgespräch mit einem fettleibigen, gegen den Wind nach unredlich erworbenen Galacx stinkenden Angeber und deutete lächelnd auf den struppigen dunklen Scheitel eines Mannes, der neben ihrem Stand auf dem Boden hockte und allem Anschein nach fest zu schlafen schien. Ich quetschte mich an dem Dicken in seinen pompösen Klamotten vorbei und klopfte Dix auf den Kopf. Er schrak aus seinem Nickerchen und blinzelte verschlafen zu mir auf. Ich hockte mich neben ihn, und während über uns lautstark das Feilschen weiterging, steckten wir die Köpfe eng zusammen. Ich erlaubte sogar, dass Dix seinen Arm um meine Schulter legte. Es sollte ruhig so aussehen, als wären wir in eine heftige Knutscherei vertieft.

»Und?«, fragte Dix leise. Sein Atem wehte über meine Wange und transportierte eine kräftige Portion billigen Syngeruchs mit sich.

»Du warst hoffentlich nicht unvorsichtig, Kleiner. Du weißt, dass du dein Mundwerk nicht unter Kontrolle halten kannst, wenn du was getrunken hast!« Ich konnte nicht verhindern, dass mein Flüstern vorwurfsvoll klang. Dix rückte noch etwas näher, und seine Finger kamen dabei ganz entschieden vom erlaubten Weg ab. Normalerweise hätte ich ihn dafür kastriert, aber hier und jetzt wollte ich lieber auf Aufsehen verzichten. Ich packte nur sein Handgelenk und hielt es fest.

Er wechselte leicht die Farbe und wimmerte: »Lass mich bitte los, Eddy. Es kommt nicht wieder vor, Ehrenwort.« Ich schnaubte und lockerte meinen Griff. Er rieb sich über das Gelenk und brummte beleidigt vor sich hin. Er schien ganz ordentlich einen in der Kanne zu haben. Wahrscheinlich hatte er sich seine Dienste im Haus von Mutter Gans in Naturalien bezahlen lassen.

»Jetzt bleib mal auf dem Teppich, Dix«, fuhr ich ihn flüsternd an. »Wir haben schließlich das eine oder andere klitzekleine Problem am Hals, zum Beispiel die Planetare Sicherheit …« Er war augenblicklich klar. Das war eine Eigenschaft, die ich an dem krummen kleinen Kerl zu schätzen wusste: egal, wie viel er intus hatte, wenn es ernst wurde, war er sofort wieder so nüchtern wie der Oberste Kleriker des Heiligen Triangels persönlich.

»Warst du beim Geier?«, fragte er. Ich nickte und erzählte ihm alles. Er zog eine bedenkliche Miene. »Warum hat er dich verfolgen lassen? Glaubst du, er will dich linken?«

Ich hob die Schultern. »Was weiß ich, was in seinem hässlichen Kopf vorgeht? Ich wäre verrückt, wenn ich ihm trauen würde, aber wir haben kaum eine andere Chance, heil aus der Sache rauszukommen. Oder?« Er schwieg.

»Wie geht es jetzt weiter?«, fragte er nach einer Weile ganz verzagt. Ich tätschelte ihm beruhigend die Schulter. Der Dicke neben uns hatte endlich bezahlt und zog hochbefriedigt mit seinem Kauf und dem Gefühl, Serina ordentlich übers Ohr gehauen zu haben, ab. Glücklicherweise wusste er nicht, dass er etwa das Doppelte von dem auf den Tisch gelegt hatte, was Serina gewöhnlich für ihre Ware verlangte.

»Wir müssen noch für ein paar Tage untertauchen, am besten getrennt«, erklärte ich Dix. »Meinst du, du kannst bei Mutter Gans bleiben?«

»Ich denke ja. Eins ihrer Mädchen schuldet mir noch einen Gefallen.« Er grinste dreckig. Dann wurde er schlagartig wieder ernst und sah mich besorgt an. »Die Roten haben angefangen, das Viertel abzuriegeln. Ich bin so gerade eben noch rausgeschlüpft, aber ob wir so ohne weiteres wieder reinkommen …«

»Wäre auch wohl kaum ratsam. Wenn sie so vorgehen wie immer, sind sie morgen sicher damit beschäftigt, die Clouds auszuräumen. Verdammter Mist!«

Wir schwiegen eine Weile. Über uns schwatzte Serina einem Tattergreis in kaiserlicher Livree einen großen Beutel mit pulverisiertem Gondrach auf. »Habt ihr Hunger?«, rief sie uns zu. »Greift mal hinter euch, da steht mein Abendessen. Ich bin heute nicht hungrig, nehmt euch ruhig ordentlich was davon.« Sie beugte sich vor und hielt einer unschlüssig um ihre eingelegten Pilze herumstreichenden Kundin auffordernd eine Gabel hin. »Hier, meine Gnädigste, überzeugen Sie sich selbst von der Qualität. Solche süß-sauer eingelegten Gondrachs bekommen Sie nirgendwo sonst auf Cairon, nur hier bei mir!«

Dix grub schon eifrig in dem Beutel herum. Er reichte mir ein eingewickeltes Päckchen, aus dem es verlockend nach Betanischem Käse roch, und biss selbst gierig in eine faustgroße Fleischbeere, dass ihm der weiße Saft über das Kinn rann und auf sein schmuddeliges Hemd tropfte. Ich lockte Chloe aus meinem Pullover, wo sie ein Schläfchen gehalten hatte. Sie nahm mir den Brocken Brot und Käse aus den Fingern und verschwand damit wieder in die Tiefen meiner Kleidung. Das bedeutete mal wieder Krümel an allen möglichen und unmöglichen Körperstellen, falls ich nicht endlich zu meiner Dusche kam.

»Wir sollten uns für diese Nacht auf jeden Fall einen Schlafplatz außerhalb der Clouds suchen«, setze ich unsere Beratung fort, als wir Serinas Imbisspaket um etliche Leckerbissen erleichtert hatten. »Was denkst du, werden sich die Roten heute um das Fischviertel kümmern?«

Dix schnitt eine angewiderte Grimasse. »Kein Mensch, der noch im Vollbesitz seiner funktionierenden Nasenschleimhäute ist, kümmert sich um das Fischviertel. Du willst doch nicht etwa vorschlagen, dass wir uns da heute Nacht ein Quartier suchen sollen?«

»Doch, genau das wollte ich vorschlagen. Oder fällt dir etwas Besseres ein?« Natürlich fiel ihm nichts Besseres ein. Wir bedankten uns artig bei Serina, die uns nur stumm zuwinkte, während sie einem ratlos aussehenden und offensichtlich nasenlosen Insektoiden eine Prise Gondrach-Pulver anbot. Serina gehörte zu den Händlerinnen, die nie aufgaben.

Wir drängelten uns durch die Schmuckgasse zurück, und ich machte kurz an Tallis' Stand halt. Sie stand wie immer auf dem Podest, das es ihr trotz ihrer winzigen Statur erlaubte, in etwa gleicher Augenhöhe mit ihren Kunden zu verhandeln, und sah müde auf ihre Auslage.

»Eddy.« Ihr knittriges kleines Gesicht leuchtete auf, als sie mich erblickte. Ich nahm die winzige, vierfingrige Hand, die sie mir reichte, und drückte sie vorsichtig.

»Tallis, ich könnte Schwierigkeiten bekommen, morgen zu unserer Verabredung zu erscheinen. Die Roten haben wieder mal das Viertel abgeriegelt.«

Sie sah mich aus ihren riesigen, dunkelbraunen Augen an, die so erstaunlich klug in ihrem faltigen dunklen Gesicht lagen. Eine rosige Zunge leckte schnell über spitze Zähne, und sie tippte mir mit ihrem scharfen Zeigefingernagel auf die Hand. »Du steckst in Schwierigkeiten, Eddy.« Ich nickte unbehaglich. Sie blinzelte nachdenklich. Ihre schwarze Haarmähne schien sich ein wenig zu sträuben. Die zwergenhafte Frau erinnerte mich mehr als je zuvor an ein seltsames, kleines Tier, das in dem Schmuckstand wie in seinem Bau hockte.

»Du kommst zu mir. Ich werde auf dich warten. Wir haben etwas zu besprechen.« Ihre hohe Stimme klang bestimmt und ließ keinen Raum für Widerspruch. Ich nickte resigniert. Irgendwie würde es mir schon gelingen, mich zu ihrem Haus durchzuschlagen.

Wir verließen das Gelände des Salzmarktes nicht, ohne uns vorher gut nach den Sicherheitskräften, die hier sicherlich patrouillierten, umgesehen zu haben. Aber das Glück ließ uns nicht im Stich: Die Straße, die vom Markt ins Fischviertel führte, lag still und verlassen vor uns. Mein alter Freund, der Verfolger vom »Galaktischen Hof«, schien meine Spur auf dem Markt verloren zu haben, jedenfalls hörte und sah ich nichts mehr von ihm.

Wir nahmen die Beine in die Hand. Ich hielt Ohren und Augen offen und die Nase fest mit den Fingern verschlossen – die einzige Methode, wie man den durchdringenden Gestank dieses Viertels wenigstens so lange ertragen konnte, bis der Geruchssinn die Waffen streckte und betäubt aufgab.

Dix ging vor, weil er sich hier besser auskannte als ich. Er hatte vor Jahren für ein oder zwei Monate in einem der Lagerhäuser als Nachtwächter gearbeitet – etwas, worüber er sich heute noch zu ärgern schien. »Das einzige Mal in meinem Leben, dass ich versucht habe, mein Geld auf anständige Art und Weise zu verdienen«, hatte er mir einmal in einer sentimentalen Synlaune anvertraut. »Ich habe gestunken wie ein ganzer Schuppen voll vergammeltem Fisch, die Mädchen wollten mich noch nicht einmal mehr im Keller übernachten lassen. Eine Woche, bevor ich vom Amt meine IdentiCard bekommen hätte, habe ich in den Sack gehauen. Ich habe es nicht mehr ausgehalten, Eddy. Ich kann heute noch keinen Fisch riechen.«

Er blieb vor einem Blechschuppen mit halb eingefallenem Dach stehen. Ich riskierte eine Nase voll ungefilterter Luft und musste würgen. Er schob den Riegel hoch, der die Tür inzwischen mehr symbolisch als wirksam verschlossen hielt. Ich grinste anerkennend. Es gab kein mechanisches Schloss, das dem Burschen gewachsen war. Eine wahre Schande, dass seine

Kenntnisse auf dem Gebiet der elektronischen Schlösser nicht ebenso umfassend waren, aber Dix war und blieb nun mal ein altmodischer kleiner Gauner.

Wir schlüpften in das feuchtdunkle Innere des Schuppens, und Dix manipulierte das Türschloss so, dass es bei oberflächlicher Untersuchung immer noch abgeschlossen wirken würde. Ich sah mich um. Durch das löchrige Dach tropfte es melancholisch hinein, und auf dem unebenen Boden hatten sich riesige, nach Fisch stinkende Pfützen breitgemacht. Das langgestreckte Gebäude war vollkommen leer bis auf ein paar modrige Kisten und den allgegenwärtigen Gestank. Ich machte mich auf eine lange Nacht gefasst.

»Komm mit, Eddy. Da hinten ist vielleicht noch eine trockene Ecke.« Dix griff nach meinem Ellbogen und lotste mich durch die Halle. Wir machten es uns unter einem der wenigen unbeschädigten Teile des Daches bequem. Trotz der klammen Kälte zog ich meine Jacke aus und rollte sie unter dem Kopf zusammen. Ich war wahrhaftig nicht mehr allzu pingelig, was die Auswahl meiner Schlafplätze anging, aber mit dem schmierigfeuchten, stinkenden Bodenbelag dieses ehemaligen Lagerschuppens wollte ich meinen Kopf nicht allzu direkt in Kontakt bringen. Dix rollte sich wie ein struppiger kleiner Köter neben mir zusammen, aber er hielt dabei respektvollen Abstand. Ich hörte ihn so flach wie möglich atmen und musste mir das Lachen verbeißen. Dem armen Kerl musste der penetrante Gestank hier noch mehr an die Nerven gehen als mir.

»Schlaf gut, Dix«, sagte ich freundlich. Er knurrte nur und rollte sich noch etwas enger zusammen. Ich gähnte und schloss die Augen. Und natürlich piekten mich die Krümel, die Chloes Abendessen auf meinem Bauch hinterlassen hatten, dass es zum Verrücktwerden war. Mit dem sehnsüchtigen Gedanken an eine schöne, lange, heiße Dusche glitt ich hinüber in einen

Traum, der von einer Flucht auf dem Meeresboden handelte, verfolgt von Schwärmen atemberaubend stinkender Fische.

Am anderen Morgen ging ich in einer Wolke von Fischgestank dicht an der Hafenmauer vorbei auf die Clouds zu. Dix und ich hatten uns in aller Frühe getrennt. Er wollte versuchen, sich durch die Kanalisation zum Haus von Mutter Gans durchzuschlagen. »Schlimmer als ich jetzt rieche, kann es dadurch auch nicht mehr werden«, hatte er mit seinem schiefen Grinsen bemerkt. Ich konnte ihm nur zustimmen. Es war ein Wunder, dass Chloe es noch mit mir aushielt.

Ich verabredete mit ihm, dass ich mich unverzüglich melden würde, wenn ich etwas Neues von unserem Gönner hörte. Bis dahin sollte Dix sich nicht aus dem Haus rühren. Er bekam ganz glasige Augen bei dem Gedanken daran.

»Weißt du, was die Mädchen von mir übrig lassen werden? Eddy, ich flehe dich an! Wenn El Buitre länger für seine dubiosen Vorbereitungen braucht als eine Woche, kannst du mich einäschern lassen!«

Ich lachte und klopfte ihm aufmunternd auf den Rücken. »Gib dein Bestes, mein Alter. Mutter Gans' Mädchen hängen nun mal an dir, weiß der Himmel, warum.«

Ich hatte mich entschieden, es sozusagen durch den Hintereingang zu versuchen. Um mich wie Dix durch die Kanalisation zu drücken, war ich eine Schuhnummer zu groß. Aber ich konnte im Gegensatz zu ihm gut schwimmen. Das gab mir außerdem die Möglichkeit, den penetranten Fischgestank loszuwerden, der so langsam anfing, mir richtig auf den Nerv zu gehen.

Die Clouds grenzten mit ihrem südlichen Bezirk an das aufgegebene Hafenviertel. Der Alte Kanal, der Cairon City mit unzähligen Armen durchzog, durchquerte auch die Clouds und endete hier in dem verfallenen Hafenbecken. Von hier aus müsste ich problemlos in das Viertel hineinkommen. Es war unwahrscheinlich, dass die Roten auch den gesamten Kanal bewachten. Wenn überhaupt, dann hatten sie einen Posten an seiner Mündung stationiert, und das würde ich gleich feststellen.

Ich drückte mich eng an die Hafenmauer und versuchte, weniger zu stinken. Über mir kreisten einige verdutzte Möwen, die sich wahrscheinlich fragten, was da so appetitanregend roch. Langsam schob ich mich um die Ecke und beobachtete aufmerksam die Mündung des Alten Kanals. Das Glück schien mir noch immer hold zu sein, ich konnte nichts ausmachen, das auch nur entfernt nach einer Patrouille aussah. Dumm von den Jungs, immerhin konnte ihnen auf diesem Weg einiges von ihrer Beute durch die Lappen gehen. Andererseits waren die bisherigen Razzien immer so schnell und ohne Vorwarnung vor sich gegangen, dass die Bewohner der Clouds für gewöhnlich vollständig davon überrumpelt worden waren. Man nahm es inzwischen hin wie den frühjährlichen Orkan, der so nach und nach die baufälligen Häuser und schäbigen Hütten des Viertels einriss. Die Razzien der Roten erschienen dagegen auch nicht viel schlimmer. Zumindest pflegten sie für gewöhnlich wenigstens die Dächer auf den Häusern zu lassen.

Ich zog mich aus und rollte meine Sachen eng zusammen. Es ließ sich nicht vermeiden, dass sie nass wurden, aber wenigstens wollte ich nichts verlieren. Dann nahm ich die ungnädig fiepende Chloe in die Hand und sah ihr sehr ernst in die Augen.

»Du hältst dich schön an mir fest, hörst du? Sonst kannst du hinter mir herschwimmen.« Sie blinzelte und bleckte die scharfen gelben Zähne. Ich küsste sie schmatzend zwischen die rosigen Ohren, was sie überaus verabscheute, und setzte sie auf meine Schulter. Ihre spitzen Krallen bohrten sich schmerzhaft in meine Haut. Ich ließ mich in das kalte, trübe Wasser gleiten und versuchte, nicht allzu laut mit den Zähnen zu klappern. Herrschaftszeiten, warum war mir das alles nicht im Sommer passiert? So lautlos wie möglich schwamm ich in den Kanal hinein. Bloß nicht darüber nachdenken, was sich unter der ölig schimmernden Wasseroberfläche alles verbergen mochte! Chloe hielt sich wacker auf meinem glatten, nassen Rücken. Normalerweise schwamm sie auch durchaus gerne mal, aber sie war klüger als ich und beschränkte sich bei dieser Art der sportlichen Betätigung auf heißere Tage.

Ich schwamm etliche hundert Meter in den Kanal hinein, bevor ich mich an der Böschung emporzog und durch all den Müll hindurch zur Straße hochkraxelte. Ich war beinahe blau vor Kälte und beeilte mich, in meine nassen Kleider zu kommen. Chloe pfiff empört und kletterte auf meinen Kopf. Sie grub ihre Krallen in meine Kopfhaut und weigerte sich, wieder herunterzukommen, bevor ich nicht dafür gesorgt hatte, wieder trocken und warm zu werden, wie es sich für ihren Lieblingsschlafplatz gehörte.

Anscheinend waren die Roten nicht von ihrer Routine abgewichen und von außen nach innen durch das Viertel gewalzt. Sie schienen sogar den überall herumliegenden Müll durchsucht zu haben. Ich stakste zwischen grünlichen Lachen irgendwelcher schimmligen Flüssigkeiten, zerbrochenem Glas, geplatzten Plastiktüten, aus denen undefinierbare faulende Massen quollen, und Myriaden von unvollständig geleerten Verpackungen von Fertigimbissen herum, über denen Wolken von Herbstfliegen standen, und wünschte mich ernstlich ins Fischviertel zurück. Meinen Schuhen war das Bad überhaupt nicht bekommen, sie begannen sich in ihre chemischen Bestandteile aufzulösen. Ich schlüpfte in einen Hauseingang, dessen Tür zerbrochen in den rostigen Angeln hing, und streifte sie mir von den Füßen.

Hinter mir kreischte eine Stimme: »Sieh zu, dass du Land gewinnst, dreckige NonHab!« Eine angefaulte Kartoffel flog haarscharf an meinem Ohr vorbei und klatschte mitten in einen riesigen Haufen menschlicher Scheiße neben der Tür.

Ich knurrte nur: »Keine Aufregung, Lady. Ich hab nicht vor, hier einzuziehen«, und ließ als Dank für den warmen Empfang meine alten Latschen im Eingang zurück. Etwas vorsichtiger als vorher suchte ich mir meinen weiteren Weg. Ich hatte keine Lust, in irgendwelche Scherben zu treten und mir zu allem Überfluss auch noch eine Blutvergiftung zu holen. Das heruntergekommene Haus, in dem Tallis wohnte, befand sich glücklicherweise am südwestlichen Rand der Clouds, deshalb konnte ich davon ausgehen, dass die Suchtrupps hier ebenfalls schon durchgekommen waren.

Ich klopfte an die ordentlich grün gestrichene Haustür. Wenig später hörte ich die leichten Schritte der Zwergin die Treppe herabeilen. »Komm rein, Kind.« Tallis warf einen misstrauischen Blick an mir vorbei auf die Straße. »Sie sind vor einer Stunde hier gewesen, und ich hoffe, sie kommen nicht wieder zurück.« Sie griff mit erstaunlich kräftigen Fingern zu und zog mich über die Schwelle. »Eddy, du bist ja klatschnass!« Sie schlug die kleinen Hände zusammen. »Zieh sofort deine Sachen aus, du holst dir doch den Tod!«

Tallis zerrte mich in ihre riesige Küche. Ich sah ihr amüsiert und ein wenig gerührt zu, wie sie leise schimpfend das Feuer in einem der anachronistischen Kamine entfachte, die anscheinend in jedem bewohnten Zimmer ihres Hauses installiert worden waren.

»Zieh dich aus!«, befahl sie wieder, noch eine Spur energischer. »Ich habe Kleider für dich«, setzte sie sanfter hinzu, als sie mein Zögern richtig deutete. »Komm, ich helfe dir.« Ihre zierlichen Finger mit den seltsam gebogenen, schmalen Nägeln nestelten den Verschluss meiner abgetragenen Hose auf. »Noch nicht einmal Schuhe hast du an den Füßen!« Ich sah auf ihre schwarze Haarmähne hinunter und überließ mich der ungewohnten Fürsorge.

»Deinen Pullover musst du dir schon selbst ausziehen, da reiche ich nicht ohne Leiter heran.« Sie trippelte über den schwarzweiß gekachelten Boden und verschwand im Nebenzimmer. Chloe flitzte durch die Küche und steckte ihre neugierige Nase in jede einzelne Ritze. Ich ließ mich auf die Holzbank neben dem Herd fallen und streckte die Beine aus. Die Küche erinnerte mich an die meiner Großmutter: Elaina war genauso altmodisch wie Tallis gewesen und hatte, solange sie lebte, darauf bestanden, alle unsere Mahlzeiten auf einem offenem Herdfeuer frisch und eigenhändig zuzubereiten. Bevor ich ins Heim kam, hatte ich nicht gewusst, wie Fertigmahlzeiten schmeckten. Es hatte die Kathromani-Nonnen einiges an Schweiß und Überredung gekostet, bis ich mich endlich damit abgefunden hatte.

Ich ließ meine Augen wandern und bewunderte das Geschick, mit dem die zwergenwüchsige Frau die Küche ihrer Behinderung angepasst hatte. Überall standen Schemel und Fußbänke, die es ihr erlaubten, problemlos an alle Schränke und Arbeitsflächen heranzukommen. Flüchtig fragte ich mich, warum sie nicht einfach Möbel in ihrer Größe gekauft hatte, denn Geld genug hatte sie ja, auch wenn sie rätselhafterweise darauf bestand, in den Clouds zu wohnen. Vielleicht verband sie irgendeine alte Erinnerung mit diesem Elendsviertel. Es war früher, bevor es so heruntergekommen war, sicher eine nette, wenn auch bescheidene Wohngegend gewesen. Ich wickelte mich in die weiche

Decke, die sie mir hingelegt hatte, und lehnte mich an die warme Wand des Kamins. Meine Augenlider sanken herab, und ich spürte, wie Chloe zu mir unter die Decke schlüpfte.

Wie alt mochte Tallis sein? Ihr zerknittertes kleines Gesicht erschien vollkommen alterslos und war beinahe hübsch zu nennen, wenn man sich an seine Eigentümlichkeiten gewöhnt hatte. Die riesigen, langbewimperten Augen mit den seltsam geschlitzten Pupillen schienen manchmal einem jungen Mädchen zu gehören. Dann wieder waren sie von einer uralten Klugheit, die mich beinahe erschreckte. Das dichte, dicke Haar, das ihr weit über den Rücken fiel, glänzte pechschwarz und zeigte nicht eine einzige weiße Strähne. Ihr winziger Körper, der beinahe einem Kind hätte gehören können, verbarg sich unter weiten, bodenlangen Kleidern. Ich hatte niemals ihre Beine zu Gesicht bekommen, aber sie schienen im Gegensatz zu ihren Armen und ihrem Oberkörper viel zu kurz zu sein, was Tallis aber allem Anschein nach überhaupt nicht behinderte. Sie bewegte sich im Gegenteil mit einer Flinkheit und Gewandheit eines munteren Äffchens.

»Da sind deine Kleider«, sagte sie fröhlich. Ich schrak auf. Ich musste wohl ein wenig eingenickt sein, denn ich hatte sie nicht hereinkommen hören. Ihre riesigen Augen blinzelten zu mir auf, und ich musste unwillkürlich lächeln.

»Danke, Tallis.« Ich nahm das Kleiderbündel aus ihren Händen entgegen.

Sie nickte und wandte sich dem Herd zu. »Was hältst du von einer schönen heißen Tasse Kaffee?« Sie nahm, ohne meine Antwort abzuwarten, den verbeulten Kupferkessel von seinem Haken. »Danach mache ich dir eine Suppe. Suppe ist immer gut, wenn man nass und durchgefroren ist.« Sie summte zufrieden vor sich hin, während sie den Kessel aus der Wasserleitung füllte. Ich schlüpfte verwundert in die Sachen, die sie mir gebracht hatte.

»Wieso hast du Kleider in meiner Größe im Schrank?« Ich bewegte wohlig meine Zehen in den dicken Strümpfen. Lieber Himmel, wann hatte ich das letzte Mal *Strümpfe* an meinen Füßen gehabt? Das und ein heißes Bad – der reinste Luxus!

Sie drehte sich auf ihrem Fußschemel um und sah mich mit gerunzelten Brauen an. »Liebes Kind, ich bin doch wirklich eine dumme alte Frau. Möchtest du zuerst ein Bad nehmen?«

Ich zuckte zusammen. Konnte sie auch noch Gedanken lesen? »Nein, nein, danke. Später gerne, Tallis. Aber jetzt wäre ein Becher Kaffee genau das Richtige. Ich hatte heute noch kein Frühstück, weißt du?«

Ein blitzendes Lächeln erhellte ihr dreieckiges Gesicht. Sie hüpfte mit dem Kessel in der Hand von dem Schemel. »Kommt sofort, kommt sofort«, sang sie und hob den schweren Kessel auf die Feuerstelle. Ich hütete mich, ihr meine Hilfe anzubieten, denn in dem Fall konnte die sonst so liebenswürdige kleine Frau ausgesprochen giftig werden. Wenig später hielt ich eine riesige Tasse mit wunderbar duftendem Milchkaffee zwischen meinen Händen und atmete genießerisch den aufsteigenden Dampf ein.

»Tallis, du machst den besten Kaffee der Stadt.« Ich blies darüber, ehe ich den ersten Schluck nahm. Sie kicherte und schwang sich mir gegenüber in den großen Schaukelstuhl. Sie zog ordentlich den weiten dunkelgrünen Rock über ihre Füße und sah mir beim Trinken zu. Ihr Gesicht war nachdenklicher als sonst.

»Warum sind sie hinter dir her, Eddy? Hast du etwas angestellt?«

Ich hob ein wenig kläglich die Schultern. »Ja und nein.«

Tallis legte den Kopf schief und musterte mich scharf.

»Jedenfalls kann es keine Bagatelle sein, wenn sie deinetwegen bei diesem Wetter eine Razzia machen. Komm, rück raus damit. Vielleicht finden wir gemeinsam eine Lösung.«

»Tallis, ich will dich da nicht mit reinziehen. Bitte, lass mich ein oder zwei Nächte hier bei dir schlafen, damit ist mir schon mehr als geholfen.«

Sie erwiderte nichts, aber ihre großen, dunklen Augen bewölkten sich. »Wie du willst«, sagte sie schließlich sanft. Sie kletterte auf die Fußbank vor dem Herd und begann, in der leise köchelnden Suppe zu rühren. Ich sah ihr unbehaglich zu. Es tat mir Leid, sie verletzt zu haben, aber ich wollte sie nicht in Gefahr bringen. Es war schon schlimm genug, dass ich hier in ihrem Haus war. Ich hegte die Hoffnung, dass ich längst wieder verschwunden sein würde, ehe es jemandem auffiel.

»Ich habe es dir schon einmal gesagt«, sagte Tallis, ohne sich umzuwenden. »Du kannst hier bei mir wohnen, Eddy. Du musst nicht da draußen auf der Straße leben.«

Ich schwieg. Es stimmte, Tallis hatte es mir angeboten, mehr als einmal sogar. Sie hatte Platz genug hier in ihrem Haus, und auch wenn es klein war, war es geräumig genug für zwei. Ich könnte mich sogar offiziell hier anmelden. Es war eine Möglichkeit, all den Dreck hinter mir zu lassen, und fast die einzige legale Chance, an eine IdentiCard und Arbeit zu kommen. Das Amt verlangte für den Ausweis einen ständigen, festen Wohnsitz. Eine Wohnung kostete Galacx, und überdies wurde heutzutage selbst das mieseste Loch nur an Personen vermietet, die nachweisen konnten, dass sie einer regelmäßigen Arbeit nachgingen. Und eine feste Anstellung bekamst du nur, wenn du eine IdentiCard hattest … die Ratte biss sich da unweigerlich in den Schwanz. Warum also nahm ich das gut gemeinte Angebot nicht an?

Tallis sprang von ihrem Schemel und stellte einen großen Teller mit Gemüsesuppe vor mich hin. Ich sah ihre traurigen Augen und griff nach ihrer Hand.

»Sei mir nicht böse, Tallis. Ich könnte es nicht aushalten. Ich fühle mich hier nicht zu Hause. Seit dem Tod meiner Großmutter weiß ich, dass ich von Cairon fort muss, woanders hin …« Ich verstummte, von meinen eigenen Worten überrascht.

Tallis drückte meine Finger und schüttelte leicht den Kopf. »Iss deine Suppe, Kind.« Ich spürte, dass sie etwas anderes hatte sagen wollen, aber sie hatte sich schon wieder abgewandt und hantierte am Herd herum.

»Kann ich nachher mal dein Terminal benutzen, Tallis?«, fragte ich, nachdem ich brav meinen Teller geleert hatte. Sie saß wieder in ihrem Schaukelstuhl und bog mit geschickten Fingern einen dünnen Silberdraht zu verschlungenen Ornamenten. Tallis benutzte selten Werkzeug für ihre Schmuckstücke, allenfalls, wenn es etwas zu löten gab. Die Zange brauchte sie nur, um den Draht von der Rolle abzuzwicken, alles andere schaffte sie allein mit ihren starken, schmalen Fingern.

»Du brauchst doch nicht zu fragen, Kind«, erwiderte sie, ohne von ihrer Arbeit aufzublicken. »Du weißt, wo es ist.«

Ich stand auf und reckte mich. »Aber zuerst würde ich gerne baden«, sagte ich sehnsüchtig. Tallis sah auf und zwinkerte mir zu.

»Das Wasser ist heiß, und ich habe dir ein schönes großes Badetuch zurechtgelegt. Seife und alles andere findest du am gewohnten Ort.« Ich beugte mich zu ihr und küsste sie auf die Wange. Sie roch ganz schwach nach Holz und süßen Gewürzen, ein Geruch, der mich aus unerfindlichen Gründen immer an meine Kindheit erinnerte.

In Tallis' Badezimmer fühlte ich mich immer wie in einem Dschungel: Es war warm und feucht, und auf jedem freien Fleck standen grüne und blühende Pflanzen. Ich ließ mich in die Wanne gleiten, ein uraltes Monstrum, das auf vier Löwenfüßen aus Metall mitten im Badezimmer stand. Ein riesiger Farn ließ seine Blätter fast bis ins Wasser hängen. Ich tauchte bis zur Nase in das heiße, duftende Wasser ein und ließ meine Seele baumeln.

Sehr viel später hockte ich in ein riesiges weiches Badetuch gehüllt vor Tallis' Terminal. Vor mir lagen zwei Datenrollen, deren Existenz ich El Buitre verschwiegen hatte. Der Kurier hatte sie nicht wie die anderen in seiner Brieftasche, sondern in einem unauffälligen kleinen Tütchen in seiner Hosentasche befördert. Ich schob die Datenrollen mit schrumpeligen Fingern auf dem Tisch hin und her und dachte nach. Wahrscheinlich machte ich einen großen Fehler. Das hier konnte durchaus eine Sache sein, an der ich mir gründlich die Pfoten verbrennen würde. Dann schob ich entschlossen die erste Rolle in den Eingabeschacht des Terminals. Was auch immer er enthalten mochte, die Sache wurde dadurch nicht ungefährlicher, dass ich ihn mir nicht ansah. Vielleicht war es ja auch nur ein neues Computerspiel für die lieben kleinen Kurier-Kinderchen. Oder, noch wahrscheinlicher, war der Inhalt ohnehin verschlüsselt und somit für mich vollkommen wertlos.

»Was hast du da?«, fragte Tallis, die lautlos hinter mir aufgetaucht war. Ich stieß einen kleinen Schrei aus und fegte beinahe die andere Datenrolle vom Tisch. Ich hatte gar nicht bemerkt, dass meine Nerven in einem derart schlechten Zustand waren. »Es tut mir Leid, Kind«, sagte die winzige Frau schuldbewusst. »Ich wollte dich nicht erschrecken.«

»Schon gut«, winkte ich ab, obwohl mein Herz es sich kurzfristig in der Hose, die ich gar nicht anhatte, bequem gemacht hatte.

Tallis hielt die Datenrolle zwischen den Fingern und

sah mich an. »Ist es das, weswegen sie hinter dir her sind?« Ich nickte, weil es keinen Zweck hatte, Tallis nicht die Wahrheit zu sagen. Sie merkte es seltsamerweise immer. Manchmal glaubte ich, sie konnte es irgendwie riechen, wenn jemand sie belog. Sie beugte sich über das Terminal. »Also, was ist drauf?«, fragte sie pragmatisch.

Ich gab den Einlesebefehl, und wir warteten. Das kaiserliche Wappen erschien in all seiner Pracht auf dem Bildschirm. Tallis pfiff leise durch die Zähne. »Du hast da anscheinend einen Tiger am Schweif.« Der Bildschirm wurde wieder leer, und dann zeigte sich das Bild eines kahlköpfigen, massigen Mannes, der eine schlichte, graue Uniform ohne jedes Abzeichen trug.

»Heiliger Kometenschwanz«, entfuhr es mir. »Entschuldige, Tallis. Das ist Mariscal Terenz, der Oberste Sicherheitschef!« Tallis ächzte nur.

Das Bild auf dem Schirm belebte sich, und der Mariscal öffnete seinen Mund. »Seien Sie gegrüßt, Administrator Teixeira«, sagte er steif. »Ihre Alteza hat ihren Bericht erhalten und wünscht die sofortige Säuberung der bewussten Stadtviertel. Sie erkennt die Dringlichkeit Ihrer Bitte an und ist bereit, Ihnen die Unterstützung des Sicherheitsdienstes zu gewähren, da Ihre eigene Planetare Sicherheit offensichtlich nicht fähig ist, die Lage in den Griff zu bekommen.« Seine Stimme klang teils herablassend, teils gelangweilt. Ich sah in die kalten Augen des zweitmächtigsten Mannes im Kaiserreich und fröstelte.

»Ich erwarte Ihren Einsatzplan und werde dementsprechend die Truppenstärke einrichten. Die Aktion dürfte nicht länger als einen oder zwei Tage in Anspruch nehmen. Es werden Transportschiffe bereitstehen, die die überlebenden Subjekte zu einer unserer Strafkolonien bringen werden. Sollten Sie noch Fragen bezüglich unseres gemeinsamen Vorgehens haben, so teilen Sie sie meinem Kurier mit. Ich melde mich wieder bei Ihnen, wenn alles vorbereitet ist.« Wieder erschien das pompöse kaiserliche Emblem, dann war der Bildschirm leer. Tallis und ich starrten uns an.

»Prüf die andere Rolle«, befahl sie schließlich. Ich tat, was sie sagte, aber bei diesem Exemplar hatten wir weniger Glück. Ohne das richtige Decodierprogramm würde es uns freiwillig nichts von seinem Inhalt verraten. Ich nahm beide Datenrollen und hielt sie einen Moment lang in der Hand.

»Was für eine Säuberung?«, fragte ich hilflos. »Überlebende Subjekte«, die in eine Strafkolonie gebracht werden sollten, das klang jedenfalls nicht nach einer friedlichen Stadtteilsanierung. Eher nach einer groß angelegten Schädlingsbeseitigung. Menschliche Schädlinge. NonHabs?

»Die Clouds«, folgerte Tallis finster. Ihre Gedanken waren anscheinend in eine ganz ähnliche Richtung gegangen.

»Was tun wir?« Einen Moment lang hatte ich die Vision von Truppen der Galaktischen Sicherheit, die unaufhaltsam die Clouds überrollten und dann wie ein Flohkamm die restliche Stadt durchkämmten, damit ihnen ja kein Ungeziefer entging. Ich schüttelte mich.

»Heute gar nichts mehr. Wir gehen schlafen.« Ich wollte protestieren, aber sie ließ mich nicht zu Wort kommen. »Heute können wir ohnehin nichts mehr ausrichten, Eddy. Wir werden morgen mit klarem, ausgeruhtem Kopf über alles nachdenken. Du wirst mir genau erzählen, wie du an diese Nachricht gekommen bist und wer alles hinter dir her ist. Morgen!«

Ich fügte mich ihrem entschiedenen Ton und ließ mich von ihr sogar zu Bett bringen. Das hatte seit dem Tod meiner Großmutter keiner mehr für mich getan. Sie stopfte die Decke um mich herum und gab mir einen Kuss. Erst jetzt merkte ich, wie erschöpft ich war.

»Schlaf gut, Eddy. Morgen wird uns etwas einfallen, das verspreche ich dir.« Ich glaubte ihr. Meine Augen fielen zu, und ich war schon eingeschlafen, während sie noch auf dem Weg zur Tür war.

Ich wurde von verlockendem Kaffeeduft geweckt, der durch das Haus zog und dabei eine längere Rast in meiner Nase einlegte. Blinzelnd und gähnend reckte ich mich und versuchte, den entschwindenden Rest eines Traumes zu erhaschen, der mich in der Nacht besucht hatte. Ich erinnerte mich, das Gesicht meiner Großmutter vor mir gesehen zu haben. Neben ihr stand ich selbst, allerdings einige Jahre jünger, als ich heute war. Seltsamerweise trug ich einen langen geflochtenen Zopf – so ziemlich das Einzige, was ich noch nie in meinem Leben mit meinen grässlichen Haaren angestellt hatte, und ich hatte weiß der Himmel schon genug Verrücktes mit ihnen ausprobiert. Ich verschränkte die Arme hinter dem Kopf und bemühte mich, noch mehr Einzelheiten dieses Traumes aus meinen trägen Hirnwindungen zu kratzen.

Die beiden Gesichter, meins und das meiner Großmutter, sahen mich reglos wie durch eine schlierige Flüssigkeit hindurch an. Großmutter sah eigenartig fremd aus und jünger, als ich sie in Erinnerung hatte. Aber sie war es, auch wenn sie ein seltsam altertümliches weißes Gewand zu tragen schien. Während ich die beiden Frauen betrachtete, begannen sie sich zu verwandeln. Großmutters Gesicht wurde glatter und jünger, und mein Gesicht begann genauso schnell zu altern. Bald standen wir wie Zwillingsschwestern nebeneinander und hielten uns an den Händen, an denen schmale Silberringe schimmerten. An dieser Stelle war ich wohl erwacht. Eigentlich schade, es hätte mich interessiert, wie der Traum weiterging.

»Das Frühstück ist fertig«, erklang Tallis' Stimme von

unten. Ich schwang die Beine aus dem Bett und beeilte mich, in meine Kleider zu kommen. Tallis schenkte mir Kaffee ein und schob mir den Brotkorb hin. Ich nahm ein knuspriges Brötchen und schnitt es auf.

»Wie hast du geschlafen?«, fragte Tallis. Ich erzählte ihr von meinem Traum. Sie starrte eine Weile lang durch mich hindurch in die Ferne. »Das ist erstaunlich«, sagte sie schließlich zu sich selbst. Sie erläuterte ihre Worte nicht, und ich fragte nicht nach. Irgendwann würde sie mir schon erklären, was sie damit gemeint hatte.

Tallis ließ mich erzählen, wie ich an die Datenrollen gekommen war. Ihre Augen ließen mich währenddessen nicht los, und als ich meine Geschichte beendete, war ich vor Anspannung schweißgebadet. Tallis äußerte kein Wort der Missbilligung, aber trotzdem fühlte ich mich, als hätte sie mir eine ordentliche Standpauke gehalten. Ihre schmalen Finger tasteten nachdenklich über die silberne Brosche, die sie am Kragen ihrer Bluse trug. Sie folgte den verschlungenen Linien mit den Fingern und schien dabei ihre Gedanken zu ordnen. Zum ersten Mal betrachtete ich das Schmuckstück etwas genauer, das sie ständig trug und das zu ihr zu gehören schien wie ihre Nase. Es war eine uralte Arbeit, obwohl ich nicht genau sagen konnte, woher ich dieses Wissen nahm. In die verschlungenen Windungen des Silberdrahtes waren winzige geschliffene Steine eingearbeitet, die in allen möglichen Schattierungen grün aufblitzten. Mir war, als würde ich die Brosche zum ersten Mal in meinem Leben sehen, und gleichzeitig schien ich sie schon seit meiner Geburt zu kennen.

Tallis bemerkte meinen Blick und lächelte beinahe schmerzlich. Sie löste seltsam widerstrebend das Schmuckstück von ihrem Kragen und legte es mir in die Hand. Ich schloss die Finger darum. In meinem Kopf blitzte eine schnelle Folge von Bildern auf, die ich nicht einordnen konnte. Ich sah Reiter auf Pferden und lautlose, blendend helle Entladungen, die sie zu Boden schmetterten. Ich sah Frauen, die mit erhobenen Händen bläuliche Blitze zu schleudern schienen, und dunkelgewandete Gestalten, die das blaue Feuer von sich abprallen ließen, um ihrerseits rötlich glosende Feuerbälle auf die Frauen abzuschießen. Männer in altertümlichen Kleidern und mit Schwertern und kleine, tierähnliche Wesen mit langen Schwänzen und spitzen Ohren, die seltsamerweise Kleidung zu tragen schienen, lagen zwischen den feuerspeienden Fronten reglos auf dem Boden. Ich konnte nicht erkennen, ob sie tot oder am Leben waren.

»Eddy, komm zurück«, rief eine Stimme, die fremd und vertraut zugleich klang. Ich schüttelte mich und ließ die Brosche auf den Tisch fallen. In meiner Handfläche hatte sich rot und schmerzhaft brennend ihr Umriss abgedrückt.

»Tallis, was war das?« Ich hatte Mühe, mich zu orientieren. Die Küche nahm langsam wieder Gestalt an, und eine sehr beunruhigt aussehende Tallis blickte mir in die Augen.

»Es ist zu früh. Das hätte gar nicht passieren dürfen, Eddy. Es ist noch viel zu früh. Der richtige Zeitpunkt, darauf kommt es an.«

Ich schüttelte benommen meinen schmerzenden Kopf. »Was redest du da? Süßer Iovve, Tallis, hast du mir irgendwas in den Kaffee getan?«

Tallis wurde schneeweiß unter ihrer dunklen Haut. Sie schoss aus ihrem Schaukelstuhl hoch, als hätte sie etwas gebissen. Einen kurzen, verwirrten Augenblick lang glaubte ich unter dem Saum ihres langen Rockes ein drittes schwarzbestrumpftes Bein hervorblitzen zu sehen. Ich kicherte albern und deutete darauf, aber da hockte sie schon neben mir auf der Bank und hielt meine Hand.

»Tallis, ich fühle mich, als hätte ich zu viel getrunken.« Ich begann wieder zu kichern. »Du hast aber spitze Ohren, Großmutter. Und so scharfe Zähne, oje, wie fürchte ich mich …«

Eine kühle Hand legte sich über meine überfließenden Augen. Es wurde still und dunkel um mich. »Sei ruhig, Adina. Es ist noch nicht an der Zeit«, murmelte eine beruhigende Stimme. »Schlaf, mein Kind. Es wird alles wieder gut.«

Etwas wirbelte mich herum und schleuderte mich in das dunkle Verlies, aus dem ich gerade erst entkommen war. Ich schrie vor Wut und Entsetzen, aber die grobe Hand, die mich gepackt hatte, war stärker als ich. Mein Schrei verhallte ungehört. Ich fand mich in Tallis sonnendurchfluteter Küche wieder, eine Tasse heißen Kaffees zwischen den Händen und damit beschäftigt, einen Ausweg aus der verfahrenen Situation zu suchen, in die ich mich und Dix gebracht hatte.

»Vielleicht sollte ich noch einmal den Geier aufsuchen.«

Tallis sah von der Datenrolle auf, die sie ratlos zwischen ihren Fingern drehte. Ihr zerknittertes kleines Gesicht war besorgt. »Meinst du, das wäre ratsam? Nach dem, was du mir erzählt hast, wird er sich mit dir in Verbindung setzen, sobald er etwas erreicht hat. Ich könnte mir vorstellen, dass es nicht ungefährlich für dich wäre, wenn du vorher versuchen würdest …«

»Wahrscheinlich hast du Recht«, unterbrach ich sie. Das war nicht besonders höflich, aber ich hatte plötzlich üble Kopfschmerzen, und das machte mich ungeduldig.

Tallis war nicht beleidigt. »Du siehst elend aus, Eddy. Möchtest du dich lieber wieder hinlegen? Du hast eine schlimme Zeit hinter dir.«

Einen Moment lang fand ich ihren Vorschlag verlockend. Dann schüttelte ich etwas zu energisch den

Kopf. »Nein danke, Tallis. Gib mir eins deiner Wundermittelchen gegen Kopfschmerzen. Ich muss einen Weg finden, diese Säuberungsaktion zu verhindern, der Himmel weiß, wie ich das anstellen soll.«

Schließlich überredete sie mich doch, mich mit einem kühlen Umschlag auf der Stirn ein wenig hinzulegen. Wo hatte ich nur diesen verfluchten Brummschädel her? Ich hatte in den letzten Tagen weder zu viel getrunken noch irgendwelche Drogen genommen, aber einen Kopf, als wäre die ganze Nacht lang ein übler Syncocktail durch meine Ganglien getrampelt. Erst gegen Nachmittag lichtete sich mein seltsamer Kater.

Tallis hatte es gewagt, durch das Viertel zu gehen, vorgeblich, um einzukaufen. »Die Roten sind anscheinend fort«, berichtete sie, während ich auf ihrem Sofa lag. »Aber es schleichen einige Kerle dort draußen herum, die ich hier noch nie zu sehen bekommen habe.«

»Sicherheitsleute?«, spekulierte ich. Sie hob die Schultern.

»Mag sein. An deiner Stelle würde ich noch ein wenig hier bleiben. Dein Freund ist doch in guter Obhut dort, wo er sich befindet, oder?«

Ich grinste und dachte an Mutter Gans und ihre Mädchen. »Ich denke, mehr oder weniger schon. Also meinetwegen, ich kann ohnehin nichts tun.« Sie brummte zufrieden und machte Anstalten, sich zu erheben.

»Tallis, meinst du nicht, wir sollten die Leute warnen?« Diese verdammte Datenrolle nagte an mir wie Chloe, wenn sie schlechte Laune hatte. Tallis sah mich nur an. Sie brauchte nicht zu antworten, ich erkannte die Dummheit meiner Frage selbst. Wovor warnen? Und was dann? Letztlich konnten die Bewohner der Clouds, gewarnt oder nicht gewarnt, ohnehin nicht viel anderes tun, als alles auf sich zukommen zu lassen. Schlechtes Wetter, Razzien, Wirbelstürme, rationiertes Wasser, die Versuche des Administrators, die Häuser und Hütten zu räumen – das alles ging seit Jahren über die Clouds und ihre Bewohner hinweg. Man duckte sich und versuchte davonzukommen.

Kleine Füße kratzten über meine Schulter, und eine rosafarbene Nase schnüffelte zur Begrüßung zart an meinen Lippen. »Oh, hallo, Chloe. Ich dachte schon, du hättest mich verlassen«, murmelte ich abgelenkt und erwiderte den Kuss.

»Ich habe ihr zu fressen gegeben«, sagte Tallis beinahe entschuldigend. »Das war doch in Ordnung, oder?«

Ich setzte mich auf und umarmte die winzige Frau. »Du bist viel zu lieb zu einer Streunerin wie mir. Warum tust du das alles bloß?«

Sie streichelte mir sacht über den Rücken. »Du wirst deiner Großmutter immer ähnlicher«, sagte sie gedankenverloren. »Wir haben uns sehr geliebt …« Sie unterbrach sich und strich mit einer fahrigen Handbewegung ihr Haar zurück.

»Aber«, stotterte ich konsterniert. »Du willst doch nicht behaupten, dass du meine Großmutter gekannt hast!«

»Das ist eine sehr lange Geschichte. Wenn wir das hier hinter uns haben, werde ich sie dir erzählen.« Ich bedrängte sie, aber sie blieb unnachgiebig. »Nicht jetzt, Kind, ich bitte dich«, sagte sie nur, selbst als ich darauf hinwies, dass ich nicht mehr lange auf Cairon sein würde, falls alles so verlief, wie ich es geplant hatte.

Ich gab auf. Tallis hatte den härtesten Dickkopf, den ich je an einer Frau bewundert hatte, und ich wusste aus Erfahrung, dass ich nicht in der Lage sein würde, sie von ihrem Standpunkt abzubringen. Jetzt war nicht der richtige Zeitpunkt, und Tallis würde selbst entscheiden, wann es soweit sein würde. »Jedes Ding hat seine richtige Zeit«, wie sie immer sagte.

In den nächsten Tagen gammelte ich im Haus herum. Ich schlief lange und genoss den Luxus, das in einem richtigen Bett tun zu können. Ich badete so oft, dass Tallis mich bat, sie sofort zu informieren, wenn mir Kiemen und Schwimmhäute wachsen sollten, und ich ließ zu, dass sie mir pausenlos etwas Leckeres zum Essen hinstellte.

»Tallis, hör auf«, stöhnte ich am dritten oder vierten so verbrachten Tag, als sie mich mit einem Teller voller geschälter Pfirsiche lockte. »Wenn ich so weiterfresse, wird kein Shuttlepilot mich noch mitnehmen, ohne mich wegen Übergewicht ordentlich draufzahlen zu lassen.«

Tallis kicherte und schob mir einen Pfirsichschnitz in den Mund. »Du bist so mager, dass man sich blaue Flecken an dir holt, Eddy. Komm Kind, es macht mir doch Spass, dich ein wenig aufzupäppeln.« Sie hockte sich neben mich auf das durchgesessene Sofa und fütterte mich wie einen Säugling. Chloe wurde wach und kam aus meinem Hemdausschnitt gekrabbelt, um sich ebenfalls verwöhnen zu lassen. Es würde ein ordentliches Stück Arbeit werden, die Kleine wieder an das Leben auf der Straße zu gewöhnen, das war sicher.

»Hast du wieder Alpträume gehabt?«, fragte Tallis behutsam zwischen zwei Bissen, die sie mir in den Mund steckte.

Ich nickte unbehaglich. Das war der einzige bittere Geschmack an dieser Praline von Ruhezeit. Ich schlief fest und tief und durchaus erholsam, aber einmal in jeder Nacht meldete sich ein Alptraum, der mich schwitzend und zitternd aufwachen ließ. Es war immer derselbe Traum, das wusste ich, obwohl ich mich nach dem Aufwachen nie an ihn erinnern konnte. Tallis machte sich Sorgen deswegen, das konnte ich ihr deutlich ansehen. Und sie wirkte fast ein wenig schuldbewusst, als hätte sie etwas mit den bösen Träumen zu tun.

Sie leckte sich die klebrigen Finger ab und stellte den leeren Teller beiseite. Chloe schnüffelte noch einmal enttäuscht daran und verzog sich wieder an ihren Schlafplatz. Ich fühlte, wie sie sich über meiner Magengrube zusammenrollte, und streichelte sacht mit meinem Zeigefinger über die warme kleine Beule.

»Ich muss mit dir reden.« Tallis blickte auf ihre Hände und schien nach Worten zu suchen. Jetzt setzt sie mich vor die Tür, dachte ich und bemerkte unbehaglich, wie sehr der Gedanke mich erschreckte. Tallis griff Halt suchend nach der Brosche, die sie am Kragen trug. Ich musterte sie unaufmerksam, sie kam mir auf seltsame Weise bekannt vor. Hatte meine Großmutter nicht eine ganz ähnliche Brosche besessen?

»Zunächst einmal«, begann Tallis zögernd, »ich habe mich doch dafür entschieden, die Nachricht von der bevorstehenden Säuberungsaktion vorsichtig bei einigen zuverlässigen und vernünftigen Bewohnerinnen des Viertels anklingen zu lassen. Ich weiß nicht, ob das im Ernstfall irgendetwas nützen wird, aber zumindest, denke ich, schadet es auch nicht. Und wenn ein Teil der Leute auf der Hut ist, wird vielleicht das Schlimmste verhindert.« Ich nickte erleichtert. Zumindest linderte das ein wenig den schlechten Geschmack, den ich seit Tagen im Mund hatte, weil ich hier herumsaß, es mir gut gehen ließ und nichts unternahm.

»Aber das ist es nicht, worüber ich mit dir sprechen wollte«, fuhr die kleine Frau fort. Ich spitzte die Ohren wie Chloe, wenn sie sichergehen wollte, dass ihr nichts entging. »Deine Großmutter …« Tallis unterbrach sich mit einer hilflosen Handbewegung. »Kind, ich weiß nicht, wo ich anfangen soll«, sagte sie unglücklich.

»Vielleicht am Anfang?«, schlug ich vor.

Sie musste lächeln und tätschelte meine Hand. »Mach dich nur über mich lustig, ich habe es wahrscheinlich verdient. Nein, Eddy, am Anfang zu beginnen ist in diesem Fall nicht der richtige Weg, glaube mir.« Sie strich wieder nervös mit ihren schmalen Fingern über die altertümliche Brosche. »Als deine Großmutter starb, war ich gerade einige Monate nicht in der Stadt. Ich kam zurück und du warst fort. Niemand konnte mir sagen, wohin man dich gebracht hatte. Ich habe es versucht, Eddy, das musst du mir glauben. Aber das Amt konnte oder wollte mir keine Auskunft geben, und im staatlichen Waisenhaus war kein Mädchen aufgenommen worden, auf das deine Beschreibung gepasst hätte.«

»Tallis«, unterbrach ich sie ungeduldig. »Bitte, du hörst dich an, als hättest du meine Großmutter und mich gut gekannt. Aber ich kann mich beim besten Willen nicht an dich erinnern. Ich erinnere mich nur daran, immer mit meiner Großmutter alleine in einem kleinen Haus mitten in der Stadt gelebt zu haben. Und dann ist sie gestorben, und die Nachbarn haben mich bei den Kathromani-Nonnen abgeliefert, weil sie nicht wussten, was sie sonst mit mir machen sollten.«

Tallis blinzelte voller Unbehagen. »Ach, beim Großen Nest«, sagte sie seufzend. »Das ist alles so kompliziert. Erinnerst du dich gut an euer kleines Haus?«

»Ja klar«, entgegnete ich empört. »Ich – es war – ich bin oft dort vorbeigegangen, es liegt direkt ...«, ich stockte. Natürlich erinnerte ich mich an das Haus. Ich sah es deutlich vor mir, oder jedenfalls versuchte ich, es deutlich vor mir zu sehen. Was war nur mit meinem Kopf los? Alles schien zu verschwimmen, und wenn ich versuchte, es festzuhalten, löste es sich in seltsame neblige Schemen auf.

»Eddy«, sagte Tallis dringend. »Eddy, hör auf, dich zu quälen. Du kannst dich nicht daran erinnern, dafür hat schon deine Großmutter gesorgt. Bitte, Kind, du wirst nur wieder schreckliche Kopfschmerzen bekommen. Euer Haus, das Haus, in dem wir drei gelebt haben, ist dieses Haus hier.« Ich muss sie angestarrt haben wie eine Geisteskranke, und, ehrlich gesagt, ich fühlte mich auch so. Sie knetete ihre Hände und sah mich nicht an. »Du gehörst nicht hierher, genausowenig wie ich. Deine Großmutter wollte, dass wir hier bleiben, aber ich habe es immer gehasst. Mag sein, dass es sicherer war, uns hier zu verstecken, aber genauso gut hätten wir das zu Hause tun können, in den Bergen oder …«

»Tallis«, unterbrach ich sie. »Ich verstehe kein Wort. Könntest du nicht vielleicht *doch* am Anfang beginnen?«

Sie zuckte irritiert mit den Augenlidern. Hatte ich die alte Frau jemals so verstört gesehen? Ich begann mir ernstliche Sorgen um sie zu machen. Ich wollte mich gerade vorbeugen, um sie beruhigend in den Arm zu nehmen, als es kurz und nachdrücklich an der Haustür klopfte. Ich zögerte und sah Tallis an, die an einem völlig anderen Ort zu weilen schien. Als sie keine Anstalten machte, die Tür zu öffnen, ging ich hin und blickte durch das kleine vordere Fenster auf die nächtliche Straße. Es stand niemand vor der Tür, aber als ich sie öffnete, lag auf der Fußmatte ein weißer Briefumschlag. Ich hob ihn auf und trat auf die Straße, um mich umzusehen, aber sie lag leer und still da, nur schwach erleuchtet von der einzigen noch halbwegs funktionierenden Straßenlampe, die am unteren Ende der Straße vor sich hinflackerte. Ich ging ins Haus zurück und schloss die Tür.

»Wer war es?«, fragte Tallis von drinnen.

»Niemand«, antwortete ich zerstreut und betrachtete den Umschlag. Er war in akkuraten Druckbuchstaben an mich adressiert: *Eddy.* Im Flur unter der gelblichen

Hängelampe riss ich ihn auf und las die wenigen Zeilen mehrmals durch.

»Heute Nacht um 27:30 bei der ›Qester‹. Bring die beiden fehlenden Datenrollen mit, sonst ist das Geschäft geplatzt.«

Keine Unterschrift, aber das war auch nicht nötig. Woher wusste der Geier, dass ich ihm zwei der Rollen unterschlagen hatte? Neben mir raschelte Tallis' langer Rock. Sie sah fragend zu mir auf. Ich reichte ihr die Nachricht. Sie las sie und sah dann auf ihre Uhr. »Es ist 26:50«, sagte sie nur. Ich nickte. Die »Qester« war das Wrack eines beinahe prähistorischen Fischkutters, der bei den alten Docks vor sich hinrostete. Ein beliebter Treffpunkt für Geschäftsleute, die sich nicht gerne bei ihren Transaktionen beobachten ließen.

Tallis knetete ihre Hände. »Soll ich nicht lieber mitkommen?«

Ich kniete mich hin und umarmte sie. Sie legte ihre langen Arme um mich und drückte ihre Wange gegen meine. »Pass für mich auf Chloe auf, bis ich wieder zurück bin«, wisperte ich ihr ins Ohr. Sie nickte. Ich stand auf und holte meine Jacke. Meine Hand schwebte einige Sekunden zögernd über den beiden Datenrollen, die auf dem Küchentisch lagen. Was, wenn ich nur die eine mitnahm und die andere als eine Art von Lebensversicherung hierließ? Allerdings hatte der Geier bewiesen, dass er meinen Aufenthaltsort kannte. Höchstwahrscheinlich würde ich nur Tallis damit in Gefahr bringen, wenn ich ihn reizte. Ich seufzte und ließ beide Datenrollen in meine Tasche gleiten. Vielleicht war ich auch einfach übervorsichtig. Der Geier hatte mir bisher keine Veranlassung gegeben, ihm zu misstrauen.

»Pass auf dich auf«, rief Tallis mir nach, als ich das Haus verließ. Ich winkte ihr beruhigend zu und hörte, wie sie zögernd die Tür hinter mir schloss.

Es war neblig, wie meist in dieser Jahreszeit. Ich mochte den Nebel. Er verbarg den allgegenwärtigen Schmutz und ließ die verfallenen Gebäude der Clouds geheimnisvoll und beinahe romantisch erscheinen, selbst wenn man nur zu genau wusste, wie sie bei Tageslicht aussahen. Ich schob die Hände in die Taschen meiner Lederjacke und zog den Kopf ein. Als Frau alleine zu dieser Tageszeit und in dieser Gegend unterwegs zu sein, war eigentlich nicht ratsam, aber meine Größe und Hagerkeit hatten zumindest den Vorteil, dass sie mich nicht allzu weiblich aussehen ließen. Außerdem war ich durchaus in der Lage, mich zu verteidigen, wenn jemand den Fehler beging, sich mit mir anzulegen. Das immerhin hatten mich meine Jahre auf der Straße gelehrt.

Die Docks waren eine selbst für die Clouds übel beleumundete Gegend. Ich bemühte mich, meine Schritte nicht allzu laut auf dem nebelfeuchten Pflaster widerhallen zu lassen und war Tallis einmal mehr dankbar für die weichen Schuhe, die sie mir gegeben hatte.

In der Nähe der »Qester« drückten sich wie immer einige zerlumpte Narn-Dealer herum. Die meisten von ihnen drückten das Zeug selbst und hatten die typische fleckig gerötete Haut und die gelben Augen der unheilbar Narnsüchtigen. Ich wimmelte einen von ihnen unsanft ab, der mir »garantiert unverschnittene Ware von echten wildlebenden Narns aus dem Procyon-Sektor« verkaufen wollte. Das erzählten sie immer, dabei kam das Zeug mit Sicherheit aus einem der Labors des Geiers und nicht aus einem Molluskenhintern. Ich hatte die rötlichen Kristalle ein paarmal probiert, wie fast alles, was auf dem Markt angeboten wurde und meinen Geldbeutel nicht allzusehr belastete, aber es hatte mir niemals mehr als einen Rausch und einen üblen Kater am anderen Morgen beschert.

Den gleichen Effekt konnte ich wesentlich billiger mit einem Liter Synalc erzielen.

Über mir ragte das rostige Wrack auf. Die »Qester« musste einst ein imposantes Schiff gewesen sein, damals, als der Fischfang noch eine der Haupteinnahmequellen der Caironer gewesen war. Das war natürlich, bevor sie es geschafft hatten, ihren riesigen Ozean, der beinahe neunzig Prozent der Planetenoberfläche bedeckte, vollkommen leer zu fischen. Dazu kam die ungeheure Verschmutzung des Meeres. Die Caironer hatten einfach ihren gesamten Müll ins Wasser gekippt, in dem Glauben, sie hätten ja mehr als genug davon, und es würde schon mehr als den Dreck und Müll von ein paar Milliarden Menschen brauchen, um so viel Wasser zu verschmutzen. Tja, Irrtum. Inzwischen gab es angeblich sogar wieder Leben im Ozean, aber bei weitem nicht genug, um deswegen die gigantische Fischindustrie wieder anzukurbeln. Cairon hatte inzwischen einige Millionen Einwohner weniger und war zu einem dieser lausigen, vom Universum vergessenen Randgebiet-Planeten geworden, die es im Kaiserreich wohl zu Tausenden gab. Ich trat wütend gegen eine zerbeulte CoceUp-Büchse und vergaß ganz, dass ich mich eigentlich unauffällig hatte verhalten wollen. Was würde ich nicht dafür geben, aus diesem Dreckloch von einem Planeten herauszukommen!

Im Schatten neben dem löchrigen Rumpf der »Qester« regte sich eine massige Gestalt. Ich blieb stehen, alle Systeme auf Fluchtbereitschaft geschaltet. Der Mann trat einen Schritt vor und musterte mich aus kleinen, misstrauischen Augen.

»Oh, hallo, Hans«, sagte ich munter. »Auch auf einem kleinen Spaziergang?« Der Gorilla grunzte nur und hielt mir seine Pranke hin. Irgendwie kam die Situation mir bekannt vor. Ich grinste ihn breit an, aber er verzog keine Miene.

»He, komm schon«, zog ich ihn auf. »Dein Herrchen ist weit weg. Lächle doch mal.«

Er grunzte wieder, und in seinen Augen glomm ein winziger, gefährlicher Funke auf. »Gib mir die Datenrollen«, knurrte er.

Ich steckte die Hände in die Taschen und sah ihn abwartend an. »Woher weiß ich, dass du mich nicht bescheißt? Dein Herr und Geier hat dir sicher was für mich mitgegeben, lass es mich mal sehen.«

Er öffnete wortlos seine Jacke und griff in eine Innentasche. Ich erhaschte einen kurzen Blick auf sein Schulterhalfter und den Griff eines Strahlers. Er zog einen dicken weißen Umschlag hervor und hielt ihn hoch. Dann hatte ich wieder seine riesige Hand unter der Nase.

»Was ist in dem Umschlag?« Ich konnte sehr stur sein, wenn ich wollte. Er aber auch, denn er würdigte mich keiner Antwort. Ich starrte auf die plumpen Finger hinab und dachte in aller Gemütsruhe nach. Dann drehte ich mich um und ging fort. Oder, sagen wir, ich *wollte* mich umdrehen und fortgehen, aber ein Schraubstock, den ich vollkommen übersehen haben musste, klammerte sich um meinen Oberarm und hielt mich fest. Der Gorilla sagte immer noch nichts, aber seine Pranke auf meiner Schulter sprach eine deutliche Sprache. Ich seufzte und schnippte ihm die Datenrollen zu. Was für ein Pech, dass ich dabei etwas zu kurz zielte. Während er die Rollen vom Boden aufsammelte, rieb ich mir unauffällig die Schulter und bewegte probeweise meinen Arm. Anscheinend funktionierte er sogar noch einigermaßen, obwohl ich einen Eid darauf geleistet hätte, dass er nicht mehr vollständig an mir dranhing.

»Okay«, knurrte der Gorilla. Er steckte die Datenrollen sorgfältig ein und reichte mir den Umschlag. Ich sah ihn fragend an. Er deutete auf den Umschlag und sagte: »Geh zu Anibal. Du kennst seinen Laden?« Ich nickte. Jeder in der Stadt kannte Anibals Laden. Na gut, fast jeder. Zumindest jeder, der mal in finanziellen Nöten gewesen war. Anibal war ein großzügiger, liebenswerter Mensch, der seinen notleidenden Mitbürgern gerne aus der Patsche half – gegen den entsprechenden Zinssatz, versteht sich. Man munkelte, dass Anibal eine erstaunliche Sammlung von mehr oder weniger entbehrlichen Körperteilen derjenigen Unglücklichen in seinem Hinterzimmer hortete, die das Pech gehabt hatten, beim Abzahlen der Raten in Verzug zu geraten.

»Anibal hat, was du verlangt hast. Er gibt es dir im Tausch für diesen Umschlag. Er erwartet dich heute noch.«

Das war typisch für die Art, wie El Buitre seine Geschäfte abwickelte. Ich brachte etwas zu Anibal, was er dringend haben wollte, dafür hatte er meine Flugtickets und das Geld und wahrscheinlich ein paar Namen und Adressen. Ich würde mit Sicherheit nichts von dem brauchen können, was in diesem Umschlag war, und Anibal hatte keine Verwendung für Shuttletickets. Für die paar Galacx würde er es nicht riskieren, sich mit dem Geier anzulegen. Eine schöne, sichere und saubere Transaktion. Für den Geier.

Der Gorilla hatte sich grußlos abgewandt und verschwand auf seinen platten Füßen in einer der schmalen Gassen, die zum Zentrum führten. Ich sah ihm kurz nach, dann stopfte ich den dicken Umschlag in meine Jacke und zog den Verschluss zu. Auf in die Nerbangasse, mein Ticket wartete auf mich.

Die Clouds waren kein Stadtviertel, das reich mit öffentlichen Terminals gesegnet war. Ich hätte gerne Tallis benachrichtigt, wohin ich unterwegs war. Sie wanderte jetzt sicher unruhig durch ihr Haus und machte sich Sorgen um mich. Fatalistisch zuckte ich mit den

Achseln. Sie musste sich nur noch ein wenig länger sorgen. Die Transaktion würde schließlich nicht die ganze Nacht dauern.

Anibals Laden war dunkel. Hinter der schmutzigen Scheibe des Schaufensters erahnte ich einige billige Schmuckstücke und Uhren. Kein Pfandleiher oder Trödler in diesem Viertel wäre so verrückt, etwas Wertvolles in einer solchen Klau-mich-Auslage zu deponieren. Und Anibal war sicher zu geizig, um sich eine Klarstahlscheibe für sein schäbiges Schaufenster zu leisten. Ich trommelte mit den Fingern an die Tür. Wenig später öffnete sie sich einen Spalt breit, und misstrauische Augen blinzelten mich an. »Ja?«, krächzte eine Stimme.

»Eddy«, sagte ich kurz. »Ich habe eine Lieferung für Anibal.«

Die Tür schwang auf, und ich trat ein. Der unscheinbare, harmlos aussehende Anibal mit seinem schütteren, staubbraunen Haar und den kurzsichtigen Augen schloss die Tür hinter mir, ohne die Kette vorzulegen, und starrte mich dann stumm und auffordernd an. Ich zog den Reißverschluss meiner Jacke auf und griff nach dem Umschlag.

»Mit den besten Grüßen«, begann ich, als hinter mir die Türe aufsprang und eine rot uniformierte Menschenmenge aus zwei riesenhaften Personen sich in den winzigen Laden ergoss.

»Verdammter Mist«, war das einzig Konstruktive, was mir dazu auf die Schnelle einfiel. Ich schob Anibal unsanft beiseite und stürmte durch die Hintertür. Es stand allerlei Gerümpel im Weg, über das ich kurzerhand weghechtete. Dann rüttelte ich an der Tür zum Hof, aber dieses Mal war sowohl die Kette vorgelegt, als auch abgeschlossen. Ich sah mich hektisch nach einem Fenster oder etwas Ähnlichem um, als der erste Rote mich erwischte. Er schmetterte mich gegen die

Wand, dass meine Rippen knirschten, und trat meine Beine auseinander. Ich wollte mich umdrehen, um ihm wenigstens ein paar blaue Flecken zu verpassen, als sein Kollege mir schon seinen Strahler gegen den Kopf hielt.

»Hände an die Wand, Junge«, befahl der erste gelangweilt. Er tastete mich schnell und routiniert ab, knurrte: »Umdrehen« und begann die Prozedur von vorne. Für einen kurzen Moment sah er etwas verdutzt aus, als seine Hände meine Brüste berührten, und ein dreckiges Grinsen zuckte über sein dunkles Gesicht. Dann griff er zielstrebig in meine Innentasche und zog den Umschlag hervor.

»Da ist es«, sagte er befriedigt. »Danke für den Tip, Anibal.« Er riss den Umschlag an einer Ecke auf und schüttelte einige winzige Tütchen in seine Hand. Mit hochgezogenen Brauen sah er mich an. Ich machte mir gar nicht erst die Mühe, etwas dazu zu sagen. Der Geier hatte mich wie ein Wickelkind in die Falle gelockt, indem er mich mit einer Hunderte von Galacx schweren Lieferung Narn hierher geschickt hatte.

»Sie war vorgestern schon einmal hier und hat versucht, mir das Zeug anzudrehen«, krächzte Anibal. »Ich habe gedacht, ich halte sie hin und alarmiere die Sicherheit. Das war doch richtig, nicht wahr, Officer?«

Der Rote, der mich festhielt, steckte seinen Strahler ein und machte mir ein Zeichen, ihm meinen Arm hinzuhalten. Er ließ das Armband etwas oberhalb meines Ellbogens einschnappen und wies stumm auf die Tür. Seine Kiefer mahlten unablässig auf einem Kokau herum, ein nicht gerade mustergültiges Verhalten für einen städtischen Sicherheitsbeamten. Ich wies ihn darauf hin, und er schlug mir sachlich und ohne Groll seinen haarigen Handrücken ins Gesicht. Sein Kollege ließ in der Zwischenzeit Anibal noch irgendwelches amtliche Zeug auf einer Datentabla unterschreiben.

»Ab mit dir«, sagte der Rote, der mich geschlagen hatte. Er schob mich zur Tür. Ich sträubte mich ein wenig, obwohl ich wusste, dass das Schockarmband jeden ernsthaften Widerstand meinerseits schon im Ansatz wirksam unterbinden würde.

»He, ich will telefonieren«, protestierte ich, während sie mich zu ihrem Gleiter schoben, der mit blinkendem Rotlicht vor dem Laden parkte. »Ich habe das Recht, einen Anruf zu machen.«

»Aber klar doch«, sagte der Rote, der den Umschlag in der Hand hielt. »Sobald du im Lager bist, kannst du telefonieren, soviel du willst.« Er und sein Kollege amüsierten sich köstlich über diesen Witz. Laut wiehernd schoben sie mich hinten in den Gleiter und knallten die Tür zu.

Ich sank auf den stinkenden, schmutzigen Wagenboden und wischte mir fahrig das Blut aus meiner aufgeplatzten Lippe vom Kinn. Ich würde keine Verhandlung bekommen, die bekamen NonHabs nie. Sie würden mich ohne Zwischenstop ins Lager bringen und da verrotten lassen. Dix würde bei Mutter Gans alt und grau werden – zumindest wünschte ich ihm das. Der Geier kreiste vielleicht jetzt schon auch über seinem ahnungslosen Kopf. Und Tallis würde nie erfahren, was mit mir geschehen war. Entmutigt ließ ich den Kopf auf die Knie sinken und fing an zu heulen.

~ 7 ~

Auf dem Großen Hof des Gildenhauses herrschte das emsige Treiben, das gewöhnlich darauf hindeutete, dass eine Gruppe von Frauen sich anschickte, zu einer längeren Reise aufzubrechen.

Die hoch gewachsene Frau, die in dieser Saison das Amt der Stallmeisterin bekleidete, überwachte die Vorbereitungen und achtete besonders streng darauf, dass die Packpferde nicht zu schwer beladen wurden.

»Sibil, wie oft habe ich dir gesagt, dass du die Packtaschen nicht nur mit einem einfachen Riemen festschnallen sollst?« Das gescholtene Mädchen zog den Kopf ein und schlug die Augen nieder. »Nun?«, fragte die große Frau grimmig nach. Sie trug nur den einfachen Silberreif im linken Ohr, der zeigte, dass sie ihren Schwur noch nicht abgelegt hatte und damit kein Vollmitglied der Gilde war.

»Bitte, ich habe es vergessen«, nuschelte das Mädchen unter Tränen. »Es kommt nicht wieder vor, bestimmt.«

Die Stallmeisterin schnaubte ungläubig und befahl dem Mädchen barsch, sich zu sputen. Aus dem Tor des Haupthauses trat bereits die kleine Gruppe der Reisenden, die von Catriona, der zierlichen weißhaarigen Gildenmeisterin, persönlich verabschiedet wurde. Catriona schien ihnen noch einiges an Ratschlägen mit auf den Weg geben zu wollen, stellte die Stallmeisterin belustigt fest. Leja, die nicht zum ersten Mal in ihrem Leben eine Reisegruppe leitete, blickte ausnehmend entnervt drein.

Die Stallmeisterin winkte den Abreisenden nach und wandte sich wieder den Stallungen zu. Hinter ihr erklang erneuter Hufschlag. Zwei Frauen ritten in den Hof ein und zügelten dicht vor ihr ihre Tiere.

»Dorkas!«, rief die Stallmeisterin erstaunt und freudig. »Mellis! Ihr seid endlich wieder da! Wir dachten schon, es sei euch etwas zugestoßen.«

Die grauhaarige Dorkas sprang von ihrem Pferd und umarmte die Stallmeisterin herzlich. »Lass dich ansehen.« Sie hielt die große Frau auf Armeslänge von sich weg. »Du bist gewachsen, Ida, gib es zu.« Lachend kniff sie die Augen zusammen. »Und sie hat immer noch nicht ihren grünen Stein«, setzte sie vorwurfsvoll hinzu. »Sieh nur, Mellis, es ist doch nicht zu fassen!«

Die winzige Grennach stieg gemächlich von ihrem Reittier. »Ich wette, sie hat auf uns gewartet«, sagte sie mit ihrer sanften, dunklen Stimme und ließ zu, dass Ida sie hochhob und auf beide Wangen küsste. Dorkas ließ sich von einem der Stallmädchen ihr Pferd abnehmen und sah mit hochgezogenen Brauen dem Schauspiel zu.

»Ich glaube, du bist die Einzige, die sich das erlauben darf«, bemerkte sie spöttisch. »Jeder anderen hätte Mellis schon bei dem Versuch das Fell über die Ohren gezogen.«

»Aber sie hat Recht«, verteidigte die große Frau sich ein wenig kläglich. »Ich habe wirklich auf euch gewartet. Ihr wart beinahe vier Jahre fort, Dorkas.«

Die drei gingen nebeneinander auf das Haupthaus zu. Ida musterte Dorkas. Die stämmige Frau schien in den vergangenen Jahren nur noch zäher und stärker von Wind und Wetter gegerbt worden zu sein. Ihre dunkle Haut erinnerte an altes Leder, von dem sich nur die Narbe auf ihrer Wange hell abhob. Das kinnlange Haar war beinahe vollständig ergraut und die

Falten um ihre hellen Augen tiefer eingekerbt und zahlreicher als zuvor.

Die winzige Grennach riss sie aus ihrer Betrachtung. »Du willst wirklich immer noch, dass wir deine Schwurschwestern sein sollen?«, fragte sie. »Ich dachte, du hast Mengen von Freundinnen, die sich darum reißen, das für dich zu tun.«

»Ja, das stimmt wohl. Aber ihr beide habt mich hierher geleitet und euch um mich gekümmert, und ich habe euch sehr gern.« Ida errötete ein wenig unter ihrer braunen Haut. »Ihr seid meine engste Familie«, setzte sie verlegen hinzu.

Dorkas legte ihr eine Hand auf die Schulter. »Ich fühle mich sehr geehrt. Und ich freue mich, dass du den Schwur endlich ablegen willst. Ich fürchtete schon ...« Sie unterbrach sich und lachte trocken auf. »Jetzt werde ich auf meine alten Tage auch noch rührselig«, knurrte sie. »Also abgemacht, Kleine. Und jetzt müssen wir uns schleunigst bei Catriona zurückmelden. Sehen wir uns heute Abend in der Halle?«

»Heute Abend in der Halle. Ihr müsst mir erzählen, was ihr alles erlebt habt«, erwiderte die Stallmeisterin herzlich.

»Bis heute Abend, Ida«, winkte Mellis und beeilte sich, auf ihren kurzen, flinken Beinen hinter ihrer Freundin herzulaufen, die bereits energisch den langen Gang entlangschritt.

Ihre Pflichten hielten sie am nächsten Vormittag genügend in Atem, dass sie nicht zum Grübeln kam. Die Hufschmiedin und ihr Lehrling waren wieder einmal in die Schmiede des Gildenhauses eingezogen, beschlugen die jungen Pferde und erneuerten die schadhaft gewordenen alten Eisen.

Mittags zog sich Ida ermattet in den kleinen Innenhof zurück, in dem einige Büsche und eine Birke neben einer plätschernden künstlich angelegten Quelle für etwas Schatten und frischere Luft sorgten. Im Hochsommer war es trotz des salzigen Windes, der vom Meer her kam, oft so drückend heiß in der Stadt, dass es sogar ihr zu viel wurde, obwohl sie doch die viel heißeren Sendrasser Sommer gewöhnt war. Sie streckte sich im Schatten des Baumes auf dem Gras aus und schloss für einige Minuten die Augen.

»Störe ich?«, fragte eine Stimme. Ida schreckte hoch und rieb sich verlegen die Augen.

»Nein, nein«, nuschelte sie. »Ich wollte eigentlich nicht einschlafen.«

Sie reckte sich, und Dorkas ließ sich neben ihr auf den Boden sinken. »Ah, das war immer mein liebster Platz.« Dorkas zog ihre Hand durch das kühle, klare Wasser und bespritzte Ida, die mit angezogenen Knien dasaß.

»Ich habe dich wirklich vermisst«, sagte Ida. »Es fühlt sich einfach nicht richtig an, wenn du nicht hier bist.«

Dorkas lachte. »Ich bin doch höchstens zwei Monate im Jahr in Tel'krias, wenn überhaupt. Deine Tante hetzt mich schließlich andauernd kreuz und quer durchs Land.«

»Das meine ich nicht«, erwiderte Ida. »Du und Mellis, ihr wart noch nie so lange fort, ohne dass wir wussten, was mit euch ist, ob es euch gut geht, ob ihr überhaupt noch am Leben seid.« Sie verstummte und blickte auf das Büschel Gras in ihren Fingern, das sie gedankenlos ausgerupft hatte. Dorkas sah sie an, ohne zu blinzeln. Ida ließ die Halme zu Boden rieseln und schwieg.

»Du hast mir auch gefehlt, Kleine«, sagte Dorkas schwerfällig. Ihre hellen Augen verschwanden fast in dem Faltenkranz der ledrigen Haut, als sie Ida anlächelte. »Willst du jetzt die Geschichte hören?«, fragte sie. Ida nickte, und Dorkas lehnte sich gegen den Stamm der Birke.

»Deine Tante hatte uns beauftragt, ein wenig für den Weißen Orden zu spionieren. Das haben wir schon öfter getan, aber diesmal war der Auftrag schwieriger als sonst. Ylenia wollte, dass wir uns bis zur Schwarzen Zitadelle durchschlagen und so viel darüber herausfinden wie möglich, weil Gerüchte kursierten, dass die Zitadelle zum ersten Mal seit Jahrhunderten wieder bewohnt sei. Die weiße Schwesternschaft war sehr beunruhigt darüber. Die Zitadelle war schließlich die Hochburg des Schwarzen Ordens.« Dorkas kniff die Augen zusammen und schien in Gedanken in die Vergangenheit zurückzugehen.

»Es gibt ein Sicheres Haus in Korlebek, das Gasthaus ›Zum Herzen der Welt‹«, fuhr sie nach einer Weile fort. »Der Wirt ist ein übler, versoffener Halsabschneider, der nicht allzu viel für die Gilde übrig hat. Aber wenn er genug Silber zu sehen bekommt, hält er seinen Mund und tut, wofür er bezahlt wurde. Die Sorte Gauner, der für einen guten Preis auch die eigene Mutter verkaufen würde.«

Korlebek. Ida runzelte nachdenklich die Stirn. Wo war ihr der Name dieses Städtchens zuvor begegnet?

»Dieser Wirt, Marten ist sein Name, hat vor etlichen Jahren als Söldner im Dienst eines Khans vom Nebelhort gestanden – kaum zu glauben, wenn man sich den fetten Kerl jetzt ansieht – und kennt sich dementsprechend gut dort aus. Er hat immer noch Beziehungen dorthin. Er schafft Leute aus der Verlorenen Provinz über die Grenze.« Sie grinste. »Wahrscheinlich müssen sie ihm dafür ihr gesamtes Hab und Gut und ihre Erstgeborenen überlassen. Ich denke, er schmuggelt auch, allerdings in etwas größerem Rahmen, als wir es Matelda zuliebe getan haben. Wir haben ihn fürstlich entlohnt, und er hat uns Namen von Kontaktpersonen genannt und uns sogar selbst auf einem Teil unserer Reise begleitet.«

Ida hatte schweigend gelauscht, konnte jetzt aber eine Frage nicht mehr zurückhalten: »Wie hat Mellis sich getarnt? Sie ist doch nicht gerade unauffällig.«

Dorkas nickte. »Es gibt Grennach im Nebelhort. Sie leben sehr zurückgezogen, fast noch mehr als hier bei uns, aber sie sind kein so ungewöhnlicher Anblick, dass man Verdacht geschöpft hätte.«

Dorkas und Mellis hatten es wirklich geschafft, sich in den verschiedenen Bezirken der Verlorenen Provinz genau umzusehen. Der Wirt Marten hatte ihnen geraten, sich als herumreisende Tagelöhnerinnen auszugeben, etwas, das dort für allein stehende Frauen der unteren Kasten als durchaus üblich und schicklich galt. Sie hatten sich derart sogar problemlos ihren Lebensunterhalt verdient, und da sie niemals lange an einem Ort blieben, fiel auch niemandem auf, dass sie sich mit den Sitten und Gebräuchen des Landes nicht besonders gut auskannten.

»Ist es dort denn so anders als bei uns?«, fragte Ida gespannt. Dorkas verdrehte die Augen.

»Ich wollte es zuerst auch nicht glauben, aber wir sind in der ersten Zeit von einem Fettnapf in den nächsten getreten. Zwei- oder dreimal mussten wir zusehen, dass wir schleunigst das Dorf verließen, weil man uns sonst wahrscheinlich eingesperrt oder gleich am nächsten Baum aufgehängt hätte. Sie sprechen dort zwar die gleiche Sprache wie wir, aber nicht alle Worte haben auch dieselbe Bedeutung. Und was die Sitten und Verhaltensregeln angeht …« Dorkas schüttelte den Kopf.

An ihrem zweiten Tag im Nebelhort hatten sie das Pech, auf einer der Straßen ins Landesinnere einem Angehörigen der Ersten Kaste zu begegnen. Er wurde von einem Trupp von Soldaten begleitet, und wer nicht schnell genug an den Straßenrand auswich und die Stirn demütig in den Staub drückte, wurde erbarmungslos von ihnen ausgepeitscht.

»Ich hatte noch tagelang blaue Flecken, weil Mellis nichts Besseres eingefallen ist, um mich schnell auf den Boden zu bekommen, als mir in die Kniekehlen zu treten. Und ich musste ihr zu allem Überfluss noch dankbar dafür sein, dass sie mir die nähere Bekanntschaft mit diesen ekelhaften Peitschen erspart hatte.« Die grauhaarige Frau schüttelte sich angewidert. »Sie knoten spitze Steine in die Lederschnüre. Das reißt dir die Haut in Fetzen vom Leib, kann ich dir sagen. Ich hatte später Gelegenheit genug, solche Auspeitschungen mitanzusehen. Es ist dort so eine Art Volksbelustigung, genau wie die öffentlichen Hinrichtungen.« Dorkas versank wieder in nachdenkliches Schweigen.

»Und, was habt ihr rausgefunden?«, fragte Ida schließlich. Dann sah sie hinauf und prüfte den Sonnenstand. »Ach, Mist«, entfuhr es ihr. »Ich habe der Hufschmiedin versprochen, dass ich ihr helfe. Ihr Lehrling hat heute Nachmittag Unterweisung bei Catriona.«

Dorkas stand auf. »Das trifft sich gut, ich muss mich nämlich auch sputen. Ich bin mit Mellis verabredet, wir wollten zu den Docks gehen. Gestern soll ein Schiff mit Handelsgütern aus dem Nebelhort angelegt haben.« Sie lachte auf. »Mit *legalen* Handelsgütern, versteht sich. Möglicherweise ist eine Nachricht für uns mitgekommen. Es gibt nämlich eine Reihe von Menschen in der Verlorenen Provinz, die lieber vom Hierarchen beherrscht würden als vom Padischah und seinen Khanen. Wir haben auf unserer Mission etliche Unzufriedene kennen gelernt.«

»Du willst also wirklich dorthin zurück?«, fragte Ida Dorkas, als sie nach dem gemeinsamen Abendessen über den Hof schlenderten. Dorkas hatte vorgeschlagen, in Kassies Schenke einen Schlummertrunk zu nehmen. Dorkas wartete mit ihrer Antwort, bis sie das Hoftor passiert hatten und auf der Gasse standen.

»Ja, ich denke schon«, sagte sie zögernd. Mellis gab einen kleinen, knurrenden Laut von sich, der ihr Unbehagen deutlicher ausdrückte, als ein Fluch es getan hatte. »Kommt, lasst uns erst einmal etwas trinken«, lenkte Dorkas ab.

Sie gingen wortlos nebeneinander her durch die dämmrigen Gassen des Hafenviertels. Vom Meer her wehte eine salzige Brise, die angenehme Kühle nach einem heißen Tag mit sich brachte. Auf den engen Straßen herrschte mehr Betrieb als sonst, auch die anderen Bewohnerinnen des Viertels schienen es vorzuziehen, der Schwüle ihrer Behausungen zu entfliehen. Kassies Schenke lag direkt am unteren Hafenbecken. Die breite Tür stand einladend offen, aber der Schankraum war nahezu leer. Kassies Gäste drängten sich um die wenigen Tische, die sie auf dem Gehweg aufgestellt hatte, und saßen in kleinen Gruppen auf der niedrigen Mauer, die das Hafenbecken von der Straße trennte.

Dorkas erbot sich, ihre Getränke zu holen. Ida und Mellis entdeckten ein ruhiges Plätzchen etwas weiter die Gasse hinunter und hockten sich dort auf die Mauer.

»Du bist nicht glücklich über Dorkas' Pläne, hab ich Recht?«, fragte Ida. Mellis zupfte an den Haaren in ihrem Schweif herum, wie sie es immer tat, wenn sie sich in ihrer Haut nicht recht wohl fühlte.

»Nein, das bin ich nicht«, sagte sie schließlich. »Der Nebelhort ist ein gefährlicher Platz, und Dorkas ist nicht jünger geworden, wie du sicher bemerkt hast. Sie lässt sich bei dieser Sache zu sehr von ihren Gefühlen leiten, und das ist gar nicht gut.«

»Wirst du mit ihr gehen?«, fragte Ida eilig, weil sie Dorkas mit ihren Getränken nahen sah. Mellis presste die Lippen zusammen und schüttelte dann nur kurz den Kopf. Ida wusste nicht, ob sie damit die Frage beantwortete oder nur andeuten wollte, dass sie jetzt nicht darüber sprechen konnte.

»Die Damen hatten Wein bestellt?«, flachste Dorkas und reichte die leeren Becher herum. Dann füllte sie sie aus der Kanne, die sie in der anderen Hand gehalten hatte, und schwang sich auf die Mauer. »Was ist los, warum sitzt ihr an einem so schönen Abend da und blast Trübsal?«, fragte sie neckend. Ida trank und musterte ihre Freundin. Zäh und knorrig wie eine alte Baumwurzel saß sie zwischen ihnen und ließ die stämmigen Beine in ihren abgetragenen hellen Hosen baumeln. An den Füßen trug sie dem warmen Wetter angemessen leichte Stoffschuhe, und das geschlitzte Obergewand war aus weicher, gelblich schimmernder Fischseide.

Ida streifte mit ihren Fingern leicht über Dorkas' Arm. »Ich musste einfach mal fühlen«, beantwortete sie ihren verwunderten Blick. »Hast du das Hemd von dort?«

Dorkas nickte und schob die Ärmel hoch. Ihre kräftigen Arme hoben sich dunkel von dem hellen Stoff ab. »Sie haben großartige Weberinnen im Nebelhort. Alle aus der untersten Kaste. Die werden nicht einmal mehr aus dem Weg gescheucht, wenn ein Höherer vorbei will, sondern direkt niedergepeitscht, falls sie nicht schnell genug sind.«

Ida zuckte vor der Bitterkeit in Dorkas' Stimme zurück. Mellis warf mir einen schnellen Seitenblick zu. ›Siehst du, was ich meine?‹, schien sie zu fragen. Dorkas trank ihren Becher aus und schenkte sich nach. Sie sah fragend zu ihren Freundinnen hin, aber die beiden hatten ihre Becher noch nicht zur Hälfte geleert. Dorkas hob den Becher an den Mund und trank.

»Dorkas«, sagte Mellis leise mahnend.

»Halt dich raus, Mellis«, fuhr Dorkas sie herb an. Mellis' Schweif zuckte, aber sie schwieg.

»He«, sagte Ida laut. »Kinder, wir haben uns so lange nicht gesehen. Lasst uns doch einfach feiern, ja?« Dorkas knurrte nur, aber ihr grimmiges Gesicht entspannte sich. Ida warf Mellis einen flehenden Blick zu, versuchte, ihr zu signalisieren, dass sie später darüber reden würden. Mellis senkte zustimmend die Lider und hielt Dorkas versöhnlich ihren Becher hin.

Die drei stießen an und begannen, alte Erinnerungen aufzufrischen. Als sie spät in der Nacht nach Hause schlenderten, die schwankende Dorkas in der Mitte, war die Verstimmung des frühen Abends beinahe vergessen. Mellis und Ida brachten Dorkas zu Bett und standen noch eine Weile in einträchtigem Schweigen vor der Tür zusammen.

»Ich gehe dann auch schlafen«, sagte Ida schließlich. »Süßer Iovve, Catriona wollte doch morgen früh mit mir sprechen. Hoffentlich bin ich bis dahin wieder klar!«

Mellis gluckste. »Komm, Kleine, gib nicht so an. Du hast doch von uns dreien mit Abstand am wenigsten intus.«

Ida grinste. Dann wurde sie wieder ernst und fragte leise: »Sag mal, Mellis, seit wann trinkt Dorkas so viel?«

Die winzige Frau seufzte und schlug unmutig mit dem Schweif gegen den Türpfosten. »Sie hat schon immer was für einen guten Schluck übrig gehabt«, erwiderte sie mit verhaltener Wut. »Aber seit diesem verfluchten Nebelhort …« Sie spie aus.

»Ich würde gerne deine Version eurer Erlebnisse hören.«

Mellis schnaubte. »Warum? Sie unterscheidet sich nicht wesentlich von Dorkas' Fassung.«

»Ich glaube, doch«, beharrte Ida sanft. Sie legte der Grennach die Hand auf die Schulter und schüttelte sie sanft. »Komm schon, Mellis. Ihr seid beide aus dem Gleichgewicht, das sehe ich doch. Meinst du nicht, es würde dir gut tun …«

»Das wird es nicht! Spar mir dein Gerede!« Mellis machte sich grob los und stapfte den Arkadengang hinunter. Ida blickte ihr reglos nach.

»Verdammter Nebelhort«, murmelte sie schließlich und ging zu den Stallungen hinüber, um ihren Rundgang zu machen.

Natürlich fühlte sich Ida alles andere als frisch und ausgeruht, als sie am anderen Morgen der gestrengen Catriona gegenübersaß. Sie hatte sich noch einige Stunden schlaflos hin- und hergewälzt und war erst mit der Morgendämmerung eingeschlummert. Prompt hatte sie verschlafen und gerade noch Zeit gefunden, sich einen Eimer kaltes Wasser über den dumpf pochenden Kopf zu gießen, ehe sie zu ihrem Treffen mit der Gildenmeisterin aufbrach. Catriona musterte mit hochgezogenen Brauen Idas zerknautschtes Äußeres und enthielt sich glücklicherweise jedes Kommentars.

»Du hast dein Dienstjahr bald hinter dir«, begann sie ohne Umschweife. »Wie, denkst du dir, soll danach dein Weg aussehen?«

Ida bemühte sich um Sammlung. Das hier war wichtig. Sie wollte nicht nur wegen eines dummen Katers ihren weiteren Verbleib in der Gilde aufs Spiel setzen.

»Ich würde gerne den Schwur ablegen, wenn die Gilde mich haben will«, erwiderte sie.

Catrionas Gesichtsausdruck blieb ernst, fast böse. »So, das würdest du gerne«, sagte sie nur.

»Ich denke, dass ich in der Zeit, in der die Gilde mich beherbergt und ausgebildet hat, einiges gelernt habe. Ich möchte nun endlich meine Schulden im Dienst der Gilde zurückzahlen.«

Catrionas Miene blieb verschlossen. »Du schuldest der Gilde nichts. Du hast immer für deinen Lebensunterhalt gearbeitet, Ida. Du kannst uns jederzeit verlassen, wenn du das willst. Oder du kannst in deinem jetzigen Status weiter für uns arbeiten, wie das viele andere Frauen im Viertel auch tun. Die Wahl steht dir vollkommen frei. Du bist nicht gezwungen, Vollmitglied der Gilde zu werden, das weißt du.«

Ida nickte. »Das weiß ich, Mutter Catriona.«

Ein kurzes Zucken hob die Mundwinkel der alten Frau, dann war sie wieder ernst. »Also, wofür entscheidest du dich, Kind?«

»Ich möchte den Schwur ablegen«, wiederholte Ida. »Die Gilde ist meine Familie. Meine Freundinnen sind hier, meine Arbeit ist hier. Und mein Herz ist zweimal hier. Ich denke, dass ich zu euch gehöre.«

Catriona senkte den weißen Kopf und blickte auf ihre Hände nieder, die entspannt vor ihr auf dem Tisch ruhten. Ida sah den grünen Stein an ihrem Ohr funkeln und hielt den Atem an.

»Du hast sehr lange für diese Entscheidung gebraucht, Ida«, begann die Gildenmeisterin. Sie hob den Kopf und blickte Ida in die Augen. Ida zwang sich, den Blick zu erwidern und ihre Augen nicht niederzuschlagen. »Wovor hast du dich gefürchtet?«

Ida zuckte leicht zusammen. Die gleiche Frage hatte Mellis ihr gestellt. Aber dieses Mal konnte sie nicht so leicht ausweichen. »Der Schritt erschien mir lange Zeit so endgültig«, sagte sie stockend. »Mein Vater …« Sie verstummte, selbst erstaunt über das Beben, das in ihrer Stimme plötzlich mitklang. Sie setzte neu an.

»Mein Vater hat sich von mir losgesagt, als er erfuhr, dass ich hier bei euch bin. Er hat mir geschrieben, dass ich nicht mehr seine Tochter bin, weil die Tochter des

Lords von Sendra niemals eine von euch ...« Ida unterbrach sich. Sie wollte das Wort, das Joris in seinem Zorn benutzt hatte, nicht vor der Gildenmeisterin wiederholen.

»Warum hast du dann den letzten Schritt gescheut, Kind?« Catrionas Miene und Stimme waren sanft und mitfühlend.

»Ich habe gehofft, dass er es sich noch einmal überlegt. Mein Vater ist aufbrausend und schnell zornig, aber er ist nicht nachtragend. Ich dachte, es täte ihm irgendwann Leid und er würde mir sagen, dass er es nicht so gemeint hat.« Sie zwang sich zu einem Lächeln. »Natürlich war das dumm von mir, Catriona. Aber es hat mir wirklich wehgetan, so plötzlich keine Familie mehr zu haben.«

Die alte Frau legte leicht ihre schmalen Finger auf Idas große Hand. »Tut es denn immer noch weh?«

Ida wollte verneinen, aber sie zögerte unter Catrionas wachem Blick. »Ein wenig«, gab sie zu. »Es ist nicht mehr so schlimm, weil ich wirklich hier meine Familie gefunden habe. Aber trotzdem schmerzt es immer noch, wie eine alte Narbe, an die ich immer erinnert werde, wenn das Wetter umschlägt.«

Catriona nickte und ließ ihre Hand auf Idas Hand ruhen. »Ich werde deinen Schwur abnehmen«, sagte sie endlich. »Aber du musst zuvor noch einmal zurück zu deiner Familie und dich von ihnen verabschieden. Das hast du damals nicht getan. Es wird dich immer ein wenig dort festhalten und dich bedrücken.«

Ida schüttelte den Kopf. »Aber nein«, wehrte sie ab. »Es ist wirklich nicht nötig, dass ich zurückgehe. Es würde nichts nützen.«

Catriona lächelte nicht. »Das war keine Bitte, mein Kind, sondern ein Befehl deiner Gildenmeisterin«, sagte sie kühl. Ida senkte gescholten den Kopf. »Außerdem wünsche ich, dass du dir die Halskette deiner Mutter zurückholst«, fuhr Catriona unbarmherzig fort.

Ida fuhr auf. »Das ist unmöglich«, sagte sie heftig. »Wie soll ich Simon nach all den Jahren wieder finden? Catriona, das war die dumme Schwärmerei eines kleinen Mädchens. Es ist nicht wichtig, wirklich!«

»Es ist die Kette deiner Mutter und eine ungelöste Bindung«, erwiderte Catriona hart. »Du wirst den Schwur nicht ablegen, solange du noch ungelöste Bindungen mit dir herumschleppst. Es sind Fesseln, die dich an dein altes Selbst ketten, Ida, sieh das doch ein. Du wirst erst dann wirklich frei und an Leib und Seele gesundet sein, wenn du diese verrotteten alten Fesseln abgeworfen hast. Danach steht es dir frei, mit all diesen Menschen neue Bindungen einzugehen, die allerdings auf anderen Regeln und Grundlagen beruhen. Verstehst du das?« Ida nickte niedergeschlagen.

Die Gildenmeisterin lächelte schwach. »Komm, Ida, Kopf hoch. Ich erlasse dir den Rest deines Dienstjahres, das hast du in den letzten zehn Jahren mehr als reichlich abgeleistet. Geh, löse deine Fesseln. Und dann komm zurück und mach einer alten Frau die Freude, dir den Schwur abnehmen zu dürfen.« Sie erhob sich, und Ida beeilte sich aufzustehen. Catriona stellte sich auf die Zehen und küsste sie rechts und links auf die Wangen. Dann schob sie sie zur Tür hinaus und schloss sie lautlos hinter ihr.

Ida blieb einige Sekunden vor der Tür stehen und versuchte, den Aufruhr in ihrem Inneren zu beruhigen. Anscheinend war sie gerade sehr sanft und sehr bestimmt vor die Tür des Mutterhauses gesetzt worden. Ordne deine Angelegenheiten, Ida, dann – und *nur* dann – darfst du wiederkommen. Ida entschied, dass Catriona damit nicht gemeint haben konnte, dass sie unverzüglich aufbrach. Sie wollte erst noch mit Mellis reden und, falls sie ansprechbar war, auch mit Dorkas.

Nach der Unterredung mit ihrer Stellvertreterin Greet, die sie umarmte und ihr eine glückliche Reise wünschte, machte sie einen letzten Rundgang durch die Ställe und verabschiedete sich von den Tieren. Ida hatte diese Arbeit wirklich geliebt, das wurde ihr jetzt erst richtig klar. Sie tätschelte die breite Stirn der alten Butterblume, die nicht mit den anderen auf der Weide war, weil die Heilerin sie nach einer Entzündung ihres Euters noch ein wenig unter Beobachtung halten wollte, und sah sich noch einmal Abschied nehmend um.

»Was ist denn mit dir los?«, fragte die brummige Stimme von Dorkas. »Du ziehst ein Gesicht, als hätte dir jemand einen Frosch in die Suppe gesetzt.«

Ida schloss die Stalltür hinter sich und sah die Freundin mit hochgezogenen Brauen an. »Und du siehst aus, als hätte jemand mit dir den Hof aufgewischt.«

Dorkas machte eine wegwerfende Handbewegung. »Das ist nicht der erste Kater, den ich morgens auf den Schultern trage, keine Sorge. Gib mir ein anständiges Frühstück, und alles ist in Ordnung.«

»*Früh* ist gut«, murmelte Ida und begleitete Dorkas zur Küche hinüber. Die Köchin ließ sich wirklich Brot und Schinken abschwatzen, obwohl es schon kurz vor der Mittagszeit war. Dorkas zog sich damit in den Schatten des hinteren Laubenganges zurück und kaute schweigend.

Ida hockte sich neben sie auf den Boden und suchte nach einem Aufhänger für das, was sie Dorkas fragen wollte. »Meinst du wirklich, es ist richtig, dorthin zurückzugehen?«, platzte sie schließlich hinaus. Dorkas schluckte lustlos den letzten Bissen und klopfte sich die Krümel vom Schoß.

»Fang du nicht auch noch an«, drohte sie. »Mellis mit ihren Predigten reicht mir wahrhaftig!«

»Warum?«

Dorkas gab ein leises Knurren von sich. »Weil sie mir

den ganzen Tag die Ohren vollschwätzt, ich sollte das Ganze Jüngeren überlassen …«

»Nein, ich meinte, warum willst du unbedingt zurückgehen?« Ida war sich sehr sicher, dass Dorkas ihre Frage auch schon beim ersten Mal richtig verstanden hatte.

Dorkas seufzte und faltete ihre Hände um die Knie. »Ich wäre dort nützlicher als hier«, sagte sie leise. »Die Menschen im Nebelhort können jede Hilfe brauchen, die sie kriegen können. Ich bilde mir nicht ein, die Verhältnisse im Alleingang ändern zu können, aber ich kann den Frauen das Gefühl geben, dass sie nicht alleine sind, dass es hier bei uns Menschen gibt, denen es nicht gleichgültig ist, was mit ihnen geschieht. Du hast es nicht gesehen, Ida! Wir würden kein Tier so behandeln, wie dort mit den untersten Kasten umgegangen wird, vor allem mit den Frauen. Sie sind Dreck, und sie werden behandelt wie Dreck. Und das alles hat sich noch verschlimmert, seit der Schwarze Orden wieder …« Sie biss sich ärgerlich auf die Zunge. Anscheinend hatte sie in ihrer Erregung etwas verraten, was geheim bleiben sollte.

Ida riss die Augen auf. »Ist das wahr? Dann stimmen die Gerüchte wirklich?«

Dorkas rieb sich durch das Gesicht. »Vergiss, was ich gesagt habe, Ida. Ich werde wirklich alt, das wäre mir früher nicht passiert. Bitte, Kleine, das muss unter uns bleiben. Ylenia weiß es, Catriona selbstverständlich auch, und Mellis wird ihre Nestältesten benachrichtigen, aber darüber hinaus sollte es niemand erfahren.« Sie griff nach Idas Hand und sah sie beschwörend an. »Versprich es mir, Ida.«

Ida nickte und drückte Dorkas' Hand. »Versprochen. Bei der Halskette meiner Mutter.« Sie verstummte, entsetzt über das, was sie gesagt hatte. Musste Catriona denn immer Recht behalten?

Dorkas musterte sie. »Was ist denn jetzt passiert? Du bist weiß wie die Wand.«

Ida schüttelte mit einem schwachen Lächeln den Kopf. »Das hat mit dem zu tun, was Catriona heute früh von mir wollte. Sie hat mich vor die Tür gesetzt.« Nun war es an Dorkas, die Augen aufzureißen. Ida beruhigte sie und berichtete über ihre Unterredung mit der Gildenmeisterin.

»Sie hat Recht, weißt du?«, war Dorkas' einziger Kommentar. Ida rollte mit den Augen. »Wann willst du gehen?«

»Ich denke, morgen früh«, erwiderte Ida. »Auch wenn es mir schwer fällt. Wenn ich daran denke, meinem Vater und meiner Tante nach so langer Zeit unter die Augen zu treten, wird mir ganz schwindlig. Wahrscheinlich werden sie mir gar nicht die Gelegenheit geben, mit ihnen zu sprechen, sondern mich gleich zur Tür hinauswerfen.«

Dorkas legte ihr den Arm um die Schulter. »Es kommt, wie es kommt. Die Zeit heilt manches«, sagte sie erstaunlich mild. »Meine Eltern haben mich damals verflucht, als ich zur Gilde ging, aber als ich sie nach Jahren besuchte, war alles vergeben und vergessen. Na ja, fast alles.« Ida nickte unglücklich. Dorkas nahm ihr Gesicht zwischen die Hände und sagte eindringlich: »Was auch immer geschieht, du weißt, wo du zu Hause bist, Ida. Denk immer daran, hier bist du immer willkommen.«

»Aber du wirst fort sein«, erinnerte Ida sie, und Dorkas erwiderte nichts darauf.

Ida verabschiedete sich nicht von allen ihren Freundinnen im Mutterhaus. Catriona hatte ihr am Abend noch einmal eine glückliche Reise gewünscht. Als sie frühmorgens mit ihrem schmalen Bündel über dem Rücken zu den Stallungen hinüberging, warteten Dorkas und

Mellis schon auf sie. Ida sattelte ihre Stute Nebel und sah erstaunt, wie die beiden Frauen ebenfalls ihre Tiere aus dem Stall holten.

»Ich dachte, ich begleite euch noch ein Stück«, erklärte Dorkas. Mellis setzte hinzu: »Ich muss ohnehin in deine Richtung. Ich habe noch im Großen Nest Bericht zu erstatten.«

Dankbar griff Ida nach den Händen ihrer Freundinnen. Das bedeutete, dass sie den größten Teil des Weges Begleitung haben würde, denn wenn Mellis zum Grennach-Gebiet wollte, würden sich ihre Wege keine Tagesreise von Sendra entfernt erst in Weidenau trennen.

Sie übernachteten selbstverständlich in der »Silberweide«. Matelda bereitete ihnen einen fürstlichen Empfang. Sie saßen bis tief in die Nacht zusammen, und es tröstete Ida, als sie sah, dass Dorkas und die zierliche Wirtin sich immer noch so zugetan waren wie zu dem Zeitpunkt, als sie die beiden kennen gelernt hatte. Vielleicht war die praktische Matelda in der Lage, Dorkas von ihrem Vorhaben abzubringen.

Da sie spät ins Bett gekommen waren und Ida es ohnehin nicht eilig hatte, brachen sie nicht in aller Frühe auf. Nach dem geruhsamen Frühstück packte Ida ihre Sachen zusammen und stand noch eine Weile mit Dorkas auf dem Hof.

»Ich bleibe ein paar Tage hier«, sagte Dorkas. »Mir wird etwas Ruhe gut tun. Matelda hat versprochen, mich nach Strich und Faden zu verwöhnen.«

Ida sah in ihr verwittertes Gesicht und zwinkerte. »Dann lass dich aber auch verwöhnen und spring der Armen nicht mit dem Hintern ins Gesicht, wenn sie es versucht.«

»Ich bin eine alte Knurrhenne, das willst du doch damit andeuten, oder?«

Ida legte ihr den Arm um die Schultern und drückte sie fest an sich. »Du sagst es, aber du wärst nicht meine liebe Dorkas, wenn du nicht stachlig und knurrig wärst.«

»Seltsame Komplimente machst du«, brummte die stämmige Gildenfrau, aber sie lächelte. Dann griff sie in ihre Hosentasche. »Ich wollte dir noch etwas mit auf den Weg geben. Du wirst es später sicher brauchen.« Sie nahm Idas große Hand und legte etwas Winziges hinein.

Ida blickte auf ihre Handfläche und starrte dann Dorkas an. »Du – das ist deiner!«, sagte sie fassungslos. Zwischen ihren Fingern blitzte ein kleiner grüner Stein.

Dorkas neigte den Kopf. An ihrem Ohr hing nur noch der schlichte silberne Reif. »Ich habe Catriona gebeten, mich von meinem Eid zu entbinden.«

»O Dorkas!« Ida fühlte, wie ihr die Tränen kamen. Sie umarmte die Ältere ungestüm. Dorkas tätschelte ihr unbehaglich die Schultern.

»Nun komm schon, Kleine, das ist doch kein Weltuntergang. Ich komme bestimmt eines Tages wieder. Du musst halt eine andere bitten, deine Schwurschwester zu sein. Deshalb dachte ich, ich gebe dir wenigstens meinen Stein.«

Die rührselige Szene wurde glücklicherweise von Mellis unterbrochen, die mit munter den Hof fegendem Schweif zu ihnen kam und beide in die Seiten boxte. »Ida, meine Lieblingsriesin, wollen wir aufbrechen?«

Ida wischte sich verlegen die feuchten Augen und nickte. »Wenn wir noch länger warten, sind wir erst nach Mitternacht in Weidenau. Lass uns also gehen, meine Lieblingszwergin.«

Sie ritten eine lange Zeit in Gedanken versunken nebeneinander her durch den sacht fallenden Sommerregen. »Ich werde sie schrecklich vermissen«, sagte Ida unvermittelt.

Mellis seufzte. »Ich habe alles versucht, um sie davon abzuhalten, aber sie war so stur wie meine Distel hier.« Sie stupste die Eselin zärtlich in die Seite.

»Vielleicht hat Matelda mehr Glück«, sagte Ida hoffnungsvoll.

»Glaubst du?«

Ida hob die Schultern. »Warum gehst du eigentlich nicht mit ihr, wenn du dir solche Sorgen um sie machst?«, fragte sie schärfer, als sie beabsichtigt hatte.

»Weil es eine Sache ist, als Menschenfrau dort im Untergrund zu arbeiten, und eine andere, das als Grennach zu versuchen«, gab Mellis hart zurück. »Es war unvernünftig genug, dass ich beinahe vier Jahre lang dort als Wanderarbeiterin herumgereist bin. Keine Nebelhort-Grennach würde jemals auf diese Idee kommen. Ich werde jetzt mit den Nestältesten beraten, wie wir mit unseren Schwestern im Nebelhort Kontakt aufnehmen können. Ich verstehe ohnehin nicht, wieso das nicht schon längst geschehen ist.«

Sie klang aufgebracht. Ida lenkte ihre Stute näher an die Eselin heran und griff entschuldigend nach Mellis' Schulter. »Es tut mir Leid. Ich wollte dich nicht kränken, Mellis. Du warst dort, ich nicht.« Mellis nickte knapp, und sie schwiegen wieder, bis in der späten Dämmerung die Mauern von Weidenau in Sicht kamen.

Der Abschied von Mellis am nächsten Morgen fiel Ida nicht so schwer wie der von Dorkas, vielleicht, weil er ihr nicht gar so endgültig erschien. Sie sah der kleinen Frau auf ihrem eigensinnigen Reittier noch eine Weile hinterher, dann lenkte sie schweren Herzens ihre Stute auf den Weg nach Sendra. Der Tag hatte schwül begonnen, und der Himmel, der über der hügeligen Landschaft lag, war von einer dichten Wolkendecke verhüllt. Dennoch stach eine beinahe unsichtbare Sonne auf ihren Kopf herab. In der drückend feuchten Luft lief ihr bald der Schweiß am ganzen Körper herunter.

»Was mache ich hier bloß?«, schimpfte sie unterdrückt vor sich hin, als die strohgedeckten Dächer von Sendra-Dorf gegen Abend in der Talsenke vor ihr auftauchten. Sie zügelte ihr Pferd und blickte auf die Häuser des Dorfes. Sie erinnerte sich an die ersten Wochen im Mutterhaus, als Dorkas und Mellis sie dort allein unter lauter Fremden zurückgelassen hatten und sie sich vor Heimweh jeden Abend in den Schlaf geweint hatte wie ein kleines Kind. Wie oft hatte sie dann im Halbschlaf das friedliche Bild vor sich gesehen, das sie jetzt betrachtete. Mehr als einmal hatte sie in der ersten Zeit in Tel'krias darüber nachgedacht, ob sie einfach auf ihre alte rote Stute steigen und im Galopp nach Hause zurückkehren sollte.

Ida stieß Nebel die Fersen in die Flanken. Gehorsam machte sich die Graue auf den Abstieg ins Tal. Sie ging langsam und ließ ein wenig den Kopf hängen, denn Ida hatte ihr an diesem letzten Tag der Reise nur wenig Rast gegönnt.

Idas Heimweh hatte sich dann im Laufe der Tage gelegt, je mehr sie sich im Gildenhaus eingewöhnt und die anderen Mädchen dort kennen gelernt hatte. Und dann, nach einigen Wochen, es war kurz nach dem Winteranfang, hatte Catriona sie in ihren Raum rufen lassen und ihr wortlos den Brief ihres Vaters übergeben. Danach war es eine Zeitlang wieder sehr schlimm gewesen, aber sie hatte gelernt, darüber hinwegzukommen. Ihre neuen Freundinnen hatten ihr dabei geholfen. Fast alle von ihnen kannten das, was Ida gerade durchlebte, aus eigener Erfahrung. In den letzten vier oder fünf Jahren hatte sie nur noch sehr selten an Sendra und an ihre Familie gedacht.

Gedankenverloren ritt Ida in das Dorf ein. Sie hatte

sich entschieden, an diesem Abend nicht mehr zum Haus ihres Vaters weiterzureiten, sondern die Nacht bei Marisa zu verbringen, die sie sicher gerne aufnehmen würde. Die alte Hebamme wartete bestimmt begierig auf Nachrichten aus dem Mutterhaus, und Ida hatte einen ganzen Sack voller Grüße für sie dabei. Sie stieg vor der winzigen Kate aus dem Sattel und klopfte an die Tür. Drinnen bewegte sich jemand. Schnelle Schritte näherten sich. »Ich komme«, rief eine Stimme. »Wer ist es denn? Jella, ist es etwa schon soweit?«

Die Tür öffnete sich, und eine mollige junge Frau mit krausen schwarzen Haaren blickte die große Fremde auf ihrer Schwelle fragend an.

»Ich möchte zu – ist Marisa nicht daheim?«, fragte Ida überrascht. Die junge Frau riss die Augen auf und schüttelte den Kopf.

»Nein, sie ist – ach du liebe Güte – seid Ihr eine Freundin von ihr?« Sie hielt die Tür einladend auf und ließ Ida eintreten. Ida zog automatisch den Kopf ein und folgte der Frau in die Küche.

»Ich bin Nanna«, stellte die Unbekannte sich vor und deutete beinahe schüchtern auf die Küchenbank. Ida setzte sich und sah Nanna mit wachsendem Unbehagen an.

»Wo ist Marisa? Kommt sie heute noch wieder, oder wurde sie wieder mal in eine der Nachbargemeinden gerufen?«

Nanna ließ sich auf einen Schemel sinken und faltete nervös die Hände. »Es tut mir Leid«, sagte sie unglücklich. »Marisa ist im letzten Winter gestorben.«

»Oh«, sagte Ida und verstummte. »Oh nein«, setzte sie leise hinzu und strich zittrig mit der Hand über die samtweiche Oberfläche des alten Holztisches. »Warum hat niemand das Mutterhaus benachrichtigt?«, fragte sie mit brüchiger Stimme.

Nanna sah sie verwirrt an. »Welches Mutterhaus?«, fragte sie verständnislos. »Kommt, Ihr seht ganz bleich aus. Ich mache Euch einen Tee.«

Sie stand geschäftig auf und wandte sich zum Herd. Ida atmete tief ein und wischte etwas Feuchtigkeit aus ihren Augen. Sie war sicher keine enge Freundin der alten Hebamme gewesen, aber als Halbwüchsige hatte sie sehr an ihr gehangen. Es schmerzte sie, dass Marisa gestorben war, ohne ihre Freundinnen aus Tel'krias noch einmal gesehen zu haben.

»War sie krank?«, fragte sie. Nanna drehte sich um, den Wasserkessel in ihrer Hand, und offensichtlich erleichtert, eine Frage gestellt zu bekommen, die sie beantworten konnte.

»Es passierte ganz plötzlich«, sagte sie. »Ich war schon seit einem knappen Jahr hier bei ihr, weil sie meinte, dass sie langsam eine junge Hebamme zu ihrer Unterstützung und als Nachfolgerin brauchen konnte. Sie fing an, ein wenig klapprig zu werden, und wollte sich langsam aus dem Geschäft zurückziehen. Eines Morgens, es war gerade der erste Schnee gefallen, ging sie hinaus, um Holz zu holen. Sie kam nicht wieder. Ich ging ihr nach, weil ich dachte, sie wäre vielleicht gestürzt und hätte sich etwas getan. Und da lag sie neben der Haustür, ganz friedlich. Sie muss einfach umgefallen sein.« Die leise Stimme der jungen Frau verstummte. Sie wischte sich mit dem Ärmel über die Augen. Ida nickte nur stumm.

»Ja, dann gehe ich jetzt wohl besser wieder«, sagte sie schwerfällig und erhob sich. Nanna sah sie an und biss sich auf die Unterlippe. Dann schlug sie mit der flachen Hand auf den Tisch, dass es klatschte, und rief: »Jetzt weiß ich es: Ihr seid Adina, richtig? Die Tochter von Lord Joris.«

»Anida«, korrigierte Ida. »Entschuldigt, ich hatte mich nicht vorgestellt.«

»Ich habe etwas für Euch«, sagte Nanna eifrig. »Wartet, ich muss es nur eben holen.« Sie ging ins Nebenzimmer. Ida blieb unschlüssig mitten in der Küche stehen. Der Wasserkessel summte, und sie ging hinüber, um das kochende Wasser auf die bereitstehende Teekanne zu gießen.

»Danke«, sagte Nanna hinter ihr. Sie hielt ihr ein kleines, in Papier gewickeltes Päckchen hin. »Das hier hat Marisa mir gegeben. Sie sagte, Ihr würdet bestimmt eines Tages wieder hierher kommen, und falls sie dann nicht da sein sollte, müsste ich darüber Bescheid wissen und es Euch geben.« Ida nahm es entgegen und sah Nanna fragend an. Die junge Hebamme nahm zwei Becher vom Bord. »Seht es Euch in Ruhe an. Hier ist Euer Tee.«

Ida drehte das leichte Päckchen in der Hand. Dann wickelte sie die sorgsam darumgeschlungene und verknotete Schnur ab und schlug das Papier auseinander. Zwei schmale Ringe und ein zusammengefalteter Briefbogen fielen auf den Tisch. Nanna hatte sich taktvoll abgewandt und sah aus dem Fenster. Ida griff nach den Ringen und betrachtete sie genauer. Sie waren aus feinem verschlungenem Silber. Jeden der beiden identischen Ringe schmückte ein verschnörkeltes, wie eine Blüte geformtes »A«. Ida legte sie beiseite und widmete sich dem Brief.

»*Mein liebes Kind*«, begann er in der etwas zittrigen Schrift einer alten Hand. »*Ich weiß nicht, welche von euch beiden zuerst hierher kommen wird, um diese Ringe abzuholen. Aber ich denke, dass du es sein wirst, Ida, mein Liebes. Wenn du das hier liest, bin ich wahrscheinlich nicht mehr auf dieser Welt. Trauere nicht um mich, ich habe ein langes und glückliches Leben gehabt, und ich wünsche dir und deiner Schwester von ganzem Herzen, dass auch ihr das einmal von euch sagen könnt.*

Die beiden Ringe wurden mir bei eurer Geburt von eurer

Großmutter gegeben, mit der Bitte, sie euch auszuhändigen, wenn ihr erwachsen seid.

Mögen sie euch immer an eure gute Großmutter erinnern und ein wenig auch an mich,

Eure euch liebende Marisa«

Ida sah von dem Brief auf und trank einen Schluck von ihrem Tee. »Seltsam«, sagte sie zu sich.

»Was ist seltsam?«, fragte die zurückhaltende Nanna und drehte sich zu ihr um. Ida sah sie grübelnd an.

»Was hat Marisa gesagt, wem Ihr dieses Päckchen geben sollt?«, fragte sie. Die junge Hebamme runzelte verwirrt die Stirn.

»Na, Euch. Oder Eurer Schwester, je nachdem, wen ich von Euch zuerst sehen würde«, erwiderte sie ein wenig eingeschnappt. »Warum? Habe ich etwas falsch gemacht?«

»Nein, nein«, beeilte sich Ida, ihr zu versichern. »Es ist alles ganz in Ordnung. Ich bin Euch sehr dankbar. Aber ich habe mich gewundert, dass Amali in all den Jahren nicht ein einziges Mal hier gewesen sein soll. Süßer Iovve, Marisa hat doch ihre Kinder entbunden – sie hätte ihr die Ringe doch schon tausendmal geben können!«

»Nein«, sagte Nanna geduldig und ein wenig erstaunt. »Natürlich war Amali oft hier, auch nach Marisas Tod. Nein, ich sollte das Päckchen ausdrücklich Euch geben oder Eurer Zwillingsschwester, Adina.«

Ida starrte sie an, als wären ihr plötzlich Flügel gewachsen. »Da müsst Ihr etwas falsch verstanden haben, Nanna. Ich habe keine Zwillingsschwester. Amali ist drei Jahre älter als ich.«

Nanna hob die Schultern und entschied sich augenscheinlich dafür, der großen Frau mit den unschicklich kurz geschnittenen Haaren nicht weiter zu widersprechen. »Wie Ihr meint. Hauptsache ist, Ihr habt endlich Euer Eigentum, nicht wahr?«

Ida nickte unzufrieden und erhob sich. »Danke für den Tee«, sagte sie. »Ich mache mich jetzt lieber auf den Weg, ehe es ganz dunkel ist.« Nanna brachte sie zur Tür und sah ihr kopfschüttelnd nach, wie sie davonritt.

Die Nacht war unmerklich auf sanften Flügeln herangekommen, als Ida endlich vor dem Hoftor vom Pferd stieg. Das Tor war geschlossen. Ida zögerte einen Moment lang, bevor sie es öffnete. Sie trat in den Hof, Nebel am Zügel hinter sich führend, und sah sich beinahe ängstlich um. Es schien sich nichts verändert zu haben. Da waren die Ställe, die Viehtränke, der Brunnen, selbst der Misthaufen war noch am selben Platz. Und da stand auch immer noch die alte Buche mitten im Hof. Vielleicht war ihr Stamm ein wenig dicker geworden, aber sie erschien Ida vollkommen unverändert.

In den unteren Fenstern des Hauses schimmerte warm und gelblich das Lampenlicht. Ida tat einen zögernden Schritt darauf zu und hielt inne, von plötzlicher Panik gepackt. Sie umklammerte die Zügel und griff nach dem Steigbügel. Gerade, als sie den Fuß hineinschob, öffnete sich die Haustür, und jemand sah heraus.

»Wer ist da?«, erklang der scharfe Anruf. »Kommt ins Licht, damit ich Euer Gesicht sehen kann.« Ida rang den Impuls nieder, sich aufs Pferd zu schwingen und aus dem Hof zu galoppieren. Sie drehte sich zu der kleinen, rundlichen Frau in der Tür um.

»Hallo, Tante Ysabet«, sagte sie heiser. »Darf ich einen Moment hereinkommen?«

Die Frau schrie leise auf. Dann fühlte Ida sich von einem Paar weicher Arme umfangen und an einen üppigen Busen herabgezogen, während sie auf die Wangen und auf die Stirn geküsst wurde.

»Ida«, stammelte ihre Tante, während Tränen über ihr rundes Gesicht rollten. »Ida, Kind, lass dich ansehen. Du bist ja richtig erwachsen geworden, ach du meine Güte! Und was hast du bloß mit deinen Haaren gemacht?« Sie zog die überwältigte Ida mit sich ins Haus.

»Mein Pferd«, sagte Ida schwach.

»Egin wird sich darum kümmern. Wieke, lauf, sag Egin, dass er sich tummeln soll. Nun lauf schon, Kind!« Eine großäugig staunende Magd drückte sich an ihnen vorbei und rannte zum Gesindehaus hinüber. Ysabet drückte Ida auf die Bank neben dem Küchenherd und blieb vor ihr stehen, die Hände vor der Brust gefaltet. Ihr Gesicht strahlte vor Freude.

»Du siehst noch genauso aus, wie ich dich in Erinnerung hatte«, sagte Ida. Ysabet schüttelte den Kopf.

»Ich werde nur mit jedem Tag älter und klappriger«, sagte sie fröhlich. »Aber du, Kind, du hast dich verändert. Groß bist du ja schon immer gewesen, aber jetzt …« Sie sah Ida aus zusammengekniffenen Augen kritisch an. »Du bist viel kräftiger als damals. Ach Kind, wie konntest du nur einfach so fortlaufen! Es war sicher sehr hart für dich bei diesen …«

»Nein, Tante«, unterbrach Ida sie sanft. »Ich habe es sehr gut gehabt bei meinen Schwestern.« Sie sah das entsetzte Zucken, das über Tante Ysabets rundes Gesicht ging, aber Ysabet erwiderte nichts. Sie setzte sich schwerfällig neben Ida und griff nach ihrer Hand. Ida überließ sie ihr und sah fragend in das halb abgewandte Gesicht ihrer Tante. »Meinst du, ich kann Vater noch eben guten Abend sagen?«, fragte sie unter Herzklopfen. »Er schläft doch bestimmt noch nicht.«

»Ach, Ida«, sagte ihre Tante und begann zu weinen.

Ida umarmte sie erschrocken und fragte: »Was ist denn? Ist er denn immer noch so böse auf mich? Tante Ysa, sag mir doch bitte, was du hast!«

Die rundliche Frau wischte sich mit dem Zipfel ihrer Schürze die Augen trocken und lächelte Ida an. »Ich bin eine dumme alte Frau«, sagte sie weich. »Nein, Ida, ich denke nicht, dass wir deinen Vater heute noch stören sollten. Wir werden uns ein wenig zusammensetzen und erzählen, und dann mache ich dir dein Bett. Du siehst müde aus. Möchtest du etwas essen?«

Ida überließ sich widerspruchslos Ysabets Fürsorge. Es stimmte, sie war wirklich müde, sie spürte alle ihre Knochen, und ihre Glieder waren bleischwer. Sie erzählte Tante Ysabet ein wenig von der Gilde und gab ihr einen kurzen, sorgfältig bereinigten Abriss ihres eigenen Werdegangs – nicht alles, womit sie ihre letzten Jahre verbracht hatte, würde die Billigung der Tante finden. Ysabet hörte nickend und mit kleinen Lauten des Erstaunens zu. Dann klopfte sie energisch mit ihren Knöcheln auf den Tisch und sagte: »Ab ins Bett mit dir, Fräulein! Ich brauche meinen Schlaf, und du auch. Morgen ist ein neuer Tag.« Ida schmunzelte verhalten. Wie oft hatte sie das von ihrer Tante zu hören bekommen.

»Wo ist eigentlich Albi?«, fragte sie neugierig, während Ysabet ihr das Lager in ihrem alten Zimmer bereitete. Die Tante beugte sich tief über das Bett und steckte sorgfältig das Laken fest.

»So, du wirst schlafen wie ein Mäuschen«, sagte sie munter. »Und morgen werden wir Amali und ihre Kleinen besuchen. Sie hat jetzt fünf Kinder, stell dir vor! Drei Mädchen und zwei kräftige kleine Jungen.« Ihre Augen wichen Idas forschendem Blick aus.

»Also gut«, sagte Ida geduldig. Sie küsste ihre Tante auf die weiche Wange. »Bis morgen dann, Tante Ysabet. Aber morgen wirst du mir erzählen müssen, was hier los ist.«

Die Tante presste die Lippen zusammen und sah aus, als würde sie wieder anfangen zu weinen. Aber sie nickte nur und wünschte Ida eine gute Nacht, ehe sie hinausging und die Tür leise hinter sich schloss.

Ida blieb noch einen Moment mitten in der Kammer stehen und fragte sich, was ihre sonst so unerschütterliche Tante derart aus der Fassung bringen mochte. Dann seufzte sie halb ärgerlich, halb gerührt und ging zum Fenster. Zumindest hatte dieser Empfang sich sehr angenehm von dem unterschieden, den sie sich in ihren verzagteren Momenten ausgemalt hatte. Sie öffnete das Fenster weit und setzte sich für einige tiefe Atemzüge auf die Fensterbank. Der Garten lag still und dunkel unter ihr. Es duftete betäubend süß nach Rosen. Ida beugte sich weit hinaus und strengte ihre Augen an. Tanzten dort Funken in der nächtlichen Luft? Sie rief leise: »Fiamma!«, aber niemand antwortete. Über sich selbst lächelnd rutschte sie vom Fensterbrett und ging zu Bett.

~ 8 ~

Ida wurde von den altvertrauten, fast vergessenen Geräuschen des erwachenden Hauses geweckt. Ein misstönend krähender Hahn begrüßte die aufgehende Sonne, und aus der Küche klang das leise Schelten ihrer Tante herauf.

Ida reckte sich und sprang aus dem Bett. Sie tappte auf bloßen Füßen zum Fenster und stieß die Läden weit auf. Sich hinausbeugend, sog sie tief die frische, noch kühle Luft der Morgendämmerung ein, die nach feuchtem Gras und Sommer schmeckte, und stieß sie in einem langen Atemstoß wieder aus. Die alten Apfelbäume standen dicht belaubt und voller reifender Früchte, und im dunklen Grün der Johannisbeersträucher blitzte es rot. Ida kam es vor, als wäre sie niemals fortgewesen. Sie zog sich an und sprang die Treppe hinunter.

Erst jetzt, im Licht des Morgens, fielen ihr die vielen weißen Strähnen in Ysabets Haar auf, und die Falten und Kerben, die ihr einst so glattes Gesicht durchzogen. Sie umarmte ihre Tante, die mit mehlbestäubten Armen vor ihr in der heißen Küche stand, und stibitzte sich einen der Wecken, die zum Abkühlen auf dem langen Holztisch lagen.

Ysabet klapste ihr auf die Finger und schimpfte: »Wirst du wohl bis zum Frühstück warten, du ungezogenes Kind?« Ida warf den heißen Wecken von einer Hand in die andere und tänzelte lachend beiseite. Sie hockte sich mit angezogenen Beinen auf die Eckbank und sah zu, wie Ysabet und die Küchenmagd ein weiteres Blech mit dem duftenden Backwerk aus dem riesigen gemauerten Herd zogen. Vergnügt brach Ida den knusprig braunen, dampfenden Wecken auseinander und roch an seinem weißen, lockeren Inneren. Sie langte über den Tisch und zog sich die Butter heran, die goldgelb in der Sonne leuchtete.

»Du verdirbst dir noch mal den Magen«, brummelte Ysabet und lächelte sie an. Dann wandte sie sich an die Magd: »Mach dem Herrn sein Frühstückstablett fertig, Wieke.« Sie drehte sich, die Hände an der Schürze abtrocknend, zu Ida um und bedeutete ihr wortlos, mit ihr die Küche zu verlassen. Ida faltete neugierig ihre langen Glieder auseinander und folgte Ysabet hinaus in den Küchengarten. Ihre Tante blieb einen Moment lang unschlüssig an der Tür stehen und setzte sich dann auf die kleine Bank, die unter dem Fenster stand.

»Komm her zu mir, Kind. Ich denke, ich muss dir noch die eine oder andere Sache erklären, ehe du deinen Vater aufsuchst.«

Ida ließ sich neben ihr nieder und sah sie aufmerksam an. Sie hatte Ysabets gestriges Verhalten der Aufregung über ihr plötzliches Erscheinen zugeschrieben und nicht weiter darüber nachgedacht. Aber jetzt sah sie die Schatten, die auf dem freundlichen runden Gesicht ihrer Tante lagen, und begann sich vor dem zu ängstigen, was sie nun hören würde.

»Es gibt wohl keinen Weg, es dir schonend beizubringen.« Ysabet sah Ida mütterlich und besorgt an. »Du weißt, dass dein Vater sich damals schrecklich darüber aufgeregt hat, dass du fortgelaufen bist. Er war sehr traurig und sehr besorgt um dich – und sehr, sehr wütend.« Sie lächelte schwach. »Er hat sich davon erholt, obwohl ich mir eine Zeitlang große Sorgen um ihn gemacht habe. Aber er weigerte sich, dir eine Nachricht zu schicken, dass er dir vergibt, obwohl ich sicher bin, dass er es schließlich noch getan hätte.« Sie stockte, und ihr Gesicht verzog sich ein wenig. »Dann, als wir alle dachten, es wäre ausgestanden, und das Leben hier endlich wieder begann, seinen ruhigen, geregelten Gang zu gehen, verschwand dein Bruder.«

Ida tat einen entsetzten Ausruf. Ysabet hob eine mollige Hand und erzählte auf ihre schwerfällige Art weiter: »Er war rücksichtsvoller als du, denn er hinterließ uns zumindest eine Nachricht. Er schrieb, Magister Ugo sei nicht mehr in der Lage, ihn etwas Neues zu lehren. Er habe einen neuen Meister gefunden, dem er nun folgen werde, damit er in seinen Studien weiterkomme. Kein Wort davon, dass es ihm Leid tut, deinen Vater so zu verletzen, nichts davon, mit wem er fortgeht und wohin, und ob er überhaupt vorhat, jemals wiederzukommen. Nein, nur die dürre Nachricht, dass er Sendra verlässt. Wir haben natürlich diesen Hexer befragt, aber der schien genauso überrascht zu sein wie wir.« Sie kniff die Lippen zusammen. »Obwohl ich sagen muss, ich glaube, dass dieser graue Uhu uns nicht alles gesagt hat, was er weiß. Diese Zauberer sind ein verschlagenes, hinterhältiges Volk.«

»Habt ihr Tante Ylenia um Hilfe gebeten?«, fragte Ida ruhig. Ysabet hob in einer resignierten Geste die Hände und ließ sie kraftlos wieder in den Schoß sinken.

»Natürlich haben wir das. Ach, Kind, was wir nicht alles getan haben! Dein Vater war außer sich. Sein Erbe, sein einziger geliebter Sohn! Er war wochenlang wie von Sinnen. Deshalb ist das Unglück auch nur passiert, da bin ich mir ganz sicher …« Sie brach in Tränen aus. Ida war es eiskalt geworden vor Schreck. Sanft nahm sie die Hände ihrer Tante in die ihren.

»Was ist passiert, Tante Ysa?«, fragte sie leise. Ysabet sah sie aus schwimmenden Augen an und kämpfte um ihre Fassung.

»Dein Vater ist ausgeritten zur Jagd. Du weißt, wie leidenschaftlich er immer gejagt hat, es war ja beinahe das Einzige, was ihm immer Freude gemacht hat, ganz gleich, welcher Kummer ihn bedrückte. Er ritt früh aus und nahm nur einige Knechte mit.« Sie schniefte jämmerlich und wischte sich mit dem Schürzenzipfel über die Augen. »Sie brachten ihn mittags zurück. Sein Pferd war nach einem Sprung über ein Hindernis böse gestürzt. Das war vor fünf Jahren. Er hat seitdem das Bett nicht mehr verlassen können, sein Rücken und seine Beine …« Ihre Stimme versagte, und sie schlug die Hände vor das Gesicht.

Ida nahm sie in die Arme und wiegte sie, wie Ysabet sie als Kind gewiegt hatte. »Warum hast du mir nicht geschrieben? Ich wäre doch sofort zurückgekommen, wenn ich davon gewusst hätte.«

Ysabet putzte sich die Nase. »Joris wollte es nicht«, gab sie zu. »Er sagte, seine Kinder hätten entschieden, ihn zu verlassen, und das wäre nicht mehr zu ändern. Du weißt doch, wie starrköpfig er sein kann, Kind. Du bist doch ganz genauso.« Sie seufzte und sah nach unten, um Idas vorwurfsvollem Blick zu entgehen.

»Die Kinder deiner Schwester haben ihm sehr viel Freude bereitet«, setzte sie gedankenverloren hinzu. »Ich glaube, seine Enkel sind jetzt das Einzige, was ihn noch am Leben hält.« Sie putzte sich energisch die Nase und stand auf. »Komm jetzt, Ida. Bring deinem Vater sein Frühstück.«

Ida stand einige Atemzüge lang vor der geschlossenen Tür zum Zimmer ihres Vaters. Sie hielt das Tablett mit Tee und frischem Backwerk in den Händen und spürte, wie sie leise bebten. Dann schloss sie die Augen, sandte ein Stoßgebet zu den Schöpfern und verlagerte das Tablett auf eine Hand, um anzuklopfen.

»Ja doch, herein«, erklang es brummig von drinnen. »Mach doch nicht immer so ein Getue, Ysabet.«

Ida drückte die Tür mit dem Fuß auf und schob sich mit dem Tablett hindurch. Joris lehnte aufrecht mit etlichen Kissen im Rücken in seinem Bett und blickte aus dem Fenster. Ida blieb einen Moment lang stehen und sah ihn an. Sein schütteres Haar leuchtete weiß in der Sonne. Die ehemals so breiten und starken Schultern hatten sich kraftlos gerundet, und die Umrisse seiner nutzlos gewordenen Beine zeichneten sich wie ein Paar dürrer Stöcke unter der Decke ab und bildeten einen grotesken Gegensatz zu seinem schweren Leib.

»Steh da nicht so an der Tür herum«, knurrte er. »Du wirst auf deine alten Tage wohl noch närrisch, Weib?«

Ida trat wortlos ans Bett und stellte das Tablett auf dem niedrigen Tischchen ab. Joris hatte sich immer noch nicht zu ihr umgedreht, aber von hier aus konnte sie sein Gesicht sehen. Es war von tiefen, bitteren Falten durchzogen und zeigte nichts als den heftigen Groll, den er dem Geschick zollte. Einzig seine hellen Augen schienen etwas von der Trauer zu verraten, die in seinem Gemüt wohnte, und das wohl schon seit Jahren.

Ida tat einen zittrigen Atemzug. Joris wandte erstaunt den Kopf. Seine Augen weiteten sich, und die scharfen Falten um seinen Mund wurden tiefer, doch er sagte kein Wort. Er musterte Ida wie einen fremden Eindringling, den er in seinem Zimmer überrascht hatte, kalt und ohne ein Zeichen von Zuneigung. Ida ließ die Musterung über sich ergehen, ohne zu blinzeln. Die Sekunden dehnten sich unerträglich, bis sie schließlich nervös mit den Augen zuckte. Joris hielt ihren Blick noch einen Lidschlag länger fest, dann wandte er sich wieder ab und sah aus dem Fenster. »Was willst du hier?«, fragte er gleichgültig.

»Vater«, sagte Ida hilflos.

Er regte sich nicht. Sein abgewandes Gesicht war eine teilnahmslose, starre Maske uralten Zorns, der im Laufe der Zeit schal und kalt geworden war. Ida wusste nicht, was sie zu ihm sagen sollte. Sie hockte sich auf einen Schemel, der neben dem Bett stand, und blickte stumm auf den kranken Mann. Seine Hände bewegten sich unruhig auf der Decke, zupften daran, strichen sie wieder glatt, die einzigen Zeichen, dass er ihre Anwesenheit zur Kenntnis nahm und dass sie ihn trotz aller zur Schau gestellten Gleichgültigkeit in Aufregung versetzte.

»Vater, es tut mir Leid«, sagte Ida mit aller Festigkeit, die ihr zur Verfügung stand. »Ich hätte nicht einfach so davonlaufen dürfen, das stimmt. Aber ich war noch sehr jung und sehr hilflos. Ich wusste damals nur, dass du mir niemals erlauben würdest, den Weg zu gehen, den ich gewählt hatte.« Er würdigte sie immer noch keines Blickes und keiner Reaktion, aber sie sprach dennoch weiter.

»Ich werde fortgehen und niemals zurückkehren, wenn du das wünschst. Ich möchte dir nur sagen, dass ich dich immer geliebt habe. Ich habe nicht gewusst, was hier geschehen ist. Ich hätte dich nicht allein gelassen, wenn ich es gewusst hätte, bitte glaube mir. Ihr habt mir nie geschrieben, wie es euch geht …« Ihre Stimme versagte. Sie stand hastig auf. »Ich wünschte, ich hätte dir helfen können. Leb wohl.« Sie wartete eine Sekunde lang und wandte sich dann zur Tür.

»Ida«, erklang seine knarrende Stimme. Sie drehte sich ungläubig um, die Hand auf dem Türknauf. Er hatte sich nicht geregt, aber sie hatte sich doch nicht eingebildet, seine Stimme gehört zu haben.

»Vater?«, fragte sie unsicher und ging zurück zum Bett. Joris starrte noch immer zum Fenster hinaus. Sein Blick war blind geworden, und auf seinen Wangen glänzte es feucht.

»Du siehst aus wie ein Mann«, sagte er heiser, ohne sie anzusehen. »Du trägst Männerkleider, und dein Haar ist kurz wie das eines Mannes. Deine Schwester ist ihrem Gatten eine gute Ehefrau, sie hat ihm Kinder geboren. Sie macht ihm und mir Ehre. Was bist du, Ida?«

Ida ballte die Hände. »Ich bin eine Frau«, sagte sie ruhig. »Ich mag mich anders kleiden als Amali oder Ysabet. In vielem lebe ich mein Leben sicherlich anders als sie, aber dennoch bin ich eine Frau, Vater. Ich bin deine Tochter, erinnerst du dich an mich?« Eine gewisse Schärfe schwang in ihrer Stimme mit, die sie vergeblich zu unterdrücken suchte.

Joris mied immer noch ihren Blick. »Wahrscheinlich tust du auch Arbeit wie ein Mann, trägst eine Waffe, treibst dich überall herum und liegst des Nachts bei einer Frau, hm? Was willst du hier, warum bist du zurückgekommen?« Auch seine knarrende Stimme hatte sich vorwurfsvoll erhoben. Ida zuckte leicht zusammen.

»Vater«, sagte sie leise. »Wenn ich sage, es tut mir Leid, dass ich davongelaufen bin, so heißt das nicht, dass ich es bereue. Meine Entscheidung war richtig. Ich würde sie heute genauso treffen wie damals.« Sie zögerte. »Aber ich würde mich nicht mehr bei Nacht und Nebel davonstehlen«, setzte sie hinzu. »Ich würde dich bitten, mich gehen zu lassen.«

Er wandte ihr erstmals sein Gesicht direkt zu. Die Feuchtigkeit, die sie eben noch in seinen Augen gesehen hatte, war spurlos verschwunden, und ein kalter, harter Glanz war an ihre Stelle getreten. »Ich hätte dich totgeschlagen, wenn du das getan hättest«, sagte er flüsternd. »Lieber hätte ich dich tot von meinen eigenen Händen zu meinen Füßen gesehen, als jetzt das Monstrum ansehen zu müssen, das du aus dir gemacht hast …«

»Vater!«, schrie Ida entsetzt auf und griff nach seiner Hand. Seine kalten Finger zuckten heftig, als wollte er sie zurückziehen, aber dann lagen sie still in ihrem Griff. Er hatte sein Gesicht von ihr so weit abgewandt, wie er nur konnte. Sie sah, wie seine Kiefer mahlten, und hörte seine schweren Atemzüge.

»Vater«, sagte Ida mühsam nach einer Weile, die sie gebraucht hatte, um sich zu fassen. »Ich glaube, dass du nicht wirklich meinst, was du gesagt hast. Ich glaube, dass du krank und enttäuscht und wütend bist. Nicht nur auf mich. Wenn es irgendetwas gibt, was ich für dich tun kann ...«

»Ja«, unterbrach er sie schroff. »Du kannst gehen, Ida. Geh, befreie mich von deinem unnatürlichen Anblick. Solltest du jemals wieder zur Vernunft kommen und dich kleiden und betragen, wie es sich für die Tochter eines Lords ziemt, dann kannst du meinetwegen wieder hierher kommen. Aber bis dahin ...«

Ida sprang auf und stürmte zur Tür. Sie blieb noch einmal stehen und sagte tonlos, ohne zurückzublicken: »Dann werden wir uns wohl nicht mehr sehen. Leb wohl.« Sie schloss die Tür hinter sich und lehnte sich kraftlos dagegen. Ihre Knie waren weich geworden, und sie brauchte einige Minuten, um sich zu fassen.

Ysabet sah ihr Gesicht und eilte voller Mitgefühl zu ihr hin. Sie zog Ida in ihre Arme. Ida verbarg ihr Gesicht an ihrer Schulter und biss ihre Zähne so hart aufeinander, dass sie knirschten. Sie wollte nicht weinen. Sie hatte im Mutterhaus geweint, damals, als sie glaubte, nie mehr nach Hause zurückkehren zu können. Sie hatte es gewusst, sie hatte damit gerechnet, dass er sie hinauswerfen würde. Warum tat es also immer noch weh?

»Er meint es nicht so«, murmelte Ysabet beschwörend und strich hilflos über Idas verkrampfte Schultern. »Er ist krank, er weiß nicht, was er sagt. Er meint es nicht so, Kind, glaube mir!«

Ida hob ihren Kopf, die Augen so trocken wie das sandige Bett des Weidenflusses im Hochsommer. »Oh, doch, Tante Ysabet. Er hat jedes Wort genau so gemeint, wie er es gesagt hat. Ich werde tun, was er wünscht, ich werde euch von meiner verhassten Gegenwart befreien. Ich reise sofort wieder ab, Tante.«

Ysabet jammerte wortlos und rang die Hände. Ihr rundes Gesicht sah plötzlich alt und eingefallen aus. »Ida, um meinetwillen, tu das nicht. Kind, ich bitte dich, sei ein einziges Mal nicht bockig und stur. Vergib deinem Vater. Es ist der Schreck darüber, dass du so plötzlich wieder hier erschienen bist, der ihn so hartherzig macht. Du weißt, dass er dich liebt!«

Ida schüttelte unwillig den Kopf. Ysabet klammerte sich an ihre Hände und flehte: »Du bist doch die Einzige, die uns helfen kann. Wenn du es nicht tust, wird dein Vater an seinem Gram sterben, das ist gewiss. Ida, ich bitte dich!«

Ida starrte sie finster an. »Wie sollte ich euch helfen können?«, fragte sie ungehalten.

Ysabet seufzte erleichtert, als hätte Ida schon eingewilligt. »Albuin«, sagte sie. »Jemand muss ihn finden und zurückbringen. Dein Vater würde dich niemals darum bitten, dazu ist er zu stolz – und viel zu bockig und stur!« Sie versuchte ein zittriges Lächeln, aber Idas Miene ließ sich nicht erweichen.

»Ich bin sicher, dass dieser Uhu von Magister etwas über Albuins Verbleib weiß«, fuhr Ysabet hastig fort. »Dein Vater hat ihn damals nicht allzu zartfühlend befragt. Die beiden haben sich schrecklich beschimpft. Er hätte es niemandem mehr verraten, nicht, nachdem dein Vater ihn so angebrüllt und beleidigt hat. Aber jetzt, nach dieser ganzen Zeit, und wenn du es bist, die ihn fragt …« Sie sah Ida hoffnungsvoll an.

Ida seufzte. Sie sah das Gesicht der Gildenmeisterin vor sich. Was sollte sie Catriona sagen? Meine Tante hat mich um meine Hilfe gebeten, und ich habe ihr geraten, sich damit an die Schöpfer zu wenden?

»Tante Ysa«, sagte sie sanft. »Ich kann unmöglich auf der Suche nach meinem Bruder das ganze Land durchkämmen. Aber ich werde zumindest Magister Ugo aufsuchen, das verspreche ich dir. Falls er mir mehr als euch damals dazu sagen kann, werde ich der Fährte auch folgen. Aber das Ganze ist jetzt schon einige Jahre her, und ich kann mir kaum vorstellen, dass ich Albis Spur noch finden werde. Außerdem bin ich selbst auf der Suche nach jemanden, und das ist überaus wichtig für mich. Ihr, Vater und du, solltet euch damit abfinden, dass Albi fort ist. Er war nie glücklich hier, das weißt du.«

Ysabet nickte traurig. »Es ist ja auch nicht so, dass es hier nicht ohne ihn ginge. Amalis Mann, der liebe Eiliko, kümmert sich um alles. Er ist inzwischen wie ein Sohn für Joris. Und dennoch …« Sie verstummte.

Ida tätschelte ihre Schulter. »Ich gehe zu Ugo«, versprach sie. »Aber vorher würde ich gerne ein wenig durch den Garten spazieren. Ich war so elend lange fort, und wer weiß, ob ich all das hier jemals wieder sehen werde.« Ihre Stimme klang bitter, und ihre Tante sah sie hilflos an.

»Geh nur, Kind. Und, Ida«, sie hob energisch das Kinn, »solange ich lebe, wirst du hier immer willkommen sein. Und wenn dein Vater deswegen platzt!«

Ida musste wider Willen lächeln. Sie beugte sich zu ihrer Tante hinunter und küsste sie auf die weiche Wange. »Danke, Tante Ysa«, sagte sie sanft. »Das bedeutet mir sehr viel.« Ysabet nickte nur und schickte sie mit einem Klaps hinaus. Als Ida die Küchentür hinter sich schloss, hörte sie ihre Tante schon wieder mit der Magd zanken, weil sie vergessen hatte, das letzte Blech mit Wecken rechtzeitig aus dem Ofen zu nehmen.

Ida ging langsam durch den alten Obstgarten und atmete tief den betäubenden Duft all der reifenden Früchte ein. Das hier war für sie der Geruch des Sommers. In Nortenne roch es im Sommer nach Tang und heißem Staub, nach Fisch und Salz und Teer. Sie hatte sich mit den Jahren daran gewöhnt, dennoch vermisste sie jedes Jahr aufs Neue die grüne Pracht, die Sendra ihrer Nase und ihren Augen zu bieten hatte. Sie setzte sich auf die alte, zerfallende Mauer des Gartens und schloss die Augen. Was auch immer letztlich Albuin bewogen haben mochte, seine Heimat zu verlassen, sie wusste, dass keine Macht der Welt ihn zurückbringen würde. Er hatte sich entschieden, und sein Schädel war nicht weniger hart als der ihre. Aber vielleicht, wenn sie ihn denn finden sollte, konnte sie ihn dazu bewegen, ihren Vater wenigstens noch einmal zu besuchen. Ob Joris wohl seinen Sohn ebenso harsch zurückweisen würde, wie er es mit ihr getan hatte? Ida seufzte.

»Was machst du für ein aschiges Gesicht an so einem schönen Tag?«, fragte eine helle Stimme. Schwacher Brandgeruch drang in Idas Nase. Sie schlug erschreckt die Augen auf und blickte sich um. Fiamma Feuerdorn hockte neben ihr auf der Mauer, die Füße ordentlich nebeneinandergestellt und die Hände sittsam im Schoß gefaltet. Ida starrte sie ungläubig an.

»Du siehst noch ganz genauso aus wie vor zehn Jahren«, sagte sie beinahe vorwurfsvoll. Fiamma kicherte und legte den Kopf schief.

»Du nicht«, entgegnete sie. »Ihr Menschen verändert euch aber wirklich schnell. Bist du jetzt schon richtig alt?«

Ida lachte. »Nein, noch nicht ganz, auch wenn ich mich manchmal so fühle.« Sie sah auf die winzige Feuerelfe hinunter. »Wie ist es dir ergangen, Fi? Warst du die ganze Zeit über hier?«

Fiamma sah sie verständnislos aus ihren riesigen,

flammenfarbenen Augen an. »Was meinst du damit, ›die ganze Zeit‹? Ich bin doch immer hier, wo hätte ich denn sonst sein sollen? Du warst ein paar Tage weg, nicht? Hast du deine andere Tante besucht?«

Jetzt war es Ida, die verständnislos dreinsah. »Fi, ich war ganze zehn Jahre von hier fort. Das musst du doch bemerkt haben.«

Fiamma blinzelte nur ein wenig verdutzt. »Schau mal, was ich inzwischen gelernt habe«, sagte sie so eifrig und sprunghaft wie immer. Sie schloss die Augen und holte tief Luft, dass ihre kleine Brust sich aufblähte. Die Luft schien sich zu erhitzen und begann zu flimmern. Fiammas Umrisse verschwammen und dehnten sich aus. Ida sah gebannt zu, wie die Feuerelfe in die Höhe schoss. Ein lautes Schnaufen verriet, dass sie die angestaute Luft aus ihren Lungen entließ. Die zitternde, wabernde Luft beruhigte sich. Eine zierliche kleine Frau saß neben Ida und strahlte sie aus lohfarbenen Augen an.

»Fiamma«, stotterte Ida verblüfft. »Wie geht das, wie hast du das gemacht?«

Die Elfe wedelte unbestimmt mit der Hand und blies die Backen auf. »Oh, das können doch alle«, antwortete sie. »Aber schau mal, du kannst mich jetzt sogar anfassen. Ich bin ganz kalt!«

Ida streckte vorsichtig die Hand aus und berührte Fiamma am Handgelenk. Es stimmte, die Feuerelfe hatte nahezu menschliche Temperatur. Fiamma strahlte sie zufrieden an. »Ich kann jetzt bloß nicht mehr fliegen«, sagte sie. »Dazu bin ich zu abgekühlt.« Sie runzelte die Stirn. »Und wahrscheinlich auch zu schwer«, setzte sie nachdenklich hinzu. Sie drehte eine Locke ihres flammroten Haars um einen Zeigefinger, steckte sie in den Mund und kaute darauf herum, während sie über die Frage ernstlich nachzugrübeln schien. Ida blickte die Elfe an und begann zu lachen.

»Fi, du hast dich wirklich nicht verändert.« Sie beugte sich zu der Elfe hinüber und nahm sie in den Arm, um ihr einen Kuss auf die Wange zu geben, der von der Elfe schüchtern erwidert wurde.

»Ich muss wieder zurück«, erklärte sie dann ein wenig atemlos. »Ich kühle sonst zu sehr ab. Ich hatte die Temperaturregelung noch nie besonders gut im Griff, wie du weißt.« Ida schmunzelte und sah zu, wie die Feuerelfe wieder zu ihrer normalen Größe schrumpfte und ihre Flügel aufflammen ließ. Sie schwirrte in die Höhe und kreiste übermütig um Idas Kopf.

»Ich muss nach Hause, ich habe Küchendienst«, rief das klare Stimmchen. »Bis dann, Ida.« Ida sah Fiamma nach, wie sie davonflog, und fühlte sich plötzlich wieder richtig zu Hause.

»Ida«, erklang es noch schwach aus der Ferne, »meine Mutti hat etwas für dich, ein Geschenk. Sehen wir uns morgen?«

Ida rief eine bestätigende Antwort und rutschte entschlossen von der Mauer. Auf in den Kampf mit Magister Ugo. Je eher sie das hinter sich brachte, desto schneller konnte sie sich auf die Suche nach Simon machen.

Die kleine Kate, in der der Dorfmagier hauste, hatte ein tief gezogenes Strohdach, das beinahe bis auf den Boden reichte. Es war zu einem großen Teil von üppigem Grün überwuchert, aus dem große, sonnengelbe Blüten herausschauten. Es sah aus, als trüge die Kate ein groß gepunktetes, verrutschtes Kopftuch und blinzele fröhlich und etwas schief darunter hervor.

Ida lächelte unwillkürlich und pochte leise an die altersdunkle Tür. Sie wartete eine Weile und klopfte wieder. Drinnen raschelte etwas und huschte über den Boden. ›Mäuse‹, dachte Ida erheitert. Die Türangeln knarrten, und die Tür öffnete sich einen Spalt breit für ein dunkles, tränendes Auge, das sie misstrauisch anblinzelte.

»Ja?«, krächzte eine Stimme. »Was gibt es?«

Ida unterdrückte ein Lachen und fragte: »Darf ich einen Moment zu Euch hineinkommen, Magister? Ich brauche Eure Hilfe.«

Der alte Mann knurrte unwillig, aber er schob die Tür weiter auf. Ida zwängte sich durch den Spalt und blieb kurz stehen, um ihre Augen nach dem hellen Glanz des Sommermorgens an das Dämmerlicht zu gewöhnen.

Magister Ugo schloss die Tür hinter ihr und schlurfte auf seinen dünnen Beinen über den schmutzigen Lehmboden zum Kamin. Der Stickigkeit zum Trotz, die in der winzigen Kate mit den kleinen, fest geschlossenen Fenstern herrschte, entfachte er ein hoch loderndes Feuer und hängte den Wasserkessel darüber. Dann ließ er sich ächzend auf sein ungemachtes Lager nieder und fuhr sich durch das gefurchte Gesicht und sein strähniges Haar. Ida stand geduldig mitten im Raum und ließ ihn erst einmal wach werden.

Er gähnte herzhaft. Ida musste die Kiefer zusammenbeißen, um sich nicht von ihm anstecken zu lassen. Dann wischte er sich die tränenden Augen und sah zu Ida auf.

»Setzt Euch um der Schöpfer willen irgendwo hin«, sagte er unwirsch. »Ich hole mir ja einen steifen Hals, wenn ich an Euch Bohnenstange hochsehen muss.«

Ida grinste und zog sich einen Schemel heran. Der alte Mann kam schwerfällig auf die Füße und begann, mit einigen verbeulten Dosen und nicht allzu sauberem Geschirr herumzuhantieren. Ida betrachtete seine gebeugte Gestalt, die schmalen Schultern und den langen, faltigen und graustoppeligen Hals, der aus einem schmuddeligen und ungeschickt geflickten Nachthemd ragte, und fand den Magier alles in allem nicht besonders beeindruckend.

Er bereitete schweigend Tee und füllte ihn in zwei angeschlagene Becher, von denen er einen wortlos Ida reichte. Sie nahm ihn dankend entgegen und blickte etwas besorgt auf den bräunlichen Rand des Bechers, ehe sie mit Todesverachtung einen Schluck von dem heißen Gebräu herunterzwang. Magister Ugo hatte sich wieder auf sein Bett gesetzt und beobachtete sie, während er trank. Der Blick seiner alten Augen war nun von erschreckender Wachheit, und Ida bemühte sich, ihn angemessen zu erwidern.

»Ich kenne Euch doch. Ihr seid das unvernünftige Mädchen, das seiner Familie damals solche Schande bereitet hat, hm?«, fragte er unvermittelt. Ida zog die Brauen zusammen. Er hob einen seiner Mundwinkel, was dem unrasierten Gesicht einen spöttischen Ausdruck verlieh, und kratzte ausgiebig über seine rosige Kopfhaut, die durch das schüttere Haar schimmerte. »Was treibt Euch wieder hierher?«, fuhr er fort und faltete wieder seine Finger um den Becher. »Ich dachte, Ihr hättet damals nicht schnell genug von hier wegkommen können, genau wie Euer Bruder.« Bitterkeit schwang in seiner Stimme mit. Er trank hastig einen Schluck von seinem Tee, als er bemerkte, dass es Ida nicht entgangen war.

Ida setzte den klebrigen Becher, aus dem sie nach dem ersten gallebitteren Schluck nicht mehr getrunken hatte, vorsichtig ab und beugte sich vor. »Ich bin hier, weil ich Euch nach meinem Bruder fragen wollte.« Der alte Magier zuckte mit den faltigen Lidern, aber er erwiderte nichts. Der scharfe Blick wurde nur noch etwas wacher.

»Ich wüsste gerne, wo Albi hingegangen ist.«

Ugo zuckte gleichgültig mit seinen mageren Schultern und stand auf, um sich einen weiteren Becher von dem ungenießbaren Gebräu zu holen. »Er hat es mir nicht verraten. Das habe ich damals doch schon Eurem liebenswürdigen Herrn Vater gesagt.«

Ida sah ihn unverwandt an. Er blinzelte wieder wie ein Uhu und trank. Sein Adamsapfel hüpfte an dem mageren Hals auf und ab. »Ich glaube, dass Ihr meinem Vater nicht alles gesagt habt«, bemerkte Ida freundlich. »Ich kenne ihn zu gut, wenn er wütend ist. Er hört dann ohnehin nicht zu, weil er viel zu sehr damit beschäftigt ist, andere zu beschimpfen.«

Ein winziges Lächeln glitt über das Gesicht des alten Mannes. »Nun ja, wir haben uns ein wenig angebrüllt. Ich hatte danach wirklich keine große Lust mehr, ihm behilflich zu sein, selbst wenn ich es gekonnt hätte.«

»Hättet Ihr ihm denn helfen können? Seht, Magister, ich will Euch nichts Böses. Aber ich möchte meiner Tante Ysabet helfen. Sie ist außer sich vor Sorge und Kummer, und sie ist eine wirklich gute Seele. Wenn ich nur irgendetwas wüsste, womit ich sie beruhigen könnte …« Ida ließ ihre Stimme aufmunternd verklingen und wartete.

Magister Ugo saß da und dachte nach. Er hatte die Augen zu Schlitzen zusammengekniffen und betastete gedankenlos seine schnabelartige Nase. »Also meinetwegen«, sagte er schließlich. »Immerhin habt Ihr mir nichts getan und könnt auch nichts für das Benehmen Eures Vaters.« Er stand auf und ging zu einer Holzlade hinüber, die in der Ecke des Raumes stand. Er klappte den Deckel auf und wühlte murmelnd darin herum. Endlich drehte er sich zu Ida um, die ihn gespannt beobachtet hatte, und drückte ihr einen zusammengefalteten Bogen Papier in die Hand.

»Er wusste, dass Ihr eines Tages hier auftauchen würdet«, erklärte er beinahe vergnügt. »So ein kluger Junge, dieser Albuin. Nur schade, dass ich ihm nicht mehr genügt habe als Lehrer.«

Ida entfaltete das brüchig gewordene Papier und blickte mit Staunen auf die Anrede: *Kleine neugierige Ida*, stand da zu lesen. *Ich dachte mir, dass du deine Nase nicht aus meinen Angelegenheiten heraushalten kannst. Wer hat es dir aufgetragen? Unsere Tante, denke ich. Vater dürfte dasitzen und vor sich hingrollen, wie ich ihn kenne.*

Also, da ich dich ja anders nicht loswerde, sollst du erfahren, was dein unartiger Bruder plant. Wie Magister Ugo dir sicher schon berichtet hat – ist der alte Uhu immer noch beleidigt? –, habe ich mich entschieden, mir einen mächtigeren Meister zu suchen. Ich habe schließlich nicht vor, mein Leben als mittelmäßiger Dorfzauberer zu beschließen. Wie du weißt, habe ich einen gewissen Ehrgeiz.

Ich gehe mit Simon nach Westen. Du staunst? Ja, liebes Schwesterherz, der gute alte Simon ist wieder hier erschienen. Er hat sich sehr vorsichtig umgesehen, ob Vater ihm hinter irgendeiner Ecke auflauert, und sich bei mir sehr eingehend nach dir erkundigt. Sag, Ida, hast du mir da etwa einige interessante Details verschwiegen? Du solltest dich wirklich schämen.

Simon war bitter enttäuscht, dich an die Gildenweiber verloren zu haben. Aber da sich nun seine Pläne geändert hatten und er nichts Besseres zu tun hatte, war er bereit, mir meinen damaligen Streich zu verzeihen und mich auf meiner Reise zu begleiten.

Du siehst, ich bin in den besten Händen. Vielleicht sehen wir uns ja irgendwann einmal wieder. Leb wohl und gib Acht, dass Vater dich nicht am Ende einfängt und doch noch verheiratet.

Albuin

Ida musste heftig schlucken. Magister Ugo hatte still dagesessen, während sie den Brief las, und sie beobachtet. »Schlechte Neuigkeiten?«, fragte er.

Ida blickte zu ihm auf und schüttelte ein wenig verlegen den Kopf. »Nein, das nicht. Ein wenig unerwartet, das ist alles.« Sie lächelte gequält. »Leider hilft mir das hier nicht viel weiter. Er schreibt nicht, wo er hingehen wollte.« Nach Westen. Das war vage genug. Und Simon war mit ihm gegangen. Simon. So war er wirklich zurückgekehrt. Das überraschte sie allerdings. Sie riss sich zusammen und steckte den Brief ein. Ugo beobachtete sie noch immer.

»Ich danke Euch, Magister. Albi hat Euch auch nicht verraten, an wen er sich wenden wollte?«

Ugo schüttelte den Kopf und verzog pikiert den Mund. »Ich habe ihm angeboten, ihm ein Empfehlungsschreiben für den Großmeister meines Ordens mitzugeben. Er hat gelacht und es abgelehnt. Wahrscheinlich dachte er, die Empfehlung eines unbedeutenden Dorfhexers würde ihm eher hinderlich sein.«

Ida betrachtete ihn zum ersten Mal voller Mitgefühl. Der alte Mann hatte sich wirklich rührend um Albuins Ausbildung gekümmert und, wie es aussah, wenig Dank dafür geerntet. »War er wirklich so begabt?«, fragte sie.

Ugo seufzte und nickte. Er blickte auf seine mageren Hände hinab und runzelte die Stirn. »Begabt«, sagte er versonnen. »Mehr als das, junge Dame. Er hatte ein großes Potential in sich, das konnte sogar ich spüren.« Er hob den Kopf und blickte Ida direkt an. »Ich bin wirklich nur ein kleines Licht. Aber ich habe versucht, ihn auf den Weg zu bringen. Es war gut, dass er von hier fortgegangen ist. Ich habe ihm schon lange nichts mehr beibringen können. Was sollte er also noch hier?« Die alten Augen glänzten verräterisch.

Ida stand impulsiv auf und nahm seine magere Hand. »Ich danke Euch«, sagte sie warm. »Ihr seid sehr gut zu ihm gewesen, Magister Ugo.«

»Dummes Zeug«, sagte er grob und entzog ihr seine Hand. Aber seine Augen sahen sie freundlicher als zuvor an. »Ich habe es gerne getan. Euer Bruder war schon als Kind ein anregenderer Gesprächspartner als diese Bauerntölpel, mit denen ich sonst nur zu tun habe.« Er stand wieder auf und begann, in einem wurmstichigen Kasten herumzuwühlen.

»Kann ich sonst noch etwas für Euch tun?«, fragte er, ohne sie anzusehen. »Ich würde mich jetzt gerne anziehen.«

Ida dankte ihm eilig und verabschiedete sich. Vor der Tür nahm sie einen tiefen Atemzug. Die dumpfe, stickige Luft in der Stube hätte es beinahe geschafft, sie wieder müde werden zu lassen. In Gedanken versunken ging sie den staubigen Weg zum Haus ihres Vaters entlang. Sie wusste immer noch nicht, wohin ihr Bruder sich damals gewandt hatte. Aber immerhin hatte sich ein neuer Gesichtspunkt ergeben: Da sie ohnehin nach Simon suchen wollte, konnte sie mit ein wenig Glück vielleicht zwei Kaninchen in einer Falle fangen. Wenn Simon ihr verriet, wo er Albuin das letzte Mal gesehen hatte, ergab sich daraus vielleicht ein kleiner Anhaltspunkt für seinen jetzigen Aufenthaltsort.

Ida blickte zum Himmel auf. Es war immer noch recht früh am Tag, obwohl es ihr nach all den anstrengenden Begegnungen dieses Morgens eher so vorkam, als müsste sich der Abend schon nähern. Sie riss ein Blatt von der Pfefferweide ab, neben der sie stand. Im Weitergehen steckte sie es in den Mund, kaute darauf herum und genoss den frischen, scharfen Minzgeschmack.

»Tante Ysa«, rief sie, kaum dass sie das Haus betreten hatte. »Tante, wo bist du?« Eine gedämpfte Antwort erscholl aus dem Küchengarten. Sie fand die rundliche Frau neben dem Zwiebelbeet, wie sie sorgenvoll eine der Knollen begutachtete, die sie in der erdigen Hand hielt.

»Sieh mal, Ida, wofür hältst du das?«, fragte sie, ohne aufzublicken.

Ida warf einen uninteressierten Blick auf die beanstandeten Zwiebeln. »Kartoffelkäfer?«, riet sie. »Tante, du weißt doch, dass ich nichts von Ungeziefer verstehe.« Ysabet blickte auf und warf ihr ein schnelles Lächeln zu. »Tante Ysa, ich reite morgen weiter«, eröffnete Ida ihr.

Das Lächeln verschwand und wich einer zutiefst enttäuschten Miene. »Aber du wolltest doch ...«, stammelte sie. »Albuin ...«

»Ich denke, ich habe eine winzige Spur. Keine sehr hoffnungsvolle, wie ich zugeben muss, aber zumindest eine Spur. Und ich kann dabei meine eigene Suche weiterverfolgen, Tante.«

Ysabet nickte wenig überzeugt und klopfte ihre Hände ab. Die Zwiebel mit den seltsamen schwarzen Flecken auf der Schale lag vergessen zu ihren Füßen. »Wenn du es sagst, Kind. Ich hatte nur gehofft, dich wenigstens noch ein paar Tage ... Ach, was soll's.« Ihr Gesicht verzerrte sich zum Weinen, und sie wandte sich schnell zum Haus.

Ida holte sie mit wenigen ausgreifenden Schritten ein und hielt sie fest. Sie drehte die kleinere Frau zu sich herum und drückte sie an sich. »Ich komme wieder zurück, Tante Ysa, das verspreche ich dir. Weine doch nicht, Liebe. Ich habe nicht gewusst, dass du mich vermisst hast.«

Ysabet schniefte ärgerlich und schob Ida von sich. »Ach was, vermisst«, sagte sie heftig. »Ich hatte endlich mal meine Ruhe, als du Nervensäge aus dem Haus warst!« Ida lachte und hakte sie unter.

Ysabet wollte Ida nicht fortlassen, ohne ihr die passende Ausrüstung mitzugeben, obwohl ihre Nichte ungeduldig von einem Fuß auf den anderen trat. »Es ist viel zu gefährlich, in dieser Jahreszeit in den Norden zu reisen«, jammerte sie, als wäre schon tiefster Winter und nicht der schöne, warme und sonnige Nachsommer, den sie gerade erlebten.

»Ich bin doch kein Kind mehr, Tante Ysa. Ich werde schon aufpassen, dass mich nicht der Schneewolf frisst«, neckte Ida ihre besorgte Tante.

Ysabet schniefte gekränkt und begann eigenhändig damit, warme, pelzgefütterte Kleidungsstücke aus den Truhen auf dem Dachboden herauszusuchen. »Das hier müsste dir passen.« Sie wischte einige Spinnweben aus ihrem Gesicht. Missmutig darauf niederblickend, machte sie sich im Geiste die Notiz, die Mägde demnächst zu einer außerplanmäßigen Putzaktion auf den Dachboden abzukommandieren.

»Süßer Iovve, wo hast du das Zeug her?«, fragte Ida entgeistert und hielt einen pelzgefütterten Umhang hoch, der neben einer dicken, mit etlichen Mottenlöchern verzierten Wollhose gelegen hatte.

»Die Sachen haben einem Onkel deiner Mutter gehört.« Ysabet inspizierte geistesabwesend das zerschlissene Futter eines dicken, kragenlosen Hemdes. Mit ein wenig Ausbesserung würde es sicher noch gute Dienste tun.

»Tante Ysa, ich habe keine Expedition ins Hochgebirge vor mir«, protestierte Ida lachend.

»Man weiß nie, was passiert. Das Wetter in den Bergen kann in dieser Jahreszeit tückisch sein, Kind.« Sie tauchte wieder tief in die alten Truhen.

Ida seufzte und entschied, die Zeit zu nutzen, um noch einmal durch den alten Obstgarten zu spazieren. Als sie die überwucherten Wege entlangschlenderte und sich mit selbstvergessener Freude ein paar der Kirschbeeren in den Mund steckte, die ihre ordentliche Tante und die geplagten Mägde übersehen hatten, fiel ihr wieder ein, was Fiamma ihr gestern nachgerufen hatte.

Sie hockte sich neben den Feuerbohnenbusch und

sagte sanft: »Frau Feuerdorn, entschuldigt. Ich suche Eure Enkelin Fiamma.«

Es raschelte leise im Laub. Eine runzlige alte Elfe steckte den Kopf hervor und blinzelte Ida kurzsichtig und fragend an. »Ach, die kleine Ida«, sagte sie schließlich mit altersdünner Stimme. »Das ist aber eine nette Überraschung. Du hast mich schon lange nicht mehr besucht.«

Ida lächelte die alte Feuerelfe herzlich an. »Ich war lange fort, Frau Feuerdorn. Wie geht es Euch?«

»Oh, danke, gut.« Fiammas Großmutter setzte sich bequem auf einem Ast zurecht. »Aber die alten Knochen werden doch langsam ein wenig kalt. Du suchst mein Glutstückchen, die kleine Fiamma? Sie wollte mich eigentlich heute besuchen, sie vergisst ihre Oma nicht. Ganz wie ihre liebe Mutter«, plauderte die alte Elfe. »Wenn du ein wenig Zeit mit einer alten Frau verbringen magst, wirst du sie bestimmt treffen.«

Ida folgte dem Beispiel der Elfe und hockte sich etwas bequemer hin. Vom Boden stieg schon herbstliche Kühle auf. Sie dachte bedauernd an die alten, kälteempfindlichen Glieder der Elfe. Der Winter musste für sie doch eine wahre Qual bedeuten.

»Hallo, ihr beiden Hübschen«, zwitscherte es über ihren Köpfen, und Fiamma landete anmutig zwischen Ida und dem Busch. »Hast du es ihr schon gegeben?«, fragte sie ihre Großmutter und klatschte in die Hände, dass die Funken nur so stoben. »Ich bin so gespannt auf ihr Gesicht, wenn sie es auspackt.«

»Ach ja, das«, sagte die alte Elfe. »Ich bin doch wirklich ein vergesslicher alter Glühwurm. Einen Moment, Kinder.« Sie tauchte in den Busch. Fiamma hüpfte von einem Fuß auf den anderen und gab kleine, aufgeregte Laute von sich. Ida sah sie lachend an.

»Was ist es denn?«, fragte sie neckend. »Ein paar von den köstlichen Keksen, die deine Mutter backt?«

»Nein, ganz kalt«, rief Fiamma und sprang vor Entzücken hoch in die Luft. Ihre winzigen flammenden Flügel flatterten wild.

»Ach so, dann ist es sicher der schäbige Glühstein, den du mir schon vor Jahren andrehen wolltest«, gab Ida sich uninteressiert.

Die Feuerelfe schlug einen Purzelbaum in der Luft und jubilierte: »Immer kälter, eisig, eisig. Du rätst es nie, Ida, nie!«

Es raschelte wieder, und Fiammas Großmutter tauchte auf, mit vor Anstrengung gerötetem Gesicht und zerzaustem weißem Haar. »Du liebe Güte«, keuchte sie. »Hilf mir doch, Kind, ich hänge irgendwo fest.« Fiamma tauchte in den Busch ein. Lautes Knacken und das Brechen von Zweigen scholl alsbald daraus hervor. Der gesamte Busch geriet in heftige Bewegung und sah bald beinahe so zerzaust aus wie seine Bewohnerin. Endlich ertönte ein abschließendes Blätterrauschen und Fiamma schoss hervor, eine Ecke eines Paketes in den Händen, das im Vergleich zu ihren zarten Proportionen riesig war. Ida nahm es den beiden Elfen vorsichtig und verwundert ab und drehte das Päckchen zwischen den Fingern. Es war flach, kleiner als ihre Handfläche und nicht besonders schwer.

»Pack es aus«, pustete Fiamma und kämmte sich mit den winzigen Fingern Stückchen von Borke und Blättern aus den Haaren. Ihre Großmutter saß schweigend auf ihrem Ast, und ihre lohfarbenen Augen blickten in die Ferne.

»Meine Mutti war die Hüterin und meine liebe Oma hier vor ihr und ihre Mutter davor, und ich wäre die nächste Hüterin geworden, aber jetzt ist es deins«, plapperte Fiamma stolz und atemlos.

Ida wickelte behutsam das weiche, feuerfeste Material ab. Etwas fiel silbern blitzend und rötliche Lichtreflexe sprühend auf ihre Handfläche. »Das ist …«, stammelte Ida, »das ist … Süßer Iovve, was ist das?« Fiamma starrte stumm und andächtig auf das Schmuckstück, dessen geschliffene Steine sich in allen Tönen des Rotspektrums in ihren Augen spiegelten.

»Das Herz des Feuers«, sagte ihre Großmutter leise. »Das höchste Kleinod, das mein Volk zu bewahren hat.« Sie hob eine zittrige Hand und berührte es voller Ehrfurcht.

Ida sah immer noch reglos darauf nieder. »Warum gebt Ihr es mir?«, fragte sie nach einer langen Weile ergriffen.

»Du bist als die nächste Hüterin auserwählt worden«, sagte die alte Elfe. »Mein Volk hat seine Aufgabe erfüllt. Nun seid ihr Menschen an der Reihe.«

»Aber was bedeutet das?«, fragte Ida verzweifelt, während das Herz des Feuers in ihrer Hand das Licht der untergehenden Sonne vertausendfachte und seine roten Funken wie züngelnde Flammen durch den ganzen Garten schickte.

»Du wirst es herausfinden«, erwiderte die alte Elfe streng. »Das ist ein Teil deiner Aufgabe, Hüterin.«

Sie verschwand in ihrem Busch, und Fiamma schoss mit einem entschuldigenden Blick auf Ida hinter ihr her. Ida stand plötzlich allein gelassen im Garten, das blitzende Schmuckstück in der Hand, und kratzte sich am Kopf. »Na so was«, murmelte sie verdutzt. Dann wickelte sie das Kleinod behutsam wieder in seine weiche Umhüllung und barg es in ihrem Hemd. Vom Haus her rief ihre Tante nach ihr. Mit einem wütenden Blick auf den völlig unschuldigen Feuerbohnenbusch drehte Ida sich herum und lief zum Haus zurück. Tante Ysabet hatte inzwischen den Kleidersack und einen riesigen Proviantbeutel für sie gepackt und winkte ihr noch nach, bis Ida hinter der Biegung des Weges verschwunden war.

Gegen Abend erreichte Ida den südlichsten Ausläufer der Ewigkeitsberge. Die Strahlen der tief stehenden Sonne beleuchteten die weißen, fernen Gipfel des sich weit nach Norden erstreckenden Bergrückens. Wenn sie sich von hier aus östlich hielt, würde sie in wenigen Tagesreisen das Mutterhaus des Weißen Ordens erreichen. Sie zügelte ihre Stute und stützte sich matt auf den Sattelknauf. Es wäre schön, Ylenia wieder zu sehen, mit der sie in den letzten Jahren ausschließlich brieflichen Kontakt gehalten hatte. Wann immer eine der vielen Botinnen der Gilde, die im Dienst des Weißen Ordens unterwegs waren, zum Ordenshaus aufbrach, trug sie einen langen Brief Idas mit sich, der dann später eine ebenso lange, herzliche Erwiderung fand.

Ida seufzte und schnalzte mit der Zunge, um Nebel wieder antraben zu lassen. Es war ein verlockender Gedanke, aber sie musste diesen Besuch auf später verschieben. Jetzt galt es, die westlich der Ewigkeitsberge gelegene Ordensburg der Ritter vom Herzen der Welt aufzusuchen.

Falkenhorst, die kleine Stadt, über der die Mauern der trutzigen Ordensburg grau und abweisend aufragten, lag verschlafen im Morgenlicht vor ihr. Sie hatte dort eigentlich am Abend zuvor eintreffen wollen, um einer weiteren frostigen Nacht im Freien zu entgehen, aber das war ihr nicht vergönnt gewesen. Stattdessen war sie noch vor Morgengrauen aufgestanden, steif und knochenkalt, und hatte sich wieder in den Sattel geschwungen. Obwohl sie nur etwas über vier Tagesritte vom sonnigen Sendra entfernt war, war es hier doch schon empfindlich kalt in den Nächten, so heiß es auch bei Tage sein mochte. Und Ida fror ohnehin leicht, da sie nun einmal kein nennenswertes Fettpolster vor der emporkriechenden Nachtkälte schützte.

Sie ritt durch die friedliche Ortschaft und hielt nach einem offenen Gasthaus oder wenigstens einer Garküche und einem Badehaus Ausschau. Ihr Sinn stand nach einer schönen heißen Tasse Tee und einem ebensolchen Bad. Sie wollte keinesfalls über und über vom Staub der Reise bedeckt vor die gestrengen Augen des Hochmeisters der Ordensritter treten.

Zwei erquickliche Stunden später schwang sie sich gestärkt und mit einem angenehm sauberen Gefühl unter ihrer zerdrückten Kleidung wieder in den Sattel und lenkte Nebel hinauf zur Burg. Der Torwächter schenkte ihr einen verächtlichen Blick, ließ sich aber, nachdem sie ihm ihren Namen genannt hatte, dazu herab, die kleine Pforte in dem riesigen, dunklen Tor für sie zu öffnen. Sie führte ihr Pferd am Zügel hinein und band es an einem Pfosten fest, während ein junger Ordensritter, den der Torwächter herbeigerufen hatte, geduldig auf sie wartete.

»Ich werde nachhören, ob der Hochmeister Euch empfangen kann, edle Dame«, sagte er höflich. »Wenn Ihr so freundlich sein wollt, hier zu warten.« Er öffnete die Tür zu einer spartanisch eingerichteten Kammer, die augenscheinlich sonst einem Schreiber als Arbeitsstube diente. Ida dankte ihm und trat ein. War dieser große Orden wirklich so wenig auf Besucher eingerichtet, dass er sie in einem solchen Raum auf ihre Audienz warten lassen musste? Es war wohl eher so, dass sie allzu offensichtlich eine Gildenfrau war, die man sich lieber schnell aus den Augen schaffte.

Ihre Geduld wurde auf eine harte Probe gestellt. Sie wanderte unruhig durch die Kammer, nahm eines der herumliegenden Bücher zur Hand, das sich als langweilige Lektüre entpuppte, außer man mochte endlose Zahlenkolonnen, und nickte schließlich auf dem einzigen Hocker ein, schwer gegen die kalte Wand gelehnt.

Als die Tür sich endlich wieder öffnete, schrak sie empor. Ein anderer Ritter, nicht der junge, der sie hierher geführt hatte, stand vor ihr und lächelte sie an.

»Ihr müsst einen sehr schlechten Eindruck von unserer Gastfreundschaft bekommen haben«, sagte er entschuldigend, während er sie durch lange Gänge tiefer in die Burg führte. Sie blickte von der Seite in sein anziehend hässliches, wettergegerbtes Gesicht und überlegte, dass er wohl etwa im gleichen Alter sein mochte wie Simon.

»Ich suche einen Ritter, Herrn Simon. Kennt Ihr ihn zufällig?«, fragte sie ihn spontan. Er antwortete ihr nicht, aber sie sah, dass seine Lider sich schmerzlich zusammenzogen. Er hielt vor einer Tür an und hob die Hand, um anzuklopfen.

»Herein«, erklang es von drinnen.

»Wenn Herr Gareth Euch entlassen hat, fragt nach mir, ich heiße Torben«, sagte der Ritter leise, bevor er ihr höflich die Tür öffnete und sie eintreten ließ.

Das Gemach, das sie nun betrat, war zwar größer, aber beinahe genauso sparsam eingerichtet wie die Kammer, in der sie so lange gewartet hatte. Der Hochmeister stand am Fenster und streute Brotkrumen für eine gurrende Schar von Tauben hinaus auf das breite Sims. Er blickte noch einige Sekunden auf die eifrig pickende Schar und wandte sich dann mit sparsamen Bewegungen zu Ida um. Ohne Eile betrachtete er sie. Seine kühlen Augen zeigten keinerlei Regung, auch nicht die Verachtung, die der Torwächter so deutlich gezeigt hatte.

Ida erwiderte ebenso kühl seine eingehende Musterung. Soviel sie wusste, war der edle Hochmeister des größten und ältesten Ritterordens ein Enkel des alten Hierarchen. Sie waren wahrhaftig miteinander verwandt, und das noch nicht einmal allzu entfernt, dachte sie gelinde erheitert.

»Nehmt Platz«, sagte der graublonde Mann schließlich und wies einladend auf einen hochlehnigen Stuhl. Er selbst ließ sich hinter seinem Schreibtisch nieder und sah sie abschätzend an. »Ihr seid die jüngste Tochter des Lords von Sendra, ist das richtig?«, fragte er mit einer angenehmen, hohen Stimme. Er griff nach einem filigranen Schmuckstück, das auf seiner weiß gekleideten Brust hing, und strich mit schlanken Fingern darüber. Ida erkannte den Zwilling des Anhängers, der ihrer Tante Ylenia gehörte.

»Das stimmt. Ich bin Anida, Tochter von Lady Aurika.«

Er nickte schwach, und ein unwilliges Zucken hob die Winkel seines schmalen Mundes. Er faltete die Hände zum Spitzgiebel und tippte sacht mit den Zeigefingern gegen seine Lippen. »Was kann ich für Euch tun, Anida, Tochter von Aurika?« Leiser Hohn klang in seiner gelassenen Stimme mit.

Ida lächelte schwach und begann: »Herr Gareth, ich habe ein vielleicht etwas ungewöhnliches Anliegen. Ich suche einen Eurer Ritter, Simon, der vor Jahren der Erzieher meines Bruders gewesen ist.«

Hochmeister Gareths Augen wurden noch ein wenig kälter. Er legte die Hände flach vor sich auf den Tisch und fixierte sie nicht allzu freundlich. »Ich denke nicht, dass ich ausgerechnet einer Gildenfrau Auskunft über einen meiner Ritter schuldig bin«, sagte er schroff. »Allerdings ist Herr Simon schon seit langem nicht mehr Mitglied dieses Ordens. Ihr seht, dass Eure Reise hierher leider ganz umsonst war.« Er stand auf und wartete. Ida begriff, dass die Audienz beendet war.

»Ihr könnt mir nicht mitteilen, wo Simon sich jetzt aufhält?« Der Hochmeister schüttelte nur schweigend den Kopf und geleitete sie höflich, aber bestimmt zur Tür.

Ida fand sich auf dem Gang wieder und fluchte lautlos und erbittert. Leise Schritte ließen sie sich zusammenreißen. Sie wandte sich zu dem hell gekleideten Ritter Torben um, der sie mit verschränkten Armen eigenartig reserviert anblickte, ehe er ihr mit einer höflichen Handbewegung bedeutete, ihm zu folgen.

»Herr Gareth hat Euch nicht helfen können?«, fragte er nach längerem gespanntem Schweigen. Ida hob die Schultern und ließ sie resigniert wieder fallen. Torben presste die Lippen zusammen und blieb stumm, bis Ida ihr Pferd losgebunden hatte.

»Lasst uns miteinander reden, vielleicht kann ich Euch weiterhelfen«, sagte er beinahe widerwillig. »Aber nicht hier. Heute Abend im ›Kleinen Nest‹. Die Grennach-Schenke am Markt«, setzte er hinzu, als er Idas fragende Miene sah. Er blickte sich um, ob jemand sie beobachtete, und trat einen Schritt näher an sie heran.

»Seid Ihr die Jungfer, die Simon entehrt hat?«, fragte er gedämpft.

Ida riss zuerst empört den Kopf hoch, begann dann aber, breit zu grinsen. »Nein, Herr Torben, die bin ich wohl nicht. Sehe ich so sehr nach einer entehrten Jungfer aus?«

Der Ritter besaß den Anstand, beschämt die Augen niederzuschlagen. »Verzeiht, das war ungebührlich«, murmelte er.

»Entschuldigt Euch nicht, Herr Torben. Bis heute Abend.«

Ida führte die Stute durch die kleine Pforte hinaus und stieg in den Sattel. Vielleicht konnte dieser Ritter ihr wirklich weiterhelfen. Zumindest schien er über Simons Fehltritt informiert zu sein. Das gab ihr wieder ein wenig Hoffnung, nachdem der Hochmeister sie derart abgefertigt hatte.

Bis zu ihrem Treffen mit Torben hatte sie genügend Zeit, sich in Falkenhorst umzusehen. Der mürrische Wirt des Gasthauses, bei dem sie sich einquartiert hatte, hatte ihr kurz angebunden den Weg zum Markt erklärt. Als sie durch die steilen Gassen und Sträßchen des Ortes streifte, bemerkte sie schnell, dass er sich die Mühe hätte sparen können. Der Markt war das Zentrum des Städtchens, und jeder Weg führte irgendwann dorthin. Sie aß einen Happen in einer blitzsauberen kleinen Garküche, die von einer hübschen braunhaarigen Grennach geführt wurde. Zum ersten Mal, seit sie in Falkenhorst eingetroffen war, fiel ihr auf, wie viele dieser kleinen Leute hier zu leben schienen. Sie fragte die Grennach danach, als sie die säuberlich geleerte Essschale abräumte.

»Das hier ist altes Grennach-Land«, erwiderte die Wirtin freundlich, aber knapp. Sie wischte mit einem Lappen über den dunklen Steintisch und wandte sich geschäftig dem Nachbartisch zu. Ihr dichter, dunkelbrauner Schwanz streifte sanft an Idas Knöchel vorbei.

Nichts in Falkenhorst schien auf die hier anwesenden Ordensritter hinzudeuten, allein die hoch aufragenden, abweisenden Mauern der Ordensburg bildeten eine beständige stumme Mahnung. In den Straßen des kleinen Ortes jedenfalls traten die Ritter nicht auffällig in Erscheinung. Ida betrat die Schenke, in der sie mit Torben verabredet war, und setzte sich in einen ruhigen Winkel, nachdem sie mit einem schnellen Blick in die Runde festgestellt hatte, dass der Ritter nicht vor ihr eingetroffen war.

Die zimtfarben behaarte Grennach-Wirtin servierte ihr einen Humpen Würzbier. Ida lehnte sich behaglich zurück. Eigentlich seltsam, selbst hier, im Grennach-Land, hatte sie noch kein einziges männliches Mitglied des kleinen Volkes zu Gesicht bekommen. Woran mochte das liegen? Sie versuchte, sich die wenigen vagen Äußerungen ins Gedächtnis zu rufen, die Mellis über die Grennach-Männchen gemacht hatte, als sie Torben mit suchendem Blick die Schenke betreten sah. Ida hob die Hand. Er nickte zum Zeichen, dass er sie erkannt hatte, und steuerte auf sie zu. Ida sah erheitert, dass der Ritter seine helle Ordenstracht abgelegt und gegen ein etwas schäbiges Lederwams und eine verschossene und mehrfach geflickte dunkle Hose ausgetauscht hatte.

»Incognito, edler Ritter?«, zog sie ihn auf, als er sich ihr gegenüber auf die Bank fallen ließ.

Er sah sie mürrisch an, musste dann aber wider Willen lächeln. »Nun ja«, gab er zu. »Der Hochmeister sieht es nicht gerne, wenn seine Ritter sich in Schenken herumtreiben.« Er hob die Hand und signalisierte der Wirtin, dass er das Gleiche wünschte wie Ida. Sie tranken schweigend und musterten sich nicht ohne Sympathie.

Torben wischte sich den Mund und verschränkte die Arme. Er sah Ida unter zusammengezogenen Brauen her an und schien über etwas nachzugrübeln. Ida ließ ihm Zeit. Sie trank gelassen von dem kräftigen Würzbier und ließ ihre Blicke durch die sich füllende Schenke wandern.

»Also gut«, sagte Torben endlich und beugte sich vor. »Warum erkundigt ihr Euch nach Simon? Was wollt Ihr von ihm?« Ida sah das Misstrauen in seinen lichtbraunen Augen und schürzte die Lippen. Wahrscheinlich kam sie mit der Wahrheit am weitesten.

»Ich bin die Tochter des Lords von Sendra«, begann sie und legte dem Ritter warnend eine Hand auf den Unterarm, da er aufgebracht hochfahren wollte. »Nicht die ›entehrte Jungfer‹«, setzte sie hastig hinzu. »Ich habe Euch nicht belogen, Herr Torben. Ich bin Amalis Schwester Ida.«

»Die Prinzessin«, sagte Torben überrascht. »Ich hatte mir Euch anders vorgestellt.«

Jetzt war es an Ida, verblüfft dreinzuschauen. »Woher …«, begann sie und lachte dann ärgerlich auf. »Hat er sich über uns im Orden das Maul zerrissen?«

Torben schüttelte sehr ernst den Kopf. »Im Gegenteil«, sagte er. »Ich bin – ich war sein Freund. Wir waren zusammen Novizen und haben auch gemeinsam unser Gelübde abgelegt.« Sein hässliches, angenehmes Gesicht zeigte einen bedrückten Ausdruck. Ida sah ihn abwartend an. »Er hat mir ein wenig von dem erzählt, was auf Sendra vorgefallen ist«, fuhr Torben fort. »Wobei ich glaube, dass ich nur eine bereinigte Fassung zu hören bekommen habe. Selbstkritik war noch nie Simons starke Seite.« Er verstummte ein wenig verlegen und leerte seinen Humpen.

»Er ist schon lange nicht mehr beim Orden?«, fragte Ida behutsam nach. Torben schüttelte den Kopf und deutete fragend auf Idas geleerten Krug, bevor er der Wirtin winkte. »Und bringt uns auch noch etwas Brot und Käse«, rief er der Grennach hinterher.

»Er hat uns verlassen, nicht lange, nachdem er aus Sendra zurückgekehrt ist. Ich weiß es nicht sicher, aber ich glaube, er ist nicht freiwillig gegangen. Wahrscheinlich hat Hochmeister Gareth es ihm nahe gelegt. Sein Lebenswandel war – nun ja – nicht ganz makellos.«

»Das ist sicher noch milde ausgedrückt«, sagte Ida ironisch. »Seine Auslegung der Ordensregeln erschien sogar mir damals etwas eigenwillig.« Über Torbens dunkles Gesicht glitt ein hilfloses Lächeln. Die Wirtin brachte ihre Bestellung. Sie schwiegen gedankenverloren, während sie von dem groben, nach Nüssen schmeckenden dunklen Brot und dem bröckeligen weißen Schafskäse aßen.

»Warum sucht Ihr ihn?«, wiederholte Torben schließlich seine anfängliche Frage. »Geht es immer noch um Eure Schwester? Nach all den Jahren, dachte ich …«

»Nein, nein«, beruhigte Ida ihn. »Mein Vater hat sich alle Mühe gegeben, die Sache zu vertuschen, und Amali ist längst verheiratet. Glücklicherweise war Amalis Verlobter sehr viel nachsichtiger, als sie es meiner Meinung nach verdient hatte.«

Torben regte unbehaglich die Schultern. »Ich bin erleichtert, das zu hören«, sagte er leise. »Es hat mich bedrückt, obwohl ich doch eigentlich nichts damit zu tun hatte.«

Ida lächelte ihm zu. »Das spricht für Euch, Herr Torben. Nein, ich suche nach Simon, weil ich etwas von ihm zurückhaben will, das ein dummes, junges und blind verliebtes Ding ihm damals gegeben hat. Eine Halskette.«

Torben blickte sie mitfühlend an. »Davon hat er mir allerdings nichts erzählt. Dieser verdammte …« Er unterbrach sich und drückte in einer Abbitte leistenden Geste seinen Daumen gegen die Stirn. »Ich habe noch eine Nachricht von ihm bekommen, als er etwa ein Jahr fort war«, berichtete er. »Er ist zum Nebelhort gegangen und hat sich dort als Söldner verdingt.« Er zog eine Grimasse des Abscheus. »Er schrieb, da er wenig Lust und Talent verspüre, in die Fußstapfen seines Vaters zu treten, und das Einzige, was er in seiner Zeit beim Orden wirklich gelernt habe, das Kämpfen gewesen sei, sei das wohl oder übel die einzige Laufbahn, die ihm noch offen stünde. Noch dazu sei der Khan, dem er diente, außerordentlich großzügig in der Entlohnung seiner Männer.«

Ida nahm einen großen Schluck von dem frischen Humpen und verdaute die Neuigkeit. »Verdammt«, sagte sie aus tiefstem Herzen. »Wenn er immer noch im Nebelhort ist, habe ich keine große Chance, ihn aufzustöbern.«

»Ich habe danach nicht wieder von ihm gehört«, sagte Torben bedauernd.

»Aber ich«, fiel es Ida ein. »Ich bin doch wirklich vernagelt! Mein Bruder hat ihn vor etwa fünf Jahren in Sendra wieder gesehen. Er treibt sich also möglicherweise doch wieder hier in der Hierarchie herum.«

Torben zuckte mit den Achseln. »Das Reich ist groß. Wo wollt ihr anfangen, nach ihm zu suchen?«

Ida schwieg nachdenklich. »Wo kommt er her?«, fragte sie schließlich.

»Hier aus Beleam«, erwiderte Torben erstaunt. »Er ist nahe der Grenze zum Nebelhort geboren, in Korlebek.«

»Süßer Iovve«, fluchte Ida. Torben tippte wieder erschreckt mit dem Daumenknöchel gegen seine Stirn. Ida entschuldigte sich mit einer schnellen Geste bei ihm. »Ich habe doch gewusst, dass ich dieses Kaff mit etwas in Verbindung bringe. Sein Vater war dort Schmied, nicht wahr?«

Torben nickte und grinste in der Erinnerung. »Und was für einer«, sagte er. »Ich habe ihn in unserem ersten Novizenjahr kennen gelernt, als ich mit Simon für ein paar Tage seine Familie besucht habe. Der alte Marten, sein Vater, war die beeindruckendste Figur, die ich je zu Gesicht bekommen habe. Ein wahrer Riese an Gestalt und dabei ungeheuer fett. Er schwang den Hammer, als wäre er eine Hühnerfeder. Einmal habe ich gesehen, wie er den Amboss einfach anhob und an einen anderen Platz stellte, nur weil das Dach undicht war und der Regen ihn bei seiner Arbeit störte.« Er schüttelte den Kopf, immer noch hellauf darüber entzückt wie der halbwüchsige Junge, der er damals gewesen war.

Ida schnalzte mit der Zunge. »Gut, dann werde ich dort mit meiner Suche nach ihm fortfahren. Vielleicht gibt es ja noch Verwandte oder Freunde von Simon dort, die etwas über seinen Verbleib wissen.« Sie grinste. »Zumindest weiß ich, dass es dort ein Gasthaus gibt, in dem ich übernachten kann. Auch wenn der Wirt angeblich keine allzu hohe Meinung von der Gilde hat. Aber wer hat die schon«, setzte sie bitter hinzu, als sie an die Verachtung in den Gesichtern der Ordensritter dachte, denen sie heute begegnet war.

Torben trank seinen Humpen leer und stand auf. »Ich muss zurück. Ich wünsche Euch viel Glück, Prinzessin.« Er blinzelte verlegen, weil ihm der alte Spitzname, den Simon ihr gegeben hatte, entschlüpft war. Ida lachte und reichte ihm die Hand, die er herzlich drückte.

»Falls Ihr den alten Halunken wirklich findet, grüßt ihn bitte von mir. Er soll mal wieder von sich hören lassen.«

»Ich werde es ausrichten«, versprach Ida und sah ihm nach, wie er sich seinen Weg zur Tür bahnte. Sie warf einige Münzen auf den Tisch und erhob sich, ohne auszutrinken. Ihr Kopf war jetzt schon schwer genug. Sie wollte sich morgen in aller Frühe auf den Weg machen. Ihre Tante und das Große Nest mussten noch warten, entschied sie schweren Herzens. Zuerst kam die Pflicht.

~ 9 ~

Den Weg nach Korlebek hätte ein Säugling im Schneesturm finden können. Ida musste nur einige Tage lang dem Falkenfluss folgen, der sie direkt von der Ordensburg zur Grenze führte. Die Tage begannen kürzer zu werden, und morgens lag schon ein leichter Dunst über den Wiesen, der den nahenden Herbst ankündigte. Ida erreichte den Grenzflecken am frühen Nachmittag. Ihre Stute hatte in der letzten Stunde leicht zu lahmen begonnen, weil ein Hufeisen sich gelockert hatte.

»Wie bestellt«, sagte Ida. »Halte noch ein wenig durch, meine Brave, dort unten gibt es einen Schmied.«

Korlebek war kaum größer als Falkenhorst. Ida ließ sich den Weg zur Schmiede von einem schmuddeligen, mit nackten Füßen durch die Gosse platschenden Bengel erklären, der ihr mit weit offenem Mund nachstarrte, als ihm endlich aufging, dass sie kein Mann war.

Die vagen Hoffnungen, die Ida sich gemacht hatte, zerstoben, als der Schmied auf ihr Rufen heraus auf den Hof trat. Er war blond, beinahe so groß wie sie, aber untersetzt, mit mächtigen Muskelpaketen an Armen und Schultern. Er erfasste mit einem distanzierten Blick ihre Kleidung und ihren Ohrreif und wandte sich dann dem Pferd zu.

»Jo«, er spuckte aus. »Das ist 'ne Kleinigkeit, fehlt nur'n Nagel.« Er ließ den Huf los und sah sie mit zusammengekniffenen Augen abschätzend an. »Wollter nich' lieber 'n paar neue Eisen für die Stute, Lady? Die alten sin' nich' mehr lang gut.« Ida zollte ihm innerlich Beifall für seine Geschäftstüchtigkeit.

»Gut, einverstanden«, sagte sie. »Darf ich Euch im Austausch ein paar Fragen stellen?« Er führte die Stute in die Schmiede und warf Ida einen schrägen Blick zu.

»Was für Fragen?« Seine Stimme klang misstrauisch.

»Über den alten Besitzer der Schmiede«, erwiderte Ida und hockte sich auf den Rand einer Wassertonne.

Der Schmied schnaubte und begann, die alten Eisen zu lösen. »Kann ich Euch nich' viel zu sagen.« Ida musste sich anstrengen, den zähen Dialekt des Mannes zu verstehen. »Ich bin ers' hergekommen, als der alte Schmied nich' mehr lebte.« Ida nickte resigniert. »Aber da is' der Wirt vom ›Herzen‹«, fuhr der Schmied nach einer Weile konzentrierter Arbeit fort. »Der is' wohl irgend 'n Verwandter von mei'm Vorgänger. Kann Euch sicher eher weiterhelfen, Lady.«

Ida sprang von der Tonne. »Danke, das ist ein guter Rat«, sagte sie erleichtert. »Kann ich mein Pferd bei Euch lassen?«

Der Schmied spuckte wieder aus. »Jo«, sagte er kurz. »Ihr findet's ›Herz‹ zwei Ecken von hier.« Er beschrieb ihr knapp den Weg, und Ida versprach, ihre Stute am Abend wieder abzuholen.

»Gasthaus zum Herzen der Welt«. Ein hochtrabender Name für eine fragwürdige Schenke, dachte Ida, als sie vor dem schäbigen Fachwerkhaus stand. Dann weiteten sich ihre Augen, als ihre Erinnerungen an den richtigen Platz rutschten. Das hier war das Sichere Haus, von dem aus Dorkas ihre Reise nach Nebelhort angetreten hatte. Und bei dem Wirt, der ›irgendein Verwandter‹ von Simons Vater war, musste es sich um den besagten »üblen, versoffenen Halsabschneider« handeln, von dem Dorkas ihr erzählt hatte. Ida lachte kopfschüttelnd über den Zufall. Sie würde sich diesen zwielichtigen Menschen lieber erst einmal ansehen, ehe sie ihn mit Fragen löcherte.

Das Innere der Schenke war nicht ganz so verwahrlost wie ihr Äußeres. Ida schob sich an einen freien Ecktisch und blickte sich wachsam um. Außer ihr waren nur eine Hand voll Gäste in dem vom Rauch des offenen Herdfeuers dunkelgebeizten Raum; ohne Ausnahme Männer. Einigen von ihnen würde sie lieber nicht ohne eine Waffe in der Hand des Nachts über den Weg laufen, wenn sie die Wahl hätte. Eine schlampige Schankmaid erkundigte sich knurrig nach ihren Wünschen und knallte ihr wenig später einen immerhin gut eingeschenkten Humpen eines erstaunlich guten Bieres vor die Nase.

Ida streckte die Beine aus und trank langsam, wobei sie den Schankraum und die Leute darin nicht aus den Augen ließ. Sie schien heute kein Glück zu haben, offensichtlich war keiner der Anwesenden der Wirt. Sie seufzte und kramte nach ihrem Geldbeutel, als die Hintertür krachend aufschwang und eine hünenhafte Gestalt hereingestampft kam. Der Riese trug scheinbar mühelos ein volles Fass in den muskelbepackten Armen und ließ es hinter der Theke auf den Boden donnern.

»Alles klar, Leni?«, dröhnte er und klatschte der aufquietschenden Schankmaid fest auf den Hintern. Ida richtete sich ein wenig auf und musterte den Mann scharf. Er war ungeheuer fett, neben seiner Körpergröße wohl das auffälligste Merkmal an ihm. Er hatte einen mächtigen Brustkorb und einen riesigen Bauch, der die Riemen seiner speckigen Lederweste beinahe zu sprengen drohte. Seine muskulösen Schultern und Arme zeugten von roher Kraft, und der feiste Nacken unter dem kurz geschorenen rötlichen Haar verlieh ihm eine Aura schierer Gewalttätigkeit.

Er ertappte sie dabei, wie sie ihn anstarrte, und sie senkte hastig den Blick. Das bedrohlich kalte Funkeln der schwerlidrigen Augen, die beunruhigend hell aus dem fleischigen Gesicht blickten, sprach eine deutliche Sprache. Als Ida das nächste Mal wagte, zu ihm hinüberzublinzeln, hatte er sich abgewandt und beugte sich zu einem der verdächtig aussehenden Männer an dem Tisch neben der Tür. Er redete leise und eindringlich auf ihn ein und unterstrich seine Worte mit bekräftigenden Gesten seiner plumpen Hand.

Ida entspannte sich und lehnte sich wieder zurück, damit ihr Gesicht im Schatten lag. Unter gesenkten Lidern behielt sie den riesigen Wirt im Auge und überdachte ihr Vorgehen. Die Schankmaid brachte ihr unaufgefordert den zweiten Humpen Bier, und Ida dankte zerstreut. Sie versuchte abzuschätzen, wie der Wirt ihre Fragen nach Simon oder seinem Vater aufnehmen würde. Fragen, welcher Art auch immer, waren in einem Sicheren Haus nicht willkommen. Der Wirt dieses Gasthauses machte ihr noch dazu einen besonders argwöhnischen Eindruck.

Ida seufzte unhörbar und entschied, das Problem auf den nächsten Tag zu verschieben. Sie würde den Wirt am Vormittag aufsuchen und hoffen, dass das freundliche Licht der Sonne dazu beitragen würde, sein Misstrauen zu zerstreuen. Vielleicht war es nicht ungünstig, Dorkas zu erwähnen. Sie schien ja allem Anschein nach irgendwie mit dem Kerl zurechtgekommen zu sein.

Ida leerte den Humpen. Es war ihr dritter, stellte sie amüsiert fest, die Schankmaid war genauso geschäftstüchtig wie der Schmied. Inzwischen spürte sie unangenehm ihre übervolle Blase. Als sie aufstand, bemerkte sie auch noch die andere, eher benebelnde Wirkung, die das starke, herbe Bier auf sie hatte. Sie grinste ein wenig beschämt und entschied, sich um den Teil ihrer körperlichen Beeinträchtigungen zu kümmern, gegen den sie sofort etwas unternehmen konnte.

Sie ging zur Hintertür, die sie auch einige der anderen Gäste in der letzten Stunde häufiger hatte frequentieren sehen, und trat hinaus in einen kleinen ummauerten Hof, in dem sich allerlei Gerümpel und leere Fässer stapelten. Ihre Nase wies ihr unfehlbar den Weg in eine der Ecken.

Es war kühl geworden, und die ersten Sterne funkelten über ihr am tiefblauen Himmel. Eilig richtete sie ihre Kleider und wandte sich zurück zur Tür, als unvermutet ein mächtiger Bauch ihr den Weg versperrte. Sie warf einen flüchtigen Blick in das Gesicht seines Besitzers und murmelte: »Entschuldigt«, während sie versuchte, sich an dem riesenhaften Wirt vorbeizudrängen. Er hob beiläufig einen baumstammdicken Arm und versperrte ihr den Eingang.

»Was fällt Euch ein?«, fuhr sie verärgert auf und griff nach seinem dicken Handgelenk, um den Arm beiseite zu schieben. Ihre Finger waren kaum in der Lage, das Gelenk zu umspannen. Der Arm bewegte sich keinen Zentimeter, und der riesige Mann blickte keineswegs wohlwollend über seinen stattlichen Bauch hinweg auf sie herab. Ida trat einen Schritt zurück, um dem Gemisch aus Schweißgeruch und schalem Bierdunst zu entgehen, und fragte mühsam beherrscht: »Warum lasst Ihr mich nicht passieren, Wirt?«

Seine hellen, verschlagenen Augen musterten sie misstrauisch vom Kopf bis zu den Füßen. Er ließ sich Zeit mit seiner Antwort. »Wer schickt Euch?«, fragte er schließlich. »Ich habe bemerkt, dass Ihr mich den ganzen Abend nicht aus den Augen gelassen habt. Wer hat Euch beauftragt, mir hinterherzuspionieren?« Seine heisere, tiefe Stimme klang gelassen, aber eine unausgesprochene Drohung schwang darin mit.

»Ich weiß nicht, warum Ihr Euch verfolgt fühlen müsst, Wirt, und es interessiert mich auch nicht. Aber Ihr habt Recht, wenn Ihr sagt, dass ich Euch beobachtet habe. Ich suche jemanden. Der Schmied hier sagte mir, dass Ihr mir vielleicht weiterhelfen könnt.«

Das Misstrauen wich nicht aus den fleischigen Zügen des riesigen Mannes. Er kniff seine Augen zusammen und verzog den erstaunlich fein geschwungenen Mund zu einem höhnischen Lächeln. »Euch helfen, Gildenweib? Warum sollte ich das wohl tun?« Er schnaubte verächtlich.

Ida starrte ihn mit plötzlichem Erschrecken an. Licht aus einem der seitlichen Fenster fiel auf sein Gesicht und malte scharfe Schatten darauf. Vertraute Züge waren unter all dem Fett begraben. »Simon?«, ächzte sie konsterniert. »Simon, du bist es?«

Er glotzte sie einen Moment lang mit offenem Mund an. Dann klappte er ihn hörbar zu. »Ihr müsst Euch irren, Lady«, erwiderte er steif. »Ich heiße Marten.«

Wie zum Beweis rief es von drinnen: »Marten, was treibst du da draußen?« Der Wirt rief eine barsche Erwiderung und wandte sich zum Gehen, aber Ida hielt ihn zurück.

»Ich bin es, Ida. Erinnerst du dich nicht mehr an mich?«

Er blieb stehen und wandte sich halb zu ihr um. Sie konnte sein Profil sehen, die scharf hervorspringende Nase und die schwerlidrigen Augen, und war sich nun vollkommen sicher, den Gesuchten vor sich zu haben.

»Ida«, sagte der dicke Mann nachdenklich. »Eine der Töchter dieses Lords unten in Sendra, richtig?« Er senkte seine schweren Kinne auf die Brust. Ein schwaches Lächeln glitt über seine Züge. »Kommt herein, Lady, setzt Euch ein wenig zu mir. Ihr sucht meinen Bruder, nicht mich. Simon ist mein kleiner Bruder.«

Ida folgte ihm sprachlos in die Gaststube. Er deutete befehlend mit einem fetten Zeigefinger auf ihren Tisch in der Ecke und ging selbst zur Theke hinüber. Dort wechselte er gedämpft einige Worte mit dem zwielichtig aussehenden Mann und schickte ihn dann offensichtlich fort. Der finstere Kerl warf Ida einen äußerst anzüglichen Blick zu und schob sich aus der Tür.

Der Wirt schenkte zwei Krüge mit schäumendem Bier ein und kam damit zu ihr an den Tisch. Er ließ sich schwer neben sie auf die Bank sinken, die ächzend unter seinem Gewicht nachgab, und schob Ida wortlos einen der Krüge hin. Sie fühlte sich neben dem fetten, scharf nach Schweiß riechenden Mann unangenehm eingezwängt, verzog aber keine Miene. Stattdessen griff sie nach dem Krug und nahm einen tiefen Zug daraus. Als sie sich den Schaum aus den Mundwinkeln wischte, begegnete sie dem lauernden Blick aus hellen Augen.

»Ihr seht Eurem Bruder wirklich erstaunlich ähnlich«, bemerkte sie.

Der Wirt warf den Kopf in den Nacken und lachte dröhnend. »Das zu hören, würde meinen hochnäsigen Bruder sicher wenig erfreuen.« Er wischte sich über die feucht gewordenen Augen. »Ich meine mich zu erinnern, dass der eitle Bursche immer etwas zu sehr auf sein feines, gut trainiertes Äußeres bedacht war.«

Ida grinste und trank. »Das könnte stimmen«, sagte sie. »Nein, aber dennoch: Ihr und Simon habt große Ähnlichkeit. Eure Augen und die Nase und Eure Stimme, sogar etwas in Eurer Gestik erinnert mich an ihn.« Sie schwieg und versuchte sich Simons Gesicht zu vergegenwärtigen.

Der dicke Mann trank schweigend und sah sie unter gesenkten Lidern scharf an. »Was wollt Ihr von meinem Bruder, Lady?« In seiner Stimme schwang immer noch unverhohlener Argwohn mit.

Ida senkte den Blick und suchte nach einer unverfänglichen Antwort. Ihr benebelter Kopf war ihr dabei keine große Hilfe. »Entschuldigt, Wirt, aber könnte ich etwas zu essen bekommen? Etwas Brot würde genügen. Ich bin nicht mehr allzu nüchtern. Euer Bier ist wirklich ausgezeichnet.«

»Das will ich meinen«, dröhnte der Mann geschmeichelt. »Ich braue es immerhin selbst. Leni, bring der Lady einen anständigen Happen und mir auch.«

»Also?«, fragte er, als die riesige Holzplatte mit kaltem Braten, Würsten, hellem Käse, geräuchertem Schinken und einem angeschnittenen, wagenradgroßen Laib Brot vor ihnen auf dem Tisch stand. Er säbelte sich einen ordentlichen Batzen davon ab und spießte dazu eine der dunkelroten Würste auf. »Greift zu.« Er wies auf die Platte. Aus vollen Backen kauend, blickte er sie auffordernd an.

»Also«, wiederholte Ida und biss nachdenklich von dem dunklen, leicht gesäuerten Brot ab. »Eigentlich habe ich sogar zwei Gründe, aus denen ich nach Eurem Bruder suche, Marten. Zum einen besitzt er etwas von mir, was ich gerne wiederhätte. Und zum anderen ist er der Letzte, der meinen Bruder gesehen hat. Ich will ihn fragen, ob er eine Ahnung hat, wohin Albuin verschwunden ist.«

Erstaunen blitzte für einen Moment in den verschlagenen Augen des Wirtes auf. »Er hat Euch beklaut, der feine Herr Ritter? Ich halte nicht viel von ihm, aber das überrascht mich doch ein wenig.« Er lachte grollend.

Ida schüttelte hastig den Kopf. »Nein, nicht bestohlen. Ich habe ihm damals etwas zur – Aufbewahrung gegeben, als er von Sendra fortging. Ich möchte ihn nun bitten, es mir zurückzugeben.«

»Ihr wollt mir nicht sagen, worum es sich dabei handelt, hm?« Der Wirt griff nach dem Schinken und schnitt sich eine dicke Scheibe ab, die er ganz in den

Mund steckte. »Wäre Euch nicht böse«, fuhr er kauend fort. »Ich würde mir an Eurer Stelle auch nicht trauen.«

Ida sah ihn mit plötzlicher Sympathie an. Er grinste und wies wieder einladend auf das sich stetig leerende Brett. Ida nahm sich noch eine Hühnerkeule, obwohl sie bereits satt war. Es war unglaublich, was für Mengen dieser Fettwanst verdrücken konnte.

»Nun, ich wüsste nicht, warum ich Euch misstrauen sollte. Es ist nur so, dass die Sache mir ein wenig peinlich ist.« Sie lächelte schief. »Ich habe Eurem Bruder damals eine Halskette gegeben, die einmal meiner Mutter gehört hat. Es sollte eine Art von Pfand sein.« Sie verstummte und sah den Wirt drohend an. Er sollte es nur wagen, sich über sie lustig zu machen. Aber Martens helle Augen blickten erstaunlich verständnisvoll.

»Ihr müsst damals noch ein Kind gewesen sein«, sagte er sanft. »Der gute Simon war niemals sehr rücksichtsvoll, was seine Weibergeschichten anging.« Er schnaubte angewidert. Ida war plötzlich sehr müde. Sie gähnte herzhaft und rieb sich das Gesicht.

»Habt Ihr schon einen Schlafplatz?«, fragte der Wirt.

Ida verneinte schleppend. Darum musste sie sich jetzt kümmern. Sie stemmte sich hoch und murmelte: »Können wir uns morgen weiter unterhalten? Ich falle um vor Müdigkeit.«

»Ihr könnt hier übernachten«, bot der dicke Mann an. Er machte keinerlei Anstalten, sich zu erheben und sie vorbeizulassen. »Ich habe freie Gästezimmer.«

»Das glaube ich«, bemerkte Ida wenig höflich. Marten lachte dröhnend. »Hört, Wirt, ich muss sowieso noch mein Pferd abholen, es steht beim Schmied.«

»Ach, da steht es gut«, winkte Marten ab und griff wieder nach seinem Humpen. »Kommt schon, seid nicht ungemütlich. Trinkt Euer Bier aus, während Leni Euch das Zimmer bereitet. Der Schmied ist in Ordnung, er wird Euer Pferd schon anständig versorgen.« Ida gab sich geschlagen und sank wieder auf die Bank zurück. Die Schankmaid kam mit zwei frischen Humpen, und Marten gab ihr die Anweisung, das »schöne« Zimmer herzurichten.

Ida sollte es später nie mehr gelingen, den weiteren Verlauf der langen Nacht zu rekonstruieren. Irgendwann war der Wirt zur Theke geschwankt und hatte einen Krug mit zurückgebracht, der eine besondere Spezialität enthielt, wie er augenzwinkernd sagte. Die »Spezialität« entpuppte sich als grünlicher Nebelhorter Schnaps. Er stieg klar und stark in ihren schon vom Bier benebelten Kopf und hüllte die schäbige Schenke und den fetten Mann neben ihr schnell und gründlich in einen freundlich glühenden Dunst. Sie bekam nur noch am Rande mit, dass die Schenke sich nach und nach leerte.

Dann wurde die Schankmaid nach Hause geschickt, die Tür der Schenke verschlossen, und sie saß und trank und redete und lachte, wobei sie das vage Gefühl nicht verließ, dass ihre Zunge in den letzten Stunden auf seltsamem Wege gelernt haben musste, eine fremde Sprache zu sprechen, die ihr selbst unverständlich in den Ohren klang. Aber der dicke Mann neben ihr schien sie allem Anschein nach zu verstehen, und so amüsierten sich alle drei köstlich: Ida, ihre fremde Zunge und der Wirt.

Ein zweiter und dritter Krug mit der hochprozentigen Spezialität aus dem Nebelhort erschienen auf geheimnisvolle Weise vor ihnen auf dem Tisch und wurden beherzt in Angriff genommen.

»Ich glaub', ich sollt' ins Bett«, riss Ida irgendwann energisch wieder die Kontrolle über ihre Sprachwerkzeuge an sich und inspizierte traurig ihren geleerten Becher. »War'n langer Tag.« Sie versuchte sich hochzustemmen und sank kichernd wieder zurück. »He,

Mann, hassu mir meine Füße geklaut?«, beschwerte sie sich lachend und erbost. Der Wirt griff nach der Tischkante und versuchte, einen Blick unter die Bank zu werfen, was bei seinem Leibesumfang eine komplizierte akrobatische Übung darstellte.

»Seh nix«, tauchte er mit hochrotem Kopf wieder auf. »Bissu sicher, daschu – hupp – dassu sie dabeihatt's', alssu reinkams'?«

Ida kratzte sich ratlos am Kopf. »Nee«, musste sie beschämt zugeben. »Nee, bin ja den ganzen Weg geritten. Habse v'leich' z'Haus' vergessen.«

Marten lachte und entließ einen donnernden Rülpser. »Mach' nix, ich trag dich«, verkündete er großartig und versuchte aufzustehen. Zweimal fiel er schwer wieder auf die Bank zurück, dann gelang es ihm, indem Ida von hinten kräftig anschob, seine Massen in einen unsicheren Stand zu wuchten. Er reichte ihr eine schinkengroße Hand und zog sie auf die Beine. Sie stolperte vorwärts und blickte mit schwimmendem Blick zu Boden.

»Da seiter ja wieder«, freute sie sich. »Wo warter denn, ihr beid'n?« Sie begann ganz langsam vornüber zu kippen. Marten schwenkte einen Arm aus und hielt sie auf. Er packte sie unter den Achseln und bewegte sich schlingernd mit ihr auf die Treppe zu, wobei er zweimal über ihre schleifenden Beine stolperte.

»He, lass mich los, du Trampel«, schimpfte Ida. »Kann absolut allein' lauf'n. Ab-so-lut!«

Der Wirt griff nur noch etwas fester zu. »Aber ich nich'«, erwiderte er ernsthaft. Ida stolperte kichernd gegen ihn und versank in seinem Bauch wie in einem großen weichen Federbett.

»Schön«, verkündete sie begeistert der Welt. »Hier bleibich. Weck mich morgen.« Sie sank langsam in die Knie. Marten zerrte sie wieder hoch und die Treppe hinauf. Oben angekommen, lehnte er sie vorsichtig gegen die Wand und öffnete nach mehreren Anläufen die Tür zu ihrem Zimmer. Ida rollte mit den Augen und schnitt ihm eine fürchterliche Grimasse.

»Du bis' ja betrunken«, sagte sie vorwurfsvoll. »Schäms' du dich nich'?«

»Nee«, erwiderte er kurz und zog wieder ihren Arm um seine massigen Schultern. Ida gluckste und fiel schwer gegen ihn. Da war die warme Berührung von Händen und Lippen, und für einige versunkene Momente überließ sie sich ihnen hingerissen.

»Nich'«, protestierte sie schließlich undeutlich. Sie stemmte ihre Hände gegen seinen massigen Brustkorb und schob. »Geh weg. Du bis' nich' mehr mein Freund.«

»Binnich doch«, brummte er beleidigt, aber er ließ sie gehorsam los. Kurz bevor sie auf dem Boden auftraf, fingen die starken Arme sie wieder auf und hoben sie hoch. »Mensch, du bis' aber schwer für so'n knochiges Weib«, beschwerte er sich stöhnend und ließ sie unsanft halb auf das Bett fallen.

»Ach, hau doch ab, Dicker«, knurrte Ida. Sie zog sich ganz auf die schwindelerregend rotierende Matratze und drückte ihr Gesicht in das weiche Kissen. Undeutlich fühlte sie noch, wie jemand ihr ungeschickt die Stiefel von den Füßen zog, dann ging das Licht aus.

»Na, gut geschlafen?«, wurde Ida fröhlich empfangen, als sie am Vormittag in die riesige sonnendurchflutete Küche getappt kam. Sie knurrte wortlos und hielt eine schützende Hand über die schmerzenden Augen. Langsam und vorsichtig brachte sie ihren Körper am Tisch in eine sitzende Position. Ein üppig gefüllter Teller mit goldgelbem Rührei und gebackenem Schinken landete vor ihrer gepeinigten Nase, und sie starrte so entsetzt darauf nieder, als wären es lebende Schlangen. »Nehmt das weg«, flüsterte sie heiser. Sie presste eine Hand vor den Mund und versuchte, ganz flach zu atmen.

»Au weh, das sieht ja wirklich böse aus«, sagte die unverschämt fröhliche Stimme mitleidlos. »Und ich dachte noch, Donnerwetter, die Prinzessin kann aber einen ordentlichen Stiefel vertragen!«

»Ob ich den Stiefel vertragen habe, ist derzeit noch sehr fraglich«, flüsterte Ida und verdrehte verzweifelt die Augen. »Nehmt das da weg, ich bitte Euch!« Eine riesige Hand schob den Teller beiseite und stellte stattdessen einen Becher vor sie hin. Ida kniff die lichtempfindlichen Augen zusammen und sah fragend auf.

Der dicke Wirt blickte sie drohend an und zeigte auf den Becher. »Runter damit«, befahl er grob.

Ida presste die Lippen zusammen und schüttelte heftig den Kopf. Als der Kreisel in ihrem Hirn aufhörte, sich zu drehen, sagte sie schwach: »Nein.«

»Runter damit, sage ich!« Die heisere Stimme hatte einen unverkennbar gewalttätigen Klang. Ida seufzte schwer und kippte das Zeug mit Todesverachtung herunter.

Er klopfte ihr auf den Rücken, bis sie aufhörte zu husten und nach Luft zu ringen. »Besser?«, fragte er aufmunternd.

Sie nickte und wischte sich die tränenden Augen. »Das war iovveverflucht scharf«, keuchte sie und stopfte sich einen Löffel Rührei in den Mund, um das Feuer zu löschen. Es schmeckte erstaunlich gut. Sie zog den Teller heran und begann zu löffeln.

»Nachschlag?«, fragte Marten zwinkernd, als sie den leeren Teller mit einem tiefen Seufzer beiseite schob. Sie winkte ab und griff dankend nach dem Tee, den er ihr hingestellt hatte. Sie sahen sich schweigend an. Ida zermarterte sich den Kopf, um etwas Licht in das Dunkel der letzten Nacht zu bringen, aber die wenigen Erinnerungsfetzen, die kläglich in der weiten Leere flatterten, trugen nur dazu bei, dass ihre Kopfschmerzen zurückzukehren drohten. Martens grünliche Augen blickten ausdruckslos, und die belustigten Kringel in seinen Mundwinkeln boten ihr auch keine brauchbaren Hinweise.

»Ich war ziemlich blau«, begann sie vorsichtig. Die Kringel vertieften sich. Wieder hatte sie das unheimliche Gefühl, unter all den verhüllenden Fleischmassen deutlich die feinen Züge des jungen Ritters Simon erkennen zu können.

»Ziemlich«, bestätigte der Wirt ungerührt. Er schenkte ihr von dem starken Tee nach. Sie versenkte ihren Blick Hilfe suchend in die bräunliche Tiefe ihres Bechers.

»Warum seid Ihr bloß so unverschämt frisch und munter?«, sagte sie vorwurfsvoll. Marten lachte rollend und klatschte sich selbstzufrieden mit der Hand auf den fetten Bauch.

»Ich habe etwas mehr Masse als Ihr, Prinzessin. Und wahrscheinlich auch etwas mehr Übung«, setzte er zwinkernd hinzu. Das Weiß seiner Augen war gerötet, das einzige Anzeichen für die schwere Zecherei der letzten Nacht. »Ich habe Eure Packtaschen abholen lassen«, fuhr er in geschäftsmäßigem Ton fort und wies mit dem Daumen unbestimmt in Richtung des Schankraums. »Euer Pferd kann beim Schmied untergestellt bleiben, er hat genügend Platz.« Ida dankte ihm leicht verwirrt und ließ sich noch einen Becher Tee geben. Das starke, bittere Aroma tat ihr wohl.

»Wollt Ihr wirklich nichts mehr essen?«, fragte Marten ungläubig. Ida schüttelte den Kopf und sah dem dicken Mann zu, wie er das Geschirr zusammenräumte und hinüber zum Spülzuber brachte. Er bewegte sich mit erstaunlicher Leichtfüßigkeit für seine beträchtliche Körperfülle, dachte sie müßig. Fast wie ein

Kämpfer. Sie grinste in sich hinein bei dieser absurden Vorstellung.

»Was meint Ihr, sollen wir unsere schweren Köpfe ein wenig auslüften?«, schlug der Wirt vor und trocknete sich die Hände ab. »Ich finde, wir könnten ebenso gut bei einem kleinen Spaziergang miteinander reden.«

»Eine gute Idee«, stimmte Ida erleichtert zu. Die von Essensgerüchen geschwängerte Küchenluft machte ihr ein wenig zu schaffen. Marten band die schmuddelige Schürze ab, die er um seine enorme Mitte geschlungen hatte, und warf sie in die Ecke. Einladend wies er auf die Hintertür und ließ Ida höflich den Vortritt.

Sie gingen schweigend durch die belebten Gassen der Ortschaft. Ida bemerkte, dass sie neugierig gemustert wurde. Viele grüßten den Wirt, der stumm und friedlich neben ihr hertappte wie ein riesiger Tanzbär.

»Habt Ihr etwas von Dorkas gehört?«, brach Ida das Schweigen, als sie die letzten Häuser des Städtchens hinter sich gelassen hatten. Marten sah sie mit zusammengekniffenen Augen von der Seite an.

»Von wem?«, fragte er brummig.

Ida blinzelte zu ihm auf und schob die Ärmel ihres Hemdes über die Ellbogen. »Dorkas«, wiederholte sie geduldig. »Ihr habt Ihr vor einigen Jahren geholfen, zum Nebelhort …«

»Ach, dieses scharfzüngige alte Gildenweib«, unterbrach der Wirt sie ungehobelt. »Nein, die hab ich seitdem nicht mehr zu Gesicht bekommen, den Schöpfern sei Dank.« Ida erwiderte nichts auf diese Grobheit. Nachdenklich spitzte sie die Lippen.

»Was habt Ihr jetzt vor?«, fragte der Wirt. Sie durchquerten ein niedriges, lichtes Gehölz und näherten sich dem Rand eines kleinen Wäldchens.

»Ich will Euren Bruder finden, Ihr erinnert Euch?«, erwiderte Ida mit leisem Spott.

Marten grunzte missbilligend. »Kommt, rasten wir

einen Moment«, schlug er schnaufend vor. Ida blickte mit hochgezogenen Brauen zu ihm hinüber. Sein Gesicht war gerötet, und er atmete schwer. Schlechte Kondition, dachte Ida mitleidlos. Kein Wunder bei dem Gewicht, das er mit sich rumschleppt.

Sie ließ sich auf ein sonnenbeschienenes Moospolster fallen und streckte sich wohlig. Marten hockte sich auf einen vom Sturm gefällten Baumstamm, die massigen Schenkel gespreizt, damit sein Bauch zwischen ihnen Platz fand. Er grub in seiner Jackentasche und förderte eine stummelige Pfeife zutage, die in seiner riesigen Pranke beinahe zu verschwinden drohte. Aus einem kleinen Lederbeutel begann er, den abgegriffenen Kopf der Pfeife mit krausem, dunklem Kraut zu füllen. Ida sah ihm interessiert bei der Zeremonie zu. Sein Daumen passte nicht in den Pfeifenkopf, und auch der fette Zeigefinger hatte alle Mühe, den Tabak festgestopft zu bekommen. Marten setzte die Pfeife paffend mit einem Glühstein in Brand und entließ einige graublaue Rauchkringel in die stille, warme Luft. Ein Kuckuck rief, und Ida zählte unwillkürlich mit.

»Sehr alt werden wir beide anscheinend nicht mehr«, bemerkte Marten, als der Vogel nach wenigen Rufen verstummte. Ida musste lachen.

»Euer Bruder hat mir das erzählt, als ich ein Kind war.« Sie verschränkte die Hände vor den Knien. »Ich habe ihn damals dafür ausgelacht, aber trotzdem ertappe ich mich seitdem immer wieder dabei, dass ich mitzähle.«

Er brummte zustimmend und blies eine kleine Rauchwolke in die Luft. »Jetzt lasst hören. Ihr habt gestern angedeutet, dass Simon etwas mit dem Verschwinden Eures Bruders zu tun hat?«

»Nun, jedenfalls nicht direkt. Ich hege allerdings die Hoffnung, dass er weiß, wohin Albi gegangen ist, nachdem er Sendra verlassen hat.« Sie erzählte ihm von dem Brief ihres Bruders. Martens misstrauischer und ungläubiger Blick wich nicht von ihrem Gesicht.

»Hört, das kann nicht sein«, sagte er knapp, als sie geendet hatte. »Euer Bruder hat Euch belogen.« Seine Stimme klang aufgebracht, und seine Miene war feindselig.

Ida zog die Brauen empor. »Was bringt Euch zu diesem Schluss?«, fragte sie mild. Er klatschte mit der Hand auf den Baumstamm, dass es laut durch den stillen Wald schallte. Ein Eichelhäher stob mit einem erschreckten Ruf aus einem der Baumwipfel auf. »Ich weiß es. Mein verdammter Bruder hat den Nebelhort seit Jahren nicht verlassen.« Er schloss die Lippen um das Mundstück der Pfeife und paffte grimmig.

Ida seufzte ungeduldig. »Also gut, erzählt mir, was Simon treibt«, sagte sie, um seinen sichtlichen Unmut zu besänftigen. Marten rückte seinen massigen Leib auf dem Baumstamm zurecht und legte die Hände auf seine gepolsterten Knie.

»Ich war Söldner drüben im Hort«, begann er. »Mein hochnäsiger Herr Bruder, der edle Ritter, der einen gemeinen Söldner sonst nicht eines Blickes gewürdigt, geschweige denn sich mit ihm abgegeben hätte, kam nach seinem unrühmlichen Abgang aus dem Orden angekrochen, ob ich ihm nicht helfen könne. Ich habe ihn bei meinem Dienstherrn untergebracht, obwohl ich wusste, dass das nur Ärger geben würde.« Er schwieg und biss erbittert auf dem Mundstück seiner Pfeife herum. Ida sah ihn ungläubig an. Er bemerkte ihren Blick, und seine Wut verrauchte. Er grinste und deutete mit der Pfeife auf sie.

»Diesen Blick kenne ich«, sagte er fast triumphierend. »›*Du* willst als Söldner gearbeitet haben?‹« Er lachte. »Ich war nicht mein Leben lang Wirt, Prinzessin. Und ich hatte damals auch noch nicht ganz mein jetziges Format erreicht, obwohl ich schon sehr eifrig daran gearbeitet habe.«

Ida musste sein Grinsen wider Willen erwidern. »Ihr liebt Euren Bruder nicht gerade, scheint mir.«

Mit einem abfälligen Knurren stieß Marten eine Rauchwolke durch die Nase aus. »Das unterschreibe ich Euch sofort, Lady.« Er fuhr sich mit der Hand durch das kurz geschorene zimtfarbene Haar. »Wir haben uns unser Leben lang gehasst wie den Roten Tod. Und deshalb weiß ich auch, dass er niemals gewagt hätte, seine Nase wieder über die Grenze zu stecken. Ich habe ihm damals sehr deutlich zu verstehen gegeben, dass ich sie ihm abschneide, wenn er es versucht.« Ida starrte ihn schockiert an. »Glaubt nicht, ich hätte es nicht erfahren, wenn er den Hort verlassen hätte, Prinzessin. Meine Verbindungen dorthin sind immer noch gut, und auch hier in der Hierarchie gibt es kaum etwas, das mir entgeht. Simon weiß das. Er würde es niemals riskieren, mich herauszufordern. Das hat er ein Mal gewagt, und er hat es teuer bezahlen müssen.«

Ida schluckte hart. Da war wieder dieser kalte, gewalttätige Ausdruck in seinem Gesicht, der sie daran erinnerte, den fetten Mann nicht zu unterschätzen. »Warum sollte Albi mich belügen?«, fragte sie kühl.

Marten fixierte sie bösartig. »Weil Euer Bruder ein hinterhältiges, falsches und verlogenes Aas ist.«

Ida sprang auf und stemmte zornbebend die Fäuste in die Seiten. »Was masst Ihr Euch an? Ihr sitzt da und äußert die ungeheuerlichsten Sachen über jemanden, den Ihr nicht einmal persönlich kennt! Ich habe nicht vor, mir Euer Geschwätz noch länger anzuhören, Wirt!« Sie drehte sich auf dem Absatz herum und marschierte davon.

Sie kam nicht weit. Hinter ihr erbebte der Boden unter stampfenden Schritten. Eine schinkengroße Pranke griff unsanft nach ihrem Ellbogen und wirbelte sie herum. »Lasst mich los«, fauchte sie und ballte die Fäuste. Der Wirt schüttelte sie kräftig durch und löste dann schwer atmend seinen Griff. Ida rieb sich den schmerzenden Arm und funkelte Marten böse an.

»Entschuldigt, Lady«, sagte er unvermutet sanft. »Kommt, setzen wir uns wieder. Ich hatte kein Recht, so zu Euch zu sprechen.« Sie folgte ihm widerwillig zu ihrem Rastplatz zurück. Die kleine Stummelpfeife lag achtlos fortgeworfen auf der Erde. Der Wirt bückte sich ächzend, um sie aufzuheben. Dann hockte er sich wieder auf den bemoosten Baumstamm und klopfte schweigend die Pfeife aus.

»Könnt Ihr mir helfen, Euren Bruder im Nebelhort zu finden?«, fragte Ida mühsam beherrscht. Es hatte keinen Zweck, die beleidigte Mohrrübe zu spielen. Sie hatte die Hilfe dieses ungehobelten Klotzes, der da so wuchtig vor ihr aufragte, dringend nötig.

Er schüttelte wortlos den Kopf. Ida presste die Lippen zusammen und versuchte es erneut: »Sagt mir zumindest, wo ich beginnen muss, nach ihm zu forschen. Ich schaffe das auch alleine.«

»Es hat keinen Sinn, Prinzessin.«

Allmählich ging es ihr auf die Nerven, dass er so unbekümmert von Simons Spitznamen für sie Gebrauch machte. »Warum nicht?«, fragte sie scharf.

»Ihr kennt den Hort nicht«, erwiderte Marten nicht minder scharf. »Ihr würdet nach einer Stunde schon aufgegriffen werden. Der Hort ist kein Tummelplatz für eine Frau!«

»Ach«, fuhr Ida ihn an. »Was hat denn das mit meinem Geschlecht zu tun, Ihr fetter, hinterlistiger …« Sie verschluckte, was sie hatte sagen wollen, und rief sich zur Ordnung. Auf diese Art würde sie diesem gewissenlosen Halunken kaum beikommen.

Er grinste Ida breit an. »Ja?«, provozierte er sie. »Was bin ich?«

Ida winkte ab. »Kommt, Marten, seid nicht albern. Dorkas hat es geschafft, sich fast vier Jahre im Nebelhort aufzuhalten. Mit Eurer Hilfe. Ich verlange nicht einmal das, und ich bin bereit, Euch gut zu bezahlen.«

Ein grünlicher, habgieriger Funke blitzte in den schwerlidrigen Augen auf. »So«, sagte er lauernd. »Das hört sich allerdings nicht übel an. Aber ich mache Euch einen anderen Vorschlag. Ihr bezahlt mich gut, und dafür finde *ich* heraus, wo Euer Bruder abgeblieben ist. Und die Kette hole ich Euch auch zurück. Wie klingt das?«

Ida sah nachdenklich zu Boden. Wie wichtig war es ihr, Simon selbst noch einmal zu treffen und mit ihm zu sprechen? Nach dieser unerfreulichen Begegnung mit seinem Bruder verspürte sie weniger Lust dazu als zuvor. »Also gut«, gab sie nach. »Aber wenn Ihr erfolglos bleibt, verlange ich von Euch, dass Ihr selbst mich zum Nebelhort bringt.« Er hielt ihr schweigend und mit einem schiefen Grinsen die Pranke hin. Ida schlug ein. Seine dicken Finger schlossen sich fest und warm um ihre Hand. Sie begegnete seinem Blick und wusste nicht zu deuten, was sie darin las.

»Ich weiß nicht, wie es Euch geht, aber ich habe Hunger.« Marten wuchtete seinen massigen Körper in den Stand. Er legte einen schweren Arm um ihre Schultern und schob sie auf den Weg. »Kommt, ich koche uns was Feines. Was haltet Ihr von einem Auflauf? Feiern wir unsere Geschäftspartnerschaft.«

»Ich hätte nicht gedacht, dass Ihr ein so großartiger Koch seid.« Ida lehnte dankend einen Nachschlag ab. Sie lockerte ihren Hosenbund und rülpste leise.

Marten füllte seinen Napf ein weiteres Mal hoch auf und schob sich einen riesigen Bissen in den Mund. »Ich koche eben gerne. Sieht man das nicht?«, fragte er kauend.

Ida legte die Füße auf die Bank und schüttelte schläfrig den Kopf. »Nein, man sieht nur, dass ihr gerne esst.«

Marten prustete und schaufelte weiter den Auflauf in sich hinein. »Was macht Ihr jetzt? Wo kann ich Euch erreichen, wenn ich etwas herausgefunden habe?«

Ida hob ihren Becher, in dem noch ein Rest Wein war, und trank ihn aus. Dann rollte sie den leeren Becher nachdenklich zwischen ihren Handflächen. »Ins Mutterhaus kann ich erst zurück, wenn ich meine Kette wiederhabe. Also besuche ich jetzt zuerst Tante Ylenia, bevor ich nach Sendra zurückkehre. Ich werde Euch auf dem Laufenden halten, Marten.«

Der Wirt grunzte zustimmend und stand auf, um sich noch eine Portion zu holen. Fasziniert sah Ida zu, wie auch dieser hoch gefüllte Napf in seinem anscheinend unersättlichen Schlund verschwand.

»Ihr könnt gerne noch ein paar Tage bleiben«, bot er an. »Wir hatten doch einen recht netten Abend gestern, warum sollten wir das nicht wiederholen?«

Ida lächelte ihn breit an und gurrte: »Guter Mann, falls Ihr Wert darauf legt, Eure Finger auch in Zukunft noch an Eurer Hand und nicht lose in der Tasche mit Euch zu führen, solltet Ihr Eure verdammte Pfote schleunigst von meinem Bein nehmen.«

Marten grinste lüstern und verzog dann schmerzlich das Gesicht. »Biest«, sagte er friedlich und saugte an dem Schnitt in seinem Handrücken. Ida zwinkerte ihm zu und steckte ihr Messer wieder in den Gürtel zurück. Marten stand auf und schichtete das Geschirr übereinander. »Es wird Zeit, dass ich mich um meine Gäste kümmere. Leni kommt zwar tadellos alleine zurecht, aber es gibt das eine oder andere Geschäft, das meiner persönlichen Aufmerksamkeit bedarf.« Er grinste verschlagen.

»Wie regeln wir Eure Bezahlung für die Dienste, die

Ihr mir leisten werdet?«, fragte Ida nüchtern. »Ich trage im Moment keine große Barschaft mit mir herum.«

Er wischte es mit einer großen Geste beiseite. »Ich vertraue auf Eure Ehrlichkeit, Prinzessin. Zahlt, wenn ich die ersten Ergebnisse bringe.« Er lehnte sich vor und stützte sich auf der Tischplatte ab. Ida wich ein wenig zurück. Seine grünlichen Augen bohrten sich in ihre. »Ich kann doch auf Eure Ehrlichkeit vertrauen, oder?«, setzte er leise hinzu. Die unverhüllte Drohung in seiner Stimme ließ Ida einen winzigen Schauer den Rücken herunterlaufen.

»Das könnt Ihr, Wirt«, sagte sie grob. »Ihr habt mein Wort, habt Ihr das vergessen? Ich hoffe, ich kann genauso auf Euer Wort vertrauen.«

Seine Haltung veränderte sich nicht. Einige Lidschläge lang starrten die beiden sich eisig an. Dann begann der Wirt breit zu lächeln und schlug Ida auf die Schulter. »Ihr seid schon ein tolles Weib«, sagte er. »Ewig schade, dass Ihr so dürr seid. Was meint Ihr, bleibt doch ein paar Wochen hier und lasst Euch von mir ein wenig mästen. Na?«

Ida rümpfte die Nase. »Na, ich danke«, erwiderte sie und stand auf. »Macht mir meine Rechnung fertig, Wirt. Ich will morgen in aller Frühe aufbrechen.«

Ida blickte düster in den dicht fallenden Schnee hinaus und tappte voller Ungeduld mit den Fingerspitzen gegen das dicke, blasendurchzogene Glas der Fensterscheibe. Selbst dieser verzerrte Blick ins Freie zeigte ihr nur zu deutlich den bleigrauen Himmel, aus dem beständig große, lautlos fallende Flocken herabrieselten. Die Sicht betrug nicht mehr als ein paar Schritte. Ida erinnerte sich mit Schaudern an den gestrigen Abend, als sie es nicht mehr im Gästehaus des Ordens ausgehalten hatte und sich draußen ein wenig die Füße vertreten wollte. Innerhalb von wenigen Minuten war sie bis auf die Knochen durchgefroren und nahezu erblindet durch den nassen, schweren Schnee, der in ihrem Gesicht, in ihren Wimpern und Haaren klebte, an ihren Kleidern haftete und sie innerhalb kürzester Zeit aussehen und sich fühlen ließ wie eine wandelnde Schneewehe. Was von drinnen so harmlos und idyllisch ausgesehen hatte, war, als sie erst einmal den Windschutz des Hauses verlassen hatte, zu einer pfeifenden, tobenden Hölle aus Schnee, Wind und Dunkelheit geworden. Sie hatte alle erdenkliche Mühe gehabt, das Haus in dem Schneetreiben überhaupt wieder zu finden.

Der Herbst hatte sich hier im Norden allzu schnell seinem Ende entgegengeneigt. Ida dachte mit Sehnsucht an das Gildenhaus. Zwar wurden auch dort die Tage inzwischen kürzer, und erste Stürme fegten durch die Straßen von Nortenne, aber es war am Tage immer noch sommerlich warm, und die Bäume erglühten in kräftigen, herbstlichen Farben. Hier gab es nur karge Felsen, einige windgepeitschte Nadelbäume und die Obstbäume im Garten des Ordens, die ihre Äste kahl und winterlich in den grauen Himmel reckten, dessen tief hängende Wolken den ersten Schnee ankündigten.

Ylenia hatte sie freudig überrascht und überaus herzlich empfangen und im bequemsten Zimmer des Gästehauses einquartiert. Die weiße Hexe schien in den langen Jahren, die Tante und Nichte sich nicht gesehen hatten, kaum gealtert zu sein. Ida und sie hatten einen langen, friedlichen Abend am Kaminfeuer zusammengesessen, Apfelwein getrunken und geplaudert. Dann wollte Ida ihrer Tante von ihrem Anliegen berichten, aber Ylenia hatte sie mit einer knappen Geste zum Schweigen gebracht.

»Nicht mehr heute Abend«, sagte sie bestimmt. »Ich weiß, dass dich nicht allein die Sehnsucht nach deiner alten Tante hierher getrieben hat, noch dazu so kurz vor Einbruch der Kalten Zeit. Aber du bist müde von der Reise, und ich kann mir vorstellen, dass wir für das, was du mir erzählen willst, beide einen klaren Kopf benötigen.« Ida hatte notgedrungen genickt und sich wie ein gehorsames Kind ins Bett schicken lassen.

Danach musste sie mit steigender Ungeduld auf das nächste Wiedersehen mit ihrer Tante warten. Ylenia war unvorhergesehen in wichtigen Angelegenheiten des Ordens abberufen worden, wie eine der freundlichen, aber reservierten Bediensteten ihr am nächsten Morgen ausgerichtet hatte. Also schickte sich Ida in die aufgezwungene Tatenlosigkeit. Bis der anhaltende Schneefall es ihr unmöglich machte, durchstreifte sie die Umgebung des Ordenshauses und wagte sich sogar an eine zweitägige Expedition, die sie ein Stück in die Berge führte.

Dann setzte das heftige Schneetreiben ein, das sie ans Haus fesselte. Sie entdeckte die Bibliothek des Ordens und bat eine der älteren Frauen, die dort über alten Schriftrollen saßen, um die Erlaubnis, sich etwas zu lesen auszuleihen. Es wurde ihr mit aller Freundlichkeit von der Leiterin des Archives genehmigt, wobei diese Ida darum bat, sie bei jedem Buch erst einmal zu fragen, da einige davon nicht für die Augen einer Nichteingeweihten gedacht waren. Ida fand zwischen all den geschichtlichen und naturkundlichen Werken auch einen Band mit Überlieferungen der Grennach, den sie begeistert an sich nahm. Die Archivarin erzählte ihr, dass dieses Buch eine Rarität sei: aufgezeichnet vor Generationen von einer Angehörigen der Weißen Schwesternschaft, die jahrelang zwischen den Nestern gereist war und sich die Erzählungen des Grennach-Volkes angehört hatte.

Ida vertiefte sich in den Band, der in altertümlicher Schrift und Sprache abgefasst und nicht leicht zu entziffern war. Sie entdeckte auch jene Sage wieder, die

Mellis ihr vor Jahren erzählt hatte, und staunte darüber, dass sie in diesem Buch, soweit sie sich daran erinnern konnte, nahezu mit den selben Worten aufgezeichnet war. So vertrieb sie sich die Wartezeit, während ihre Ungeduld mit jedem verstreichenden Tag wuchs.

Ylenia und ihre Eskorte trafen zu Tode erschöpft und dem Erfrieren nahe während eines heftigen Schneesturms in der fünften Woche nach Idas Ankunft wieder im Ordenshaus ein. Ida machte sich auf eine weitere ermüdende Spanne des Wartens gefasst, doch schon am nächsten Vormittag ließ Ylenia sie zu sich rufen. Ida trat in das Gemach, das von einigen Wachslichtern und dem flackernden Kaminfeuer heimelig erleuchtet war, und fand ihre Tante in eine Pelzdecke gewickelt vor dem Kamin, ihre weiße Katze auf den Knien. Sie streckte Ida die Hände entgegen und ließ sich von ihr umarmen. Dann zog Ida sich den zweiten Lehnstuhl heran und streckte die Füße zum Feuer hin.

Ylenia sah immer noch erschöpft aus, aber ihre Augen funkelten lebhaft, als sie Ida anblickte. »Verzeih mir, Kind, ich war dir eine schlechte Gastgeberin«, sagte sie lächelnd. »Sich einfach grußlos davonzumachen und dich hier zurückzulassen!«

»Entschuldige dich nicht, bitte. Man hat mir gesagt, du seist in wichtigen Angelegenheiten fortgerufen worden.«

Ylenia blickte in die tanzenden Flammen des Kaminfeuers und streichelte mit besorgter Miene die schläfrig aus goldenen Augen blinzelnde Katze auf ihrem Schoß. »Das ist richtig. Ich musste mich dringend mit Hochmeister Gareth beraten, deshalb bin ich über den Pass hinüber nach Falkenhorst geritten. Und von dort zur Grenze …« Ihre Stimme verklang. Sie starrte grübelnd ins Feuer. Dann schien sie die düsteren Gedanken abzuschütteln, die sie belasteten. Sie zeigte Ida ihr wieder lächelndes Gesicht und nickte ihr auffordernd zu. »Jetzt bist du endlich an der Reihe, meine arme geduldige Ida. Erzähl, was hat dich hierher geführt?«

Ida hielt sich nicht mit langen Erklärungen auf. Sie holte schweigend das eingewickelte Schmuckstück hervor und reichte es ihrer Tante. Ylenia schlug die Umhüllung beiseite und blickte fassungslos auf das Herz des Feuers nieder. Sie saß lange so da, reglos in den Anblick des Kleinods versunken, das sein Feuer blitzend durch das Gemach schickte.

Endlich tat Ylenia einen tiefen Atemzug, als erwachte sie aus einem langen Schlummer, und hob den Blick. Ida sah voller Staunen, dass Tränen in den Wimpern der Weißen Hexe hingen. Ylenia bat sie stumm um eine Erklärung, und Ida erzählte ihr leise von dem Nachmittag im alten Obstgarten von Sendra. Ylenia lauschte, ohne sie zu unterbrechen, und dann schüttelte sie ratlos den Kopf. Ihre schmalen Finger schlossen sich voller Ehrfurcht um das Herz aus Feuer, von dem sie, während Ida sprach, keinen Moment die Augen gewandt hatte. Ihre Katze warf Ida einen rätselhaften Blick zu und begann sich mit einer blassrosa Zunge das schneefarbene Fell zu lecken.

»Ich verstehe es nicht«, sagte Ylenia leise. »Ich werde versuchen herauszufinden, wie die Hüterschaft der Feuerelfen in der Überlieferung beschrieben ist. Aber ob das erklären kann, warum du jetzt das Kleinod in deiner Obhut hast …« Ihr Blick verschleierte sich. »Ich sollte die Schale befragen. Aber ich möchte es nicht noch einmal riskieren, dich hineinblicken zu lassen.« Sie zog grübelnd die dichten dunklen Brauen zusammen. Die weiße Katze hörte auf, sich zu putzen, streckte sich gähnend und sprang geschmeidig von ihrem Schoß.

Ida schlang die Arme um den Körper und senkte

das Kinn auf die Brust. Wenn noch nicht einmal Ylenia ihr raten konnte, war sie wieder am Anfang der Reise angelangt. »Das ist ja noch nicht alles«, sagte sie beunruhigt. »Da sind auch noch die beiden Ringe von Großmutter.«

Ylenia blickte hastig auf, und ein goldener Blitz aus ihren Augen traf Ida bis ins Mark. »Welche Ringe?«, fragte die Hexe scharf.

Ida fischte sie mit unsicheren Fingern aus ihrer Hemdtasche hervor und legte sie Ylenia in die fordernd ausgestreckte Handfläche. Hatte die Hexe beim Anblick des Kleinodes fassungslos gewirkt, so schien sie jetzt zu Eis zu erstarren. Sie schloss die Augen und legte den Kopf gegen die Sessellehne. Ihr altersloses Gesicht war von müden Linien durchzogen, die Minuten vorher noch nicht dagewesen waren. »Wie kommst du an diese Ringe?«, fragte sie nach einigen Minuten. Ida berichtete von dem Schreiben ihrer Großmutter, und Ylenia lauschte wie zuvor, schweigend und mit geschlossenen Augen.

»Warum geschieht das alles jetzt?«, murmelte die Hexe wie im Selbstgespräch. »Das und die Nebelgrenze … Das muss doch etwas zu bedeuten haben!«

»Was ist mit der Nebelgrenze?«, fragte Ida, hellhörig geworden. Ylenia öffnete immer noch nicht die Augen. Träumerisch, wie im Halbschlaf, antwortete sie: »Die Nebelgrenze rückt langsam vor. Zwei Gildenfrauen in unseren Diensten haben es bemerkt, als sie ganz in ihrer Nähe übernachteten und beinahe eingeschlossen worden wären. Der Nebelhort dehnt sich aus, und niemand weiß, wieso und was dagegen zu tun ist.« Ida verschlug es die Sprache. Ylenia richtete sich auf, mit einem Male hellwach.

»Vertraust du mir?«, fragte sie ihre Nichte eindringlich. Ida nickte, von einer bösen Vorahnung gepeinigt. »Würdest du noch einmal mit mir die Schale befragen, trotz deiner schmerzhaften Erfahrungen? Ich verspreche dir, dass ich dieses Mal gewappnet bin und dich besser schützen werde.« Wieder nickte Ida, diesmal etwas zögernder. Sie spürte, wie ihr Mund vor Angst trocken wurde. Ylenia sah sie voller Mitgefühl an und zog sie an ihre Brust. »Du musst es nicht tun, wenn es dich zu sehr ängstigt. Ich werde sicherlich noch einen anderen Weg finden.«

»Nein.« Ida machte sich frei. »Aber lass es uns lieber schnell tun, ehe ich Zeit finde, darüber nachzudenken.«

Ylenia ging zu einem Wandbord hinüber und hob eine schwere Kristallschale herab, die sie vorsichtig auf dem Tisch am Fenster abstellte und aus einem Krug mit Wasser füllte. Dann trocknete sie sich sorgfältig die Hände ab und griff nach einem versiegelten, aus einem großen Bergkristall geschnittenen Fläschchen. Sie hob es in das Licht der Lampe, die auf dem Tisch flackerte, und drückte es dann ehrfürchtig gegen ihre geneigte Stirn. Sodann entfernte sie das Siegel und den Wachsstopfen und gab den klaren Inhalt des Fläschchens in die Kristallschale. Ida sah voller Staunen, wie ein regenbogenfarbener Dunst einen Augenblick lang über der Wasseroberfläche hing und dann sacht in die Flüssigkeit eindrang, bis diese in allen Farben erstrahlte. Aber nur einige Lidschläge lang, dann war das Wasser wieder klar; nur ein feiner, öliger Schimmer lag noch darauf.

Ylenia bedeutete ihr, sich an den Tisch zu setzen. Ida folgte der Aufforderung mit weichen Knien. Zwar hatte sie ihre Angst vor Zauberei und Magie in den letzten Jahren weitgehend verloren, aber sie hegte dafür immer noch keine große Liebe.

Ylenia griff nach ihren Händen und sah ihr beschwörend in die Augen. »Wir können es lassen, Ida. Ich will dich nicht dazu zwingen, das weißt du.«

Ida nickte und schauderte ein wenig. »Bringen wir es hinter uns.«

Ylenia legte ihre Hand über Idas Augen und ließ sie die Lider schließen. »Höre auf meine Stimme und folge dem, was ich dir sage«, drang ihre leise Stimme wie der Ruf einer dunklen Glocke an Idas Ohren. »Vergiss deine Furcht, beruhige deine Gedanken, und versetze dich an einen Ort, an dem du dich sicher und geborgen fühlst.«

Ida tat einen tiefen, zitternden Atemzug und nickte nach einer Weile. Um sich herum spürte sie wie einen schützenden Arm die warme, ruhige Stille der Ställe von Tel'krias. Sie roch den schweren, etwas scharfen Geruch der Tiere. Fast meinte sie, den sanften Atem der Pferde und hin und wieder das schläfrige Muhen einer Kuh zu vernehmen.

»Gut, Ida. Öffne jetzt deine Augen und blicke in die Schale. Denk daran, ich beschütze dich.« Ida tat, wie ihr geheißen wurde. Sie senkte den Blick in die funkelnde, endlose Tiefe der Kristallschale. »Was siehst du?«, fragte Ylenia.

Ida öffnete willenlos den Mund und murmelte: »Nichts – ich sehe – nichts ...« Ein Flattern von Schwingen und ohrenbetäubendes Gekreisch war um sie herum. Die Flügel machten sie blind, und das Schreien der Vögel betäubte ihre Sinne. Weiche Federn strichen über ihr Gesicht und ihren Körper. Sie breitete die Arme aus und lachte vor Freude laut auf. In großen, gleichmäßigen Kreisen zog sie über dem Gipfel dahin. Weit unter sich sah sie eine kleine Gruppe von Menschen, die sich schwerfällig durch den Schnee kämpften. Sie stieß neugierig hinab und erkannte ohne Überraschung, dass ein kleiner dürrer Mann und eine alte Grennach ihre eigene, leblose Gestalt auf einem improvisierten Schlitten durch den tiefen Schnee zogen. Sie verlor schnell das Interesse an dem ermüdenden Schauspiel und stieg in einer warmen Strömung wieder empor.

Hoch, immer höher. Die vom ewigen Schnee bedeckten Gipfel der Berge blieben weit unter ihr zurück. Die Luft wurde dünner und immer eisiger. Bald begann das tiefe Blau über ihr einem bedrohlichen Violett zu weichen, das in die Schwärze der Nacht überging. Sterne funkelten bleich auf sie herab, und sie stieg immer noch. Ihre Lungen rangen vergeblich nach Luft. Die Sinne begannen ihr zu schwinden, aber sie stieg weiter. Um sie war Gesang, höher, als es menschlichen Stimmen möglich war, und beinahe schmerzhaft in ihre Ohren stechend. Sie öffnete den Mund, um die Sängerinnen zu rufen, und ahnte die kaum hörbare Antwort auf alle ihre Fragen.

Höher, dachte sie verbissen. Ich muss noch höher, dann kann ich sie besser hören. Sie verdoppelte ihre Anstrengungen, aber ihre kräftigen Schwingen waren plötzlich wieder Arme, die nutzlos durch die luftlose Atmosphäre pflügten. Mit einem lautlosen Schrei des Entsetzens begann sie den langen Weg zur Erde zurückzustürzen.

Ida fand sich in den Armen ihrer Tante wieder, die mit aufgerissenen Augen auf sie herabsah. Sie fühlte immer noch den rasenden Fall in ihrem Körper. Ihr Blick verschwamm, als sie begann, das Bewusstsein zu verlieren. Starke Hände zwangen ihren Kiefer auf. Eine bittere, scharfe Flüssigkeit rann durch ihre Kehle. Hustend und spuckend richtete sich Ida auf und schob die Hand mit dem Becher beiseite. »Widerlich«, hörte sie sich durch das Summen in ihren Ohren keuchen.

»Ich bringe dich zu Bett«, sagte die besorgte Stimme ihrer Tante. Idas Augen fielen zu. »Ich habe es schon wieder verdorben, Kind. Bei den Schöpfern, du musst mich hassen.«

»Dummes Zeug«, murmelte Ida und schlief ein.

Ylenia saß lesend neben ihrem Bett, als sie wieder aufwachte. Das unbestimmte graue Licht, das durch das Fenster fiel, ließ weder Rückschlüsse auf die Tageszeit zu, noch darauf, wie lange Ida geschlafen hatte. Sie reckte sich und knurrte zufrieden. Sie fühlte sich wohler als seit langer Zeit. Ylenia ließ ihr Buch sinken und sah freundlich besorgt auf sie herab. »Wie geht es dir?«

»Wunderbar, danke«, erwiderte Ida etwas erstaunt. »Was machst du eigentlich hier?«

Die Hexe runzelte die Stirn. »Du erinnerst dich nicht?«, fragte sie behutsam und ein wenig enttäuscht. »Das wäre schade, weil ich dir aus irgendeinem Grund nicht in die Schale habe folgen können.« Die Schale. Ida ließ sich in die Kissen zurücksinken und die Erinnerungen über sie herfallen wie eine hungrige Meute Wölfe. Ylenia sah sie erwartungsvoll an.

»Süßer Iovve«, hauchte Ida. Dann begann sie stockend von ihrer Vision zu erzählen. Ylenia lauschte konzentriert mit in die Hand gestützter Stirn.

»Jetzt sind wir nicht viel klüger als vorher«, sagte sie schließlich enttäuscht. Dann schüttelte sie ungeduldig den Kopf und rief sich selbst zur Ordnung. »Das stimmt nicht. Ich verstehe es nur noch nicht, das ist alles. Es ist immerhin sehr interessant, dass ich dir wieder nicht habe folgen können. Wir werden das nicht mehr wiederholen, Ida, bis ich dahintergekommen bin, wieso du derartig auf die Schale reagierst.«

Ida nickte erleichtert. Nach diesem Erlebnis, auch wenn es nicht ganz so erschreckend gewesen war wie das erste Mal, war sie nicht allzu begierig auf einen weiteren Versuch.

»Du hast übrigens Besuch«, erwähnte Ylenia, während sie aufstand. »Fühlst du dich schon erholt genug, oder soll ich sie noch mal wegschicken?«

»Besuch?« Ida schwang die Beine aus dem Bett. Ylenia zwinkerte nur und ging hinaus. Ida stieg in ihre Kleider und bürstete sich mit einigen energischen Strichen das Haar.

Die Tür klappte, und Ylenia trat wieder ein, ein voll beladenes Frühstückstablett in den Händen. Ihr auf den Fersen folgten die hungrig maunzende weiße Katze und eine rothaarige Grennach, die Ida fröhlich anblinzelte.

»Mellis«, rief Ida und ließ die Bürste fallen. Sie umarmte die Grennach und küsste sie auf beide Wangen.

»Kommt, ihr habt beide ein verspätetes Frühstück verdient«, warf Ylenia ein, die in der Zwischenzeit den Tisch gedeckt hatte. »Mellis ist spät in der Nacht hier eingetroffen«, erklärte sie auf Idas fragenden Blick hin. Nach dem Frühstück, das genau genommen ein spätes Mittagessen war, kam das Gespräch auf die abwesende Dorkas.

»Warum hast du sie eigentlich jahrelang kreuz und quer durch den Nebelhort gejagt? Was hast du damit bezweckt?«, fragte Ida ihre Tante ein wenig vorwurfsvoll. Mellis verschluckte sich und begann zu husten.

Ylenia sah Ida erstaunt an. »Wie meinst du das? Dorkas hat mir einige nützliche Informationen über die Schwarze Zitadelle beschafft, aber das war eine Sache von vielleicht drei oder vier Monaten. Sie hat durchaus schon langwierigere Reisen für mich unternommen.«

»Aber ...«, stotterte Ida. Ihr Blick fiel auf Mellis, die sich hinter einer großen Serviette zu verstecken suchte. »Ihr habt mich belogen! Ihr habt mir erzählt, Dorkas wäre in Ylenias Auftrag vier Jahre lang durch den Hort gereist, aber das war gelogen!« Sie schnappte empört nach Luft.

Ylenia wandte den beunruhigenden Blick ihrer topasfarbenen Augen interessiert zu der verlegenen Grennach-Frau. »Also?«, forderte sie Mellis sanft auf. »Was habt ihr zwei dort drüben getrieben, das so schrecklich ist, dass ihr es keinem sagen könnt?«

Mellis seufzte. »Dorkas und ich haben uns getrennt, nachdem wir deinen Auftrag erledigt hatten. Ich bin beinahe drei Jahre lang alleine im Grennach-Gebiet des Nebelhortes umhergereist und habe endlich wieder eine feste Verbindung mit unseren Leuten dort gewebt. Wir hatten nach dem Krieg jeden Kontakt mit ihnen verloren, und es hat nie jemand für nötig gehalten, ihn wieder aufzunehmen. Meine Nestmütter sind sehr zufrieden mit mir«, setzte sie beinahe verteidigend hinzu.

»Und Dorkas?«, fragte Ida gespannt. »Was hat sie in all der Zeit getrieben?«

Mellis hob unbehaglich die Schultern und schlug verlegen mit ihrem Schweif gegen das Tischbein. »Ich weiß es nicht«, gab sie schließlich leise zu. »Sie wollte nie darüber erzählen. Sie hat sich sehr verändert in der Zeit. Unsere alte Vertrautheit ist seither so gut wie zerbrochen.« Ida beugte sich zu der traurigen kleinen Frau und strich ihr mitleidig über die Hand.

Ylenia verabschiedete sich, weil sie noch über das eine oder andere nachdenken musste, wie sie mit einem Lächeln zu Ida sagte. Mellis und die junge Frau wechselten zu einem unverfänglicheren Thema, weil Ida bemerkte, wie sehr es Mellis bedrückte, über Dorkas zu sprechen. Mellis erzählte ihr einige Anekdoten über den fetten Wirt Marten, der die beiden Gildenfrauen ein Stück weit in den Hort begleitet hatte. Ida erkannte ihn zweifellos in Mellis Schilderung wieder: verfressen, verlogen, unerträglich selbstverliebt und voller abfälliger Sprüche über die »Gildenweiber« und ihre mangelnden Fähigkeiten. Niemand, dem man auch nur so weit trauen durfte, wie man gegen den Wind spucken konnte, wie Mellis lachend sagte.

Der Tag glitt während ihres Gespräches leise in den Abend hinüber, und die beiden Freundinnen saßen in vertrautem Schweigen am Kamin und hingen ihren Gedanken nach. Endlich gähnte Ida und schlug vor, schlafen zu gehen. Mellis blinzelte schläfrig und stimmte zu.

Ida lag trotz der bleiernen Müdigkeit, die sie so plötzlich überfallen hatte, noch eine Weile wach und starrte ins Dunkel. Was konnte Dorkas im Hort erlebt haben, das sie so weit von ihren Gefährtinnen getrennt hatte? Noch nicht einmal Mellis, die wohl ihre engste Vertraute war, konnte sich einen Reim darauf machen. Ida brummte missvergnügt und schloss die Augen. Im Einschlafen meinte sie, seltsam fremdartigen, hohen Gesang zu hören, der süß und lockend an ihre Ohren drang. Darüber nachsinnend, wieso dieser Gesang ihr so vertraut erschien, schlummerte sie endlich ein.

Lange vor dem Morgengrauen erwachte sie und schlüpfte in mehrere Schichten ihrer wärmsten Kleider. Sie packte ihr Bündel zusammen und steckte die Reste des gestrigen Abendessens hinein, die noch auf dem Tisch standen. Dann warf sie sich den schweren, warmen Umhang um, den Ysabet für sie geflickt hatte, und blickte sich in der Kammer um. Sie hatte alles, was sie brauchte.

Leise schloss sie die Tür des Gästehauses und trat in die kalte, stille Nachtluft hinaus. Ihr Atem stand in einer weißen Wolke vor ihrem Mund. Sie schlug fröstelnd den Kragen des Umhangs vor ihr Gesicht. Dann schlüpfte sie in die Schneeschuhe und begann zielstrebig, den steil ansteigenden Weg in die Berge hochzustapfen.

Als die besorgte Mellis am anderen Tag Ylenia von Idas rätselhaftem Verschwinden benachrichtigte, konnte ein Suchtrupp ihre Spuren noch weit in die Berge hinauf verfolgen, ehe er sie im neu einsetzenden Schneegestöber endgültig verlor. Ida war fort und blieb auch in den folgenden Tagen trotz aller Bemühungen der Weißen Schwesternschaft, sie ausfindig zu machen, verschwunden.

~ 10 ~

Ich fror erbärmlich. Seit ich hier im Lager C eingeliefert worden war, hatte ich ordentlich an Gewicht verloren. Wenn jemals in meinem Leben die Beschreibung »Haut und Knochen« auf mich zugetroffen haben sollte, dann jetzt.

Zumindest hatte es in den ersten Wochen hier keiner geschafft, mir meine Lederjacke abzunehmen, obwohl es einige ernsthafte Versuche gegeben hatte. Meinem letzten Angreifer hatte ich den Kiefer gebrochen, und wenn Big Mama mich nicht aus irgendeinem Grund in ihr schwarzes Herz geschlossen hätte, wäre ich dafür sicherlich sofort in Dunkelhaft gewandert. Aber Big Mama hatte sich vor dem Aufseher aufgebaut und ihm klar und deutlich zu verstehen gegeben, dass er seine dreckige Nase gefälligst aus internen Angelegenheiten heraushalten solle. Kenny sei gestolpert und auf die Fresse gefallen, sonst nichts. Selbst die Aufseher legten sich lieber nicht mit Big M an, und dieser hier machte darin keine Ausnahme. Er zog den Schwanz ein und verpisste sich. Kenny und sein gebrochener Kiefer wurden zum Hospital gebracht und nicht mehr gesehen. Es ging das Gerücht, dass ernsthaft verletzte Internierte sofort eine Dosis L bekamen, aber ich nahm eher an, dass sie ihn nur in einen anderen Block verlegt hatten, um weitere Konflikte zu vermeiden.

Ich hatte Glück, in diesem Lager und in Block Vier gelandet zu sein. Big Mama war in Ordnung, und sie sorgte für Ordnung in ihren Blocks. Der alte Stinker, der sich die andere Hälfte des Lagers unter den Nagel gerissen hatte, legte weit weniger Wert auf einen gesitteten Umgangston, hatte ich mir sagen lassen.

»He, Eddy«, hörte ich Stell rufen. Ich drehte mich um und sah ihr entgegen. Die Kleine war ein echter Schatz, sie teilte sogar hin und wieder eine ihrer kostbaren Zigs mit mir. Dafür gab ich jedem eins auf die Nase, der es wagte, sie zu belästigen. Ein guter Deal, nicht zuletzt, weil wir uns nachts gegenseitig warm hielten. Sie kam eilig auf mich zu, und ich sah, wie ihre zerrissenen Hosen in dem scharfen Wind um ihre dünnen Beine flatterten. Süßer Iovve, so kalt wie in diesem Winter war es schon seit Jahren nicht mehr gewesen!

»Eddy«, wiederholte sie atemlos und ließ sich von mir in den Arm nehmen. Sie schmiegte ihren strohblonden Kopf in meine Achselhöhle und fuhr mit den Händen unter meine Jacke. Ich rubbelte über ihren Rücken und drückte sie eng an mich.

»Warum bist du nicht bei der Arbeit?«, fragte ich. Stell gehörte zu den Glücklichen, die ihre zwei Jahre Probezeit ohne Strafen hinter sich gebracht hatten und damit berechtigt waren, sich zehn Stunden am Tag in einer der Baracken irgendwelchen stumpfsinnigen Tätigkeiten hinzugeben. Trotzdem beneidete ich sie. Es war immerhin eine Art von Abwechslung, davon gab es hier im Lager nicht allzu viel. Außerdem verdiente sie dabei etwas, einen Hungerlohn zwar, aber sie konnte sich Zigs kaufen oder eine Extraration Brot, und ab und zu sogar etwas Synalc, das auf geheimnisvollen Wegen ins Lager gelangte. Eine Frisch-Internierte wie ich, die noch in der Probezeit war, stand völlig ohne Galacx da und damit ohne jede Möglichkeit, sich etwas Vergnügen oder auch Lebensnotwendiges zu kaufen. Noch dazu waren meine Aussichten, jemals eine Arbeitsgenehmigung zu bekommen, mehr als fragwürdig. Ich hatte schon fünf Ermahnungen und zweimal eine Woche Dunkelarrest hinter mir, was meine Probe- und Haftzeit automatisch um ein halbes Jahr verlängert hatte.

»Sie haben uns eine Pause genehmigt«, berichtete Stell. »Der Zentralcomputer ist mal wieder abgestürzt, schon das vierte Mal in diesem Monat.« Sie rieb ihre kalte Nase an meinem Hals und ließ mich dann los, um ein zerdrücktes Päckchen Zigs aus ihrer Hosentasche zu fingern. Sie steckte sich eins der Röllchen zwischen die Lippen und sog daran, bis es sich entzündete. Dann drückte sie es mir in die Finger und schob ihre Hände wieder unter meinen Pullover. Ich atmete dankbar den scharfen, ein wenig betäubenden Rauch ein und steckte ihr die Zig wieder zwischen die Lippen. Früher hatte ich nicht geraucht, aber hier war man dankbar für alles, was einen vom Hunger und von der Langeweile ablenkte, selbst wenn es ein stinkendes, qualmendes Röllchen Gift war.

Wir standen eine Weile lang aneinander gelehnt da und rauchten. Dann zog sie meinen Kopf zu sich und küsste mich. Ich erwiderte ihren Kuss erstaunt. Normalerweise war Stell in der Öffentlichkeit sehr zurückhaltend mit solchen Zärtlichkeiten.

»Heute Abend nach dem Zählappell in Baracke Dreizehn«, flüsterte sie in meinen Kuss hinein. Ich blinzelte verwirrt, war aber inzwischen klug genug, mir nichts anmerken zu lassen. Wir lösten uns voneinander, und sie schlug mir zum Abschied noch einmal fest auf den Hintern, ehe sie wieder zu ihrer Arbeit verschwand. Ich stopfte die Hände in meine Taschen und lehnte mich gegen die Barackenwand. Vielleicht wäre es das Klügste, mich einfach bis zum Abend in meine Decke zu rollen und zu versuchen, den lausigen Tag zu verschlafen. Dann musste ich wenigstens nicht ständig an meinen knurrenden Magen denken.

In den ersten Monaten hatte ich noch gehofft, dass es

Tallis oder Dix irgendwie gelingen würde, mich hier rauszuholen, oder dass sich alles als Irrtum herausstellen und der Geier persönlich erscheinen, sich bei mir entschuldigen und mir mein Flugticket in die Hand drücken würde. Natürlich waren das peinliche, kindische Wunschträume. Niemand würde kommen, um mich zu befreien. Und wie lange es dauern mochte, bis ich meine Zeit hier abgedient hatte, stand in den Sternen. Bei guter Führung wären es zwanzig Jahre, hatte der Lagerkommandant mir nach meiner Ankunft erklärt.

Ich stand damals zum ersten Mal in seinem Büro, noch halb unter Schock und mit weichen Knien. Er bot mir keinen Platz an. Er saß gemütlich in seinem Kontursessel, spielte mit dem Schockarmband der Roten, das die Wache mir gerade abgenommen hatte, und erklärte mir die Spielregeln. Ich bekam nur die Hälfte mit, aber das reichte mir schon vollkommen aus. Ich starrte ihn an und hätte am liebsten meine Faust mitten in seine gut aussehende Visage geschmettert. Groß, wohl genährt, muskulös und breitschultrig saß er da, die dunklen, leicht gewellten Haare mit dekorativen grauen Strähnen durchzogen, das kantige Gesicht gelangweilt zum Fenster oder zum Monitor seines Terminals gewandt, und leierte die Lagervorschriften herunter. Ein in die Jahre gekommener Athlet mit einem fetten Kugelbauch unter der gut geschnittenen Uniform.

»Hast du alles verstanden?«, fragte er abschließend und wandte mir seinen Blick wieder zu. »Zwanzig Jahre, wenn du dir nichts zuschulden kommen lässt. Eine einfache Ermahnung hat nur den zeitweiligen Entzug der Privilegien zur Folge, Verweise verlängern je nach Schwere des Vergehens deine Strafe. Du hast zwei Jahre Probezeit vor dir, wie alle. Wenn du dich gut führst, bekommst du danach die Arbeitserlaubnis.

Alles andere erklären dir sicher gerne die anderen Internierten. Der Aufseher gibt dir eine Decke, deinen Schlafplatz musst du dir selbst organisieren. Neulinge haben es hier nicht allzu leicht, aber du siehst aus, als könntest du dich durchsetzen.« Ein beleidigender Blick glitt über mich hinweg und wanderte dann wieder aus dem Fenster.

»Die Internierten haben eine Art von eigener Verwaltung. Die Aufseher kümmern sich nicht um eure Streitigkeiten, außer, es gibt Verletzte. Du kommst in Block vier, zu den Asozialen.« Er drückte auf den Rufknopf. Eine der grau uniformierten Aufseherinnen kam herein und blieb schweigend an der Tür stehen. Der Kommandant nickte ihr zu, und sie griff nach meinem Arm, um mir ein anderes Schockarmband mit einer grünen Markierung umzulegen. Während sie mich aus dem Büro schob, erklärte sie, dass ich die Signale des Armbands jederzeit unverzüglich zu befolgen hätte. Wecken, Schlafen, einmal am Tag Essensausgabe, Zählappelle und so weiter. Und natürlich Bestrafungen. Die kleinen Vergehen wurden sofort und per Schock bestraft.

»Kann ich mal telefonieren?«, fragte ich sie, als wir an einem öffentlichen Terminal in der Eingangszone des Verwaltungsgebäudes vorbeikamen. Sie nickte und sah mir zu, wie ich vor dem Terminal stand und voller Wut und Verzweiflung auf die Creditanzeige starrte. Fünf Galacx. Ich hatte keinen müden Galacent mehr in der Tasche, dafür hatten die beiden Roten gesorgt, die mich eingeliefert hatten. Das hieß, dass ich zwei Jahre lang vollkommen von der Außenwelt abgeschnitten war, so lange, bis ich arbeiten und Geld verdienen durfte. Ich drehte mich mit Tränen der Wut in den Augen zu der Aufseherin um und ließ mich von ihr in den Block eskortieren, der für die nächsten Jahre meine Heimat sein würde.

Ich lag da und starrte an die Decke. Das obere Bett in der Ecke hatte ich mir wie alles hier, was ein wenig Erleichterung brachte, hart erkämpfen müssen. Als ich damals von der Aufseherin in die Baracke geschoben worden war, waren alle Betten schon belegt. Zwei Frauen, Neuzugänge wie ich, hatten sich auf dem Boden in der Nähe der Tür zusammengerollt und blickten wachsam auf, bereit, ihr Territorium mit Zähnen und Klauen gegen mich zu verteidigen.

Ich drehte mich auf die Seite und versuchte einzuschlafen. Außer mir lebten noch sechzig andere Asoz in dieser Baracke, davon waren jetzt über Tag vielleicht zehn oder fünfzehn im Raum. Eine gute Gelegenheit, sich eine Mütze ungestörten Schlaf zu holen. Nachts, wenn alle hier waren, gab es ununterbrochen Unruhe: Schnarchen, Murmeln, Stöhnen, Husten, Umherwälzen, Fürze, und dauernd stand einer auf, um zur Latrine zu gehen. In der ersten Zeit hatte ich geglaubt, wahnsinnig zu werden, obwohl ich doch Schlafsäle seit meiner Kindheit wahrhaftig gewöhnt war.

Ich wälzte mich wieder auf den Rücken und zog die muffige Decke über den Kopf. Der Schlaf flutete heran und befreite mich für kurze Zeit aus dem Lager.

Es war wieder einmal mein alter Alptraum, den ich inzwischen begrüßte wie einen alten Freund. Ich stand auf einem hohen, schneebedeckten Gipfel und starrte auf eine Wand aus Eis, einen hunderte Meter hohen, erstarrten Wasserfall. Das Licht, das aus einem violetten Himmel kam, obwohl ich weder Sonne noch Sterne ausmachen konnte, brach sich in dem Eis und wurde in Myriaden von farbigen Reflexen zurückgeworfen, so dass ich geblendet die Augen schließen musste. Obwohl ich beinahe bis zu den Knien im Schnee stand, war mir nicht kalt. Über mir kreisten Vögel, deren Schreie mir schrill in die Ohren stachen.

Ich trat fasziniert einen Schritt vor und bemühte

mich, das Eis mit den Augen zu durchdringen. Mein Blick wurde in eine prachtvolle Kathedrale aus Eis gezogen; endlose, schimmernde, lichtdurchflutete Räume taten sich vor meinen Augen auf. Vor Sehnsucht, diesen Palast zu betreten, wurde mein Herz schier zerrissen. Überwältigt hob ich meine Hände und legte sie gegen die Wand aus Eis, die mir den Weg versperrte. Sie drangen hinein, als wäre sie nur ein Schleier aus kalter Luft. Voller Jubel tat ich den verhängnisvollen Schritt hindurch. Rund um mich verfestigte sich die Luft wieder, und ich war in einem Block aus Eis gefangen. Ich schrie, aber kein Laut konnte die gefrorene Luft durchdringen. Meine Lungen begannen, mir den Dienst zu versagen, und während das fremdartige Singen in meinen Ohren stärker und stärker wurde und mein Blick sich verschleierte, trat jemand an mein Gefängnis heran und legte seine Handflächen gegen meine. Ich blickte in mein eigenes, mitleidiges Gesicht, und mein Entsetzensschrei zerriss mir die luftleeren Lungen.

Keuchend fuhr ich hoch und befreite mich aus der erstickenden Umschlingung meiner Decke. Das verfluchte Signal zum Zählappell hatte mich mit seinem schmerzhaften Prickeln aus dem Traum gerissen. Während seine wunderbaren, bedrängenden Bilder vor meinen Augen verblassten, strömten nach und nach die anderen Internierten in die Baracke und verteilten sich auf ihre Betten.

Laut dem Reglement war es uns streng untersagt, nach dem abendlichen Zählappell noch einmal unsere Unterkünfte zu verlassen. Wenn man sich dabei erwischen ließ, zog das unweigerlich einen Verweis nach sich. So war ich an den einen meiner Aufenthalte im Dunkelarrest gekommen. Das war, bevor Stell es geschafft hatte, in meine Baracke verlegt zu werden. Sie hatte mir bis heute nicht verraten, wie sie die Sache gedeichselt hatte, aber ich hatte da so eine Ahnung. Der Lagerkommandant war dem Vernehmen nach weiblichen Reizen nicht abgeneigt, vor allem, wenn sie in der zierlichen, blonden Variante daherkamen, und geizte dann durchaus nicht mit Vergünstigungen.

Eine halbe Stunde nach der Kontrolle der Baracken wurde das Licht abgedreht. Ich wartete noch eine weitere halbe Stunde, dann verriet das lautstarke Rascheln und ein unterdrückter Fluch im Gang neben meinem Bett, dass die ersten sich auf den Weg machten. Ich rutschte von meinem Bett und schloss mich ihnen an. Neben mir humpelte hustend Boris auf seinen arthritischen Beinen her, einer der ältesten Internierten von Lager C. Er war seit beinahe vierzig Jahren hier, und es war abzusehen, dass er hier auch sterben würde. Ich nahm schweigend seinen Arm, um ihn zu stützen. Er dankte es mir mit einem schrägen Blick und einem mürrischen Räuspern.

In Baracke Dreizehn wurde es bereits mehr als eng, als wir eintrafen. Natürlich kamen nicht alle Internierten des Blocks zu solchen nächtlichen Treffen. Die meisten der Älteren hatten kein großes Interesse mehr daran. Boris bildete da eine der seltenen Ausnahmen, aber das lag wohl eher daran, dass er ohnehin unter Schlaflosigkeit litt, wie er mir einmal erklärt hatte. Und er fürchtete sich nicht vor einem Verweis.

»Ich habe so oder so noch etwa dreißig Jahre abzusitzen, meine Entlassung werde ich wohl kaum noch erleben«, krächzte er. »Aber es nimmt dem Kommandanten jedes Vergnügen daran, mich zu bestrafen. Und sie trauen sich nicht mehr, mir 'nen Schock zu verpassen, weil sie Angst haben, dass ich ihnen dann tot umfalle und doch endlich hier rauskomme, wenn auch mit den Füßen zuerst.« Er lachte sein meckerndes Lachen und stieß mir seinen spitzen Ellbogen in die Seite. Ich fragte mich, ob ich nach zwanzig Jahren hier die Sache auch derart mit Humor würde nehmen können.

Ich quetschte mich neben Stell auf ein Bett, auf dem schon drei andere Frauen saßen, und legte meinen Arm um ihre Taille. Sie lächelte mir kurz zu und wandte ihre Aufmerksamkeit dann dem kleinen dürren Kerl zu, der sich gerade in die Mitte durchkämpfte und um Ruhe heischend die Hände hob. Ich sah sein Gesicht und die schwarze Markierung auf seinem Schockarmband und wurde neugierig. Was hatte Dix hier im Lager verloren, noch dazu mit dieser Markierung?

»Das ist doch kein Asoz«, flüsterte ich Stell ins Ohr. Sie schüttelte unwillig den Kopf. »Politischer«, hauchte sie und legte einen Finger auf die Lippen. Ich schnalzte mit der Zunge. Politische landeten normalerweise nicht hier im Lager. Es gab ein Übergangsgefängnis für sie, von dort aus wurden sie zur Reprogrammierung zu den Zentralwelten gebracht. Nicht, dass es viele Politische gegeben hätte. Die meisten Untertanen der Kaiserin waren zufrieden damit, wenn sie von irgendwem irgendwie regiert und mit den näheren Umständen in Ruhe gelassen wurden. Heutzutage genügte es schon, wenn man den Wunsch äußerte, wählen zu dürfen, um in den Akten der Sicherheit aufzutauchen.

Dix hatte endlich die Aufmerksamkeit, die er wünschte. Er wandte sich in die Runde und blickte jedem von uns einen Moment lang fest in die Augen. Er blinzelte kurz und fuhr sich mit der Hand durch das struppige Haar, dann glitt sein Blick weiter.

»Meine Freunde«, begann er leise, aber mit einer Stimme, die bis in den letzten Winkel der Baracke drang, zu sprechen. »Ich bin hier, weil ich denke, dass ihr ein Recht darauf habt, zu erfahren, was draußen vor sich geht.« Er machte eine dramatische Pause.

»Gute Show«, murmelte ich und erntete einen festen Knuff von Stell.

Er fuhr fort: »Die Clouds von Cairon City sind im letzten Monat von den Truppen des Galaktischen Sicherheitsdienstes vollständig geräumt und danach dem Erdboden gleichgemacht worden.« Ein Ausruf des Entsetzens ging durch den Raum. Ich schloss die Augen und dachte an Tallis und ihr behagliches kleines Haus. »Alle Bewohner der Clouds, die ohne IdentiCard aufgegriffen wurden, sind verhaftet worden und warten nun auf ihren Abtransport in die Strafkolonien. Und danach«, er machte erneut eine dramatische Pause, in der keiner es wagte, auch nur einen Finger zu rühren, »danach sind die Lager dran. Cairon wird komplett gesäubert. Man wird uns alle in die Minen von Altair IV schaffen, Freunde.«

Es herrschte blankes Entsetzen. Keiner wagte etwas zu sagen, bis der alte Boris den Bann brach, indem er krächzend zu lachen begann.

Der Redner blickte irritiert auf. Dann sah er den Alten an, und ein Lächeln krauste sein hässliches Gesicht. Er deutete mit dem Finger auf Boris und rief triumphierend: »Das ist der richtige Geist, Freunde! Wir lassen uns nicht einschüchtern, wir lachen unseren Peinigern ins Gesicht! Nun lasst uns überlegen, was wir gegen diese Pläne des Administrators und seiner Schergen unternehmen können!«

Ich konnte seinem Gesülze nicht länger zuhören. Ich murmelte »Entschuldigung« in Stells Ohr und rutschte von dem Bett, um mich durch die Versammelten hindurch zur Tür hinauszudrängeln. Draußen holte ich tief und hoffnungslos Luft. Was für eine idiotische, selbstmörderische Aktion! Glaubte dieser arme Irre wirklich, dass einem Haufen von Internierten mit Schockarmbändern irgendeine Art von Revolte gelingen würde, bevor einer von den Aufsehern auf den

Alarmknopf drücken und das ganze Lager paralysieren konnte? Kleinere Versuche von Aufständen und Protesten hatte es in der Vergangenheit immer mal wieder gegeben. Die Lagerfama berichtete in den glühendsten Farben davon, und einen hatte ich selbst, allerdings nur als Zuschauerin, miterlebt. Es gab keine Möglichkeit, sich von den Armbändern zu befreien. Das gab den Aufsehern eine vollständige Kontrolle über die Internierten, bis hin zur Exekution sämtlicher Inhaftierten mit einem einzigen Knopfdruck.

Es würde kommen, wie es kam. Ich hätte es in der Hand gehabt, die Räumung der Clouds zu verhindern, aber ich hatte es vermasselt. Vielleicht verdiente ich alleine dafür die Minen.

Spät in der Nacht kroch Stell stumm zu mir unter die Decke. »Warum bist du gegangen?«, flüsterte sie. »Er war großartig! Und weißt du was? Es könnte klappen. Die Computerausfälle in den letzten Wochen gehen auf sein Konto und das seiner Freunde.«

Ich knurrte nur skeptisch. Computerabstürze waren ja gut und schön, aber bisher hatten sie nur den Produktionsbetrieb für ein paar Stunden lahmgelegt. Kein sehr beeindruckendes Ergebnis.

Stell und ich sprachen nicht mehr über den Politischen und seine hochfliegenden Pläne. In den nächsten beiden Wochen fanden noch drei solcher Treffen statt, an denen ich nicht teilnahm. Stell war enttäuscht darüber, aber sie machte mir keine Vorwürfe. Ich hielt mich so weit wie möglich von dem irren kleinen Kerl fern, der da so blauäugig eine Lagerrevolte zu planen schien.

Dann kam der Tag, an dem der Zentralcomputer abstürzte. Ich bemerkte es erst, als das Signal zum abendlichen Zählappell ausblieb. Es wurde unruhig im Lager, und dann erschütterte das unangenehme, außerhalb des hörbaren Bereiches liegende Schrillen mehrerer abgefeuerter Strahler meine Knochen. Ein Trupp Internierter war in die Dienstbaracke der Aufseher eingedrungen und hatte die Wachen überwältigt.

Alle rannten durcheinander und brüllten und warteten auf die ersten Knochen brechenden Schocks, aber die blieben ebenso aus wie das Signal zum Zählappell. Hatte der krumme kleine Hund es am Ende doch geschafft? Er musste wahrhaftig Freunde drangesetzt haben, die Ahnung von dieser Computerscheiße hatten, denn er selbst war wohl kaum …

Jemand packte mich am Arm und riss mich in eine geschützte Ecke. Ich sah in seine lachenden Dackelaugen und umarmte ihn stürmisch. »Ich hab dein Zeichen gesehen und mich von dir fern gehalten. Wie bist du bloß hier reingekommen, noch dazu als ›Politischer‹?«

»Wir haben jetzt keine Zeit«, sagte Dix mit einem schnellen Blick in die Runde. »Die können jeden Moment das zweite System wieder in Betrieb nehmen, und dann ist hier der Teufel los. Komm mit, Eddy!«

Ich folgte ihm zum Verwaltungsgebäude. Wir drückten uns vorsichtig um die Ecke und blickten zum Haupttor. Die Energiebarriere um das Lager stand noch, aber in dem Moment, wo ich mich fragend zu meinem Begleiter umwandte, erschütterte ein ohrenbetäubender Knall das Lager. Der Boden bebte leise. Die Barriere flackerte kurz auf und verschwand. Jubel ertönte vom anderen Ende des Lagers, und ich konnte mir bildhaft ausmalen, wie die Internierten dort das Weite suchten.

»Los«, befahl er, und ich rannte. Ich hörte ihn hinter mir hertraben und musste lachen. Wie oft waren wir schon so gerannt, aber wohl noch nie fort aus einer derart brenzligen Situation. Etwas später hockten wir keuchend und schnaufend in einem dürren Gebüsch und lauschten. Einige Gleiter waren in Richtung auf das Lager über uns hinweggeflogen, aber sie hatten uns nicht weiter beachtet.

»Wenn sie die Systeme wieder in Betrieb nehmen und die Armbänder aktivieren, kriegen sie uns«, sagte ich beunruhigt. »Ich weiß nicht, welche Reichweite ...«

»Aber ich«, unterbrach er mich. »Was glaubst du, womit ich mich in den letzten Monaten beschäftigt habe, seit wir rausgefunden haben, wo du abgeblieben bist? Du sprichst mit *dem* anerkannten Experten auf dem Gebiet des Schockarmbandes. Jetzt halt mal für einen Moment die Luft an, ich muss dir das Ding abnehmen.«

Ich klappte meinen Mund auf und wieder zu. So hatte er noch nie gewagt, mit mir zu sprechen. Er fummelte mit seinen geschickten Fingern eine Weile an meinem Armband herum und schaffte wahrhaftig, es zu knacken. Ich rieb mir den Arm und übernahm dann unter seiner Anweisung das Lösen seines Armbands.

»Okay, den ersten Schritt haben wir.« Er umarmte mich. »Mensch, Eddy, ich hab' schon befürchtet, ich seh' dich nie wieder!«

»Die Geschichte musst du mir irgendwann in aller Ruhe erzählen, Dix. Aber wie geht es jetzt weiter? Wo können wir hin?«

»Alles kein großes Problem, hoffe ich«, sagte er optimistisch. »Wir müssen jetzt nur genau das tun, was Tallis mir aufgetragen hat, dann treffen wir sie auf der anderen Seite.«

»Was für eine andere Seite, du Penner?«

Er hob die Achseln und lächelte ein wenig kläglich. »Weißt du, Eddy, ich glaube, Tallis ist ein bisschen übergeschnappt. Aber sie hat das ganze Unternehmen bis hierher geplant und finanziert, und deshalb hab ich mich nicht getraut, ihr zu widersprechen. Wir schaffen das schon irgendwie.«

Ich stöhnte. Den Ton in seiner Stimme kannte ich. Mit derselben felsenfesten Überzeugung hatte er mir vor ein paar Jahren den absolut todsicheren Bruch im Blauen Viertel schmackhaft machen wollen, bei dem schließlich die beiden Tomkins-Brüder von den Roten erschossen worden waren.

»Also gut.« Mir blieb ja kaum etwas anderes übrig. »Was jetzt?«

Er hockte sich auf die Erde und grub seine Taschen um. Leise fluchend steckte er seinen blutenden Zeigefinger in den Mund. Mit der anderen Hand fingerte er die hässliche, billige Brosche hervor, an der er sich gestochen hatte. Ich sah das Ding an und fing an zu lachen.

»Dix, dein Geschmack ist wirklich unter aller Kanone. Wo hast du denn das scheußliche Ding her? Kein Wunder, dass die Roten es dir gelassen haben …« Ich verstummte mitten im Satz, als mir aufging, was er da hatte. Er pulte die aufgeklebten, schreiend bunten Glassteine runter und hielt mir Tallis' alte Brosche entgegen.

»Hier. Tallis sagt, du musst sie in die Hand nehmen. Ich halte mich an dir fest. Und dann musst du uns rüberbringen.« Seine Augen hingen in rührendem Vertrauen an mir.

Ich starrte abwechselnd ihn und die Brosche in meiner Handfläche an. »Dix, ihr seid wirklich beide übergeschnappt! Wie und vor allem wohin soll ich uns bringen? Mit einer *Brosche*? Das ist doch kein Gleiter …« Das Ding in meiner Hand erwärmte sich. Ich verstummte und starrte es mit herausquellenden Augen an. Dix atmete scharf ein und griff nach meinem Arm.

Die Brosche begann, grüne Blitze auszusenden. Ich musste geblendet die Augen schließen und machte unwillkürlich einen Schritt nach vorne. Die Luft um mich herum erwärmte sich und schien mir Widerstand entgegenzusetzen, als würde ich durch zähen Schlamm waten. Ich öffnete erschreckt die Augen und sah auf ein verzerrtes, schlieriges Wabern direkt vor meiner Nase. Ich hob die Hand mit dem grün blitzenden Ding darin und rief: »Herz zu Herz! Nach Hause!« Die Luft verdichtete sich noch mehr und schien sich um uns herum zum Zerreißen zu spannen. Ein hohes, Nerven zerfetzendes Sirren lag in der Luft und marterte meine Trommelfelle.

Unter größten Anstrengungen tat ich den zweiten Schritt nach vorne. Die zähe Luftblase zerriss mit einem peitschenden Laut, ich wurde wie von einer gigantischen Faust gepackt und nach vorne gerissen. Undeutlich spürte ich Dix' klammernden Griff um meinen Arm, dann fand ich mich mitten in meinem Alptraum wieder. Ich stand eingesperrt in dem Block gefrorener Luft, sah vor mir mein eigenes, in fassungslosem Staunen verzerrtes Gesicht und schrie mir aus luftlosen Lungen die Seele aus dem Leib, bis es mir endlich schwarz vor Augen wurde.

~ 11 ~

Ihren Aufstieg zum Gipfel in der tiefsten Schwärze der Nacht würde sie ihr Leben lang wie einen schweren Traum in Erinnerung behalten. Es war, als wäre sie bereits ihr ganzes Leben lang so gestiegen, nur ihren eigenen keuchenden Atem und das eisige, dünne Pfeifen des Windes im Ohr. Die Tränen, die der Wind aus ihren Augen trieb, gefroren in ihren Wimpern und auf ihren Wangen zu Eis. Inzwischen konnte sie weder ihre Finger noch ihre Zehen spüren. Ab und zu schielte sie auf ihre Nasenspitze, um sich zu versichern, dass sie noch an Ort und Stelle war, wenn auch blau vor Kälte.

Wurde es denn nie Tag? Im endlosen Himmel über ihr strahlten klar, fern und reglos die Sterne. Kein noch so zarter Schimmer deutete den Sonnenaufgang an. Sie blieb stehen, um zu verschnaufen. Keuchend stützte sie die Hände auf die Knie und ließ ermattet den Kopf hängen. Eine plötzliche Welle von Panik attackierte sie und ließ sie um ein Haar in den Schnee sinken. Was tat sie hier? Was um alles in der Welt hatte sie dazu getrieben, das Haus zu verlassen und mutterseelenalleine hier hinaufzusteigen? Sie sog zischend die brennend kalte Luft tief in ihre schmerzenden Lungen und kämpfte den Anfall nieder.

»Bei den Schöpfern, ich kann nicht weiter«, sagte sie laut und erschrak selbst darüber, wie heiser ihre Stimme klang.

Neben ihr tauchte lautlos ein massiger Schatten auf.

Glühende, gelbe Augen starrten sie an. Sie fuhr herum, mit langsamen, trägen Bewegungen. Auch an ihrer anderen Seite leuchteten Augen, gelb, ruhig und klar. Die beiden Wesen wandten die Köpfe zum Hang und begannen den Aufstieg. Sie unterdrückte ein hysterisches Kichern und folgte den Schatten, menschengroß und plump der eine, der andere kleiner und geschmeidiger. Sie hielten Schritt mit ihr. Irgendwann, als sie vor Entkräftung zu taumeln begann, stolperte sie gegen den Kleineren und griff Halt suchend in dichtes, wolliges Fell. Sie klammerte sich an ihn, und der mächtige Schneewolf wandte ihr geduldig seinen Kopf zu und wartete, bis sie wieder zu Atem kam.

»Es geht wieder«, keuchte sie und machte einen schwankenden Schritt und noch einen. Der riesige weiße Bär auf ihrer anderen Seite hob unruhig den schweren Kopf und sog die Luft ein. Sie klammerte sich an die dichte Halskrause des Wolfes und schleppte sich bergan.

Weiche Schwingen durchteilten lautlos die Luft, und tellergroße Augen blickten auf sie herab. Die riesige Schnee-Eule glitt schweigend vor ihnen her, als wollte sie ihr den Weg zeigen und gleichzeitig zur Eile anhalten. Sie schluchzte vor Erschöpfung und schwankte halb bewusstlos hin und her. Der Gipfel schien so weit entfernt zu sein wie zuvor, und sie musste ihn doch vor der Morgendämmerung erreichen.

»Ich schaffe es nicht«, krächzte sie und begann in die Knie zu sinken. Der Schneewolf wirbelte herum und sprang sie so wild an, dass sie ein Stück weit durch die Luft geschleudert wurde. Sie landete in einer einladend weichen und erstaunlich warmen Schneewehe und drückte ihr Gesicht hinein. Da war nur der Geruch von Schnee und Winterluft in ihrer Nase, und doch bewegten sich starke Muskeln unter ihr, und sie spürte, wie sie fortgetragen wurde, weiter den steilen Hang hinauf. Die Eule flog schweigend wie ein helles Gespenst vor ihnen her. Sie schloss die brennenden Augen und schlief auf dem schaukelnden Rücken des Bären ein.

Mitten in einem Kristallsaal stehend fand sie sich wieder. Leiser Gesang von hohen Stimmen erfüllte die Luft und hieß sie willkommen. Eine Zeit lang lauschte sie reglos und voller Sehnsucht, dann begann sie nach und nach den Sinn des wortlosen Gesangs zu verstehen.

Hüterin der Vielen, Schloss des Einen, sangen die Stimmen. *Folge dem Herzen. Hüterin von Feuer, Bewahrerin des Einen. Folge der Musik.*

Wie im Schlaf setzte sie die Füße voreinander und ging durch endlose kristallene Säle, die in unirdischem Licht erglühten. Ihr Blick drang ungehindert durch die Wände aus erstarrter Luft und sah nichts als weitere Fluchten aus Kristall, bis ihre Augen sich in der Unendlichkeit verloren. Die funkelnde, Farben sprühende, blitzende Pracht blendete sie. Mit zur Hälfte und schließlich gänzlich geschlossenen Augen ging sie weiter, die Hände tastend ausgestreckt. Es war, als wichen die Wände lautlos vor ihr zur Seite und ließen sie ungehindert durch den ganzen, ungeheuren Palast ziehen.

Die schönen, unmenschlichen, sehnsüchtigen Stimmen begleiteten sie auf ihrem Weg, aber sie leiteten sie nicht. Es war ihr, als wanderte sie Tage und Wochen durch einen unendlich großen Kristall, ohne Rast, ohne Ziel.

Helft mir, sagte sie lautlos, um den niemals abreißenden Gesang nicht zu stören. Was soll ich tun?

Finde das Herz, Bewahrerin des Feuers. Folge deinem Herzen, Schloss des Einen. Folge dem Herzen.

Sie blieb stehen und öffnete die Augen. Sie schien immer noch dort zu stehen, wo sie ihren Weg durch den Kristall begonnen hatte. Die Wände funkelten rot wie im Licht der untergehenden Sonne. »Ah«, seufzte sie. Ihr Seufzer wurde von den Stimmen in den Gesang aufgenommen und mit ihm verwoben. *Ah – aaah – ahhhh …*, es jubelte und seufzte, stöhnte und wehte wie ferner Wind um einen einsamen Gipfel. Sie zog das Herz des Feuers hervor und hielt es hoch empor.

Herz zu Herz, jubelten die Stimmen. *Folge dem Herzen, Hüterin der Vielen.*

Das Schmuckstück erglühte in tiefem Rot. Sie ließ sich von ihm tiefer hinein in den kristallenen Palast führen und wanderte durch Gänge, die gelb und grün und violett erschimmerten und schließlich in allen Schattierungen vom tiefsten Mitternachtsblau bis zum allerzartesten, fast durchsichtigen Azur erglühten.

Hier, sangen die Stimmen. *Finde das Herz im Herzen des Windpalastes, Hüterin der Vielen.*

Sie sah sich verwirrt um. *Herz zu Herz. Herz zu Herz. Herz zu Herz.* Der Gesang schwoll wild an und dröhnte in ihren Ohren, pulsierte im Einklang mit dem Schlag ihres Herzens, klopfte durch ihre Adern, pochte in ihren Augen, bis sie glaubte, taub, blind und wahnsinnig zugleich zu werden.

Sie drehte sich um die eigene Achse und starrte auf die Kristalle, die rundherum aus den spiegelnden Wänden wuchsen. Ihre Hand näherte sich einem von ihnen und umfasste ihn, doch er saß fest und wollte sich unter ihrem Griff nicht lösen. Voller Verzweiflung blickte sie in ihr Spiegelbild auf der glitzernden Oberfläche und erschrak vor dem Schmerz und der Angst, die sie auf ihrem Gesicht erblickte. Ohne nachzudenken streckte sie die Hände aus und berührte die Wand, die sich unter ihren Handflächen erwärmte und nachgiebig wurde. Ihre Finger berührten warmes, lebendiges Fleisch. Unwillkürlich griff sie fest zu, um die fremden Hände zu umklammern und die andere ganz zu sich herüberzuziehen.

Hüterinnen der Vielen, Schloss und Schlüssel des Einen, Herz und Herz und Herz, sangen die Stimmen voller Freude. Sie hielt einen großen Kristall in ihrer Hand und starrte auf sein blaues Feuer nieder. Geblendet schloss sie die Augen und wanderte zurück, den ganzen, endlos langen Weg aus dem Herzen des kristallenen Palastes zurück, begleitet und geschützt von den sanfter gewordenen Gesängen der luftigen Stimmen.

Du musst uns nun verlassen, Hüterin der Vielen, kein Menschenkind kann lange unsere Luft atmen, summte es klingend in ihr Ohr. *Geh mit unserem Segen, Bewahrerin der Herzen. Unser Schutz begleitet dich, Schloss des Einen.*

Sie stand auf einem weiten, von keiner menschlichen Spur gezeichneten Schneefeld und blickte hinaus in die blaue Unendlichkeit des Himmels. Über ihr war nichts als diese betäubende, strahlende Bläue und unter ihr all das blendende Weiß. Sie schloss die Augen, um nicht zu erblinden. An ihrem Schenkel spürte sie die sachte Berührung eines warmen, atmenden Körpers. Ihre Hand ertastete dichtes Fell, in das sie tief ihre Finger hineingrub. In der anderen Hand hielt sie einen großen, unregelmäßig geformten Eiszapfen, an dem ihre Finger unlösbar festgefroren waren. Mit dem Wolf an ihrer Seite und dem Bären an ihrer anderen begann sie den Abstieg vom Gipfel des Berges.

Am Fuß der Ewigkeitsberge war der Schnee bis auf einige hartnäckige Reste getaut. Die ersten hellvioletten Kelche des Schneebechers wagten sich zaghaft in das noch winterlich blasse Sonnenlicht, und die vielstimmigen Vogelrufe, die während des Winters verstummt waren, weckten schon seit einer Woche wieder den Morgen.

Ylenia stand wie jeden Morgen und jeden Abend seit dem Verschwinden ihrer Nichte bei Sonnenaufgang vor der Tür des Ordenshauses und blickte zu den schneebedeckten Hängen der Berge hinauf. Irgendwann, irgendwo würde das Eis möglicherweise Idas erstarrten Körper wieder freigeben, aber die Antwort auf die Frage, warum sie einfach so auf und davon gegangen war, würde wohl für alle Zeiten dort oben ruhen.

Ylenia seufzte sacht und schickte sich an, ins Haus zurückzukehren, als eine Bewegung in einem der Schneefelder hoch oben am Berghang ihre Aufmerksamkeit erregte.

»Noren«, rief sie scharf. Ein dunkler Kopf tauchte hinter ihr im Türrahmen auf, und braune Augen sahen sie fragend an. Ylenia wandte den Blick nicht von dem dunklen Punkt am Hang. »Da oben.« Sie kniff die Augen zusammen. »Schick ein paar Frauen hoch, sie sollen sich das mal näher ansehen.« Noren nickte und verschwand.

Ylenias Knie gaben unter ihr nach. Sie setzte sich mit gefalteten Händen auf die Holzbank neben der Tür und schloss für einige Atemzüge die Augen. Es konnte unmöglich Ida sein, wie hätte sie die vergangenen Wochen dort oben im Schnee und Eis überleben sollen? Aber wenn sie es doch war, ihr Schöpfer, wenn sie es doch war!

Die Bergungstruppe brach auf. Ylenia sah ihnen hinterher, ohne zu bemerken, dass ihr dabei die hellen Tränen über die Wangen liefen.

Die ausgesandten Frauen hatten das Schneefeld gegen Mittag erreicht. Ylenia trat in Abständen vor die Tür und starrte hinauf in den Hang und sah endlich voller Erleichterung, wie ihre Frauen sich um den Fremden scharten. Es schien kein einzelner Wanderer zu sein, erkannte sie enttäuscht, es waren zwei oder sogar drei Menschen, die sich jetzt von den Frauen des Bergungstrupps ins Tal eskortieren ließen. Ylenias Hoffnung zerstob. Das mussten Reisende aus Beleam sein, die den Weg über den Pass verfehlt hatten. Sie seufzte leise auf und ließ sich wieder auf die Bank sinken. Sie sollte jetzt besser der Heilerin melden, dass es sicherlich bald Erfrierungen zu behandeln geben würde.

Unsichere, schleppende Schritte tappten um die Hausecke. Jemand sank schwerfällig und ohne ein Wort der Entschuldigung neben ihr auf die Bank. Ylenia drehte sich nicht um, sondern wartete darauf, dass die andere Person von selbst erkannte, wie ungebührlich sie sich benahm und wieder ging. Aber nichts dergleichen geschah. Nur das angestrengte Atmen des aufdringlichen Menschen war zu hören.

Aufgebracht wandte Ylenia sich um, scharfe Worte der Zurechtweisung auf den Lippen, die erstarben, als sie sah, wer da neben ihr an der Wand lehnte, nur halb bei Bewusstsein, mit leeren, entzündeten Augen, blasigen Lippen und Erfrierungen im Gesicht und scheckigem Haar, das wirr und schmutzig unter dem schützend über den Kopf gezogenen Umhang hervorsah.

»Ida«, krächzte die Weiße Hexe. Sie griff ungläubig nach den Händen der jungen Frau und fühlte halb erfrorene Finger, die ein schmelzendes Stück Eis umklammerten. Sie versuchte sanft, den Griff zu lösen, aber die Finger hielten das Eis fest wie ein Schraubstock. Die erschreckenden, leeren Augen bewölkten sich, aber kein Laut drang aus Idas Mund. Sie schien nicht zu erkennen, wer neben ihr saß. »Noren«, rief Ylenia wieder. »Noren, hol deine Schwester, schnell!«

Gudren, die beste Heilerin des Ordens, untersuchte Ida gründlich und ordnete dann an, sie ins Bett zu stecken. »Sie hat ein paar böse Erfrierungen, sie ist erschreckend unterernährt und vollkommen verwahrlost. Aber nichts davon ist wirklich gefährlich, das kommt alles mit der richtigen Pflege wieder ins Lot.«

»Warum war sie so – apathisch?«, fragte Ylenia angstvoll. »Hat sie eine Kopfverletzung oder …«

»Nein, nein, keine Angst. Sie scheint unter Schock zu stehen, aber ich denke, wenn sie sich einmal richtig ausgeschlafen und etwas zu essen bekommen hat, wird sie wieder klar sein. Ach übrigens, ich habe es nicht geschafft, ihr das abzunehmen, was sie da umklammert hält. Ich habe ihre Hand sozusagen drumherum behandelt.« Sie lachte ein wenig ärgerlich und erhob sich.

Ylenia dankte ihr und setzte dann hinzu: »Das hätte ich fast vergessen, Gudren: Du bekommst in einer oder zwei Stunden noch mehr Arbeit. Aber vielleicht kann das auch eine deiner Kolleginnen für dich übernehmen.«

Gudren winkte nur ab. »Es ist ja nicht so, dass ich neben Idas Bett wachen müsste. Sie braucht mich frühestens morgen wieder, bis dahin können sich gerne noch ein paar Patientinnen bei mir melden. Vielleicht wäre es angebracht, in der Küche Bescheid zu geben, dass Brühe gekocht werden soll. *Viel* Brühe!«

Die nüchterne, ein wenig ruppige Art der Heilerin brachte Ylenia endlich ihre verloren gegangene Gemütsruhe wieder zurück. Sie lachte und schob Gudren zur Tür hinaus. Dann ging sie hinüber ins Krankenzimmer. Ida schlief fest und tief. Gudrun hatte die wunden Stellen und Erfrierungen in ihrem Gesicht mit Salbe behandelt und ihr einen Heiltrank eingeflößt, der sie hatte einschlafen lassen. Ylenia blickte gerührt auf das abgezehrte, zerschundene Gesicht ihrer Nichte hinab und streichelte vorsichtig ihre Hand, die auf der Decke ruhte. Idas Finger waren fest um etwas geschlossen, als habe sie Angst, dass jemand kommen und es ihr entreißen würde. Ylenia schüttelte sacht den

Kopf und ging leise wieder hinaus. Gudren hatte gesagt, dass Ida mindestens bis zum nächsten Tag fest schlafen würde. Es galt jetzt Vorbereitungen für das Eintreffen des Rettungstrupps zu treffen.

Die Köchin scheuchte gerade ihre Gehilfinnen quer durch die Küche, um die von Gudren bestellte Brühe zu bereiten, da erschollen schon die Rufe von draußen: »Ylenia, wir haben sie!« Die Oberste Hexe überließ den Küchendienst seinem Elend und trat durch die Hintertür in den sonnenbeschienenen Hof hinaus. Gudren war bereits mit einer auf einer improvisierten Trage liegenden Gestalt beschäftigt. Zwei Fremde kauerten in Decken gehüllt neben dem Eingang und wurden von Gudrens Assistentinnen versorgt.

Clem, die Anführerin des Bergungstrupps, sah Ylenia auf die Gruppe zukommen und winkte ihr heftig und freudig. »Wir haben sie wirklich gefunden, Ylen«, rief sie und lachte über das ganze Gesicht. »Ist das nicht unglaublich? Wir haben sie gefunden!«

Ylenia runzelte die Stirn. Warum machte Clem, eine erfahrene Bergführerin, so ein Gewese um eine einfache Bergungsaktion wie diese? Sie streifte die beiden Fremden, einen dürren kleinen Mann und eine alte Grennach, mit einem flüchtigen Blick und trat dann zu Gudren an die Trage heran.

»Und?«, fragte sie. Gudren sah mit verwirrter Miene zu ihr auf und wich dann zur Seite, um ihr den Blick auf die daliegende Person zu ermöglichen. Auf der primitiven Trage lag Ida, bewusstlos, eine ihrer Hände fest um etwas geschlossen, als habe sie Angst, dass jemand kommen und es ihr entreißen würde.

»Was geht hier vor?«, fragte Ylenia verwirrt und aufgebracht.

Gudren zuckte mit den Achseln und bemerkte fatalistisch: »Wie auch immer, ich behandele sie jetzt einfach noch mal. Aber dann gehe ich und sehe nach, was da in Idas Zimmer liegt, das schwöre ich dir!« Sie drehte Ylenia den breiten Rücken zu und beugte sich wieder über die Trage.

Ylenia wandte sich ratlos um und fasste die beiden Fremden genauer ins Auge. Sie trugen seltsame und für eine Wanderung durch die Berge völlig ungeeignete Kleidung und waren von den Frauen in warme Felldecken gewickelt worden. Die Hexe trat zu ihnen, um sie nach ihren Namen und ihrer Reise zu befragen, und blieb zum wiederholten Mal an diesem Tag wie vom Donner gerührt stehen, als die alte Grennach-Frau müde den Kopf hob, um sie anzusehen. Sie öffnete den Mund, aber der Ausruf wurde ihr von den Lippen genommen.

»Tallis!«, schrie Mellis, die wie von einer Sehne abgeschossen aus dem Haus geeilt kam. Sie breitete die Arme aus und flog auf die alte Grennach zu, die trotz aller augenscheinlichen Erschöpfung aufsprang und ebenfalls weit die Arme ausbreitete. Ylenia blickte erheitert auf das Schauspiel der sich begrüßenden Grennach-Frauen und wandte ihre Aufmerksamkeit dann dem kleinen Mann zu, der immer noch auf der Bank hockte. Er musterte die Umgebung und die Frauen, die ihn und seine Reisegefährten umringten, mit einem geradezu kindlich staunendem Ausdruck in seinem hässlichen Gesicht. Dann fiel sein Blick auf Mellis' wehenden roten Schweif.

»Ich hab ja schon 'ne Menge komischer Leute in meinem Leben gesehen«, brummte er grinsend. »Aber so was wie das …« Er verstummte, als ihm die Ähnlichkeit zwischen Mellis und Tallis auffiel. Unsicher zog er sich auf die Beine und trat zu den beiden Frauen, die in der weichen, zwitschernden Grennach-Sprache miteinander redeten, ohne sich dabei gegenseitig aus der Umarmung zu entlassen.

»Entschuldigung«, sagte der Mann höflich und etwas unsicher. Tallis wandte sich um und sah ihn lächelnd an. Dann lachte sie erheitert auf, als sie sah, wohin er blickte. Sie zwinkerte kurz und lüpfte den nassen Rocksaum. Er sagte immer noch höflich »Danke« und fiel dann in Ohnmacht.

»Der Mann, Dix, behauptet, sie hieße Eddy. Er kennt sie angeblich seit mehreren Jahren«, berichtete die müde Heilerin spät am Abend der Obersten Weißen Hexe. Beide saßen vor dem prasselnden Kaminfeuer, hatten die Füße hochgelegt und tranken heißen Würzwein.

»Ich hoffe, Tallis kann uns über diese Merkwürdigkeit aufklären«, bemerkte Ylenia nachdenklich. »Sie dürfte nicht aus Zufall in – Eddys Begleitung gewesen sein. Wann, denkst du, kann ich mit ihr sprechen?«

»Ich habe ihnen eine Suppe und einen Schlaftrunk gegeben. Diesen Dix musste ich dafür allerdings erst mal wieder aufwecken.« Gudren grinste. »Morgen, vielleicht auch übermorgen. Sie waren beinahe genauso erschöpft wie Ida.«

»Morgen«, murmelte Ylenia unzufrieden. »Du hast den Bogen wirklich raus, mich auf die Folter zu spannen, Heilerin!« Gudrens Grinsen wurde nur noch etwas breiter und unverschämter. Sie hob stumm den Becher und trank der angewidert dreinschauenden Hexe formvollendet zu.

Mit dem Ende des Winters trafen erneut beunruhigende Nachrichten im Ordenshaus ein. Die unheimliche, lautlose Ausdehnung der Grenze hatte sich während des Winters zwar etwas verlangsamt, war aber nicht zum Stehen gekommen. Zwei grenznahe Dörfer und einige Gehöfte waren aufgegeben worden. Ihre Bewohner mussten hilflos und ohne die Möglichkeit, etwas unternehmen zu können, zusehen, wie ihre Häuser und ihr Land von der Nebelwand verschlungen wurden.

Die Tetrarchen von Beleam und Seeland hatten ihre Garden zur Grenze ausgesandt, und der Hierarch schickte mehrere Gesandte in den Nebelhort – oder, genauer gesagt, er hatte versucht, Gesandte dorthin zu schicken. Entweder scheiterten sie schon an der Überquerung der Grenze, oder es gelang ihnen, und sie verschwanden im Nebelhort, ohne jemals wieder von sich hören zu lassen. Den Berichten des Hochmeisters Gareth zufolge, den der Hierarch zu sich in die Residenz gerufen hatte, wurde zur Zeit darüber beraten, die Garde des Hierarchen in den Hort zu schicken, um die schleichende Landnahme zu beenden – sobald man herausgefunden hatte, wie es zu bewerkstelligen war, eine Armee über die von dieser Seite aus immer noch undurchdringliche Grenzlinie zu bringen. Die Weiße Schwesternschaft durchforschte ihre Aufzeichnungen, um eine Lösung für dieses Problem zu finden und möglicherweise auch eine Antwort auf die Frage, warum der Nebelhort nach Jahrhunderten des Friedens auf diese heimtückische Art die Hierarchie angriff.

Ylenia hatte kaum geschlafen, weil sie die Nacht im Archiv über alten Büchern und Schriftrollen verbracht hatte. Seit Sonnenaufgang saß sie an dem Antwortbrief auf das jüngste Schreiben des Hochmeisters Gareth, mit dem sie sich wegen der Ereignisse des letzten Tages noch nicht gründlich genug hatte befassen können. Gegen Mittag klopfte es, und Gudren riss, ohne ihre Einladung abzuwarten, die Tür zu ihrem Zimmer auf.

»Falls es dich interessiert, deine Nichte ist gerade aufgewacht«, schmetterte sie und war auch schon wieder fort. Ylenia legte die Schreibfeder beiseite und erhob sich müde.

Ida saß in die Kissen gelehnt in ihrem Bett und blickte gebannt auf etwas nieder, das sie in ihrer Hand verborgen hielt. Als sie Ylenias Schritte hörte, schloss sie eilig die Finger darum und hob den Blick. Idas wechselhafte Augen strahlten in einem kalten, unirdischen Silberton. Sie sah ihre Tante ohne ein Zeichen des Erkennens an. Ihr schrecklicher Blick schien durch Ylenia hindurch bis an das Ende der Welt zu reichen.

»Ida«, rief die Hexe sie besorgt an. Sie setzte sich auf die Bettkante und berührte ihre Nichte behutsam an der Schulter.

Ida seufzte leise und schloss die Augen. Als sie sie nach einer Weile wieder öffnete, hatte sich ihre Farbe zu einem rauchigen Bernsteinton verdunkelt. »Tante Ylen«, sagte sie überrascht.

Ylenia legte stumm einen Finger zwischen die Augenbrauen der jungen Frau und schien auf etwas zu lauschen. Dann schüttelte sie den Kopf und lachte ärgerlich auf. »So magieblind wie eh und je. Wie fühlst du dich, Ida?«

Ida sah sie verdutzt an und lächelte ein wenig kläglich. »Wie man's nimmt. Ich bin ziemlich erledigt und habe einen mörderischen Muskelkater. Wie würdest du dich fühlen, wenn du einen ganzen Tag und eine ganze Nacht in den Bergen herumgeklettert wärst?«

Ylenia öffnete den Mund und schloss ihn gleich wieder. »Einen ganzen Tag …«, murmelte sie und stand vom Bett auf. Sie ging zum Fenster und zog die Vorhänge beiseite, stieß die beiden Flügel weit auf und trat schweigend beiseite, um Ida hinausblicken zu lassen. Ida warf einen Blick in den Garten, der im ersten zarten Grün stand, und starrte dann hilflos in Ylenias Gesicht.

»Du warst den ganzen Winter über fort, Kind«, sagte Ylenia sanft und griff nach Idas Hand. Ida erwiderte nichts, sah nur wieder stumm aus dem Fenster. Ihre Finger bebten leicht unter Ylenias behutsamer Berührung. »Du brauchst noch Ruhe«, sagte Ylenia nach einer Weile. »Schlaf dich aus, iss etwas, und dann, wenn du dich besser fühlst, wirst du mir erzählen, was dir widerfahren ist. Leg dich wieder hin, Ida.« Sie erhob sich.

Ida, die reglos hinausgeblickt hatte, fuhr herum und griff nach ihr. »Geh nicht, Tante Ylenia!«, rief sie voller Angst. »Du hast noch nicht gesehen, was ich mitgebracht habe!« Sie öffnete ihre Hand und hielt sie in das helle Sonnenlicht, das durch das geöffnete Fenster fiel. Ylenia schloss geblendet die Augen. Gleißend blaue Blitze schossen durch die Kammer und ließen den warmen Sonnenschein fahl erscheinen. Leises Singen lag in der Luft, schwebte für einige Momente über ihnen und verklang. Die Lichterscheinung verblasste.

Ylenia blickte voller Ehrfurcht auf das funkelnde Schmuckstück in Idas Hand herab. »Das Herz der Luft«, murmelte sie und auf die Bettkante nieder.

Ida starrte wieder wie hypnotisiert auf ihre Handfläche. »Ich erinnere mich nicht, woher ich es habe. Ich hatte einen Eiszapfen in der Hand, nachdem ich die andere aus der Wand gezogen habe.« Sie sah sich schreckhaft um. »Wo ist sie? Ist sie nicht hier?«

Ylenia runzelte unbehaglich die Stirn. Nach einer Weile fuhr Ida träumerisch fort: »Der Wolf und der Bär haben mich bis zu der Stelle zurückgebracht, an der der Schnee aufhörte. Ich bin auf dem Bären geritten, das weiß ich noch. Da war ein weißer Falke, der uns den Weg gezeigt hat, aber den kann ich mir auch eingebildet haben. Es war alles unwirklich, wie in einem Traum. Der Kristallpalast ...« Sie verstummte und starrte blicklos vor sich hin. Ihre Finger schlossen sich wieder fest um das Schmuckstück, und ihr Gesicht erschlaffte zu einem leeren Ausdruck.

Ylenia erhob sich beunruhigt und rief nach Gudren. Die Heilerin sah Ida an und zog eine verdrießliche

Miene. »Das sieht gar nicht gut aus«, sagte sie. »Dabei war sie eben noch ganz munter. Was hast du bloß mit ihr gemacht, Ylen?«

»Ich?«, protestierte die Hexe. »Frag lieber, was sie mit mir gemacht hat!«

»Lässt sie das Ding immer noch nicht los?« Die Heilerin versuchte, Idas verkrampften Griff um das Schmuckstück zu lösen.

»Lass sie!«, fuhr Ylenia sie an. »Bring sie wieder auf die Beine, Gudren, das ist wichtiger. Sie hat etwas erlebt, was sich nicht so leicht erklären lässt, deshalb ist sie wahrscheinlich so – so weggetreten.«

»Wer stellt hier die Diagnosen?«, brummelte Gudren und brachte Ida behutsam wieder zum Liegen. Ylenia ging zum Fenster und blickte hinaus, ohne etwas zu sehen. Sie schlug die Hände ineinander und fluchte lautlos. Kristallpalast, weiße Wölfe, das Herz der Luft … wie passte das alles ineinander? Was hatte Ida an sich, dass die Feuerelfen ihr das Teuerste anvertraut hatten, was sie besaßen? Woher hatte Ida gewusst, wo sie nach dem verschollenen Herzen der Luft suchen musste, und wieso hatte sie geglaubt, nur einen Tag und eine Nacht fortgewesen zu sein?

»Schloss und Schlüssel«, wisperte Ida mit seltsam hauchiger Stimme. Ylenia fuhr herum. Die Heilerin stand neben dem Bett und hatte den Kopf nachdenklich schief gelegt.

»Hüterin der Vielen«, flüsterte die unheimliche Stimme weiter. »Bewahrerin des Einen. Schloss und …« Die Stimme verklang und Idas Augenlider zitterten. »Wo ist sie? Wo ist der Schlüssel?«, fragte sie laut und deutlich. Ylenia sah Gudren fragend an, die nur ratlos die Hände hob.

»Sie ist, soweit ich das beurteilen kann, nicht bei Bewusstsein. Aber so einen seltsamen Zustand habe ich noch nie zuvor erlebt. Als wäre sie besessen.«

Ylenia schob sie energisch zur Seite und nahm Idas Hände, auch die, die sie zur Faust geballt hatte. Sie schloss die Augen und lauschte. »Da ist nichts«, sagte sie nach einigen Momenten erbittert. »Nichts. Nur Ida, wie sie immer ist. Vollständig magieblind und im Augenblick verständlicherweise sehr verwirrt.« Sie sah Gudren hilflos an. Die Heilerin schob ihr eine Hand unter den Ellbogen und zog sie unnachgiebig daran in die Höhe.

»Lass sie schlafen, Ylen. Lass sie einfach schlafen. Ich denke immer noch, das ist die beste Medizin. Komm, schau dir lieber meine anderen Patienten an. Die Grennach-Frau hat schon nach dir gefragt.«

Ylenia bestand darauf, zuerst bei der seltsamen Doppelgängerin Idas vorbeizusehen. Sie hatte sie seit dem gestrigen Abend noch nicht wieder besucht und hoffte nun darauf, dass sich die so erschreckende Gleichheit im Licht des Tages nur noch als zufällige und oberflächliche Ähnlichkeit herausstellen würde. Aber als sie neben dem Bett der immer noch Bewusstlosen stand, zerstob diese Hoffnung wie ein nichtiger Traum.

»Es ist unglaublich, nicht wahr?«, flüsterte die Heilerin. Sogar sie, die sonst wenig erschüttern konnte, war deutlich beeindruckt. Ylenia nickte stumm und ließ ihre Augen über den schmalen, zähen Körper und die ausgemergelten Züge der Frau gleiten. Sogar das scheckige, dreifarbige Haar war das ihrer Nichte. Ihre große Hand hielt etwas fest umklammert.

Ylenia fuhr herum und packte Gudren beim Arm. »Kannst du ihre Faust öffnen?«

Gudren zuckte spöttisch mit den Lippen. »Du weißt auch nicht, was du willst, Ylen. Eben hast du mich dafür noch angefahren … Nein, ich kann es bei ihr ebenso wenig wie bei deiner Nichte. Tut mir Leid. Wir werden warten müssen, bis die beiden wieder aufwachen. Diese hier ist allerdings in etwas schlechterer körperlicher Verfassung als Ida. Hast du inzwischen eine Ahnung, wer sie sein könnte?«

Ylenia holte tief Luft. »Eine Ahnung, ja«, sagte sie müde. »Aber sie ergibt nicht viel Sinn, Gudren.« Sie wandte sich von dem Bett ab und ging ohne ein weiteres Wort der Erklärung hinaus.

»Ylenia«, begrüßte Tallis sie warm, als sie eintrat. Sie streckte ihre Hände aus. Ylenia ergriff sie und drückte sie herzlich.

»Tallis, ich habe dich nicht mehr gesehen, seit meine Mutter von uns ging. Wo hast du dich nur all die Jahre herumgetrieben? Und warum hast du nie etwas von dir hören lassen? Wir haben uns solche Sorgen um dich gemacht!«

Tallis verzog das Gesicht und senkte schuldbewusst ihren Blick. Sie hatte die Kleider, die sie auf dem Marsch durch den Schnee getragen hatte, gegen traditionelle Grennach-Kleidung getauscht, wahrscheinlich aus Mellis' Besitz. Die weiten schwarzen Hosen, die über den bloßen Füßen eng geknöpft waren, und die kurze, weite Jacke mit der silbernen Stickerei ließen sie in Ylenias Augen weniger fremd aussehen, als sie am gestrigen Tag auf sie gewirkt hatte.

»Die gleiche Standpauke hat mir Mellis heute schon gehalten, Ylen. Bitte, sei nicht böse, wenn ich dir noch nicht alles sagen kann. Ich habe Angst, dass dafür noch nicht die richtige Zeit ist.«

»Oh, ihr Grennach und euer richtiger Zeitpunkt!«, schimpfte Ylenia lachend und umarmte Tallis. Dann ließ sie sie los und sah sie sehr ernst an. »Aber eins *musst* du mir sagen, Tallis. Wer ist die Frau, die du mitgebracht hast und die aussieht wie meine Nichte Anida? Und komm mir jetzt bitte nicht wieder mit der ›richtigen Zeit‹!«

Tallis erwiderte ihren Blick, ohne zu blinzeln. »Adina, ihre Zwillingsschwester natürlich«, sagte sie mit sanftem Tadel. »Was dachtest du denn, wer sie ist?«

Ein mörderischer Kater begrüßte mich, als ich die Augen aufschlug. Das musste ja ein tolles Saufgelage gewesen sein, auch wenn mir die Details im Moment nicht so ganz zur Verfügung standen. Ich hatte sogar ein wenig Mühe, mich an meinen Namen zu erinnern. Ich ließ meine Beine aus dem Bett rutschen und richtete mich ganz langsam auf. Dann hielt ich meinen Kopf fest und wartete, bis die Welt wieder ruhig stand.

Etwas stach mich in den Daumen. Ich blinzelte so lange, bis ich Tallis' alte Brosche im Visier und scharf gestellt hatte. Warum trug ich das Ding mit mir rum? Ich ließ es auf das Kopfkissen fallen und riskierte einen Rundblick. Ein fremdes Zimmer mit einer schönen Aussicht auf grüne und blühende Botanik. Ein Tisch, ein Stuhl, ein Bett und eine Truhe. Einfache Möbel aus Synholz, altmodisch, aber nett. Nicht sehr aufschlussreich, das Ganze. Ich ließ im Zeitlupentempo meinen Kopf sinken und blickte an mir herab. Ein Nachthemd, wie originell. Anscheinend hatte Tallis mich abgefangen und ausgezogen, als ich letzte Nacht nach Hause geschwankt gekommen war.

Langsames Kopfwendemanöver. Ja, da lag meine Lederjacke. Aus irgendeinem Grund freute mich das. Ich streckte den Arm aus und zog mich am Bettpfosten hoch. Gleich darauf saß ich wieder. Kinder, das musste ja ein tolles Zeug gewesen sein, was ich da geschluckt hatte. »Tallis«, rief ich kläglich. »Hallo? Ist irgendwer zu Hause?« Wo immer das auch sein mochte.

Die Tür ging auf, und eine stämmige Frau in dunklen Hosen und einem weiten weißen Hemd kam herein. »Na bitte, was habe ich gesagt?«, polterte sie begeistert und griff mir ohne Umstände ans Kinn. Ich stöhnte und bat sie, etwas leiser zu schreien, da mir anscheinend in der vergangenen Nacht ein Shuttle auf den Kopf gefallen war. Sie ignorierte meinen Einwand und begann mich zu betatschen.

»He«, protestierte ich und schlug ihre Hände weg. »Was fällt Ihnen ein?« Eine ungute Ahnung kroch in mir hoch. Wie weggetreten war ich letzte Nacht wirklich gewesen? »Entschuldigung, kennen wir uns näher?«, fragte ich vorsichtig. Sie grinste und zog mir wieder das Nachthemd hoch. Anscheinend *kannten* wir uns näher.

Ihre Hände betasteten allerdings eher sachlich meine Rippen. »Tut das noch weh?«, fragte sie. Ach du Scheiße, eine MediTec. Das hier musste ein Hospital sein. Wie war ich denen nur in die Hände gefallen? Hatte ich im Suff einen Unfall gebaut?

»Bitte, ich habe keinen müden Galacent, um Sie zu bezahlen.« Ich versuchte aufzustehen. »Am besten lassen Sie mich gleich gehen, ehe die Rechnung so hoch wird, dass …« Sie drückte mich zurück ins Bett. Kräftig war sie, das musste man ihr lassen.

»Immer mit der Ruhe. Du hast sicher Kopfschmerzen, hm? Wie steht es mit Schwindel? Schmerzen in den Gliedmaßen?«

»Sie haben mich nicht verstanden«, erwiderte ich mit aller Geduld, die ich aufbringen konnte. »Ich bin blank wie eine Carobianische Sumpfunke. Ich habe keine Möglichkeit, die Behandlung zu bezahlen, kapiert?«

»Das wird auch nicht nötig sein«, sagte jemand von der Tür her. »Gudren ist eine Freundin, Eddy.«

»Tallis, dem Himmel sei Dank«, sagte ich aus tiefstem Herzen. »Kannst du mir sagen, was hier los …« Meine Stimme kündigte mir mit einem peinlichen Quietscher vorläufig ihren Dienst auf. Gudren hatte sich taktvoll etwas zurückgezogen und mir volle Sicht auf Tallis und die ebenso winzige, rothaarige Frau ermöglicht, die sie begleitete. Beide standen dicht nebeneinander, beide trugen alberne Kleider und beide hatten einen … einen … *Schweif*, der fröhlich den Boden fegte. Einer in Rot und einer in Schwarz, beide sehr lang, sehr buschig und – nun ja, sehr ›schweifig‹. Nichts, was ich ohne weiteres am harmlosen Hinterteil einer alten Freundin vermutet hätte.

Tallis registrierte meine langsam hervorquellenden Augen und griff hastig nach meiner Hand. »Kind, keine Panik, ich bitte dich. Das ist alles völlig in Ordnung, du bist unter Freundinnen, du hast das Lager glücklicherweise hinter dir …«

Das Lager. Ich ächzte und fiel zurück auf das Kopfkissen, wobei ich mich schon wieder an der dussligen Brosche stach.

Die MediTec kam wieder zum Bett und schob Tallis nicht sehr sanft beiseite. »Das nennst du ›nicht beunruhigen‹? Hab ich dir nicht gesagt, du sollst vorsichtig sein? Die Kleine ist zum ersten Mal seit über einer Woche ansprechbar und du gehst gleich mit dem Holzhammer auf sie los.«

Die rothaarige Frau – Frau? Mit einem *Schweif*? – kicherte leise und machte eine unterdrückte Bemerkung, die ich nicht verstand. Tallis sah sie vernichtend an und knurrte: »Du warst schon immer mein vorlautester Nachkömmling, Mellis. Schämst du dich nicht darüber, wie ungebührlich du mit deiner Nestältesten sprichst?« Mellis grinste unverschämt und tippte wortlos mit einem scharfen, gekrümmten Fingernagel gegen den Ring in ihrem Ohrläppchen. Ich schloss die Augen. Das war mir alles zu wild. Vielleicht würde ich ja in einer normalen Welt wieder wach, wenn ich das nächste Mal die Augen öffnete.

Aber als ich das nächste Mal die Augen öffnete, sah ich mir selbst ins Gesicht. Zwar waren die Kopfschmerzen inzwischen zu einem dumpfen Pochen abgeklungen, aber anscheinend wirkte da noch ein Rest von dem nach, was ich getrunken – oder geraucht? – hatte. Das Gesicht verzog sich zu einem etwas unsicheren Lächeln. Ich grinste unwillkürlich zurück.

»Du hast mich aus diesem schrecklichen Eisblock rausgezogen, nicht?«, hörte ich mich zu meiner eigenen Überraschung sagen.

Die Frau mit meinem Gesicht nickte. »Ich freue mich, dass du wach bist«, sagte sie mit meiner Stimme. »Lass dir bloß Zeit, dich an mich zu gewöhnen. Ich habe auch eine Woche dafür gebraucht.«

Ich entschied, dass ich nicht mehr schlief, auch nicht träumte und anscheinend auch nicht mehr betrunken war, und richtete mich vorsichtig auf. Die Frau wich ein wenig zurück und ließ mich nicht aus den Augen. »Hallo«, sagte ich wenig einfallsreich. »Ich heiße Eddy.«

»Hallo Eddy«, erwiderte sie mit einem winzigen Lächeln. »Ich heiße Ida.« Wir schüttelten uns feierlich und ein bisschen verlegen die Hände.

»Wo … wer … äh …«, begann ich und verstummte, weil ich Probleme damit hatte, meine Fragen zu formulieren.

»Ich hätte noch ›was‹ und ›wie‹ anzubieten«, sagte Ida. »›Warum‹ empfehle ich dagegen gar nicht, da arbeiten wir noch dran«, setzte sie ernst hinzu. Sie lachte mich nicht aus, das konnte ich sehen, es schmeckte eher nach Mitleid. Ich *hasse* Mitleid.

»Setz dich«, schlug ich vor. »Das klingt wie etwas, das man nicht im Stehen erledigen sollte.«

Sie lachte und blieb stehen. »Ich habe einen besseren Vorschlag«, sagte sie. »Du ziehst dich an, und wir holen uns ein Frühstück. Na?«

Sie hatte Recht. Wenn ich genau hinhörte, protestierte mein Magen gerade gegen Jahre äußerster Vernachlässigung. Ich stand also auf – es gelang mir weit besser als bei meinem letzten Versuch – und wankte zu der Truhe hinüber, auf der meine Lederjacke lag. Nur meine Lederjacke. Ich hob sie auf und sah kläglich zu Ida hinüber, die es sich auf meinem Bett bequem gemacht hatte und Tallis' alte Brosche in der Hand drehte. Ich mochte nicht, dass sie sie anfasste, aber das konnten wir später klären.

»Entschuldige bitte, aber ich kann doch unmöglich nur in einem Nachthemd und meiner Jacke …«, begann ich. Sie deutete auf die Truhe und grinste. Es war nicht zu fassen, sie hatte sogar mein Grinsen drauf, dieses miese Duplikat!

In der Truhe lagen Hosen und Hemden und Westen, alle in meiner Größe. Ich zog mich schweigend an und öffnete den Mund nur noch, um nach Schuhen zu fragen. Kurz darauf stand ich da, weiche halbhohe Stiefel an den Füßen, und sah noch mehr aus wie eine Zweitausgabe der Frau auf meinem Bett. Wütend schlüpfte ich in meine alte Jacke. Dabei fiel mir Chloe ein. Verdammt, verdammt, verdammt!

Ich fand mich auf dem Bett wieder, einen mitfühlenden Arm um meine Schultern, und jemanden, die mir die Tränen abwischte, an meiner Seite. »He, was ist?«, flüsterte sie. Ich stammelte eine Erklärung und erntete ein Aufatmen. »Die Kleine ist bei Tallis«, sagte Ida. »Sie ist die Wonne des ganzen Ordenshauses. Hier hat noch nie jemand versucht, eine Ratte zu zähmen, aber ich glaube, du hast den Keim dazu in einige Köpfe gepflanzt. Ich habe schon zwei der jüngeren Schwestern im Lager Fallen aufstellen sehen.«

Ich zog eine Grimasse. Ich war in einem verdammten Nonnenschuppen gelandet! Mir fiel zwar ein Stein vom Herzen, dass es Chloe gut ging, aber der Gedanke, dass irgendwelche hochheiligen Ordensschwestern mit Ratten auf der Schulter herumliefen, trieb mir Schauder des Entsetzens über den Rücken.

»Weißt du, sie haben alle eine Vertraute«, fuhr Ida fort. »Katzen, manchmal Hunde, Raben, einen kleinen Drachen, so das Übliche eben. Eine von ihnen hat eine Ziege, und zwei haben Schweine, was ziemlich schwierig ist, weil Ylen sie ungern ins Haus lässt. Aber eine Ratte, das ist wirklich ausgefallen.«

»Ei… einen *Drachen*?«, stotterte ich. Ida nickte.

»Natürlich keinen von den großen, Feuer speienden Blauen«, erklärte sie beruhigend. »Ich meine die kleine gelbe Sorte, die sich von Mäusen und Insekten ernährt. Aber was sitzen wir hier und reden von Drachen. Komm, ich habe Hunger.«

Ich folgte ihr mit schwirrendem Kopf. War ich übergeschnappt? Hatte ich irgendein Zeug eingeworfen, das mir das Hirn rausgeblasen und verkehrt herum wieder eingefüllt hatte? Ich hatte genügend Leute gesehen, die von einem Trip nicht wieder runtergekommen waren. Vielleicht irrte ich ja in Wirklichkeit gerade mit glückseligem Grinsen durch die Clouds und suchte nach Drachen.

Meine Doppelgängerin führte mich durch das Haus, eine Treppe hinunter und in einen großen, hellen Raum mit langen Tischen und Bänken. Ich fühlte mich unangenehm an den Speisesaal der Kathromani-Nonnen erinnert. Nur, dass hier statt verschüchterter kleiner Waisen erwachsene Frauen frühstückten, die sich lebhaft und nicht gerade leise miteinander unterhielten. Wie Nonnen wirkten diese Schwestern allerdings ganz und gar nicht auf mich. Bei der einen oder anderen schien es sich sogar um einen Mann zu handeln. Und was Ida mir über ihre sogenannten »Vertrauten« erzählt hatte, war nicht gelogen gewesen, zumindest, was Katzen, Hunde und große schwarze Vögel mit hässlichen Stimmen anging. Ich bremste mich, einen Blick unter die Tische zu werfen, ob da auch Schweine herumschnüffelten. Ich wollte ja nicht gleich am ersten

Tag in diesem seltsamen Ordenshaus einen schlechten Eindruck hinterlassen. Keine Drachen, jedenfalls nicht auf den ersten Blick. Mein Duplikat hatte mich wahrscheinlich auf den Arm genommen. Na, das würde ich ihr schon noch heimzahlen.

Ida schob mich auf einen Tisch hinten am Fenster zu, und ich bemerkte die neugierigen Blicke, die uns streiften. »Eddy«, schrie eine wohlbekannte Stimme. Am Fenster war ein struppiger kleiner Kerl aufgesprungen und wedelte heftig mit den Armen. Ich kniff die Augen zusammen und winkte zurück. Dix, der krumme Hund. Er schien es besser gepackt zu haben als ich, er sah geradezu erholt aus. Neben ihm saß Tallis, die sich sichtlich wohl zu fühlen schien. Und auf ihrer Schulter hockte meine liebe kleine Freundin Chloe und ließ sich ein riesiges Stück Käse schmecken.

Ich umarmte Tallis, klopfte Dix auf die Schulter und streichelte Chloe respektvoll über den Rücken. Eine herzlichere Begrüßung musste warten, bis sie ihren Imbiss beendet hatte. Chloe hatte strenge Prinzipien, die es unbedingt zu beachten galt, wenn man sich keine bissige Bemerkung einhandeln wollte.

Tallis strahlte mich an. Ich lächelte etwas gedämpfter zurück und setzte mich ihr gegenüber. Wie vorhin bei den Schweinen musste ich den Impuls unterdrücken, einen Blick unter den Tisch zu werfen. War er nur eine Ausgeburt meiner Kopfschmerzen gewesen, oder hatte ich den ominösen Schweif wirklich gesehen?

»Eddy, ich freue mich, dass es dir besser geht«, sagte Tallis und griff nach meiner Hand. »Ich hatte solche Angst, dass dir und Dix der Übergang nicht gelingt.«

Ich begann meine etwas lückenhaften Erinnerungen zu sortieren. Das Lager und meine Zeit dort waren noch immer ein verschwommener Traum, aber darüber war ich nicht böse. »Danke, dass ihr mich rausgeholt habt«, sagte ich etwas verspätet. Dann fiel mir ein, was sie mit »Übergang« gemeint haben musste. Diese seltsame Teleportation, die irgendwie durch die Brosche ausgelöst worden war. Komisch, das schäbige alte Ding sah nicht danach aus, als würde es derart komplizierte und teure Technologie verbergen. Soviel ich wusste, war die Teleport-Technik überhaupt noch nicht so weit, lebende Objekte befördern zu können.

Ich hörte auf, mir meinen immer noch schmerzenden Kopf über Sachen zu zerbrechen, von denen ich nichts verstand, und legte die Brosche in Tallis' Hand. »Mit Dank zurück«, sagte ich verlegen. »Du kannst mir irgendwann mal erzählen, wie du das alles gedeichselt hast.« Dix kicherte, enthielt sich aber jedes Kommentars.

Ida, ein reichlich beladenes Tablett in den Händen, kam an den Tisch und setzte sich neben mich. »Ich hoffe, ich hab dir die richtigen Sachen ausgesucht.« Sie stellte Geschirr vor mich hin. »Ich zeig dir nachher, wo du dir dein Essen holen kannst, wenn du mal alleine hierher kommst.«

Ich nickte dankend. Tallis und Dix starrten abwechselnd von mir zu Ida und waren stumm vor Staunen. »Wenn man euch nebeneinander sieht, ist es sogar noch 'ne Ecke beeindruckender«, sagte Dix schließlich.

Tallis hatte feuchte Augen bekommen. Sie putzte sich die Nase, und dann schob sie die Brosche wieder über den Tisch. »Sie gehört eigentlich dir. Ich habe sie nur für dich aufbewahrt.«

Ida warf einen Blick darauf und zog die Brauen zusammen. »Ich würde das hier nicht so herumliegen lassen«, sagte sie rau. »Das dürfte Tante Ylenia nicht gefallen, wenn sie es sieht.«

»Was würde mir nicht gefallen?«, fragte eine weiche dunkle Frauenstimme direkt hinter mir. Ich drehte mich neugierig um und sprang dann auf, als hätte mich eine Saurierbremse gestochen.

»Großmutter!«, krächzte ich völlig perplex. »Aber wieso … Wo kommst du her?«

Die Frau sah mich prüfend an und legte eine kühle Hand auf meine Wange. Ich blinzelte unter dem durchdringenden Blick und schüttelte dann verlegen den Kopf. Sie war natürlich zu jung, um wirklich meine Großmutter zu sein. Aber sie sah genauso aus, wie ich Großmutter in Erinnerung hatte. Ich fühlte mich in ihrer Gegenwart wieder wie das kleine Mädchen, das ich damals gewesen war.

»Ich heiße Ylenia«, sagte die Frau und lächelte mich liebevoll an. »Es hat den Anschein, als wäre ich deine Tante, Adina.«

Sie setzte sich ohne Umstände neben mich auf die Bank. Ich war immer noch sprachlos. »Meine Tante«, brachte ich schließlich hervor. »Was soll das heißen: ›meine Tante‹?« Ich schnaubte und wies mit dem Daumen auf Ida. »Als Nächstes wollt ihr mir wohl noch verkaufen, das Duplikat da wäre meine Schwester, hm?« Keiner am Tisch sagte etwas. Meine so genannte Tante und Tallis wechselten einen Blick, der mir nicht gefiel.

»Iss jetzt erst einmal, Kind«, sagte Tallis mild. »Du hast im Lager nicht gerade zugenommen. Wir müssen sehen, wie wir dich wieder auf die Beine bekommen.«

Ich setzte zu einer wütenden Antwort an, aber Tallis sah mich so bittend an, dass ich die Bemerkung lieber mit einem Stück Brot herunterschluckte. Es schmeckte verflucht gut. Das war kein synthetisches Zeug, das war leckeres, selbst gebackenes, *echtes* Brot, wie es meine Großmutter gebacken hatte, mit einem Traum von Butter und säuerlichem Gelee. Ich kaute mit verzückt geschlossenen Augen und genoss die Geschmacksexplosionen auf meiner Zunge.

Ida saß schweigend neben mir und hielt schon wieder die alte Brosche zwischen den Fingern. Sie schien sich gar nicht davon trennen zu können. Wieder bemerkte ich den Widerwillen, den es mir bereitete, sie das Schmuckstück berühren zu sehen. Es tat mir beinahe körperlich weh. »Leg sie hin!«, sagte ich scharf und funkelte sie an. Sie schrak zusammen und warf die Brosche auf den Tisch, als hätte sie sich daran verbrannt.

»Eddy«, mahnte Tallis.

Ich nahm die Brosche und stopfte sie in meine Jacke. »Du hast gesagt, sie ist meine. Ich kann's nicht ausstehen, wenn *sie* daran herumfummelt.«

Alle schwiegen peinlich berührt. Dix kraulte gedankenverloren den Kopf einer wolligen schwarzen Hündin, die sich an sein Bein lehnte. Chloe beendete ihre Mahlzeit und kletterte von Tallis' Schulter, um sich gebührend von mir begrüßen zu lassen. Ich küsste sie zwischen die Ohren, und sie krabbelte ohne weitere Umstände in meine Jacke.

»Entschuldigung«, sagte ich, immer noch knurrig, und steckte mir eine Scheibe Synschinken in den Mund. Er schmeckte genauso großartig wie alles andere, was ich vertilgt hatte. Ich schluckte ihn und begann zu überlegen. Aus was hatten sie den wohl gemacht, wenn es hier keine synthetischen Lebensmittel … Als es mir endlich aufging, bereitete es mir erhebliche Mühe, mein Frühstück bei mir zu behalten. Ich griff nach dem Becher mit Tee und trank ihn hastig aus.

»Was hast du, Eddy?«, fragte Tallis sehr besorgt. »Du bist plötzlich ganz blass geworden.«

Ich presste meine Hand gegen den Mund und atmete tief durch. »Was ist das?«, fragte ich mühsam und deutete auf den Schinken auf Idas Teller.

»Wieso? Du hast es doch gerade selbst gegessen, was denkst du, was es war?«

»Das ist doch Syn, oder?«, fragte ich hoffnungsvoll. Tallis spitzte die Lippen. Dix hörte auf, zu kauen.

»Nicht direkt«, sagte Tallis schließlich vorsichtig. »Es ist Schinken, Eddy. Echter Schinken. Von einem Schwein.«

Dix begann zu würgen. Ich hatte den Kampf glücklicherweise schon hinter mir. »Das ist ja ekelhaft.« Er rang nach Luft. »Ihr esst lebende Tiere?«

»Nun, genau genommen leben sie dann nicht mehr«, antwortete Ida verständnislos. Dix wurde noch blasser und schob seinen Teller weg.

»Entschuldigt mich, ich brauche frische Luft«, murmelte er und schlängelte sich hinaus. Wahrscheinlich ging er jetzt in sich, was er in den letzten Tagen so alles zu sich genommen hatte.

»Wenn ihr kein Fleisch mögt, ist das kein Problem«, sagte Ylenia freundlich. »Die meisten meiner Schwestern tun das auch nicht. Es gibt genügend anderes, wovon man sich ernähren kann.« Sie schien auch nicht ganz zu verstehen, wieso wir so schockiert reagiert hatten, obwohl ich sah, dass sie selbst auch nichts von dem Schinken angerührt hatte.

Tallis seufzte. »Ich habe nicht darüber nachgedacht. Tut mir Leid, Eddy.«

Ich schüttelte den Kopf. »Wo sind wir hier eigentlich? Es gibt doch sicher im ganzen Kaiserreich keinen Planeten, wo noch Tiere gegessen werden.« Wieder dieser Blickwechsel zwischen Tallis und Ylenia.

»Bist du fertig?«, fragte Tallis. Ich nickte. Mein Appetit war mir fürs Erste vergangen. »Dann sollten wir uns jetzt unterhalten«, schlug sie vor und warf einen fragenden Blick auf Ylenia. Die Frau schien hier das Sagen zu haben, das war mir schon klar. Wahrscheinlich die Ehrwürdige Oberschwester, oder wie immer das heißen mochte.

Ylenia nickte und sah an mir vorbei auf meine Kopie, die die ganze Zeit sehr schweigsam gewesen war. »Was denkst du, Anida? Glaubst du, du kannst uns heute ein bisschen mehr sagen?« Die Kopie nickte mit unbehaglicher Miene. Anida. Hatte die Oberschwester, die meine Tante zu sein vorgab, »Anida« zu ihr gesagt? Ich schielte vorsichtig zu Ida hinüber. Sie hatte nicht gezuckt, anscheinend war das wirklich ihr Name. Es gab mir zu denken. Sie hatte Ylenia »Tante« genannt. Sie hieß Anida. Sie sah aus wie ich …

Der allgemeine Aufbruch rettete mich vor der Schlussfolgerung. Ich fühlte mich ein wenig schwach. Ida – Anida – nahm wortlos meinen Arm und gab mir Unterstützung. Ich wollte mich impulsiv losmachen, aber dann nahm ich mich zusammen. Sie war bisher sehr freundlich zu mir gewesen, und ich hatte sie nur angefaucht. Sie konnte schließlich nichts dazu, dass sie mit meinem Gesicht herumlief. Also ließ ich es für heute zu, dass sie meinen wackeligen Beinen ein wenig Unterstützung gab, und wenn ich mich dann erst einmal wieder kräftiger fühlte, konnte ich mich immer noch darum kümmern, ihrem Gesicht einen neuen Anstrich zu verpassen.

Die Ehrwürdige Oberschwester führte uns zu einem kleinen Arbeitszimmer im Ostflügel des anscheinend ziemlich ausgedehnten Gebäudes. Die schienen hier viel für den rustikalen Charme von Synholz und Naturstein übrig zu haben – oder von echtem, an einem richtigen Baum gewachsenen Holz, wenn ich über mein Erlebnis beim Frühstück nachdachte.

Auf dem Weg stieß die rothaarige Frau mit dem Schweif zu uns. Sie wickelte ihn wie zur Begrüßung um das Ding, das aus Tallis' verlängertem Rücken wuchs, und zu dem ich gar nicht hinsehen mochte, und beide fingen an, sehr schnell in einer mir unbekannten Sprache miteinander zu reden.

Die Obernonne verstand sie anscheinend, denn sie sagte etwas ungeduldig: »Ja, meinetwegen. Aber du hältst den Mund, Mellis.« Die rothaarige Frau nickte gehorsam. Ida drückte meinen Arm. Ich sah ein Lächeln über ihr Gesicht huschen. Wir wurden alle um den Tisch herumgruppiert. Ylenia faltete ihre langen Hände und sah darauf nieder. Oh nein, jetzt wird gebetet!, dachte ich peinlich berührt. Ich hatte ganz vergessen, wie sehr ich dieses ganze scheinheilige Nonnen-Getue verabscheute.

Ylenia blickte auf und sah mich an. Ihre Augen hatten genau wie die meiner Großmutter die beunruhigende Angewohnheit, die Farbe zu wechseln. Im Moment sahen sie aus wie rauchiger dunkler Topas. Ich sah auf die silbern-schwarze Strähne, die sich aus ihrem unordentlichen Knoten gelöst hatte, und hatte plötzlich einen Kloß im Hals. Warum, bei allen Raumteufeln, liefen hier Frauen herum, die meiner Großmutter und mir selbst so zum Verwechseln ähnlich sahen? Wo war ich hier gelandet, hatte ich wirklich den Verstand verloren? Ich hatte von Experimenten gehört, die mit Internierten gemacht wurden, vielleicht war das hier eins davon.

»Ida, vielleicht solltest du beginnen«, eröffnete Ylenia das Gespräch. »Du hast uns bisher nur ein paar Eindrücke von deinem Erlebnis in den Bergen geben können. Glaubst du, deine Erinnerungen sind inzwischen klarer?«

Ich sah zu meiner Doppelgängerin hinüber. Ihr kantiges, nicht besonders hübsches Gesicht wirkte ernst und fast ein wenig böse. Sie rieb sich mit einer unbewussten Geste über die kräftige Nase und zog die Brauen zusammen.

»Nicht viel klarer«, begann sie zögernd. »Ich kann dir nicht erklären, wo ich während der ganzen Zeit gewesen bin, Tante Ylen. Für mich ist es immer noch so, als wäre ich nur einen, vielleicht auch zwei Tage fort gewesen.« Sie verstummte und strich sich das scheckige Haar zurück. Wie hatte ich als Kind dieses Haar gehasst! Ständig wurde ich deswegen gehänselt. Das Erste, was ich getan hatte, als ich mich aus dem Waisenhaus verdrückt hatte, war, mir das Haar zu färben. Während meines Jahres im Lager war natürlich alles rausgewachsen, und es sah nicht so aus, als hätten die Zurück zur Natur-Schwestern hier so was wie Färbemittel in ihren Badezimmerschränken.

Ida hatte inzwischen eine unglaubliche Story von weißen Wölfen und Bären und seltsamen Stimmen in einem Kristallpalast von sich gegeben. Ich hatte sie nur am Rande registriert, weil meine Gedanken anderswo waren, aber das Stichwort »Kristallpalast« erregte meine Aufmerksamkeit. Meine Kopie schien einen ähnlich verworrenen Trip hinter sich zu haben wie ich, aber anscheinend hatte sie nicht den Kater, an dem ich immer noch herumlaborierte. Die Glückliche. Kam wahrscheinlich von der gesunden Ernährung mit all diesen Tierleichen und regelmäßiger Bewegung in der vielen frischen Landluft.

Alle starrten tiefsinnig Löcher in die Luft. Tallis zog nervös ihren schwarzen Schweif durch die Finger. Ich ertappte mich dabei, dass ich wie gebannt hinsah. Endlich räusperte sich Ylenia und fragte: »Du hast sie bei dir?« Ida schien zu wissen, was gemeint war, und nickte unbehaglich.

»Ich habe festgestellt, dass ich mich nur sehr ungern von ihnen trenne«, sagte sie leise. »Es verursacht mir Unbehagen, wenn ich sie nicht bei mir trage.« Sie nestelte an ihrem Hemdauschnitt herum und zog einen Lederbeutel hervor, aus dem sie zwei in Stoff gewickelte Gegenstände schüttelte. Sie legte sie zögernd auf den Tisch und ließ ihre Hand einen Moment lang auf ihnen ruhen, ehe sie sie mit einem ergebenen Seufzer ihrer Tante hinschob.

Ich beugte mich gespannt nach vorne und bemerkte, dass Tallis es mir gleichtat. Wir sahen uns an, und Tallis lächelte mit deutlicher Anspannung in ihren Augen. »Ist es das, was ich zu spüren glaube?«, fragte sie gedämpft. »Ich sehe die Farben, Ylenia.«

Die andere antwortete ihr nicht. Sie griff sehr behutsam nach den eingewickelten Päckchen und schlug den Stoff beiseite. Ich sah, dass Ida ihre Hände ineinander verkrallte und aus der Wäsche guckte, als würden ihre Zehen langsam auf kleinem Feuer geröstet. Sie zuckte zusammen, als Ylenia die Gegenstände in die Hand nahm, und schloss die Augen. Ich starrte wie die anderen fasziniert auf die Schmuckstücke, die Idas Tante hochhielt. Eines von ihnen war mit roten Steinen besetzt und das andere mit blauen, beide waren von ovaler Form und sahen Tallis' alter grüner Brosche verdammt ähnlich. Ich bemerkte, dass Ylenia eine größere, farblose Schwester von ihnen auf der Brust trug. Was war das, der hiesige Modeschmuck? Der diesjährige Schrei auf dem Silberdraht-Sektor?

Ylenia sah mich auffordernd an. Ich wusste, was sie wollte, aber es widerstrebte mir genauso wie Ida, mich von ihr zu trennen. Zögernd fischte ich die Brosche aus meiner Jacke und schob sie Ylenia über den Tisch. Ylenia legte sie zu einem funkelnden Dreieck aus: Rot und Blau und Grün. Es sah toll aus.

Tallis hatte Tränen in den Augen. Die rothaarige Mellis drückte ihr stumm die Hand. »Ylenia«, sagte Tallis erstickt. »Das ist wahrscheinlich seit Jahrhunderten das erste Mal, dass drei von ihnen zusammen in einem Raum sind. Was hat das zu bedeuten?« Ylenia sah sie an. Die beiden schienen stumm miteinander zu sprechen. Die große Frau seufzte leise und legte ihre Hände beschützend um die Schmuckstücke.

»Ich habe in den letzten Tagen viel Zeit in unserem Archiv verbracht und alle Aufzeichnungen durchgesehen, die sich mit den Herzen befassen. Wahrscheinlich werde ich demnächst nach Falkenhorst reiten und nachsehen, was der Orden vom Herzen der Welt noch an Schriften verwahrt, die uns Aufschluss geben könnten. Aber ich glaube, des Rätsels Lösung liegt viel näher. Tallis, was weißt du über die Pläne meiner Mutter? Warum hat Elaina dieses ungeheure Versteckspiel mit uns gespielt? Und wie kam sie an das Herz des Wassers?«

Tallis Gesicht verschloss sich. »Bitte, Ylen«, sagte sie leise. »Ich kann nicht. Es wäre falsch und gefährlich, jetzt schon …« Sie verstummte und zupfte unglücklich an den dichten Haaren ihres Schweifes herum. Ylenia sagte nichts, aber eine unheilvolle Aura stand wie eine Gewitterwolke um ihren schwarz-silbernen Kopf. Sie und Tallis funkelten sich wortlos an.

»Tallis«, sagte Ylenia schließlich sehr beherrscht. »Ich weiß, was ihr Grennach über den richtigen Zeitpunkt denkt, aber ich muss dich trotzdem bitten, mir zu antworten. Ich glaube, dass für uns sehr viel davon abhängt.«

Tallis presste die Lippen zusammen und schüttelte heftig den Kopf. »Ich darf es nicht, Kind. Ich verspreche dir, dass mein Volk und ich alles tun werden, was in unserer Macht steht, um dir und den anderen Menschen zu helfen. Aber ich kann dir jetzt nicht sagen, was du hören willst. Es tut mir Leid, Ylenia.«

Ylenia musste um ihre Beherrschung ringen, das war deutlich zu sehen. Sie neigte schließlich den Kopf, aber es war deutlich, dass sie ihre Zustimmung nicht von ganzem Herzen gab. »Also gut, dann werde ich euch berichten, was ich herausgefunden habe.« Ihr kühler Blick richtete sich auf mich und wurde etwas freundlicher. Das war keine Frau, mit der ich gerne Streit bekommen würde.

»Adina –«

»Eddy«, unterbrach ich sie. Das war nicht besonders höflich von mir, aber es störte mich, dass sie mich mit diesem Namen ansprach.

»Eddy«, gab sie geduldig nach. »Es kann sein, dass du das eine oder andere von dem, was wir nun besprechen, nicht verstehst. Ich möchte dich bitten, mit deinen Fragen zu warten, bis ich geendet habe, weil es sonst vielleicht zu kompliziert für die anderen wird, mir zu folgen. Bist du damit einverstanden?«

Ich nickte. Was blieb mir anderes übrig? Ich hatte ja jetzt schon mehr Fragen auf Lager, als mir jemals jemand würde beantworten können. Ida warf mir einen schnellen, aufmunternd gemeinten Blick zu. Ich musste mich sehr bremsen, ihr keine Grimasse zu schneiden. Heiliger Kometenschweif, ging mir diese Frau vielleicht auf den Nerv!

»Du kennst die Geschichte der Herzen?«, fragte Ylenia ihre Nichte.

Ida sah kurz zu Tallis und der Rothaarigen hinüber. »Ich kenne die Überlieferung der Grennach«, antwortete sie leise. »Mellis hat sie mir vor Jahren erzählt, und ich habe sie hier in einem Buch noch einmal gelesen.«

»Das ist gut«, sagte Ylenia ein wenig überrascht. »Dann muss ich nicht ganz so weit ausholen. Du weißt also, dass die Herzen bis auf zwei verloren gingen: das Herz des Feuers, das die Feuerelfen in ihrer Obhut hatten«, sie tippte sacht mit dem Finger gegen die rote Brosche, »und das Herz der Erde, das die Grennach hüten.« Sie schwieg einen Moment und sammelte sich. »Eure Großmutter hatte sich als Oberste Hexe der Weißen Schwesternschaft der Aufgabe gewidmet, die Spur der verlorenen Herzen wieder zu finden. Das ist immer eine der vorrangigen Aufgaben des Weißen Ordens gewesen, aber für Elaina war es mehr als nur eine Aufgabe: Sie wusste, dass das Schicksal unserer ganzen Welt davon abhängen würde, ob die Herzen wieder vereint sein würden. Sie hat in unseren ältesten Aufzeichnungen eine Prophezeiung der Grennach gefunden, über die ich mir nun schon seit Jahren den

Kopf zerbreche. Derartige Prophezeiungen zeichnen sich leider selten durch ihre Klarheit aus.« Sie lächelte ein wenig gequält.

»Moment mal«, entfuhr es mir trotz meiner Zusage, meine Fragen vorerst herunterzuschlucken. Aber das hier war mir zu starker Stoff, wollten die mich denn auf den Arm nehmen? Ylenia verstummte und sah mich mit hochgezogenen Brauen an.

»Ich glaube, ich habe das alles nicht ganz richtig verstanden«, sagte ich, sehr um Ruhe bemüht. »Wie war das mit den Hexen? Ihr wollt mir doch nicht ernsthaft erzählen, dass ihr an so einen Schwindel glaubt!«

Ylenia seufzte leise und blickte Tallis an. Tallis beugte sich zu mir und murmelte: »Hat das nicht Zeit bis nachher, Kind? Es würde jetzt wirklich zu weit führen, dir alles zu erklären.«

»Nein, tut mir Leid, den Punkt hätte ich gerne sofort geklärt«, beharrte ich. Das war *mein* Horrortrip, also bestimmte ja wohl ich die Regeln, nach denen gespielt wurde – oder sofort raus aus meinem Kopf, ihr Gehirnschrumpfer!

Tallis zuckte mit den Schultern, und Ylenia hob resigniert die Hände. Ich spürte, wie sich Ida neben mir verkrampfte. Die Oberhexe murmelte etwas. Zwischen ihren Handflächen entstand ein rötlich glühender Punkt, der sich langsam aufblähte und dabei immer heller wurde. Ich sah verdutzt mit an, wie sich die inzwischen faustgroße, gleichmäßig strahlende Lichtkugel in der Luft um ihre eigenen Achse drehte und mit einer winzigen Bewegung der langen Finger Ylenias langsam in meine Richtung zu driften begann. Zehn Zentimeter vor meiner Nase hielt sie an, zitterte ein wenig und zerplatzte dann mit einem winzigen Knall. Sie übersprühte mich mit kleinen, roten Partikeln, die sich auf meiner Jacke und in meinen Haaren festsetzten und dort lebhaft vor sich hinfunkelten. Ich betastete vorsichtig einen davon mit dem Finger, aber sie waren nicht heiß, und ließen sich nicht wegwischen. Chloe krabbelte aus meiner Jacke und schnüffelte neugierig daran, aber da das Zeug sich als nicht essbar erwies, schniefte sie nur enttäuscht und tauchte wieder ab.

Tallis kicherte. »Das war ein schönes Stückchen, Ylenia. So schön, wie ich es seit dem legendären Feuermondfest vor dreißig Jahren nicht mehr gesehen habe.«

Ylenia neigte ungeduldig den Kopf und fragte: »Darf ich dann weitermachen?« Ich hörte auf, an den Funken herumzuwischen, und hob die Hand. Ylenia zog die Brauen zusammen, dann lachte sie auf. »Nein, keine Sorge. In ein oder zwei Stunden werden sie wieder verschwunden sein. Das ist kein permanenter Zauber, Eddy.«

Ich hielt den Mund und rutschte tiefer in meinen Stuhl. Hexen und Zauberei. Mein Gehirn schien wirklich ganz und gar durchgequirlt zu sein. Also lehn dich zurück und genieße den Trip, Eddy.

»Die Prophezeiung«, fuhr Ylenia fort. »Ich möchte sie euch vorlesen, damit ihr euch selbst ein Bild machen könnt. Tallis, wenn du dich entschließen solltest, doch noch etwas dazu zu sagen ...« Tallis schüttelte liebenswürdig und unnachgiebig den Kopf.

»So fand ich es in einer alten Schriftrolle: Die Prophezeiung selbst muss so alt sein wie die Ewigkeitsberge«, begann Ylenia. »Hört gut zu: *›Sucht die Herzen, die Dunkelheit und Licht regieren. Zwei, die fort sind. Zwei, die bleiben. Eins im Eis und eins im Feuer, eins im Nest und eins im fernen Meer. Eins verhüllt und eins verborgen. Schwestern im Spiegel, Schloss und Schlüssel, finden, was verborgen war, öffnen, was verschlossen war. Zwei, die eins sind, fremd und vereint, getrennt und verbunden. Fügt zusammen, was getrennt war, wenn unter dem Katzenstern die Nebel wandern und die schwarzen Mauern sich beleben.*

Herz zu Herz und Ring an Ring werden die Schatten weichen, und das Verborgene offenbart sich in Dunkel und Licht, Feuer und Wasser, Erde und Luft.‹« Sie schwieg und starrte wieder Tallis an, die sich unbehaglich in ihrem Stuhl regte.

Ich hatte die Nase voll. Bis hierhin war das alles ja ganz amüsant gewesen, wenn auch verwirrend, aber jetzt wollte ich nur noch in mein Bett und die Decke über den Kopf ziehen. Mir brummte der Schädel, und mein Gehirn schwappte lose darin herum. Ich stand auf und musste mich an der Tischkante festhalten, um nicht umzukippen. Neben mir sprang meine Kopie auf und griff nach meinem Arm. Ich riss mich los und murmelte: »Nimm deine dreckigen Pfoten weg, du miese Fälschung.« Ida zog ihre Hand zurück, als hätte sie sich verbrannt, und wurde blass vor Zorn. Sie presste ihre Lippen zu einer schmalen weißen Linie zusammen und warf ihrer Tante einen wütenden Blick zu.

Ylenia erhob sich. »Bring sie auf ihr Zimmer, Ida. Es war zu viel für sie an ihrem ersten klaren Tag, das hätte ich bedenken sollen. Ich schicke Gudren vorbei.« Ida nickte sehr knapp und nahm wieder meinen Ellbogen. Diesmal ließ sie sich nicht abwimmeln, sie packte fest zu und schob mich zur Tür. Hinter mir hörte ich Ylenia kalt und förmlich sagen: »Ich bitte als folgsame Tochter um das Gehör der verehrten Nestältesten.«

Tallis stieß einen erschreckten Laut aus, aber dann sagte sie: »Geh bitte hinaus, Mellis. Das hier ist eine Ältesten-Angelegenheit.«

Dann schob mich Ida zur Tür hinaus und zerrte mich nicht besonders sanft den Gang entlang zu meinem Zimmer. Anscheinend hatte ich mir hier im Land meiner Wahnvorstellungen nicht gerade Freunde gemacht, aber das war mir ziemlich egal. Was ich wollte, war, dass mir jemand endlich den Notausgang zeigte, aber das schien nicht sehr wahrscheinlich. Das Bett, in dem ich mich wenig später wieder fand, war da schon eine ganz erfreuliche Alternative.

Ylenia stand am Fenster und sah hinaus. Man hätte sie für eine Statue halten können, wären da nicht ihre schlanken Finger gewesen, die unablässig an einem zierlichen Silberring drehten. Tallis saß reglos in ihrem Stuhl und brütete vor sich hin.

»Bitte, alte Freundin«, sagte Ylenia nach einer langen Pause. »Muss ich dich offiziell und förmlich um deine Hilfe bitten? Willst du mich zwingen, eine Reise zum Großen Nest anzutreten und den Rat der Ältesten anzurufen?«

Tallis stieß einen jammernden Laut aus, dann begann sie stumm in sich hineinzulachen. Ylenia drehte sich fassungslos zu ihr um, als die unterdrückten Laute an ihr Ohr trafen. Die alte Grennach hatte sich behaglich in den Stuhl gekauert und ihren Schweif um die Füße geschlagen. Ihr ganzer, zierlicher Körper bebte vor Gelächter, und ihre schwarzen Augen blitzten wie dunkle Edelsteine.

Ylenia starrte sie erbost an. Dann zuckte es in ihrem Gesicht und sie wandte sich hastig ab. »Ich denke, wir könnten beide etwas zu trinken vertragen.« Sie goss eine großzügig bemessene Menge einer goldenen Flüssigkeit aus einer Karaffe in zwei kostbar geschliffene Gläser, drückte Tallis ohne große Umstände eines davon in die Hand und ließ sich dann schwer und müde in ihren Lehnstuhl fallen. »Zum Wohl, alte Freundin«, sagte sie und nippte an ihrem Glas. Tallis ließ ihr Lachen langsam verklingen und tat ihr nach. Sie verzog anerkennend das Gesicht.

»Das ist allerdings ein feiner Nebelhorter Tropfen«, sagte sie sanft. »Nicht unbedingt etwas, das ich in diesem Haus erwartet hätte. Ylenia, du überraschst mich.«

Die Oberste Hexe saß entspannt da, drehte ihr Glas in der Hand und schmunzelte verhalten. »Dafür kannst du dich bei deiner Mellis bedanken. Sie und ihre Freundin Dorkas haben mich stets gut versorgt.« Sie trank und hob Tallis fragend die Karaffe entgegen. Die alte Grennach nickte und leerte ihr Glas, um es sich neu auffüllen zu lassen.

»Also lass uns zur Sache kommen«, sagte Tallis nach einigen weiteren stillen Minuten. »Du hast mich in die Enge getrieben, Tochter meines Nestes. Ich hätte nicht gedacht, dass du einen derart hinterhältigen Zug machen würdest. Ich scheine dich unterschätzt zu haben.«

Ylenia lehnte den Kopf zurück und seufzte. »Ich wollte den mir verliehenen Ehrentitel niemals ausnutzen, Tallis, das weißt du. Aber dein harter Grennach-Schädel lässt mir keine Wahl. Ich muss wissen, was du über diese Prophezeiung weißt. Und ich muss unbedingt erfahren, was meine Mutter darüber herausgefunden hat. Du warst ihre engste Freundin, Tallis. Warum hat sie diese Ungeheuerlichkeit begangen, Adina zu entführen und das Wissen um ihre Existenz aus all unseren Köpfen zu löschen?«

Tallis stellte ihr Glas ab und legte die Hände ineinander. Ihr Blick richtete sich auf die Herzen, die in der Sonne funkelten, und sie schien ihre folgenden Worte an sie zu richten. »Der Wortlaut der Prophezeiung … Er schien mir nicht richtig zu klingen. Kannst du ihn mir in meiner Sprache sagen, Ylen?«

Die Oberste Hexe schüttelte sacht den Kopf. »Ich habe ihn wörtlich zitiert, wie ich ihn in unseren Aufzeichnungen gefunden habe. Ich habe diese Prophezeiung so oft gelesen, dass ich inzwischen jedes Komma davon kenne. Wenn ich die Augen schließe, sehe ich die Schriftrolle vor mir, die verblichene alte Schrift, ich weiß, an welchen Stellen die Schreiberin ihre Feder neu eingetaucht hat, ich sehe die vergilbten Stellen, an denen die Jahre die Tinte fast ausgelöscht haben ... Glaub mir, Tallis, der Wortlaut stimmt.«

Tallis knurrte leise. »Das glaube ich dir«, sagte sie ein wenig unwirsch. »Nein, ich denke, die Übersetzung ist es, die mich stört. In unserer Sprache ...«, sie murmelte ein paar Worte, die Ylenia nicht verstand. »Was bedeutet deiner Meinung nach der ›Katzenstern‹? Und was die ›schwarzen Mauern‹? Komm schon, Nesttochter, du sprichst unsere Sprache fast so gut wie ich. Was denkst du?«

Ylenias Augen verengten sich, und sie zog die Brauen zusammen. »Nestmutter, versuchst du, mich abzulenken? Ich hatte dir einige Fragen gestellt, erinnerst du dich?«

Tallis streckte die langen Arme aus und zischte erbittert durch die Zähne. »Chla'dach!«, fluchte sie. »Ihr Menschen! Ihr seht niemals, was direkt vor euren Augen liegt. Wenn wir diese Prophezeiung richtig deuten, dann bekommst du deine Antworten, Nesttochter. Aber wir können sie nur dann deuten, wenn wir den richtigen Wortlaut haben. Ich kenne diese Prophezeiung natürlich, sie stammt aus der Zeit, als die Kletterer noch auf den Schultern der Baumwesen lebten. Aber ich bin keine Tlen-na'Tias, ich erinnere mich nicht an jede Einzelheit. Und gerade die Einzelheiten sind es, die wichtig sind. Ich muss ins Nest, ich muss unseren Tlen-na'Tian, unser Gedächtnis, befragen.«

Ylenia stand auf und ging wieder zum Fenster hinüber. »Du weichst mir immer noch aus, Tallis«, sagte sie müde. »Wie kommt es, dass du das Herz des Wassers in deinem Besitz hattest, und niemand davon wusste? Ich bin die Oberste des Weißen Ordens, ich hätte es sofort erfahren müssen, Nestälteste! Und warum habt ihr, Elaina und du, Adina so etwas angetan? Sie zu verschleppen, sie als Waise groß werden zu lassen in einer Welt, die ihr noch fremder und feindlicher sein musste, als sie es dir und Elaina war? Sie dort schließlich alleine zu lassen? Tallis, wie konntest du das tun?«

Die alte Grennach legte die Hände vors Gesicht. »Es war notwendig, Nesttochter«, erwiderte sie schließlich dumpf. »Unser aller Schicksal hing davon ab. Bitte, Tochter, glaube mir. Deine Mutter wusste, was sie tat.«

»Aber du willst es mir immer noch nicht mitteilen«, sagte Ylenia und wandte sich erbittert ab. »Du lässt mich weiter im Nebel herumtappen, Tallis, Vertraute meiner Mutter. Wollen wir hoffen, dass du richtig handelst, Nestälteste von Tel'krinem.«

»Ja«, flüsterte Tallis. »Das ist es, was ich hoffe.«

Ida hatte in Eddys Zimmer gewartet, bis Gudren gekommen und wieder gegangen war, und obwohl Eddy sich alle Mühe gegeben hatte, so stachlig, unhöflich und widerborstig zu sein, wie es ihr nur möglich war – und das war nicht eben wenig –, hatte Ida die Zähne zusammengebissen und gewartet, bis ihr Zwilling eingeschlafen war.

»Warum tut sie das? Sie hat pausenlos um sich gebissen, als hätte ich ihr etwas Böses angetan«, klagte sie verwirrt ihrer Tante ihr Leid. Ylenia blickte in das Gesicht der jungen Frau und sah die Verletzung in ihren rauchdunklen Augen. Sie legte Ida eine Hand in den Nacken und schüttelte sie sanft.

»Lass ihr ein wenig Zeit, Anida. Selbst wenn es in den letzten Tagen aussah, als sei sie bei Bewusstsein, war sie es doch nicht wirklich. Sie hatte noch keine Zeit, sich an uns – und vor allem an dich – zu gewöhnen. Und außerdem ist sie in einer für sie vollkommen fremden Welt aufgewacht, in der sie sich erst zurechtfinden muss. Du weißt, was Tallis über diese Stadt erzählt hat, in der Adina aufgewachsen ist. Was glaubst du, wie es dir ginge, wenn du eines Morgens dort aufwachen würdest?«

Ida schauderte. »Ich würde an meinem Verstand zweifeln.«

»So geht es ihr wohl jetzt. Keine Sorge, Ida, sie wird sich schon zurechtfinden. Sie ist stark.« Ylenia lächelte. Idas verkrampfte Miene lockerte sich ein wenig.

»Was denkst du?«, fragte sie neckend. »Ist sie genauso magieblind wie ich?«

Ylenia sah auf das schmale Gesicht der schlafenden Eddy nieder, auf dem immer noch einige rote Sterne funkelten. Dann legte sie behutsam das Herz des Wassers neben ihre Hand. Eddy murmelte etwas und griff im Schlaf danach. Ihre Finger schlossen sich um die Brosche. Die steile Falte, die zwischen ihren dunklen Brauen gestanden hatte, glättete sich.

»Ja«, sagte Ylenia. »Ja, Kind. Sie ist ebenso wenig eine Hexe wie du.« Sie wandte sich zu Ida und hielt ihr die verhüllten Herzen hin. Ida griff danach wie eine Ertrinkende nach der rettenden Planke und barg sie zwischen den Händen. Ylenia sah auf ihre bebenden Finger, die die Herzen umklammerten, und zog eine bedenkliche Miene.

»Es schmerzt wie ein abgeschlagenes Glied, wenn ich sie nicht bei mir habe«, erklärte Ida, die das Gesicht ihrer Tante richtig deutete. »Ich ertrage es kaum, wenn jemand anderes sie berührt. Es ist, als würde mir die Seele aus dem Leib gezerrt.«

Ylenia hielt ihr die Tür auf. »Dann lass nicht zu, dass jemand sie berührt. Am besten ist es ohnehin, du zeigst sie nicht her. Ich weiß immer noch nicht genau, was es mit der Prophezeiung auf sich hat, aber ich habe Angst, dass Gefahren auf dich und deine Schwester lauern. Ihr könnt euch nicht schützen.« Sie hob die Hand und lachte. »Ja, ich weiß, du bist sehr gut in der Lage, dich zu verteidigen, und Eddy scheint auch nicht gerade hilflos zu sein, wenn sie auch im Moment noch geschwächt ist. Nein, Kind, das meinte ich nicht. Ihr könnt euch nicht gegen Angriffe aus dem geistigen Bereich wehren. Aber vielleicht hat eure vollständige Magieblindheit doch einen positiven Aspekt: Möglicherweise schützt sie euch gegen eine Beeinflussung durch Zauberei.«

Ida wanderte tief in Gedanken versunken durch den Garten und blieb neben einem knorrigen alten Bergahorn stehen. Sie legte ihre Hand auf die glatte Borke und sah zu den schneebedeckten Gipfeln auf, die weiß im Sonnenlicht erstrahlten. Als Schritte hinter ihr über den Weg knirschten, drehte sie sich nicht um. Jemand trat neben sie und blickte schweigend auf das vor ihnen aufragende Massiv der Ewigkeitsberge.

»Ich kann es immer noch nicht glauben, dass ich dort oben gewesen sein soll«, bekannte Ida. Sie wandte den Blick ab und sah auf Mellis' glänzendes Haar nieder. »Ist Tallis wirklich deine Mutter?« Sie lehnte sich an den Baum.

Mellis nickte und zeigte einige blitzende Zähne. »Sie ist die Nestälteste, damit ist sie auch meine Mutter. Aber sie ist auch meine leibliche Mutter, wenn du das meinst, jedenfalls hat man mir das erzählt.«

Ida blinzelte verwirrt. »Wusstest du das denn nicht?«

»Doch, natürlich«, sagte Mellis ungeduldig. »Du weißt doch auch, wer deine Mutter war, oder? Ich weiß, dass Tallis meine Mutter ist, seit ich aus dem Beutel meines Vaters gekrochen bin. Kennen gelernt habe ich sie allerdings erst, als ich Tel'krian verlassen habe.« Sie grinste. »Nicht das Tel'krias, das du kennst. Ich bin im Großen Nest aufgewachsen, im dortigen Tel'krian.«

Ida hob die Hände und bat um Schonung. »Mellis, hör auf. Mir schwirrt der Kopf. Was hat dein ›Tel'krian‹ mit Tel'krias, dem Gildenhaus zu tun?« Und was meinst du um der Schöpfer willen mit ›Beutel deines Vaters‹?, setzte sie stumm hinzu. Mellis verdrehte die Augen. Sie zog sich geschmeidig am Stamm des Baumes hinauf und schwang sich auf den untersten Ast des Ahorns. Ida sah ihr wie immer mit Vergnügen dabei zu. Die Kletterer trugen ihren alten Namen wahrlich zu Recht.

»Jedes Nest der Grennach hat sein eigenes Tel'krian, sein eigenes ›Nest der Mütter‹«, erklang ihre Stimme von oben, während sie immer weiter hinauf in die Krone des Baumes kletterte. »Dort werden die Kinder meines Volkes aufgezogen. Es war ein Scherz, das Gildenhaus so zu nennen, ein doppelter Scherz noch dazu. Bei uns kümmern sich die Männchen um die Aufzucht des Nachwuchses.« Ida legte den Kopf weit in den Nacken, aber Mellis war im Gewirr der Äste verschwunden. Ida lachte und hockte sich auf den Boden. Es brauchte Geduld, um aus Mellis etwas herauszubekommen, und wenn es nur harmlose Informationen über das alltägliche Leben der Grennach waren, die sie sich wahrscheinlich genauso gut aus dem Archiv des Ordens hätte besorgen können.

»Hallo«, erklang eine Männerstimme hinter ihr. Ida blinzelte hoch und sah in das zerknitterte Gesicht des kleinen Mannes, der mit Tallis und Eddy hier angekommen war.

»Hallo, Dix«, erwiderte sie freundlich und klopfte einladend auf den Boden. Er hockte sich neben sie und zupfte einen Grashalm aus dem Boden, um ihn zu betrachten wie ein Wunderwerk.

»Du kommst leichter mit unserer Welt zurecht als Eddy, nicht wahr?«, fragte Ida. Dix hob die Schultern und zog eine Grimasse.

»Ich nehme es hin«, sagte er gelassen. »Nicht, dass ich nicht manchmal glaube, mich in einem Traum zu befinden. Aber solange es ein derart netter Traum ist, sehe ich keine Veranlassung, im Kreis zu rennen und zu schreien.« Er grinste zu ihr auf, und Ida erwiderte es mit einem Zwinkern.

»Nun, Eddy tut es«, sagte sie mit einem bitteren Unterton. »Nicht, dass sie im Kreis rennt, aber sie beißt um sich wie eine … eine …«

»Eine gefangene Ratte?«, schlug Dix vor. Ida prustete.

»Kein sehr höflicher Vergleich«, ließ Mellis sich von oben vernehmen.

»Aber zutreffend«, erwiderte Dix, den anscheinend nichts aus der Fassung bringen konnte. »Sie wird sich beruhigen, Ida, keine Sorge. Sie hat nur eine wirklich schlimme Zeit hinter sich. Wenn sie sich erst einmal ein wenig erholt hat, wird sie genauso froh sein, hier bei euch zu sein, wie ich es bin. Das Lager war kein reines Vergnügen.«

Vom Haus her rief jemand nach Ida. Es war eine der jüngeren Schwestern, die den Türdienst versahen. Sie kam über die Wiese zu ihnen gelaufen und winkte mit einem Brief.

»Gerade ist ein Bote aus Falkenhorst gekommen«, rief sie atemlos. »Er hatte auch eine Nachricht für dich, und Mutter Ylenia wollte, dass ich sie dir sofort bringe.«

Ida dankte ein wenig verwundert und wendete den Brief in den Händen. Ihr Name stand in einer kraftvollen Handschrift darauf. Wer mochte ihr nur hierher schreiben? Sie erbrach das Siegel und faltete den Bogen auseinander. Ihr erster Blick fiel auf die Unterschrift: *Marten.* Hastig überflog sie die kurze Nachricht und faltete den Brief dann wieder zusammen.

»Schlechte Neuigkeiten?«, fragte Mellis, die inzwischen wieder zu ihnen hinabgeklettert war. Ida nickte und schüttelte gleich darauf den Kopf.

»Nein, keineswegs schlecht«, sagte sie gedämpft. »Es ist von Marten, er hat die Kette. Aber er hat nicht herausfinden können, wo mein Bruder sich aufhält. Vielleicht muss ich jetzt doch selbst hinüber in den Hort.«

Mellis legte ihr warnend die Hand auf den Arm. »Denk an meine Warnung. Vertrau diesem Kerl nicht. Er sitzt da in seinem Gasthaus wie eine fette Spinne in ihrem Netz. Wenn du dich näher mit ihm einlässt, könnte es dir passieren, dass er dich eingewickelt und ausgesaugt hat, ehe du überhaupt begriffen hast, was passiert ist.«

Ida sah belustigt auf die Grennach nieder, aber als sie in die ernsten grünen Augen sah, erstarb ihr Lächeln. »Ich werde daran denken. Keine Sorge, Mellis, ich bin auf der Hut.«

~ 12 ~

Ihre Tante ließ sie nur schweren Herzens alleine ziehen. Ylenia machte sich große Sorgen um ihre Sicherheit, aber Ida konnte sie schließlich doch davon überzeugen, dass es nicht viel Sinn hatte, wenn sie allein im Ordenshaus herumsaß und Däumchen drehte, während alle anderen fort waren.

Ylenia, Tallis und Eddy waren kurz zuvor zum Tel'krinem, dem Großen Nest, aufgebrochen. Ylenia und Tallis wollten sich mit dem Gedächtnis des Grennach-Volkes treffen, um den wahren Wortlaut der Prophezeiung zu erfahren, und bestanden aus irgendwelchen Gründen, die sie niemandem mitteilen wollten, darauf, dass Eddy sie begleitete. Die junge Frau erklärte sich, wenn auch mürrisch, dazu bereit, sich einem Pferderücken anzuvertrauen und mit den beiden Frauen in das nördlich gelegene Grennach-Gebiet zu reisen. Natürlich bestand Dix, der sich als Eddys selbst ernannter Beschützer zu fühlen schien, darauf, sie zu begleiten, und Mellis lachte und sagte, dass sie sich unmöglich das Schauspiel entgehen lassen wollte, wie Dix alle zehn Meter vom Pferd flog. Die beiden zankten sich gut gelaunt noch eine Weile darüber, während die anderen die Reise besprachen.

Später zog Ylenia Ida beiseite und bat sie noch einmal, wenigstens zu warten, bis sie aus Tel'krinem zurück sei. Ida schüttelte nur den Kopf und verwies auf das Schlusswort in Martens Brief: »*Ich empfehle Euch, nicht zu lange zu warten, Prinzessin. Der Nebel nähert sich bereits dem Rand von Korlebek. Ich weiß nicht, wie lange mein Wirtshaus noch auf* dieser *Seite der Grenze stehen wird.«*

Ylenia schickte sich wohl oder übel in die Sache. »Da du, wie ich dich kenne, ablehnen wirst, dich von einer oder zwei meiner Frauen begleiten zu lassen ...«

»Es hat keinen Sinn, Tante Ylen«, unterbrach Ida sie gleich wieder. »Dieser Wirt ist einer der misstrauischsten Menschen, die ich kenne. Wenn ich mit Begleitung bei ihm aufkreuze, wird er so verschlossen sein wie die Geldkassette eines Geizkragens. Ich danke dir, aber ich komme alleine klar.«

»Gut«, willigte Ylenia ein. »Du tust ja ohnehin, was du für richtig hältst. Aber sei vorsichtig, Ida. Und zeig ihm um der Schöpfer willen die Herzen nicht!«

Eddy hatte sich in den Tagen, die sie noch zusammen im Ordenshaus verbracht hatten, ihrer Schwester gegenüber immer noch recht unfreundlich gegeben, sich aber nicht mehr ganz so feindselig benommen wie zu Anfang. Bei ihrem Abschied wünschte sie Ida sogar etwas reserviert eine gute Reise.

Ida durchquerte die Ewigkeitsberge und beglückwünschte sich die ganze Zeit, dass sie dies im Frühjahr, auf einem Pferderücken und über einen der niedrigen Pässe tun konnte. Ihr Gipfelabenteuer steckte ihr noch kalt und erschreckend in den Knochen, obwohl die Erinnerung daran gnädig verschwommen blieb. Jetzt folgte sie schon seit einem Tag wieder dem Falkenfluss und erkannte den Weg wieder, den sie bei ihrer ersten Reise hierher entlanggekommen war. Sie musste noch einen Hügel überqueren, dann würde sie die friedlichen roten Dächer von Korlebek vor sich liegen sehen.

Auf der Kuppe des Hügels zügelte sie ihr Pferd und orientierte sich. Doch als sie das Städtchen erblickte, schrak sie heftig zusammen, und ihre Stute trat unruhig einige Schritte vor. »Ruhig, Nebel«, sagte Ida mit belegter Stimme. »Ganz ruhig.«

»›Nebel‹, das ist heutzutage ein verdammt unpassender Name in dieser Gegend«, brummte der Felsen neben ihr mit tiefer Stimme. Ida sprang aus dem Sattel. Sie umrundete den Findling und stieß auf einen zweiten riesigen Klotz, diesmal aus Fleisch und Blut, der zusammengesunken auf einem Stein hockte und trübselig auf Korlebek blickte.

»Hallo Marten«, sagte sie und hockte sich neben ihn. »Zu Euch wollte ich.«

»Ist das nicht eine Schande«, sagte er, ohne ihre Worte zu beachten. Seine hellen Augen waren blutunterlaufen. Bartstoppeln bedeckten seine massigen Kinne. Mit einer unbestimmten Geste wies der Wirt auf die Stadt. Ida blickte unbehaglich hin. Die Nebelgrenze hatte schon fast die Hälfte der Häuser verschlungen, und es schien, als würde sie sich in diesem Augenblick vor ihren Augen zentimeterweise weiter vorbewegen, lautlos, tückisch und schleichend.

»Ich sitz' schon den ganzen Tag hier und seh' mir das traurige Schauspiel an«, fuhr der dicke Wirt fort. »Es is' nicht leicht für einen Mann, mitanzusehen, wie sein Lebensunterhalt einfach so den Bach runtergeht.« Er schluckte laut, und seine Hängebacken bebten gerührt.

»Marten«, sagte Ida ungeduldig. In so weinerlicher Stimmung war der Mann ihr sogar noch unsympathischer als sonst. »Ich bin hier, um meine Kette abzuholen, erinnert Ihr Euch?«

Er sah sie aus schwimmenden Augen an. »Ja«, sagte er vage. »Sicher erinner' ich mich. Die Kette.« Er fingerte in seinen Taschen herum. Ida verdrehte die Augen, während er seine Kleider absuchte. Endlich schnaufte er und zog eine silberne Kette hervor.

»Da ist sie ja«, sagte er befriedigt. Ida griff danach,

aber er zog blitzschnell die Hand weg und funkelte sie an. Ida seufzte und stand auf, um seine Entlohnung aus ihrer Satteltasche zu holen.

»Seht's Euch an«, hörte sie ihn brabbeln. »Jetzt hat's die Schmiede erwischt. Das Haus meines Vaters, einfach so weg. Un' danach ist die Schenke dran, ach, es ist doch ein Jammer. Mein Geburtshaus, müsst ihr wissen.« Er schniefte jämmerlich. »Hat mei'm Großpa gehört. Meine Großma war Hebamme, hat mich auf die Welt geholt, jawohl. Da im Wirtshaus, oben im ersten Stock. Marten nicht, der is' in der Schmiede zur Welt gekommen. Hatte es schrecklich eilig, der Junge.« Er putzte sich lautstark die Nase und griff nach dem kleinen Tonkrug, den er zwischen seine feisten Schenkel geklemmt hielt.

Ida kehrte an seine Seite zurück, den Beutel mit Geld in der Hand. »Ihr seid ja sturzbesoffen, Mann«, sagte sie nicht unfreundlich. »Ihr redet kompletten Schwachsinn. *Simon* ist in der Schmiede zur Welt gekommen, nicht Marten. Marten seid Ihr doch selber, alter Saufkopp.«

Er sah sie traurig an und wischte sich wieder mit seinen fleischigen Handballen über die Augen. »Ja, da habt Ihr wohl Recht«, murmelte er schwach. »Ihr seid schon 'ne ganz Schlaue, was, Prinzessin? Simon, ja, klar, Simon. Habt Ihr mein Geld?«

Der scharfe Blick, der sie aus seinen grünlichen Augen traf, war alles andere als betrunken. Ida schüttelte den Kopf und hielt ihm den Beutel hin. »Gebt mir die Kette«, befahl sie schroff. Er ließ den Beutel nicht aus den Augen, während er ihr die Kette reichte, und grabschte gierig danach, noch ehe er sie in ihre Handfläche fallen ließ.

Während er das Geld zählte, betrachtete Ida die Kette ihrer Mutter. Sie war es wirklich. Bis eben hatte sie damit gerechnet, dass Marten versuchen würde, sie hereinzulegen, aber das hier war Lady Aurikas Kette, ohne Zweifel.

»Wie habt ihr es geschafft, sie von Simon zu bekommen?«, fragte sie.

Marten sah nicht von den Geldstücken auf. »War'n Kinderspiel«, sagte er mürrisch. »Ich hab gedroht, ihm die Fresse einzuschlagen, da hat er sie mir gegeben.«

»Habt Ihr ihn nach Albuin gefragt?«, bohrte Ida. Der dicke Mann schüttelte stumm den Kopf und fegte die Geldstücke wieder in den Beutel zurück. »Warum nicht?«, fragte Ida ungeduldig. »Er war unsere einzige Fährte, Mann! Ihr solltet ihn ausfragen, das war unsere Abmachung!«

»Er hätte eh' nix gewusst«, murmelte Marten.

Ida starrte ihn an, seine seltsam schuldbewusste Miene, und begriff. »Du hinterhältiger Mistkerl! Du hast mich angelogen. Du hast Simon gar nicht getroffen. Du hattest die Kette schon die ganze Zeit!« Marten starrte sie reglos an. Sie ließ ihre zum Schlag geballte Faust sinken und flüsterte: »Du hattest sie wirklich! Wie kann das sein?«

Er machte sich los und wandte den Blick wieder dem langsam im Nebel versinkenden Ort zu. »Simon ist tot«, sagte er tonlos. »Schon seit Jahren, Prinzessin.«

Ida setzte sich mit weichen Knien neben ihn auf den Felsbrocken. Beide starrten schweigend ins Tal, während die Abendsonne den bedrohlichen Anblick in einen weichen goldenen Schein tauchte. Marten hielt Ida stumm den Tonkrug hin, den sie ebenso wortlos in Empfang nahm. Sie trank einen großen Schluck von dem scharfen Schnaps, gab Marten den Krug zurück und atmete langsam durch, während sie nur mühsam ihren Zorn bezwang.

»Bekomme ich eine Erklärung?«, fragte sie ruhig. Der dicke Wirt setzte den Krug an und leerte ihn in wenigen Zügen. Dann wischte er sich den Mund und die Augen und schüttelte den massigen Kopf.

»Heut nich' mehr, Prinzessin«, sagte er mit schwerer Zunge. »Kommt, lasst uns gehen. Wenn die Sonne erst mal untergegangen is', geht's nich' mehr so flott weiter mit dem verdammten Nebel. Wir können noch eine Nacht in mei'm Haus schlafen.« Seine Stimme versagte, und er atmete schluchzend. Ida sah, dass er mit den Tränen kämpfte, und wandte sich angewidert ab.

»Wo ist Euer Pferd?«, fragte sie, während sie in den Sattel stieg. Marten wuchtete sich auf die Füße und stand leise schwankend da, mit vorgerecktem Bauch, die riesigen Pranken in die Seiten gestemmt.

»Mein Pferd?«, erwiderte er mit einem scharfen Lachen. »Sollte ich dem armen Gaul denn zumuten, mich hier raufzuschleppen? Ich bin auf meinen eigenen Füßen hier, und so komm' ich auch zurück. Reitet nur schon vor, Prinzessin, Ihr wisst ja, wo's ist.«

Es war eigenartig, direkt auf die drohende Nebelwand zuzureiten. Ida fühlte sich ganz und gar nicht wohl in ihrer Haut. Sogar ihre Stute war nervöser als sonst. Ihre Hufe klapperten laut über das unebene Pflaster, und der Schall brach sich gespenstisch an den Mauern. Korlebek schien vollständig verlassen zu sein. Die Bewohner der Stadt mussten allesamt vor der heranrückenden Nebelwand geflohen sein. Türen schwangen trostlos in den Angeln, weggeworfener oder auf der Flucht verlorener Hausrat lag auf der Straße, und nirgends war mehr das Geräusch von Schritten oder der Klang einer menschlichen Stimme zu vernehmen.

Ida führte ihre Stute in den Stall des Wirtshauses und versorgte sie mit Wasser und Futter. Einen Moment lang überlegte sie, das Pferd gesattelt zu lassen, falls sie noch in der Nacht vor der Nebelgrenze fliehen musste, aber dann lachte sie, ärgerlich über ihre

Verzagtheit, und begann, den Sattelgurt zu lösen. Wenn der Nebel wirklich in der Nacht das Wirtshaus schluckte, würde sie es kaum rechtzeitig bemerken. Außerdem wagte sie es, ausnahmsweise dem Wirt Vertrauen zu schenken: Wenn er sagte, dass sie diese Nacht noch sicher sein würden, dann sollte das wohl stimmen. Marten hatte sicherlich ebenso wenig Interesse daran, auf der anderen Seite der Grenze aufzuwachen, wie die ehemaligen Bewohner von Korlebek.

Der leere, dunkle Schankraum verstärkte das Gefühl der Verlassenheit, das sie seit ihrem Betreten des Städtchens bedrückte. Sie durchquerte den Raum mit seinen dunklen Schatten in den Ecken und stieß die Tür zur Küche auf. Im Herd glühte noch der Rest eines Feuers. Ida machte sich daran, es wieder anzufachen. Sie warf einige Scheite darauf und stocherte in der glosenden Asche, bis die ersten kleinen Flämmchen aufflackerten. Dann sah sie sich unschlüssig in der Küche um und entschied, erst einmal einen starken Tee aufzubrühen.

Als sie sich den ersten Becher einschenkte, schwang die Tür zum Hof auf, und der gemauerte Boden der Küche erbebte unter den schweren Tritten des Wirtes. Der Fußmarsch schien ihn etwas ernüchtert zu haben. Er band sich wortlos seine fleckige Schürze um und begann, mit einer schweren Pfanne zu hantieren. Während ein Klumpen Fett über dem Feuer zum Schmelzen kam, hackte er geschickt mit einem riesigen Messer Zwiebeln in Stücke und warf sie in das heiße Fett. Dann schälte er Kartoffeln und schnitt sie in Scheiben und nahm dann mit seinen dicken Fingern behutsam einige bräunlich gefleckte Eier aus einem Korb. Ida beobachtete seine konzentrierten, mit sparsamen Gesten ausgeführten Vorbereitungen. Das Kochen schien ihm wirklich Vergnügen zu machen, selbst wenn es sich um eine so einfache Mahlzeit wie Spiegeleier und Bratkartoffeln handelte.

»Mögt Ihr Pilze?«, fragte er, ohne sich zu ihr umzudrehen.

»Gerne«, sagte Ida. Er brummte zufrieden.

»Ich habe keinen Speck mehr«, bemerkte er bedauernd und zerkleinerte die Pilze.

»Macht nichts, mir schmeckt es ebenso gut ohne«, erwiderte Ida amüsiert. Marten bei der Arbeit zuzusehen, war wirklich unterhaltsam. Er war völlig versunken in sein Tun. Selbst den drohenden Verlust seines Gasthauses schien er für den Moment vergessen zu haben.

Erst, als sie beide vor ihren geleerten Tellern saßen, kehrte auch die Sorge wieder. Marten starrte auf den Becher, den er in der Hand hielt, und stülpte mit einem weinerlichen Ausdruck die Lippen vor. Er hatte während des Essens eifrig weitergetrunken. Ida hegte keine große Hoffnung, an diesem Abend noch etwas Sinnvolles aus ihm herausbekommen zu können, versuchte es aber dennoch. Es mochte ja sein, dass er sich betrunken weniger argwöhnisch und verlogen als in nüchternem Zustand zeigte.

»Simon ist also tot«, begann sie vorsichtig. Marten knurrte nur und hob den Becher zum Mund. »Seit Jahren schon, sagtet Ihr?«, fragte Ida.

»Ja«, erwiderte er kurz. »Seit acht Jahren.«

»Wie ist es passiert?«

»Er ist dem falschen Ende eines Schwertes zu nahe gekommen.«

»Wart Ihr dabei, als er starb?«

»Ja, verdammt!«, brüllte Marten und knallte seinen Becher auf den Tisch. Er stemmte sich schwankend in die Höhe und tappte hinüber zum Herd, wo noch immer ein beachtlicher Rest ihres Abendessens in der Pfanne wartete. Wortlos nahm er die große Pfanne hoch und schaufelte das Essen ohne Umstände direkt in seinen Mund. Ida sah ihm in stummer Faszination dabei zu. Dieser Mann war maßlos in jeder Beziehung.

»Wie erklärt Ihr Euch, dass mein Bruder ihn vor fünf oder sechs Jahren noch getroffen haben will?«, setzte sie geduldig ihre Befragung fort. Marten sah auf und schoss ihr einen zutiefst hasserfüllten Blick zu. Seine Kiefer beschäftigten sich damit, die Nahrung zu zermahlen, und er würdigte sie keiner Antwort. Ida ließ nicht locker. »Warum habt Ihr mir die Kette nicht einfach gegeben, als ich zuletzt hier war? Hattet Ihr Sorge, dass ich Euch dann nicht angemessen bezahlen würde?«

Marten schob den Rest des Essens in seinen Mund, warf die Pfanne wortlos auf den Herd zurück und stapfte aus der Küche. Ida hörte, wie er sich im Schankraum geräuschvoll umherbewegte, eine Bank verrückte, mit Krügen klapperte, und seufzte entmutigt. Sie erhob sich, ging hinüber in den Schankraum, wo Marten brütend an einem der stillen Tische hockte, und sagte kalt: »Wir hatten eine Abmachung, Wirt. Entweder Ihr besorgt mir, was ich haben will, oder Ihr bringt mich hinüber in den Hort. Denkt darüber nach. Gute Nacht.«

Sie hatte schon halb die Treppe zu den Gästekammern erklommen, als ein wütender Fluch sie innehalten ließ. Etwas scharrte über den Boden. Ein Krug zerschellte dicht neben ihrem Kopf an der Wand und überschüttete sie mit Scherben und scharf riechendem Schnaps. Ida wandte sich nicht um. »Wir reden morgen darüber«, sagte sie schroff und setzte unbeirrt ihren Weg fort.

»Fahr zur Hölle!«, scholl es hinter ihr her. Sie schloss die Tür und holte tief Luft. Das würde noch ein ordentliches Stück Arbeit werden. Hoffentlich setzte der Kerl sich nicht über Nacht ab. Sie öffnete die Tür einen Spalt breit und hielt ihre Ohren offen. Aber die Geräusche, die von unten heraufdrangen, deuteten nur darauf hin, dass der Wirt sich zügig weiter vollaufen ließ. Einigermaßen beruhigt legte Ida sich aufs Bett. Sie wagte zwar nicht, sich auszuziehen, aber zumindest ein wenig Schlaf wollte sie sich gönnen.

Die Nacht wurde entsprechend unruhig. Immer wieder schrak sie aus ihrem oberflächlichen Schlummer und lauschte den schweren Schritten, die durch die Gaststube stapften, Martens betrunkenen und weinerlichen Selbstgesprächen, dem Poltern von Möbeln und zerbrechendem Geschirr.

Spät in der Nacht wurde es endlich ruhig im Haus. Sie trat auf den Treppenabsatz und blickte in den Gastraum. Im Kamin verglomm das Feuer. In seiner Nähe auf dem Boden machte sie einen massigen Körper aus und hörte das schwere Atmen und gelegentliche Schnarchen des Wirtes. Beruhigt kehrte sie in ihre Kammer zurück und erlaubte sich den Luxus eines kurzen, tiefen Schlummers.

Ihre innere Unruhe ließ sie bei Sonnenaufgang erwachen. Sie stahl sich leise die Treppe hinunter, obwohl den schnarchenden Wirt wahrscheinlich noch nicht einmal eine durch die Gaststube getriebene Rinderherde aufgeweckt hätte. Ida öffnete die Tür zur Gasse und blickte hinaus. Das Haus am anderen Ende, das gestern noch vollständig sichtbar gewesen war, war teilweise in der Nebelbank verschwunden. Ida zog den Kopf zurück und ging in die Küche, um sich ums Frühstück zu kümmern.

»Das riecht ja grauenvoll«, knurrte Marten statt eines Morgengrußes und taperte durch die Küche in den Hof. Ida hörte die Pumpe kreischen, gefolgt von einigen herzhaften Flüchen in Martens heiserem Bass.

Wenig später stand der Wirt wieder in der Küche, mit nacktem Oberkörper, das kurz geschorene Haar tropfnass. Er griff nach einem Handtuch und begann sich abzutrocknen. Ida wandte grinsend ihren Blick von dem bemerkenswerten Anblick ab und widmete sich wieder dem Herd.

»Ich habe außer Eiern und Brot nichts mehr gefunden. Sind Rühreier in Ordnung?«

»Falls Ihr es noch schafft, sie aus der Pfanne zu kratzen, ehe sie ganz zu Kohle geworden sind«, antwortete er dumpf unter seinem Handtuch her. Er stapfte aus der Küche und die Treppe hinauf. Ida verteilte die leicht angebrannten Eier auf Brotscheiben und stellte sie auf den Tisch.

»Wie viel Zeit bleibt uns noch?«, fragte sie, als Marten in einem frischen Hemd wieder in die Küche kam.

»Vor dem späten Mittag wird es kaum hier sein«, erwiderte er brummig und griff nach der Gabel.

»Was werdet Ihr jetzt tun? Euch irgendwo anders niederlassen?«, fragte Ida neugierig.

Marten kaute mit langen Zähnen auf dem Rührei herum. »Also, vom Kochen versteht Ihr nichts«, mäkelte er. »Jemand, der sogar ein simples Rührei versauen kann, sollte besser die Finger ganz davon lassen.« Ida grinste, und er blickte sie finster an. »Das war kein Scherz«, polterte er.

»Nun«, sagte Ida friedlich. »Mein Ehrgeiz, was das Herstellen von Rühreiern angeht, ist auch nicht besonders ausgeprägt. Ab heute Mittag dürft Ihr gerne wieder an den Herd.« Er schnaubte verächtlich und schob sich das Brot in den Mund.

»Ich denke, wir sollten jetzt langsam mal über unsere geschäftlichen Angelegenheiten reden«, sagte Ida. »Gestern wart Ihr ja in keiner sehr gesprächigen Laune. Wie sieht es aus: Habt Ihr irgend etwas über den Aufenthaltsort meines Bruders herausgefunden?«

Marten legte das Messer nieder, mit dem er sich eine weitere Scheibe Brot abgeschnitten hatte, und fuhr sich mit der Zunge über die Lippen. »Ich habe jemanden beauftragt, sich umzuhören. Wenn sie nichts herausfindet, dann gibt es auch nichts herauszufinden.«

»Sie?«, fragte Ida erstaunt.

Er zog die Brauen zusammen. »Eine Geschäftspartnerin«, erwiderte er kurz angebunden.

»Was für Geschäfte?«, fragte Ida misstrauisch. »Ich habe gehört, dass Frauen im Nebelhort nicht selbständig ...«

»Alles Mögliche«, unterbrach Marten sie schroff. »Sie ist keine Nebelhorterin. Sie macht dort nur Geschäfte, genau wie ich. Dieses und jenes.«

»Ach so. Eure Auffassung von ›diesem und jenem‹ kann ich mir vorstellen. Gut, das soll nicht meine Angelegenheit sein. Ihr meint, sie könnte Albuin ausfindig machen?«

»Wenn er sich überhaupt im Hort aufhält, dann findet sie ihn«, beschied Marten ihr.

Ida lehnte sich zurück und dachte nach. Wahrscheinlich würde es das Beste sein, mit dieser »Geschäftspartnerin« des zwielichtigen Wirtes einmal selbst zu sprechen. Sie traute Marten auch ohne die Warnungen, die sie von Mellis erhalten hatte, nicht über den Weg.

»Ich möchte, dass Ihr mich zu ihr bringt. Dann kann ich mich direkt auf seine Spur setzen, wenn sie etwas gefunden hat.«

»Kommt nicht in Frage.«

»Ich denke doch«, erwiderte sie mild und beugte sich über den Tisch. »Denkt doch einmal nach, Marten. Ihr habt mir bisher für mein Geld nur eine Kette geliefert, die ohnehin mein Eigentum war. Ich könnte mit gutem Recht verlangen, dass Ihr Eure Entlohnung wieder herausrückt. Andererseits, wenn Ihr Euch an unsere Abmachung haltet – als *Ehrenmann*«, sie zuckte spöttisch mit den Lippen, »dann könnte ich mich dazu durchringen, Euch weiter zu beschäftigen. Gegen Entgelt, versteht sich. Falls hingegen nicht, sehe ich keinen Grund, warum ich nicht auf eigene Faust hinüber in den Hort gehen und Eure Geschäftspartnerin aufsuchen sollte. Es wird nicht weiter schwierig sein, sie ausfindig zu machen, denn allzu viele Frauen, die in Eurem Gewerbe tätig sind, dürfte es dort schließlich nicht geben. Sie wäre doch sicherlich an dem Geschäft interessiert, meint Ihr nicht auch? Überlegt es Euch, Mann. Mit Euch oder ohne Euch – ich gehe in den Hort.«

Ida lehnte sich gelassen zurück und wartete. Der dicke Wirt hockte breit da, den Kopf zwischen die bulligen Schultern gezogen, die Fäuste geballt und blickte sie an. Das kalte grünliche Funkeln in seinen Augen und seine starre Miene wirkten weitaus bedrohlicher als seine Wutausbrüche vom vergangenen Abend. Ida spürte, wie ihr der Schweiß den Rücken herablief. Wenn sie jetzt zu weit gegangen war, würde sie die Schenke wahrscheinlich nicht mit heilen Gliedern verlassen. Sie zwang sich, ruhig dazusitzen, die Arme verschränkt, und das heftige Pochen ihres Herzens zu ignorieren.

Der riesige Mann saß ihr reglos gegenüber wie ein in Stein gehauenes Monument, nur das Heben und Senken seines mächtigen Bauches zeigte an, dass er lebte, atmete und wahrscheinlich nachdachte. Endlich rührte er sich, öffnete langsam seine Fäuste und legte die großen Hände flach und beherrscht vor sich auf den Tisch. »Ihr spielt ein gewagtes Spiel, Prinzessin«, sagte er mit einem bösartigen Knurren in der tiefen Stimme. »Aber wenn Ihr glaubt, dass das Euer Einsatz ist, gehe ich mit. Und wenn es nur um des Vergnügens willen ist, Euch Auge in Auge mit meiner Partnerin zu erleben. Ich warne Euch. Die Khanÿ ist eine lebensgefährliche Gegnerin.« Seine Stimme bekam bei diesen Worten einen nahezu ehrfürchtigen Klang.

Ida unterdrückte ein Schaudern. Was mochte das für eine Frau sein, die sogar diesem abgebrühten Gauner Angst einflößte? »Abgemacht«, sagte sie. »Wann können wir aufbrechen?«

»Meinetwegen sofort. Ich habe allerdings noch einen Auftrag zu erledigen, ehe ich Euch zur Khanÿ bringen kann. Wollt Ihr auf mich warten …«

»Keinesfalls! Ich verspüre keine Lust, Euch suchen zu müssen. Ich traue Euch keinen Schritt weit über den Weg, Marten, vergesst das nie.«

Marten entblößte die Zähne zu einem humorlosen Grinsen. »Das ist doch die beste Grundlage für eine erquickliche Zusammenarbeit, Prinzessin. Ich gehe dann jetzt und packe meine Sachen zusammen. Oder wollt Ihr mir lieber dabei zusehen, um sicherzugehen, dass ich mich nicht durch ein Fenster absetze?«

Ida musterte ihn beleidigend. »Das dürfte wohl kaum im Bereich des Möglichen liegen, Mann. Das Fenster, durch das Ihr hindurchpasst, wurde noch nicht erfunden.« Er lachte schnaubend und erhob sich. Es war erstaunlich, wie schnell er seine gute Laune wieder gefunden hatte.

»Wie gedenkt Ihr, Euch fortzubewegen?«, rief Ida ihm hinterher. »Müssen wir die Reise zu Fuß machen, weil Ihr Angst vor Pferden habt?«

»Wir werden reiten«, antwortete er von oben. »Zerbrecht Euch nicht meinen Kopf, Prinzessin. Sattelt nur schon Euer Pferd.«

Als sie Nebel aus dem Stall holte, sah sie den riesigen, grobknochigen Gaul, der ruhig in der hintersten Box stand und sein Heu kaute. Gestern Abend hatte sie ihn in ihrer Besorgnis nicht entdeckt, aber sein gelassenes, etwas schwerfälliges Aussehen beruhigte sie. Dieses Tier war offensichtlich in der Lage, große Lasten zu befördern, selbst wenn es sich um so etwas Massiges wie den hünenhaften Wirt handelte.

Die Nebelwand war schon bedrohlich nahe gerückt, als Marten endlich aus der Tür trat. Er schloss sie sorgsam ab und legte einige Atemzüge lang seine plumpe Hand auf den Türpfosten. Er murmelte einen Abschiedsgruß, und seine Augen waren feucht, als er sich zu Ida umwandte.

»Mein Vater wurde in diesem Haus geboren. Es gehört schon seit Generationen meiner Familie«, sagte er. »Es fällt mir schwer, es aufzugeben, Prinzessin.« Er schüttelte die melancholische Stimmung ab wie Wassertropfen und lachte auf. »Vielleicht sollte ich einfach abwarten, bis der Hort Korlebek geschluckt hat, und dann meine Wirtschaft wieder aufmachen. Geschäfte werden schließlich überall gemacht, auch im Nebelhort. Und getrunken und gegessen wird dort auch.« Er schwang sich immer noch lachend in den Sattel, und Ida wunderte sich einmal mehr über die Leichtigkeit, mit der er sich trotz seiner Leibesfülle bewegte.

Sie ritten nach Nordosten, immer entlang der düsteren Grenze. Martens riesiges Pferd hielt mit Leichtigkeit mit Idas Stute Schritt, und ihre Befürchtungen zerstreuten sich langsam im hellen Sonnenschein.

»Wo geht es überhaupt hin?«, fragte Ida gegen Nachmittag, nachdem sie lange Zeit schweigend nebeneinander hergeritten waren. Sie rechnete nicht wirklich mit einer Antwort und war leise verblüfft, als Marten sagte: »Ich habe einen Unterschlupf ein Stück von hier entfernt.« Er wandte sich ihr zu und grinste verschwörerisch. »Wenn mir der Steuereintreiber des Tetrarchen mal wieder ein bisschen zu sehr auf die Pelle rückt, ist das eine nette Ausweichmöglichkeit.«

»Oder wenn sich die Garde für Eure Geschäfte interessiert«, vermutete Ida.

Er grunzte zustimmend. »Gut geraten, Prinzessin.«

»Oh, bitte, hört auf, mich so zu nennen«, rief Ida entnervt aus.

Er wandte ihr ein erstauntes Gesicht zu. »Ihr seid eine Enkelin des alten Hierarchen.«

»Ach, was bedeutet das schon. Der alte Hierarch hatte mehr Enkelkinder als dieser Baum dort im Herbst Äpfel trägt.«

Marten warf einen Blick auf den Baum. »Das ist ein Birnbaum, Prinzessin«, sagte er friedlich. Ida öffnete den Mund für eine wütende Entgegnung und schloss ihn angesichts seiner erheiterten Miene gleich wieder.

»Idiot«, sagte sie ebenso friedlich. Beide lachten sich an und ritten schweigend weiter.

Der Unterschlupf, den sie am frühen Abend erreichten, entpuppte sich als eine überwucherte, baufällig wirkende Kate, die sich ein kleines Stück vom Flussufer entfernt tief in einen verwilderten Garten duckte. Sie brachten ihre Pferde im Stall unter, und Marten führte Ida dann in das winzige Haus.

Drinnen war es behaglich und erheblich sauberer, als Ida dem ersten Anschein nach erwartet hatte. Es war ordentlich aufgeräumt, und das Strohlager am Boden schien kürzlich erst frisch aufgeschüttet worden zu sein. Ida sah sich um und nickte anerkennend.

»Wer kümmert sich darum?«, fragte sie Marten, der zufrieden vor sich hinbrummend den Vorrat an Lebensmitteln durchsah. »Es sieht bewohnt aus.«

»Hier übernachten immer mal wieder Freunde – Geschäftsfreunde«, betonte er und zwinkerte. Ida grinste. »Eine Bauersfrau sieht zwischendurch nach dem Rechten. Und ich halte mich auch regelmäßig hier auf. Geschäftlich.«

Er setzte den Wasserkessel aufs Feuer und ging hinaus. Ida setzte sich auf einen niedrigen Schemel und zog die Stiefel aus. Während sie ihre Beine ausstreckte, sah sie sich in dem niedrigen Raum um und fragte sich etwas unbehaglich, ob sie gezwungen sein würde, mit ihrem Begleiter das Strohlager zu teilen. Lieber würde sie im Stall bei den Pferden übernachten. Sie stand auf und ging zum Herd hinüber, auf dessen gemauerter Umrandung ein Laib Brot und ein Tontopf mit Butter standen.

»Finger weg von meinem Herd«, warnte der Wirt, der wieder eingetreten war, den Arm voller Feuerholz. »Wagt es nicht, auch nur den Versuch zu machen, ein Essen zu bereiten, ich sage es Euch im Guten!« Ida lachte und zog sich mit erhobenen Händen wieder an den kleinen Tisch zurück.

»Wenn Ihr Euch unbedingt nützlich machen wollt, dann seht in dem Kasten dort nach, ob etwas Passendes zum Anziehen für Euch da ist.« Marten deutete mit einem Furcht erregenden Messer in eine Ecke des Raumes. Er wandte sich wieder um und schälte flink und geschickt die dunkelroten, faustgroßen Knollen, die er aus einem Korb am Fenster genommen hatte.

Ida hob den Deckel des Kastens und holte einige seltsam geschnittene Kleidungsstücke heraus. »Wie trägt man das?«, fragte sie ratlos und hielt ein unförmiges Stück hoch, bei dem sie sich noch nicht einmal sicher war, wo oben und wo unten war, von hinten und vorne ganz zu schweigen.

Marten sah sich kurz um und schälte dann weiter. »Gar nicht«, sagte er knapp. »Außer Ihr legt Wert darauf, mit einer Binde um die Augen zu reisen. Das sind Frauenkleider, Prinzessin.« Er begann die Knollen zu vierteln und in eine Kasserolle zu schichten.

Ida ließ das Kleid fallen und wühlte sich weiter durch den Inhalt der Lade. »Wie meint Ihr das?«, fragte sie nebenbei und begutachtete kritisch eine weite, dunkelgrüne Hose, die sie an die Tracht der Grennach erinnerte.

Marten seufzte und schrubbte Kartoffeln in einem kleinen Zuber mit Wasser sauber. »Ihr habt wirklich keine Ahnung, wie es im Nebelhort aussieht, nicht wahr? Und Ihr wolltet alleine dorthin.« Er schnaubte abfällig und wischte sich die Hände an der Hose ab, ehe er nach den Eiern griff, die er von Korlebek mitgebracht hatte, und sie in eine kleine Tonschüssel schlug. Er hackte eine Hand voll Kräuter fein und gab sie dazu.

»Spart Euch Euren herablassenden Ton.« Ida schlüpfte in eine taillenkurze, bestickte Jacke. »Ich hätte schon herausgefunden, wie ich mich dort verhalten muss.«

Marten leckte seinen dicken Zeigefinger ab, schnalzte missbilligend mit der Zunge und griff nach dem Salztopf. »Das bezweifele ich nicht, aber es hätte eine schmerzhafte Erfahrung werden können.« Er goss das Gemisch über den Inhalt der Kasserolle, stellte sie auf den Herd und wandte sich zu Ida um. »Lasst sehen.« Er musterte sie mit zusammengekniffenen Augen. »Ja, das könnte gehen. Ihr seid ja glücklicherweise nicht allzu üppig gebaut. Wenn wir den kleinen Rest noch wegbinden, geht Ihr ohne weiteres als Mann durch.«

Ida funkelte ihn wütend an. »Was für ein Glück, dass wir Euren fetten Bauch nicht wegbinden müssen!« Sie zog die Jacke wieder aus und warf sie in den Kasten zurück. Marten zuckte gleichmütig mit den Achseln und wandte sich wieder seinem Herd zu.

Bis die ersten verlockenden Düfte durch den Raum zogen, wahrte Ida ihr verstimmtes Schweigen. Dann, als Marten den Deckel von der Kasserolle hob und beiden einen tiefen Teller daraus füllte, konnte sie nicht mehr an sich halten. Das Wasser lief ihr allein beim Geruch des Essens im Munde zusammen. Sie griff nach dem Löffel, den er ihr schweigend hinhielt, probierte einen Bissen und seufzte selig. »Mann, Ihr würdet ein Vermögen verdienen, wenn Ihr in Nortenne ein Gasthaus führen würdet. Die Leute würden sich um Eure Küche prügeln!«

Das Gesicht des dicken Mannes wurde weich. »Ja, das ist mein Traum«, bekannte er ein wenig verlegen. »Ich habe mir immer vorgestellt, dass ich nur noch für andere kochen werde, wenn ich einmal zu alt bin, um … nun, um das zu tun, was ich jetzt mache.«

»Aber warum denn erst, wenn Ihr alt seid? Warum nicht jetzt schon?«, wunderte sich Ida und leckte genießerisch ihren Löffel ab, ehe sie aufstand, um sich eine zweite Portion zu holen.

Marten hörte auf zu kauen, den Löffel erstarrt in der Luft. Er sah ausgesprochen verdutzt aus. Ida sah ihn an und begann heftig zu lachen. Er runzelte beleidigt die Stirn, aber dann steckte Idas Lachen ihn an. »Stellt mir lieber nicht solche Fragen, Prinzessin«, ächzte er schließlich kurzatmig. »Ich könnte versucht sein, Euch Eure Suche wirklich alleine weiterführen zu lassen.«

Sie aßen in freundlichem Schweigen weiter. Endlich streckte auch Marten gesättigt seine langen Beine aus und lockerte mit zufriedener Miene seinen Gürtel. Er nahm seine Pfeife aus der Tasche und füllte sie mit würzig duftendem Tabak. Ida lehnte den Kopf an die Wand und betrachtete ihn, wie er den Tabak in Brand setzte.

»Erzählt«, forderte sie ihn auf. »Warum muss ich eine Augenbinde tragen, wenn ich Euch als Frau in den Nebelhort begleite?«

»Die Frauen der oberen Kasten verlassen das Haus nur in der Begleitung ihres Mannes«, nuschelte Marten um das Mundstück seiner Pfeife herum. »Sie bekommen die Augen verbunden und werden mit einer Leine an den Gürtel des Mannes gebunden, damit sie nicht verloren gehen.«

Ida schnappte nach Luft. »Ihr nehmt mich auf den Arm«, sagte sie vorwurfsvoll. Marten grinste unverschämt. »Ihr glaubt also, dass ich in dieser Verkleidung als Nebelhorter durchgehen werde?«, kehrte sie zum

Thema zurück. Marten verschränkte die Arme über der Brust und sah sie nachdenklich und ein wenig belustigt an.

»Auf keinen Fall, Prinzessin. Das wäre auch viel zu riskant. Einem Fremden verzeihen sie notfalls, wenn er sich mit ihren Gebräuchen nicht auskennt, aber für einen Einheimischen könnte das tödlich enden.« Er paffte gemütlich ein paar Züge. Ida saß geduldig da, durch ihren gefüllten Magen friedlich gestimmt, und ließ ihm Zeit.

»Ihr werdet als mein Begleiter reisen, als jemand, den ich ins Geschäft einweise«, fuhr Marten fort. »Ich bin den Behörden dort nicht ganz unbekannt. Ich besteche die richtigen Leute, und der Khan, in dessen Gebiet wir uns hauptsächlich bewegen werden, ist ein alter Freund – nicht zuletzt, weil er an meinen Geschäften recht anständig mitverdient. Die Nebelhorter akzeptieren Besucher aus der Hierarchie, solange sie nicht unangenehm auffallen und bemüht sind, sich den Gegebenheiten anzupassen. Sie schätzen es, wenn man sich auch in der Kleidung ein wenig angleicht. Außerdem fallt Ihr so weniger auf.«

Ida nickte ergeben. »Müsstet Ihr mir nicht mehr über Eure Tätigkeit erzählen, wenn ich als Euer Lehrling mitkomme?«, fragte sie.

Marten senkte seine Kinne auf die Brust und schob die Pfeife zwischen den Zähnen hin und her. »Müsste ich wohl«, entgegnete er kurz. »Werde ich aber nicht. Ihr redet Euch schon raus, wenn Euch jemand dumm kommt, Prinzessin, da habe ich keine Sorge.«

Er ließ sich nicht weiter aushorchen. Ida fügte sich notgedrungen in die ungewisse Situation, obwohl es ihr widerstrebte. Sie würde Augen und Ohren eben doppelt wachsam aufhalten müssen. Und außerdem, so genau wollte sie eigentlich gar nicht wissen, welchen dubiosen Geschäften Marten nachging. Es ging ihr darum, ihren Bruder zu finden, das war das Wichtigste.

»Ich bin müde«, sagte sie und warf einen zweifelnden Blick auf das aufgeschüttete Stroh.

Marten sah sie an und grinste breit und anzüglich. »Legt Euch hin«, sagte er einladend. »Da ist Platz genug für eine ganze Familie. Nur zu, Prinzessin.«

Ida knurrte und wandte sich zur Tür. Draußen war es still, und die kühle Abendluft roch nach frischem Grün und Flusswasser. Ida ging zu dem kleinen Ziehbrunnen hinüber, den sie bei ihrer Ankunft neben einem wuchernden Gebüsch entdeckt hatte, und zog sich einen Eimer mit eiskaltem Wasser hoch. Sie wusch sich hastig und trocknete sich mit ihrem Hemd ab. Zitternd vor Kälte kehrte sie in die Kate zurück. Marten hatte seine Decke schon auf dem Stroh ausgebreitet und schloss gerade das kleine Fenster. Ida schaute sich in der Kate um und legte ihre Decke dann an der entgegengesetzten Wand aus. Sie rollte ihre Jacke zu einem Kopfkissen zusammen und streckte sich auf dem harten Lehmboden aus.

Marten hatte sich die Stiefel ausgezogen und hockte jetzt wie eine riesige, fette Kröte auf dem Strohlager. Sein Mienenspiel war im Dämmerlicht nicht zu erkennen, aber Ida erahnte das spöttische grüne Funkeln seiner Augen. »Was ist? Fürchtet Ihr, dass ich Euch zu nahe kommen könnte?«, fragte er mit falscher Aufrichtigkeit in der Stimme.

Ida knurrte und rollte sich in ihre Decke. »Aber nicht im Geringsten«, erwiderte sie. »Ich schlafe nämlich mit der Hand an meinem Messer, wenn ihr versteht, was ich meine.«

Marten lachte schnaubend und streckte sich ebenfalls aus. »Dann schlaft wohl, Prinzessin. Doch wenn Euch kalt werden sollte …« Er sprach nicht weiter und löschte das Licht. Ida hörte das Stroh rascheln und suchte eine bequemere Stellung auf dem harten Boden. Unangenehme Kühle stieg von dem gestampften Lehm auf. Sie wickelte sich eng in ihre Decke, und müde, wie sie war, schlief sie auch sofort ein.

Mitten in der Nacht wurde sie wach, weil ihre Zähne aufeinanderschlugen. Das Feuer war völlig ausgegangen, und vom Fluss her kroch winterlicher Frost in den Raum. Ida richtete sich leise auf und tappte auf eiskalten Füßen zu ihren Satteltaschen hinüber. Wenn sie auch noch ihr Reservehemd überzog, würde sie das vielleicht warm genug halten, dass sie wieder einschlafen konnte.

Es raschelte leise, und Marten brummte verschlafen: »Jetzt seid doch nicht so dickköpfig, Ida. Hier ist wirklich Platz genug für zwei und wärmer ist es auch. Kommt, Ihr habt mein Wort, dass ich Euch nicht einmal an*sehen* werde. Großes Ritterehrenwort, Prinzessin.«

Ida knirschte erbittert mit den Zähnen. Dann siegte ihre Gänsehaut über ihren Stolz. Sie packte ihre Decke und kroch wortlos zu Marten auf das Strohlager. Er rückte beiseite, und sie streckte sich neben ihm aus, strengstens darauf bedacht, mindestens einen Fußbreit Raum zwischen ihnen zu lassen. Er lachte gedämpft und zog die Decke wieder über seine Ohren. Ida lag noch eine Weile mit offenen Augen da und starrte ins Dunkle, während Martens Atemzüge neben ihr langsamer und tiefer wurden. Von seinem schweren Körper strahlte Wärme aus wie von einem bullernden Ofen und taute ihre erstarrten Glieder auf. Idas Lider wurden schwer. Sie grub sich wohlig tiefer ins Stroh und schlief ein.

Als die ersten Strahlen der Sonne durch das winzige Fenster kitzelnd auf ihre Nase fielen, wusste sie für einen langen, friedlichen Moment nicht, wo sie war. Sie lag angeschmiegt an einen massigen, ruhig atmenden

Körper, ihren Kopf in einer fremden Armbeuge und mit einem schweren Arm quer über ihrer Brust.

»Hmmm«, murmelte sie schläfrig und schob den lästigen Arm fort. Sein Besitzer brummte und rollte ein Stückchen zur Seite. Ida seufzte zufrieden und schlief wieder ein.

Als sie das nächste Mal erwachte, war sie allein. Ida streckte sich und gähnte. Dann rollte sie ihre Decke zusammen und schnürte sie auf ihre Satteltasche. Stirnrunzelnd fischte sie die Kleider auf, die sie sich gestern aus der Lade gesucht hatte, und begann sich anzukleiden. Während sie noch mit dem ungewohnten Verschluss des weiten und nahezu knielangen Oberteils kämpfte, schwang die Tür weit auf, und Marten stapfte hinein, einen Eimer mit Wasser in der Hand.

»Gut geschlafen?«, fragte er und schob sich an ihr vorbei zum Herd.

»Ausgezeichnet«, erwiderte Ida stirnrunzelnd. Sie hielt eine lange, schreiend grüne Schärpe hoch und fragte: »Wo gehört die hin? Um den Kopf?«

Marten blickte auf und rieb sich nachdenklich über die Nase. »Wie wäre es Euch denn am liebsten?«, fragte er. »Normalerweise bindet man sich so was um den Bauch, aber wenn Ihr sie lieber um den Kopf gewickelt tragen würdet – bitte, tut Euch keinen Zwang an.«

Ida ließ die Schärpe fallen und stemmte die Hände in die Seiten. Sie funkelte den dicken Wirt erbost an. »Und Ihr?«, fragte sie wütend. »Wollt Ihr Euch nicht auch lieber den Landessitten gemäß kleiden? Oder regelt Ihr das ebenfalls per Bestechungsgeld?«

Marten grunzte vergnügt. Dann kniete er sich mit weit gespreizten Beinen auf den Boden, um das Herdfeuer in Gang zu setzen. Die schäbige schwarze Hose spannte über seinem ausladenden Gesäß und den feisten Schenkeln, und sein schwerer Bauch drohte, die durch die Kniebeuge arg belasteten Knöpfe einfach abzusprengen.

Der dicke Mann kam umständlich wieder auf die Füße und stellte den Wasserkessel auf den Herd. Ida hatte sich der Lade mit den Kleidern zugewandt und wühlte darin herum. Es gab da ein erstaunliches Sortiment vom derbsten Leinenkittel bis hin zu kostbaren Hemden aus feinsten, bestickten Seidenstoffen. Sie fragte sich, was der Wirt wohl damit anfangen mochte. Eine voluminös geschnittene dunkelblaue Hose und ein weites, helles Hemd in der Hand drehte sie sich zu Marten um und hielt sie ihm entgegen. »Wäre das nicht etwas für Euch?«

Er drehte den Kopf, blickte auf die Kleider und kehrte wieder zu seinen Frühstücksvorbereitungen zurück. »Zu klein«, sagte er kurz. Ida wendete die Stücke ungläubig in den Händen und wandte sich wieder der Lade zu. »Gebt Euch keine Mühe, Prinzessin. Da werdet Ihr nichts finden, was mir passt. Ich werde mich im Hort erst einmal neu einkleiden müssen.«

»Aber das hier gehört doch sicher Euch«, wandte Ida ein. Sie hatte eine weitere riesige Hose, diesmal in Weinrot, gefunden. Marten brummelte unverständlich vor sich hin. »Bitte?«, fragte Ida höflich und drehte sich fort, um ihr Lachen vor ihm zu verbergen.

»Ja«, antwortete er laut. »Das hat mir auch alles einmal gepasst, wenn es das ist, worauf Ihr anspielt.« Er kam auf sie zu, nahm ihr die Kleider fort, warf sie in die Lade zurück und schmetterte den Deckel zu.

»Oh«, sagte Ida unschuldig. »Sollte ich Euch gar mit meinen Worten verletzt haben? Das wollte ich nicht, Marten. Verzeiht Ihr mir?«

Er fuhr zu ihr herum, die Hand wie zum Schlag erhoben und starrte sie mit gebleckten Zähnen an. Ida klimperte mit den Wimpern. Sein Gesicht fing an zu zucken, und er wandte sich hastig ab.

»Ihr seid eine verdammte Plage, Prinzessin«, sagte er mit gepresster Stimme. »Eure arme Tante tut mir Leid. Euch Anstand zu lehren, muss wirklich ein hartes Geschäft gewesen sein.«

»Anstand und Sticken«, erwiderte Ida automatisch und verstummte verwirrt. Warum in aller Welt hatte sie das jetzt gesagt?

Marten räusperte sich rau und rührte heftig in dem großen Topf herum. »Setzt Euch endlich hin«, befahl er unwirsch. Ida zog sich folgsam den Schemel an den Tisch und legte das Kinn in die Hände. Er stellte den Topf vor ihre Nase, knallte Löffel hin und fing schweigend an, zwei Näpfe aufzufüllen. Einen schob er Ida hin, den anderen nahm er selbst in seine plumpe Hand und begann zu löffeln.

Ida seufzte leise und zog sich den Napf ganz heran. Der Getreidebrei mit den getrockneten Früchten darin war ebenso sättigend wie schmackhaft. Ida aß stumm und blickte dann entschlossen auf. Sie legte den Löffel beiseite und sagte: »Hört, Marten. Es tut mir wirklich Leid, Euch geärgert zu haben. Ich weiß, dass Ihr mich genauso wenig leiden könnt wie ich Euch, aber wir werden jetzt eine Zeitlang miteinander auskommen müssen. Wir müssen ja wahrhaftig keine Freunde sein, aber sollten wir nicht wenigstens versuchen, höflich zueinander zu sein?«

Er blickte nicht auf. Seine Brauen waren grimmig zusammengezogen, und die dicken Finger umklammerten den Löffel. »Wie Ihr meint, Prinzessin. Ihr seid es, die für diesen Ausflug bezahlt. Aber Ihr solltet auch bedenken, dass ich es bin, der sich im Hort auskennt. Wenn Ihr nicht bereit seid, Euch darin nach mir zu richten, werden wir üble Schwierigkeiten bekommen.« Er blickte von seinem Napf auf. Sie starrten sich aufgebracht an. Dann schüttelte Ida leicht den Kopf und reichte ihm ihre Hand hin. »Friede, Marten«, sagte sie sanft.

Er zögerte kurz, dann ergriff er die angebotene Hand und drückte sie erstaunlich behutsam. Er hielt sie einige Atemzüge lang in seiner Pranke und sah Ida in die Augen, dann ließ er sie los und widmete sich wieder seinem Frühstück.

»Esst«, sagte er. »Wir wollen gleich aufbrechen. Ich muss noch heute bei meinem Treffpunkt sein.«

Sie ritten den kleineren Nebenarm des Falkenflusses entlang, bis sie auf die Nebelwand trafen. Ida hatte sich noch nicht richtig an die fremde Kleidung gewöhnt und ertappte sich immer wieder dabei, dass sie an der kurzen Jacke oder am gewickelten Bund der rockähnlich weiten Hose herumzupfte.

»Da vorne«, brach Marten das Schweigen. Ida sah auf und blickte mit Unbehagen auf die Grenze. Sie zügelten ihre Pferde, und Marten stieg ab.

»Wie bringt Ihr uns da durch?«, fragte Ida. Marten grunzte nur und führte sein Pferd dicht an die Nebelbank heran. Es war ein unheimlicher Anblick, denn über ihren Köpfen wölbte sich ein klarer, hellblauer Frühlingshimmel. Und doch standen sie hier vor einer himmelhoch aufragenden, grauweißen Wand, die ihnen schweigend und bedrohlich Weg und Sicht versperrte.

Marten streckte zögernd die Hand aus, die sofort vom Nebel verschluckt wurde. Er stieß die Luft aus und winkte Ida zu.

»Wir können so durch, sie ist offen«, sagte er, als er sich wieder in den Sattel schwang. Ida nickte ergeben und folgte ihm hinein in das wallende Weiß. Es war nicht ihre erste Grenzüberquerung, aber dieses Mal hatte sie nicht nur eine kurze Stippvisite vor sich, und das bereitete ihr doch ein mulmiges Gefühl. Nach wenigen Schritten waren sie durch den Nebel hindurch und ritten wieder durch eine idyllische, sonnenbeschiene Flussaue.

»Wir werden heute jemanden treffen, der besser nicht herausfinden sollte, wer Ihr seid«, sagte Marten unvermittelt. »Was haltet Ihr von Stefan?«

»Von wem?«

»Stefan«, wiederholte Marten geduldig. »Ich muss Euch doch irgendwie ansprechen, Prinzessin.«

Ida lachte überrumpelt. »Daran habe ich nicht gedacht. Stefan. Ja, meinetwegen. Ich hoffe, ich höre darauf.«

Marten nickte. »Das wäre ratsam, Prinzessin. Es wird schon seltsam genug aussehen, wenn ich plötzlich mit einem Begleiter auftauche, das habe ich noch nie zuvor getan.« Er warf ihr einen schrägen Blick zu. »Außerdem sollten wir uns weniger förmlich anreden. Bringst du das fertig, Stefan?«

Ida zwinkerte ihm zu. »Aber sicher doch, Marten. Alte Freunde wie wir sind, was denkst du denn?«

Er nickte mit unbeweglicher Miene. Etwas an seinem Gesichtsausdruck störte sie, aber sie schob es einstweilen als unwichtig beiseite. Er war bereit, ihr zu helfen, und nur darauf kam es an. Sie ritten schweigend weiter. Marten war in Gedanken versunken, und Ida wurde das Gefühl nicht los, dass er sich über irgendetwas große Sorgen machte. Außerdem schien er es eilig zu haben, denn er hielt noch nicht einmal an, um einen Imbiss zu sich zu nehmen – ein Verhalten, das für diesen verfressenen Menschen mehr als bemerkenswert war. Nicht, dass er etwa gehungert hätte, er grub während des Reitens Brot und eine geräucherte Wurst aus seiner Satteltasche und bot auch Ida davon an. Sie lehnte dankend ab. Die üppige Abendmahlzeit und das ausgesprochen sättigende Frühstück hatten mehr als ausgereicht, ihr den Gedanken an weitere Nahrungszufuhr vorerst auszutreiben.

Gegen Nachmittag legten sie für die Pferde eine kurze Rast ein. Marten war dabei deutlich von Unruhe gepeinigt und drängte sehr bald wieder zum Aufbruch. Bisher waren sie noch keiner Menschenseele begegnet, obwohl Ida in der Ferne kleine Gehöfte und einmal auch die Mauern einer Ortschaft hatte liegen sehen. Martens Anspannung ließ nicht nach, er war wortkarg und kurz angebunden, wenn Ida eine Bemerkung machte oder ihn etwas zu fragen wagte.

Gegen Abend kam am Flussufer ein düster und abweisend aussehnder Hof in Sicht. Marten musterte die Umgebung und den Fluss mit großer Aufmerksamkeit und sackte ein wenig im Sattel zusammen. Seine verbissene Miene entspannte sich, und er wandte sich sogar mit einem winzigen Lächeln zu Ida um. »Wir sind da. Und wir sind die Ersten, das ist gut. Ich hasse es, erst nach Storn einzutreffen.« Mehr sagte er nicht. Ida wusste, dass sie jetzt keine Erklärung bekommen würde.

Das Gehöft stand dunkel und verlassen da. Ihre Schritte hallten über den Hof, und die Hintertür, durch die sie die dunkle Küche betraten, quietschte laut in den Angeln, als wäre sie lange nicht benutzt worden. Drinnen war es kalt, der eisige Winter schien noch in den Mauern zu hängen, und eine dünne Staubschicht lag auf allen Oberflächen. Marten sah sich um, grinste zufrieden und rieb sich die Hände.

»Erst mal ein Feuer und dann ein schönes Abendessen, oder was meinst du, Prinzessin?« Er wartete ihre Antwort auf seine rhetorische Frage gar nicht ab, sondern begann das Herdfeuer in Gang zu setzen. Ida erkundete neugierig das untere Geschoss des Hauses. Hier schienen manchmal viele Menschen zu übernachten, denn in zwei großen Räumen waren Strohlager vorbereitet, die insgesamt gut zwanzig Personen Platz boten. Dabei sah das Gebäude nicht im Geringsten nach einem Gasthaus aus. Ida beendete ihren Rundgang und wollte gerade die Treppe zum ersten Stock hinaufsteigen, als Marten aus der Küche nach ihr rief.

Er stand am Fenster und sah auf den Fluss hinaus, als sie hereinkam. »Gleich bekommen wir Gesellschaft«, sagte er leise. »Denk daran, du heißt Stefan, und bist mein …«, er seufzte und drehte sich zu ihr um. Ida konnte an seinen breiten Schultern vorbei einen Blick auf den alten Frachtkahn werfen, der den Fluss hinauf auf sie zukam.

Sie richtete ihre Aufmerksamkeit wieder auf Marten, der sie eindringlich ansah. »Wir müssen bereit sein, zu improvisieren«, sagte er. »Ich werde mich bemühen, Storn eine plausible Erklärung für deine Anwesenheit zu liefern, aber ich fürchte, dass er es nicht ohne weiteres schlucken wird. Er ist sehr misstrauisch, und er wird nichts Besseres zu tun wissen, als mit seinem Argwohn direkt zur Khanÿ zu rennen. Achte auf mein Verhalten, sperr Ohren und Augen auf und verplappere dich nicht. Ich werde versuchen, ihn schnell wieder loszuwerden. Vor allem lass dich nicht von ihm aushorchen! Du weißt, worauf es ankommt?«

Ida nickte ungeduldig. »Es wäre allerdings leichter für mich, wenn ich ein wenig mehr über die Art der Geschäfte wüsste, die du mit diesem Storn machst«, gab sie zu bedenken.

Marten fixierte sie mit einem unangenehmen Lächeln. »Es ist besser, wenn du nicht zu viel weißt. Ich will nicht schuld daran sein, wenn du unruhig schläfst, Prinzessin.«

Sein Tonfall war scherzhaft, trotzdem war Ida bis ins Mark erschüttert. Sie durfte sich um ihrer eigenen Sicherheit willen nicht einlullen lassen und keinen Moment lang in ihrer Aufmerksamkeit nachlassen. Dieser fette Mann war ein gewissenloser Schurke, und so, wie es aussah, erwartete sie in der nächsten Zeit die Bekanntschaft einiger mindestens genauso gefährlicher Freunde von ihm.

Marten wandte sich vom Fenster ab und hob den Deckel von einem Topf mit vor sich hinköchelnder dicker Brühe. Er musste einiges an Lebensmitteln in seinen Packtaschen befördert haben, überlegte Ida müßig. Sie wunderte sich nicht darüber. Jemand, der so aussah wie Marten, würde sich kaum auf die Ungewissheit einlassen, unter Umständen eine oder gar mehrere Mahlzeiten auslassen zu müssen.

Vom Fluss erklangen raue Rufe. Ida sah aus dem Fenster und konnte beobachten, wie der Kahn am Ufer anlegte. Ein schlanker Mann sprang an Land und rief dem Mann am Ruder ein scharfes Kommando zu, das der mit einer Handbewegung bestätigte. Der Mann kam schnellen Schrittes auf das Haus zu. Marten warf einen kurzen Blick an ihr vorbei und wandte sich wieder dem Herd zu. Sein Gesicht zeigte keine deutbare Regung, er bemerkte nur halblaut: »Storn.«

Die Tür zum Hof wurde geöffnet, und Marten drehte sich halb zu dem Eintretenden um, seinen Kochlöffel in der Hand. »Pünktlich zum Essen, alter Freund«, begrüßte er den Mann, der in der Tür zögerte, als er Ida erblickte. Beide sahen sich wachsam an.

Storn war etwas jünger als Marten und hatte ein angenehmes, scharf geschnittenes Gesicht unter glattem dunklem Haar, das er streng aus der Stirn gestrichen trug. Sein schmaler Mund verzog sich zu einem fragenden Lächeln, und er warf Marten einen auffordernden Blick zu.

»Storn, das ist Stefan, mein – Freund.« Storn war das kurze Zögern in Martens Stimme nicht entgangen. Er hob eine Braue und trat geschmeidig auf Ida zu, ihr eine Hand zum Gruß reichend. Sein linkes Auge war von einem milchigen, fast weißen Blau, während das andere sie dunkel und scharf musterte.

»Es freut mich, Eure Bekanntschaft zu machen, Stefan. Ich habe nicht geahnt, dass Marten einen Freund mitbringen würde. Ich weiß nicht, ob das zu den gegebenen Umständen eine glückliche Entscheidung ist …« Er ließ seine Stimme unbestimmt verklingen und blickte von Ida zu Marten.

»Storn, halt keine Ansprache«, knurrte Marten. »Wen ich mitbringe und ob das eine gute Entscheidung ist, bestimme immer noch ich. Setz dich hin und halt den Mund. Ich muss das hier noch abschmecken, und dabei werde ich, wie du weißt, nicht gerne gestört.«

Storn überraschte Ida dadurch, dass er kurz und nicht im mindesten gekränkt auflachte und sich brav an den Tisch setzte. »Ich habe mich den ganzen Tag schon auf dein Essen gefreut, Marty. Dazu habe ich uns einen guten Tropfen aus dem Westen mitgebracht.« Er wandte sich lebhaft an Ida, die sich auf Martens unauffälligen Wink hin mit leisem Unbehagen zu ihm gesetzt hatte. »Ihr kennt Marten schon lange, Stefan? Er hat mir nie von Euch erzählt.«

»Wir sind uralte Freunde«, antwortete Marten an Idas Stelle und ließ sich von Storn den Teller geben, der vor ihm auf dem Tisch stand. Während er ihn mit dem heißen Eintopf füllte, fuhr er im Plauderton fort: »Ich kenne Stefan, seit er ein Kind war. Wir hatten uns in den letzten Jahren zwar ein wenig aus den Augen verloren, aber das hat unserer Freundschaft keinen Abbruch getan.«

Er stellte den vollen Teller vor Storn und griff nach Idas Teller. Marten schöpfte den Teller voll und reichte ihn ihr, wobei er sacht ihre Hand streifte. Storn wandte seinen irritierenden Blick nicht von Ida, und seine Miene drückte gelinde Verwunderung aus.

»So, guten Appetit allerseits«, wünschte Marten und setzte sich zu ihnen.

Storn blies über seinen Löffel und probierte. Ein zufriedenes Lächeln glitt über seine Züge. »Wunderbar, Marty. Du bist ein Künstler am Herd.«

Marten quittierte das Lob mit einem leichten Senken seines schweren Kopfes. Die drei aßen schweigend, wobei Ida wie auf glühenden Kohlen saß. Die Geschichte, die Marten Storn erzählt hatte, konnte sich im Nachhinein als üble Falle erweisen. Wenn Storn die falschen Fragen stellte …

»Was ist mit der Fracht?«, fragte Marten, als er allen eine zweite Portion ausgeteilt hatte.

»Alles erstklassige Ware, Marty, genau wie bestellt. Du wirst dieses Mal keine Reklamationen bekommen. Wir haben heute auch den Ersatz für diesen mäkeligen Kunden aus der Residenz, du weißt schon.« Er zwinkerte Marten zu, und der nickte anerkennend.

»Das ist gut, er wurde schon mehr als ungeduldig.« Marten warf einen flüchtigen Blick hinaus und setzte beiläufig hinzu: »Ich würde an deiner Stelle heute Nacht noch weiterfahren. Die Grenze ist gerade offen, das erspart dir einige Mühe. Mein Mann übernimmt die Ware dann auf unserer Seite.«

Storn wischte seinen Teller aus und lehnte mit einer bedauernden Geste eine weitere Portion ab. Marten sah Ida fragend an, die ebenfalls den Kopf schüttelte. Er holte sich selbst noch einen Teller voll und schnitt noch einen ordentlichen Kanten Brot dazu ab.

»Ich schicke Danil schon einmal alleine los«, sagte Storn. »Wir haben nur einen Teil der Ware auf diesem Transport unterbringen können, der Rest kommt mit Piros Kahn hinterher. Er müsste eigentlich schon längst da sein, aber vielleicht musste er anhalten, um einer Kontrolle durch die Protektoren zu entgehen. Ich möchte ihn hier erwarten, um sicherzugehen, dass alles in Ordnung ist.«

Marten hörte nicht auf zu kauen. Seine Miene war gleichmütig, aber Ida hatte bemerkt, dass seine Stirn sich für einen Moment missmutig krauste. »Dann werde ich die Ladung noch schnell kontrollieren, ehe Danil weiterfährt.« Er schob seinen halb geleerten Teller beiseite und stapfte hinaus.

Ida räusperte sich unbehaglich und suchte nach einem unverfänglichen Gesprächsthema. Storn blickte sie unverwandt an, ein leises Lächeln in seinem Gesicht. »Und, was denkt Ihr über unser Geschäft?«, fragte er endlich.

Ida hob die Schultern. »Ich weiß nicht annähernd so viel darüber, wie mir lieb wäre. Marten ist ausgesprochen verschlossen, was das betrifft. Nicht, dass es mich nicht interessieren würde. Man möchte schließlich weiterkommen.«

Die Augen des schlanken Mannes verengten sich. Er blickte Ida prüfend an. »Ja«, sagte er sanft. »Das ist sicher richtig. Ein junger Mann wie Ihr hat noch Ehrgeiz, das ist gut. Unser lieber Marty lässt leider in der letzten Zeit etwas nach. Nun ja, er wird eben älter – und nicht gerade dünner.« Er lächelte und zwinkerte ihr zu. Ida zwang sich zu einem zustimmenden Lachen. Was sie hier tat, war gegen jede Abmachung und Marten gegenüber alles andere als fair, aber sie roch endlich eine Möglichkeit, etwas über die Machenschaften zu erfahren, mit denen der Wirt sein unsauberes Geld verdiente. Deshalb grinste sie Storn verschwörerisch an. »Vor Euch scheint er jedenfalls großen Respekt zu haben, nach dem, was er mir über Euch sagte.«

Storn verzog keine Miene. Sein getrübtes linkes Auge blinzelte nicht, was seinem Gesicht etwas Lebloses gab, wenn die andere Hälfte, wie jetzt, im Schatten lag. »So, hat er das«, sagte er langsam und ausdruckslos.

Ida rieb sich nervös über die Wange. Sie trieb hier ein gefährliches Spiel, wenn man bedachte, dass sie nicht einmal wusste, mit welchem Blatt sie spielte. »Wollt Ihr Tee?«, fragte sie scheinbar unbekümmert. »Ich hätte jetzt Lust darauf, Ihr auch?« Storn schüttelte schweigend den Kopf. Ida begann, sich seines stechenden Blicks nur zu bewusst, am Herd herumzuhantieren.

»Wir werden uns heute Nacht unterhalten«, sagte er unvermittelt. »Wenn Marty sich erst einmal abgefüllt hat, haben wir Ruhe und Gelegenheit dazu. Ich denke, wir haben uns allerlei Nützliches mitzuteilen, mein lieber Stefan.« Ida nickte mit trockenem Gaumen. Vielleicht wäre es angebracht, Marten vorher noch die eine oder andere Information über diesen Storn zu entlocken.

Die Tür knarrte, und Martens schwere Schritte näherten sich. Vom Fluss her erschollen gedämpfte Kommandos. Storn sah Marten lächelnd entgegen. Der dicke Mann hatte unzufrieden die Lippen geschürzt und ging wortlos zum Herd hinüber, um seine unterbrochene Mahlzeit mit einer frischen Portion fortzusetzen.

»Was machst du für ein Gesicht, Marty? Hast du deinen Eintopf in den falschen Hals bekommen?«, scherzte Storn.

Marten knurrte gereizt und setzte sich schwer neben Ida, die ihren Teebecher in der Hand hielt, auf die Bank. Er schaufelte das Essen in den Mund, und seine andere Hand verirrte sich wie von ungefähr auf Idas Knie. Ida blickte starr und ungläubig darauf nieder, wagte aber in Storns Beisein keine heftige Reaktion. Es war nicht zu erkennen, ob Storn Martens Fehlgriff bemerkte, sein Gesicht blieb gelassen und freundlich auf den dicken Wirt gerichtet.

»Du hast sicherlich die beiden – hm – kleineren Exemplare bemerkt«, bemerkte er beiläufig. Sein dunkles Auge wanderte kurz zu Ida und richtete sich wieder auf den kauenden Marten, der nur kurz nickte. »Du hast sie nicht bestellt, aber es war eine günstige Gelegenheit, und unsere geschätzte Khanÿ war der Meinung, dass sich dafür sicher ein Abnehmer finden wird. Sie sagte, du hättest einige Kunden für diesen speziellen Artikel an der Hand.«

Marten schob den Teller fort und griff nach seiner Pfeife und dem Tabaksbeutel, wofür er Idas Knie loslassen musste. Sie wunderte sich, dass er schon fertig war. Anscheinend schlug Storn ihm auf den Magen. Er setzte den Tabak mit seinem Glühstein in Brand und stieß einige aromatische Wolken aus.

»Das geht in Ordnung«, erwiderte er. »Ich kann so etwas allerdings nur hin und wieder an den Mann bringen. Meine Kunden sind so gut wie alle ausschließlich an der üblichen Ware interessiert.«

Storn nickte unglücklich. »Das weiß ich ja, Marty. Aber du kennst die Khanÿ. Wenn sie etwas wünscht …«

Marten knurrte und biss auf seine Pfeife. »Du hast vorhin einen guten Tropfen erwähnt«, sagte er versöhnlich.

Storn strahlte auf und erhob sich. »Ich hole ihn. Bin sofort wieder bei euch.«

Er ging hinaus, und Ida drehte sich wutentbrannt zu Marten um. »Was fällt dir ein?«, zischte sie. »Was grabschst du an mir herum, du …«

»Ruhe!« Martens tiefe Stimme war kaum lauter als ein Hauch, aber sie knallte wie eine Peitsche. »Er ist misstrauischer, als ich befürchtet hatte, Prinzessin. Er hat meine Geschichte nicht geschluckt, deshalb muss ich schwerere Geschütze auffahren. Tu mir und dir den Gefallen, spiel mit. Und mach ein freundlicheres Gesicht, Stefan!«

Storn kehrte in die Küche zurück und schwenkte einen schweren Reisesack, aus dem er triumphierend einen großen Krug zog. Er öffnete ihn und hielt ihn Marten unter die Nase, der tief einatmete und genießerisch die Augen schloss. »Roter Meerländer«, seufzte er. »Los, Storn, worauf wartest du? Schenk uns schon ein!«

Sie tranken die erste Runde in einvernehmlichem Schweigen. Der Wein war schwer und erdig. Ida wusste, dass sie nicht mehr als höchstens zwei Becher davon trinken durfte, vor allem, weil sie noch diesen unseligen Termin mit Storn vor sich hatte. Marten dagegen tat sich keinen Zwang an, er trank schnell und gierig. Die Unterhaltung hatte sich auf allgemeine Themen verlagert. Storn und Marten tauschten Neuigkeiten aus, und Ida beschränkte sich aufs Zuhören. Jeder noch so winzige Brocken, der von diesem Tisch fiel, mochte ihr später einmal nützlich sein.

Marten wurde zusehends betrunkener. Er sackte weich gegen Ida. Seine plumpe Hand legte sich auf ihre, als sie ihren Becher abstellte, und seine Finger streichelten über ihren Handrücken. Storn bemerkte es natürlich. Sein Gesicht wurde zuerst ganz leer, und dann flog ein überraschter und gleichzeitig höchst erfreuter Ausdruck über seine Züge. Er stand leicht schwankend auf. Storn schien angetrunken zu sein, aber Ida sah den klaren Blick seines gesunden Auges und wusste, er war in Wirklichkeit genauso wenig betrunken wie sie. Er murmelte, dass er sich erleichtern müsse, und ging hinaus, ohne die Tür hinter sich zu schließen.

Marten legte seinen massigen Arm um Idas Schultern und streichelte zärtlich über ihr Gesicht. Sein weinschwerer Atem strich über ihre Wange, und er hauchte ihr ins Ohr: »Mach nicht so ein angewidertes Gesicht, Prinzessin, wir haben Publikum. Entspann dich, wir wollen ihm schließlich was bieten.« Ida verdrehte die Augen und legte widerwillig eine Hand auf Martens fette Hüfte. Er liebkoste mit seinen plumpen Fingern ihren Nacken und zog sie eng an seinen mächtigen Bauch, während er die Tür im Auge behielt. Ida presste voller Widerwillen die Lippen zusammen, als er sich tiefer über sie beugte und flüsterte: »Halt durch, mein Mädchen, gleich ist es geschafft. Geben wir ihm noch etwas zu sehen.« Er küsste sie mit gut gespielter Leidenschaft. Ida zwang sich, die Hände um seinen bulligen Nacken zu legen. Martens Lippen glitten über ihr Gesicht zum Ohr, und sie hörte das unterdrückte Lachen in seiner Stimme, als er wisperte: »Das machst du doch sehr gut, Prinzessin. Schade, wirklich schade, dass du so mager bist.«

Er ließ sie gemächlich los, als betont laute Schritte von draußen erklangen. Die Tür schwang hart auf, und Storn, das Gesicht gerötet vom Wein – oder von etwas anderem? – trat wieder in die Küche.

»Ich gehe zu Bett«, verkündete er. »Ich bin hundemüde. Heute passiert ohnehin nichts mehr. Piro fährt ungern nachts, weil er den Fluss nicht so gut kennt wie Danil. Er wird die Dämmerung abwarten.« Er gähnte ungeniert und nahm seinen Reisesack auf. Marten streckte sich und wuchtete sich dann schwerfällig auf die Füße.

»Ich denke, wir gehen dann auch«, lallte er. »Komm, mein Junge, ab ins Bett mit uns beiden.« Er legte Ida den Arm um die Taille und tätschelte ihren Hintern. Ida sah den Blick, mit dem Storn ihn bedachte, und fröstelte. Dann richtete sich das scharfe schwarze Auge auf sie und blinzelte ihr zu. Ida nickte unmerklich. Marten schob sie zur Tür, wobei er sich schwer auf sie stützte. Er schien kaum noch in der Lage zu stehen, dachte Ida verwundert. Sie hatten sich einen großen Krug Wein geteilt, von dem er sicherlich den Löwenanteil getrunken hatte, aber sie konnte Martens Fassungsvermögen inzwischen ganz gut einschätzen. Er hätte eigentlich nicht mehr als stark angeheitert sein dürfen, jedenfalls bei weitem noch nicht so volltrunken, wie er jetzt wirkte. Er schwankte neben ihr her, und sie half ihm, die Treppe zum oberen Geschoss zu erklimmen.

Marten neigte ihr seinen Kopf entgegen und flüsterte: »Du hast noch eine Verabredung mit Storn, richtig?« Ida bejahte überrascht. »Na gut, wahrscheinlich lässt sich das jetzt nicht mehr vermeiden. Erzähl' mir was«, drängte er, »irgendwas.«

Ida murmelte: »Was hast du vor, Marten? Jedenfalls bist du nicht annähernd so besoffen, wie du vorgibst, das ist mir schon klar. Glaubst du, du hast Storn getäuscht?«

Marten blieb abrupt stehen, sie hatten das obere Ende der Treppe erreicht, und fegte Idas stützenden Arm beiseite, dass sie gegen das Geländer taumelte. »Wofür hältst du dich, du Rotzlöffel?«, brüllte er in trunkener Wut. »Ich habe dich nicht aus der Gosse geholt, damit du mir jetzt Vorhaltungen machst. Was und wie viel ich trinke, ist immer noch meine verdammte Angelegenheit. Halt' du deine Nase da raus, du Bengel!« Er schwankte von ihr fort auf eine Tür zu und klammerte sich an den Türrahmen. Ida sah ihm sprachlos nach. »Schlaf heut Nacht, wo und mit wem du willst, in meinem Bett will ich dich jedenfalls nicht sehen!« Marten taumelte ins Zimmer. Die Tür knallte hinter ihm zu, und Ida fand sich sehr verdutzt allein auf der Treppe. Unsicher, wie sie sich nach Martens eigentümlichem Abgang verhalten sollte, stieg sie wieder hinab und stieß vor der Küche auf den reglos am Türrahmen lehnenden Storn, der alles mitangehört hatte. Sie konnte seine Miene nicht erkennen, da das einzige Licht aus der Küche fiel und sein Gesicht im tiefen Schatten verschwinden ließ. Nur das milchige linke Auge schimmerte gespenstisch aus der schwarzen Fläche hervor und schien sie zu fixieren. Sie blieb erschreckt stehen und sah ihn an. Er stand da, die Arme verschränkt, und fragte spöttisch: »Was war das? Ein kleiner Streit unter Liebenden?«

Ida presste die Lippen zusammen und drängte sich an ihm vorbei in die Küche, wo sie unentschlossen am

Tisch stehen blieb und auf die leeren Becher, die Teller mit den angetrockneten Essensresten und die Lachen verschütteten Weins niederblickte. Ein angebissener Brotkanten trocknete vor sich hin, Krümel übersäten die Tischplatte, und Martens Pfeife lag vergessen zwischen ihnen. Storn stand hinter ihr, sie spürte seine Präsenz wie einen kalten Luftstrom.

»Wollen wir uns unterhalten?«, fragte er behutsam. »Oder seid Ihr zu erregt nach diesem unerfreulichen Auftritt?«

Das Mitgefühl in Storns Stimme überraschte sie. Sie drehte sich zu ihm um und sah ihm gerade ins Gesicht. Sein gesundes Auge sah sie nicht ohne Sympathie an, und Ida ertappte sich bei einem Lächeln. Sie wies auf die Bank und sagte: »Gut, unterhalten wir uns. Das lenkt mich vielleicht von der Szene ab, die er mir gemacht hat.«

Storn lachte zustimmend und setzte sich wieder an seinen Platz. Ida ließ sich ihm gegenüber auf die Bank sinken und rieb sich müde über die Augen. Storn schwieg und ließ sie zur Ruhe kommen.

»Er kann ein ekelhafter Kerl sein, wenn er getrunken hat, unser Marty«, sagte er leise. »Wir kennen uns zwar kaum, Stefan, aber Ihr könnt Euch mir beruhigt anvertrauen. Ihr seid mir außerordentlich sympathisch. Ich halte Euch für einen sehr viel versprechenden jungen Mann. Und ich muss Euch sagen: Bei allen Vorbehalten, die ich Marten gegenüber sonst auch hege, schätze ich immerhin seine Menschenkenntnis. Er hätte Euch wohl kaum hierher zu unserem Treffen mitgebracht, wenn er Euch nicht für vertrauenswürdig hielte.«

Er schwieg und sah sie an. Ida rückte unruhig auf der Bank herum. Sein lächelndes Gesicht zeigte nichts als Anteilnahme und die Bereitschaft, ihr zuzuhören, aber sie wusste nicht, wie sie vorgehen sollte.

Storn schob die Krümel auf dem Tisch zu einem ordentlichen Häufchen zusammen. Er sah sie nicht an, während er fragte: »Wie habt Ihr und Marty euch eigentlich kennen gelernt, Stefan? Er hat mir nie von Euch erzählt.«

Ida räusperte sich nervös. Das war eine der Fragen, die sie befürchtet hatte. »Es war in Nortenne. Er hat mich dabei erwischt, dass ich versucht habe, ihm die Taschen auszuräumen. Ich war acht oder neun Jahre alt damals. Er hat mich bei sich aufgenommen und sich um mich gekümmert. Ich – ich bin ihm immer noch sehr dankbar.« Sie verstummte unsicher. Storn sah sie mit einem schwer deutbaren Gesichtsausdruck an.

»So«, sagte er leise. »Ein Taschendieb. Das erklärt manches. Marten hatte immer eine seltsame Vorliebe für kleine Gauner. Ich wusste allerdings bis heute nicht, wie weit er darin geht.« Er grinste anzüglich, und Ida wich unangenehm berührt seinem Blick aus. »Ihr teilt also seitdem Tisch und Bett miteinander, und dennoch wisst Ihr nicht, wie Marten sein Geld verdient?«, fragte Storn mit deutlicher Skepsis in der Stimme.

Ida verschränkte die Arme vor der Brust und funkelte ihn zornig an. »Natürlich weiß ich, wie er seinen Lebensunterhalt verdient, ich bin doch kein kompletter Idiot, Storn! Aber er weiht mich nicht wirklich ein, die wichtigsten Sachen verschweigt er mir. Ich weiß so gut wie nichts über eure Organisation. Ich habe keine Ahnung, woraus die Lieferung bestand, die er heute Abend kontrolliert hat, und ich bin nicht viel schlauer, was seine Abnehmer angeht. Süßer Iovve, Ihr müsst ihn doch kennen! Er würde seiner eigenen Mutter nichts anvertrauen, selbst wenn sie im Sterben läge!«

Storn schien durch ihren Ausbruch etwas von seiner Anspannung verloren zu haben. Er lehnte sich bequem zurück und griff nach dem Weinkrug, in dem immer noch ein kleiner Rest übrig war. »Ihr seid interessiert daran, Euch unserer Organisation anzuschließen, habe ich das richtig verstanden? Und Marten steht Euch dabei ein wenig im Weg, nicht wahr?« Er lächelte und trank. Es schien ihn zu freuen. Ida wagte, sich etwas zu entspannen.

»Nun«, fuhr er bedächtig fort, »ich bin froh, dass Ihr Euch mir anvertraut, mein lieber Stefan. Und Ihr habt Glück, denn ich bin der zweite Mann in unserer nicht gerade kleinen Organisation. Ich bin die rechte Hand der Khanÿ. Marten mag glauben, dass er derjenige ist, der ihr Ohr hat, aber das ist schon lange nicht mehr der Fall.« Er zwinkerte Ida zu, wobei sein blindes Auge sie starr und gefühllos anzublicken schien.

»Marten war einmal ein guter Mann, der beste. Aber er trinkt zu viel, das macht ihn unzuverlässig. Ich persönlich glaube, dass er seinen Instinkt, seinen Biss verloren hat. Er ist bequem geworden, faul und unbeweglich. Es ist in unserem Metier gefährlich, zu viel Gewicht anzusetzen, wenn Ihr versteht, was ich meine.«

Ida verstand ihn nur zu gut. »Er interessiert sich in letzter Zeit nur noch dafür, was bei der nächsten Mahlzeit auf den Tisch kommt, da habt ihr wohl Recht«, stimmte sie ihm vorsichtig zu. Storn lachte auf.

»Darf ich Euch einen Vorschlag machen?«, begann er. Ida beugte sich etwas vor. »Ich könnte Euch einführen. Das mag Euch zwar auf den ersten Blick als ein Verrat an Marten erscheinen, aber ich versichere Euch, wenn Ihr es wirklich zu etwas bringen wollt in Eurem Leben, steht er Euch nur im Weg. Ich gebe mich mit dem, was ich jetzt sage, ganz in Eure Hände, Stefan, und ich hoffe, Ihr enttäuscht mich nicht.« Er beugte sich ihr vertraulich entgegen. »Marten hält sich für unersetzlich, und lange Zeit konnte er das auch unserer verehrten Chefin weismachen. Aber das ist endgültig vorbei. Die Khanÿ vertraut ihm nicht mehr. Wenn ich ihr einen Nachfolger für ihn präsentieren könnte, der unsere Geschäftsverbindungen in der Hierarchie an seiner Stelle betreut, dann würde sie mit Sicherheit nicht nein sagen. Was denkt Ihr, Stefan? Glaubt Ihr, Ihr könntet unter meiner Anleitung Martens Platz bei uns einnehmen?«

Ida sah ihn nachdenklich an. Es war leicht zu erkennen, was Storn sich von diesem unerwarteten Angebot versprach. Sie war in seinen Augen ein blutjunger, unerfahrener Bursche, der leicht zu lenken und beeinflussen sein musste, eine willfährige Marionette des »zweiten Mannes« dieser Organisation. Es würde sie nicht wundern, wenn Storn beabsichtigte, der Khanÿ, von der er mit echtem Respekt sprach, ebenfalls den Platz streitig zu machen.

»Das ist ein reizvolles Angebot«, sagte sie zögernd. Sie hielt es für angebracht, nicht zu viel Begeisterung zu zeigen. »Wenn Ihr es mir wirklich zutraut …«

Storn lächelte sie beinahe väterlich an. »Natürlich nicht sofort, mein guter Junge. Zunächst müssen wir uns darum kümmern, Martens Verbindungen in der Hierarchie auszukundschaften. Das wird deine Aufgabe sein, Stefan. Ich werde dich persönlich ausbilden. Du wirst sehen, wir werden großartig zusammenarbeiten.«

Ida registrierte belustigt, dass er kommentarlos zu einer vertraulicheren Anrede übergegangen war. »Ich werde mein Bestes geben«, versprach sie. »Ich bin froh, dass ich Euch begegnet bin, Storn. Meine Gefühle für Marten waren niemals sehr stark, aber ich war ihm dankbar für das, was er für mich getan hat, deshalb habe ich ihn noch nicht verlassen. Euer Angebot erleichtert mir den Entschluss.«

Storn drückte herzlich ihre Hand. »Du hast meine Unterstützung, Stefan. Sei versichert, dass ich dich unserer Chefin empfehlen werde. Aber ich bitte dich, geh behutsam vor mit Marten, lass es ihn nicht spüren. Er mag fett und bequem geworden sein, aber er ist immer noch ein gefährlicher Gegner, wenn man ihn reizt. Geh jetzt zu ihm, versöhne dich mit ihm. Er sollte besser keinen Verdacht schöpfen.« Ida nickte gehorsam und erhob sich. Storn klopfte ihr auf die Schulter und schob sie zur Tür.

»Eins noch«, sagte er beiläufig, während Ida zur Treppe ging. »Morgen, wenn unser zweiter Transport eintrifft, werde ich dir unsere Ware zeigen. Sie wird dir gefallen: Wir erwirtschaften einen guten Profit damit, und sie verursacht wenig Probleme, wenn man sich die Behörden vom Halse hält. Unsere Organisation ist inzwischen dank der Khanÿ groß und einflussreich genug, dass uns das kaum noch Sorgen bereiten muss. Wir sind mächtig, Stefan. Wir haben unsere Hände inzwischen fast überall im Hort im Spiel. Wäre es nicht eine lohnende Aufgabe, uns auch in der Hierarchie zu etablieren? Wenn wir beide den alten Marty erst einmal in den Ruhestand geschickt haben, steht dem nichts mehr im Weg, mein junger Freund.«

Er zwinkerte Ida zu, die ernst den Kopf senkte und dann leise die Treppe hinaufging. Sie war sich bewusst, dass er ihr nachsah. Es blieb ihr keine Wahl, sie musste die Nacht bei Marten verbringen, denn Storn würde sie gut im Auge behalten. Trotz seiner Beteuerungen, wie sehr er ihr vertraute, gab sie sich keinen Illusionen hin. Sie war ein Werkzeug, dessen Nützlichkeit sich erst noch erweisen musste. Für Storn war sie ein Mittel, Marten bei der Khanÿ in Misskredit zu bringen und ihn letztlich kaltzustellen. Ob sie darüber hinaus für den skrupellosen Storn von Wert sein würde, war fraglich. Gut, dass sie nicht beabsichtigte, sich wirklich in seine Hände zu begeben.

Behutsam öffnete sie die Tür zu Martens Kammer. Durch ein kleines Fenster fiel schwaches Mondlicht und erleichterte ihr die Orientierung. Martens massige Umrisse waren auf dem Bett zu erkennen, und Ida hörte ihn ruhig atmen. Sonst war die Kammer leer bis auf einen Stuhl und eine kleine Truhe. Ida stieß einen leisen Fluch aus und machte sich auf eine kalte, ungemütliche Nacht auf dem nackten Dielenboden gefasst.

Marten grunzte leise und wälzte sich herum.«Wollen wir das erst wieder stundenlang diskutieren, Prinzessin, oder legst du dich gleich zu mir?«

Sie sah das Funkeln seiner Augen und schnaubte resigniert. »Meinetwegen. Falls Storn auf den Gedanken kommen sollte, uns zu besuchen.« Sie setzte sich auf den Stuhl und zog ihre Stiefel aus.

Marten hatte sich auf die Seite gedreht und sah sie an. »Und?«, fragte er.

»Er will dich abservieren, und ich soll ihm dabei helfen. Die Khanÿ hat er auf seiner Seite, zumindest glaubt er das.«

Marten brummte nachdenklich und schlug einladend die Decke beiseite. Er rückte, so weit es ihm möglich war, an die Wand, und Ida schlüpfte zu ihm. Es war eng, aber es würde gehen. Immerhin hatte er sich in der letzten Nacht anständig verhalten. Außerdem hielt sie ihr Messer in Reichweite, falls er sein Ehrenwort vergessen sollte.

Marten deckte sie sorgsam zu und legte sich zurück. Er starrte an die Decke. »Ich war ein Idiot, Prinzessin«, murmelte er gedankenverloren. »Seit Jahren sucht Storn nach etwas, womit er mich unter Druck setzen kann. Ich dachte, ich ködere ihn mit meiner Trunksucht, aber das hat ihm aus irgendeinem Grund nicht gereicht. Und jetzt hast du mich überredet, dich mitzunehmen, und siehe da: Storn ist glücklich wie ein junger Hund, der einen saftigen Knochen ausgebuddelt hat.«

Ida runzelte die Stirn. »Ich verstehe dich nicht«, sagte sie ehrlich. Marten lachte leise und tastete nach ihrer Hand, um sie sanft zu drücken. »Schlaf jetzt, Prinzessin. Morgen kannst du mir dann ausführlich erzählen, wie Storn mich erledigen will.« Er drehte sich auf die Seite und schloss die Augen. Ida grübelte noch eine Weile über seine Worte nach, aber dann überwältigte auch sie der Schlaf.

~ 13 ~

Ida schlief tief und traumlos und erwachte erst, als Licht durch das Fenster blinzelte. Ihr Kopf lag wie am Morgen zuvor in einen kissengroßen Arm gebettet, und ihre Wange ruhte sanft an einer weich gepolsterten Brust. Sie öffnete träge ihre Augen und sah, wie Marten sie still über die fleischigen Falten hinweg betrachtete, die sein Hals und seine Kinne im Liegen bildeten. Ida rollte sich auf den Rücken und streckte sich. Marten zog schweigend seinen Arm unter ihr fort.

»Ich hasse es, früh aufzustehen«, murmelte sie gähnend. »Es müsste ein Gesetz dagegen erlassen werden.«

Marten lachte grollend und stützte sich auf die Ellbogen. »Ganz deiner Meinung, Prinzessin.« Er schob sich in eine sitzende Position und kratzte sich ausgiebig die breite, mit rötlichem Haar bedeckte Brust.

Ida drehte sich auf die Seite und musterte ihn ungeniert. »Ich hätte nicht gedacht, dass du dich wirklich an dein Wort hältst«, sagte sie. Marten schoss ihr einen grün blitzenden Blick aus seinen schwerlidrigen Augen zu. Ida sah wieder einmal Simon vor sich sitzen, der ein kleines Mädchen wegen ihres Benehmens rügte.

»Wie ist Simon gestorben?«, fragte sie leise.

Marten holte tief Luft und stieß sie scharf wieder aus. »Er wurde in einem Kampf getötet.« Ida ließ ihn nicht aus den Augen. Er blickte sie nicht an, sondern sah auf seine dicken Hände hinunter, die reglos gefaltet auf seinem gewölbten Bauch ruhten.

»Du warst dabei?«, fragte Ida weiter.

Über Martens Miene schien ein schmerzlicher Schatten zu huschen, aber als er Ida nun sein Gesicht zuwandte, war es ausdruckslos wie zuvor. »Warum hast du ihm die Kette gegeben?«, fragte er zurück. »Hast du ihn geliebt?«

Nun war es an ihr, den Blick abzuwenden. »Nein«, sagte sie ruhig. »Ich war noch ein Kind, und ich war in ihn verschossen, das ist alles. Ich glaube, dein Bruder hatte keinen allzu feinen Charakter, aber ich mochte ihn trotzdem. Er war immer freundlich zu mir, und ich glaube, er konnte mich auch ganz gut leiden.«

Marten schnaufte amüsiert. »›Kein allzu feiner Charakter‹, das ist nett gesagt, Prinzessin. Simon war ein Monstrum, das kann ich dir nur bestätigen. Er hat jeden hintergangen und ausgenutzt, der sich mit ihm eingelassen hat. Und am allerschlimmsten hat er diejenigen verraten, die ihm vertrauten und die ihn geliebt haben.« Er verstummte, selbst erschreckt über den ungewollt heftigen Ausbruch.

Ida kannte ihn inzwischen gut genug, um ihm ihr Mitgefühl nicht zu zeigen. »Er muss dich sehr verletzt haben«, sagte sie in neutralem Ton.

Marten lachte böse und laut auf. »Verletzt. Das trifft es nicht ganz, Prinzessin.« Er verzog seinen fein geschwungenen Mund, und eine Sekunde lang sah es fast so aus, als würde er zu weinen beginnen. Dann räusperte er sich und sagte nüchtern: »Erzähl mir von eurer Unterredung. Ich muss wissen, was Storn vorhat.«

Ida setzte sich ebenfalls auf, lehnte sich mit angezogenen Beinen gegen das Kopfende des Bettes und fasste kurz das Gespräch mit Storn zusammen. Marten lauschte schweigend und konzentriert. Als sie endete, schloss er die Augen. Er saß eine Weile brütend da, dann kicherte er vergnügt und patschte sich auf den Bauch.

»Du bist wunderbar, Prinzessin. Deine Geschichte, wie wir uns kennen gelernt haben – ich hätte sie nicht besser erfinden können.« Seine Augen funkelten boshaft. »Er muss jetzt glauben, dass ich zu meinem Vergnügen kleine Jungs mit nach Hause nehme und vernasche. Wahrscheinlich hat er die ganze Nacht vor Aufregung nicht geschlafen. Es muss ihm wie Kohlen im Hintern brennen, der Khanÿ brühwarm Bericht zu erstatten, damit sie mich kastriert.« Er lachte laut auf. »Prinzessin, ich könnte dich küssen!«

»Untersteh dich«, sagte Ida erschrocken. »Wieso bist du so scharf darauf, dass er dich in der Hand hat? Er bringt dich mit dem, was er zu wissen glaubt, doch in eine ausgesprochen gefährliche Lage.«

Marten ließ sich wieder auf den Rücken sinken. Er verschränkte die massigen Arme hinter dem Kopf und schmunzelte selbstzufrieden. »Storn versucht, mich auszubooten, seit wir – seit die Khanÿ die Organisation übernommen hat. Er glaubt, dass ich sie irgendwie in der Hand habe, und versucht fieberhaft, ein Druckmittel gegen mich zu finden, um mich gegen sie auszuspielen. Er will zwei Fliegen mit einer Klappe schlagen, der gute Storn. Sein Ehrgeiz wird ihm allerdings früher oder später das Genick brechen.«

»Also lieferst du ihm etwas, womit er dich erpressen kann, und er wird dich nicht mehr so aufmerksam beobachten, wie er es bisher getan hat. Dann hast du endlich freie Bahn, um ihn in aller Ruhe bei der Khanÿ in Misskredit bringen zu können. Ich verstehe. Ihr seid wirklich aus dem gleichen Holz geschnitzt, Storn und du.«

Marten hatte den unverhohlenen Abscheu in ihrer Stimme schwerlich überhören können. Er wandte ihr langsam den Kopf zu und blickte sie spöttisch an. »Was ist, Prinzessin? Du bist doch nicht etwa enttäuscht? Denk daran, ich bin nicht der edle Ritter in unserer Familie. Du hast dich dummerweise mit dem schurkischen Bruder eingelassen.«

Ida stand auf und begann sich anzukleiden. Marten sah ihr schweigend und immer noch mit einem süffisanten Lächeln um die Lippen zu. Als sie in ihre Stiefel schlüpfte, schlug er die Decke beiseite und stellte seine Füße auf den Boden.

»Tu mir den Gefallen, bleib noch eine Weile hier oder halte dich zumindest aus der Küche fern. Ich muss Storn noch die Gelegenheit geben, mir ungestört das Messer an die Kehle zu setzen. Ich rufe dich zum Frühstück, wenn das erledigt ist.«

»Du scheinst dir ja sehr sicher zu sein, dass eure Khanÿ zu dir halten wird.« Ida stand mit dem Rücken zum Fenster, die Arme verschränkt, und sah Marten mit hochgezogenen Brauen skeptisch an.

Marten knöpfte mit seinen dicken, geschickten Fingern gelassen sein Hemd zu. »Sie ist ein gerissenes, herzloses altes Weib. Sie weiß, auf wen sie sich verlassen kann und auf wen nicht. Außerdem kennt sie mich länger und besser als Storn.«

»So, das meinst du also.« Ida lächelte. »Seltsam nur, dass Storn ebenso sicher ist, dass sie nur auf eine Gelegenheit wartet, dich den Wölfen zum Fraß vorzuwerfen. Er sagt, du seist schon lange nicht mehr ihre Nummer eins, weil du viel zu fett und bequem geworden bist. Du hättest das nur noch nicht gemerkt.«

Marten schnaubte abfällig und ging hinaus, aber Ida hatte den kurzen Moment der Verunsicherung in seinen Augen gesehen. Sie setzte sich in das Fenster und blickte hinaus auf den Fluss, der in der Sonne glitzerte wie ein Edelstein. Das hier war nicht der düstere, bedrohliche Ort, als den sie sich den Nebelhort vorgestellt hatte, aber dennoch fühlte sie sich sehr weit von zu Hause entfernt. Was hatte sie nur geritten, sich mit diesem gemeinen, hinterhältigen Menschen zu verschwistern? Niemand würde es ihr verübeln, wenn sie die ohnehin wenig aussichtsreiche Suche nach ihrem Bruder abbräche und nach Hause zurückkehrte. Sie könnte ihren Eid ablegen und endlich wieder bei ihren Freundinnen im Gildenhaus leben. Dort gehörte sie hin, und nicht an die Seite dieses fetten Verbrechers.

Sie seufzte leise und beugte sich aus dem Fenster, um tief Luft zu holen. Zu dumm, dass sie jetzt die Neugier gepackt hatte. Welche profitable Ware verschob diese Organisation in die Hierarchie? Und natürlich brannte sie darauf, die Anführerin dieser Bande kennen zu lernen. Eine Frau, von der gewissenlose und kaltblütige Männer wie Storn und Marten mit derart großem Respekt, ja sogar mit einiger Furcht sprachen, musste eine wirklich bemerkenswerte Persönlichkeit sein.

»Stefan! Raus aus den Federn, du Faulpelz, das Frühstück ist fertig«, rief Marten munter von unten.

Ida sprang vom Fenstersims und öffnete die Tür. »Na, die waren sich aber schnell einig«, murmelte sie und lief die Treppe hinunter.

Marten stand am Herd und briet Schinken, und Storn saß am Tisch und zwinkerte ihr zu. Marten wandte sich von seiner Pfanne ab und zog Ida an sich. Mit einem herausfordernden Blick auf Storn küsste er sie auf den Mund und schickte sie dann mit einem kräftigen Klaps auf den Po zu ihrem Platz am Tisch. Storn lächelte schmal und wünschte ihr einen guten Morgen.

»Wie sehen deine weiteren Pläne aus, Marty?«, fragte er später, als das Frühstück beendet war und sie müßig mit den Teebechern in der Hand vor dem Haus saßen.

Marten hatte sein Hemd geöffnet und ließ sich den Bauch von der Sonne bescheinen. Er legte seinen Arm um Idas Schultern und drückte sie zärtlich an sich. »Ich denke, wir werden noch ein paar Tage hier bleiben und es uns gut gehen lassen. Die Khanÿ wartet sicher nicht so dringend auf meinen Bericht. Und mein Kleiner hier hat sich ein paar freie Tage verdient.« Er tätschelte Idas Wange. »Wir werden es uns schön machen, mein Junge. Die Arbeit kann warten. Mein Wirtshaus ist so oder so futsch, also habe ich alle Zeit der Welt.«

Storn sah sehr zufrieden aus und bemühte sich, das mit einem Gähnen zu kaschieren. »Ich bringe den Transport zur Grenze«, sagte er lässig. »Falls er noch kommt. Vielleicht sehen wir uns ja später in der Zentrale.«

Marten reckte sich und stand auf. »Ich gehe los und besorge uns Vorräte. Mein Reiseproviant reicht gerade noch für einen Imbiss. Ich bin gegen Mittag sicher wieder da, haltet ihr es bis dahin aus?«

Ida lachte, und auch Storn wirkte amüsiert. »So gerade eben, mein Alter«, erwiderte er lächelnd. Er stand auf und begleitete Marten zum Stall, wobei die beiden leise miteinander sprachen. Ida sah ihnen unbehaglich nach. Sie wusste nicht, was Marten vorhatte, und er würde es ihr auch sicher nicht verraten.

Marten war kaum eine Stunde fort, als der erwartete zweite Frachtkahn eintraf. Sie beobachtete vom Hof aus, wie Storn mit dem Mann, der den Kahn steuerte, einige Worte wechselte. Dann verschwanden beide unter Deck. Ida schlenderte neugierig auf den Kahn zu. Sie warf einen flüchtigen Blick in die Runde und kletterte dann an Bord. Von unten drangen gedämpfte Stimmen herauf. Sie zögerte. Schnelle Schritte erklangen, und eine Luke schwang auf. Es war Storn. Er sah sie, und einen Moment lang blitzte es gefährlich in seinem gesunden Auge. Dann lächelte er und winkte ihr. »Stefan, ich wollte dich gerade rufen. Komm, du wolltest doch sehen, was wir befördern.«

Er stieg die steile Leiter wieder hinab. Ida folgte ihm mit wummerndem Herzen in den dunklen, nach Fäulnis und brackigem Wasser riechenden Frachtraum. Es dauerte einen Moment, bis ihre Augen sich an die Dunkelheit gewöhnt hatten. Der Raum schien voller Leben zu sein. Sie hörte leise Geräusche und vielstimmiges Atmen. Storn nahm einen Glühstein aus der Tasche und ließ ihn aufflammen. Sein weiches Licht wanderte über emporgewandte Gesichter und geblendete Augen.

Ida keuchte auf und wich unwillkürlich zurück. »Süßer Iovve«, ächzte sie. Storn stand breitbeinig und voller Stolz in der Mitte des Frachtraumes und ließ das Licht des Glühsteins über die Menschen gleiten. Es waren fast ausschließlich Frauen und einige wenige jüngere Männer. Sie saßen eng zusammengedrängt auf dem Boden und starrten teilnahmslos auf Storn und Ida. Einige der jüngeren Frauen, fast noch Kinder, sahen ängstlich aus, aber die Mehrzahl schien zu erschöpft und apathisch, um noch irgendetwas empfinden zu können. Ida wandte sich um und tastete sich blind zur Treppe vor. Sie taumelte an Deck und beugte sich schwer atmend über die Reling.

»Was hast du?«, fragte Storn, der hinter ihr herkam. »Die Luft da unten, ich sehe schon«, sagte er verständnisvoll, als er Idas bleiches Gesicht sah. »Davon kann es einem schnell übel werden, wenn man nicht daran gewöhnt ist.«

Er klopfte ihr aufmunternd auf die Schulter. »Beeindruckend, nicht wahr? Das ist beste Ware, sie wird uns eine schöne Stange Geld und Tauschgüter einbringen. Du hast die Männer gesehen?« Ida nickte stumm. »Die sind für die Glühsteinminen in den Sendrasser Bergen bestimmt. Da wird eine Menge Material verschlissen, kann ich dir sagen.« Er blinzelte vergnügt in das helle Sonnenlicht.

»Und die Frauen?«, brachte Ida heraus. Storn sah sie ein wenig verdutzt an.

»Das kannst du dir doch denken«, sagte er unwillig. Dann hellte sich seine Miene auf. »Ach so, du meinst, wohin genau sie gebracht werden. Schlauer Bursche. Das wird eine deiner Aufgaben sein, Stefan. Ich habe immerhin so viel herausgebracht, dass eine Art von Verteiler für sie in der Nähe von Nortenne existieren soll. Von da aus werden sie an die einzelnen Kunden verkauft. Klemm dich dahinter, Junge. Ich will Namen, Kontaktleute. Du weißt schon.« Er stieß Ida verschwörerisch in die Seite. Dann sah er sie besorgt an. »Du bist ganz grün um die Nase, bist du krank?«

Ida log, dass sie das reichliche Essen nicht gut vertrug. Storn lachte laut auf. »Da hast du dir aber genau den richtigen Liebhaber ausgesucht. Ich habe mich schon gewundert, wieso du noch so dünn bist. Kotzt wohl alles wieder aus, hm?« Er schüttelte sich vor Lachen. Ida zwang sich zu einem verkrampften Grinsen und murmelte, sie wolle sich lieber etwas hinlegen.

Storn winkte ihr vergnügt nach, als sie von dem Kahn mit seiner grausigen Fracht sprang, und verschwand wieder unter Deck. Ida ging nicht ins Haus zurück. Ziellos und blind für ihre Umgebung lief sie das Flussufer hinauf. Das Wasser plätscherte fröhlich gegen die sanfte grüne Böschung, Vögel sangen, und freundlicher Sonnenschein wärmte ihren Scheitel. Irgendwann erwachte sie aus ihrem Elend und sah sich um. Das Haus lag weit hinter ihr, und der unselige Kahn war von hier aus nur noch ein schmutziger schwarzer Fleck im Wasser. Ida kämpfte den würgenden Brechreiz nieder und ließ sich schwach wie nach einem tagelangen Marsch ins Gras sinken. Die Gesichter der Gefangenen tanzten vor ihrem Blick; trübe, verängstigte Augen sahen sie an und schienen um Hilfe zu flehen. Ida erinnerte sich mit einer erneuten Welle von Übelkeit an die »kleineren Exemplare« bei dem ersten Transport, die Storn Marten gegenüber erwähnt hatte, und musste heftig schlucken. Sie drückte eine Faust gegen den Mund und zog ihre Knie an die Brust. Sie musste etwas gegen diesen Handel unternehmen, sie musste unbedingt dafür sorgen, dass er aufhörte, sonst würde sie nie wieder ruhig schlafen können.

Die Sonne stach mittlerweile giftig von einem grünlichen Himmel, und am Horizont zogen düster dräuende Wolken auf. Die Vögel waren verstummt. Die drückende Luft schien in Erwartung des Gewitters geradezu vor Erregung zu vibrieren. Ida stand auf, sie fühlte sich elend und zerschlagen. Der Kahn war fort. Ida blickte reglos auf den bleiern daliegenden Fluss und machte sich auf den Rückweg.

Als sie den Hof betrat, fielen die ersten, großen Tropfen. Donner grummelte in der Ferne. Die Hintertür stand weit offen, und Ida lehnte sich schweigend an den Türrahmen. Marten stand leise vor sich hinpfeifend am Herd und rührte in etwas überaus verlockend Riechendem herum. Er hatte sich andere Kleider besorgt, stellte sie teilnahmslos fest. Die zeltartig weite Hose unter einer etwas zu engen Tunika und die alberne blaue Schärpe, die er um seinen riesigen Bauch gewickelt trug, ließen ihn womöglich noch umfangreicher erscheinen als seine übliche Kleidung.

Sie regte sich unbehaglich, und Martens Kopf ruckte herum. Ohne in seinem Tun innezuhalten, nickte er ihr zu. »Storn ist weg«, sagte er. »Ich soll dich grüßen. Hast du Hunger? Du siehst blass aus.«

Ida setzte sich schweigend an den Tisch und schloss die Augen. Der übermächtige Ekel, den sie bei seinem Anblick empfand, ließ sie beinahe ohnmächtig werden. Sie musste an sich halten, um ihm nicht ihr Messer in den fetten Bauch zu jagen und die Welt so von einer widerlichen Pestbeule zu befreien.

Schwere Schritte durchquerten die Küche, und die Bank, auf der sie saß, senkte sich unter Martens gewaltigem Gewicht. Eine plumpe Hand landete weich auf ihrer Schulter. Von Widerwillen geschüttelt machte sie sich frei und rückte hastig beiseite. Marten sah sie besorgt an. Sie schluckte ihren Abscheu hinunter und zwang sich zu einem winzigen Heben der Mundwinkel.

»Wann reiten wir los?«, fragte sie heiser. Marten ließ sie nicht aus den Augen. Seine Miene zeigte düsteren Argwohn.

»Frühestens übermorgen«, antwortete er schließlich und wuchtete seine Massen wieder in die Höhe. Er kehrte an den Herd zurück und sprach weiter, während er ihr den Rücken zuwandte: »Ich will Storn die Gelegenheit geben, der Khanÿ Bericht über meine Verfehlungen zu erstatten. Je tiefer er sich selbst reinreitet, desto besser.« Er verstummte und begann tonlos vor sich hinzusummen.

»Ich will, dass du mich zu ihr bringst«, forderte Ida. Marten führte den Löffel an seine Lippen. Er schüttelte nur knapp den Kopf und schmeckte in aller Ruhe das Essen ab. »Du wirst mich zu ihr bringen«, wiederholte Ida kalt. »Vergiss nicht, dass du für mich arbeitest. Ich will mit ihr sprechen.«

Marten wandte sich sehr langsam um und verschränkte die Arme über dem Bauch. »Was versprichst du dir davon?«, fragte er gefährlich sanft. »Sie wird dich nicht empfangen. Ich riskiere meinen Kopf, wenn ich versuche, dich in die Zentrale zu bringen. Wenn sie Informationen über Albuin hat, werde ich sie dir weitergeben. Was ist los mit dir, Ida?«

Ida fühlte, wie der Zorn in ihr hochzubrodeln begann wie flüssige, kochende Lava. Ein Blitz tauchte die überhitzte Küche in gleißend kaltes Licht, und kurz darauf krachte ein Donnerschlag, der sie beinahe ertauben ließ. Sie ballte ihre Fäuste und holte tief und zitternd Luft. Der fette Mann ließ die Arme scheinbar entspannt an seine Seiten sinken. Seine scharfen Augen ließen Ida keine Sekunde los. Sie stemmte die Handflächen auf den Tisch und stand bebend vor Wut auf. Marten trat einen kleinen Schritt zur Seite und griff wie unabsichtlich nach dem Messer, das zwischen Kartoffelschalen neben dem Herd lag. Ida starrte ihn hasserfüllt an und zwang sich, die Arme vor der Brust zu verschränken.

»Du wirst mich zur Khanÿ bringen, so lautete unsere Abmachung.« Ihre Stimme klang gepresst. »Ich bin dir keine Rechenschaft darüber schuldig, was ich mit ihr besprechen will. Du wirst gut dafür bezahlt, das sollte dir genügen. Sei versichert, dass sie interessiert sein wird an dem, was ich ihr zu verkaufen habe. Wenn du dich allerdings zu sehr um deine kostbare Haut sorgst, dann kann ich Storn fragen …«

Marten fluchte und stieß das Messer tief in den Tisch, wo es zitternd stecken blieb. Er beugte sich zu ihr und zischte: »Gut, du bekommst, wofür du bezahlst, Lady. Aber die Sache wird teuer, sei dir darüber im Klaren. Kein Freundschaftspreis um der alten Zeiten willen, Prinzessin!«

Sie starrten sich noch einige Atemzüge lang zornig an, dann fuhr Marten mit einem wütenden Ausruf herum und stürzte zu seinem Kochtopf. Er rührte wild darin herum und schimpfte erbittert: »Angebrannt! Du hast es geschafft, jetzt ist alles angebrannt!« Ida stieß einen Laut wildesten Abscheus aus und stürmte aus der Küche.

An diesem Tag wechselten sie kein Wort mehr miteinander. Das Gewitter tobte sich über dem Haus aus und zog dann nach Norden ab. Gegen Abend hörte es auf zu regnen, und die Luft roch wieder frisch und kühl. Ida hatte nichts von dem angerührt, was Marten gekocht hatte, so verlockend es auch roch. Sie war erst am späten Nachmittag in die verlassene Küche zurückgekehrt und hatte sich Brot und etwas Käse geholt. Die Nacht verbrachte sie auf einem der Strohlager im Erdgeschoss. Marten hatte sich mit einem Krug in seine Kammer zurückgezogen und sorgte dort wahrscheinlich für seinen abendlichen Vollrausch.

Ida schlief schlecht in dieser Nacht. Sie wälzte sich auf ihrem raschelnden Lager von einer Seite auf die andere und rang mit ihrem Entschluss, das Oberhaupt der Organisation aufzusuchen. Wäre es nicht klüger, nach Nortenne zurückzukehren und gemeinsam mit ihren Gildenschwestern nach dem Umschlagplatz für die erbarmungswürdige menschliche Ware zu suchen?

Sie seufzte und drehte sich auf die andere Seite. Das Stroh roch ein wenig muffig, es war feucht geworden und hätte längst ausgewechselt werden müssen. Ob sie hier manchmal ihre Gefangenen übernachten ließen, wenn die Grenze geschlossen und der Weitertransport zu gefährlich war?

Sie wusste nicht, wo sie anfangen sollte. Nortenne und seine Umgebung, das war eine viel zu vage Angabe für eine erfolgreiche Suche nach dem bewussten Sammelpunkt. Es konnte ein unauffälliger Bauernhof sein, ein Gasthaus, ein beliebiger Lagerraum. Womöglich hatte Storn sich geirrt, und der Umschlagplatz befand sich an einem ganz anderen Ort in der Hierarchie. Nein, ihre einzige Chance bestand darin, sich dieser skrupellosen Menschenhändlerin zu stellen und darauf zu hoffen, dass sie im Gespräch mit ihr einen Hinweis erhielt, der es ihr ermöglichen würde, der Khanÿ und ihren Spießgesellen das Handwerk zu legen. Sie musste sich gut überlegen, mit welcher Geschichte sie an diese Furcht erregende Frau herantrat. Vielleicht sollte sie die, die sie Storn aufgebunden hatten, ein wenig abwandeln. Marten durfte bei diesem Gespräch natürlich nicht zugegen sein, aber das würde sie schon zu erreichen wissen.

Gegen Morgen fand sie endlich ein wenig Schlaf und erwachte zerschlagen spät am Vormittag von dem Geräusch schwerfälliger Schritte, die die Treppe hinabstolperten. Die Küche war leer, und die Tür zum Hof stand weit offen. Ida machte Feuer und setzte den Wasserkessel auf.

Marten tappte auf bloßen Füßen von draußen herein und warf ihr einen schrägen Blick aus blutunterlaufenen Augen zu. Ida sah ihm zu, wie er sich ungelenk bückte und in einem großen Ledersack herumwühlte. Er trug wieder seine alten Kleider, die zerdrückt und schweißdurchtränkt an seinem Körper klebten, als hätte er in ihnen übernachtet. Sein Bauch wölbte sich schwer über den geöffneten Bund seiner Hose, und das schmuddelige Hemd, das lose mit ausgefransten Säumen darüber hing, war am Ellbogen zerrissen und reichlich mit Fett- und Weinflecken verziert. Er fand, was er gesucht hatte, und richtete sich schnaufend auf. Den Krug unter den Arm geklemmt, schabte er sich mit seinen Wurstfingern durch die Bartstoppeln an seinem Hals und verließ wortlos die Küche. Ida hörte ihn die Treppe hinauftrampeln und seine Tür zuschlagen.

Ida verbrachte den Tag am Flussufer. Sie nutzte die Gelegenheit, zu baden und ihre Kleider zu waschen. Dann lag sie in der Sonne, ließ sich trocknen und feilte an der Geschichte, die sie der Khanÿ aufbinden wollte. Sie musste einer oberflächlichen Überprüfung standhalten. Ida wollte nicht den Fehler begehen, die Frau zu unterschätzen. Sie wusste nicht genug über sie, um sich ein Bild von ihr machen zu können, aber in ihrer Vorstellung war sie groß, imposant und Furcht einflößend, mit eisigen dunklen Augen und einem sadistischen, schmallippigen Mund.

Sie schüttelte das Bild ab und sammelte ihre trockenen Kleider ein. Zurück im Haus blieb sie einen Moment lang lauschend am Fuß der Treppe stehen. Aus Martens Kammer war kein Laut zu hören, wahrscheinlich lag er sinnlos betrunken auf seinem Bett.

Der Tag ging irgendwie vorbei. In der Abenddämmerung kam Marten wieder in die Küche gewatschelt. Er sprach kein Wort, bereitete sich unter Idas verachtungsvollen Blicken mit unsicheren Bewegungen eine kalte Mahlzeit und trug sie mit einem weiteren Krug Wein hinauf in seine Kammer.

»Ich hoffe, du bist morgen wieder nüchtern genug, damit wir aufbrechen können«, rief sie ihm hinterher, aber als einzige Antwort schmetterte er die Tür zu.

Ida war nicht schlecht überrascht, Marten schon beim Frühstück zu finden, als sie frühmorgens in die Küche kam. Er knurrte einen Gruß und schob ihr Eier und Schinken hin. Sie aßen schweigend, und ebenso schweigend räumten sie alles auf, packten ihre Sachen zusammen und sattelten die Pferde, die ausgeruht und voller Bewegungsdrang von einem Bein auf das andere traten.

Sie ritten nach Westen, wobei sie flaches, größtenteils bewirtschaftetes Land und ausgedehnte lichte Laubwälder durchquerten. Inmitten von Feldern, auf denen zarte grüne Getreidehalme zu sprießen begannen, lagen vereinzelte einsame Gehöfte.

Hin und wieder begegneten sie auch Menschen: einem Bauern, der auf einem Feld stand, einen breitkrempigen Strohhut in der Hand, und sich die Augen beschattete, während er ihnen hinterher sah, wie sie vorbeiritten; einer alten Frau und zwei kleinen Kindern, die mit einem Esel und einem Handkarren unterwegs waren, wohl, um Holz zu sammeln, und einmal einer kleinen Patrouille von Uniformierten, die sie anhielten und nach ihrem Woher und Wohin fragten.

Ida überließ Marten die Formalitäten und musterte die Soldaten. Sie waren in weite, weiße Hosen und ebensolche Tuniken gekleidet, über denen sie leichte, dunkle Lederwesten trugen. Ihre Bewaffnung bestand aus Kurzschwertern und kleinen Wurfäxten, und sie hatten dunkelblaue Stoffstreifen um ihre sonnenverbrannten Stirnen gebunden. Die Haare trugen sie lang und zu einem Zopf geflochten, der ihnen über den Rücken hing.

Der Oberste der Patrouille zeigte sich befriedigt von Martens Auskünften und wünschte ihnen eine gute Weiterreise. Er salutierte höflich, bevor die Soldaten wieder auf ihre Pferde stiegen und weiter in die Richtung ritten, aus der Ida und Marten gekommen waren.

»Die waren aber freundlich«, sagte Ida verwundert und vergaß darüber ganz ihr eisernes Schweigen, das sie bisher Marten gegenüber gewahrt hatte.

Marten grinste höhnisch und spuckte aus. »Ich hab dem Obristen ja auch ordentlich die Handfläche versilbert«, sagte er und ließ sein Pferd antraben. »Die Protektoren sind schlecht besoldet und immer dankbar für eine kleine Unterstützung. Dafür fragen sie nicht so genau nach, ob man wirklich berechtigt ist, sich auf dieser Straße aufzuhalten.«

Das blieb bis zum Abend das Einzige, worüber sie miteinander sprachen. Sie übernachteten notgedrungen im Freien, in einem Gehölz, das ihnen ein wenig Schutz vor neugierigen Blicken bot, und in dessen Nähe ein kleiner, klarer Bach munter glucksend über runde Kiesel hüpfte. Ida versorgte die Pferde, während Marten eine Feuerstelle einrichtete und sich um ihr Abendessen kümmerte. Ida hatte entschieden, dass es zwar ihrem Stolz, aber weniger ihrer Kondition nützte, wenn sie die gemeinsamen Mahlzeiten verweigerte, und löffelte nun stumm die köstliche Brühe mit den saftigen Fischstücken, die Marten zubereitet hatte. Wie unerfreulich auch sonst die Umstände dieser Unternehmung sein mochten, kulinarisch gesehen hatte sie sich bisher außergewöhnlich erfreulich gestaltet.

Nach dem Essen und nachdem sie ihre Näpfe im Bach ausgespült hatten, rollte Ida sich neben dem Feuer in ihre Decke und bettete den Kopf auf dem Sack mit ihren Kleidern. Sie hörte, wie Marten sich auf der anderen Seite sein Lager zurechtmachte und zum Schlafen niederlegte. Es blieb eine Weile ruhig, dann sagte er mit seiner tiefen, immer ein wenig heiseren Stimme: »Es wird sicher kalt, Prinzessin. Meinst du, du könntest deinen Widerwillen für diese Nacht noch einmal überwinden und auf diese Seite des Feuers kommen?«

Ida antwortete nicht. Nach einem Moment des Schweigens hörte sie ihn seufzen. »Was ist passiert, Ida? Habe ich etwas gesagt oder getan, was dich verletzt hat? Ich hatte gerade das Gefühl, dass wir uns ein wenig besser verstehen und jetzt …«

»Bitte, Marten, lass uns schlafen«, unterbrach Ida ihn schroff. »Ich hege nicht den Ehrgeiz, mich mit einem Verbrecher gut zu verstehen. Ich will nur meinen Bruder auftreiben und endlich wieder nach Hause.« Sie hörte, wie Marten scharf die Luft einsog. Danach herrschte Ruhe.

Der Morgen war neblig und feucht. Ida glaubte, jeden einzelnen ihrer Knochen kalt und spröde im Leib zu spüren. Steif und ungelenk bog sie ihre klammen Finger um den wärmenden Becher mit heißem Tee und ließ sich, dicht am Feuer stehend, langsam von außen und innen auftauen. Sie überließ es Marten, das Lager abzubrechen und die Pferde zu satteln, und schwang sich dann ohne ein Wort in den Sattel.

Gegen Mittag erreichten sie erstmals dichter besiedeltes Gebiet. Kleine, saubere Bauernhöfe wechselten sich ab mit winzigen Dörfern, die aus kaum mehr als fünf oder sechs strohgedeckten Häusern um einen Brunnen bestanden.

Marten wandte sich im Sattel um und gab Ida einen knappen Wink, zu ihm aufzuschließen. »Wir werden in etwa einer Stunde die erste größere Ortschaft erreichen. Richte dich nach mir und verhalte dich nicht zu auffällig. Und, vor allem anderen, vergiss nicht, dass du ein Mann bist: Falls wir Frauen begegnen sollten, sieh auf keinen Fall hin!«

Ida starrte ihn an. Er erwiderte ihren Blick und fuhr eindringlich fort: »Merk dir das, Ida, es ist wirklich gefährlich. Wenn ein Mann das Gefühl hat, dass du seine Frau ungebührlich ansiehst, kann er dich sofort töten, und niemand würde ihn dafür zur Rechenschaft ziehen. Wahrscheinlich wird nichts passieren, wenn es sich um eine Frau der unteren Kaste handelt, die ohne Augenbinde herumläuft, aber bei Frauen aus den oberen Kasten riskierst du mit einem unvorsichtigen Blick dein Leben.«

Ida nickte stumm und ein wenig zweifelnd. Das klang zwar wie ein albernes Märchen, aber sie tat im Zweifelsfall besser daran, sich an das zu halten, was Marten sagte, zumindest bis sie etwas mehr über die Sitten des Landes wusste.

Martens Warnung erwies sich vorerst als überflüssig. Sie ritten über die holprigen Wege des Ortes, argwöhnisch beobachtet von den Bewohnern, und sahen nicht eine einzige Frau auf der Straße. Da waren Männer jeden Alters, die ihren Beschäftigungen nachgingen oder einfach dasaßen und schwatzten, und es gab Scharen von barfüßigen Kindern beiderlei Geschlechts, die ihnen nachliefen und sie mit schrillen Stimmen anbettelten, aber nicht eine einzige erwachsene Frau. Die Häuser des Ortes waren allesamt von hohen, abweisenden Mauern umgeben. Ida konnte nur erahnen, wie es dahinter aussehen mochte. Es schien dort Gärten zu geben, denn sie sah Bäume und die Spitzen von Sträuchern. Hin und wieder konnte sie durch den Spalt eines offen stehenden Tores den Blick auf grüne und blühende Flächen erhaschen, aber das war auch schon alles.

Ida war froh, als sie den Ort hinter sich gelassen hatten und weiter durch die fruchtbare Ebene nach Westen ritten. »Wann werden wir an unserem Ziel sein?«, fragte sie, als der Abend sich näherte.

Marten drehte sich nicht zu ihr um. »Wir kommen heute noch in Iskerias an, aber zur Khanÿ kann ich dich frühestens morgen bringen«, sagte er knurrig. Ida nahm es zur Kenntnis. Es erschien ihr ohnehin gescheiter, ausgeruht zu dem Treffen zu erscheinen.

Iskerias entpuppte sich als erstaunlich große Stadt. Ida schätzte, dass sie nicht viel kleiner als Nortenne war. Hier sah sie auch die erste Frau, die mit gesenktem Kopf hinter einem Mann herging. Sie hatten kurz angehalten, weil Marten einen Stein entfernen musste, den sein Pferd sich eingetreten hatte, und Ida fand die Muße, sich gründlich umzublicken.

Ida musste sich zwingen, die Frau nicht fassungslos anzustarren. Sie hatte es für einen der nicht besonders gelungenen Scherze Martens gehalten, aber jetzt konnte sie es mit eigenen Augen sehen. Unter gesenkten Lidern und aus den Augenwinkeln betrachtete sie die üppige, in reich bestickte Gewänder gekleidete Gestalt der Frau und die breite, mit blitzenden Steinen und bunter Stickerei verzierte Binde, die sie um ihre Augen trug. Und wirklich, da war auch eine kurze, hübsch geflochtene Leine, die sie mit dem Gürtel des vorangehenden Mannes verband. Er schritt stolz und ein wenig prahlerisch daher, in seinem ganzen Auftreten ein wohlhabender Kaufmann, und seine Frau – Ida nahm zumindest an, dass sie seine Frau war – folgte ihm mit kurzen, tastenden Schritten, aber ohne im Mindesten zu zögern. Hin und wieder rief er leise etwas über seine Schulter zurück, wahrscheinlich, um ihr Hindernisse auf dem Weg oder eine Richtungsänderung anzuzeigen.

Ida hätte beinahe Martens Warnung vergessen, aber im letzten Moment wandte sie das Gesicht ab und blickte angestrengt in die Gegenrichtung, als das Paar an ihnen vorbeiging. Marten hatte den Huf seines Pferdes gesäubert und stieg wieder auf. »Da vorne ist unsere Herberge«, wies er die Straße hinauf. »Dort werden wir uns einquartieren.«

Ida machte sich auf das Schlimmste gefasst, aber die Herberge war zwar einfach, doch sauber und wurde von einem freundlichen alten Mann geführt, der Marten überaus herzlich begrüßte. Marten umarmte ihn und wechselte dann leise einige Worte mit ihm. Ida, die sich einige Schritte entfernt aufhielt, konnte nicht hören, was die beiden sagten, wunderte sich aber über den sanften, beinahe liebevollen Klang von Martens Stimme. Endlich winkte der alte Mann ihr zu und reichte ihr eine knorrige Hand zur Begrüßung. Sie lächelte in seine wässrigen blauen Augen und wurde mit einem breiten, zahnlückigen Lächeln belohnt.

»Ich freue mich, einen Freund Martens kennen zu lernen«, sagte der alte Mann mit erstaunlich klangvoller, jugendlicher Stimme. »Ich bin Amos.« Ida murmelte ihren falschen Namen, und der alte Amos klopfte ihr ungeschickt auf den Arm. »Schön«, sagte er und rieb sich zufrieden die stark geäderten Hände. »Was möchtest du essen, mein Junge? Oder willst du einem alten Mann zeigen, was du in den letzten Jahren alles verlernt hast von dem, was er dir beigebracht hat?«

Marten lachte rollend und hob seine Satteltaschen auf. »Nein, Amos, das werde ich nicht tun. Ich freue mich schon seit Tagen auf deine Künste. Und ich lasse mich gerne von dir überraschen, mein Alter.«

»Zeig deinem jungen Freund den Weg«, sagte Amos energisch und warf einen unauffälligen Blick auf Idas scheckiges Haar. »Er kann dein altes Zimmer haben, falls es dir nichts ausmacht. Du schläfst doch sicher lieber wieder in einem der unteren Gastzimmer.«

Marten nickte und wies Ida den Weg über die steile Treppe. Das Haus war weitaus verwinkelter, als es von außen den Anschein gehabt hatte. Die Kammer, auf deren Boden sie schließlich ihr Gepäck fallen ließ, befand sich unter der Dachschräge und bot einen wunderbaren Ausblick über die Dächer und Innenhöfe der Stadt. Ida lehnte sich weit aus der Dachluke und ließ den Blick schweifen. »Du findest zurück?«, fragte Marten brummig. Ida sah sich in der kleinen Kammer um, die für wenig mehr als ein Bett und eine kleine Truhe Platz bot, und nickte unaufmerksam.

»Das war deine Kammer?«, fragte sie erstaunt. »Was heißt das, wann hast du hier gelebt?«

Marten schien die Frage unangenehm zu berühren. »Zuletzt während meiner Zeit als Söldner. Amos sagt, dass er diese Dachkammern ohnehin selten oder nie vermietet. Er wollte mir das Gefühl geben, ihm jederzeit willkommen zu sein.« Er trat unbehaglich von einem Fuß auf den anderen. Seine Augen irrten unstet durch den kleinen Raum. Er berührte fahrig einen walnussgroßen, glatt polierten Stein, der wie vergessen auf der Truhe lag, und streichelte mit den Fingern darüber. Sein breites Gesicht nahm einen verlorenen, traurigen Ausdruck an, der gar nicht so recht zu ihm passte.

Ida war wider Willen berührt. »Was hast du?«, fragte sie, ein wenig ungehalten über ihr eigenes Mitgefühl.

»Nichts«, murmelte er und nahm den Stein in seine riesige Hand. »Der hat meinem Bruder gehört. Er hatte ihn immer bei sich. Ich wusste nicht, dass Amos ihn hierher gelegt hat.«

Ida setzte sich auf das niedrige Bett. »Amos scheint ein netter Mensch zu sein.«

Es klang verwundert, und der dicke Mann verzog ein wenig das Gesicht. Er legte den Stein behutsam wieder auf seinen Platz. »Und da fragst du dich: Was hat ein netter Mensch wie Amos mit einem Ungeheuer wie mir zu schaffen, richtig?« Seine Stimme war von trügerischer Sanftmut.

»Ehrlich gesagt, ja«, erwiderte Ida kühl.

»Nun, am besten lässt du dir das von ihm selbst beantworten«, beschied Marten ihr ebenso kalt und drehte sich auf dem Absatz um. Ida hörte ihn die Treppe hinabschnaufen und legte sich ermattet zurück aufs Bett. Von hier aus konnte sie durch die Dachluke direkt in den blassblauen Abendhimmel sehen. Noch während sie über Marten und seine Beziehung zu einem netten alten Mann namens Amos nachdachte, schlief sie ein.

Sie schrak mit einem heftigen Ruck hoch, als jemand sie nicht besonders sanft an der Schulter rüttelte. Einen Moment lang ohne jede Orientierung sah sie verständnislos in ein großes Gesicht, das von einem verdämmernden Himmel eingerahmt wurde.

»Das Essen ist fertig«, knurrte der dicke Mann und ließ ihre Schulter los. »Du hast richtig fest geschlafen, hm? Ich musste alle Treppen wieder hier heraufsteigen, weil du mich nicht hast rufen hören.«

Ida schwang die Beine aus dem Bett und fuhr sich gähnend durch die zerzausten Haare. »Was für ein Unglück«, bemerkte sie. »Hoffentlich hat dich die Kletterpartie nicht zu sehr vom Fleische fallen lassen, das wäre ja eine wahre Schande.«

Marten schnaubte verächtlich und legte die Hand auf den Türknauf. »Tu mir einen Gefallen. Solange wir mit Amos zusammen sind, versuch doch zumindest, den äußeren Anschein zu wahren. Immerhin habe ich dich als einen Freund vorgestellt.«

»Hatte ich dich darum gebeten?«, fragte Ida unhöflich.

Marten drehte sich um und sah sie aus zusammengekniffenen Augen an. »Es ist nicht um meinetwillen. Amos ist jemand, der mir sehr nahe steht. Ich möchte nicht, dass er sich Sorgen macht. Bitte, Prinzessin. Es sind doch nur ein paar Stunden.«

Seine flehende Miene mit den zum Schmollen geschürzten Lippen brachte Ida zum Lachen. »Also abgemacht, Waffenstillstand«, gab sie nach. »Aber nur, weil ich den Alten wirklich reizend finde.«

Amos empfing Ida mit einem herzlichen Lächeln in der großen Küche und komplimentierte sie an einen schön gedeckten Tisch. Marten zog sich unaufgefordert einen Stuhl heran und ließ sich schwer darauf niedersinken.

»Hast du außer uns keine Gäste?«, fragte er und griff nach dem Teller, den Amos ihm reichte. Der Alte schüttelte mit einem bedauernden Achselzucken den Kopf und schöpfte Suppe in seinen Teller. Ida hob den Löffel an den Mund und musste an sich halten, um nicht aufzustöhnen. Anscheinend ging die Mastkur hier bei Amos weiter. Der Alte hatte aufgefahren, als gälte es, eine ganze Kompanie ausgehungerter Gardisten zu verköstigen. Und außerdem war er, nach dem Löffel Suppe zu urteilen, den sie gerade probiert hatte, ein mindestens ebenso guter Koch wie Marten. Sie blickte sorgenvoll auf ihren Hosenbund nieder, der schon deutlich strammer zu sitzen schien als noch vor einigen Tagen. Wenn das so weiterging, war sie bald genauso fett wie Marten.

Die beiden Männer aßen stumm und konzentriert. Erst, als selbst Marten keine weitere Portion Suppe mehr verlangte und Amos sich an den Herd begab, um sich um den nächsten Gang zu kümmern, führten sie das Gespräch fort, als hätte es keine Unterbrechung gegeben.

»Das Geschäft geht schlecht. Wahrscheinlich kann ich über kurz oder lang ganz zumachen«, berichtete Amos. Er wendete den Fisch in der Pfanne und streute etwas von einem gelben Gewürz darüber. »Die Leute haben Angst. Die Zitadelle ist wieder bewohnt, und es gehen Gerüchte um, dass der Padischah Krieg gegen die Hierarchie plant. In den letzten beiden Wochen gab es acht öffentliche Auspeitschungen und zwei Hinrichtungen auf dem Forum. Die Protektoren kontrollieren schärfer denn je, und wer nicht unbedingt aus dem Haus muss, der bleibt lieber daheim in seinen vier Wänden.«

Marten knurrte. Amos servierte ihnen den gebratenen, köstlich duftenden Fisch und dazu Kartoffeln und eine sahnige Sauce. Wieder wurde schweigend und andächtig gegessen. Ida bemerkte, dass Marten seinen Wein nicht anrührte.

»Was wirst du tun?«, fragte Marten mit besorgter Stimme. Amos holte einen Auflauf aus dem Rohr und zuckte mit den Schultern. Er reichte die gefüllten Teller herum und setzte sich mit einem leisen Ächzer wieder an seinen Platz.

»Ich bin schon lange nicht mehr darauf angewiesen, die Herberge zu betreiben.« Er probierte mit kritischer Miene einen Bissen. Dann stand er erneut auf und holte zwei Beutelchen mit Gewürzen, die er auf den Tisch legte. »Ich finde, der Auflauf könnte noch etwas Kumrai vertragen, aber probiert lieber selbst. Ich esse gerne scharf, aber das ist nicht jedermanns Sache.« Er lächelte Ida zu und würzte dann kräftig nach. »Ich hätte mich schon vor zwei oder drei Jahren zur Ruhe setzen können«, fuhr er fort und schob eine Gabel voll in seinen Mund. »Aber es hat mir immer noch Vergnügen gemacht, für die Gäste zu kochen. Allzu viel Betrieb war ohnehin nicht mehr.«

Ida schob ihren nicht ganz geleerten Teller beiseite und öffnete unauffällig den eng gewickelten Bund ihrer Hose, um ihn neu zu knoten. Amos sah besorgt zu ihr hinüber.

»Hat es dir nicht geschmeckt, junger Freund? Ich könnte dir schnell noch etwas anderes zubereiten, ein Omelett oder …«

Ida wehrte beinahe entsetzt ab. »Danke, Amos, wirklich, es war köstlich, aber ich bin schon mehr als gesättigt.«

Marten sah von seinem Teller auf – er bewältigte gerade anscheinend mühelos die dritte gehäufte Portion – und grinste sie unverschämt an. »Der Bursche isst wie ein Küken«, bemerkte er kauend. »Du siehst doch, wie mager er ist, Amos.«

Der alte Mann lachte krächzend. »Nicht jeder hat deinen gesegneten Appetit, mein Junge. Na gut, aber du wirst doch noch etwas Platz für den Nachtisch haben, oder?« Er sah Ida flehend an.

Sie lachte auf und legte ihre Hand auf seine knotigen Finger. »Lass mir etwas Zeit, dann werde ich ihn mit Freuden probieren, Amos. Ihr seid ein wunderbarer Koch.«

»Nicht wahr?«, warf Marten zufrieden ein. »Er hat sich alle Mühe gegeben, es mich zu lehren, aber ich werde niemals so gut sein wie er.«

Die beiden Männer sahen sich voller Zuneigung an. Dann räusperte Amos sich ein wenig verlegen und fragte: »Und was treibt euch beide hierher? Geschäfte?«

Martens Miene verfinsterte sich. Er warf Ida einen kurzen, warnenden Blick zu und sagte: »Ja, das auch. Außerdem habe ich dich schon viel zu lange nicht mehr besucht, mein Alter. Ich hatte Sehnsucht nach dir.«

»Doch wohl eher nach meiner Küche«, frotzelte Amos, aber seine Augen blickten gerührt.

Bis zum Ende des Festmahls, das Amos ihnen zu Ehren bereitet hatte, sprachen die beiden Männer nur noch über lange zurückliegende Ereignisse und alte Freunde. Ida lauschte unaufmerksam, müde von der reichlichen Mahlzeit. Amos und Marten schienen sich schon ein Leben lang zu kennen, aber Ida konnte aus ihrer Unterhaltung nicht schließen, wie die Verbindung zwischen dem dicken Mann aus der Hierarchie und dem kleinen alten Nebelhorter zustande gekommen war. Wie mochten sie sich kennen gelernt haben? Wahrscheinlich war es während der Zeit geschehen, als Marten hier als Söldner im Dienst gestanden hatte.

Marten gähnte schließlich herzzerreißend, und Amos sah ihn prüfend an. »Du siehst aus, als wärst du todmüde«, sagte er.

Marten blinzelte träge und zog eine Grimasse. »Ich habe zwei Nächte kaum geschlafen.« Amos machte ein fragendes Geräusch und nickte zu dem unberührten Weinbecher hin. Marten schlug die Augen nieder und knurrte verlegen.

Der alte Mann seufzte schwer und stand auf. »Komm, Junge, ich gebe dir noch dein Bettzeug«, sagte er sanft.

Er schob Marten zur Tür und gab Ida mit einer kleinen Kopfbewegung zu verstehen, sie möge auf ihn warten. Ida nickte und ließ sich noch einmal auf ihren Stuhl zurücksinken. Nach einer Weile kehrte Amos zurück und setzte sich schweigend auf die Küchenbank. Er schenkte sich Wein ein und sah Ida fragend an. Beide tranken einen Schluck von dem leicht geharzten Wein und saßen in friedlichem Schweigen da.

»Trinkt er wieder zu viel in der letzten Zeit?«, brach

Amos die Stille. Sein faltiges dunkles Gesicht war bekümmert.

Ida nickte unbehaglich. Es war deutlich, dass der alte Mann sehr an Marten hing, und sie wusste nicht recht, wie sie sich ihm gegenüber verhalten sollte. Sie wollte ihn nicht spüren lassen, wie sehr sie Marten verabscheute, aber es widerstrebte ihr, so zu tun, als seien sie die besten Freunde.

Amos saß mit gesenktem Kopf da. Als er zu sprechen begann, musste sie sich anstrengen, ihn zu verstehen, so leise und wie im Selbstgespräch kamen die Worte aus seinem Mund.

»Er muss mit dem Trinken aufhören, er bringt sich noch um damit. Ich mache mir Sorgen um ihn, große Sorgen.« Er seufzte und sah auf. Ida sah den feuchten Schimmer in seinen hellen Augen und blinzelte unsicher. Amos lächelte und legte seine faltige Hand auf ihre. »Darf ich dich etwas Persönliches fragen, junger Freund?«

Ida zögerte kurz, dann nickte sie ergeben. Amos tippte sanft mit seinem Zeigefinger auf ihren Handrücken und schien nach den richtigen Worten zu suchen. »Es klingt vielleicht verrückt, und falls ich mich irren sollte, verzeih mir. Ich bin möglicherweise ein alter Narr, aber ich glaube, dass ihr mich belogen habt.« Er stockte und sah sie verlegen lächelnd an.

Ida rutschte unbehaglich auf ihrem Stuhl herum. »Inwiefern sollten wir dich belogen haben, Amos?«

Amos senkte den Blick und rieb sich über den Mund. »Es ist nur – ich weiß nicht, wie ich es sagen soll – Simon hat mir viel über ein Mädchen erzählt, das er einmal gekannt hat.« Er blickte auf und sah Ida um Verzeihung heischend an. »Er hat sie mir recht gut beschrieben, und ich habe mir einige Details gemerkt, weil sie mir so ungewöhnlich erschienen: das dreifarbige Haar und die Augen, die die Farbe wechseln können.« Er verstummte wieder und wedelte verlegen mit der Hand.

Ida hielt kurz den Atem an und stieß ihn dann mit einem kurzen Lachen wieder aus. »Ich sehe schon, meine Tarnung ist aufgeflogen. Das lässt mich Befürchtungen für meine Zukunft hier im Hort hegen.«

Amos griff erschrocken nach ihrer Hand und drückte sie fest. »Nein, nein, mein liebes Kind«, beteuerte er. »Niemals käme ein Wort darüber über meine Lippen, das schwöre ich dir. Wenn ihr beide glaubt, dass es so besser für eure Pläne ist, dann werde ich mich nicht dareinmischen. Aber ich wollte nicht die ganze Zeit so tun, als hätte ich nichts bemerkt, das kann ich nicht.« Er räusperte sich verlegen und stand auf, um einen neuen Krug Wein zu holen.

Ida ließ sich lächelnd in die Lehne sinken. Vielleicht war es besser so. Amos kehrte an den Tisch zurück und sah ihr Lächeln. Erleichtert setzte er sich wieder auf die Bank und schenkte ihnen nach.

»Simon hat dir von mir erzählt?«, fragte Ida neugierig.

Amos nickte und hob mit verschmitztem Gesicht die schmalen Schultern. »Du musst Eindruck auf ihn gemacht haben – Ida, nicht wahr? Ida ist doch dein Name? Er hat oft von dir gesprochen. Er trug ständig eine silberne Halskette, und er hat immer behauptet, sie sei von dir.« Amos prustete leise.

Ida lächelte ein wenig gequält. »Wieso kennst du die beiden so gut?«, lenkte sie ab.

Amos hob seine buschigen Brauen. »Er hat es dir nicht erzählt?«, fragte er deutlich verwundert.

Ida grinste schief. »Wir hatten eine kleine Meinungsverschiedenheit und haben in den letzten Tagen nur das Allernötigste miteinander besprochen«, gab sie zu.

Amos seufzte wieder. »Er ist unerträglich, wenn er trinkt. Ich habe ihm schon so oft deswegen ins Gewissen geredet, aber er hört nicht auf mich.« Er versank in wehmütiges Grübeln.

»Amos, du musst mir etwas erklären«, bat Ida. »Die beiden Brüder, Marten und Simon, sie sind nicht besonders gut miteinander ausgekommen, nicht wahr?«

Amos tauchte aus seinen Gedanken auf und warf ihr einen wachen, fragenden Blick zu. »Aber wie kommst du denn darauf?«, fragte er sichtlich erstaunt. »Die beiden waren ein Herz und eine Seele.«

»Du kennst Marten schon lange?«

»Beinahe seit seiner Geburt«, erwiderte er. »Ich bin sein Onkel, der Bruder seiner Mutter. Er ist als Kind oft und lange bei mir gewesen, weil seine Eltern der Meinung waren, er sollte auch die Heimat seiner Mutter kennen lernen. Marten hat sich hier im Hort immer sehr wohl gefühlt, deshalb hat er später auch bei unserem Khan gedient. Während dieser Zeit hat er hier bei mir gewohnt.«

Ida nickte erstaunt. »Eine Nebelhorterin, die einen Schmied aus der Hierarchie geheiratet hat. Das ist ungewöhnlich, Amos. Dann ist Marten ja zur Hälfte Nebelhorter.« Amos nickte und unterdrückte dann mit entschuldigendem Gesicht ein Gähnen. Ida erhob sich und dankte ihm für das Essen und für seine Geschichte. Er blinzelte müde zu ihr auf und nickte.

»Morgen erzählst du mir von dir, meine Liebe, willst du das tun? Ich war schon immer neugierig darauf, wie viel von dem, was Simon mir damals aufgetischt hat, erstunken und erlogen war.« Er kicherte, und Ida musste lachen.

In ihrer Kammer lag sie noch lange wach auf dem niedrigen Bett und starrte ins Dunkel, die Hände hinter dem Kopf verschränkt. Marten hatte sie offenbar wieder einmal belogen, als er ihr das Zerwürfnis zwischen sich und Simon geschildert hatte. Warum er das getan hatte, war ihr nicht verständlich, aber vieles an

Martens Verhalten war seltsam. Vielleicht lag es ja daran, dass er ein halber Nebelhorter war. Sie fragte sich, ob Amos wusste oder ahnte, dass sein geliebter Neffe ein gewissenloser Verbrecher war. Konnte ihm das gleichgültig sein? Ida seufzte leise und drehte sich auf die Seite. Amos schien ein gutherziger, aufrichtiger Mann zu sein. Es war kaum vorstellbar, dass er von Martens Gewerbe wusste und es billigte. Aber sie konnte sich irren. Möglicherweise machte die Liebe ihn auch blind für Martens üblen Charakter. Sie hegte nicht die Absicht, ihn darüber aufzuklären. Der alte Mann war freundlich zu ihr gewesen, und sie würde ihn wahrscheinlich niemals wieder sehen, wenn das hier vorbei war. Warum sollte sie ihm Kummer bereiten? Mit einiger Willensanstrengung löste sie ihre Gedanken von dem unerfreulichen Thema und ließ sich in den Schlaf hinübergleiten.

Ida stand zeitig auf, geweckt von dem sanften Trommeln eines Regenschauers auf ihre Dachluke. Sie blickte hinaus über die feucht glänzenden Dächer der Stadt und fühlte sich in dem diffusen Licht und unter dem grauen Himmel erstmals richtig im Nebelhort. Das Frühstück war bereits fertig, als sie die Küche betrat. Sie frühstückten schweigend.

Marten stand auf, als Ida gerade ihre zweite Scheibe Brot mit Butter bestrich, und zog seine weiten Hosen über dem fülligen Leib zurecht. »Ich gehe jetzt. Wartet nicht auf mich, ich kann nicht sagen, wie lange es dauern wird.«

Ida sah auf und funkelte ihn drohend an. »Du wirst mich doch nicht reinlegen, oder?« Amos warf ihr einen Blick zu und sah dann wieder auf seinen Becher. Er hatte die Lippen zusammengepresst und sah besorgt aus.

Marten schnaubte. »Wir haben eine Abmachung, Prinzessin. Ich gedenke, mich daran zu halten. Inzwischen freue ich mich fast darauf, dich und die Khanÿ zusammenzubringen. Es ist zwar durchaus möglich, dass ich dabei draufgehe, aber zumindest hatte ich vorher noch mein Vergnügen.« Er legte seine schinkengroße Pranke auf Amos' Schulter und drückte sie kurz. »Wenn ich zurück bin, stelle ich mich an den Herd«, sagte er leise. »Heute bist du dran, dich verwöhnen zu lassen, Amos.«

Der Morgen schlich vorbei. Es hatte inzwischen aufgehört zu regnen, und die Sonne blinzelte hin und wieder aufmunternd durch die Wolken. Ida, die es hasste, herumzusitzen und zu warten, ging in den ummauerten Garten der Herberge hinaus und entsetzte sich über den verwahrlosten Anblick der Beete und der hoffnungslos verwilderten Sträucher. Kurz entschlossen kehrte sie zurück ins Haus und ließ sich von Amos eine Schaufel, ein scharfes Messer und eine Hacke geben.

Gegen Mittag hockte sie mitten in dem Beet, das vor ewigen Zeiten einmal für Kräuter bestimmt gewesen sein musste und in dem sich noch die eine oder andere verwilderte Petersilienpflanze fand, und rupfte alles aus, was nach Unkraut aussah. Sie hatte bereits mehr als die Hälfte der Beete gesäubert und umgegraben und einen immer noch viel versprechend aussehenden Feuerbohnenbusch beschnitten. Allmählich spürte sie ihre Muskeln. Ihr wurde warm, und sie schlüpfte aus ihrem Hemd und arbeitete in dem leichten, ärmellosen Untergewand weiter.

Amos kam von Zeit zu Zeit heraus, um ihre Fortschritte zu bestaunen. Jetzt trat er wieder aus der Tür, blinzelte gut gelaunt in den strahlenden Sonnenschein und stellte ein Tablett mit einer üppigen kalten Mahlzeit auf die kleine Bank an der Hauswand.

»Magst du mir Gesellschaft leisten?«, fragte er mit einer einladenden Handbewegung. »Ich esse nicht gerne allein, und du hast eine Pause verdient.«

Ida stand auf und reckte ihren schmerzenden Rücken. »Das ist eine gute Idee, Amos«, sagte sie dankbar. Sie wischte ihre erdigen Hände an der Hose ab und setzte sich neben den alten Mann in die Sonne.

»Erzähl mir«, forderte er sie nach einer Weile des Kauens und wohligen Seufzens auf. Er blinzelte sie an und deutete mit einem abgenagten Hühnerbein auf sie. »Du und Simon – was hat er damals mit dir angestellt?«

Ida hörte auf zu kauen und blickte etwas verlegen auf ihre nicht allzu sauberen Hände. »Nichts. Er hat mir nichts getan, genau genommen. Wie kommst du darauf?«

Amos warf den Knochen fort und wischte seine Hände an einem Lappen sauber. »Er hat damals nicht recht mit der Sprache herausgewollt, was er in Sendra angerichtet hat. Ich habe es mehr oder weniger aus ihm herausprügeln müssen.« Er sah ihr verblüfftes Gesicht und lächelte. »Nein, das hört sich schlimmer an, als es war. Genau genommen habe ich ihn nur kräftig ins Gebet genommen, aber die Geschichte, die dabei zum Vorschein kam, war einerseits unerfreulich und andererseits nicht besonders befriedigend. Ich hatte immer das Gefühl, dass er mir einige besonders unappetitliche Details verschwiegen hat.« Er sah sie unter halb gesenkten Lidern vorsichtig an. »Hat er dich – nun ja, ich weiß, dass es mich nicht wirklich etwas angeht, aber es beschäftigt mich schon so lange; also, hat er dich – hrrm …« Er verstummte verlegen und griff nach einem schrumpeligen Winterapfel und einem Messer.

Ida stöhnte leise und legte den Kopf an die raue, sonnenwarme Hauswand. Sie blinzelte in den hellen Himmel und begann zu lachen. Amos zog unbehaglich die Schultern hoch und hielt in der ordentlichen Zerteilung des Apfels einen Moment lang inne.

»Entschuldige«, krächzte Ida. Sie wischte sich die Augen trocken. »Aber du bist nicht der Erste, der mich das fragt. Ich weiß ja, dass Simon einen üblen Ruf hatte, aber ganz so wild, wie du glaubst, hat er es wohl doch nicht getrieben. Er hat sich damit begnügt, meine ältere Schwester und die hübschesten unserer Mägde auf den Rücken zu legen, bei mir war er etwas vorsichtiger. Ehrlich gesagt, ich glaube nicht, dass ich so ganz seinem Geschmack entsprochen habe, Amos.«

Der alte Mann blickte peinlich berührt zu Boden. Sein faltiges Gesicht war leicht gerötet. »Danke für die Auskunft«, murmelte er. »Aber was sollte die Geschichte mit der Kette? Er hat sie ständig bei sich getragen und allen erzählt, dass sie seiner Verlobten gehöre.«

Ida erklärte ihm in kurzen Worten, wie das zustande gekommen war. Amos wirkte deutlich erleichtert, aber immer noch verwirrt. Er brummelte kaum verständlich vor sich hin. »Verstehe ich nicht. Wieso bringt er dich dann her … Hat er noch nie getan, noch nie …« Sein Murmeln verebbte. Er fragte laut und deutlich: »Du kannst ihn nicht besonders gut leiden, hm? Ich bin schließlich weder blind noch schwachsinnig.«

Ida sah ihn verständnislos an. »Wen?«, fragte sie ratlos. »Simon? Nein, ich hab ihn recht gerne gemocht, er war immer ausgesprochen nett zu mir.«

»Ja, natürlich, Simon«, sagte der Alte. Dann schüttelte er erbost den Kopf und begann, das schmutzige Geschirr zusammenzuräumen. »Natürlich *nicht* Simon! Bei den Schöpfern, ich werde doch langsam senil. Marten natürlich, wir haben doch die ganze Zeit von Marten gesprochen.«

»Wir haben von Simon gesprochen, von Martens totem Bruder«, erinnerte Ida den verwirrten kleinen Mann sanft. Amos stand da, die Hände um das Tablett gekrampft und schien mit den Tränen zu kämpfen.

»Simon, ja«, stammelte er. »Simon ist tot und Marten lebt. Manchmal … manchmal bilde ich mir wohl ein, es wäre umgekehrt …« Er wandte sich hastig ab und verschwand im Inneren des Hauses.

Ida sah ihm nach und kniff nachdenklich die Lippen zusammen. Der absurde Verdacht, der sich seit einiger Zeit in ihr regte, schien sich immer mehr zu bestätigen. Sie schüttelte schwach den Kopf und wandte sich wieder den verwahrlosten Beeten zu. Arbeit war immer noch eine der besten Methoden, den Kopf freizubekommen. Das Gespräch mit Amos würde sie fortsetzen, wenn der Alte sich wieder beruhigt hatte.

Die Gelegenheit ergab sich, als sie einem Regiment von uralten, verholzten Sandnesseln zu Leibe rückte. Amos tauchte neben ihr auf, stellte einen Krug mit kaltem Wasser in den Schatten eines Busches und begann schweigend, ihr zu helfen.

»Was weißt du eigentlich von Martens Geschäften?«, fragte Ida beiläufig und streckte einen besonders hartnäckigen Gegner mit einem kräftigen Hieb ihrer Hacke nieder.

Amos rupfte heftig an einer Pflanze und riss sie endlich mitsamt ihrem ansehnlichen Wurzelballen aus der Erde. Er warf sie keuchend hinter sich und wischte sich die Stirn. »Was soll ich wissen?«, fragte er kurzatmig.

»Nun, welcher Art seine Beschäftigung ist, mit welchen Leuten er umgeht, so etwas eben«, erwiderte Ida ungeduldig.

Amos schnaubte gründlich in ein nicht ganz sauberes Tuch und steckte es wieder zurück in seine Tasche. »Ja, nun, was man eben so macht«, sagte er ausweichend. »Geschäfte halt.« Er warf ihr einen schrägen Blick zu und beugte sich wieder über die Nesseln. »Du musst doch darüber besser Bescheid wissen als ich, wenn er dich sogar zur Khanÿ mitnimmt.«

Ida nickte unzufrieden. »Also weißt du, was er treibt, und du kennst seine Kumpane«, sagte sie enttäuscht. »Und du heißt es gut?«

Amos richtete sich schwerfällig auf und blitzte sie an. Seine buschigen weißen Brauen waren finster zusammengezogen. »Natürlich heiße ich es gut. Er ist ein guter Junge; er war vielleicht ein wenig wild in seiner Jugend, aber das ist vorbei. Und über seine ›Kumpane‹, wie du es auszudrücken beliebst, kann ich dir nichts sagen. Ich kenne die Khanÿ, sie ist eine äußerst bemerkenswerte, tatkräftige Frau, die ich über alles schätze. Ich wollte nur, es gäbe mehr von ihrem Format hier im Hort und in der Hierarchie!« Er warf seine Hacke zu Boden und stapfte zum Haus zurück.

Ida sah ihm sprachlos nach, dann hackte sie mit aufflammender Wut auf das Unkraut ein. »Ich hätte es mir doch denken können«, schimpfte sie vor sich hin. »Verbrecher, Schurken, Halsabschneider, der eine wie der andere! Was habe ich erwartet?« Sie stieß die Hacke tief in den harten Boden und fluchte wütend, als sie sie nicht wieder befreien konnte.

»Macht es dir auch Spass?«, fragte scheinheilig Martens Bassstimme hinter ihr. Sie schrie erschreckt auf, weil sie ihn nicht hatte kommen hören, und ließ die Hacke los. Er griff mit seinen riesigen Pranken danach. Ida sah, wie seine mächtigen Arm- und Schultermuskeln sich unter dem leichten Stoff seiner Tunika wölbten. Er grunzte, und die Hacke löste sich aus dem Boden. »Bitte sehr, Prinzessin«, sagte er höflich und hielt sie ihr hin.

Ida verschränkte die Arme über der Brust und funkelte ihn an. »Wie steht es mit meiner Audienz bei ihrer Gnaden?«, fragte sie sarkastisch.

Marten hob die Brauen und begann, Idas Arbeit fortzuführen. »So gut hat der Garten schon lange nicht mehr ausgesehen«, bemerkte er im Plauderton. »Der alte Amos schafft es nicht mehr alleine. Es wird Zeit, dass ich wieder hierher ziehe. Das wäre doch eine gute Idee, meinst du nicht auch?« Er pfiff leise und falsch ein paar fröhliche Töne. Ida schluckte ihre Wut herunter und nahm Amos' weggeworfene Hacke auf. Sie arbeiteten sich gemeinsam schweigend durch einiges Gestrüpp und steinharten Boden.

Die Sonne verschwand hinter dem Haus, und die Schatten wurden länger. Marten hatte sich inzwischen seiner Tunika entledigt und stützte sich schweißüberströmt und schwer atmend auf den Stiel seiner Hacke. »Ich könnte einen Schluck zu trinken vertragen«, schnaufte er. Sein Gesicht war heftig gerötet, und er wischte sich mit dem Arm über die feuchte Stirn. Ida, dic inzwischen rechtschaffen müde war, holte den Krug unter dem Busch hervor und reichte ihn Marten, der ihn an den Mund setzte und mit zurückgeworfenem Kopf gierig trank.

»Lass mir gefälligst was übrig«, schimpfte Ida. Marten setzte ihn ab und grunzte zufrieden. Dann gab er Ida den Krug und griff wieder nach der Hacke. Ida trank aus und reckte sich stöhnend. »Ich höre auf. Ich bin fix und fertig. Wie war das, hattest du deinem Onkel nicht vollmundig versprochen, dich heute um unser leibliches Wohl zu kümmern, edler Ritter? Es wäre doch wohl an der Zeit, sich an den Herd zu begeben. Oder soll ich ...?«

»Untersteh dich«, entfuhr es Marten. Er ließ die Hacke fallen und wischte sich über die Brust und den schweißnassen Bauch, ehe er seine Tunika aufhob. »Du wirst dich dem Herd auch nicht auf zehn Schritte nähern, versprich mir das, Prinzessin.« Er schüttelte sich angewidert. »Wie konnte deine ehrenwerte Tante nur bei den wesentlichsten Teilen deiner Erziehung derart schmählich versagen?«, murmelte er mit ungläubigem Entsetzen in der Stimme. Ida lachte und hob die Hacke auf, um sie in dem kleinen Geräteschuppen am Haus zu verstauen.

Sie wusch sich gründlich und schlüpfte in saubere Kleider, ehe sie trotz Martens Warnung, sich dem Herd zu nähern, hinunter in die Küche ging. Amos hatte sich in sein Zimmer zurückgezogen und schlief. Ida hockte sich auf die Tischkante und sah Marten bei seiner Arbeit zu. Er hackte Kräuter und summte leise im Duett mit dem Wasserkessel vor sich hin.

»Edler Ritter?«, fragte Ida leise.

»Holde Prinzessin?«

»Wann werde ich die Khanÿ treffen?«

»Morgen.«

»Was hast du ihr gesagt?«

Marten fegte die Kräuter in eine Schüssel und griff nach den Zwiebeln. »Nichts«, erwiderte er, während er sie schälte und in Stücke zerteilte. »Ich habe sie nicht zu Gesicht bekommen, sie war unterwegs. Ich habe heute nur mit einem ihrer Männer sprechen können.« Er drehte den Kopf, um sie anzusehen, und zwinkerte ihr zu. »Er hat mir dringend angeraten, mich aus dem Staub zu machen, ehe sie mich erwischt. Storn war da und hat sich lange mit ihr besprochen, und danach war sie dem Vernehmen nach ungemein schlechter Laune. Die Jungs haben Wetten darüber abgeschlossen, ob sie mich erst anhört oder mir direkt die Haut abzieht.« Er lachte grimmig auf und warf die Zwiebelstücke in heißes Fett.

Ida saugte nachdenklich an ihren Zähnen. »Was bedeutet das für mich?«, fragte sie mitleidlos.

»Nichts, worüber du dir deinen Kopf zerbrechen müsstest.« Marten schlug Eier in eine Schüssel und rührte sie kräftig durch. »Ich habe für morgen ein Treffen mit ihr ausgemacht und schleppe dich einfach mit an. Vielleicht gibt sie uns sogar die Gelegenheit, ein paar Worte mit ihr zu wechseln, ehe sie uns exekutiert.« Er sah Ida nicht an, aber seine Schultern zuckten leise, und das Beben in seiner Stimme war nicht zu überhören. Ida spuckte erbost aus.

»Hauptsache, du amüsierst dich, richtig?«, fauchte sie. Marten kicherte und schüttete die Eimasse in die heiße Pfanne.

Bis zum Essen wechselten sie kein Wort mehr miteinander. Ida deckte stumm den Tisch, und Marten ging, um Amos zu wecken. Der Alte war still und nachdenklich. Ida sah, wie Martens Mondgesicht sich besorgt bewölkte. Sie verabschiedete sich früh, müde von der Arbeit im Garten. Marten nickte ihr nur knapp zu. Er war neben den alten Mann gerückt und hatte seinen schweren Arm um dessen schmale Schultern gelegt. Noch während Ida knochenmüde die steile Treppe erklomm, hörte sie die tiefe Stimme Martens in der Küche gedämpft und beruhigend vor sich hinbrummen.

Am Morgen erschien Marten schon weitaus weniger wohlgemut. Ida fand sogar, dass er ein wenig kleinlaut aussah und allem Anschein nach nicht gerade hoffnungsfroh auf die anstehende Unternehmung blickte.

Sie verließen zeitig das Haus, weil die Khanÿ, wie Marten bemerkte, nicht gerne auf jemanden wartete, und er keinerlei Lust verspüre, sie unnötig noch mehr zu verärgern. Bei ihrem Fußweg durch die ruhigen Straßen der Stadt schien Martens Unruhe noch zu wachsen. Er blickte sich häufig um, musterte die abweisend geschlossenen Läden der Fenster und die hohen Mauern der Häuser und warf Blicke in jede kleine Gasse, an der sie vorbeikamen. Sein Blick war finster und seine Miene grimmig.

»Ist es hier immer so ruhig?«, fragte Ida nach einer Weile, weil sie an das Getriebe denken musste, das in Nortenne gerade zu früher Morgenstunde herrschte.

Marten schüttelte nur stumm und abweisend den Kopf. Ida schnalzte mit der Zunge und verzichtete angesichts der üblen Laune des Dicken lieber auf weitere Versuche, ein Gespräch zu beginnen.

Endlich, als Ida begann, sich zu fragen, warum sie für den langen Weg nicht die Pferde aus dem Stall geholt hatten, hielt Marten vor einem Haus an, das nicht anders aussah als all die anderen schweigenden, abweisend geschlossenen Häuser, die sie auf ihrem Weg passiert hatten. Marten hob einen Finger an die Lippen und pochte an die Tür. Eine kleine Luke schob sich auf. Ida sah ein dunkles Auge und ein Stück einer Adlernase. Das Auge blinzelte, die Luke klappte zu, und wenig später erklang das Geräusch sich zurückschiebender Riegel. Die Tür öffnete sich einen Spaltbreit. Marten grunzte aufgebracht und schob sie mit seinem Bauch weit auf. Der eingeklemmte Mensch hinter der Tür jammerte, aber Marten kümmerte sich nicht darum, sondern winkte Ida, ihm in den kühlen, gekachelten Flur zu folgen.

Sie stiegen eine ächzende Treppe hinauf und gelangten in einen muffig riechenden Gang. Marten klopfte hart an eine der Türen und bedeutete Ida, draußen zu warten. Als er das Zimmer betrat, schloss die Tür sich nicht vollständig. Ida, neugierig, was die beiden besprechen würden, schob sie millimeterweise weiter auf und neigte lauschend den Kopf.

Sie musste sich nicht anstrengen, um etwas zu verstehen. Eine gedämpfte Frauenstimme begrüßte Marten und bat ihn, sich zu setzen und einen Moment zu warten. Ein Stuhl scharrte, und die charakteristischen leisen Geräusche erklangen, die darauf hindeuteten, dass Marten sich eine Pfeife anzündete. Tatsächlich zog kurz darauf der Duft von Tabak durch den Türspalt. Ida hockte sich auf den Boden, lehnte den Rücken an die Wand und wartete geduldig.

»Ist alles glatt gelaufen?«, eröffnete die Frauenstimme nach einigen Minuten das Gespräch.

»Soweit ja«, brummte Martens Bass. »Allerdings hatte ich nicht mit den beiden Kindern gerechnet und dementsprechend keine Vorkehrungen treffen können. Aber ich denke, unsere Freundin wird damit fertig werden.«

»Es tut mir Leid, dass ich dich deswegen nicht mehr vorwarnen konnte, Marty. Aber die Gelegenheit ergab sich gerade zu diesem Transport, und ich wollte sie mir nicht entgehen lassen.«

Ida drückte sich enger an die Wand und hielt den Atem an, damit ihr ja keine Silbe entging. Martens Aussagen über den Zorn der Khanÿ schienen stark übertrieben gewesen zu sein: Bisher unterhielten die beiden sich durchaus freundschaftlich miteinander. Die Khanÿ sprach sehr leise, aber da war ein Charakteristikum in ihrer Stimme, das Ida aus einem Grund, den sie nicht benennen konnte, beunruhigte und verwirrte.

Einen Moment lang herrschte wieder Stille, dann fuhr die Frau in ruhigem Ton fort: »Du kannst dir denken, dass Storn hier war und mir Bericht erstattet hat.« Marten grummelte etwas Unverständliches. »Ich weiß«, erwiderte die Khanÿ. »Aber du müsstest doch verstehen, dass sein Bericht mich dennoch beunruhigt hat. Marty, was ist nur in dich gefahren, dass du all unsere Regeln in den Wind schlägst und deinen Liebhaber zu einer unserer Unternehmungen anschleppst? Regeln, möchte ich dich erinnern, die wir gemeinsam aufgestellt haben, alter Freund.« Sie pausierte, schien auf eine Entgegnung Martens zu warten, die aber ausblieb. Als sie fortfuhr, war alle Freundlichkeit aus ihrer Stimme geschwunden, und sie sprach mit schneidender Schärfe, ohne deshalb aber die Stimme zu erheben.

»Storn sagte, der Junge sei geradezu wild darauf versessen, dich aus dem Weg zu räumen und deinen Platz einzunehmen. Es dürfte dich nicht verwundern, dass Storn das Vorhaben unterstützt. Du seist ganz offensichtlich ein unzuverlässiger, haltloser Trunkenbold, der ein unkalkulierbares Sicherheitsrisiko für unsere gesamte Organisation darstellt. Und weißt du was, Marten? Ich bin geneigt, ihm Recht zu geben!«

Marten antwortete nicht sofort auf die Vorhaltungen. Ida wischte sich die feucht gewordenen Handflächen an der Hose ab. Langsam erschien es ihr nicht mehr als ein solch guter Einfall, Marten dazu überredet zu haben, sie hierher zu bringen. Fast wünschte sie, er würde darauf verzichten, sie in dieses Zimmer zu rufen.

»Alte Freundin«, sagte Marten endlich schwerfällig, »an dem Tag, an dem du glaubst, mir nicht mehr vertrauen zu können, solltest du mich besser töten. Ich würde mich dagegen nicht wehren.« Ida war eigenartig berührt von der Sanftheit seiner heiseren Stimme.

Sie verfehlte anscheinend auch die Wirkung auf seine Gesprächspartnerin nicht, denn Ida hörte, wie sie sich energisch räusperte und beinahe grob sagte: »Nun hör schon auf. Das ist doch kein Grund, melodramatisch zu werden. Komm, Marty, erzähl mir von deinem jungen Freund. Glaubst du, er könnte sich als brauchbar erweisen?«

»Ich denke, ja«, erwiderte Marten mit einem Lächeln in der Stimme. »Er hat Schneid und Verstand, und ich würde gerne mit ihm zusammenarbeiten. Ich könnte ein wenig Entlastung brauchen, vor allem, da ich mir in der Hierarchie eine neue Existenz aufbauen muss.« Ida traute ihren Ohren nicht. Was bezweckte dieser fette Gauner damit?

Die Khanÿ schwieg einige Sekunden lang. Dann seufzte sie und sagte unwillig: »Ich schätze eigentlich keine solchen Verknüpfungen von Arbeit und Privatleben, Marty, das solltest du doch wissen. Wir haben damals entschieden, dass das, was wir tun, zu riskant ist, um die Menschen, die wir lieben, mit hineinzuziehen. Glaubst du jetzt, dass die Entscheidung falsch war?«

»Ja und nein«, antwortete Marten bedächtig. »Du selbst bist von der Regel schon abgewichen, als du die Hilfe deiner Freundin in Seeland akzeptiert hast. Gut, wir hatten damals kaum eine andere Wahl, weil wir sie und ihr Haus als Stützpunkt dringend nötig hatten. Ich denke allerdings, wir sollten die Entscheidung darüber, ob es ihnen zu gefährlich ist, den Betreffenden selbst überlassen.« Ein Stuhl ächzte, und schwere Schritte näherten sich der Tür. Ida stand hastig auf. »Warum unterhältst du dich darüber nicht mit meinem Freund persönlich? Komm herein, Stefan.«

Marten öffnete mit einem Zwinkern die Tür. Ida hörte die Khanӱ aufschreien: »Marten, bist du wahnsinnig geworden?« Martens mächtige Figur versperrte ihr den Blick ins Innere des Zimmers. Seine Gesprächspartnerin war nach dem ergrimmten Ausruf angesichts der unabwendbaren Tatsache von Idas Anwesenheit verstummt und knurrte nun missmutig: »Also meinetwegen. Kommt herein, lasst uns reden.«

Marten grinste breit und trat beiseite. Ida sah die unerwartet kleine, stämmige Frau, die mit halb abgewandtem Gesicht am Fenster stand und verharrte. Sie erfasste mit einem Blick die grimmige Linie des Unterkiefers und die Narbe, die sich über den herben Wangenknochen zog, die kurzen, grauen Haare, die abweisend verschränkten, kräftigen Unterarme und stieß ein schreckhaftes Ächzen aus. Die Khanӱ wandte den Kopf. Ihre hellen Augen weiteten sich ungläubig. Sie griff nach der Lehne ihres Stuhls und packte sie, als wollte sie das Holz mit ihrem Griff zermalmen. »Verdammt, Marten«, zischte sie. »Wie konntest du mir das antun? Wieso hast du sie hergebracht?«

»Sie wollte dich unbedingt kennen lernen, stimmt es nicht, Prinzessin?«, erwiderte Marten unbewegt. Er schien die Situation als Einziger weidlich zu genießen.

»Schaff sie sofort hier raus!«

»Hältst du das für klug?«, fragte Marten, der wie ein menschlicher Berg hinter Ida aufragte. Ida tastete sich mit weichen Knien zum nächst gelegenen Stuhl und sank auf ihm nieder, ohne die Khanÿ aus den Augen zu lassen. Die stand da, weiß vor Zorn, und funkelte Marten an. Er erwiderte den Furcht erregenden Blick mit leisem Spott.

Die Khanÿ riss ihre Augen von seinem Mondgesicht los und richtete sie auf Ida. »Es ist besser, du gehst«, sagte sie mühsam beherrscht. »Bitte, Ida. Geh und vergiss, was du hier gesehen hast.«

Ida schluckte schwer. »Ich gehe nicht«, sagte sie mühsam. »Ich gehe nicht, ehe ihr mir nicht erklärt habt, was das alles hier zu bedeuten hat.«

Marten schnaufte zufrieden und setzte sich hin. Die Khanÿ blickte von ihm zu Ida und klatschte mit der Hand auf die Stuhllehne. Sie lachte böse auf und verschränkte wieder die Arme vor der Brust. »Also bitte, wenn es dich so drängt. Warum bist du hier?« Ihre Stimme klang beißend vor Spott. Ida blickte sie hilflos an und suchte in dem dunklen Gesicht nach der Spur einer anderen Gefühlsregung außer der unerbittlichen Härte, die es ihr zeigte. Doch es zeigte sich weder Bedauern noch Mitleid oder gar Freundschaft in den erbarmungslosen Linien des Mundes und des stur vorgereckten Kinnes. Ida schluckte bitter und sah auf ihre ineinander verklammerten Hände hinab, um dem kalten Blick der hellen Augen zu entgehen.

»Ich bin hier, weil ich feststellen wollte, wer hinter dieser üblen Organisation steckt, damit ich ihm –

ihr – das Handwerk legen kann«, sagte sie mit flacher, tonloser Stimme. »Ich war fest entschlossen, mich mit aller Kraft dafür einzusetzen, dass dieser widerliche Handel ein Ende hat. Ich bin immer noch dazu entschlossen.«

Sie sah auf und bemerkte den schnellen Blick, den die Khanÿ mit Marten wechselte. Für einen kurzen Moment wirkte sie beinahe entspannt, dann verschloss sich das herbe Gesicht wieder. »Gut, dann bin ich jetzt ja gewarnt«, sagte sie eisig. »Marten, wir haben noch miteinander zu reden, wenn das hier vorbei ist. Ich verspreche dir, Freund, wenn du dir so etwas noch einmal leisten solltest, schneide ich dir die Eier mit einem stumpfen Messer ab und serviere sie dir zum Frühstück. Jetzt schaff sie mir vom Hals.«

Sie wandte sich schroff ab. Marten legte eine Hand schwer und seltsam mitfühlend auf Idas Schulter und bedeutete ihr, sich zu erheben. Ida stand langsam auf und sagte flehend: »Dorkas …«

Die Khanÿ drehte sich blitzschnell zu ihr um. Mit zu Schlitzen verengten Augen sagte sie sehr leise: »Dorkas ist tot. Vergiss sie, Ida, das ist besser für deine Gesundheit. Geh jetzt.«

»Aber warum?«, schrie Ida verzweifelt und enttäuscht. »Warum tust du das? Du hast mir so großartige Vorträge über das elende Leben der Frauen hier im Hort gehalten, und jetzt leitest du eine Organisation wie diese? Warum?«

Die Khanÿ hob stolz und ungerührt den Kopf. »Warum wohl?«, fragte sie eisig. »Es bringt mir einen großartigen Profit, meine Kleine. Willst du mir etwa vorhalten, dass ich meine schönen Ideale verraten hätte? Nun, und wenn das so wäre, wen kümmert das schon? Sei doch um der Schöpfer willen nicht so naiv!« Sie machte eine ungeduldige Handbewegung zu Marten. Er schob Ida sanft, aber unerbittlich zur Tür.

»Marten, ich wünsche, dass du dich um Storn kümmerst«, hielt die schneidende Stimme der Khanÿ ihn auf. Marten ließ Idas Schulter los und drehte sich erstaunlich behende um.

»Aber …«, setzte er zu einem Protest an. Die stämmige Frau unterbrach ihn mit einer befehlenden Geste.

»Du hast mich gehört. Du bist immer noch mein bester Mann, auch wenn du wahrscheinlich bald Hilfe brauchst, um in deine Stiefel zu kommen, wenn du so weiterfrisst. Kümmere dich um Storn. Er hat seine Nützlichkeit überlebt, und er hat sie gesehen.« Sie wies mit ihrem unbarmherzigen Kinn auf die erstarrt dastehende Ida. »Es ist zu riskant, ihn am Leben zu lassen. Außerdem kann ich im Moment keinen Zwist zwischen meinen Hauptleuten gebrauchen. Ich erwarte deinen Bericht.« Marten war blass geworden, aber er nickte. »Ach ja«, setzte sie noch gleichgültig hinzu. »Der Mann, den du suchst. Er wird wahrscheinlich in der Schwarzen Zitadelle gefangen gehalten. Hier ist Devvys Meldung darüber.« Sie warf ihm einen mehrfach gefalteten Bogen Papier hin, der kurz vor seinen Füßen auf dem Boden landete. Marten bückte sich ächzend und hob ihn auf, um ihn in seiner Weste zu verstauen. Die Khanÿ hatte sich abgewandt und starrte aus dem Fenster.

»Komm, Prinzessin«, sagte Marten sanft und griff nach Idas Ellbogen. Er schob sie hinaus und durch den Gang, die Treppe hinab und auf die Straße. Die Tür schloss sich leise hinter ihnen, und Ida folgte dem dicken Mann in einem grauen Nebel der Verzweiflung durch die ausgestorbenen Straßen.